Räubertochter

von

Daiana Corazza

Das Buch

Sorgen hat Sarah Avigliano eigentlich genug.
Nicht nur, dass sie überlegt, ihr Jurastudium abzubrechen und dass sich zu Hause die unbezahlten Rechnungen stapeln. Sie soll sich jetzt auch noch um die Beisetzung ihres tot aufgefundenen Vaters kümmern, zu dem sie seit vielen Jahren keinen Kontakt mehr hatte.
Doch schon bald stellt sie fest, dass er offensichtlich nicht der Mann war, für den sie ihn ein Leben lang gehalten hat.
Denn wie kommt ein einfacher Kellner an millionenschwere Bankkonten?
Warum findet sie in seiner Wohnung keine persönlichen Gegenstände?
Weder Post noch Kleidung?
Wer sind all die unbekannten Menschen auf seiner Beerdigung?
Und ist er wirklich an Herzversagen gestorben?
Sarah versucht der Sache auf den Grund zu gehen, doch niemand möchte ihr helfen - außer Mondo.
Der gefährlichste Mann der Stadt…

Mehr Informationen über die Autorin finden Sie am Ende dieses Buches.

Daiana Corazza

Räubertochter

Kriminalroman

weil die Welt mehr
Räubertöchter braucht ...

Für Verena,
vielen Dank für Deine
Unterstützung. Ich wünsche
Dir spannende Lesestunden
mit der Räubertochter.
Alles liebe

Daiana

04.06.2020

Impressum

1. Auflage, 2020

Daiana Corazza
c/o AutorenServices.de
Birkenallee 24
36037 Fulda

mail@räubertochter.info

Cover: Katharina Netolitzky

Printed in Germany
ISBN: 9798642726655

Für Olivia

Kapitel 1

Sarah Avigliano kroch mit ihrem rostigen Golf durch die Rushhour der Kölner Innenstadt. Ein beunruhigendes Klopfen drang vom Motor ins Innere des Wagens, aber sie beschloss, es zu ignorieren. Einen Werkstattbesuch konnte sie sich sowieso nicht leisten.

Der Himmel hing bedrückend tief und grau über der Stadt. Es regnete schon den ganzen Vormittag und die ersten Gullys liefen über. Das kurze Stück vom Polizeipräsidium bis zum Auto hatte gereicht, ihre Kleidung völlig zu durchnässen. Und das, obwohl sie gerannt war. Auf dem Rücksitz lag der Umschlag, den man ihr mitgegeben hatte. - A. Avigliano – Persönliche Gegenstände - stand mit Filzstift darauf geschrieben. Und ein Aktenzeichen. Sie hatte sich bisher nicht überwinden können, ihn zu öffnen. Er lag auf einem Stapel unbezahlter Rechnungen und ihren Universitätsunterlagen. Und da lag er genau richtig.

Die Scheibenwischer quietschten über die Scheibe und die Lüftung blies mit lautem Getöse lauwarme Luft ins Fahrzeuginnere. Nicht genug, um sie aufzuwärmen und ihre feuchte Kleidung zu trocknen, aber es reichte, um zu verhindern, dass die Scheiben von innen beschlugen.

Sie wollte nur noch nach Hause. Badewanne. Etwas essen und dann ins Bett. Das war ein Tag für die Tonne. Doch der Regen prasselte jetzt immer heftiger gegen die Windschutzscheibe und wurde so laut, dass er die Musik im Radio übertönte. Die Scheibenwischer rasten über das Glas, ohne jedoch viel zu bewirken. Sie konnten ihr nur spärlich Sicht verschaffen. Deshalb bremste sie ab, und näherte sich mit blinzelnden Augen der viel befahrenen Kreuzung. Die Ampel wurde grün. Doch der Wagen beschleunigte nicht mehr. Stattdessen begann er zu zittern und sämtliche Lampen im Fahrzeugcockpit leuchteten auf. Obwohl sie kräftig auf das Gaspedal trat, rollte der Golf träge geradeaus und sie spürte, dass er jeden Moment stehen bleiben würde. Sie riss am Lenkrad, in der Hoffnung es wenigstens bis an den Fahrbahnrand zu schaffen. Aber die Lenkung wurde zäh und schwergängig. Die Lichter im Cockpit erloschen und der Wagen blieb stehen. Die Scheibenwischer ächzten ein letztes Mal über das Glas, bis auch sie den Geist aufgaben und Sarah auf eine Wand aus Regentropfen starrte.

»Scheiße!«, schrie sie und schlug mit den Fäusten auf ihr Lenkrad. »Verdammte Karre!« Mit zitternden Händen fingerte sie am Zündschlüssel. Dabei trat sie wieder und wieder die Kupplung.

»Komm schon! Du blödes Auto! Spring wieder an!«

Hinter ihr hupten die ersten Autos. Erneut versuchte sie, ihr Auto zu starten. Sie trat kräftig auf das Gaspedal. Und noch mal. Doch der Motor weigerte sich beharrlich, wieder anzuspringen. Wieder hupte es von hinten. Jetzt auch von rechts und links. »Ich versuche es ja!«, brüllte sie. »Verdammt, verdammt, verdammt!«

Sie riss die Autotür auf und sprang aus dem Auto. Schlagartig erfasste sie der Regen. Sie musste die Kreuzung räumen. Deshalb stemmte sie sich mit aller Kraft gegen das Fahrzeugheck, doch ihre Hände rutschten auf dem nassen Autoblech ab. Die hupenden Autos sägten an dem letzten Rest ihrer Selbstbeherrschung. Wutentbrannt fuhr sie herum und schrie einem gesichtslosen Kühlergrill entgegen: »Meinst du etwa, ich stehe hier zum Spaß?«

Hinter der Windschutzscheibe des Wagens sah sie schemenhaft jemanden gestikulieren. Mit letzter Kraft stemmte sie sich noch mal gegen das Fahrzeugheck. Doch der kleine Golf bewegte sich keinen Millimeter. Mutlos schloss sie die Augen und ließ die Schultern hängen. Sie schaffte es nicht.

»Setz dich rein!«, schrie plötzlich jemand neben ihr gegen das laute Regenprasseln an. »Ich schiebe!«

Sie wischte sich mit dem nassen Ärmel über das Gesicht, um zu sehen, wer da sprach.

»Nun mach schon!«, brüllte er sie an. Er stemmte die Hände gegen die Heckscheibe. Dankbar stürzte sie zurück ins Fahrzeug. Hastig wischte sie mit dem Ärmel über die beschlagene Scheibe, da setzte sich das Auto auch schon in Bewegung. Von einem Hupkonzert begleitet, lenkte sie den Wagen an den Fahrbahnrand. Sie zog die Handbremse und ließ sich erleichtert in den Sitz fallen. Schlagartig verstummte auch das Hupen. Ihr Helfer riss die Beifahrertür auf und sprang neben sie auf den Sitz.

»Du meine Güte! Was ein Wetter! Wir sollten eine Arche bauen«, lachte er.

Ein Wassertropfen fiel ihm von der Nasenspitze und seine blauen Augen blitzten sie freundlich an.

»Danke!«, sagte Sarah, »ich wüsste echt nicht, was ich ohne dich gemacht hätte! Ich dachte, gleich bringen die mich da draußen um!«

Er lachte. »Wer in Köln mitten im Feierabendverkehr eine ganze Kreuzung blockiert, lebt in der Tat sehr gefährlich! Was ist denn passiert?«

»Keine Ahnung! Auf dem Hinweg fuhr er noch völlig normal. Und eben gingen plötzlich alle Lämpchen auf einmal an und ..., ach es ist halt ein altes Auto.«

»Ja, irgendwann kriegen die ihre Macken.«

Sarah fasste sich an die Stirn und seufzte. »Das hat mir heute noch gefehlt.«

»Und was machst du jetzt?«, fragte er, »kennst du jemanden, der dich abschleppt?«

»Nein.«

»Hast du denn keine Stammwerkstatt?«

Natürlich hatte sie eine, aber die wartete noch auf das Geld für ihren letzten Werkstattbesuch.

»Nein«, log sie deshalb.

»Und was machst du jetzt?«, fragte er und wischte sein Mobiltelefon an seiner Bermuda trocken. Sarah sah ihn eine Weile an.

»Ich weiß es nicht«, antwortete sie und brach in Tränen aus.

Sebastian - so hieß ihr Retter in der Not - war so taktvoll sie nicht mit Fragen zu bedrängen. Auch gab er keine dämlichen Floskeln a la »Morgen sieht die Welt schon anders aus« von sich. Aber er bestand darauf, Sie nach Hause zu fahren. Für ihr Auto bestellten sie einen Schlepper und veranlassten, dass der Wagen zu Sebastians Stammwerkstatt gebracht wurde. Sarah fürchtete, auch diese Rechnung später nicht zahlen zu können, aber sie konnte das Auto dort unmöglich stehen lassen. Dann würde die Stadt ihn abschleppen. Und das wäre dann noch teurer.

»Magst du noch auf einen Kaffee mit rein kommen?«, fragte sie, als sie vor ihrer Haustür anhielten.

Sie war ihm so unheimlich dankbar und es wäre ihr nicht richtig vorgekommen, ihn jetzt einfach fahren zu lassen. Vor allem war er, genau wie sie, völlig durchnässt.

»Zu einem Kaffee sag ich nicht Nein«, antwortete er erfreut, und so rannten sie Seite an Seite durch den Regen hinüber zur Eingangstür. Glücklicherweise verließ gerade jemand das Haus, sodass sie sich direkt in den Flur retten konnten.

Während Sarah nach ihrem Schlüssel kramte, stand Sebastian vor dem selbst gekritzelten Klingelschild, und versuchte die Namen zu entziffern.

»Ich wohne hier mit meiner besten Freundin zusammen«, erklärte sie ihm. »Bartels-Choi ist Hannahs Nachname, ihr Vater ist Koreaner. Avigliano bin ich.«

»Klingt auch nicht deutsch.«

»Mein Vater war Italiener«, antwortete sie und das ›war‹ fühlte sich dabei fremd und irgendwie falsch an.

Sie schloss die Tür auf und warf den Schlüsselbund auf die Kommode im Flur.

»Hallo Hannchen! Ich bin wieder zu Hause!«, rief sie.

Keine Antwort.

»Komm rein«, sagte sie zu Sebastian, der ihr daraufhin ins Wohnzimmer folgte.

Hastig räumte sie ein paar Klamotten und CDs vom Sofa und bot ihm an, sich zu setzen. »Ich bin gleich wieder bei dir. Mach es dir schon mal gemütlich.«

Sie ließ ihn allein und steckte den Kopf in Hannahs Zimmer. Ein ungeübtes Auge mochte eine Weile brauchen, um Hannah inmitten all der Zeitschriftenstapel und leeren Cola-Flaschen zu finden. Doch eine Spur leerer, zerknüllter Schokoladenpapierchen verriet ihren Standort.

Wie so meist saß ihre beste Freundin hinter ihrem Laptop.

»Was machst du denn schon hier? Wolltest du nicht danach noch zur Uni?«, fragte Hannah, ohne aufzusehen. Ihre Finger flogen über die Tastatur.

»Ja, hatte ich vor. Aber nach der Polizei hatte ich auf das Drama an der Uni keinen Nerv mehr«, erklärte Sarah, »ich wollte nur noch nach Hause. Und dann verreckt mein blödes Auto mitten auf der Kreuzung!«

»Was?« Hannah hielt inne und sah sie jetzt an.

»Genau in der Rushhour. Und das bei diesem Wetter. Ich bin fix und fertig!«

»Glaub ich! Wo ist der Wagen jetzt? Ist er wieder angesprungen?«

»Ne. Der hat keinen Mucks mehr von sich gegeben. Der ist in der Werkstatt.«

»Na bravo. Ich mache uns mal Kaffee. Und dann erzählst du mir alles ganz in Ruhe, ok? «

Sarah nickte. Sie warf ihre triefnasse Jacke in die Badewanne.

»Und wo hast du den Surfer da im Wohnzimmer aufgegabelt?«, fragte Hannah plötzlich neben ihr. Ihre asiatisch geschwungenen Augen blitzten argwöhnisch.

»Pst!«, sagte Sarah und hoffte, er habe es nicht gehört. »Das ist Sebastian. Sei bitte nett! Er hat mir geholfen und ohne ihn, hätten die anderen Autofahrer mich gelyncht!«

»Der da war der Einzige, der dir helfen konnte?«

»Die anderen haben mich lieber angeschrien oder gehupt.«

»Er blättert in meinen Comics!«

»Hannah!«

»Aber es ist die Spezialausgabe von ...«

Sie sah Sarahs Blick.

»Ok. Ich mach Kaffee«, sagte sie und verschwand in der Küche.

Als Sarah ins Wohnzimmer zurückkehrte, stand Sebastian vor der Fotocollage. Sie lächelte.

»Du bewunderst unsere gesammelten Werke!«

Den alten Holzrahmen hatten sie auf einem Flohmarkt erstanden und dann mit unzähligen Fotos gefüllt. Links oben zum Beispiel präsentierten sie beide stolz ihre Abi-Urkunden. Hannah wurde damals mit einem 1,0 Notendurchschnitt Jahrgangsbeste. Auf der anschließenden Abiparty hatte sie sich dann so betrunken, dass sie dem Rektor auf die Füße gekotzt hatte. So oder so hatte sie bleibenden Eindruck an der Schule hinterlassen.

»Wo ist das?«, fragte Sebastian und tippte auf ein Foto.

In grell bunten Daunenjacken, mit verbrannten Nasen und lässigen Sonnenbrillen auf dem Kopf grinsten sie in die Kamera.

»Das ist in Sölden. Skiurlaub 2004.«

»Ihr fahrt also auch gern Ski?«

»Nö. Wir können beide nicht Ski fahren.«

Verdutzt sah er sie an.

»Wir sind trotzdem jedes Jahr mit derselben Gruppe eine Woche im Schnee. Einfach, weil es immer so witzig ist.«

Er lachte.

Sarah betrachtete die Fotos.

Sie und Hannah kannten sich eine Ewigkeit. Im Kindergarten hatten sie ihre gemeinsame Vorliebe für Yps-Hefte entdeckt. Und somit war die Freundschaft fürs Leben besiegelt.

Hannah stand plötzlich hinter ihnen und stellte drei Becher dampfenden Kaffee auf den Wohnzimmertisch. Sarah wärmte sich an dem Becher die Hände. Vorsichtig schnupperte sie daran und blickte alarmiert auf.

»Das ist einer ihrer ›Drei-Tage-wach-Kaffee‹!«

Er sah sie fragend an.

»Ich schwöre dir, nach dieser Brühe kannst du frühestens Mittwoch wieder schlafen!«, flüsterte sie.

»Das glaub ich gern«, grinste er, »er schmeckt gruselig!«

»Ich kann euch hören!«, rief Hannah aus der Küche.

Sarah schlug die Hände vors Gesicht und lachte.

Plötzlich erschien Hannah in der Wohnzimmertür und schnitt eine Grimasse.

»Hab ich euch eigentlich schon vorgestellt?«, fragte Sarah, als Hannah die Milch auf den Tisch stellte. Bevor sie antworten konnte, schob Sebastian ihr seine Hand entgegen.

»Ich bin Sebastian«, sagte er und lächelte freundlich.

Einen Moment schaute Hannah ihn befremdlich an und hob argwöhnisch die Augenbrauen. Sarah befürchtet schon offene Feindseligkeit. Manchmal war sie echt unmöglich. Doch dann ergriff auch sie seine Hand und sagt nur:

»Hannah«

»Danke für den Kaffee«

Sie nickte, statt zu antworten.

»Ich habe mir Eure Fotos angesehen. Ihr kennt euch ja eine Ewigkeit!«

»Wir kennen uns seit dem Kindergarten.«

»Hannchen hat mich damals ständig zu irgendeinem Unfug angestiftet!«, lachte Sarah.

»Ach was«, winkte Hannah ab, »das war doch überhaupt nicht möglich! Du warst doch als Kind schon so ein wandelndes Paragrafenzeichen! Irgendwann werden Sie dich heiligsprechen, liebe Sarah.«

»Du übertreibst!«

»Ach ja?« Hannah hob amüsiert die Augenbrauen. Sie nahm ihre Tassen und blies hinein, um den Kaffee darin herunterzukühlen. Ihr kinnlanges Haar fiel ihr dabei ins Gesicht. Sie war ein ungewöhnlicher Typ. Die Brille war zu groß für ihr schmales Gesicht, ihre Kleidung zu weit für ihre zierliche Figur und ihre Klappe zu groß für ihre zarte Erscheinung.

»Ich kann dein Hemd bei uns in den Trockner werfen, wenn du willst«, bot Sarah an.

»Das wär klasse, aber nur, wenn es keine Umstände macht.«

»Quatsch! Gib schon her.«

Sarah hoffte, dass sie die beiden ein paar Minuten allein lassen konnte. Es war besser, wenn sie sich beeilte. Vorsichtshalber ließ sie die Tür ein bisschen auf, um hören zu können, was sie sprachen.

»Sarah hat mir vorhin erzählt, dass sie Jura studiert. Und was machst du?«, versuchte er, das Schweigen mit Smalltalk zu brechen.

»Ich bin Informatikerin.«

»Ah, dann sind das da im Regal deine Bücher! ›Anwendungs- und Transaktionsisolation unter Java‹. Herrje ... Und ich dachte immer, das wär ein Beruf für Nerds ...«

Sarah hielt die Luft an. Nerds? Wie kam er denn auf so was? Sie seufzte. Jetzt hält sie ihn auf jeden Fall für einen Schwachkopf. Surfer-Schwachkopf.

»Und du? Lass mich raten, was du für einen Beruf hast!«, fragte Hannah hörbar angriffslustig. »Machst du überhaupt etwas, außer Surfen und Tennis spielen?«

Sarah stöhnte innerlich auf. Er hatte sie böse gemacht. Rasch warf sie sich ein trockenes Sweatshirt über und eilte zurück ins Wohnzimmer. Sie warf Sebastian ein Handtuch zu.

»Also eigentlich surfe ich gar nicht«, sagte er und sah Sarah, nach Hilfe suchend, an. Doch sie zuckte nur mit den Achseln. Das hatte er sich selber eingebrockt!

»Aber wenn du meinst, ob ich mein eigenes Geld verdiene«, antwortete er, »nein. Ich wohne bei meinen Eltern und ich studiere noch.«

Hannah legte den Löffel zurück auf den Tisch und sah ihn triumphierend an. »Wusste ich es doch. Von Beruf Sohn«,

Sebastian reagierte klug, indem er nichts darauf erwiderte. Draußen tobte immer noch ein heftiges Unwetter mit Starkregen und Gewitter. Obwohl es erst 15:00 Uhr war, war der Himmel dunkel wie sonst nur spät am Abend. Grelle Blitze leuchteten auf, und kurz darauf donnerte es krachend.

»Wie war es denn bei der Polizei?«, wechselte Hannah das Thema.

Sarah rollte mit den Augen. »Die haben mir lauter dämliche Fragen gestellt. Als wäre es meine Schuld!«

Sebastian wusste gar nicht, worüber sie sprachen. Das war unhöflich. »Mein Vater wurde vor drei Tagen tot in seiner Wohnung aufgefunden«, erklärte sie ihm deshalb. »Da man keinen Hausarzt finden konnte und niemand einen natürlichen Tod bescheinigen wollte, hat die Kripo übernommen. Darum war ich heute Vormittag auf dem Polizeipräsidium.«

Das klang ganz schön unterkühlt, merkte sie, noch während sie es aussprach.

»Das tut mir leid!«, sagte er ehrlich bestürzt. »Mein Beileid.«

Sarah schüttelte den Kopf. »Wir hatten kein gutes Verhältnis. Genau genommen haben wir seit Jahren überhaupt keinen Kontakt mehr gehabt.« Dann zuckte sie mit den Achseln. »Da er aber auch vorher nicht sonderlich an meinem Leben teilgenommen hat, war es auch kein so schmerzlicher Verlust.«

Er schwieg. Sicher hatte er ein gutes Verhältnis zu seinen Eltern. Sie musste ihm wie eine herzlose Ziege vorkommen. »Ich bin die einzige, erreichbare Verwandte.

Deshalb muss ich mich um die Beerdigung und den Nachlass kümmern«, fuhr sie fort.

»Konnten sie dir bei der Polizei wenigsten sagen, woran er jetzt so plötzlich gestorben ist?«, fragte Hannah.

Sarah schüttelte den Kopf. »Nein. Obwohl er schon zwei Tage bei der Gerichtsmedizin liegt, bleibt die Todesursache angeblich weiterhin ungeklärt!«

»Kann man eigentlich kaum glauben«, argwöhnte Hannah.

Sarah zuckte mit den Achseln. »Sie meinten, Ende dieser Woche würde der Leichnam freigegeben. So kann ich jetzt zumindest die Beerdigung planen.«

»Und was ist mit Deiner Mutter?«, fragte Sebastian vorsichtig. »Sie und mein Vater sind seit vielen Jahren geschieden. Sie lebt jetzt mit ihrem neuen Mann auf Mallorca. Ich will sie damit nicht belasten.«

»Verstehe«, sagte er leise.

Sarah strich sich mit beiden Händen durchs Haar.

»Und jetzt ist auch noch mein Auto kaputt«.

»Das ist kein Auto, das ist ein Schrotthaufen«, sagte Hannah.

»Er ist kein Schrotthaufen, er ist nur ein bisschen alt. Ich hoffe, es ist nur eine Kleinigkeit.«

»Es ist nie nur eine Kleinigkeit.« Hannah rollte mit den Augen »Das Ding hat dich schon ein Vermögen gekostet. Der Wagen ist ein Fass ohne Boden!«

»Er fährt für sein Alter noch prima. Ich brauche ihn, und ein Neues kann ich mir nicht leisten. Das weißt du.«

»Ich könnte dir mein Auto leihen, bis Deiner aus der Werkstatt zurück ist«, bot Sebastian an.

»Du hast schon genug getan. Danke. Das wird nicht

nötig sein«, lehnte Sarah ab.

»Meine Schwester ist zurzeit mit unserer Mutter verreist«, sagte er, »Sie werden erst nächste Woche zurück sein. Bis dahin kannst du mein Auto haben. Die in der Werkstatt sagten, dein Auto ist erst bis zum Wochenende fertig. Ich gebe dir meins gerne«, versuchte er es noch mal.

»Ich schaffe das bestimmt auch so.«

»Auch wenn ich dem Surfer ungern recht gebe, aber wenn du dich um die Beerdigung und den ganzen Kram kümmern musst, wirst du froh sein, mobil zu sein«, gab Hannah zu bedenken.

Sie seufzte und dachte einen Moment darüber nach. »Also gut. Ihr habt ja Recht. Ja, ich nehme das Angebot an, aber ich will es nicht umsonst haben! Ich will es dir bezahlen.«

Sebastian wollte schon abwinken, aber davon wollte sie nichts wissen.

»Ohne Widerworte! Ich zahle dir Miete!«

Er gab sich geschlagen.

»Also dann«, sagte Sarah und kicherte, »fahre ich jetzt eine Weile Porsche.«

Sebastian lachte, denn Hannahs Blick sprach Bände.

Kapitel 2

Sarah blinzelte gegen die Sonne an dem gelb gestrichenen Altbau hinauf.

»Bist du sicher, dass du da alleine hoch möchtest?«, fragte Hannah.

»Ein komisches Gefühl habe ich schon, aber notfalls komm ich einfach wieder runter. Ich halte mich nicht lange auf, sondern hole mir nur die Unterlagen, die ich brauche.«

»Genau. Schnapp dir das Zeug und dann nix wie raus da. Ich warte drüben im Bistro.« Hannah deutete auf die gegenüberliegende Straßenseite.

Als Sarah die Stufen zur Haustür hinauf stieg, wurden ihre Schritte immer schwerer. Früher war das auch ihr Heim gewesen. Aber das war lange her. Sie straffte die Schultern und holte tief Luft. Sie würde da oben keine Leiche finden. Es würde sein, als wäre er nur nicht zu Hause. Sie würde sich kurz umsehen, die wichtigsten Unterlagen einpacken und wieder verschwinden. Ganz einfach.

Zwei verwitterte Löwenköpfe schmückten den Eingang. Die stummen Wächter glotzten sie mit leeren Blicken an. Sarah musste sich kräftig gegen die massive Holztür stemmen, um sie zu öffnen. Sie schien sie nicht reinlassen zu wollen. Im Inneren fiel nur schwach ein wenig Sonnenlicht durch die schmalen Fenster in das Treppenhaus. Sie fröstelte, denn hier drinnen war es, trotz der sommerlichen Temperaturen draußen, überaus kühl.

Die Eingangshalle mit der stuckverzierten Decke war ihr vertraut und doch fremd. Inmitten der Eingangshalle schlang sich eine Treppe aus Holz durch das Treppenhaus in die oberen Etagen. Das Geländer war geschnörkelt geschnitzt und über die Jahre wackelig geworden. Immerhin war diese Treppe über ein Jahrhundert alt. Damals erfüllte Leben und Gelächter das Gebäude. Jetzt war es totenstill. Ihre Schritte hallten auf dem Marmorboden und gaben ihr das Gefühl, winzig zu sein.

Der Schlüssel zur Wohnung klemmte. Die Polizei hatte ein neues Schloss einbauen lassen. Schließlich aber sprang es auf und sie betrat den Flur der geräumigen Altbauwohnung. Die Luft war abgestanden und muffig. Im Badezimmer hatte man ihren Vater gefunden. Sie sah die benutzten Einweghandschuhe des Rettungsdienstes im Türrahmen liegen. Sie schluckte und zögerte einen Moment.

»Er liegt da nicht mehr«, ermahnte sie sich selbst und beschloss zunächst im Wohnzimmer nachzusehen. Mit Glück fand sie dort direkt, was sie suchte, und könnte sofort wieder abhauen.

Auf den ersten Blick hatte sich das Wohnzimmer seit ihrem letzten Besuch nicht verändert. Rustikale Eichenmöbel verliehen dem Raum das Flair einer Tiroler Berghütte. Sogar die abgewetzte Ledercouch und der gekachelte Wohnzimmertisch standen noch immer an ihrem Platz. Das Gemälde über der Couch dominierte den

Raum. Die Dolomiten auf ungefähr 3x2 Meter Leinwand. Sie hatte sich immer gewundert, warum er seine Heimat nie besuchte, wenn er doch offensichtlich so daran gehangen hatte. Alles, was sie selbst von seiner Familie kannte, war eine vergilbte Fotografie ihrer Oma.

Ihrer Erinnerung nach mussten sich die Unterlagen, die sie benötigte, in dem Buffetschrank befinden. Ihr Vater war nicht der Typ, der Dokumente und Rechnungen in alphabetisch geordneten Ordnern abheftete. Er stopfte einfach alles in eine der Schubladen. Oft waren sie so vollgestopft, dass sie kaum noch zu schließen waren. Deshalb suchte sie dort zuerst. Die oberste Schublade war jedoch bis auf ein paar Cent-Stücke leer. Sie öffnete die Nächste und fand darin nur Staubflocken. Die Dritte war ebenfalls leer. Genauso wie die Letzte. Das konnte doch nicht sein.

Sie öffnete die Türen darunter. Dort lag nur ein Paket Kerzen. Die restlichen Fächer waren alle leer. Sie Schaute sich ratlos um. Irgendwo musste er doch seine Post aufbewahren. Telefonrechnungen, Kontoauszüge, irgendetwas.

In der Küche fand sie nur Töpfe, Pfannen, Geschirr und ein paar verdorbene Lebensmittel.

Im Schlafzimmer begann sie widerwillig, den Kleiderschrank zu durchsuchen. Auch wenn er ihr Vater gewesen war, so hatte sie das Gefühl in der Privatsphäre eines Fremden zu wühlen.

Etwas erschien ihr merkwürdig. Ihr Vater hatte immer auf gepflegtes Aussehen geachtet. Doch die meiste Kleidung im Schrank war alt und abgetragen. Sie fand nur ein einziges, kaputtes Paar Schuhe. Diese hätte er niemals getragen. Konnte es sein, dass er sein einziges intaktes Paar Schuhe an den Füßen trug, als er starb? Unwahrscheinlich.

Mit spitzen Fingern zog sie einzelne Kleidungsstücke aus den Fächern. Das war doch alles altes Zeug! In der Tasche einer abgetragenen Lederjacke fand sie 15 Euro und ein Päckchen Kaugummi. Die Polizei hatte ihr versichert, nichts mitgenommen zu haben. Die Brieftasche, einen Schlüsselbund, seine Bankkarte und eine fast leere Schachtel Reval ohne Filter war alles gewesen, was die Beamten ihr in dem Umschlag mitgegeben hatten.

Ihr altes Kinderzimmer war, bis auf ein Bett und ein klappriges Regal, unmöbliert. Durch die Dachgauben fielen ein paar Lichtstrahlen, in denen Staubkörner flirrten. Ein längst verlassener Ort. Sie verspürte das dringende Bedürfnis, die Wohnung zu verlassen. Irgendetwas stimmte hier nicht.

Auf dem Weg zur Tür stieß sie mit dem Bein gegen die Kommode im Flur und ihr Blick fiel auf etwas, das dabei neben die Kommode gefallen war. Ein in Leder gebundenes Notizbuch. Sie ließ die Seiten durch ihre Finger gleiten. Es war beschrieben, deshalb steckte sie es ein. Das würde sie sich zu Hause in Ruhe ansehen. Jetzt war es Zeit, die Wohnung zu verlassen. Die Klinke schon in der Hand erinnerte sie sich daran, dass ihr Vater eine Vorliebe dafür hatte, Dinge zu verstecken. Eine seiner Macken. Genauso wie er nie ein Portemonnaie oder eine Brieftasche besessen hatte. Zumindest war das damals so. Scheinbar hatte sich das geändert, denn als die Polizei ihn fand, trug er eine Brieftasche bei sich. Darin hatten sie seinen Ausweis und seine Sozialversicherung gefunden.

Widerstrebend betrat sie das Badezimmer. Dort nahm sie den kleinen Spiegel über dem Waschbecken von der Wand. Dahinter war eine Metalllasche, unter die er öfter Geldscheine geklemmt hatte. Aber heute war dort nichts versteckt.

Hinter der Blende am Wohnzimmerschrank fand sie auch nichts. In der Nähe der Tür löste sie eine lockere Fußleiste aus der Verankerung. Ein Bündel Geldscheine steckte dahinter in einer Vertiefung zwischen Fußboden und Wand.

Er versteckte also immer noch gerne Dinge.

Sie nahm das Bündel an sich und dachte angestrengt nach. Sie konnte sich an kein Versteck erinnern, dass geeignet gewesen wäre, Unterlagen zu verbergen. Und genau danach suchte sie ja. In einem der Verstecke wollte sie aber trotzdem noch nachschauen, bevor sie ging. So zog sie einen Stuhl vom Esstisch hinüber zur Schlafzimmertür. Dort schob sie ihn vor den Türrahmen und stieg hinauf. Jetzt ließ sie ihre Hand über den hölzernen Türsturz gleiten, und fand sofort, wonach sie suchte. Ein Loch mit einer Vertiefung im Gemäuer. Sie reckte sich, so hoch sie konnte, und griff mit der Hand in die Vertiefung. Da war etwas! Sie ertaste eine kleine Box. Sie versuchte sie zu ergreifen, doch sie rutschte mit den Fingern an dem glatten Metall ab. Sie ging auf die Zehenspitzen, um sie besser greifen zu können. Doch plötzlich wackelte unter ihr der Stuhl, sodass sie innehielt. Sie probierte es erneut. Jetzt bekam sie das Kästchen zu fassen und zog es aus dem Versteck. Sie blies den Staub herunter und steckte es zu dem Adressbuch in ihre Tasche.

Ohne sich weiter umzusehen, verließ sie die Wohnung. Sie fühlte sich wie eine Diebin.

Für den Abend hatte sie Sebastian zum Dank für seine Hilfe auf eine Pizza in die WG eingeladen. Die Aussicht auf ein gutes Essen in geselliger Runde, hob ihre Stimmung und so summte sie leise ein Liedchen, während sie Teller, Bestecke und Weingläser arrangierte. Als Hannah den gedeckten Tisch sah, rümpfte sie die Nase.

»Trägst du nicht ein bisschen dick auf? Wenn wir alleine sind, essen wir die Pizza doch auch aus den Pappschachteln.«

»Richtig. Wenn wir alleine sind. Aber heute haben wir einen Gast. Da gehört sich das so.«

Hannah zupfte an der weißen Tischdecke.

»Wusste gar nicht, dass wir so was besitzen.«

»Da unten in der Kommode sind die Servietten. Gibst du mir bitte das Paket?«

Hannah reichte es ihr.

»Wann kommt denn Hochwohlgeboren?«

»Wer?«

»Na der Surfer!«

»Sebastian wollte gegen sieben Uhr da sein. Also wäre jetzt die letzte Gelegenheit um dich umzuziehen.«

»Warum sollte ich mich umziehen?« Hannah sah verwundert an ihrer Garderobe herab.

»Weil du ein Schlümpfe-T-Shirt trägst! Er wird dich für eine Idiotin halten!«

Hannah rollte mit den Augen.

»Du kannst dich von mir aus ja noch in ein Abendkleid zwängen, aber ich bleibe, wie ich bin. Wir essen zu Hause Pizza vom Bestelldienst und ein Surfer leistet uns Gesellschaft. Ich könnte nicht passender gekleidet sein.«

»Jetzt ist eh zu spät«, seufzte Sarah, denn es klingelte an der Tür.

Als sie Sebastian öffnete, schob er ihr freundlich eine Flasche Wein und einen Blumenstrauß entgegen.

»Den Wein habe ich aus dem Keller meiner Eltern. Es ist ein Nero Davola. Jahrgang 2003. Ich hoffe, er ist nach eurem Geschmack.«

Sarah nahm ihm die Flasche und die Blumen verlegen ab.

»Dankeschön! Der Strauß ist wunderschön.«

Sie betrachte das Etikett auf der Weinflasche.

»Wenn ich ehrlich bin, kenne ich mich mit Wein überhaupt nicht aus. Aber ich bin sicher, dass er wundervoll schmecken wird. Danke! Komm rein, ich habe schon bestellt. Die Pizza wird also jeden Moment gebracht.«

»Prima! Ich sterbe fast vor Hunger!«, sagte Sebastian und gab ihr seine Jacke. Sie führte ihn ins Wohnzimmer.

»Falls du dein Auto gesucht hast - ich habe es im Hinterhof geparkt. Ich hab sonst Angst, es klaut einer.«

Sebastian lachte.

»Keine Sorge, der ist gut versichert!«

Dann begrüßte er Hannah, die mit dem Laptop auf dem Schoß auf dem Sofa saß.

»Hallo Hannah! Schön dich wiederzusehen.«

»Hallo Surfer!«, grüßte sie zurück und hob, ohne vom Display aufzusehen, die Hand.

Sie benahm sich unmöglich.

»Hannah hat Post von ihrer Mutter«, versuchte sie, das Verhalten ihrer Freundin zu entschuldigen. »Sie sitzt zurzeit mit einem Schiff in der Arktis fest.«

»In der Arktis?«, fragte er mehr als überrascht.

»Ja. Sie stecken im Packeis und kommen nicht mehr voran«, antwortete sie.

»Du meine Güte. Das klingt ja furchtbar! Geht es ihr denn gut? Wie ist sie denn da reingeraten?«

»Kein Grund zur Besorgnis. Hannahs Mutter ist Umweltaktivistin und somit ständig unterwegs. Wenn sie sich nicht gerade an Bäume kettet, sitzt sie auf Booten fest oder schiebt Wale zurück ins Meer. Sie hat es sich in den Kopf gesetzt, die Welt zu retten, und hat dabei immer alle Hände voll zu tun.«

»Bewundernswert«, sagte er offensichtlich ehrlich beeindruckt.

»Bescheuert!«, sagte Hannah und klappte ihr Laptop zusammen.

»Findest du es denn nicht toll, wenn sie sich für gute Zwecke einsetzt?«

»Ich finde, es würde reichen, wenn sie Tierheimhunde Gassi führt.«

Sebastian war klug genug, nichts darauf zu erwidern.

»Und was macht deine Mutter so?«, fragte Hannah.

Sarah horchte auf. Dieses plötzliche Interesse verhieß nichts Gutes. Sicher wollte sie ihn nur wieder provozieren.

Sebastian öffnete die Weinflasche und füllte die Gläser auf dem Tisch.

»Meine Mutter ist zu Hause. Sie unterstützt meinen Vater«, sagte er.

»Aha, und wobei? Was macht dein Vater?«, hakte Hannah nach. »Irgendeiner wird dein Auto ja bezahlt haben.«

Er überhörte die Stichelei und stellte die Flasche zurück auf den Tisch, bevor er antwortete.

»Mein Vater führt ein Bauunternehmen. Die Firma Rosbach. Meine Mutter hilft ihm beim Bürokram.«

»Er führt die Firma Rosbach?«

»Genauer genommen gehört ihm die Firma. Wir heißen Rosbach mit Nachnamen.«

Hannah pfiff durch die Zähne. »Gibt`s ja gar nicht! Der kleine Rosbach Junior in unseren bescheidenen Hallen. Ihr habt die Golfanlage am Stadtrand gebaut, oder?«

»Wann kommt denn endlich die Pizza?«, versuchte Sarah kläglich, das Thema zu wechseln. Etwas Besseres war ihr auf die Schnelle nicht eingefallen.

»Ja richtig, der Bau dieser Anlage lief zum Teil über die Firma meines Vaters. Der Bau der Gebäude, um genau zu sein.«

»Also normalerweise brauchen die nie länger als eine halbe Stunde!«, versuchte Sarah es erneut und sah demonstrativ zum Fenster hinaus.

»Woher kennst du denn unsere Firma?«, fragte Sebastian Hannah verwundert, statt auf sie einzugehen.

Hannah lächelte ihr gehässiges Hannah-Lächeln.

»Na ja ... Immerhin war es monatelang in der Presse. Für die Anlage wurde uralter Baumbestand gerodet«, sagte sie.

Sebastian schien peinlich berührt.

»Es gab Menschen, die versucht haben, das zu verhindern«, sagte Hannah. »Sie besetzten das Gelände. Am Ende hat man sie verhaftet und weggesperrt.« Er spielte unbehaglich an seiner Armbanduhr. Dann zuckte er die Achseln. »Das waren aber, soviel ich weiß auch ziemlich militante Spinner. Meinem Vater blieb gar nichts anderes übrig, als sie verhaften zu lassen. Aber lustig, dass du dich daran erinnerst. Das ist doch bestimmt vier Jahre her.«

»Einer dieser militanten Spinner war meine Mutter«, antworte Hannah. »Ich habe sie damals auf der Polizeiwache abgeholt. Das vergisst man eben nicht so schnell.«

»Was ein witziger Zufall!«, lachte Sarah etwas zu laut und klatschte in die Hände. Es sollte die Situation retten, aber es machte das Ganze irgendwie nur noch peinlicher. Unangenehmes Schweigen breitete sich zwischen ihnen aus. Glücklicherweise klingelte just in diesem Moment der Pizzabote.

»Entschuldigung!«, flüsterte sie Sebastian zu, als Hannah zur Tür lief, um die Pizza entgegenzunehmen. »Tut mir wirklich leid!«

Doch er winkte ab und lächelte. Er schien in keiner Weise beleidigt zu sein.

»Sie ist manchmal einfach unmöglich«, fügte sie hinzu.

»Ach ... ich finde sie ganz bezaubernd«, sagte er lächelnd.

Hannah bezaubernd?

Wenig später duftete es in der gesamten Wohnung herrlich nach frischgebackener Pizza. Das gute Essen besänftigte die Gemüter und nach einer Weile unterhielten sie sich angeregt über Gott und die Welt. Als sie sich den Bauch vollgeschlagen hatten, forderte Hannah sie auf:

»So, und nun erklär mir, was mit dem Kästchen ist«,

»Kästchen?«, fragte Sebastian.

»Sarah hat heute aus der Wohnung ihres Vaters ein Kästchen mitgebracht. Sie hat es dort ins Regal gestellt und seitdem nicht mehr angesehen. Das macht mich völlig verrückt! Ich mein, man will doch wissen, was drin ist! Also ich zumindest.«

»Ich bin noch nicht dazu gekommen«, sagte Sarah. »Es ist verschlossen. Keine Ahnung, was da drin ist. Vielleicht ist es sogar leer.«

»Warum hast du es dann eingepackt?«, fragte Hannah.

»Weil es fast das Einzige war, was ich überhaupt gefunden habe«, seufzte Sarah. »Ich wollte mir dort Unterlagen holen. Mietvertrag, Rechnungen, Telefonanbieter und so weiter. Ich muss ja alles kündigen. Aber ich habe nichts davon finden können.«

»Gar nichts?«, fragte Sebastian.

»Nein. Die Schränke waren völlig ausgeräumt.«

»War das vielleicht die Polizei?«, mutmaßte er.

»Die haben angeblich nichts außer der Leiche und seiner Brieftasche mitgenommen.«

»War noch jemand anderes in der Wohnung?«, fragte Sebastian. »Hatte er eine Putzfrau oder eine Freundin?«

»Nicht, dass ich wüsste. Man hatte ihn auf der Arbeit vermisst und es hätte sein können, dass er in der Wohnung lag und Hilfe brauchte. Deshalb hat die Polizei die Wohnungstür aufgebrochen. Danach bauten sie ein neues Schloss ein. Seitdem konnte also außer mir niemand in die Wohnung.«

»Das ist wirklich merkwürdig.«

Hannah deutete auf die Geldkassette.

»Und was ist jetzt damit?«

»Keine Ahnung. Ich hab sie ja noch nicht geöffnet. Mein Vater hatte eine Vorliebe dafür Sachen zu verstecken. Er sagte immer, dass man den Banken nicht trauen könne. Er war der Ansicht, dass er auf sein Geld noch am allerbesten selbst aufpassen könnte.

Ich kenne viele der alten Verstecke noch von damals. In einem davon befand sich dieses Kästchen.«

»Dann mach sie auf! Vielleicht bist du steinreich und weißt es nur noch nicht«, lachte Hannah.

»Reich! Mein Vater war Kellner, Hannah. Nicht Krösus. Hier! Das habe ich auch noch gefunden. Da habe ich auch noch nicht reingeguckt.« Sie warf das Notizbuch auf den Tisch.

»Los mach die Kiste auf!«, rief Hannah, »Immerhin hat er das Ding versteckt. Das wird doch einen Grund gehabt haben.« »Mir lässt das mit der Wohnung keine Ruhe«, unterbrach Sebastian, »gibt es denn niemanden, den du fragen könntest? Jemanden der ihm zuletzt nah stand? Eventuell weiß ein Freund von ihm, was mit den verschwundenen Sachen geschehen ist.«

»Ich kenne leider niemanden. Da wir keinen Kontakt mehr hatten, weiß ich auch nicht, mit wem er befreundet war. Mein Vater war zudem ein ziemlicher Eigenbrötler. Aber lasst uns das Kästchen öffnen. Jetzt bin ich auch neugierig.«

»Habt ihr einen Werkzeugkasten?«, fragte Sebastian, »es scheint stabil verarbeitet zu sein, aber mit einem Schraubendreher müsste ich es aufgehebelt bekommen.«

»Lass das mal Sarah machen«, grinste Hannah »Es gibt kein Schloss, das Sarah nicht geöffnet bekommt. Mit ihr als Freundin habe ich noch nie einen Schlüsseldienst gebraucht.«

Sarah zog das Kästchen zu sich heran und bog sich mit ein paar geschickten Handgriffen eine Haarnadel zurecht. Damit öffnete sie mühelos das kleine Schloss der Geldkassette. Diese Fähigkeit hatte sie sich als Kind selbst angeeignet. Unzählige verloren gegangene Hausschlüssel und ihre unstillbare Neugier zwangen sie dazu.

Hannah war an ihre Seite gesprungen, um gleich mit hineinsehen zu können.

Sebastian hielt sich höflich etwas zurück.

Bevor sie den Deckel hob, kicherte sie.

»Ich hoffe, da ist nichts Peinliches drin.«

»Na für ne Pornosammlung ist das Ding da zu klein! Na Los, mach schon!« Hannah war ungeduldig.

Sarah kippte den Inhalt des Kästchens auf den Tisch.

»Seht ihr, sage ich doch. Nichts Besonderes drin«

Sie blickte enttäuscht auf eine Handvoll Kleinigkeiten.

»Nur alter Schrott.«

Hannah zog einen lang gezogenen Schlüssel mit ungewöhnlich gezacktem Bart aus dem Stillleben und betrachtete ihn näher.

»Der hier sieht nicht aus wie Schrott.«

»So sehen für gewöhnlich Schließfachschlüssel in Banken aus«, sagte Sebastian.

»Oder Schlüssel für Gartenhäuschen oder Fahrradschlösser. Er könnte für alles Mögliche sein«, wand Sarah ein.

»Doch ernsthaft. Das wird ein Bankfachschlüssel sein« beharrte Sebastian. »Die sehen so aus.«

Sie schüttelte den Kopf. »Was sollte mein Vater denn mit einem Schließfach?« Sie legte den Schlüssel zurück auf den Tisch. »Aber ich muss morgen sowieso sein Girokonto auflösen. Ich kann den Schlüssel mitnehmen und nachfragen.«

Sie stütze ihr Kinn auf ihre Hände und betrachte die Gegenstände aus dem Kästchen. »Ein Schlüssel, ein Streichholzheftchen ... noch ein alter Schlüssel, eine Spielkarte und ein Geldschein. Um genau zu sein, eine 100-Dollarnote«.

»Vergiss nicht dieses verkohlte Engelsbildchen hier!«, sagte Hannah und warf es mit auf den Stapel.

»Warum hat dein Vater sich die Mühe gemacht, diesen ... Entschuldigung, alten Kram, so zu verstecken?«, fragte Sebastian.

Sarah sah ihn an. »Ich weiß es nicht. Desto mehr ich versuche herauszufinden, umso mehr denke ich, dass ich in dem Leben eines Fremden wühle.«

Kapitel 3

Am nächsten Tag blätterte Sarah in dem Buch, das sie in der Wohnung ihres Vaters gefunden hatte. Ein Großteil der Eintragungen stammte noch von ihrer Mutter. Man konnte also davon ausgehen, dass diese Nummern 15 - 20 Jahre alt waren. Danach hatte ihr Vater das Buch offensichtlich als Notizbuch genutzt. Kreuz und quer, ohne System oder Logik hatte er Namen, Adressen, Telefonnummern und Daten hineingekritzelt. Die meisten Nummern existierten nicht mehr, doch vorhin hatte sie bei einer tatsächlich jemanden erreicht. Eine Frau, aber sie sprach nur italienisch. Natürlich verstand Sarah kein Wort. Sie hatte versucht, es ihr zu erklären, aber die Frau redete einfach immer weiter. Scheinbar ohne, auch nur einmal Luft zu holen. Als Sie den Namen ihres Vaters nannte, wurde die Frau wütend. Und laut. Sarah war sicher, dass die Dame ihr alles Übel dieser Welt androhte und deshalb legte sie, ohne sich zu verabschieden, auf.

Die nächste Nummer war eine Handynummer. Sie gehörte einem Rechtsanwalt, der Leonard Monecelli hieß. In dem Notizbuch lag eine Visitenkarte von ihm. Es klingelte eine Weile, bis endlich jemand abnahm.

»Pronto!«, schrie er ins Telefon und Sarah nahm es sofort ein Stück vom Ohr.

Im Hintergrund hörte man Straßenlärm.

»Hallo? Hören Sie mich? Mein Name ist Sarah Avigliano. Ich hoffe, ich rufe nicht ungelegen an.«

Der Mann am anderen Ende antwortete nicht.

»Hallo?«

»Wer ist da, sagen sie? Hab ich den Namen nicht verstanden!«, schrie der Mann.

»Mein Name ist Sarah Avigliano. Entschuldigen sie die Störung«, sprach Sie jetzt lauter und betont deutlich.

»Mein Vater ist vor ein paar Tagen gestorben. Ihre Visitenkarte war in seinem Notizbuch. Kannten sie meinen Vater? Antonio Avigliano?«

»Toni! Er ist tot, habe ich gehört. Sie sind die Tochter? Wie sagt man? Mein herzliches Beisein. Eine schlimme Sache ist das!«

Sie konnte ihn jetzt besser verstehen. Offenbar hatte er sich an einen ruhigeren Platz zurückgezogen.

»Oh sie kennen ihn? Das ist gut. Ich habe nämlich eine Menge Fragen und suche verzweifelt jemanden, der ihm in letzter Zeit nahe stand. Sind sie sein Rechtsanwalt?«

»Nein, ich war nicht sein Anwalt. Er war ein Freund.«

»Sehr gut! Ich möchte gerne etwas mehr über ihn erfahren. Ich muss mich jetzt um vieles kümmern, und bräuchte ein paar Informationen. Können wir uns treffen?«

»Informationen? Was für Informationen?«

»Alles Mögliche! Ich hatte lange keinen Kontakt zu ihm und muss mich jetzt um den Nachlass und die Beerdigung kümmern. Allerdings kann ich keinerlei Unterlagen finden. Ich glaube, es war jemand in seiner Wohnung und hat die Sachen mitgenommen. Darum rufe ich alle Leute aus seinem Telefonbuch an, um herauszufinden, wer das gewesen sein könnte.«

»Signorina? Besser ist, wir treffen uns und reden. Am Telefon ist das nicht gut.«

»Gerne! Wann und wo ist es ihnen recht?«

»Ich brauche ein bisschen Zeit ... äh ... Morgen früh.«

»Wo denn?«

»Sagen wir ... zehn Uhr im Café Bauturm. Kennen sie das?«

»Ja, ich werde da sein.«

»Rufen sie bis dahin niemand mehr an. Wir reden. Dann sehen wir weiter.«

»Wie erkenne ich sie denn?«

»Kommen sie einfach. Ich werde sie finden.«

Sarah wollte noch etwas antworten, aber er hatte schon aufgelegt. Komischer Kauz.

Sie seufzte und nahm das Buch wieder zur Hand. Sie schlug es auf und überflog die Namen auf der nächsten Seite. Ihr Blick fiel auf eine der wenigen Eintragungen, bei denen Vor- und Nachname notiert waren. Herbert Kaltwasser stand dort in der Schrift ihrer Mutter. Klang irgendwie nicht nach einem Freund ihres Vaters.

»Kaltwasser?«, meldete sich eine sympathische Frauenstimme.

»Mein Name ist Sarah Avigliano. Ich hätte gern mit Herbert Kaltwasser gesprochen. Bin ich da bei ihnen richtig?«

»Ah sie wollen meinen Mann sprechen. Kleinen Moment bitte.«

Sie hörte, wie die Frau das Telefon beiseitelegte und ihren Mann rief: »Herbie! Telefon.«

Dann entfernte sich die Stimme. Sie konnte sie im Hintergrund mit jemandem sprechen hören.

»Eine Sarah. Nachnamen? Weiß ich nicht. Habe ich vergessen. Geh doch einfach mal dran. Sie will dich sprechen.«

Was er antworte konnte sie nicht verstehen. Aber gleich darauf kam Frau Kaltwasser geräuschvoll zurück in die Leitung.

»Hören Sie? Er sagt, er kennt keine Sarah.«

»Sagen sie ihm bitte, ich bin die Tochter von Antonio Avigliano.«

»Sie sagt, ihr Vater heißt Antonio Avi ...«

»Avigliano!«, rief Sarah ihr zu.

»Avigliano!«

Eine Weile war es still am anderen Ende der Leitung. Dann jedoch erklang eine raue Männerstimme.

»Herbert Kaltwasser. Wie kann ich ihnen helfen?«

»Guten Tag Herr Kaltwasser, mein Name ist Sarah Avigliano. Entschuldigen Sie die Störung. Aber kannten sie vielleicht Antonio Avigliano?«

Der Mann zögerte hörbar. Dann sagte er: »Warum wollen sie das wissen?«

»Ich bin die Tochter. Mein Vater verstarb vor ein paar Tagen und ich brauche Informationen. Da habe ich ...«

»Er ist tot? Was ist passiert?«

»Das weiß man nicht genau. Man hat ihn tot in seiner Wohnung gefunden. Die Todesursache ist ungeklärt.«

»Wann?«

»Vor ein paar Tagen.«

»Nein, wann genau?«

»Man hat ihn am Montagmittag gefunden. Warum wollen sie das wissen?«

»Es tut mir leid, aber ich kann ihnen nicht helfen.«

»Aber ... wenn sie meinen Vater doch kannten, können sie mir bestimmt etwas über ihn erzählen.«

»Damit sie mich verstehen. Ich war kein Freund ihres Vaters. Ich bin pensionierter Polizeibeamter. Meine Wege und die ihres Vaters kreuzten sich rein dienstlich.

Tut mir leid. Ich kann ihnen nicht helfen.«

»Dienstlich gekreuzt? Was meinen sie damit? Hallo?«

Der Mann hatte aufgelegt.

Herbert Kaltwasser stellte den Telefonhörer zurück auf die Station und wusste nicht, was er von diesem Anruf halten sollte.

»Herbie? Alles in Ordnung? Wer war die Frau?«

»Ja alles gut, Annemie. Ich kannte die Frau nicht wirklich. Ihren Vater habe ich gekannt. Der ist gestorben, hat sie erzählt.«

»Armes Mädchen. So was ist immer schlimm. Ich hoffe, sie kommt darüber hinweg.«

Sie zog ihre Kochschürze aus und hängte sie auf.

»Gehst du noch rasch mit Rüdiger raus? Ich bin nämlich gleich mit dem Essen fertig. Die Kinder kommen um sieben.«

Er nickte und nahm sich die Leine von der Garderobe. Dann zog er sich den langen englischen Wachsmantel über und griff nach seinem Hut.

Rüdiger, sein Rauhaardackel saß bereits vor der Tür und sah ihn klagend an.

Herbert nahm seinen Hut, zog ihn ins Gesicht und verließ das Haus. Rüdiger sprang kläffend vor ihm her.

»Nu lauf schon, du kleiner Dummkopf!«, schickte er den Hund an und setzte sich in Bewegung.

Nach einer Weile bog er nach rechts ab, um im Park die übliche Runde zu nehmen. Der Dackel kannte den Weg und rannte voraus.

Sarah Avigliano.

Sie hatte wie eine erwachsene Frau geklungen.

Aber natürlich, das war sie mittlerweile auch.

Damals war sie etwa sieben Jahre alt gewesen. Was war aus dem Kind mit den großen Sehnsüchten nach Ferne und Abenteuer geworden?

Er hätte sie fragen können.

»Bist du Artistin beim Zirkus geworden? Hast du dich auf einen Kreuzfahrtdampfer geschlichen und bist in die Karibik gereist? Hast du im Dschungel nach Schätzen gesucht?«

Sie hätte ihn für einen verrückten alten Sack gehalten. Bei dem Gedanken daran musste er ein bisschen lachen. Er war also tot. Und man wusste nicht warum. Er würde es herausfinden. Er würde Brandel anrufen. Wenigstens das wollte er wissen.

»Haben Sie einen Erbschein beantragt?«, fragte am nächsten Morgen der Bankberater. Er schob Sarah die Kündigung für das Girokonto zu.

»Erbschein? Nein. Brauche ich denn einen? Man hat mir gesagt, für die Auflösung des Girokontos brauche ich so etwas nicht.«

»Nun ja«, der Mann räusperte sich, »das stimmt auch, aber für die anderen beiden Konten bräuchten Sie schon einen.«

Vor ihm lag eine rote Dokumentenmappe.

»Andere Konten?«, Sarah zog verwundert die Augenbrauen hoch.

»Was für Konten?«

»Das ist es ja«, sagte er, »ohne einen Erbschein darf ich ihnen nicht viel erzählen. Ich kann nur sagen, dass zwei weitere Konten existieren, auf denen sich größere Summen befinden.«

Sarahs Augen weiteten sich.

»Ich habe keine Ahnung, wovon sie sprechen. Sind Sie sicher, dass Sie meinem Vater gehören? Ich wüsste nicht, woher er so viel Geld haben sollte.«

Der Mann seufzte. Er öffnete die Mappe und las aus einem der Schreiben ab.

»Wenn wir über Antonio Salvatore Avigliano sprechen, der am 31.12.1945 in Forno di Zoldo geboren wurde, dann - ja.«

Er sah sie an und lächelte.

»Und mehr dürfen sie mir nicht dazu sagen?«

Sie versuchte, einen Blick auf die Dokumente vor ihm auf dem Tisch zu erhaschen, aber die Schrift war zu klein.

»Es ist ja weiter nicht schlimm«, sagte er, »beantragen Sie den Erbschein und in ca. 4-6 Wochen kann ich ihnen alles genau erklären. Hier läuft nichts weg.«

Damit klappte er die Dokumentenmappe zu.

A. Avigliano stand auf dem Deckel.

»Ich lege mir die Akte auf Wiedervorlage.«

»In Ordnung. Nach wem frage ich dann?«

»Mein Name ist Andreas Sandmann.«

Sarah unterschrieb das Kündigungsschreiben für das Girokonto und schob es ihm wieder zu.

»Ich danke Ihnen. Ich hätte aber noch eine Frage.«, sie zog den seltsam geformten Schlüssel aus ihrer Tasche.

»Ein Freund sagte, es könnte sich hierbei vielleicht um einen Schließfach-Schlüssel handeln. Hatte mein Vater hier ein Schließfach?«

Er nahm den Schlüssel entgegen und betrachtete ihn genauer.

»Ihr Freund hat Recht. Das ist ein Schließfachschlüssel.«

Sarah horchte auf.

»Ist er von dieser Bank?«

Herr Sandmann schüttelte den Kopf.

»Nein. Und es ist auch nicht möglich, zu erkennen, wohin er gehört. Wenn sie es nicht wissen, ist er wertlos. Tut mir leid.«

Das Café Bauturm lag im Stadtzentrum und war, als Sarah eintraf bereits gut besucht.

Sie sah sich nach einem freien Platz um. Als zwei Frauen einen Tisch direkt am Fenster räumten, steuerte sie erfreut darauf zu.

Es duftete nach frisch aufgebrühtem Kaffee und Baguettes. Das Gemurmel der Leute, die sich um sie herum gedämpft unterhielten, hatte eine entspannende Wirkung auf sie.

Während sie darauf wartete, dass jemand ihre Bestellung entgegennahm, hing sie ihren Gedanken nach.

»Ich werde sie finden«, hatte dieser Monecelli gesagt. Es war ihr schleierhaft, wie er sie hier unter all den Leuten erkennen wollte.

Ungeduldig sah Sie sich nach einer Bedienung um. Eine Kellnerin mit raspelkurzem hellblondem Haar hielt am Tresen einen gemütlichen Plausch.

»Hallo!«, rief Sarah in ihre Richtung. »Ich möchte bitte etwas bestellen« Sie hatte beinahe das Gefühl, sie mit ihren Wünschen zu belästigen. Immerhin setzte sie sich daraufhin endlich in Bewegung und Sarah bestellte einen Milchkaffee. Als ihr der Kaffee gebracht wurde, sah sie auf ihre Uhr. Es war schon Viertel nach zehn. Entweder war der Typ nicht gekommen, oder er fand sie nicht.

Sie hielt nach jemandem Ausschau, der aussah wie ein Rechtsanwalt.

Dann sah sie, wie ein Mann zielstrebig auf ihren Tisch zusteuerte. Mit freudig erhobenen Händen begrüßte er sie: »Buongiorno Signorina! Haben wir nicht ein fantastisches Wetter heute?«

Er warf einen hastigen Blick auf seine goldene Armbanduhr. Dann zog er sich mit Schwung einen der Stühle heran und setzte sich ihr gegenüber. Er hob den Arm und winkte, ohne sich umzusehen, nach der Kellnerin.

»Mein Name ist Leonard Monecelli.«, stellte er sich vor, »Ich habe die Freude, mit ihnen verabredet zu sein!« Er unterstrich die Aussage mit einer Geste der Dankbarkeit.

»Guten Tag Herr Monecelli« grüßte Sarah ihn.

Schon stand die Kellnerin an ihrem Tisch und zückte den Notizblock. Nachdem Monecelli sich versichert hatte, dass Sarah mit allem versorgt war, bestellte er für sich einen Cappuccino und ein Glas Wasser.

Sein Mobiltelefon klingelte in unhöflicher Lautstärke. Er hob entschuldigend die Hand und nahm das Gespräch entgegen. Während des Telefonates sprach er italienisch und unangemessen laut; als habe er Sorge, dass sein Gesprächspartner ihn sonst nicht verstehen könne. Die freie Hand fuchtelte dabei Hin und Her und schien jedes seiner Worte unterstreichen zu wollen.

Einen Anwalt hatte Sarah sich irgendwie anders vorgestellt. Dieser Typ wirkte eher wie ein windiger Gebrauchtwagenverkäufer. Das machte auch die braune Aktentasche, die er dabei hatte, nicht wett. Sein Jackett war sicherlich hochwertig, aber es saß schlecht und war extravagant gemustert. Wenn jemand keinen Geschmack hatte, half eben auch viel Geld nichts. Bis auf ein paar Haarbüschel über den Ohren war er kahlköpfig.

Wie zum Teufel hatte er gewusst, wer sie war? Wie hat er sie erkannt?

Herr Monecelli beendete das Gespräch und zog ein Brillenetui aus der Innentasche des Jacketts. Nachdem er sich die Brille aufgesetzt hatte, sagte er:

»Signorina, noch mal mein Beileid. Es ist eine Tragödie! Wir alle werden ihren wundervollen Vater vermissen.«

»Wir alle? Wer ist denn wir?«

»Na ja ... alle, die ihn kannten. Er war bekannt hier in der Stadt. Viele kannten den guten Antonio.«

Nur seine Tochter nicht.

»Sie sagten, sie und mein Vater seien Freunde gewesen?«

»Ah Antonio und ich sind Freunde schon viele Jahre! Was wollen sie wissen Signorina? Sie sagen, sie brauchen Informationen. Was sind das für Informationen?«

»Ich hatte die letzten Jahre keinen Kontakt mehr zu ihm. Wir hatten kein gutes Verhältnis zueinander. Jetzt bin ich aber für seinen Nachlass und die Beerdigung zuständig. Ich müsste zum Beispiel wissen, wen ich zur Beerdigung einladen muss. Mit wem war er zuletzt befreundet? Ich muss die Wohnung auflösen, ich muss mich um die Möbel, den Telefonanschluss und all das kümmern. Aber ich habe nichts finden können, was mir dabei helfen könnte.«

»Was hofften sie denn, zu finden?«

»Einen Mietvertrag zum Beispiel.«

»Und das haben sie nicht gefunden?« Er runzelte die Stirn.

»Nein nichts. Es war alles sehr merkwürdig. Ich hatte das Gefühl, ... da war vor mir schon einer in der Wohnung.«

»Sie sollten sich nicht so viele Gedanken machen. Sie sind aufgeregt. Ihr Vater ist gestorben. Das ist normal, dass sie sich aufregen.«

»Ich würde gerne wissen, was für ein Mensch er war und was er für ein Leben führte. Es gibt so viele Dinge, die ich nicht verstehe.«

Das mit den Bankkonten behielt sie zunächst lieber für sich.

»Es wird für alles eine Erklärung geben. Ich werde ihnen gerne helfen. Der gute Leo wird das für sie machen. Um den Mietvertrag kann ich mich kümmern. Ich kenne die Vermieterin. Eine alte Freundin.«

»Um die Wohnung kümmere ich mich nach der Beerdigung selbst. Danke trotzdem. Ich komm dann vielleicht noch auf sie zurück. Gibt es sonst irgendetwas, was ich noch über meinen Vater wissen müsste?«

»Was meinen sie?«

»Na ja, war er denn krank? Ich wüsste gerne, woran er gestorben ist. Angeblich ist die Ursache ungeklärt. Aber es fällt doch niemand plötzlich tot um. Immerhin war er erst 55. Wissen sie, ob er gesundheitliche Probleme hatte?«

Er zog sich am Kragen. Entweder war ihm die Krawatte oder ihre Frage unbequem.

»Antonio war ein guter Mann. Gott habe ihn selig, aber er hat nicht sehr gesund gelebt, wissen sie. Oft habe ich gesagt: »Antonio du musst besser auf dich aufpassen. du musst mehr essen!« Er war dünn wie ein Stock! »Und du darfst nicht so viel Grappa trinken!«, habe ich gesagt. Aber er hat immer gelacht und gesagt: »Leo, der Grappa ist mein Essen und meine Medizin!«

»Sie meinen er war Alkoholiker?«

»Nein nicht so etwas. Aber er lebte nicht gesund. Ihm fehlte eine Frau, die ihm gute Pasta macht und für ihn sorgt.«

Nachdem er sage und Schreibe 4 Stück Würfelzucker in seinen Cappuccino gerührt hatte, setzte er die Tasse an und trank sie fast in einem Zug aus. Beinahe hätte sie sich bei dem Anblick geschüttelt.

»Glauben sie, dass ich mir einen Erbschein besorgen sollte?«

Er sah überrascht auf. Dann faltete er die Hände wie zum Gebet.

»Signorina, ihr Vater war ein wundervoller aber sehr einfacher Mann. Fleißig aber nicht reich. Er hat hart gearbeitet - sein Leben lang, aber er hat eher bescheiden gelebt.«

Sarah nickte.

»Den Eindruck hatte ich bisher auch.«

»Sie sollten nicht weiter in alten Zeiten suchen. Sie sind jung, beschäftigen sie sich mit schönen Dingen. Antonio hat erzählt, sie studieren Medizin.«

»Nicht Medizin. Ich studiere Jura. Aber ich überlege, nach diesen Semesterferien abzubrechen.«

»Oh ... sie sind eine junge, schöne Frau. Sie haben noch so viel Zeit!«

Dieser Mann würde ihr nicht weiterhelfen. So viel stand fest.

»Herr Monecelli, es war nett, sie kennenzulernen, aber ich müsste jetzt gehen.«

»Sagen sie Leo zu mir! Antonios Tochter sollte nicht Sie zu mir sagen!«

»Also gut, Leo, wenn ich ihre Hilfe brauche, würde ich mich freuen, wenn ich sie noch mal anrufen dürfte. Wo ist denn ihre Kanzlei?«

»Rufen sie mich privat an. Antonio war mein Freund, also bin ich auch ihr Freund. Rufen sie mich an, immer wenn sie Hilfe brauchen. Egal wann.«

»In Ordnung. Dankeschön.«

Er griff nach seiner Aktentasche, stand auf und reichte ihr die Hand.

»Signorina? Es war mir ein Vergnügen. Sagen sie, wann wird die Beerdigung sein?«

»Am Donnerstag wird der Leichnam freigegeben. Ich denke, Freitag wird die Beerdigung sein.«

»Arrivederci!« Er winkte über die Schulter und verließ das Café.

Sie sah ihm eine Weile nach und rief dann nach der Bedienung, um zu zahlen.

»Die Rechnung ist bereits beglichen«, sagte die blonde Kellnerin.

Sarah konnte sich nicht erinnern, dass Monecelli auch nur einmal den Tisch verlassen hätte. Wie hatte er dann zahlen können?

Kapitel 4

Sarah lag in der Badewanne.

Schon den ganzen Morgen wartete sie vergebens darauf, so etwas wie Trauer zu spüren. Immerhin begrub sie heute ihren Vater. Sie lehnte sich zurück, schloss ihre Augen, und ließ sich vom Lavendelduft umhüllen. Sie horchte in sich hinein, aber da war nichts außer innerer Anspannung und Erschöpfung.

»Du meine Güte! Wie kann man nur so heiß baden?«, fragte Hannah, als sie mit Kaffee und Keksen bewaffnet das Badezimmer betrat. Sie sah sie durch beschlagene Brillengläser verständnislos an.

»So badet man nicht, so kocht man Hummer!«

Sarah lächelte und nahm sich einen Keks.

»Hannchen, ich bin überhaupt nicht traurig! Das ist doch nicht normal! Mein Vater ist gestorben! Heute ist die Beerdigung und ich habe noch nicht einmal um ihn geweint!«

»Mach dich nicht verrückt. Das liegt an dem ganzen Stress der letzten Tage. Das ist normal. Du hattest doch gar keine Ruhe und Zeit für deine Gefühle.«, beruhigte Hannah sie.

»Meinst du wirklich?«

»Ja, und außerdem trauert jeder ein bisschen anders.«

»Ich bin froh, dass ich dich habe Hannchen!«

Zwei Stunden später waren sie auf dem Weg zur Beerdigung. Das Wetter war herrlich, deshalb fuhren sie Sebastians Cabrio offen. Hannah rutschte unbehaglich auf dem Beifahrersitz hin und her. Sie trug ein schwarzes Etuikleid und versteckte sich hinter einer großen Sonnenbrille.

»Wo treffen wir deine Mutter?«

»Sie wollte vor der Trauerhalle auf uns warten.«

Sie fuhren auf den großen Parkplatz gleich neben dem Vorplatz der Trauerhalle.

»Sagtest du nicht, das Ganze findet in absolut kleinem Rahmen statt?«, fragte Hannah und deutete in Richtung Trauerhalle.

Eine unüberschaubar große Menschenmenge bevölkerte den Vorplatz.

»Vielleicht finden ja mehrere Beisetzungen statt«, sagte Sarah.

Als sie den Wagen parkte, fiel ihr auf, dass der Porsche unter den hier abgestellten Fahrzeugen gar nicht so herausstach. Überall funkelten sündhaft teure Autos im Sonnenlicht um die Wette. Mittendrin erblickte sie den goldfarbenen Opel Manta ihres Patenonkels. Zwischen den mächtigen Limousinen und hochpreisigen Sportwagen sah er aus wie ein in die Jahre gekommenes Kinderspielzeug.

Sie bahnte sich mit Hannah einen Weg durch die Leute auf dem Vorplatz und suchte nach ihrer Mutter. Wie erwartet fanden sie Bettina vor der Trauerhalle. Sie sah müde und erschöpft aus. Sarah hatte sich erst gestern mit ihr getroffen. Und natürlich hatte sie ihrer Mutter alles über die merkwürdigen Umstände zu ihrem Vater erzählt. Aber Sie hatte stur behauptet nichts darüber zu wissen, und ihr nichts wissenswertes Neues über ihren Vater erzählen zu können. Sarah glaubte ihr kein Wort und war sich sicher, dass sie ihr etwas verschwieg. Obwohl sie immer noch verärgert war, tat es ihr jetzt leid, sie so niedergeschlagen zu sehen. Was bewegte ihre Mutter nur dazu, ihre eigene Tochter zu belügen?

»Hallo Mama, hast du nicht gut geschlafen?«

»Oh sieht man mir das an?«

»Es tut mir leid«, sagte Sarah und wollte ihre Mutter gerade in den Arm nehmen, als diese alarmiert aufsah und in die Richtung einer Gruppe Männer blickte.

»Warum hast du diese Leute eingeladen?«, fragte sie gepresst.

»Wen?«, fragte Sarah.

»Diese Leute dort. Und die dort drüben. Diesen ganzen verdammten Mob!«

Sarah sah zu den Männern hinüber.

»Ehrlich, ich kenne die nicht. Die gehören nicht zu uns.«

»Du Sarah ich glaube, es gibt hier heute aber nur diese eine Beerdigung« mischte sich Hannah ein. »Ich habe gerade die Frau vom Beerdigungsinstitut gefragt und sie meinte, die Leute müssten alle zur Beerdigung Deines Vaters gekommen sein.«

Sarah sah sich staunend um. Auf dem Vorplatz standen mittlerweile bestimmt 150 Personen. Die meisten Gesichter hatte sie noch nie gesehen. Sie selber hatte nur eine Handvoll Menschen informiert und auf eine Anzeige in der Zeitung hatte sie verzichtet.

»Passen die denn alle in die Trauerhalle?«, fragte sie sich bei dem Anblick der ganzen Menschen laut.

»Könnte gemütlich werden«, sagte Hannah.

Kopfschüttelnd betrachte Sarah die immer größer werdende Menschenmenge.

»Signorina Avigliano!«, tönte es plötzlich neben ihr. »Ich habe sie schon überall gesucht! Noch mal mein herzliches Beileid. Ich traure um ihren wundervollen Vater!«

»Herr Monecelli. Danke, dass sie gekommen sind.«

»Läuft alles zu ihrer Zufriedenheit? Sie wissen ja ich helfe gerne, wo ich kann.«

»Danke, das ist sehr freundlich«, bedankte sie sich. »Ich bin etwas überrascht, dass heute so viele Menschen hier sind. Ich habe selber kaum welche eingeladen. Haben sie vielleicht etwas damit zu tun?«

»No, Signorina. Aber Köln ist ein Dorf. Wenn einer etwas hört, sagt er es dem anderen und schon eine Stunde später wissen es alle. Er war sehr beliebt bei den Leuten.«

»Ja aber woher kannten sie denn? Außer Arbeiten hat er doch nicht viel gemacht, oder? Ich wüsste zumindest nicht, dass er ein Hobby hatte.«

»Sie denken wieder zu viel nach! Ich habe gesehen, sie haben ein neues Auto? Ich beglückwünsche sie zu dem Kauf. Es passt viel besser zu ihnen, als das andere. Es unterstreicht ihre Schönheit!«

Sarah lachte auf. »Das ist nur geliehen. Meins ist in der Werkstatt.«

»Ich bedaure, das zu hören, Signorina? Ich hoffe, sie haben eine gute Werkstatt? Ich könnte ihnen sonst eine empfehlen.«

»Danke, sehr nett. Aber er steht bereits bei VW auf der Neustraße. Ich glaube, das ist eine sehr gute Adresse.«

»Signorina. Wenn sie Hilfe brauchen, fragen sie Leo«, er deute so etwas wie eine Verbeugung an.

»Wer war das denn?«, fragte Hannah, als Monecelli sich entfernt hatte.

»Das war der Anwalt, von dem ich dir erzählt habe.«

»Der soll Anwalt sein?«, lachte Hannah.

»Halt dich von ihm fern«, sagte ihre Mutter und sah gedankenverloren in die Richtung, in die sich Monecelli entfernt hatte.

»Warum das?«, fragte Sarah, »Er sagt, er war mit Papa befreundet. Vielleicht kann ich seine Hilfe ja noch brauchen.«

So langsam ging ihr das Verhalten ihrer Mutter auf die Nerven. Wenn sie ein Problem hatte, dann sollte sie doch wenigsten die Karten offen auf den Tisch legen.

»Halt dich einfach von ihm fern«, wiederholte sie. »Er ist mir nicht geheuer«, setzte sie versöhnlich hinzu.

»Ich finde ihn auch merkwürdig«, sagte Hannah und zupfte an ihrem Kleid. »Irgendwie schmierig.« Dann sah sie belustigt auf. »Schau mal, wer da kommt!«

Vor ihren Augen kämpfte sich eine rundliche Dame energisch zu ihnen durch.

»Dahinten! Dahinten sind die Kinder!«, rief sie und winkte mit ihrer Handtasche. Es war Sarahs Patentante Mia gefolgt von ihrem Mann Henry. Mias frisch frisierter Lockenkopf wippte bei jedem Schritt und sie war mit einer Menge Goldschmuck behangen. Onkel Henry trug sein graurotes Haar zu einem strengen Seitenscheitel. Seine kleinen Augen blitzten nervös hinter der Brille hin und her.

Sarahs Mutter ging der Tante entgegen und die beiden Frauen umarmten sich herzlich.

»Lieber Herrgott noch, bis wir das hier gefunden haben! Und ich sag noch: Henry wir sind hier falsch. Hier ist doch unsere Sarah nicht! Hier ist nur so komisches Schickimicki-Volk!«

Henry gab Sarah die Hand, nickte kurz und stand dann etwas verloren neben seiner Frau. Er erinnerte Sarah immer an Beaker von den Muppetshow.

»Komm her Sarah, lass dich ansehen! Wie geht es dir. Ist ja schlimm mit dem Toni. Ich hab zu Henry noch gesagt, da kannst du mal sehen, wie schnell so was geht!«

Henry nickte und schob sich nervös die Brille zurecht.

»Ich freue mich sehr, dass ihr gekommen seid«, sagte Sarah und drückte ihre Tante.

»Ach du weißt ja, dass ich mit Deinem Vater nicht auskam, aber wir wollten dich in dieser Stunde nicht allein lassen.«

Zu Hannah sagte sie: »Du musst unbedingt mehr essen, Kind! An dir ist ja fast nichts mehr dran! Kocht ihr denn nicht vernünftig?«

Hannah grinste.

»Da ist sie ja! Unsere kleine, bezaubernde Sarah!«, kreischte jemand quer über den Vorplatz. »Eine richtige kleine Frau ist sie geworden.«

»Die hast du auch eingeladen?«, fragte Hannah amüsiert.

Tante Mia rollte mit den Augen.

»Frau Van Gogh!«, stöhnte sie.

»Mia!«, ermahnte Sarah ihre Tante, »Renate ist eine alte Freundin der Familie. Nenn sie nicht immer so!«

»Man könnte meinen, sie sei die trauernde Witwe höchstpersönlich«, sagte Hannah.

Die Frau, die jetzt auf sie zu stöckelte, trug ein hautenges schwarzes Minikleid und dazu ebenso schwarze Spitzenhandschuhe. Auf dem Kopf trug sie einen dramatischen Hut mit Trauerschleier.

Sarah grinste. »Sie ist ein wenig ..., sagen wir exzentrisch.«

»Bekloppt ist die!«, brummte Tante Mia, »Typisch Künstlervolk.«

»Ach sie ist Künstlerin?«, fragte Hannah. »Dann sei ihr verziehen!«

»Sie ist Professorin an der Kunsthochschule. In ihrer Szene ist sie eine ziemliche Hausnummer.«, erklärte Sarah.

Tante Mia machte eine wegwerfende Handbewegung. »Ich hab mal gesehen, was die so Kunst nennt!«

»Pst!«, machte Sarah.

»Sarah Liebes! Wie lange haben wir uns nicht gesehen?«, trällerte die schillernde Kunstprofessorin. Augenblicklich hüllte sie alle Anwesenden in eine kaum erträgliche Parfümwolke.

»Hallo Renate! Schön, dich zu sehen. Ich glaube, es ist ein paar Jahre her«, grüßte Sarah.

»Und jetzt führt uns diese Tragödie hier zusammen. Ist das nicht entsetzlich?«

»Ja, es war ein großer Schock.«

»Aber großartig siehst du aus! Unglaublich! Wie eine römische Gottheit! Ich habe gehört, du studierst Architektur!«

»Jura. Ich studiere Jura«, berichtigte Sarah.

»Sicher wirst du mal sensationelle Häuser entwerfen. Ach da ist ja auch Bettina! Bettina! Ist das nicht eine Tragödie?« Jetzt fiel sie ihrer Mutter um den Hals.

»Entschuldigt mich bitte, aber ich muss den Pater suchen und den weiteren Ablauf besprechen«, sagte Sarah.

»Geh du nur Kind!«, sagte ihre Tante, »Wir sind hier, wenn du uns suchst.«

Sarah lief Richtung Trauerhalle in der Hoffnung, Pater Norbert auf dem Weg dorthin abzupassen.

Sie sah sich einen Moment um und plötzlich glaubte sie, den Pater gesehen zu haben. Um ihn nicht gleich wieder aus den Augen zu verlieren, hechtete sie ihm hinterher und achtete nicht darauf, wohin sie dabei lief. Deshalb stieß sie mit einem älteren Mann zusammen.

»Oh das tut mir leid! Ich wollte sie nicht umrennen!«, entschuldigte sie sich, »Ich wollte nur dem Pater hinterher.«

Der Mann trug einen langen Trenchcoat und einen farblich dazu passenden Hut. Sie sah noch mal in die Richtung, in die der Pater verschwunden war. »Aber ich glaube, jetzt habe ich ihn verloren.«

»Tut mir leid«, murmelte der Mann.

»Sarah Avigliano« stellte sie sich vor und reichte ihm die Hand. Er sah sie überrascht an.

»Herzliches Beileid!«, sagte er knapp und ohne ihre Hand zu nehmen. »Tut mir leid, ... ich muss weiter.« Dann verschwand er ohne ein weiteres Wort in der Menge.

Sarah sah ihm nach und dachte, wer waren bloß all diese komischen Menschen hier?

Die Trauerhalle füllte sich rasch. Einige Leute mussten sogar stehen. Sarah setzte sich neben ihre Mutter in die erste Bank. Ihnen gegenüber hatte man die Urne aufgestellt und rund herum den Blumenschmuck drapiert. Daneben standen die Gestecke und Kondolenz-Kränze der Trauergäste.

In der Bank hinter ihr beklagte sich ihre Patentante über ihre drückenden Schuhe. Henry tat, wie immer, als hätte er sie nicht gehört.

Pater Norbert trat an die Kanzel und richtete sich das Mikrofon. Er räusperte sich mehrfach. Dann begann er, zu sprechen. Er erzählte der Trauergemeinde von Toni aus dem Tirol, der die Natur und die Berge so liebte.

»Was zum Himmel erzählt der da?«, dachte Sarah entsetzt.

»Und der Toni war überall beliebt und aß jeden Tag ein Stückchen Käse«, erklärte der Pater der Trauergemeinde.

Durften katholische Ordenspriester Alkohol trinken? Sollten sich alle anderen auch gerade fragen, von wem er da eigentlich sprach, und ob sie auf der richtigen Beerdigung waren, so ließ es sich keiner anmerken. Mit traurigen Gesicherten lauschten sie dem Blödsinn und manche nickten sogar zustimmend.

Man konnte dem Pater keinen Vorwurf machen. Wie sollte man einen Menschen beschreiben, den man nie gekannt hat. Ihr Vater war kein Kirchgänger und aus den spärlichen Informationen, die sie ihm im Vorgespräch gegeben hatte, bemühte er sich das Beste zu machen. Immerhin beschrieb er einen sehr netten Menschen, dachte sie. Sie, seine Tochter, hätte die Rede doch auch nicht besser halten können. Wer hier im Raum hatte ihn überhaupt gekannt?

Als die Urne später in das Grab gelassen wurde, trat Sarah an dessen Rand und schaute hinab. Der Duft der frisch ausgehobenen Erde kroch ihr in die Nase. Sie horchte in sich hinein. Doch sie empfand nichts. Sie versuchte, in ihrem Kopf ein paar Sätze des Abschiedes zu formulieren. Irgendetwas Nettes. Etwas Angemessenes. Doch es wollte ihr nicht gelingen. Sie ließ ihre Rose in das Grab fallen und ihre Augen blieben ohne Tränen.

Die Trauerfeier fand in dem hübschen Restaurant mit Biergarten statt, in dem ihr Vater zuletzt gearbeitet hatte. Obwohl sie kaum jemanden eingeladen hatte, fanden sich im Anschluss an die Beisetzung fast alle Trauergäste im Biergarten ein.

»So jetzt reicht es! Jetzt zieh ich die Dinger aus«, schimpfte Hannah, riss sich die Schuhe von den Füßen und stopfte sie in ihre Tasche. »Ich kann darin nicht mehr laufen. Das ist doch Quälerei!«

Barfuß lief sie neben ihr her.

»Du hast es bemerkenswert lange ausgehalten«, lachte Sarah.

»Ich hoffe, du weißt zu schätzen, was ich alles für dich tue.«

Sie legte Hannah einen Arm auf die Schulter.

»Du weißt doch Hannchen. Du bist die Allerbeste. Ich weiß überhaupt nicht, was ich ohne dich machen würde.«

Hannah sah sie an, als überlege sie, ob sie das ernst meinte. Dann verzog sie empört das Gesicht. »Du blöde Ziege!«

Munter plaudernd holten sie sich etwas Kaltes zu trinken und suchten ein ruhiges Eckchen. Von dort betrachteten sie eine Weile die anderen Trauergäste. Diese Trauergesellschaft war wirklich ungewöhnlich. Normalerweise würde niemand, der noch ganz klar im Kopf war, all diese Leute aufeinander loslassen. Dazu noch auf so engem Raum. Aber auf einer Beerdigung ging so etwas anscheinend.

Die Leute genossen im Sonnenschein ihre Erfrischungsgetränke und unterhielten sich angeregt. Renate hatte den Trauerhut abgelegt und plauderte mit zwei älteren Herren, die auf Sarah ein wenig belästigt wirkten. Sie hob ihr Weinglas und lachte schrill. Vermutlich über ihren eigenen Scherz. Tante Mia hatte sich ebenfalls ihrer Schuhe entledigt. Sie saß in einem Gartenstuhl und legte die Füße hoch. Während Mia ihrer Mutter vom letzten Türkeiurlaub erzählte, versorgte Henry sie mit Getränken und Häppchen.

Überall sah man Kellner hochvolle Tabletts durch die Mengen balancieren. Die ganze Veranstaltung mutete an wie ein spätsommerliches Gartenfest.

»Hast du das Gefühl, auf einer Trauerfeier zu sein?«, fragte sie Hannah.

»Nein. Um ehrlich zu sein, ich finde, es ist eine ganz schön schräge Veranstaltung. All diese Leute hier! Da drüben zum Beispiel steht eine Frau, die sieht aus wie die Tante aus dem Homeshopping-Sender.«

»Du meinst Lockenstab-Rachel?«, kicherte Sarah.

»Ja. Guck da drüben.«

»Sie ist es wirklich«, flüsterte Sarah ehrfurchtsvoll. »Lockenstab-Rachel. Sie ist es wirklich!«

Hannah schob sich eine imaginäre Lockenpracht zurecht und näselte: »Früher war ich hässlich, fett, doof und keiner konnte mich ausstehen. Seit ich den Super-3-Mega-Lockenstab benutze, hat sich mein Leben verändert! Heute bin ich Lockenstab-Rachel!«

Sarah prustete los und bekleckerte sich vor lauter Lachen mit ihrem Radler. Bis der düstere Blick einer Frau sie wieder ernst werden ließ. Offensichtlich verhielt sie sich nicht angemessen. Immerhin war sie die Tochter des Verstorbenen. Natürlich war sein Tod auch kein Grund zur Freude, aber er war in ihrem Leben so wenig präsent gewesen, dass er jetzt keine Lücke hinterließ. Sie war es gewohnt, ohne ihn zu leben.

»Ich hoffe, ich kann das hier alles bezahlen. Mit so vielen Menschen habe ich nicht gerechnet.«

Sie seufzte und stellte ihr Glas beiseite.

»Wenn der Bankmensch Recht hat, bist du bald steinreich. Dann lachst du über diese Rechnung«, versuchte Hannah, ihr die Sorgen zu nehmen.

Sarah lehnte sich im Stuhl zurück. Es war vorbei, dachte sie. Sie hatte ihn beerdigt. Sie spürte, wie die Anspannung der letzten Tage von ihr abfiel. Durch die Gläser der Sonnenbrille beobachtete sie die Menschen um sie herum.

Ein paar Meter entfernt stand ein junger Typ mit ein paar älteren Herren an einem Stehtisch. Auch einer von denen, die sie nicht eingeladen hatte. Sie schätzte ihn etwa so alt wie sich selbst. Er war groß, schlank und bildschön.

Sein dunkles Haar war korrekt geschnitten und er trug einen Anzug, der mit Sicherheit extra für ihn angefertigt worden war. Seine Schuhe funkelten im Sonnenlicht. Einen kurzen Moment trafen sich ihre Blicke. Seine eisblauen Augen fixierten sie wie ein wehrloses Beutetier. Unwillkürlich fröstelte es sie.

»Was ist das denn für ein aalglatter Typ. Kennst du den?«, fragte Hannah.

Sarah schüttelte den Kopf.

»Da kommt dein komischer Anwalt-Freund«, sagte Hannah eine Weile später.

»Sarah, Belissima!«, er nahm ihre Hände in seine und drückte sie. »Das haben sie hervorragend organisiert. Sehr schön. Wie geht es ihnen?«

»Danke Herr Monecelli. Mir geht es so weit gut«, antwortete sie.

»Aber ich sehe, dass sie erschöpft sind. Gehen sie nach Hause! Ruhen sie sich aus! Ich werde einen Fahrer ...«

»Ich glaube doch, dass die junge Dame alt genug ist, selbst auf sich aufzupassen, Leonard«, mischte sich eine unbekannte Frau in das Gespräch ein. Sarah schätzte sie auf Ende vierzig. Sie war elegant gekleidet und machte den Eindruck, als wäre sie Widerworte nicht gewohnt. Sie reichte Sarah die Hand.

»Mein Name ist Susanne Carboni. Es tut mir sehr leid um ihren Vater.«

»Danke«, antwortete Sarah. »Danke für ihr Kommen und ihre Anteilnahme. Woher kannten sie meinen Vater?«

Die Frau strich lächelnd ihr Kostüm glatt und sagte:

»Seien sie doch so freundlich und setzten sie sich zu uns. Dann unterhalten wir uns in Ruhe. Ich möchte

Antonios Tochter gerne näher kennenlernen. Und ich möchte ihnen jemanden vorstellen.«

Monecelli schob sich zwischen sie.

»Signora Sarah ist müde. Sehen sie das nicht?«

»Für mich sieht sie noch ganz frisch aus«, antwortete Frau Carboni kühl.

»Herr Monecelli, es ist nett, dass sie sich so um mich sorgen. Aber es ist nicht nötig.«

»Kommst du zurecht Sarah? Ich würde dann nämlich mal was essen gehen«, fragte Hannah.

»Klar. Mach das Hannchen. Bis gleich«, antworte sie.

Zu Frau Carboni sagte sie: »Ich setzte mich gerne auf ein Glas zu ihnen.«

Susanne Carboni bedachte Monecelli mit einem vernichtenden Seitenblick und führte sie an ihren Tisch, an dem zwei Männer saßen.

»Darf ich ihnen Salvatore Riga und seinen Sohn Luciano vorstellen?«, stellte sie ihr die Männer vor.

Luciano Riga nickte nur stumm zur Begrüßung.

»Mein Sohn spricht leider kein Deutsch«, erklärte Salvatore Riga ihr mit kratziger Stimme. »Susanne haben sie ja bereits kennengelernt. Meine rechte Hand und Freundin der Familie.« Sie konnte ihn kaum verstehen, weil er so leise sprach. Sie reichte ihm die Hand. Sein Händedruck hingegen war überraschend fest.

Sarah fiel es schwer, zu glauben, dass die beiden Männer Vater und Sohn sein sollten. Luciano war ein großer und kräftig gebauter Mann. Typ Kleiderschrank. Sein Vater hingegen war spindeldürr und ging ihm gerade bis zur Brust. Das Haar des Alten war schütter aber ordentlich frisiert. In dem faltigen Gesicht funkelten zwei kluge, listige Augen hinter dicken Brillengläsern und sahen sie prüfend an. Im Gegensatz zu seinem Sohn sprach er sehr gutes Deutsch. Er sprach leise, aber klar und deutlich.

»Antonios Tochter«, sagte er, während er ihre Hand ergriff und sie von oben bis unten musterte.

»Geben sie einem alten Mann die Ehre und setzten sie sich ein bisschen zu uns.«

»Gerne. Signore Riga«, antwortete Sarah und nahm Platz.

Sofort kam ein Kellner an ihren Tisch.

»Was trinken sie Signorina?«, fragte der Alte.

»Weißwein bitte.«

Der Alte gab die Bestellung auf. »Bringen sie Weißwein für die Damen, ein Wasser für meinen Sohn und mir einen Pfefferminztee. Achten sie darauf, kein kochendes Wasser zu nehmen. Das zerstört das Aroma.« Dann wandte er sich wieder Sarah zu.

»Wir hörten, sie studieren noch.«

»Ich studiere Jura«, antwortete Sarah.

»Kommen sie gut voran?«

»Ja, danke. Es läuft hervorragend«, log sie.

»Wann machen sie ihren Abschluss?«

»Nächstes Jahr im Herbst.«

Er nickte zufrieden.

»Sie fahren ein großes Auto für eine Studentin.«

Sie ging auf diese spitze Bemerkung nicht ein, sondern nippte an ihrem Weinglas. Stattdessen fragte sie: »Woher kannten sie meinen Vater, Signore?«

»Wir hatten geschäftlich miteinander zu tun.«

»Wir schätzten ihren Vater alle sehr«, fügte Frau Carboni hinzu. Aus irgendeinem Grund nahm sie ihr das nicht ab.

»Was für Geschäfte?«, fragte sie, »Mein Vater war Kellner.«

»Reden wir nicht über Arbeit an einem solchen Tag. Wichtiger ist: Geht es ihnen gut?«

»Danke. Das ist sehr freundlich. Ich habe alles, was ich brauche.«

»Darf ich fragen, was sie beruflich machen?«, fragte sie wieder an Riga gewandt.

»Signore Riga besitzt mehrere Firmen in der Stadt und auch außerhalb. In unterschiedlichen Branchen. Deshalb fällt es schwer, sich auf eine Berufsbezeichnung zu beschränken«, antwortete Frau Carboni lächelnd. »Sagen wir, er ist Unternehmer. «

»Wie werden sie jetzt ihr Studium finanzieren? Jetzt ... wo ihr Vater tot ist?«, fragte Riga.

»Öhm, so wie bisher auch ...« Ihr Vater hatte sie nie unterstützt. Aber gehörte sich das, so etwas auf seiner Beerdigung zu sagen? Das setzte ihren Vater nicht gerade in ein gutes Licht. »Ich ... ich komme zurecht«, antwortete sie und lächelte dünn.

Der Alte schob seine Teetasse angewidert von sich. »Dieser Tee ist eine Katastrophe!«

Sarah hatte die Lust, an seiner Gesellschaft, endgültig verloren. Was sie auch fragte, sie bekam nie wirklich eine Antwort. Umgekehrt fühlte sie sich unangenehm ins Kreuzverhör genommen. Deshalb gedachte sie aufzubrechen und verabschiedete sich. Bevor sie ging, steckte Frau Carboni ihr eine Visitenkarte zu.

»Sie können uns jederzeit anrufen. Sollten sie Probleme haben, helfen wir ihnen gerne. Und meiden sie diesen Monecelli. Der ist kein Umgang für sie.«

Sarah bedankte sich und steckte die Karte ein.

Kaum hatte sie sich von dem Tisch entfernt, war Monecelli wieder an ihrer Seite.

»Sie sollten sich von diesen Leuten fernhalten Signorina.«

»Genau dasselbe haben die mir über sie auch gesagt.«

»Sie sind verärgert. Das ist nicht gut. Sie sollten nach Hause fahren und das hier alles mir überlassen.«

»Wissen Sie Herr Monecelli. Den ganzen Tag wird mir geraten, dass ich mich von irgendwelchen Leuten fernhalten soll. Aber niemand sagt mir warum. Das hab ich langsam satt.«

»Sie verstehen nicht, Signorina Bella, diese Leute wollen nicht ihr Bestes!«

»Herr Monecelli ...«

»Sagen sie Leo. Bitte. Ich bin ihr Freund.«

»Also gut. Leo. Ich kann sie beruhigen. Mir waren die auch nicht sonderlich sympathisch. Ich habe das Gefühl, die wollten mich nur aushorchen. Wer sind die? Was geht hier vor? Sagen sie mir es!«

»Signorina, Bellezza, sie müssen nur wissen, dass sie nicht gut sind. Wenn sie Hilfe brauchen, kommen sie zu Leo.«

Sarah rollte mit den Augen und eilte Richtung Theke, wo Hannah auf sie wartete.

»Es sind keine guten Leute.«

Sarah seufzte. Sie wollte jetzt nur noch nach Hause.

Hannah sah sie mit fragendem Blick auf Leo an.

Sie schüttelte den Kopf, um ihr zu signalisieren, dass sie ihre Hilfe nicht benötigte.

»Auf Wiedersehen Leo«, sagte sie zu dem Anwalt und schüttelte ihm die Hand. »Wir hören uns.«

Sie ließ ihn stehen, ohne eine Antwort abzuwarten.

Sie musste mit dem Besitzer über die Rechnung sprechen. Hoffentlich akzeptierte er Ratenzahlung.

»Da brauchen sie sich keine Gedanken zu machen Frau Avigliano. Es ist alles bezahlt.«

»Wie, bezahlt?«, fragte Sarah den Restaurantchef völlig entgeistert. »Die Trauerfeier ist doch noch gar nicht zu Ende.«

»Ja ... trotzdem. Es ist alles beglichen. Für sie gibt es nichts mehr zu tun. Nochmals herzliches Beileid.«

»Sie sollten sich nicht verpflichtet fühlen ... nur, weil mein Vater hier gearbeitet hat.«

»Nein, nein. Sie verstehen mich falsch. Es hat bereits jemand anderes die Kosten übernommen.«

»Können sie mir sagen, wer das war? Ich würde mich gerne bedanken.«

»Tut mir leid. Die Person möchte nicht genannt werden.«

Kapitel 5

Den Tag nach der Beerdigung verbrachten Sarah und Hannah mit Fast Food auf der Couch. Während im Hintergrund ihre Lieblingsserie lief, sprachen sie die Ereignisse der letzten Tage immer wieder durch. Doch je mehr sie darüber nachdachten, umso merkwürdiger erschien ihnen die Geschichte.

»Ich weiß gar nicht, ob ich noch mehr wissen will. Das Ganze macht mir langsam Angst«, sagte Sarah.

»Ich würde mich freuen, wenn mir ein mysteriöser Unbekannter meine Rechnungen bezahlt«, grinste Hannah, »und wenn ich darüber hinaus die Chance hätte, reich zu werden, würde ich vielleicht schon noch die eine oder andere Frage stellen.«

»Wer weiß, was das für Geld ist. Woher sollte ein Kellner so viel Geld haben?«

»Vielleicht hat er nebenbei was verdient. Oder selbst geerbt. Das weißt du doch gar nicht.«

»Na ja, den Erbschein habe ich ja beantragt.«

»Genau. Und bis dahin bist du bestimmt schlauer. Da bin ich sicher.«

Sarah griff in die Chipstüte.

»Wirklich beängstigend finde die Reaktion meiner Mutter. Wir reden sonst immer über alles. Aber bei diesem

Thema verheimlicht sie mir etwas. Ich frag mich was. Und warum.«

»Vielleicht war sie auch einfach mit den Nerven runter. Sprich noch mal in Ruhe mit ihr.«

»Morgen kommt Sebastian.«

»Was verschafft uns das Vergnügen?«

»Mein Auto ist fertig. Ich muss den schicken Sportwagen wieder abgeben. Dabei habe ich mich an ihn gewöhnt«, grinste Sarah.

Hannah machte eine angewiderte Grimasse.

»Bald kannst du dir einen Eigenen kaufen.«

»Du spinnst!«, lachte Sarah.

»Lass uns noch mal in das Kästchen gucken«, schlug Hannah vor. »Vielleicht haben wir etwas übersehen.«

Sie stand auf, nahm das Kästchen aus dem Regal und legte es ihr in den Schoß.

»Los, lass uns noch mal gucken.«

Sarah seufzte. Dann öffnete sie das Kästchen, zog den Schlüssel heraus und hob ihn hoch.

»Objekt Nr. 1: der ominöse Schließfachschlüssel unbekannter Herkunft. Ist es der Schlüssel zu unerwartetem Reichtum? Zu einem Zeitreiseportal? Oder vielleicht doch nur zum Gäste-WC?«

Hannah kicherte.

»Gib her«, sagte sie und nahm ihr den Schlüssel aus der Hand. Sie drehte ihn in ihren Fingern hin und her, als hoffe sie, er würde ihr so sein Geheimnis offenbaren.

Sarah fischte den Geldschein aus dem Kästchen.

»Dann hier, Objekt Nummer 2: Die super Dollarnote! Falls wir mal in die USA reisen, machen wir damit so richtig einen drauf!«

Sie schnitt eine Grimasse und warf den Schein in Hannahs Richtung.

»Es fehlt dir an der nötigen Ernsthaftigkeit, meine Liebe!«, witzelte Hannah.

»Keine Sorge. Ich bin ernsthaft. Ernsthaft beeindruckt. Ein Streichholzheftchen! Es sind sogar noch 2 Zündhölzer drin! Zwar ohne Zündkopf, aber wir wollen ja nicht kleinlich werden. Und hier ein paar Pfennige, nicht zu vergessen der Knopf ...«

»Gib mir mal die Streichhölzer«, sagte Hannah.

»Was willst du damit?«

»Ich will sehen, was da aufgedruckt ist.«

»Bilder von irgendeiner Bar.«

Hannah tippte mit dem Finger auf das Heftchen.

»Nicht irgendeine Bar.«

»Sondern?«

»Eine Bar in der Schweiz. Da steht eine Adresse in Basel darauf.«

»Also gut. Eine Bar in der Schweiz. Und?«

»Sarah! Du hast einen Schließfach-Schlüssel und einen Hinweis auf die Schweiz!« Hannah strahlte sie mit aufgeregt leuchtenden Augen an.

»Du spinnst.«

»Vielleicht. Vielleicht aber auch nicht.«

Als Sebastian am nächsten Morgen mit ihrem kleinen Auto in den Hof fuhr, war Sarah entzückt. Sie hatten den Wagen in der Werkstatt gewaschen, gewachst und auf Hochglanz poliert. Sie war überglücklich, als sie das kleine Auto so funkeln sah. Sie lud Sebastian ein, noch auf einen Kaffee mit reinzukommen, und er nahm freudig an.

Hannah begrüßte ihn gewohnt knapp. Sarah hatte sie mal gefragt, warum sie ihn so ablehnend behandelte, und sie hatte geantwortet, dass sie solche Typen wie ihn nicht ausstehen könne. Von Beruf Sohn, mit Reichtum behangen. Sie hielt ihn für oberflächlich und versnobt.

Sie fand hingegen, dass er sehr bodenständig wirkte. Aber Hannah hatte ihn fest in eine Schublade gestopft und war nicht bereit, ihn dort wieder herauszulassen.

»Noch mal tausend Dank, dass du mein Auto abgeholt hast! Ich freu mich so, ihn zurückzuhaben. Auch wenn mir dein Flitzer echt Spaß gemacht hat.«

»Ich glaube, der Mechaniker hat mich insgesamt dreimal angerufen und gefragt, ob das unser ernst ist, ihn reparieren zu lassen. Aber ich hatte von dir ja strikte Anweisungen.«

»Ja. Danke. Ich hänge an dem Auto. Ich habe ihn mir damals vom Mund abgespart. Jetzt bin ich gespannt auf die Rechnung. Ich denke, die wird saftig sein.«

»Ich habe keine Rechnung für dich.«

»Ach schicken die mir eine zu?«

»Nein. Sie sagten, die Rechnung sei ...«

»... bereits bezahlt?«, fragte Hannah, ehe er seinen Satz beenden konnte.

»... Ja. Genau.«

»Und lass mich raten«, seufzte Sarah, »Sie wollten dir nicht sagen, wer die Rechnung übernommen hat.«

»Ja. Genauso«, antwortete Sebastian verwundert.

Sarah und Hannah sahen sich an.

»Was hat das zu bedeuten?«

Ich erzähle es ihm, dachte Sarah. Vielleicht hatte er noch mal eine ganz andere Idee zu allem. Sie drückte Sebastian sanft in den Sessel.

»Setz dich.«

»Ich hol uns Kaffee«, sagte Hannah und sprang auf. »Das wird ja anscheinend länger«.

»Wow!« War alles, was Sebastian zunächst sagen konnte, als Sarah ihren Bericht der letzten Tage beendet hatte.

»Das klingt ganz schön schräg. Ich kann verstehen, dass dir das Angst macht.«

»Und jetzt hat auch noch jemand die Werkstattrechnung übernommen«, sagte sie. »Wer bezahlt denn da alle meine Rechnungen?«

»Das muss ja einer gewesen sein, der wusste, wo dein Auto steht«, kombinierte Hannah und heftete ihren Blick anklagend auf Sebastian. Sie hob die Augenbrauen. »Und jemand, der genug Geld hat.«

Er hob abwehrend die Hände. »Nee, ganz ehrlich. Ich war es nicht.«

Hannah runzelte die Stirn. »Wusste deine Mutter, wo der Wagen ist?«, fragte sie.

Sarah schüttelte den Kopf. »Nein. Wir haben nicht darüber gesprochen.«

Sie stützte den Kopf in die Hände und massierte sich die Schläfen. *D*as wurde ihr alles zu viel.

»Wisst ihr was?«, seufzte sie, »Am liebsten würde ich ein paar Tage verreisen. Mal raus hier. Einfach weg.«

»Da dir jemand sämtliche Rechnungen bezahlt hat, kannst du es dir auf jeden Fall leisten«, lachte Hannah.

»Mir geht es ähnlich«, sagte Sebastian, »Ich habe in der letzten Zeit auch viel Stress gehabt. So ein Kurztrip wäre genau das Richtige. Würdet ihr mich mitnehmen?«

»Natürlich. Lasst uns alle drei verreisen«, antwortete Sarah. Hannah sah sie an, als hätte sie den Verstand verloren.

»Komm schon Hannchen, das wird sicher ein Spaß.« Sie schaute sie und Sebastian abwechselnd an und grinste frech.

»Ihr müsst ja nicht in einem Bett schlafen.«

Hannah streckte ihr die Zunge raus.

»Dann bestimme ich aber das Reiseziel!«

»In Ordnung«, stimmten Sarah und Sebastian zu.

»Wo soll es hingehen?«, fragte er.

Jetzt war es an Hannah zu grinsen.

»In die Schweiz! In die Schweiz! In die Schweiz!«, trällerte sie.

Herbert Kaltwasser betrat die Eingangshalle des Polizeipräsidiums und grüßte den Pförtner durch die Scheibe. Der Mann nickte und lächelte. Man kannte ihn hier also noch. Er brauchte nicht lange warten, bis die Tür ihm mit lautem Summen den Weg freigab.

Er war ein alter Narr. Er sollte seinen Ruhestand genießen und ein Gartenhäuschen bauen. Oder was Rentner sonst so tun. Stattdessen war er wieder hier und beschäftige sich mit diesem Dreck.

Neben den Aufzügen stand jetzt ein Süßigkeitenautomat. Den hatte es zu seiner Zeit noch nicht gegeben. Das war aber auch offensichtlich das Einzige, was sich verändert hatte.

Unsanft schlug ihm jemand von hinten auf den Rücken.

»Herbie Alter, hast du dich verlaufen? Bingo wird hier nicht gespielt.«

Herbert verschluckte sich fast vor Schreck.

»Pass bloß auf! Dir mache ich noch dreimal was vor! Wie siehst du überhaupt aus? Ist dein Rasierer kaputt?«

Der junge Mann griff sich belustigt an seinen Dreitagebart und zwinkerte ihm zu.

»Die Mädchen mögen das, Herby.«

Herbert verdrehte die Augen und seufzte. Michael Brandel, genannt Micky war einer der besten Polizisten, den er in seiner ganzen Laufbahn getroffen hatte, aber er war auch ein großer Kindskopf. Viel zu wild, unangepasst und eigensinnig. Aber vielleicht machte ihn genau das besser als die anderen.

»Du siehst aus wie ein verdammter Krokodiljäger!«, brummte Herbert. »Lass uns etwas Essen gehen. Ich hab Hunger.« Als er Richtung Aufzug ging, rief Micky: »Ne ne, alter Mann, das kannst du vergessen. Jeder Krankenhausfraß ist besser als das Zeug, das sie dir in der Kantine auftischen. Wir fahren woanders hin.«

»Hast du denn, um was ich dich gebeten habe?«, fragte Herbert.

»Natürlich habe ich es.« Er zwinkerte ihm zu und hob den Arm, unter dem er eine Akte geklemmt hatte. Dann drehte auf dem Absatz um und verließ schnellen Schrittes das Gebäude.

»Also ich fand das Essen eigentlich immer ganz in Ordnung.«, murmelte Herbert. Er zuckte mit den Achseln und folgte Micky nach draußen.

Wenig später saßen Sie in einem gemütlichen thailändischen Restaurant. Eine hübsche, junge Asiatin trat an ihren Tisch und verbeugte sich zur Begrüßung.

»Hallo Micky«

»Hallo Sanya«, sagte Micky, »schön, dich zu sehen. Ich will meinem alten Freund hier heute mal zeigen, was ein richtig gutes Thaiessen ist!«

Sie lächelte ihn verlegen an.

Dann sah sie Herbert an und sagte:

»Guten Tag. Darf ihnen schon etwas zu trinken bringen?«

»Bring uns zwei Bier. Schön kalt bitte!«, sagte Micky,

Herbert hob einwendend die Hand, doch Mick wehrte ab.

»Keine Widerworte! Ich bestelle! Zu diesem Essen brauchst du was zum Löschen.

Glaub mir.«

Zu Sanya gewandt sagte er:

»Einmal wie immer. Für meinen alten Freund hier dasselbe!«

»Gute Wahl«, sagte sie, lächelte verschwörerisch und verbeugte sich.

Micky lachte und sah ihr eine Weile nach.

»Jetzt weiß ich auch, warum du hier essen gehst«, stellte Herbert fest.

Micky legte lächelnd die Speisekarte zur Seite.

»Wie geht es Annemarie?«

Jetzt lächelte Herbert.

»Sie lässt sich nicht so leicht unterkriegen. Die Ärzte sind mehr als überrascht von ihrer raschen Genesung. Ich denke, wir haben es überstanden.«

»Das freut mich! Sie ist einfach großartig!«

Herbert nickte.

Sanya brachte das Bier.

»Und bei dir?«, fragte Herbert mit einem Blick auf die hübsche Bedienung.

Micky schüttelte den Kopf.

»Nein. Ich bin allein besser dran. Glaub mir.«

»Es ist nicht gut, zu lange allein zu bleiben. Man wird merkwürdig mit der Zeit«, sagte Herbert. »Unser Nachbar zum Beispiel ist, seit ich denken kann, allein. Neulich hörte Annemarie, dass er Vogelspinnen hält und Satan anbetet.«

»Kein Wunder, dass er keine Frau hat!«, lachte Micky.

Sie hoben ihre Gläser, um anzustoßen.

»Auf alle großartigen Frauen und merkwürdigen Männer.«

Das Essen wurde gebracht und es duftete köstlich.

»Hau rein Herby! Das ist das beste Waldcurry in ganz Köln!«, sagte Micky.

Er hatte Recht, es schmeckte hervorragend, aber schon nach wenigen Bissen brach ihm der Schweiß aus. Dankbar nahm er einen kräftigen Schluck von dem kühlen Bier.

»Gibt`s was Neues bezüglich Führungsstelle?«, fragte er, nachdem sie zu Ende gegessen hatten.

Micky stöhnte auf.

»Ich werde das nicht machen.«

»Du brauchst den Baustein aber, um einmal die Leitung ...«

»Nein Herbie. Ich will Polizeiarbeit machen. Sonst nichts. Ich lass mich nicht mit diesen Verwaltungshanseln zusammensperren.«

»Es wär doch nur für zwei Jahre. Sei nicht dumm. Irgendwann sind diese Türen für dich zu.«

»Was glaubst du, wie lange geht das gut? Wenn der wehrte, Kollege Herr Vonhoengen und ich zusammen ausrechnen, wie viele Drucker ein Kommissariat benötigt. Nach spätestens drei Stunden würde ich vollkommen ausrasten.«

»Irgendwann bist du zu alt um dich mit dem Pack da draußen rumzuschlagen. Dann bist du froh, wenn du vorgesorgt hast.«

»So wie du meinst du?«

»Es geht hier nicht um mich.«

»Erinnre dich doch an Deinen letzten Tag im Dienst Herbie! Hast du da etwa Akten abgestaubt? Nein. Du hast Schröder dem Drecksack in den Arsch getreten und 15 Kilo Heroin sichergestellt. So sieht`s doch aus. Also erzähl mir nix.«

Er schmiss eine dicke Aktenmappe mit Schwung auf den Tisch.

»Hier. Wie versprochen«, er klopfte auf die Mappe.

»Danke, dass du keine Fragen gestellt hast.«

»Es war nicht einfach, etwas rausfinden. Bis auf den aktuellen Todesfall sind alle anderen Daten sehr alt. Da lag schon ordentlich Staub drauf. Und darauf sitzen, wie du weißt noch staubigere Hintern.«

»Was kannst du mir denn zu dem Todesfall sagen?«

»Dieser Typ wurde durch seinen Arbeitgeber, einem Restaurantbesitzer, vermisst gemeldet. Die Feuerwehr hat die Tür geöffnet und ihn dann tot in der Wohnung gefunden. Bis hier hin also nichts Ungewöhnliches. Mehr gab die Akte nicht her, weshalb ich den zuständigen Kollegen dazu befragt habe.«

»Konnte er dir mehr sagen?«

»Er faselte nur was von statistisch ungeklärt, weil kein Hausarzt vor Ort gewesen sei und dass der Leichnam nur pro forma zur Gerichtsmedizin gebracht worden sei.«

»Was hat die Tatortaufnahme ergeben.«

»Es gab eigentlich so gut wie keine.«

»Was?«

»Riesige Schlamperei. Die kamen mir mit Arbeitsüberlastung und es wäre doch eh ne klare Kiste gewesen. Dann kamen die üblichen Klagen über Vorgangsdruck und Personalmangel.«

»Wer war der leitende Ermittler?«

»Kennst du nicht. Ein Neuer, von außerhalb. Netter Typ, aber er hat das Arbeiten nicht gerade erfunden, wenn du verstehst, was ich meine.«

»Hast du die Gerichtsmedizin gesprochen?«

»Ja und jetzt wird's richtig komisch.«

»Warum? Was war das Ergebnis der Obduktion?«

»Es gab keine«, antwortete Mick.

»Wie es gab keine? Es gibt immer eine. So ist es Vorschrift«, beharrte Herbert. »Haben sie einen Grund genannt?«

»Angeblich will man zukünftig im Rahmen der Verhältnismäßigkeit Personal und Arbeitsaufwand sparen. Und so werden Obduktionen nur noch bei konkretem Verdacht auf Fremdeinwirkung durchgeführt.«

»Das wird immer schlimmer«, fluchte Herbert.

»Aber das ist noch nicht alles«, sagte Mick, griff nach seinem Glückskeks und grinste.

Sarah packte ihre Tasche, denn morgen früh schon sollte es losgehen. Sie freute sich auf den kleinen Trip. Es würde ihr guttun, ein wenig raus zu kommen. Sie war länger nicht mehr weg.

Das Telefon klingelte.

»Avigliano?«

»Signorina! Ich hoffe, ich störe ...«

»Hallo Leo. Nein, Sie stören nicht.«

»Gut. Sehr gut. Ich habe mit der Vermieterin gesprochen. Von Antonios Wohnung. Sie hat gesagt, sie kümmert sich um alles. Sie müssen nur die Kündigung unterschreiben. Sie übernimmt sogar die - wie sagt man? Ausrümpelung?«

»Das klingt nett, aber die Dame wird sich noch etwas gedulden müssen.«

»Das Angebot ist überaus großzügig. Sie sollten nicht so lange warten.«

»Ich verreise ein paar Tage. Wenn ich zurück bin, werde ich mich darum kümmern.«

»Sie reisen? Das haben sie gar nicht gesagt.«

»Es ist eine spontane Idee. Ich reise nach Basel.«

»Basel. Warum in die Schweiz? Da ist noch nicht einmal Meer zum Schwimmen. Nur Berge überall. Haben sie mit jemand gesprochen oder was gefunden?«

»Tut mir leid Leo, ich muss jetzt auflegen. Ich melde mich bei ihnen, wenn ich zurück bin.«

Kapitel 6

Sarah hatte in einer kleinen, familiären Pension Zimmer gebucht. Beim Abendessen saßen sie zusammen und schmiedeten Pläne für die nächsten beiden Tage.

»Ich würde gern die Augusta Raurica besichtigen«, sagte Sebastian.

»Augusta was?«, fragte Hannah.

»Das ist eine alte römische Siedlung«, erklärte er.

Hannah tippte sich an die Stirn.

»Der Surfer hat den Verstand verloren.«

»Warum? Vielleicht ist es ja interessant?«, sagte Sarah.

»Altes römisches Zeug fand ich in der Grundschule schon grottenlangweilig!«, empörte Hannah sich, »Ich mein, es ist doch immer dasselbe: ein Haufen alter Steine. Kaputt noch dazu! Und nur weil sie schon so lange da rum liegen, stehen alle da und sagen oh! Und AH! Alte Steine! Wie wundervoll!«

»Dort steht eines der best erhaltenen antiken Theater«, versuchte Sebastian, es ihr schmackhaft zu machen. »Wenn du magst, kann ich dir was zu den alten Steinen erklären, damit du auch etwas damit anfangen kannst.«

Sarah sah Sebastian überrascht an. Das war eine bisher völlig unbekannte Seite an ihm. Er war nicht der oberflächliche Bonzensohn, für den Hannah ihn hielt. Da war sie sich mittlerweile sicher.

»Wir gucken es uns mal an«, sagte sie, »Du wirst es überleben, Hannchen. Wir versprechen dir, auch nicht oh und ah zu rufen.«

»Ich sehe schon«, seufzte sie, »ich bin überstimmt. Aber erst fahren wir zu dem Bistro.«

»Ich bin gespannt, ob wir dort überhaupt etwas finden.«

»Na irgendwas muss da ja sein. Sonst hätte dein Vater die Streichhölzer nicht mit in das Kästchen gelegt, sondern weggeschmissen«, sagte Hannah.

»Das war doch nur ein Krimskrams-Kästchen. Vermutlich sind sie rein zufällig darin gelandet«, sagte Sarah.

Als Sarah am nächsten Morgen aufwachte, fühlte sie sich frisch und war voller Tatendrang. Nach einer ausgiebigen Dusche trafen sie sich mit Sebastian im Speisesaal zum Frühstück. Er hatte an der Rezeption bereits einen Stadtplan besorgt und so studierten sie bei einer Tasse Kaffee und einem Croissant den günstigsten Weg zu dem Bistro.

Das silberne Kästchen mit dem Schlüssel und dem Streichholzheftchen hatte Sarah in der Tasche. Um sich die Mühe mit der Parkplatzsuche zu ersparen, und um ein wenig mehr von der Stadt zu sehen, gingen sie zu Fuß. Als sie ihr Ziel erreichten, war es bereits später Vormittag. Das Bistro war unauffällig und sah aus wie Hunderte andere Bistros auch. Sie suchten sich ein schattiges Plätzchen und bestellten sich etwas zu trinken.

»Da wären wir also«, sagte Sarah und sah sich um. »Ich habe ehrlich gesagt keine Ahnung, was wir hier sollen. Es ist ein völlig normales Bistro. Wer weiß, wo er die Streichhölzer herhatte. Vielleicht war er selber nie hier.«

»Ich würde das nicht völlig ausschließen«, sagte Sebastian.

Die Mädchen schauten ihn an.

»Na ja«, begann er vorsichtig, »du hast einen Schließfachschlüssel in der Tasche und wir sitzen genau gegenüber von einer Bank.« Er deutete auf das Gebäude auf der anderen Straßenseite.

»Oh ja natürlich!«, rief Sarah aufgeregt, »glaubst du etwa ...?«

»Ich weiß es nicht. Aber möglich wäre es und fragen kostet nichts, oder?«, er zwinkerte ihr zu.

»Gute Idee, Surfer«, sagte Hannah anerkennend und packte zusammen.

Sie zahlten und rannten wenig später hinüber zum Bankgebäude.

Sarah zog die schwere Glastür auf und blickte in die Empfangshalle aus spiegelblankem Marmor. Diese Bank hatte nicht viel mit der Sparkasse gemein, in der sie ihr Konto hatte. Am liebsten wäre sie gleich wieder umgedreht, doch Hannah schob sie unerbittlich weiter.

Es war kühl in dem Gebäude und so zog sie sich ihre Strickjacke fester um die Schultern. Ihre Schritte hallten. Selbst ein Flüstern erschien hier drinnen störend laut. Es gab keine Geldautomaten, keine Sitzgruppen und keine Displays mit Prospekten. Nur den nackten Marmor. Und daraus war auch der lang gezogene Tresen gefertigt, dem sie sich jetzt näherten. Dahinter saß erhöht ein Bankangestellter und schenkte ihnen keine Beachtung. Stattdessen starrte er wie gebannt auf seinen Computerbildschirm. Ab und zu rasten seine Finger über die Tastatur.

Ohne aufzusehen, grüßte er. »Griezi«

»Was kann ich für sie tun?«, fragte er und blickte über seine Brille hinweg auf sie hinab. Sarah legte den Schlüssel auf den Marmortresen.

»Diesen Schlüssel habe ich bei meinem verstorbenen Vater gefunden. Ich dachte ... vielleicht gehört er zu einem der Schließfächer hier.«

Kaum ausgesprochen kam ihr das Ganze fürchterlich töricht vor. Mit spitzen Fingern nahm Bankier den Schlüssel in die Hand und betrachte ihn wie ein seltenes Insekt. Da kam sie mit ihrem Spielzeugschlüssel in diese piekfeine Bank. Wahrscheinlich gehörte er wirklich nur zu einem Fahrradschloss.

Der Mann ließ sich Zeit mit seinem Urteil. Was guckte der denn da so lange? So viel war an so einem Schlüssel doch nicht dran!

»Und? Passt das Ding hier irgendwo?«, fragte Hannah ungeduldig.

Der Bankier schaute verärgert zu ihr hinüber.

»Wir sind einfach sehr gespannt«, erklärte Sebastian.

Der Bankier richtete sich auf und legte den Schlüssel auf den Tresen zurück. Dann räusperte er sich vornehm.

»Dies ist ein Schlüssel zu einem Schließfach in diesem Haus.«

»Ja. Ja. Jaaa!«, jubelte Hannah.

Sarah hielt sie zurück und zischte: »Beruhig dich.«

Zu dem Bankier sagte sie: »Wollen sie damit sagen, dass ich jetzt an das Schließfach darf?«

Der Bankier nickte und griff nach einem Formular.

»Füllen sie das aus. Unter Vorlage ihres Personalausweises oder Reisepasses und dem dazugehörigen Sicherheitscode können sie an die Inhalte des Schließfaches heran.«

»Sicherheitscode?«

»Der Pin. Das Passwort, wenn sie es so nennen wollen.« Er sah, dass sie nicht verstand. »Zu jedem, unserer Schließfächer gibt es zwei Schlüssel. Beide gehen nach Vertragsabschluss in den Besitz des Schließfacheigentümers. Mit einem Sicherheitscode wird vermieden, dass sich Unbefugte, Zugang zu dem Schließfach verschaffen.«

Sarah ließ die Schultern hängen.

»Hat ihr Vater ihnen den Sicherheitscode denn nicht mitgeteilt oder auf andere Weise hinterlassen?«

»Ich fürchte nein. Aber ich werde noch mal nachsehen. Danke.«

Hannah stemmte die Hände in die Hüften. »Wollen sie damit sagen, dass meine Freundin nicht an das Fach herankommt, wenn sie diesen blöden Code nicht findet?«

»Tut mir leid, so sind die Vorschriften. Ich brauche für die Legitimation ein Passwort.«

»Versuchen sie es mal mit: »Sesam öffne dich!«

Der Bankier wand sich pikiert ab.

Sebastian zog die vor Wut schnaubende Hannah von dem Tresen zurück und schob sie in Sarahs Richtung. Sie funkelte ihn böse an.

»Entschuldigung. Sie meint es nicht so«, sagte er zu dem Bankier. »Können sie uns denn sagen, wie dieser Code aussehen müsste?«, fragte er ihn. »Nur damit wir ihn erkennen, falls wir ihn finden.«

Der Bankier rückte auf dem Tresen seine Kugelschreiber zurecht. Sarah glaubte schon, er würde nicht mehr antworten. Doch dann sah er auf und sagte: »Bei dieser alten Schließfachanlage besteht der Code aus 9-11 Zeichen. Erlaubt sind nur arabische Zahlen und Großbuchstaben des lateinischen Alphabetes.«

»Vielen Dank für ihre Hilfe!«, sagte Sebastian und schob dann die enttäuschten Mädchen aus der Bank.

»So, wir gehen jetzt erst mal etwas trinken.«

Der Bankier nickte zum Gruß und wand sich wieder seinem Computer zu.

Als sie zum Bistro zurückkehrten, hatte Hannah sich noch nicht beruhigt. »Das hat den doch gefreut! Diesen Bankfuzzi! Das hab ich doch in seinem Gesicht gesehen!« Ihre Augen funkelten immer noch böse. »Tut mir leid«, äffte sie den Bankier nach. »Ohne Sicherheitscode dürfen sie hier nicht Mal aufs Klo!«

»Der hat die Regeln doch auch nicht gemacht.«, versuchte Sarah, sie zu beschwichtigen.

»Mich ärgert einfach, dass uns ein paar Zahlen davon abhalten sollen, das Schließfach zu öffnen. Die ganze Reise! Alles umsonst!«, Hannah warf die Getränkekarte verärgert zurück auf den Tisch.

»Hauptidee dieser Reise war es doch abzuschalten«, erinnerte Sebastian sie. »Mal raus zu kommen. Deshalb schlage ich vor, wir nutzen diesen herrlichen Nachmittag und besuchen jetzt die Augusta Raurica.«

Hannah rollte mit den Augen.

»Sebastian hat Recht Hannah. Vergessen wir das Ganze hier ein paar Stunden«, gab Sarah ihm Recht.

»Gut«, schnaubte Hanna. »Gehen wir alte Steine gucken.«

Sarah saß auf den Treppen des imposanten, antiken Theaters und sah in die Ferne. Sie streckte ihre müde gelaufenen Füße von sich und genoss die warme Nachmittagssonne. Trotz der Hitze waren sie über zwei Stunden über das Gelände der Augusta Raurica gewandert. Sie hatten sich eine Menge der römischen Ausgrabungen angesehen und das Museum besucht. Sebastian konnte ihnen in der Tat viel über diesen Ort erzählen und besaß das Talent, sein Wissen auf unterhaltsame und spannende Art weiterzugeben. Damit hatte er zuletzt sogar Hannah für die Ausgrabungen interessiert.

Sie saßen zwei Stufen unter ihr und studierten gemeinsam eine Informationsbroschüre des römischen Museums.

»Das ist ja witzig! Und diese Wirtin hat tatsächlich gedacht, das wären bloß alte Kuchenplatten?«, hörte sie Hannah fragen.

»Ja, sie hat sie mit ins Gasthaus genommen und erst mal ordentlich geschrubbt«, antwortete Sebastian und lachte. »Und am Ende sind es auch nichts anderes als antike Kuchenplatten. Da hatte die Frau ja gar nicht so Unrecht.«

Dieser Ausflug hatte ihnen allen gutgetan. Offensichtlich herrschte bei den beiden für eine Weile Waffenstillstand.

»Ich habe noch mal über den Sicherheitscode nachgedacht«, sagte Sarah.

Hannah und Sebastian sahen zu ihr auf.

»Mein Vater war nicht der Typ, der sich lange Zahlenreihen merken konnte. Das kleine Adressbuch ist voll mit Notizen.«

»Denkst du, der Code steht in dem Büchlein?«, fragte Hannah.

»Nein. Das glaube ich nicht. Ich habe euch doch erzählt, dass er die Eigenart hatte, wichtige Dinge zu verstecken. An den unmöglichsten Orten.«

»Und du meinst ...?«, begann Hannah.

»Ja. Er könnte ihn versteckt haben«, sagte Sarah.

»Aber na klar!«, rief Sebastian plötzlich. »Das ist doch naheliegend. Aber wo bewahrt jemand wie dein Vater einen Sicherheitscode auf?«

»Wäre es nicht logisch, wenn er den Code zusammen mit dem Schlüssel aufbewahrt?«, fragte Hannah. »Damit er ihn gleich zur Hand hat, wenn er ihn braucht.«

»Und wenn ihn ein Unbefugter findet? Der hätte den Code ja dann auch. Nein. Das glaube ich nicht«, wand Sebastian ein.

»Aber man könnte ihn in direkter Nähe verstecken«, überlegte Hannah. »Wo hattest du das Kästchen gefunden?«

»In einem Türrahmen zum Schlafzimmer«, antwortete Sarah.

»Gib mir das Ding noch mal«, forderte Hannah sie auf. »Vielleicht hat er den Code ja in das Metall geritzt, oder das Ding hat einen doppelten Boden.«

Sarah nahm das Kästchen aus ihrer Tasche und hob es hoch. »Da steht nichts.«

»Mach`s auf!«, befahl Hannah.

Sarah kippte den Inhalt auf die Steinstufen. Aber sie fand auch im Inneren keinen Code. Und einen doppelten Boden hatte es auch nicht. Minutenlang starrten sie zu dritt auf das geöffnete Kästchen. Sebastian wand sich als Erster ab.

»Da können wir noch hundert Jahre drauf starren. Da ist nichts. Du solltest nach unserer Rückkehr noch mal seine Wohnung auf den Kopf stellen. Möglicherweise hast du da etwas übersehen.«

»Vielleicht hat er die Daten eines Geburtstages oder einen Jahrestag genommen«, fiel Hannah ein.

Doch Sarah schüttelte den Kopf. »Er hat mir grundsätzlich einen Tag zu früh oder spät gratuliert. Geburtsdaten waren nun wirklich nicht sein Ding. Ich glaube, selbst seinen eigenen Geburtstag hat er nur behalten, weil es Silvester war.«

Sie seufzte und begann das Kästchen wieder einzuräumen. So viele Fragen. Keine Antworten. Zuletzt legte sie die Dollar-Note hinein. Sie wollte es schon schließen, als es ihr plötzlich wie Schuppen von den Augen fiel. *Versteckt in der Nähe des Schlüssels!* Dann sah sie die beiden anderen an. »Wie spät ist es?«

»Halb vier. Warum?«, fragte Sebastian.

»Weil ich wissen will, ob wir es noch rechtzeitig zur Bank schaffen«, sagte sie und grinste breit.

Irritiert sahen die beiden erst sich und dann sie an.

Sie sprang auf und rannte die Stufen des Theaters hinauf. »Los kommt! Ich glaube, ich habe den Code!«, rief sie.

Völlig außer Atem riss Sarah die schwere Glastür auf und stürmte in die Bank. Hinter dem Tresen fuhren zwei Bankangestellte alarmiert hoch und sahen zu ihr hinüber.

»Hallo ... ich noch mal!«, keuchte sie. Der Bankier von eben hob die Augenbrauen, trat einen halben Schritt zurück und wartete, was sie zu sagen hatte.

»Ich glaube, ich habe den Code«, sagte sie, »Darf ich es probieren? Bitte?«

Der Bankier warf einen Blick auf die Uhr und runzelte die Stirn. Sebastian zupfte Hannah mahnend am Ärmel und zischte: »Halt jetzt bloß den Mund.«

Sie fuhr herum und blinzelte ihn böse an. »Ich bin ja nicht blöd«, fauchte sie.

»Bitte! Ich bin dafür extra aus Deutschland hergereist«, flehte Sarah. »Ich beeile mich auch!«

»Also gut«, der Bankier nickte. »Dann folgen sie mir.«

Zu Hannah und Sebastian sagte er:

»Sie beiden möchte ich bitten, dort in der Wartezone Platz zu nehmen.«

Sarah folgte ihm über eine Treppe in eines der unteren Geschosse der Bank. Sie war mit Teppich ausgelegt und verschluckte jeden ihrer Schritte.

»Dies ist eine doppelt gesicherte Schließfach-Anlage.«, erklärte der Bankier auf dem Weg nach unten, »Hier am Terminal gebe ich ihre Personaldaten und die des Schließfachbesitzers ein. Die Daten werden gespeichert, um jederzeit nachvollziehen zu können, wer Zugriff auf das Fach hatte. Damit sich für sie der Zugang zu dem Raum mit den Schließfächern öffnet, müssen sie den Sicherheitscode eingeben. Wenn der Code korrekt ist, wird mir der Computer die dazugehörige Schließfachnummer anzeigen. In dem Raum können sie dann ihr Fach mit dem Schlüssel öffnen. Für diese Zeit sind sie dort selbstverständlich allein und völlig ungestört. Sie dürfen hineinlegen und herausnehmen, was sie wollen, solange es den gängigen Vorschriften entspricht.«

Sarah versuchte zuzuhören, doch ihre Gedanken schweiften ständig ab. Sie waren unten angelangt und der Mann sprach noch immer. Sie hatte nur die Hälfte mitbekommen, aber sie nickte einfach. Während der Bankier die Personaldaten in den Computer eingab, zog sie den 100 Dollar Schein aus ihrer Tasche und betrachtete ihn. Hoffentlich hatte sie Recht. Wie peinlich, wenn sie sich irre. Der Bankier war bereit.

»Sie können den Code eingeben.« Er schob ihr eine viereckige Tastatur mit Buchstaben und Zahlen zu. Verwundert betrachte er, wie Sarah den Geldschein auf den Tresen legte. Sie begann zu tippen. Vor lauter Aufregung vertippte sie sich prompt.

»Kann ich ihnen helfen?«, fragte er.

»Ja bitte« Sarah reicht ihm den Geldschein. »Die Registriernummer. Das müsste er sein. Der Code.«

Sie nickte ihm noch mal zu, wie zur Versicherung, dass sie es ernst meinte. Der Bankier begann, ihr die Nummer zu diktieren. Im Anschluss wand er sich erneut seinem Computer zu. Schier endlose Minuten geschah rein gar nichts.

»Sie können den Schließfachbereich jetzt betreten. Ihre Fachnummer ist 537. Rufen sie mich über die Klingel, wenn sie fertig sind. Außerdem möchte sie bitten, unsere Öffnungszeiten zu beachten und nicht zu lange hier unten zu verweilen.«

Mit einem lauten Klacken sprang die gepanzerte Tür vor ihr auf. Sie hatte es tatsächlich geschafft! Der Raum dahinter war unspektakulär. Rings herum waren Schließfächer in die Wand eingelassen. In der Mitte standen ein großer Tisch und ein Stuhl. Über der Tür mahnte eine Uhr und sie zur Eile. Sie zuckte kurz zusammen, als die Panzertür hinter ihr zufiel. Sie fand das Fach 537 schnell. Es war eines der Größeren. Der Schlüssel glitt in das Schloss und die Schließfachtür sprang auf. In dem Fach war eine Art Geldkassette eingelassen, die man an einem Griff herausnehmen konnte. Sarah zog die Kassette aus dem Fach und fast wäre sie ihr heruntergefallen. Sie war deutlich schwerer, als sie erwartet hatte. Sie hievte sie mit aller Kraft auf den Tisch und schnappte erst mal nach Luft.

Was war da bloß drin? Was besaß er nur, dass man es in so einem Schließfach aufbewahren musste? Diese Frage hatte sie sich bisher nicht wirklich gestellt. Mit zitternden Fingern öffnete sie die Verschlüsse der Kassette. Instinktiv sah sie sich um. Natürlich war außer ihr niemand im Raum, also hob sie den Deckel.

»Sesam öffne dich«, flüsterte sie dabei.

Beim Anblick des Inhaltes weiteten sich ihre Augen. Jetzt wusste sie, warum das Ding so verdammt schwer war! Die Kiste war voller Goldmünzen. Sie nahm eine in die Hand und betrachtete sie genauer. Sie funkelte in dem

Licht der Neonröhren. Mittig war eine springende Antilope abgebildet. Ehrfurchtsvoll legte sie die Münze zurück. Das war ja eine richtige Schatzkiste! Das war Krügerrandgold! Die mussten ein Vermögen Wert sein. Ihr alter Herr war offensichtlich ein ganz schön reicher Mann gewesen. Etwas zu reich für einen Kellner. Dann fiel ihr Blick auf ein braunes Kuvert. Sie nahm es heraus und schüttete den Inhalt auf den Tisch neben die Kiste. Ungefähr ein halbes Dutzend Reisepässe lagen vor ihr. Was zum Teufel ...

Die Pässe gehörten zu unterschiedlichen Männern. Immer andere Namen, Geburtsdaten und Nationalitäten. Aber in jedem klebte das Passbild ihres Vaters ... Sie wirkten echt, und doch wusste sie, dass es Fälschungen sein mussten. Sie hatte jetzt nicht die Zeit sich alles im Einzelnen anzusehen. Sie legte die Pässe neben die Kiste. Unter den Goldmünzen fand sie ein schwarzes Samtsäckchen gefüllt mit winzigen glitzernden Steinchen. Diamanten ...

Er besaß nicht mal ein eigenes Auto. Aber Diamanten? Weiter unten lag ein kleiner Metallkoffer. Sie hob ihn auf den Tisch. Auf dem Koffer stand in Großbuchstaben BERETTA. Sie ließ die silbernen Verschlüsse aufschnappen. Darin lag, in dunkelblauen Samt gebettet, eine Schusswaffe.

Sarah schnappte nach Luft. Unwillkürlich sah sie sich im Raum um. Sie schaute hoch zur Decke. Kameras? Nein. Offenbar nicht. Gut. Sie konnte ihren Puls hören. Die Uhr über der Tür schien immer lauter zu ticken. Wie die Uhr einer Bombe, die drohendes Unheil ankündigte. Wie lange war sie jetzt schon hier unten? In ihrem Kopf überschlugen sich die Gedanken. Wieder starrte sie auf die Waffe. Ob die wirklich echt war? Wozu hatte er das Ding? War das nur ein Sammlerstück oder wollte er damit auf jemanden schießen? Vorsichtig strich sie über das kalte Metall, als fürchte sie, jeden Moment von ihr angegriffen zu werden. Wie ein Sammlerstück sah sie nicht aus. Eigenartig fasziniert nahm sie die Pistole in die Hand. Sie war schwer und schien nagelneu zu sein. Und Munition war auch dabei. Die anderen fragten sich bestimmt, wo sie blieb. Was erzählte sie gleich bloß? Das würde sie später in Ruhe entscheiden. Lautes Klopfen an der Tür ließ sie erschrocken zusammenfahren. Hastig versteckte die Pistole in ihrer Jackeninnentasche. Dann starrte sie zur Tür. Hinauf zur Uhr. Wieder zur Tür. Sie musste was tun. Sie konnte hier nicht nur blöd rumstehen.

»Hallo?«, rief der Bankier. »Kommen sie bitte zum Ende!«

Sie wirbelte herum, schmiss die Pässe zurück in die Kassette, klappte den Deckel zu und verstaute sie wieder in ihrem verschwiegenen Fach. Vielleicht vergaß sie das hier besser alles. Das wäre das Beste. Abhauen und vergessen. Ganz einfach. Sie hatte das hier nie gesehen. Wieder klopfte es an der Tür. Hörbar ungehalten. Sie musste sich das erst mal durch den Kopf gehen lassen. Und dann musste sie mit Ruhe zurückkommen. Oder nie mehr.

Schweißgebadet klingelte sie nach dem Bankier. Und dann fiel ihr ein, dass sie die Waffe nicht zurückgelegt hatte. Oh nein ... Oh nein! Verdammt!

Aber es war zu spät.

Er öffnete die Panzertür und sein Blick verriet ihr, dass er endlich Feierabend haben wollte.

»Nehmen sie etwas mit?«, fragte er.

»Was?«

»Ob sie etwas mitnehmen? Ich müsste es dokumentieren.«

»Nein - es gibt nichts zu dokumentieren.«

Kapitel 7

In der folgenden Nacht machte sie kein Auge zu. Ihre Gedanken kreisten unablässig um das Schließfach und die Geschehnisse der letzten Tage. So lief sowas einfach nicht. Man erbte von seinem Vater ein renovierungsbedürftiges Reihenhaus oder einen unerzogenen Dackel. Aber keine 9-mm-Beretta und Krügerrandgold. Die Waffe ... Das Ding lag in ein Handtuch gewickelt in der Reisetasche. Ein besserer Platz war ihr in der Eile nicht eingefallen. Zu Hause musste sie es so schnell wie möglich wieder loswerden. Weder Hannah noch Sebastian wussten bisher davon. Sie hatte ihnen lediglich gesagt, dass sie in dem Fach etwas Gold gefunden hatte. Etwas Gold. In dem Schließfach lag ein Vermögen. Das alles war so ungeheuerlich, dass sie erst mal in Ruhe darüber nachdenken wollte. Und vielleicht wollte sie es auch nur nicht wahrhaben. Der alte Vater, der nie da war, war ihr lieber gewesen, als der Neue. Der Tote, der mit den dubiosen Freunden und dem Schließfach. Monecelli hatte Recht. Sie musste aufhören, in der Vergangenheit zu graben. Das war sein Leben gewesen. Sie hatte bisher nicht daran teilgehabt, also warum sollte sie das nach seinem Tod ändern.

»Was wirst du nun tun?«, fragte Sebastian auf dem Weg nach Hause. Er schaute durch den Rückspiegel zu ihr nach hinten. Hannah blätterte auf dem Beifahrersitz in einem Computermagazin.

»Ich mache erst mal gar nichts. Ich hab genug Sorgen, um die ich mich kümmern muss. Unbezahlte Rechnungen zum Beispiel.«

»Wahrscheinlich ist es wirklich das Beste«, sagte Sebastian.

»Ihr seid mir ja zwei Hasenfüße!«, schimpfte Hannah und klappte ihr Magazin zu. »Du kannst doch das Gold nicht einfach dort verrotten lassen. Die unbezahlten Rechnungen könntest du damit schon mal aus der Welt schaffen. Und was ist mit den Konten? Ich mein, wahrscheinlich bist du jetzt stinkreich.«

»Ich fahr hier raus, ich muss tanken«, sagte Sebastian. »Hast du mal überlegt, woher dieses ganze Geld stammt? So viel verdient niemand mit Pizza backen«, wandte Sarah ein.

»Gut, vielleicht hatte er ein Geheimnis. Aber es muss doch nicht gleich was Kriminelles sein«, gab Hannah zu bedenken.

Sebastian stieg aus, um den Wagen zu tanken. Hannah drehte sich zu ihr um.

»Mensch Sarah, lass dir doch von dem Surfer keine Angst einreden.«

»Hannchen! In dem Schließfach ...«, sie senkte die Stimme »da waren Reisepässe für bestimmt ein Dutzend verschiedene Identitäten!«

»Vielleicht war er Geheimagent oder so was?«

Sarah griff sich an den Kopf.

»Was denn? Glaubst du, das gibt`s nicht?«

»Da war auch eine Schusswaffe drin.«

»Eine Echte ...?«

»Soweit ich das beurteilen kann, schon. Sie ist schwarz und schwer. Ich hab sie in der Reisetasche.«

»Du hast was? Bist du wahnsinnig?«

»Es war ein Versehen.«

»Niemand trägt aus Versehen eine Waffe spazieren! Du bist echt unglaublich. Du lässt das Gold da und schleppst die Wumme mit!«

»Das war doch gar nicht ...«

Sebastian kehrte zurück und sie setzten die Fahrt schweigend fort. Sarah lehnte sich in den Sitz und schloss die Augen. Nach einer Weile sah Sebastian in den Rückspiegel und runzelte die Stirn.

»Merkwürdig«, murmelte er.

Hannah sah ihn fragend an.

»Was denn?«

»Der Wagen hinter uns. Der schwarze SUV. Ich habe das Gefühl, er folgt uns.«

Sarah schlug die Augen auf. Hannah stöhnte genervt.

»Hör auf mit dieser Panikmache! Sarah ist schon verängstigt genug, du brauchst jetzt nicht auch noch Verfolger erfinden.«

Sie sah nach hinten aus dem Fenster.

»Im Moment fährt doch jeder Dritte so ein Ding.« »Ich könnte schwören, dass genau dieser Wagen bereits vor dem Tanken hinter uns fuhr«, beharrte Sebastian.

Hannah rollte mit den Augen.

»Wir werden ja sehen, ob er gleich nach der Passkontrolle noch da ist«, sagte er.

»Passkontrolle?«, fragten sie und Hannah wie aus einem Mund.

»Ja, da vorne!«

»Aber ...« Sarah spürte, wie ihr übel wurde, »Das war doch auf dem Hinweg auch nicht.«

»Die machen ja auch nur Stichprobenkontrollen.«

»Dreh sofort um!«, befahl Hannah. Sie war jetzt noch bleicher als sonst.

Sebastian lachte.

»Spinnst du? Ich glaube nicht, dass das clever wäre. Keine Sorge, das sind reine Routinekontrollen. Das sind wir nur nicht mehr gewöhnt.«

»Nein, Sebastian. Du verstehst nicht.«

»Herrje, was ist denn los? Hat eine von euch einen Joint in der Tasche oder was?«

»Nein. Eine Pistole«, antwortete Hannah trocken.

»Sehr witzig«

»Das ist kein Scherz Sebastian. Ich habe eine Schusswaffe in der Reisetasche«, schrie Sarah ihn an.

Sie war froh, dass er jetzt nicht vor Schreck voll auf die Bremse getreten hatte. Denn es gab kein Zurück mehr. Kreidebleich rollte er auf den Grenzgang zu. Die Zollbeamten näherten sich ihnen und Sebastian ließ sein Fenster hinunter. Der Beamte auf Hannahs Seite klopfte gegen das Glas, um ihr mitzuteilen, dass auch sie die Scheibe runterlassen solle.

»Griezi, die Ausweise bittschön«, grüßte der Grenzbeamte freundlich und ließ dabei gleich seinen geschulten Blick durchs Auto schweifen. Mit zitternden Fingern reichte Sarah den Pass nach vorne an Sebastian weiter. Hannah kramte hektisch in ihrer Handtasche.

»Ich hab ihn gleich! Eben war er noch ...«

»Haben sie etwas zu verzollen?«, fragte der Beamte.

»Nein. Wir waren nur ein Wochenende zum Ausspannen in Basel«, erklärte Sebastian.

Jetzt steckte auch der andere Beamte seine Nase ins Auto. »Griezi, mitenand«

Sarah bemühte sich, so unbekümmert wie nur möglich zu wirken, und zwang sich zu einem Lächeln. Ihre Hände waren schweißnass. Der Beamte auf Sebastians Seite studierte seelenruhig ihre Pässe.

»Da ist er!«, rief Hannah. Sarah zuckte erschrocken zusammen. »Ich wusste doch, dass er da drin ist!« Hannah lachte gekünstelt und reichte Sebastian den Ausweis.

Sarah verfolgte wie paralysiert jede noch so kleine Bewegung der Beamten, als könne sie so voraussehen, was sie als Nächstes tun würden.

»Ihre Ausweise sind in Ordnung. Bittschön steigen sie alle einmal aus, damit wir das Auto anschaun können.«

Sarah stockte der Atem. Jetzt waren sie geliefert. Mit flatternden Fingern löste sie den Sicherheitsgurt.

»Entschuldigung. Ist das denn nötig? Wir haben es eilig«, sagte Sebastian.

»Einen Moment, bittschön«, antwortete der Beamte, hob sein Funkgerät ans Ohr und trat ein Stück zur Seite.

Sebastian hatte versucht, sie davon abzubringen, aber das würde nicht gelingen. Wahrscheinlich hatte er sich damit nur noch verdächtiger gemacht. Sarah ließ sich in den Autositz sinken. Bestimmt würden sie verhaftet und alles war ihre Schuld. Die Story mit dem Schließfach glaubte ihr doch kein Mensch! Die beiden Beamten sprachen miteinander und der eine zeigte ständig zu einem Pkw neben ihnen hinüber. Dort standen zwei weitere Grenzbeamte mit einem Spürhund. Konnten diese Hunde eigentlich auch Waffen aufspüren? Sie warteten. Keiner wagte, auch nur ein Wort zu sprechen. Es kam ihr vor wie eine Ewigkeit. Dann endlich steckte der zweite Beamte wieder den Kopf durchs Fenster und gab ihnen die Pässe zurück.

»Bittschön«, sagte er, »Wir können ihr Auto doch nicht anschaun, wir haben da drüben eine größere Sache. Gute Reise! Adieu!«, er hob die Hand zum Gruß und folgte seinem Kollegen.

»Nichts wie weg hier!«, zischte Hannah.

Sebastian startete den Wagen. Erst als sie die Schweiz hinter sich gelassen hatten, donnerte er los.

»Sagt mal, seid ihr denn von allen guten Geistern verlassen? Wir hätten im Knast landen können!«

Hannah kicherte leise. Aber Sebastian war ehrlich aufgebracht.

»Sarah! Was denkst du dir dabei? Wo hast du das Ding überhaupt her?«

»Aus dem Schließfach«, flüsterte sie kleinlaut.

»War da sonst noch was drin, von dem ich besser wissen sollte? Bisschen Plutonium vielleicht?«

Jetzt kicherte auch Sarah. Die abfallende Anspannung wirkte auf sie wie Alkohol.

»Ich glaube das nicht. Wir wären fast verhaftet worden und ihr Hühner kichert bloß albern rum!«

Aus dem Gekicher wurde Gelächter und schon bald kullerten Hannah und Sarah dicke Lachtränen die Wangen herunter.

Sebastian kam nicht mehr umhin. Er musste grinsen. Er schlug aufs Lenkrad.

»Fürchterliche Weiber!«

Dann lachte auch er.

»Ach du meine Güte!«, rief Hannah, als sie die Wohnungstür der WG sah. Sarah drängte sich an ihr vorbei.

»Was ist los?« Und dann sah sie es auch. »Oh nein.«

Die Tür stand offen. Das Schließblech war verbogen und das Holz am Türrahmen zersplittert.

»Was ist passiert?«, fragte Sebastian, der jetzt bepackt mit ihren Reisetaschen den Flur betrat.

»Da! Sieh selbst!«, sagte Hannah und wies zur Tür.

»Scheiße«, entfuhr es ihm.

»Was ist, wenn da noch einer drin ist?«, flüsterte Sarah.

Er schüttelte den Kopf. »Unwahrscheinlich«

Er ging an den Mädchen vorbei in die Wohnung.

Hannah und sie hielten sich an den Händen und starrten auf die offene Wohnungstür.

»Ihr könnt rein kommen. Hier ist niemand mehr«, rief er von drinnen. Erleichtert folgten die Mädchen ihm hinein.

»Zumindest nicht mehr«, fügte er hinzu. »Es tut mir leid, aber ich glaube, ihr hattet Besuch.«

In der WG sah es aus wie auf einem Schlachtfeld. Sämtliche Schubladen waren herausgezogen und durchwühlt. Behältnisse ausgeleert worden. Schranktüren standen offen. Hier hatte sich jemand richtig Zeit genommen.

»Im Schlafzimmer waren sie auch«, rief Sarah bestürzt. »Was machen wir jetzt nur?«

»Ich glaube nicht, dass es Einbrecher gewesen sind«, sagte Hannah. In den Händen hielt sie einen Briefumschlag. »Oder seit wann hinterlassen die Nachrichten?«

Entsetzt sahen sie und Sebastian Hannah an. Nur widerstrebend nahm sie den Umschlag entgegen. Es stand nichts drauf. Weder Adressat noch ein Absender. Nur ein weißer Briefumschlag.

»Wo hast ihn gefunden?«, fragte sie.

»Er klemmte am Spiegel im Flur.«

Sie setzte sich an den Esstisch und öffnete ihn mit zitternden Fingern. Doch darin war kein Brief. Stattdessen rollte jetzt eine Patronenhülse über den Tisch. Die drei starrten fassungslos auf die Hülse, bis sie letztendlich mahnend zwischen ihnen liegen blieb. Hannah ballte die Fäuste.

»Wir müssen sofort die Polizei rufen.«

»Nein!«, sagte Sebastian.

Sie sah ihn entgeistert an. »Hallo? Hier wurde eingebrochen! Natürlich rufen wir jetzt die Polizei.«

»Sebastian hat Recht Hannah.« Sarah griff nach einem Taschentuch. »Das hier ist doch kein normaler Einbruch. Wer auch immer hier war. Die haben was Bestimmtes gesucht. Und sie wollten uns warnen.«

»Warnen? Was haben wir denn gemacht?«, fragte Hannah. Ihre Stimme überschlug sich.

»Keine Ahnung. Aber nachdem, was ich in der Schweiz gefunden habe, bin ich mir ziemlich sicher, dass das Ganze mit meinem Vater zu tun hat. Und dann glaube ich nicht, dass es klug wäre, die Polizei zu rufen, bevor wir wissen, wer uns das geschickt hat!.«

»Fehlt denn etwas?«, fragte Sebastian.

Die Mädchen sahen sich um.

»Auf den ersten Blick nicht. Nein«, antwortete Hannah. »Aber was haben die gesucht? Hier ist doch nichts zu holen. Wollt ihr nicht doch lieber die Polizei rufen?«

»Was glaubst du, was die machen? Die laufen hier rum, pinseln alles mit ihrem Ruß ein und dann kommt doch eh nichts dabei rum.«

Sebastian nickte zustimmend.

»Ja aber willst du denn gar nichts machen? Und wie sollen wir zukünftig verhindern, dass sich diese Leute auf den Schlips getreten fühlen? Wir wissen ja noch nicht mal, wer die sind?«, sagte Hannah und raufte sich die Haare.

»Ich weiß es doch auch nicht! Aber wenn mir jemand eine Patronenhülse in einem Briefumschlag schickt, ist das schon eine ziemliche Ansage!«, schrie Sarah.

»Mädels, beruhigt euch. Ich schlage vor, ihr räumt hier auf und ich kümmere mich um einen Schlüsseldienst. Danach schauen wir weiter.«

Sebastian hatte Recht. Es würde auch nichts bringen, wenn sie jetzt durchdrehten.

Am Abend war die Tür repariert und die Wohnung aufgeräumt. Aber das mulmige Gefühl blieb, und so baten sie Sebastian, über Nacht bei ihnen zu bleiben.

»Ich bin immer noch der Meinung, dass wir uns Hilfe suchen sollten«, sagte Hannah. »Diese Typen dachten offensichtlich, dass wir ganz genau wissen, worum es geht. Sonst hätten sie doch wenigstens ein Briefchen geschrieben, oder?«

»Du hast Recht. Und deshalb werde ich jetzt Monecelli anrufen.«

»Glaubst du er ...?«

»Ach ich hab keine Ahnung. Aber ich bin mir sicher, er weiß mehr als wir.«

Sarah holte das Telefon und wählte Monecellis Nummer. Sie brauchte nicht lange zu warten, bis er sich meldete.

»Pronto! «

»Leo? Hier ist Sarah.«

»Signorina Bella! Schön, dass sie anrufen. Wie gefällt es ihnen in der Schweiz?«

»Wir sind wieder zurück. Und hier wurde eingebrochen.«

»Eingebrochen? Bei Ihnen? Das ist furchtbar Signorina. Brauchen sie meine Hilfe?«

»Ich wüsste gerne, wer das war Leo. Diese Einbrecher hatten kein Interesse an den üblichen Wertgegenständen. Die sind nämlich noch alle da. Außerdem haben die mir eine Nachricht hinterlassen.«

»Eine Nachricht?«

»Ja.«

»Was wurde denn gesagt?«

»Ich bin nicht sicher. Wie würden sie eine Patronenhülse interpretieren?«

»Dio Mio! Signorina!«

»Ja genau. Was empfehlen sie mir, nun? Haben sie eine Ahnung, wer das war?«

»Signorina, ich habe ihnen schon einmal gesagt, sie sollen alte Zeiten ruhen lassen. Sie haben bestimmt ein paar Leuten auf die Füße gestanden. Sagt man das so?«

»Leo! Wer war das? Sie wissen doch mehr!«

»Tut mir leid Signorina, ich weiß das nicht. Aber rufen sie besser nicht die Polizei. Machen Sie wieder ihr altes Leben. Gehen sie zur Universität. Ihr Vater ist in der Erde. Gott hab ihn selig. Dabei sollten sie es belassen.«

Sarah drückte das Gespräch weg und pfefferte das Telefon auf die Couch.

»Dieser miese, kleine, schmierige Anwalt!«, schrie sie das Handy an, »Hält der mich für bescheuert? Der weiß doch mehr, als er sagt!«

Hannah legte ihr beruhigend die Hand auf den Arm. Aber Sarah riss sich los.

»Gehen sie wieder zu Universität!«, äffte sie Monecelli nach. »Signorina Bella, bla, bla, bla ...«

»Ich fand den Typ von Anfang an komisch«, sagte Hannah grimmig, »Seit du ihn angerufen hast, klebt der dir am Hintern und ...«

»Vielleicht will er dich ja nur vor etwas schützen«, überlegte Sebastian.

»Schützen?«, schrie Sarah aufgebracht, »Dann soll er mir gefälligst sagen, was er weiß!«

»Sarah, beruhige dich!«, flehte Hannah.

»Ich habe eine scheiß Angst, Hannah! Aber das habe ich satt. Ich will jetzt Antworten auf meine Fragen.«

»Was hast du vor?«, fragte Sebastian besorgt. »Tu bitte nichts Unüberlegtes.«

Sarah schüttelte den Kopf. »Keine Sorge.

Aber ich weiß noch jemanden, der die Antworten vielleicht auch kennt.«

Kapitel 8

Sarah lauschte dem Freizeichen und sah dabei Hannah und Sebastian gespannt an.

»Ich hoffe, er geht dran«, flüsterte sie.

Sie wollte schon auflegen, als sich plötzlich die rauchige Bassstimme meldete: »Kaltwasser!«

»Guten Abend. ... Entschuldigen Sie, ... aber ich bin es noch mal. Sarah Avigliano.«

»Frau Avigliano ...«, seufzte der Mann.

»Bitte Herr Kaltwasser. Ich brauche ihre Hilfe. Ich muss mehr über meinen Vater wissen.«

»Ich kann Ihnen nicht helfen.«

»Aber sie haben gesagt, dass sie dienstlich mit ihm zu tun hatten.«

»Wenn ich Ihnen einen Rat geben darf: Hören sie auf, Detektiv zu spielen!«

»Jemand war in unserer Wohnung und hat unser Leben bedroht! Ich will wissen, was das für Leute sind!«

»Dann gehen sie zur Polizei.«

»Das ist nicht ihr ernst, oder? Ich will keinen Einstellungsbescheid oder was für die Versicherung. Ich brauche Informationen!«

»Ich kann ihnen nicht helfen. Tut mir leid.«, antwortete Kaltwasser.

»Das werde ich so nicht hinnehmen. Ich werde wieder anrufen. Immer wieder!«, schluchzte Sarah.

»Auf Wiedersehen, Frau Avigliano.«

Sarah ließ das Telefon sinken. Verzweifelte Tränen rannen ihr Gesicht hinunter.

»Niemand will mir helfen.«

Als Sarah in der Postbank an den Schalter trat, sah sie sich direkt nach Herrn Sanders um. Aber sie konnte ihn nirgends entdecken. Stattdessen wurde sie von einer jungen Bankangestellten angesprochen.

»Kann ich etwas für sie tun?«, fragte sie und setzte ein antrainiertes Servicelächeln auf.

Sarah reichte ihr den Personalausweis und den Erbschein.

»Mein Vater ist gestorben und ich bin hier wegen seiner Konten. Eigentlich hatte ich gehofft, Herrn Sanders sprechen zu können.« Dabei reckte sie den Hals, um nach ihm Ausschau zu halten.

»Herr Sanders arbeitet hier nicht mehr«, schnitt ihr die Frau das Wort ab. Dann nahm sie die Unterlagen an sich und überflog den Inhalt.

»Was soll das heißen?«, fragte Sarah, »er hat doch gesagt, ich soll mit dem Erbschein zu ihm kommen.«

»Er wurde letzte Woche versetzt. Tut mir leid. Hat er denn gesagt, warum sie wiederkommen sollen?«

»Ja, er sagte, mein Vater hätte noch zwei weitere Konten hier. Mit ... erheblichen Geldsummen drauf. Darüber könne er mir aber, ohne Erbschein nichts sagen.«

»Ich werde für sie nachsehen.«

Sie gab ein paar Daten in den Computer ein und schüttelte dann bedauernd den Kopf.

»Tut mir leid. Ihr Vater hatte nur das Girokonto, welches sie bereits aufgelöst haben.«

Sarah stöhnte innerlich auf. Konnte nicht auch mal etwas völlig unproblematisch laufen?

»Schauen sie bitte noch mal genau nach«, seufzte sie, »es muss da noch zwei weitere Konten geben. Herr Sanders hatte sogar eine Mappe. Eine rote Aktenmappe. Da stand der Name meines Vaters drauf. Avigliano.«

Die Frau schaute in den Schränken und Ablagen hinter sich und schüttelte wieder den Kopf. »Tut mir leid.«

»Das kann doch nicht sein! Die Mappe war voll mit Unterlagen!« Sarah erhob die Stimme.

»Vielleicht war es eine Verwechslung. Auf den Namen ihres Vaters existieren bei uns keine Konten mehr. Keine Girokonten und auch keine anderen Konten. Das würde ich hier im Computer sehen.«

»Wo arbeitet Herr Sanders jetzt?«

»Das weiß ich nicht. Tut mir leid.«

»Ne, ist klar. Woher sollten sie das auch wissen?« Sie war einfach nur noch genervt. Dann holte sie den gelben Benachrichtigungszettel aus der Tasche und schob ihn der Dame über den Tresen.

»Hier ist ein Einschreiben gekommen. Dann möchte ich wenigstens das abholen.«

Die Frau nahm den Schein, nur um ihn ihr kurz darauf wieder zurückgeben zu wollen.

»Das Einschreiben ist für einen Herrn Avigliano«, stellte sie fest.

»Gut aufgepasst! Es ist für meinen Vater.«

»Ich frage mal nach, ob ich ihnen das ausgeben darf.«

»Falls sie es immer noch nicht verstanden haben, mein Vater ist tot! Wenn sie es mir nicht geben, können sie Konfetti daraus machen!«

»Kein Grund, ausfallend zu werden. Ich tu hier nur meine Arbeit.«

»Ich habe einen Erbschein. Ich möchte jetzt dieses Einschreiben!«

»Einen Moment bitte«, sagte sie, warf den Kopf in den Nacken und verschwand in einem Nebenraum.

Sarah kochte vor Wut. Es war nicht nur die Enttäuschung über die verschwundenen Konten, sondern vor allem das Gefühl überall ausgebremst, abgewiesen und belogen zu werden. Schon als die Frau zurückkehrte, sah sie an ihrem Gesicht, das wieder etwas nicht stimmte.

»Ich kann es nicht finden.«

»Sie können es nicht finden?«

»Das ist mir jetzt sehr unangenehm ...«

»Ein Einschreiben verschwindet nicht einfach!«

»Ich gebe ihnen ja grundsätzlich Recht, aber ...«

»Was ist eigentlich hier los?« Sarah wurde laut. »Haben sie ein verdammtes schwarzes Loch im Keller?«

»Ich verstehe ja ...«

»Nix verstehen sie!«

»Wir können einen Suchauftrag ...«

Sarah schnappte sich ihre Unterlagen, stopfte sie zurück in ihre Tasche und stand auf.

»Machen sie doch, was sie wollen!«

Dann verließ sie, ohne sich umzudrehen, das Bankgebäude.

Noch im Auto zückte sie ihr Mobiltelefon und wählte die Nummer von Herbert Kaltwasser, doch er ging nicht dran.

»Verdammte Scheiße!«, brüllte sie und pfefferte das Telefon auf den Beifahrersitz.

Wutentbrannt schnallte sie sich an und fuhr mit quietschenden Reifen vom Parkplatz.

Als sie nach Hause kam, saß Hannah bereits auf heißen Kohlen.

»Und?«, fragte sie und sah sie gespannt an. »Wie reich bist du jetzt?«

Sarah warf ihre Jacke auf den Wohnzimmersessel und schritt wortlos zur Küche, um sich einen Kaffee einzuschenken.

»Was ist los? Eine Millionenerbin habe ich mir immer irgendwie fröhlicher vorgestellt.«

»Das bin ich auch nicht«, antwortete Sarah niedergeschlagen. »Die Reise zu den Osterinseln müssen wir verschieben.«

»Oh. Also auch kein Trip zur Area 51?«

»Nein. Tut mir leid. Angeblich weiß niemand mehr etwas über die Konten. Sie sind verschwunden.«

»Hat dieser Bankfuzzi denn vergessen, was er dir gesagt hat?«

»Dieser Bankfuzzi, wie du ihn nennst, arbeitet nicht mehr dort.«

»Und das hat er vor zwei Wochen noch nicht gewusst? Da ist doch wieder was ober faul!«, schimpfte Hannah.

»Mittlerweile hoffe ich, dass dem armen Mann nichts zugestoßen ist«, sagte Sarah und stellte ihre Tasse auf den Wohnzimmertisch.

»Das Einschreiben ist übrigens auch weg.«

»Was?«

»Ja. Angeblich nicht auffindbar. Ich frage mich, wer dahinter steckt. Wer kann denn Konten, Einschreiben und sogar ganze Bankangestellte verschwinden lassen?«

»Vielleicht solltest du Deinen Anwalt-Freund den falschen Fuffziger mal fragen«, sagte Hannah böse. »Ich habe mich mal über ihn kundig gemacht.«

»Und was hast du erfahren?«

»Er hat seit Jahren überhaupt keine Anwaltszulassung mehr! Sein Geld dürfte er also aktuell mit etwas anderem verdienen.«

»Dann ist er gar kein Anwalt mehr?«, wunderte Sarah sich. »Nein. Und wenn du mich fragst, solltest du zukünftig sehr vorsichtig sein, was du ihm erzählst«, warnte Hannah. »Ich weiß nicht, was man tun muss, um eine Anwaltszulassung zu verlieren, aber er wird sich ordentlich was geleistet haben.«

Sarah lauschte schon eine Weile dem Freizeichen, als es plötzlich in der Leitung knackte.

»Kaltwasser«, meldete sich der Pensionär.

»Sarah Avigliano hier«

Er seufzte: »Sie geben nicht auf oder?«

»Nein.«

Er war eine Weile still. Dann gab er sich endlich geschlagen.

»Also gut. Aber nicht am Telefon. Ab morgen bin ich in der Eifel in meinem Ferienhaus. Dort können wir uns treffen.«

Er gab ihr die Adresse und nannte ihr eine Uhrzeit.

»Danke!«, rief Sarah, »Vielen, vielen Dank!«

»Danken sie mir nicht zu früh. Wir sehen uns morgen.«

Hannah grinste, als Sarah aufgelegt hatte.

»Hast du ihn endlich weichgeklopft?«

»Ja, er trifft sich morgen mit mir.«

Hannah nickte zufrieden. »Sehr gut. Ich komme mit dir. Was ist mit dem Surfer?«

Sarah blickte überrascht auf.

»Sebastian wird nicht können. Er sagte gestern etwas von einem Familienessen und dass er seinem Vater versprochen hat, am Wochenende zu Hause zu sein.«

Sah Hannah wirklich enttäuscht aus, oder bildete sie sich das nur ein?

Kapitel 9

Fast eine Stunde irrten sie schon durch die Eifel.

»Ein Dorf sieht aus wie das Andere!«, beschwerte sich Sarah.

»Ich hab gleich gesagt, lass uns ein Navi mitnehmen«, sagte Hannah.

»Wir werden ja wohl dieses verflixte Dorf auch ohne Navi finden! Irgendwo sind wir falsch abgebogen.«

»Da ist eine Tankstelle! Lass uns da mal fragen!«

»Gute Idee. Da können wir uns gleich noch was zu trinken holen. Wer weiß wie lange wir noch rumeiern.«

Es war eine dieser kleinen Landtankstellen mit nur einer Zapfsäule und einer angrenzenden Werkstatt. Darin stand ein dunkelgrüner, von Rost zerfressener Audi auf der Hebebühne.

Als der Tankwart sie erblickte, eilte er ihnen gleich entgegen. Ein freundlicher, redseliger Mensch. Als Sarah ihm die Adresse nannte, wusste er zum Glück gleich etwas damit anzufangen.

»Ach ihr wollt zum alten Kommissar! Unten ans Seehäuschen! Herbie ist ein ganz feiner Kerl! Obwohl er Polizist ist. Na ja ist er ja jetzt nicht mehr. Seit er damals ...«

»Ich möchte ja nicht unhöflich sein«, unterbrach Sarah, »aber wir sind bereits zu spät und müssen weiter. Wie kommen wir am schnellsten dorthin?«

Nachdem er ihnen den Weg erklärt hatte, stiegen sie wieder ins Auto. Der in die Jahre gekommene Motor setzte sich geräuschvoll in Betrieb. Er keuchte wie ein Greis, den man eine Treppe hinauf jagte.

»Na bravo!«, seufzte Hannah nach einer Weile.

Vor ihnen marschierte eine riesige Schafsherde über die Straße.

»Willkommen auf dem Land«, lachte Sarah und brachte den Golf hinter einem bereits wartenden Geländewagen zum Stehen. »Sieh mal, der vor uns kommt auch aus der Stadt«, bemerkte Hannah.

»Natürlich. Die Landbevölkerung wird wissen, dass Schäfer Heinrich samstags hier seine Viecher rüber treibt. Denen passiert das nicht.«

Endlich trottete auch das letzte Schaf blökend vorbei. Ein Schäferhund sprang bellend hinterher und zwickte es in die Hinterläufe.

Sobald die Straße frei war, beschleunigte der Geländewagen, als wäre der Teufel persönlich hinter ihm her. »Oha, der hat es aber eilig!«, sagte Hannah.

Bald bogen sie in einen kleinen unbefestigten Waldweg ab. Die Stoßdämpfer des Golfes ächzten bei jedem Schlagloch. Der Wald wurde dichter und der Weg holprig.

»Bist du sicher, dass wir hier richtig sind? Hier wohnt doch höchstens noch Rotkäppchen«, fragte Hannah zweifelnd.

Der Wagen fiel erneut in ein Schlagloch und schüttelte sie durch.

»Der Tankwart hat eindeutig gesagt, hier rein.«

Nach weiteren 200 Meter Buckelpiste tat sich vor ihnen eine Lichtung auf. Darin stand ein einziges Haus.

»Ist es das?«, flüsterte Hannah.

»Ich denke ja«, antwortete Sarah. »Warum flüsterst du?«

»Weiß nicht. Sieht aus wie ein Hexenhaus. Und wenn die Hexe zu Hause ist, will ich vermeiden, dass sie uns bemerkt«.

»Du spinnst!«, lachte Sarah »Los, komm. Wir sind da!«

Sebastian stocherte lustlos in der Nachspeise.

Die Stimmung war gereizt. Sein Vater saß mit verkniffenem Gesichtsausdruck am Tisch und hatte sein Dessert bereits von sich geschoben. Larissa war nicht zum Familienessen gekommen. Scheinbar hatte ihm das die Laune verdorben. Bis auf das Klappern des Bestecks war es bedrückend still im Raum. Eigentlich hatte er sich vorgenommen, heute mit seinem Vater zu sprechen. Es war vielleicht nicht der richtige Moment, aber er konnte es unmöglich bis zum Frühjahr geheim halten. Aber wenn er es ihm jetzt sagte, würde er ausrasten.

»Erklär mir mal, wie du auf die Idee kommst, dir in meiner Abwesenheit einfach die Limousine zu nehmen? Wo warst du überhaupt?«

»In der Schweiz«

»Und was bitte wolltest du in der Schweiz?«, fuhr ihn sein Vater an.

Sebastian seufzte. Seine Mutter hatte ihn bereits gewarnt. Er war früher von der Reise zurückgekehrt, und als er den Wagen nicht in der Garage vorfand, habe er fürchterlich getobt.

»Es war nur ein kleiner Ausflug mit zwei Freundinnen. Ich wollte ein bisschen abschalten«, antwortete er.

»Es ist doch nicht so schlimm, wenn der Junge sich das Auto ausleiht«, sagte seine Mutter.

»Doch ist es. Vor allem wenn er es nicht mal für nötig hält zu fragen. Jeder hier in der Familie hat sein eigenes Auto. Dieser Luxus wird wie selbstverständlich hingenommen. Ich werde doch verdammt noch mal erwarten können, dass mich mein missratener Nachwuchs wenigstens um Erlaubnis bittet!«

»Missratener Nachwuchs? Sprecht ihr etwa von mir?«, hörte Sebastian seine Schwester hinter sich lachen.

Ohne auf den Wutanfall einzugehen, küsste sie ihrem Vater auf die Wange und setzte sich.

»Seid ihr etwa schon fertig? Ich hab mich so auf das Hühnchen gefreut.«

»Du bist zu spät«, stellte sein Vater trocken fest.

»Ach es ist von allem noch genügend da!«, sagte seine Mutter und brachte ihr einen Teller mit dampfendem Huhn und in Rosmarin gebratene Kartoffeln.

»Oh mein Gott, das duftet ja großartig!«, lobte Larissa und griff zum Besteck.

»Ich würde meinen Geburtstag dieses Jahr am liebsten hier feiern«, sagte Larissa. Dabei blickte sie ihren Vater an, doch der schien überhaupt nicht zuzuhören.

»Das ist großartig!«, freute sich ihre Mutter »Ich werde mich, wenn du magst, um das Essen kümmern.«

Sebastian beschloss die Verkündung seiner beruflichen Zukunftspläne, auf einen anderen Zeitpunkt zu verschieben. Was spielte jetzt ein Tag mehr oder weniger für eine Rolle.

»Wen wirst du mit zu meiner Party bringen?«, fragte Larissa. »Ich könnte Sabrina fragen, ob sie dir Gesellschaft leistet.«

»Du wirst mir auf keinen Fall diesen Paris Hilton Verschnitt ans Bein binden! Die Frau ist gruselig!«

»Ach, sag bloß du hast etwas Besseres am Start?«

Sebastian musste unwillkürlich an Hannah denken. Er stellte sich vor, wie sie über Lissys Freundinnen in ihren überteuerten Designerkleidchen lachte. Er grinste.

»Ich glaube schon. Ich werde sie fragen. Und wenn du nichts dagegen hast, lade ich ihre Freundin auch mit ein.«

Larissa schien verblüfft.

»Na da bin ich ja mal gespannt! Aber warten wir ab. Vielleicht ist sie dir bis dahin auch schon wieder abgehauen.«

Neben dem kniehohen Gartentor fanden Sarah und Hannah einen Briefkasten und eine Klingel. Sarah klingelte und sofort erklang aus dem Haus Hundegebell.

»Bei so einem Gartenzaun ist ein Wachhund auch angebracht«, lachte sie.

»Naja ... Wachhund ...?« Hannah deutete grinsend auf das wieselflinke Etwas, das zum Tor stürmte.

»Halt die Klappe, Rüdiger!«, schimpfte eine raue Stimme. Herbert Kaltwasser lief gemächlich seinem Rauhaardackel hinterher, um ihnen zu öffnen.

Überrascht erkannte Sarah in ihm den Mann, den sie auf der Beerdigung beinahe umgerannt hatte. Sie reichte ihm die Hand. »Sarah Avigliano. Das ist meine beste Freundin Hannah Bartels-Choi.«

Rüdiger schnupperte an ihren Hosenbeinen und Hannah schielte misstrauisch zu ihm hinab. Herbert verscheuchte den Hund und schüttelte dann auch ihr die Hand.

»Den müssen sie nicht fürchten«, sagte er statt einer Begrüßung und wies auf seinen Dackel. »Der macht sich nur wichtig.«

Während sie ihm ums Haus folgten, wuselte Rüdiger aufgeregt um sie herum. Das Haus war größer, als es auf den ersten Blick aussah. Trotzdem besaß es den Charme eines verwunschenen Hexenhäuschens. Herberts Frau Annemarie stand auf der Veranda und wischte sich die Hände an der Schürze ab.

»Da seid ihr ja!«, rief sie, als würden sie sich schon seit Jahren kennen. »Herzlich willkommen! Ich habe Kaffee und frischen Pflaumenkuchen.« Dabei strahlte sie über das ganze Gesicht und führte sie auf die Terrasse an den bereits gedeckten Tisch.

Sarah war sofort verzaubert von dem herrlichen Ausblick, der sich ihr bot. Das Haus lag nicht nur mitten im Wald, sondern auch noch direkt an einem See.

»Wow!«, entfuhr es Hannah bei dem Anblick des Gartens.

Der Wind rauschte durch die Äste einer Trauerweide am Seeufer und auf dem Holzsteg stritten zwei Sperlinge um ein paar Brotkrumen. Daneben war ein Ruderboot befestigt, das sanft auf der Wasseroberfläche schaukelte. Die Luft war klar und rein. Es roch nach Gras, Moos und frisch geschlagenem Holz. Obwohl Vögel zwitscherten und Rüdiger kläffte, erschien es Sarah hier völlig still. Sie spürte, wie der Stress der letzten Tage von ihr abfiel. Am liebsten wäre sie zu einem Spaziergang durch den Wald aufgebrochen.

»Der kommt frisch aus dem Ofen«, hörte sie Annemarie sagen. »Die Zwetschgen stammen hier aus dem Garten.« Der Duft nach frischgebackenem Zwetschgenkuchen mit Zimt strömte ihr in die Nase.

»Herrlich ist es hier! Einfach traumhaft. So eine Idylle«, sagte sie.

»Ja es ist schön hier. Herbert und ich haben damals lange nach einem solchen Objekt gesucht. Wir kommen jetzt über 20 Jahre her, um uns zu erholen.«

»Ich könnte mir keinen besseren Ort dafür vorstellen!«

Auf Hannah schien die Umgebung eine ähnlich entspannende Wirkung zu haben wie auf sie selbst. Sie hatte den Hut abgenommen und sich im Stuhl zurückgelehnt.

»Planen sie eine Feier?«, fragte sie und deutete dabei auf einen mit Lampions geschmückten Pavillon in der Nähe des Hauses.

»Oh ja, der steht sonst nicht da. Aber heute Abend findet Herberts berühmtes Barbecue statt. Und falls es regnet, haben wir dort die Möglichkeit uns unterzustellen. Ich hole uns mal den Kaffee.«

Zu Herbert sagte sie: »Komm mit, du kannst mir helfen, die Tassen tragen. Und sag Deinem furchtbaren Dackel, er soll sich endlich beruhigen.«

»Rüdiger! Halt die Klappe!«, brummelte Herbie und folgte ihr nach drinnen.

»Ach Gott sind die beiden niedlich!«, entfuhr es Hannah. Sarah schnupperte am Kuchenblech.

»Der Zwetschgenkuchen ist sicher eine Sensation!«

Wie erwartet schmeckte er köstlich und Hannah verputzte gleich drei Stück. Bald schwatzten und plauderten sie, als würden sie sich alle schon Jahre kennen. Sarah hatte fast vergessen, weshalb sie hergekommen waren. Doch dann schlug Annemarie die Hände auf den Schoß und sagte:

»Dann räume ich mal ab und kümmre mich um den Abwasch. Wenn ihr etwas braucht, dann lasst es mich wissen.«

»Sollen wir helfen?«, bot Sarah an, doch sie winkte dankend ab.

Sarah wand sich an Herbert: »Danke für die Einladung. Es gefällt uns sehr gut hier.«

»Das freut mich«, antwortete er. »Stört es euch, wenn ich rauche?«, fragte er.

Sie schüttelten den Kopf, und so zog er eine Holzschachtel hervor und entnahm ihr eine schmale Zigarre.

»Bevor wir uns unterhalten, möchte ich noch etwas klarstellen. Dein Vater und ich waren keine Freunde. Eher genau das Gegenteil. Ich habe viele Jahre ein

Kommissariat geleitet, das sich mit organisiertem Verbrechen beschäftigte. Den Großteil meiner Polizeikarriere habe ich versucht, Deinem Vater das Handwerk zu legen.«

»Ich ... ich verstehe nicht ...«, begann Sarah.

»Ist das nicht etwas dick aufgetragen? Ich meine, wir reden hier von ihrem Vater und nicht von Al Capone«, wand Hannah ein.

»Das stimmt. Denn Capones Zeiten sind schon länger vorbei«, lächelte Herbert. »Aber Antonio war bis zum letzten Tag noch mittendrin. Da bin ich mir sicher.«

»Wie können sie so sicher sein? Sie sind doch schon länger pensioniert, oder?«, fragte Hannah.

»Ich war auf der Beerdigung.«

»Ja, ich habe sie gesehen«, sagte Sarah, »Ich habe sie fast umgerannt.«

Er nickte. »Lange hab ich nicht mehr so viele gute alte Bekannte auf einen Haufen getroffen. Fast alles, was in der Szene Rang und Namen hat, war dort.«

»Ich muss wissen, wer sie sind«, sagte Sarah, »Denn mit ein paar von diesen Leuten schlagen wir uns jetzt rum.«

»Die haben unsere Wohnung auseinander gepflückt«, erklärte Hannah, »Wir denken, die haben etwas Bestimmtes gesucht.«

»Sie haben uns bedroht. Sie haben uns eine Patronenhülse geschickt«, beendete Sarah.

Herbert runzelte die Stirn. Er zog an seiner Zigarre und blies ein paar Kringel in die Luft. »Ich bin nicht sicher, ob ich dir wirklich helfen kann, Sarah. Mit Deinem Vater hatte ich zuletzt vor acht Jahren zu tun. Und erstmals etwa vor 16 Jahren. Was er die letzten Jahre gemacht hat, weiß ich nicht.«

»Vor 16 Jahren?«, fragte Sarah überrascht.

»Ihr zwei ward damals ungefähr acht Jahre alt.«

»Da waren meine Eltern noch zusammen«, überlegte Sarah.

Herbert nickte. »Deine Mutter arbeitete bei der Sparkasse in der Stadt. Und dein Vater war Geschäftsführer im *Lucianos*. Deine Eltern waren auch noch zusammen«, sagte er zu Hannah. »Sie hatten das Restaurant auf der Brüsseler Straße.«

»Mich kennen sie auch?«, fragte Hannah sichtlich erschrocken.

»Na konnte man denn je nur eine von euch kennen? Ihr zwei ward doch unzertrennlich. Und scheinbar hat sich daran bis heute nichts geändert.« Er zwinkerte ihr zu.

»Warum waren sie hinter Sarahs Vater her?«, fragte Hannah.

»Ich war damals stellvertretender Leiter der Kommission für organisierte Kriminalität«, begann er, »es gab zu der Zeit eine Gruppierung, die uns im Zusammenhang mit verschiedensten Straftaten immer wieder auffiel. Sie agierten nicht nur örtlich, sondern überörtlich. Es gab einen Hintermann. An diesen versuchten wir viele Jahre vergeblich ran zu kommen, aber wir hatten nie Erfolg.« Er hustete und griff nach seinem Glas Wasser.

»Und dieser Hintermann war mein Vater?«, fragte Sarah.

Herbert schüttelte den Kopf.

»Nein. Aber es heißt, er wäre seine rechte Hand gewesen.«

»Wollen sie mir etwa erklären mein Vater war ein Mafioso?«

»Nenne es, wie du willst. Er war jedenfalls ein fester Bestandteil meiner Ermittlungen.«

Sarah starrte ihn fassungslos an. Hannah schüttelte den Kopf.

»Wir sind hier in Köln, nicht in Sizilien!«

»Die Zeiten, in der Mafia-Gruppierungen nur örtlich agierten, sind schon lange vorbei. Ganz Deutschland ist durchzogen mit ihnen. Es gibt verschiedene Clans, aber in Köln haben wir es überwiegend mit der Cosa Nostra zu tun.«

»Über was für Straftaten reden wir?«, fragte Sarah.

Herbert seufzte. »Angefangen hat es mit Hehlerwaren, später handelte er mit Drogen, Falschgeld und auch Waffen. Er trieb Schutzgelder ein und wir waren uns sicher, dass er auch für ein paar Morde im Bezirk verantwortlich war.«

»Das glaube ich nicht!«, entfuhr es Sarah. »Mein Vater war kein Mörder!«

Hannah legte ihr beruhigend die Hand auf den Arm.

»Dieser ... Chef. Wie hieß er?«, fragte sie.

Herbert räusperte sich und öffnete eine Akte. »Sie nannten ihn „Mondo". Seine rechtmäßigen Personalien kannte niemand. Und wir haben ihm bis auf einen Parkverstoß mit einem fremden Auto nie etwas nachweisen können. Er und Sarahs Vater waren die besten Freunde.«

»Das kann nicht sein!«, rief Sarah mit Tränen in den Augen. »Das hätte ich doch gewusst. Wir waren eine völlig normale Familie.«, sagte sie, doch insgeheim wusste sie, dass Herbert die Wahrheit sagte.

Herbert zog an seiner Zigarre, bis die Glut hellrot aufglimmte.

»Ihr hattet damals geplant, mit dem Zirkus vor der Stadt durchzubrennen. Die Sache scheiterte, weil ihr beide verschlafen habt.« Ein Lächeln umspielte sein Gesicht, als er dies erzählte.

»Woher wissen sie das?«, fragte Sarah erschrocken. Es war unheimlich, dass er diese Details wusste. Hannah schien es ähnlich zu gehen, denn sie schlug die Stirn in Falten.

»Eure Eltern arbeiteten bis spät in der Nacht«, fuhr Herbert fort, »Das letzte Elternteil verließ das Haus gegen halb neun. Vor zwölf Uhr kam selten einer von ihnen zurück und ihr habt jeden Abend Stunden lang telefoniert.«

»Aber woher ...?«, begann Sarah.

»Wir haben euer Telefon abgehört. Über neun Monate.«, er lächelte.

Sarah starrte ihn an. Er hatte ihr Telefon abgehört? Gab es so etwas wirklich? Sie hatte immer geglaubt, so etwas gäbe es nur im Fernsehen.

»Und was war an den Gesprächen von zwei Kindern interessant für die Kripo?«, argwöhnte Hannah.

Herbert räusperte sich. »Nun ja, die Maßnahme richtete sich natürlich gegen Antonio. Sarahs Vater. Aber wenn man so eine Abhörmaßnahme durchführt, dann müssen alle Gespräche 24 Stunden ausgewertet werden.

Ich kannte euch beide damals besser, als meine eigenen Kinder.«

»Das ist krass«, entfuhr es Hannah, »dann haben sie uns jeden Abend zugehört?«

»Wir haben immer Hausaufgaben zusammen gemacht«, erinnerte sich Sarah und musste trotz allem lächeln.

Herbert nickte. »Als wir eure Wohnung gestürmt haben, war ich froh, dass du nichts von der anschließenden Wohnungsdurchsuchung mitbekommen hast. Deine Mutter brachte dich zu einer Nachbarin.«

Sarahs Brust krampfte sich zusammen. »Ihr habt meinen Teddybären aufgeschnitten.«

Er sah sie betroffen an. »Du erinnerst dich also doch?«

»Was haben sie denn gesucht?«, fragte Hannah und legte Sarah einen Arm um die Schulter.

»Drogen, Waffen, Falschgeld ...«, antwortete Herbert.

»Wer versteckt denn bitte Drogen oder Waffen in Teddybären?«, fragte Hannah und verzog das Gesicht.

»Ihr glaubt nicht, wo wir so etwas schon überall gefunden haben. Gerade dein Vater war uns bekannt für überaus ungewöhnliche Versteckideen. Somit mussten wir wirklich mit allem rechnen. Wir wussten, dass es einen größeren Drogendeal geben sollte. Drogen gegen Blüten. Wir fanden nur die Blüten. Nicht so viele, wie wir erhofft hatten, aber doch Einige. Drogen fanden wir nicht.«

»Blüten?«

»Falschgeld. US-Dollar.«

Sarah dachte an die Dollarnote in ihrer Tasche.

»Dann ward ihr wohl zu früh da«, schlussfolgerte Hannah.

Herbert nickte zustimmend. »Der Deal war noch nicht gelaufen. Unsere Informationen waren fehlerhaft.«

»Wie ging das Ganze aus?«, fragte Sarah.

»Es gab jede Menge Folgedurchsuchungen, Observationen und Festnahmen. Am Ende war das Ergebnis sehr ernüchternd. Deinem Vater konnten wir nur den Besitz von Falschgeld nachweisen. Im Prozess hatte er einen berühmt berüchtigten Staranwalt an seiner Seite. Die Verhandlung war eine Farce. Wir hatten viele Monate harte Arbeit in diesen Fall investiert. Hunderte Überstunden und unzählige Nachtdienste hinter uns. Jedes ach so kleine Indiz sorgfältig dokumentiert. Und es interessierte bei Gericht keinen Menschen. Man warf mir sogar vor, Gespenster zu sehen, und sie versicherten mir alle, dass es in Deutschland so etwas wie eine Mafia nicht gäbe. Der Richter, die Anwälte und auch meine Vorgesetzten. Wir hatten für die Tonne gearbeitet. Dein Vater marschierte mit einer kleinen Bewährung wieder hinaus. Er hat gelächelt und mir am Ausgang auf die Schulter geklopft. Er lud mich ins »Lucianos« zum Essen ein. Er sei nicht nachtragend, meinte er.«

Herbert sagte eine Weile nichts mehr. Die alte Wut schien ihn wieder zu übermannen.

Sarah taumelte zwischen Mitgefühl und Unglauben. Immer wieder hatte sie ihren Vater vor Augen. Ein kleiner, schmächtiger Kerl. Immer adrett und eher unauffällig. Aber bestimmt kein Typ, der einem Kripomann gönnerhaft auf die Schulter klopfte.

»Diesem Mondo konnten wir wie immer überhaupt nichts nachweisen«, fuhr Herbert plötzlich fort. »Wir haben den Scheißkerl noch nicht einmal in den

Zeugenstand bekommen. Kurz danach ist er abgetaucht. Keine Ahnung wohin.«

Einen Moment herrschte betroffene Stille. Herbert schenkte Kaffee nach. Sarah hielt ihm ihre Tasse hin. Dann sagte sie: »Vor ein paar Tagen sind wir verreist. Als wir zurückkamen, war unsere Wohnung aufgebrochen und jemand hat sie durchsucht. Wir haben erst gedacht, es wäre ein normaler Einbruch. Aber auf dem Tisch fanden wir einen Umschlag. Darin lag eine Patronenhülse.«

Herbert sah alarmiert auf.

»Das klingt nicht gut. War sonst noch eine Botschaft dabei?«

»Nein. Und sie haben auch nichts mitgenommen. Unsere Wertsachen waren alle noch da.«

»Du hast gesagt, dass du in der Wohnung Deines Vaters warst. Hast du denn irgendetwas gefunden, dass von großem Wert sein könnte? Hast du Drogen oder Waffen gefunden?«

Sie dachte an das Schließfach, beschloss aber, es zunächst nicht zu erwähnen.

»Die Wohnung meines Vaters war völlig ausgeräumt. Mir war, als wäre nach seinem Tod noch jemand vor mir in der Wohnung gewesen.«

»Da ist noch etwas, was ich noch nicht erzählt habe ...«, sagte Herbert. »Ich habe meinen Freund und früheren Kollegen Michael Brandel nachforschen lassen. Er wird nachher vorbeikommen und er ist sich ziemlich sicher, dass dein Vater keines natürlichen Todes gestorben ist.«

Sarah riss die Augen auf. »Was soll das heißen ...?«

»Wir denken, er wurde ermordet.«

Kapitel 10

Roberto stieg aus, nahm die Sonnenbrille ab und sah sich um. Er war mitten im nirgendwo. In irgendeinem Scheiß Eifelkaff. Und das hier, war eher eine Bretterbude mit Zapfsäule, als eine Tankstelle. Während er auf das Gebäude zuging, wirbelte bei jedem Schritt der Staub um seine polierten Schuhe. Sie hatten ihn in den Dreck geschickt. Verärgert betrat er die Tankstelle und sah sich nach dem Tankwart um. Weit und breit war niemand zu sehen. Roberto verspürte große Lust, den verdammten Laden dem Erdboden gleichzumachen.

»Hallo?«, rief er, doch niemand antwortete.

Anzünden wäre eine gute Idee. Die Hütte würde brennen wie ein Weihnachtsbaum und die Zapfsäule würde für ein hübsches Feuerwerk sorgen.

»Einen Moment! Bin gleich da!«, erklang es aus den hinteren Räumen.

Robertos Blick schweifte über die Auslagen. Bestimmt war hier die Hälfte der Waren bereits abgelaufen. In den hinteren Räumen rumpelte und schepperte es. Dann erschien ein verschwitztes und ölverschmiertes Gesicht im Türrahmen.

»Ich bin hier heute alleine, da müssen sie entschuldigen.«

Ein kleiner untersetzter Mann im Blaumann betrat den Verkaufsraum und trocknete sich die Hände an einem verschmierten Tuch.

»Die Simone ist krank. Angina. Die macht eigentlich die Kasse« Er wischte sich über die Stirn und lächelte Roberto an.

»Ich repariere grad Tillmanns Will sein Audi!«

Robertos Blick fiel auf die öligen Finger des Tankwartes. Er hatte keine Lust auf Smalltalk mit diesem Mann.

»Ich möchte wissen was die beiden Frauen, die vorhin hier waren, hier wollten«, kam er deshalb direkt zur Sache.

»Die haben ihnen gefallen, was?«, kicherte der Mann.

»Ich möchte wissen, warum sie hier waren«, fragte Roberto noch mal. »Getankt haben sie nicht. Haben sie etwas gekauft?«

Der Tankwart zuckte mit den Schultern.

»Ein paar Getränke. Und sie haben nach dem Weg gefragt.«

Roberto horchte auf. »Wohin?«

»Ja kennen sie die Damen denn?«, fragte der Tankwart, »Ich kann ihnen ja nicht einfach ...«

Dieser Typ ging ihm auf die Nerven. Ohne ein Wort zu sagen, ging er langsam auf ihn zu. Dabei ließ er ihn keine Sekunde aus den Augen. Der Mann wich vor ihm zurück. Endlich schien er zu begreifen. Roberto blieb kurz vor ihm stehen und sah auf ihn herab.

»Ich bin mir sicher, sie wollen keinen Ärger«, sagte er und trat noch näher an den Mann heran. Der Typ stank wie ein Fass Altöl.

Roberto nahm eine Flasche Wodka aus dem Regal und demonstrierte, die Absicht sie fallen zu lassen. »Ich frage noch einmal. Wohin wollten die beiden?«

»Sie brauchen jetzt nicht komisch werden«, krächzte der Ölverschmierte hastig. »Sie wollten zu Herbie ans Seehäuschen. Zum alten Kommissar. Das liegt etwa 2 Kilometer von hier; rechts im Wald drinnen.«

Roberto entspannte sich. »Ich danke ihnen. Sie haben mir sehr geholfen.« Er lächelte und stellte die Flasche zurück ins Regal. Er sah die Erleichterung in dem Gesicht des Tankwartes. Der Trottel hatte noch mal Schwein gehabt, dachte er und wand sich zum Ausgang.

»Wollen sie denn gar nichts kaufen?«, fragte der Tankwart plötzlich.

Roberto blieb abrupt stehen und drehte sich ihm wieder zu. »Ich soll hier etwas kaufen?«

Der Mann zuckte zusammen. »Na ja ... Vielleicht eine Dose Cola? Ist doch heiß heute!«

Roberto ging zum Kühlregal und nahm sich eine Cola Dose.

»Hier so etwas?«

Der Tankwart nickte. Roberto öffnete die Dose und nippte daran.

»Es schmeckt wie Hundepisse.«

Den Rest der Cola goss er in die Zeitschriftenauslage.

»Das ist Sachbeschädigung! Das müssen sie alles bezahlen!«, schimpfte der Tankwart.

»Ach wirklich?«

Roberto lächelte amüsiert und zerquetschte die leere Dose in seiner Hand, bevor er sie fortwarf. Dann wischte er mit flacher Hand ein Dutzend Flaschen mit Spirituosen von einem Regal. Ungläubig beobachtete der Tankwart, wie sie auf dem Fußboden zerschellten.

»Sie können ja versuchen mir eine Rechnung zu schicken.«

»Sie verdammter Dreckskerl! Das werden sie mir alles...!«

Mit zwei großen Schritten war Roberto bei ihm. Der Tankwart riss erschrocken die Hände hoch und versuchte sich rückwärts taumelnd in Sicherheit zu bringen. Doch er packte ihn an seinem Blaumann und stieß ihn mit voller Wucht gegen den Verkaufstresen. Der Mann stöhnte auf vor Schmerz und fiel vor ihm auf die Knie. Displays mit Schokoriegeln und Kaugummi krachten auf ihn hinunter. Roberto kickte einen der Schokoriegel mit dem Fuß von sich in seine Richtung. Dann kniete er zu ihm herab und sah ihm lächelnd ins Gesicht.

»Sie sollten froh sein. Wenn man mir sonst so etwas Mieses anbietet, breche ich demjenigen beide Beine.«

Dann verließ er die Tankstelle. Er wusste jetzt, wo er hinmusste. Er stieg in den Geländewagen, trat aufs Gas und zückte sein Mobiltelefon.

Hannah schlug vor, spazieren zu gehen, um wieder einen klaren Kopf zu bekommen. Sie ließen sich den Weg erklären und versprachen zum Nachmittag, wenn Herberts Kollege kam, zurück zu sein. Rüdiger schloss sich ihnen gleich schwanzwedelnd an. Sie liefen eine Zeit lang schweigend nebeneinander her. Das Laub knisterte unter ihren Füßen und die Vögel schienen, um die Wette zu zwitschern. Das Sonnenlicht brach durch die Bäume und ließ den gesamten Wald in allen erdenklichen Grüntönen glitzern und schimmern. Ein so vollkommener Ort der Ruhe. Sarah fühlte sich wie ein Störenfried. So wie manche Menschen Hausmüll in den Wald trugen, schleppte sie ihren Seelenmüll hier her. Drogen, Waffen, Mord ... Sie hatte die letzten Jahre Jura studiert, um genau das zu bekämpfen. Und jetzt war ihr Vater ein Drogendealer und wahrscheinlich sogar ein Mörder gewesen. Was sagte das über sie aus? Warum hatte sie das nie bemerkt? Überall hatte sie unrecht erkannt und mit dem Finger darauf gezeigt, während ihr eigener Vater in der Zeit das Gesetz mit Füßen trat.

»Das klingt einfach alles viel zu abgefahren. Ich kann das kaum glauben«, sagte Hannah. »Dein Vater war zwar manchmal etwas merkwürdig, aber einen Mafioso hab ich mir anders vorgestellt.«

»Große Hüte tragen sie vermutlich nur beim Paten«, bemerkte Sarah trocken.

»Na ja, aber er war auch niemand, der enorme Reichtümer zur Schau gestellt hat. Er wirkte immer eher genügsam.«

Sarah nickte. »Er hatte noch nicht mal ein Auto.«

»Zumindest nicht offiziell ...«

»Dass ich das nicht gemerkt habe, macht mich fast verrückt.«

»Na wie denn auch? Ihr seid ausgezogen, als du acht warst. Wie solltest du das merken. Bei euern sporadischen Treffen hattest du doch gar nicht genug Einblick in sein Leben.«

Sarah zuckte mit den Achseln.

»Ich dachte immer, über ihn gäbe es nicht viel zu wissen. Er ging morgens zur Arbeit und kam nachts nach

Hause. Ein egozentrischer Eigenbrötler. Mehr nicht. - Ich zweifle langsam an meiner Menschenkenntnis.«

»Blödsinn.«

»Ich habe Herbert eben nach Monecelli gefragt. Da warst du zur Toilette.«

»Und?«

»Er ist auch einer von denen«, seufzte sie. »Herbert wusste nicht mehr genau, in welchem Zusammenhang ihm der Name etwas sagte, aber er konnte sich an ihn erinnern.«

»Na dem komischen Vogel hab ich ja von Anfang an nicht getraut!«

»Ja siehst du! Du merkst so etwas sofort. Mir tut es leid, dass ich dich hier reingezogen habe und dich womöglich in Gefahr gebracht habe.«

»Deine Sorgen waren immer schon auch meine Sorgen. Und umgekehrt. Also brauchst du dich nicht entschuldigen. Wir stehen das zusammen durch.«

»Was würde ich bloß ohne dich machen?«

Hannah hakte sich bei ihr ein. »Das wird schon werden. Warten wir mal ab, was dieser Herr Brandel gleich erzählt.«

Sarah wollte gerade etwas erwidern, da blieb Rüdiger plötzlich wie angewurzelt stehen und knurrte so tief und so böse, wie er nur konnte. Dabei starrte er wie versteinert die Böschung hinauf.

»Was hat der denn?«, lachte Hannah.

»Vielleicht sitzt da oben ein Hase.«

»Komm schon Kleiner!«, rief Hannah nach dem Hund, »Wir müssen weiter!«

Rüdiger kläffte noch mal die Böschung hinauf und stellte sein struppiges Nackenfell auf. Dann folgte er ihnen auf den Weg nach Hause.

»Ich würde mich freuen, wenn ihr auch zum Essen bleibt. Wir geben heute Abend ein kleines Countryfest mit Barbecue«, sagte Annemarie später. »Ein paar Nachbarn werden kommen und natürlich auch Micky.«

»Oh das ist nett, aber …«, wollte Sarah schon ablehnen.

»Um nach Hause zu fahren, ist es eh bald zu spät«, gab Annemarie zu bedenken. »Ihr wollt ja auch noch mit Micky sprechen. Wir haben genug Platz. Ihr könnt hier schlafen.«

»Also ich würde gerne bleiben!«, sagte Hannah. Sie hatte Rüdiger auf dem Schoß und kraulte ihm die zottigen Öhrchen.

»Also gut«, sagte Sarah. »Danke. Aber nur, wenn es keine Umstände macht.«

»Ja schön!«, freute sich Annemarie, »Ich richte euch gleich das Gästezimmer her.«

Plötzlich sprang Rüdiger wie ein Pfeil von Hannahs Schoß und verschwand mit lautem Gebell nach draußen.

»Ich glaube, Micky ist gekommen!«, sagte Annemarie. »Rüdiger ist ganz verrückt nach ihm.«

Sarah und Hannah folgten ihr auf die Veranda. Auf dem Rasen saß ein dunkelblonder junger Mann und tollte mit Herberts Dackel herum, der völlig aus dem Häuschen um ihn herum sprang.

»Micky! Wie schön, dich endlich noch mal zu sehen!«, grüßte Annemarie ihn und stieg zu ihm hinab. Sie umarmten sich herzlich.

»Ich verpasse doch nicht Herbies legendäres Barbecue!«, er hielt sie an den Schultern ein Stück von sich und strahlte sie an. »Meine Güte Annemie! Du siehst einfach wieder bezaubernd aus. Kümmert sich Herbert, auch gut genug um dich? Der weiß gar nicht, was für ein Glück er mit dir hat!«

»Doch, doch, das weiß er ganz genau!«, meldete sich nun Herbert, »Und jetzt nimm die Finger von meiner Frau!« Dann umarmte auch er ihn und klopfte ihm auf die Schulter.

»Darf ich dir die beiden Damen dort oben auf der Veranda vorstellen?«, fragte Annemarie und deutete zur Veranda. Micky sah zu ihnen hinauf. Kleine Lachfältchen umspielten seine blauen Augen und funkelten herausfordernd.

»Das sind Sarah und ihre Freundin Hannah«, erklärte Annemarie.

Sarah nickte ihm zu. Dabei blieb ihr Blick an seinen Augen hängen.

»Ah die Räubertochter und ihr Gefolge!«, lachte er. »Mensch Herbie, hast ja gar nicht gesagt, dass die beiden so bezaubernd sind. Hätte ich gewusst, was mich erwartet, hätte ich mich noch rasiert.«, dabei griff er sich gespielt verlegen an seinen Dreitagebart und zwinkerte Sarah zu.

»Aber wo bleiben nur meine Manieren«, sagte er, sprang auf und reichte ihnen die Hand zum Gruß. Als er Sarahs Hand ergriff, rebellierte schlagartig ihr Magen und sie spürte, wie ihr die Röte ins Gesicht kroch. Oh man, wie peinlich, dachte sie. Und noch bevor sie hoffen konnte, dass er es übersah, sagte er:

»Ich mag es, wenn Mädchen noch rot werden.«

Sarah war nicht fähig, irgendetwas Schlagfertiges darauf zu antworten. Sie stand einfach nur da und hoffte, dass die anderen ihren Herzschlag nicht auch so laut hämmern hören konnten.

»Vor Micky müsst ihr euch in acht nehmen!«, warnte Annemarie mit einem Augenzwinkern. »Er ist ein netter Kerl, aber auch ein alter Herzensbrecher!«

»Ich glaube, den Mädels steht gerade nicht Kopf nach einem Flirt«, sagte Herbert, »außerdem, sieh ihn dir doch mal an! Er sieht aus wie ein Wilder! Mit den langen

Haaren und diesem knitterigen Hemd! Welche Frau will denn so was?« Dann drehte er sich um und stapfte in den Garten zurück.

»Los kommt, wir haben noch etwas zu besprechen.«

»Sarah?«, hörte sie Hannah rufen. »Kommst du?«

»Äh ... ja sicher! ...Wohin?«

Wenig später saßen sie bei einem kühlen Glas Bier im Garten. Annemarie hatte Hannah einen Cowboyhut als Sonnenschutz gebracht. Sarah lehnte dankend ab. Sie war nicht so empfindlich. Bis eben hatte sie keinen Gedanken an ihre Garderobe verschwendet. Jetzt wünschte sie sich, etwas Hübscheres angezogen zu haben. Unbehaglich zupfte sie an ihrem abgetragenen T-Shirt.

»Dein Vater wurde montags mittags gefunden. Er muss bei sommerlichen Temperaturen schon 1- 2 Tage dort gelegen haben«, kam Micky gleich zur Sache. »Ich möchte dir Einzelheiten ersparen, aber die Natur arbeitet dann sehr schnell an der Zersetzung eines Leichnams. Man fand ihn im Badezimmer. Da er eine Haarbürste in der Hand hielt, ging man davon aus, dass ihn der Tod plötzlich überrascht haben musste.«

Rüdiger stupste ihn mit seiner Nase an, bis er den Dackel auf seinen Schoß hob. Zufrieden kringelte sich das Tier ein und schloss die Augen.

»Im Bericht steht, man gehe davon aus, dass er zusammengebrochen ist und dabei mit dem Kopf auf die Kante der Duschtasse gefallen ist«, fuhr Micky fort. »Aus der daraus entstandenen Verletzung stamme das Blut auf den Fliesen.«

»Klingt erst mal nach plötzlichem Herzversagen oder Schlaganfall«, sagte Hannah.

»Gab es denn Hinweise, dass er krank war?«, fragte Sarah, »Mir ist nichts bekannt. Warum wurde seine Leiche beschlagnahmt? Das gibt doch alles keinen Sinn.«

»Immer langsam!«, sagte Micky lächelnd. »Da kein Hausarzt zu erreichen war, konnte niemand einen natürlichen Tod aufgrund einer bereits bestehenden Krankheit bescheinigen. Dann ist es Usus den Leichnam zu beschlagnahmen und der Gerichtsmedizin zur Leichenschau zu übergeben.«

»Und bei der Gerichtsmedizin? Was haben die dann festgestellt?«, fragte Hannah.

»Tja, bei der Gerichtsmedizin gab es zwar einen Bericht über eine Leichenschau, aber keine Obduktion. Aus Gründen der Verhältnismäßigkeit und zur Einsparung von Personal und finanziellen Mitteln. Da es angeblich keine Hinweise auf Fremdeinwirkung gab, wurde der Leichnam freigegeben und im Bestattungsinstitut verbrannt.«

»Was heißt denn keine Hinweise auf Fremdeinwirkung?«, fragte Sarah, »ich dachte, er wurde ermordet! Da muss es doch Spuren am Tatort gegeben haben!«

»Die eingesetzten Beamten verzichteten auf eine gründliche Leichenschau vor Ort. Eine verwesende Leiche durchsucht keiner gerne ohne triftigen Grund.«

Sarah schluckte. Herbert räusperte sich und warf Micky einen mahnenden Blick zu.

»Tut mir leid«, sagte Micky, »da die Beamten von einem medizinischen Notfall mit Todesfolge ausgingen, betrieben sie keine große Spurensuche am Tatort. In der Brieftasche des Toten fanden sie seinen Sozialversicherungsausweis und nach viel mehr suchten sie auch nicht.«

»Und wie kommst du dann darauf, dass er ermordet wurde?«, fragte Sarah.

»Der Einsatzleiter hatte zu der Zeit einen Praktikanten. Der Junge war vorher auch mal ein paar Wochen in meiner Abteilung, deshalb kannte ich ihn. Als ich bei der Todesermittlung aufschlug, um mich nach dem Fall Avigliano zu erkundigen, fiel mir auf, dass er ganz bleich und ruhig wurde. Irgendwas an seinem Verhalten gefiel mir nicht. Ich weiß nicht genau was, aber manchmal merkt man das einfach. Wenn man schon mehrere Tausend

Menschen vernommen hat, spürt man, wenn jemand etwas zu verbergen hat.«

Herbert nickte zustimmend. »Und was hat der Junge dir erzählt?«

»Ich hab ihn nach Feierabend auf ein Bier mitgenommen. Wir haben ein bisschen über Sport gequatscht. Und dann hab ich ihn mal diesbezüglich abgeklopft.«

»Und?«, fragten Sarah und Hannah wie aus einem Mund.

»Erst wollte er nicht mit der Sprache rausrücken. Aber dann habe ich ihn etwas unter Druck gesetzt und er brach ein. Er war völlig fertig und heulte plötzlich wie ein Kind. Dann erzählte er, dass er im Flur vor dem Badezimmer eine Patronenhülse gefunden hätte.«

»Aber eben hieß es doch noch, es gab keine Hinweise auf Fremdverschulden!«, rief Sarah.

»Er sagte, die Hülse lag unter dem Telefontisch«, fuhr Micky unbeirrt fort.

Dort lag auch das kleine Notizbuch, dachte Sarah.

»Also wurde mein Vater erschossen?«

»Die Möglichkeit besteht. Ja.«

»Aber warum steht von der Hülse nichts im Bericht und warum hat man denn keine Schusswunde gefunden?«, fragte Sarah aufgebracht. »Der leitende Beamte hatte an dem Tag längst Feierabend und nach dem

Dienst eine Verabredung. Die Existenz dieser Hülse hätte ihm den kompletten Abend gesprengt«, seufzte Micky.

»Das glaub ich jetzt nicht!«, empörte sich Hannah.

»Dieser Fund hätte Ermittlungen bis in die frühen Morgenstunden nach sich gezogen. Die Tatortgruppe wäre gekommen, es wäre eine Mordkommission einberufen worden und so weiter. Wenn man diese Hülse aber in die Hosentasche steckt und den Praktikanten verspricht ihn durchfallen zu lassen, wenn er nicht die Klappe hält, dann macht man eine Stunde später Feierabend und schafft es noch zum Konzert.«

Die Mädchen sahen ihn entsetzt an.

»Aber das war doch Mord! Da muss man doch ...«, begann Sarah.

»Für diesen Beamten war es einer von über 200 Toten in seiner Laufbahn. Ich sage dir, was viele von ihnen irgendwann denken: Da hat mal wieder ein Drecksack den anderen erschossen. Am Ende interessiert es doch eh keine Sau. Aber meine Frau lebt und wenn ich diesen Konzertbesuch schon wieder absage, kriege ich die Scheidungspapiere.«

»Gibt es jetzt schon Leichen zweiter Klasse?«, entfuhr es Hannah.

»Eine riesige Schlamperei«, empörte sich Herbert.

Micky nickte.

»Demzufolge gab es keine richtige Spurensuche und keine Obduktion. Das einzige Beweismittel verschwand in einer Hosentasche.«

»Aber hätten die bei der Gerichtsmedizin nicht eine Schusswunde finden müssen?«, fragte Hannah.

»Dazu hätten sie eine vermuten müssen. Schusswunden sind nicht so groß und auffällig, wie der Laie sich das vorstellt. Das Gewebe ist elastisch und sehr bald schließt sich so ein Wundkanal wieder. Vor allem die Eintrittswunde einer Schussverletzung ist oft sehr klein. Liegen dann dichte Haare darüber und gibt es vielleicht sogar nicht mal eine Austrittswunde, zum Beispiel bei einem Steckschuss, dann wird so etwas schon mal übersehen. Es gibt mehr unentdeckte Tötungsdelikte, als man denkt.«

»Und was geschieht jetzt?«, fragte Sarah, »ich meine, dieser Polizist muss sich doch jetzt dafür verantworten oder? Vielleicht hat der Praktikant die Hülse noch? Vielleicht kann man damit ja noch was herausfinden.«

Micky schüttelte den Kopf.

»Die Sache ist verzwickt. Außer dem Praktikanten und diesem Beamten hat nie jemand diese Hülse gesehen. Der Tatort ist unbrauchbar und die Leiche verbrannt. Ich glaube dem Jungen. Aber wer wird ihm noch glauben?«

»Das ist doch alles nicht wahr ...«, rief Hannah und griff sich an den Kopf.

»Soll ich euch etwas sagen?«, fragte Sarah tonlos, »ich habe Angst! Da sind Typen unterwegs, die haben meinen Vater erschossen und waren jetzt wahrscheinlich bei uns! Sie haben uns eine Patronenhülse als Nachricht geschickt! Werden sie als Nächstes uns umbringen?«

Tränen schossen ihr in die Augen. Hannah sprang an ihre Seite und legte einen Arm um ihre Schulter.

»Und dank dieser Schnarchnasenpolizei haben wir keine Ahnung, wer hinter all dem steckt«, Hannah ballte die Faust. »Nur zu gerne würde ich diesem Einsatzleiterfuzzi mal kräftig ...«

Wütend wischte Sarah sich mit der Hand durchs Gesicht. »Und jetzt heul ich auch noch wie ein kleines Mädchen.«

»Hier seid ihr erst mal in Sicherheit«, sagte Herbert.

»Ich werde euch, so gut es geht helfen«, versprach Micky.

»Habt ihr wenigstens eine Ahnung, wer das gewesen sein könnte? Warum hat man ihn getötet?«, fragte Hannah.

»Wer mit Drogen und Waffen erfolgreich Geld verdient, stirbt selten an Altersschwäche.«

»Schon klar, aber habt ihr einen Verdacht?«

»Bei der Vita ihres Vaters haben wir es mit vielen möglichen Feinden oder Gegnern zu tun. Ihr Vater war in viele üble Geschäfte verstrickt und selbst kein Kind von

Traurigkeit. Wir wissen einfach zu wenig, um mögliche Tatverdächtige einzugrenzen.«

»Aber gut. Ich denke, es war jetzt alles etwas viel«, sagte Herbert und reichte Sarah ein Päckchen Taschentücher, »so etwas muss man in Ruhe und systematisch angehen. Heute werden wir das eh nicht mehr aufklären. Ich schlage vor, wir schmeißen den Grill an. Ihr bleibt doch über Nacht?«

»Ja, Annemarie war so freundlich, uns einzuladen«, sagte Sarah, »könnte ich noch ein Bier bekommen? Ich glaub, ich kann jetzt noch eins gebrauchen.«

Herbert stand auf und ging in Richtung seines Gartenhäuschens.

»Da hab ich etwas Besseres! Das ist jetzt genau das Richtige!«

»Oh nein!«, stöhnte Mick. »Jetzt kommt er wieder mit diesem schrecklichen Zeug!«

»Schreckliches Zeug!«, empörte sich Herbert und winkte mit einer Flasche, »das ist guter originaler Eifler Els!«

»Sag ich doch! Schreckliches Zeug!«, lachte Mick. »Dann mal her damit!«

Dann zwinkerte er Sarah aufmunternd zu. Und sofort meldete sich das Kribbeln in ihrem Magen zurück. Um nicht wieder rot zu werden, wand sie rasch den Blick ab. Sie sah Herbert zu, der jedem von ihnen ein

Schnapsgläschen einschenkte. Dann hob er seines zum Prosit.

»Auf ein fröhliches Barbecue!«

Sarah kippte die würzige, scharfe Flüssigkeit dankbar in einem Zug hinunter. Innerhalb von Sekunden spürte sie eine aufwallende Hitze im Hals bis tief in den Bauch hinein. Schlagartig schien das Getränk ihre Nerven zu betäuben. Schon besser. Heute wollte sie an nichts mehr denken.

Das Holz fing Feuer und begann zu lodern und zu knistern. Rund um die Feuerstelle standen mehrere Bänke. Sarah machte es sich hier mit Blick auf den See gemütlich. Wo sie auch hinsah, herrschte rege und freudige Betriebsamkeit. Nach und nach trudelten die Nachbarn ein. Mit wildem Gekläff kündigte Rüdiger jeden neuen Gast an. Es gab ein großes Hallo und Annemarie versorgte mit Hilfe von Hannah sogleich alle mit kalten Getränken. Die Gäste schleppten riesige Schüsseln mit Salat, Baguette und Kuchen herbei. Herbert und Micky machten sich daran den Schwenkgrill anzuzünden und gerieten dabei ins Fachsimpeln, welche Methode dazu am besten geeignet war. Wenn man es nicht besser gewusst hätte, hätte man sie für Vater und Sohn halten können. Sie waren offensichtlich sehr vertraut miteinander. Wer wusste, was die beiden bereits zusammen erlebt haben. Plötzlich sah

Micky vom Grill auf und ihre Blicke trafen sich. Er hob sein Glas und prostete ihr lächelnd zu. Ihr wurde sofort warm ums Herz, und als ihr diese Wärme wieder ins Gesicht kroch, ärgerte sie sich. Sie konnte doch nicht ernsthaft dauernd rot werden! Sie bemühte sich, mit aller Kraft, dagegen anzukämpfen, und wollte zurück prosten, aber er sah es nicht mehr. Sein Blick richtete sich Richtung Gartentor. Rüdiger rannte kläffend darauf zu und begrüßte die spät eingetroffenen Gäste. Annemarie begrüßte einen Mann und zwei Frauen. Eine der beiden Frauen bahnte sich einen direkten Weg durch die Leute und lief Mick entgegen. Sie gehörte zu der Sorte Frauen, die man gleich abgrundtief hasst, weil man sich neben ihnen sofort klein, dick und hässlich fühlt. Mit den langen blonden Haaren sah sie aus wie eine Country Barbie. Ihr weißer Cowboyhut war am Rand mit Glitzersteinchen besetzt. Cowboyhut mit ›Blingbling‹. Alberner ging es wirklich nicht. Mickys Miene erhellte sich, und als er und die junge Frau sich in die Arme fielen, wand Sarah sich ab. Die Sonne ging langsam hinter dem See unter und tauchte die Umgebung in rotgoldenes Licht.

»Was ein wundervoller Abend«, hörte sie Hannah neben sich. Sie sprang auf die Bank und reichte ihr ein frisches Bier.

»Hier Eifelgold!«

Sarah nahm das Glas und trank einen Schluck.

»Der Hut steht dir gut.«

»Ja oder? Eigentlich brauche ich ihn jetzt nicht mehr, aber ich finde ihn einfach toll. Und ich liebe Mottopartys!«, sagte Hannah.

»Ich weiß. Darum bin ich froh, dass du vorher nichts davon wusstest.«

Hannah kicherte.

»Wollt ihr Würstchen oder Koteletts? Die Steaks und das Hähnchen brauchen noch was.« Ein etwa 14-jähriger Junge mit rotem Haar und Sommersprossen lief mit einer Platte Grillgut umher. Sarah nahm für sich und Hannah je ein Würstchen, während Hannah ihnen am Buffet etwas Salat und Ketchup besorgte.

»Dieser Micky findet sich selbst ganz schön gut, oder?«, bemerkte Hannah.

»Findest du?«, fragte Sarah gedankenverloren. Ihre Augen suchten ihn in der Menge.

»Ja, und ich glaube, in diesem Punkt seid ihr euch auch einig.«

Sarah antwortete nicht. Sie konnte ihn nirgends erblicken. Ob er schon wieder nach Hause gefahren war? Er wollte doch auch hier schlafen? Er hätte sich doch bestimmt verabschiedet. Oder auch nicht ...

»Schade, dass Sebastian heute nicht dabei ist«, rutschte es Hannah heraus.

Überrascht sah Sarah sie an.

»Was guckst du so komisch?«, fragte Hannah und zersägte energisch die Wurst auf ihrem Teller. Sarah grinste sie an, sagte jedoch nichts.

»Hör auf so blöd zu grinsen! Er war bisher überall dabei. Jetzt ist es so nett hier. Das hätte er auch verdient. Das ist alles.«

»Aber sicher«, sagte Sarah und ihr Grinsen wurde noch breiter.

Hannah zog eine Grimasse.

»Du magst ihn!«, lachte Sarah, »Du magst ihn ja wirklich!«

Hannah rollte mit den Augen.

»Was du dir gleich immer zusammenspinnst!«

Sarah kicherte.

»Ich wusste ja gar nicht, dass du blechgeil bist!«

Hannah sah sie völlig entgeistert an. Doch dann prustete sie los.

»Jetzt hast du mich Sarah! Ja ich gebe es zu. Ich stehe auf sein Auto.«

Sie brachen in hysterisches Gelächter aus. Und obwohl es überhaupt nicht so komisch war, konnten sie sich kaum wieder beruhigen. Die abfallende Spannung und der steigende Alkoholpegel bewirkten einen Lachanfall, der ihnen die Tränen in die Augen trieb. Plötzlich wurde die Musik deutlich lauter und auf dem

Rasen sammelten sich jede Menge Partygäste. »Los! Kommt! Macht mit!«, riefen sie ihnen zu.

Noch bevor sie wussten, wobei hatte man sie an den Händen mit zur Gruppe gezogen. Einer von Herberts Nachbarn sprach in ein Mikro. Was kam nun?

»Ich wurde um ein Runde Square Dance gebeten!«, rief er.

Die Leute jubelten.

»Jochen kann das echt gut. Und es macht riesig Spaß!«, sagte ein Mann neben ihr.

Jochen erklärte ihnen nun ein paar Grundschritte und schon wurde die Musik wieder aufgedreht. Erst kam sie sich albern vor. Und unbeholfen dazu. Aber als sie nach einer Weile die Schritte beherrschte, begann es richtig Spaß zu machen. Immer wenn Jochen den Eindruck hatte, dass es gut lief, steigerte er die Schwierigkeit oder das Tempo. Bis sie letztendlich alle lachend und mit hochroten Köpfen über den Rasen tanzten. Dann kamen Partnerwechsel und Drehungen dazu. Die Musik wurde immer schneller und auch Jochen sprach immer schneller. Als die Musik endete, ließ Hannah sich völlig fertig aber glücklich ins Gras fallen.

Sarah warf sich lachend und erschöpft ihrem letzten Tanzpartner an die Brust. Vor lauter Durcheinander und Geschwindigkeit hatte sie nicht bemerkt, dass es Mick war, dem sie sich in die Arme geworfen hatte.

»Oh man, ich kann nicht mehr! Was ein Spaß!«, keuchte sie.

»Schade, dass es vorbei ist. Gerade fing es an, richtigen Spaß zu machen«, antwortete er. Als sie seine Stimme erkannte, sprang sie von ihm weg, als hätte sie sich gerade an ihm verbrannt. Als sie bemerkte, wie bescheuert das jetzt gewirkt haben muss, suchte sie nach Worten um die Situation zu überspielen.

»Ach, macht ihr das öfter?«

»Nein«, lachte Mick. »Nur bei Herbys alljährlichem Country-Abend.«

Sarah strich sich eine Haarsträhne aus dem Gesicht und fächerte sich mit der Hand etwas Luft zu.

»Schön dich wieder lachen zu sehen«, sagte er und sah ihr einen Moment zu lange in die Augen.

»Es tut gut, ein bisschen abzuschalten.« Sarah spürte, wie ihre Stimme zitterte. Genauso wie ihre Knie. Das musste an der Anstrengung liegen.

»Vielleicht tanzen wir nachher noch mal?«, fragte er.

»Ich ... ich werde mal Hannah suchen gehen ...«, stammelte sie. Als sie sich umdrehte, spürte sie seinen Blick noch eine Weile in ihrem Rücken.

Kapitel 11

Roberto langweilte sich zu Tode. Seit heute Morgen machte er nichts anderes als diesen dämlichen Hühnern nachzusteigen. Jetzt amüsierten die sich da auf dem Fest und er saß wie ein Blödmann bei den Fröschen. Das war kein Auftrag nach seinem Geschmack. Er fuhr lieber zu Leuten „Geld abholen". Vor allem, wenn er wusste, dass sie es nicht hatten. Sein Vater hatte ihm gesagt, er müsse lernen, geduldiger zu sein und sich zu beherrschen. Er solle sich beim Boss als guter Mann beweisen. Dann würde er mit der Zeit bessere Aufträge bekommen und auch in den Kreis der Familie aufgenommen werden. Er musste es wissen. Er war einer der Besten. Trotzdem fühlte Roberto sich unterfordert und nicht ernst genommen.

Er stieg aus, um eine zu rauchen. Die Sonne ging bereits unter. Nur noch vereinzelt brach Licht durch die dichten Baumkronen. Schon bald würde es hier völlig dunkel sein. Alberne Musik, und Gelächter schwoll vom Seehaus zu ihm herunter. Er zog an der Zigarette und ging ein paar Meter den Pfad hinunter Richtung See. Hier konnte er unerkannt warten. Alles andere war zu offensichtlich gewesen. Nur bekam er hier unten zu wenig mit. Das Einzige, was er im Blick hatte, war ein Stück Heck vom Auto der Mädchen. Und das stand bereits seit vielen

Stunden unverändert an derselben Stelle. Er drehte wieder um und ging zurück zum Wagen, als neben ihm etwas im Unterholz raschelte. Eine Katze schlich auf der Suche nach Mäusen durch das Gehölz. Er warf die Zigarette weg und griff nach seiner Waffe. Er nahm die Katze ins Visier. Als würde sie es spüren, hielt sie inne und horchte auf. Jetzt stand sie perfekt. Nur ein Schuss, und die Mäusejagd wäre vorbei. Doch plötzlich sprang das Tier mit einem Satz davon. Er hätte eh nicht schießen können. Man hätte es meilenweit gehört.

Sarah suchte nach Hannah, doch sie konnte sie nirgends finden. Allmählich machte der Alkohol sich bemerkbar. Der Squaredance hatte Herberts Els direkt in ihr Hirn transportiert und dort schien er jetzt alles ein wenig umzugestalten. Als aus den Boxen ein alter Cowboy-Lovesong tönte, war sie mit einem Mal umringt von tanzenden Pärchen. Ein Gefühl der Einsamkeit beschlich sie. Deshalb wollte sie so schnell wie möglich wieder nach draußen. Doch bevor sie den Pavillon verlassen konnte, hielt sie jemand am Arm fest. »Du schuldest mir noch einen Tanz«, sagte Micky.

Erschrocken fuhr sie zusammen. Er legte die andere Hand um ihre Hüften und zog sie zu sich heran. Sie wollte sich über die dreiste Art empören, doch er lächelte entwaffnend und schob sie mit sanftem, aber bestimmten Druck Richtung Tanzfläche. Ihre ersten gemeinsamen Schritte waren hölzern und sie konnte seinen Bewegungen nur schwer folgen. Ihr Herz hämmerte wie verrückt und sie wagte kaum, zu atmen. Doch dann zog er sie noch dichter an sich heran. Sie spürte seinen Atem an ihrem

Hals, der ein wohliges Schaudern in ihr auslöste. Sie ließ den Kopf gegen seine Schulter sinken und schloss die Augen. Er roch so unglaublich gut. Umhüllt von sanfter Musik und gedämpftem Licht bewegten sich allmählich im Einklang.

Viel zu früh war das Lied zu Ende. Sie wollte auf keinen Fall, dass er sie jetzt wieder losließ. Seine Lachfältchen zuckten amüsiert, als er sie ansah.

»Gefällt dir der Abend?«, fragte er. Er machte keine Anstalten sie loszulassen. Das nächste Lied setzte ein und er zog sie wieder näher.

»Ja sehr«, antwortete sie und spürte, wie ihre Stimme brach. Sie räusperte sich und sagte:

»Annemarie und Herbert sind einfach wunderbar. Wirklich nett, dass sie uns eingeladen haben«, sagte sie.

»Das stimmt. Zumal du die Tochter eines polizeilichen Gegenübers bist.«

Sie blieb stehen. »Polizeiliches Gegenüber? Was soll das denn heißen?«

»Dein Vater gehörte zur organisierten Kriminalität«, erinnerte er sie. »Solche Leute laden wir eigentlich nicht zu unseren Grillfesten ein«, witzelte er.

Sarah löste sich aus der Umarmung und rückte von ihm ab. Die anfängliche Entrüstung wich einer aufkeimenden Wut.

»Solche Leute? Was bitte sind denn für dich solche Leute?«

Er zuckte mit den Achseln. »Kriminelle halt. Was regst du dich denn jetzt so auf?«

»Ich finde es einfach unglaublich, wie du über meinen Vater sprichst. Du kanntest ihn doch gar nicht. Aber so ist es, wie ihr Bullen denkt oder? Und dann tust du auch noch so

als ...«

»... als was?« Ihre Stimme überschlug sich fast. »Als ob ›Leute wie ich‹ dankbar sein müssten mit ›Leuten wie dir‹ am Grill stehen zu dürfen!«

»Es ist ja nicht gerade so, als würde es um Deinen heiß geliebten Daddy gehen. Wenn das so wäre, müsstest du nicht Gott und die Welt anhauen, um etwas über ihn zu erfahren. Was weißt du denn selbst über ihn?«

Sarah blieb fast die Luft weg vor Zorn. Sie stieß ihn von sich und funkelte ihn an.

»Na dann will ich dir nicht weiter zumuten mit ›Leuten wie mir‹ zu tanzen!«

»Micky! Da bist du ja, ich hab dich überall gesucht!«, trällerte Glitzer-Barbie neben ihnen und schlang ihre Arme um Micks Hals.

»Komm ich ungelegen?«, fragte sie sichtlich amüsiert.

»Einen besseren Zeitpunkt hättest du gar nicht erwischen können!«, sagte Sarah und drehte auf dem Absatz um. Sie verließ die Tanzfläche, ohne sich noch einmal umzusehen. Sie kam sich vor, wie die letzte Idiotin. Ihre Augen füllten sich mit Tränen. Was bildete der sich eigentlich ein? Sie steckte ihre Hände in die Hosentaschen und vergrub ihr Gesicht im Pullover.

»Blöder arroganter Affe!«, fluchte sie und trat gegen einen Kieselstein. Neugierig lief Rüdiger heran. Fröhlich hüpfte er um Sarah herum und begleitete sie hinunter zum See. Sie brauchte jetzt einen Moment Ruhe und wollte niemanden sehen. Sie setzte sich auf den Bootssteg und starrte hinaus aufs Wasser. Rüdiger setzte sich neben sie und tat es ihr gleich. Aus der Ferne klang die Countrymusik, aber so leise, dass sie das Plätschern des Wassers und das Quaken eines Frosches hören konnte.

Noch immer ärgerte sie sich über sich selbst. Das Ganze war an Peinlichkeit kaum zu überbieten. Dass sie sich diesem überheblichen Bullen regelrecht an den Hals geworfen hatte.

Was machten sie überhaupt noch hier? Hatte Herbert nicht gleich zu Beginn klargestellt, was er und ihr Vater für ein Verhältnis hatten? Wie konnte sie sich da einbilden, dass sie gern gesehene Gäste waren? Wahrscheinlich hatte man sie aus purer Höflichkeit eingeladen.

Sie ließ den Tränen jetzt ihren Lauf. Rüdiger legte seine fusselige Schnauze auf ihre Knie und sah sie verständnisvoll an. Dankbar kraulte sie ihm das Nackenfell. Lautes Gelächter schallte zu ihnen herunter. Sicher amüsierte er sich jetzt mit Glitzer-Barbie. Sie hatte genug andere Probleme. Sie hatte gehofft, sie heute Abend eine Weile vergessen zu können. Aber der Herr Kommissar war so freundlich gewesen, sie wieder daran zu erinnern. Plötzlich hob Rüdiger alarmiert die kleinen Filzöhrchen. Er horchte und schaute sie aus seinen Knopfaugen dabei wachsam an. Dann hörte sie es auch. Weiter hinten, auf dem schmalen Waldweg waren Geräusche.

»WuFF!«, meldete Rüdiger, dass er es auch gehört hatte. Dann sah er sie besorgt und fragend an.

»Schöner Wachhund bist du«, flüsterte Sarah. Langsam folgte sie den Geräuschen Richtung Waldweg, der gleich ein paar Meter weiter scharf nach rechts abbog. Rüdiger hielt sich vorsichtig in ihrem Windschatten.

Schritt für Schritt liefen sie den schmalen Pfad entlang. Als sie den Wald erreichten, wurde es stockfinster und natürlich hatte sie keine Taschenlampe.

»Komm Rüdiger, wir gehen besser zurück. Das war bestimmt nur ein Reh«, sagte sie und wollte sich wieder abwenden.

Doch dann knackte es hinter ihr im Unterholz. Sie fuhr herum. Ihr Blick fiel auf die glimmende Zigarettenkippe auf dem Boden. Sie waren nicht allein hier unten.

»Hallo?«, rief sie in die Dunkelheit. »Ist da jemand?«

Sie erhielt keine Antwort.

Rüdiger knurrte leise.

»Pst!«, ermahnte sie den Dackel. Sie hatte wieder etwas gehört. Da war doch jemand! Sie ging noch ein paar Schritte in den Wald hinein. Hatte sich ein Partygast hier her verirrt? Plötzlich zerriss ein grelles Licht die Dunkelheit.

Reflexartig hob sie die Hand vor ihre Augen und wich zurück. Sie starrte in zwei Halogenscheinwerfer.

Unfähig darauf zu reagieren blinzelte sie verzweifelt gegen das blendende Fahrzeug an, dessen Umrisse sich nun allmählich in der Dunkelheit abzeichneten. Ein schwarzer Geländewagen. Das war doch der selbe Wagen wie heute Morgen ...

Wer war das? Was wollte der hier? Wie ein Reh starrte sie bewegungslos in das grelle Licht. Jemand startete den Motor.

Dann rollte der Geländewagen langsam auf sie zu. Der Wagen heulte auf, während sich die Reifen durch das

Erdreich auf sie zu gruben. Sie glaubte an keinen Zufall mehr.

Ohne den Wagen aus den Augen zu lassen, stolperte sie rückwärts von ihm weg. Dabei kam sie vom Weg ab. Bei dem Versuch auf diese Art Abstand zu gewinnen, verfing sie sich mit einem Fuß im Unterholz und geriet ins Straucheln. Mit rudernden Armen kämpfte sie um ihr Gleichgewicht. Sie übersah in der Dunkelheit den Hund und auf einmal quiekte der Dackel entsetzt auf. Nun verlor sie völlig die Kontrolle und fiel ungebremst ins Leere. Ein plötzlicher Schmerz in der rechten Schulter verriet ihr, dass sie gegen einen Baum geprallt war, bevor sie der Länge nach im feuchten Waldboden landete. Einen Moment verlor sie die Orientierung. Im Lichtkegel der Scheinwerfer warf alles um sie herum verwirrende Schatten. Panisch sah sie sich um, bis sich endlich der schmale Pfad zum See-Häuschen vor ihren Augen abzeichnete. Der Wagen war jetzt ganz dicht. In letzter Sekunde gelang es ihr, sich wieder aufzurappeln. Sie drehte sich nicht mehr um, sondern rannte. Sie rannte, so schnell es nur ging. Auf dem Trampelpfad konnte der Wagen nicht folgen. Noch aus den Augenwinkeln sah sie, wie er drehte und mit hoher Geschwindigkeit wieder im Wald verschwand.

Völlig außer Atem erreichte Sarah die Gartenparty. Zum Glück fand sie Hannah jetzt auf Anhieb. Sie stand mit ein paar Leuten an einem der Stehtische.

»Wo warst du so lange?«, fragte Hannah.

Statt zu antworten, packte Sarah sie am Arm und zog sie mit sich.

»Wir müssen hier weg. Schnell, wir holen unsere Sachen.«

Die Leute am Stehtisch sahen ihnen befremdlich hinterher, besannen sich dann aber wieder auf ihr Gespräch. Sarah rannte wieder, und zerrte Hannah hinter sich her, bis diese sich losriss und schrie:

»Sag mal spinnst du? Was soll das?«

Wieder packte sie Hannah am Arm.

»Das erklär ich dir später. Wo sind unsere Sachen?«

Hannah schüttelte sie ab.

»Erst sagst du mir, was los ist.«

»Sie sind hier«, flüsterte Sarah. Sie wies mit dem Kopf hinunter zum See. »Dieser Geländewagen. Er folgt uns.«

»Was? Welcher Geländewagen?«

»Hannah, ich erkläre dir alles später! Aber jetzt musst du mitkommen. Ich glaube, dass sie auf dem Weg hier her sind.«

»Wir sind auf einer Party mit zwei Polizisten. Sollten wir sie um Hilfe bitten?«

»Herbert ist alt. Wie soll der uns helfen? Und der da«, begann sie und deutete auf Micky, »sieht der etwa aus, als würde er uns helfen?«

Hannah sah hinüber. Micky saß eng umschlungen und knutschend mit Glitzer-Barbie im Gras.

»Nein. Ich glaube, du hast recht«, stimmte Hannah ihr zu. »Lass uns hier verschwinden.« Doch dann hielt sie kurz inne. »Kannst du überhaupt fahren?«

»Ich kann. Ich bin wieder stocknüchtern.«

Sie schnappten ihre Rucksäcke und rannten Richtung Gartentor. Genau in Annemaries Arme.

»Mädels was ist los?«, fragte sie. »Wo wollt ihr denn hin? Ich dachte, ihr bleibt über Nacht!«

»Tut mir leid«, sagte Sarah, »danke für alles. Aber wir müssen weg.«

»Ist etwas passiert?«, fragte Annemarie.

»Wir haben keine Zeit für Erklärungen!«, rief Hannah und rannte Sarah hinterher zum Auto.

»Passt auf euch auf!«, rief Annemarie ihnen nach.

Sarah sprang hinters Steuer, startete, trat das Gaspedal und nach einem kurzen altersschwachen Ruckeln, rumpelte das kleine Auto über den Waldweg in die Dunkelheit.

Im Dunkel des Fahrzeuges leuchtete Robertos Mobiltelefon. Fünf Anrufe in Abwesenheit. Offenbar hatte er unten am See keinen Empfang gehabt. Schade, dass der Waldweg zu Ende war. Er hätte sie gern noch ein bisschen gehetzt.

»Pronto!«

»Alles in Ordnung bei dir? Wir haben dich über Stunden nicht erreicht!«

»Ja«, murrte Roberto, »hier ist wenig Empfang.«

»Bist du noch dran?«

»Ja, sie sind noch bei diesem Bullen. Da ist ne Party oder so. Kann ich abbrechen?«

»Du bleibst da dran! Hast du verstanden?«

»Warum ist das eigentlich wichtig?«

»Das braucht dich nicht zu interessieren! Mach nur Deinen Job«

»Du pustest dich ganz schön auf, kleiner Mann«, zischte Roberto gepresst. »Ich frage mich, ob du so auch in Anwesenheit meines Vaters mit mir sprechen würdest?«

Seine linke Hand umklammerte das Lenkrad so fest, dass die Fingerknöchel weiß hervortraten.

»Du dummer Junge!«, erklang es aus dem Telefon. Doch Roberto legte es neben sich auf den Sitz. Aus dem Waldweg kam ein Auto. Mit sehr großer Geschwindigkeit.

»Dein Vater versohlt dir den Hintern, wenn du es vermasselst!«, plärrte es aus dem Telefon. Roberto drückte das Gespräch weg und startete den Motor. Just in dem Moment bog der kleine dunkelblaue Golf vor ihm auf die Landstraße ab. Er lächelte. Es schien, als könne der Abend doch noch ganz lustig werden.

Sarah gab, wo es nur eben ging, Vollgas. Die Landstraße führte durch dichten Wald. Nur die Scheinwerfer erhellten die vor ihnen liegende Strecke. Immer wieder blickte sie in den Rückspiegel. »Sarah! Fahr verdammt noch mal langsamer! Ich kotz gleich aufs Armaturenbrett!«, meckerte Hannah neben ihr.

»Es tut mir so leid Hannchen. So leid!«, murmelte Sarah.

»Was tut dir leid?«

»Ich hätte dich nicht mitnehmen dürfen. Ich hätte wissen müssen, dass es gefährlich werden könnte.«

»Und du denkst, ich hätte dich allein fahren lassen?«

Im Rückspiegel tauchten Scheinwerfer auf.

»Verdammt!«, zischte Sarah und trat wieder aufs Gaspedal. Der kleine Golf jaulte protestierend auf und beschleunigte. Trotzdem kamen die Scheinwerfer näher und näher. Hannah drehte sich um und sah nach hinten durch die Windschutzscheibe.

»Sarah! Mach langsam und beruhige dich!«

»Hinter uns ist einer!«

»Das ist ein Beetle! Ich glaube nicht, dass die uns in einem Beetle folgen.«

Sarah ging vom Gaspedal.

»Fahr endlich vernünftig!«, mahnte Hannah, »Vorhin ist uns beinahe ein Reh in die Karre gelaufen.«

Sarah holte tief Luft, erwiderte aber nichts.

»Wo willst du mitten in der Nacht überhaupt hin?«, fragte Hannah.

»Ich weiß es nicht. Nach Hause können wir nicht. Vielleicht erst mal in ein Hotel.«

»Wir haben nicht genug Geld mit, für ein Hotel.«

Der Beetle überholte und schon bald waren seine Rückleuchten hinter einer Kurve verschwunden. Sarah atmete auf.

»Wir könnten Sebastian fragen ...«, begann Hannah, doch Sarah schüttelte energisch den Kopf.

»Nein, den will ich nicht auch noch mit reinziehen.«

»Er ist aber die einzige Möglichkeit, die mir einfällt. Zumindest ohne, dass wir uns groß erklären müssten.«

»Ich werde dich zu Sebastian bringen. Und dann werde ich eine Zeit lang untertauchen.«

»Spinnst du jetzt völlig? Wo willst du denn hin? Ich lass dich nirgendwo allein hingehen!«

»Es ist aber besser so. Zumindest, bis ich weiß, wer uns verfolgt.«

»Ich finde, du drehst langsam durch. Ist diese ganze Flucht hier nicht ein wenig übertrieben? Ich mein, was hast du schon gesehen?«

»Ich habe dir erzählt, was ich gesehen habe!«

»Ja, hast du. Einen Geländewagen im Wald. Vielleicht war es ja auch der Förster? Hast du so etwas auch mal in Erwägung gezogen?«

»Ich weiß, was ich gesehen habe und es war mit Sicherheit kein Förster Hannah!«

Im Rückspiegel erschienen erneut Scheinwerfer. Sarah bemühte sich, die Nerven zu behalten. Krampfhaft versuchte sie, zu erkennen, was für ein Fahrzeug hinter ihnen fuhr. Dann sah sie wieder nach vorn und riss erschrocken das Lenkrad nach links. Sie war viel zu weit nach rechts abgekommen. Der Golf schlingerte bedrohlich, aber Sarah brachte ihn unter Kontrolle. Ein schwerer Mittelklasse Mercedes überholte sie.

»So, jetzt fährst du rechts ran und lässt mich fahren!«, befahl Hannah.

»Das geht nicht. Dann verlieren wir Zeit.«

»Besser als unser Leben! Du bist gerade nicht in der Lage zu fahren!«

»Wenn wir anhalten, holen sie uns ein!«

»Hörst du dich eigentlich selber reden? Du bist betrunken und leidest unter Verfolgungswahn. Oder ist es etwa wegen dem Bullen? Hast du wegen ihm die Nerven verloren?«

Sie näherten sich einer Kreuzung. Wieder Scheinwerfer hinter ihnen.

»Hannah, halt jetzt die Klappe! Ganz ehrlich!«

»Ich rufe Sebastian an«, sagte Hannah und nahm ihr Mobiltelefon aus dem Rucksack.

Sarah sah wieder in den Rückspiegel. Die Scheinwerfer waren noch da und kamen nun näher. Sie presste die Lippen aufeinander und bemühte sich ruhig zu bleiben. Mit Sicherheit würde der Wagen sie gleich überholen.

Hannah hatte Glück, Sebastian ging sofort ans Telefon.

Hatte Sie am Ende Recht? Drehte sie jetzt durch? Genau genommen hat der Geländewagen ihr nichts getan. Aber er verfolgte sie. So viel steht fest.

»Geht das auch wirklich in Ordnung? Es wäre auch nur für diese Nacht«, fragte Hannah und stemmte ihre Füße gegen das Armaturenbrett. »Wenn Sarah uns bis dahin nicht mit ihren Fahrkünsten umgebracht hat, wären wir ungefähr um halb zwei bei dir. - Prima. - Danke Sebastian! Bis Später!«

Die Landstraße schlängelte sich nun wieder in die Dunkelheit in den nächsten Wald hinein. Die Scheinwerfer waren noch immer hinter ihnen. War er jetzt näher als eben? Ruhig bleiben, gleich überholt er.

»So, heute Nacht schlafen wir bei Sebastian«, sagte Hannah bestimmt. »Morgen sehen wir weiter.«

Sarah schwieg. Sie wollte nicht mehr streiten. Sie wartete, dass der Wagen hinter ihnen überholte. Erneut schaute sie in den Rückspiegel. Die Silhouette eines Geländewagens zeichnete sich darin klar und deutlich ab.

»Hannah ...«, begann sie und spürte, wie ihre Stimme zitterte.

»Was ist? Siehst du wieder Verfolger? Man, man, man ... ich bin echt froh, wenn ...«

Sarah hörte nicht zu. Sie starrte in den Rückspiegel. Der Wagen hatte sich etwas zurückfallen lassen. Er überholte nicht, denn das hatte er vermutlich auch zu keiner Zeit vor.

»Scheiße! Das ist er!«, schrie sie und gab Gas.

Der Wald flog rechts und links an ihnen vorbei. Sarah umklammerte das Lenkrad und wagte kaum nach hinten zu sehen. Sie konnte nirgendwo abbiegen. Sie waren mitten im Wald. Fern jeglicher Zivilisation. Bis zum nächsten Dorf waren es bestimmt noch drei Kilometer. Bis dahin mussten sie es irgendwie schaffen.

»Er ist wieder hinter uns«, sagte Hannah leise. »Er kommt näher.«

Verzweifelt trat Sarah aufs Gas, aber sie fuhr bereits am Limit. Sie konnte die Kurven in der Dunkelheit nur schwer einschätzen. Wären sie doch nur bei Herbert geblieben. Es war alles ihre Schuld. Sie versuchte die Tränen wegzublinzeln, aber es gelang ihr nicht. Jetzt war der Geländewagen direkt hinter ihnen. Sein Scheinwerferlicht spiegelte sich grell im Rückspiegel. Als sie wieder nach vorn sah, tanzten kleine Lichtpunkte vor ihren Augen. Erst als sie verschwanden, stellte sie fest, dass sie mit viel zu hoher Geschwindigkeit in die nächste Kurve einfuhr. Sie trat auf die Bremse. Zu kräftig. Das Heck brach aus. Sie riss das Lenkrad in die entgegengesetzte Richtung. Die Reifen kreischten auf dem Asphalt. Der Golf schlingerte nach rechts zum Wald. Hannah schrie. Sarah riss das Lenkrad wieder in die andere Richtung. Ihre Hände waren schweißnass. Die

Reifen gerieten auf den Grünstreifen und rutschten darauf wie auf purem Eis. Es gelang ihr nicht, den Wagen auf die Straße zurückzulenken. Unaufhaltsam grub der Golf sich in den Straßengraben. Dann sah Sie das in der Erde eingelassene Abflussrohr aus Beton. Ohne dass sie etwas hätte tun können, rasten sie ihm entgegen. Es gab einen dumpfen Schlag, als sie es rammten. Ein ungeheuerlicher Ruck ging durch das Auto. Auf einmal war es merkwürdig still. Das Blut in ihren Adern rauschte. Sie konnte nicht mehr sagen, wo oben oder unten, wo links oder rechts war. Bis der nächste Ruck durch das Auto ging. Sie hörte Hannahs Kreischen. Ihr war es, als würden sie mit voller Wucht gegen eine Betonwand geworfen. Und dann kehrte die Stille zurück. Mit einem Mal war es stockdunkel. Nur einer der Scheinwerfer warf etwas Licht in einem grotesken Winkel in Richtung Himmel. Sie lauschte mit angehaltenem Atem. War es das jetzt? Lebte sie noch? Sie hatte Angst, sich zu bewegen. Dass sie noch lebte, spürte sie, denn jeder Atemzug bedeutete ungeheuerliche Schmerzen.

»Hannah?«, flüsterte sie in die Dunkelheit. Doch sie erhielt keine Antwort.

Sie biss die Zähne aufeinander und versuchte sich zu ihr zu drehen. Aber Ihre Beine waren irgendwo eingeklemmt und sie konnte nur mühsam und unter fürchterlichen Schmerzen ihren Oberkörper bewegen.

»Hannah? Hannah hörst du mich?«

Keine Antwort. Nur Stille. Die Schmerzen raubten ihr fast die Sinne, aber ihre Angst um Hannah war stärker. Sie tastete nach dem Beifahrersitz und zog sich mit letzter Kraft so weit herum, dass sie einen Blick auf Hannah werfen konnte. Im Dunkeln erkannte sie ihre Freundin nur schemenhaft. Unter unerträglichen Schmerzen streckte Sie den Arm hinauf zum Schalter der Innenbeleuchtung, bis sie das Fahrzeuginnere in schummriges Licht tauchte. Hannah hing blutüberströmt und schlaff in ihrem Sicherheitsgurt. »Oh nein. Oh nein!«, schrie sie »Hannah! Bitte! Hannah bitte, wach auf und sag mir, dass alles gut ist.«

Aber Hannah antwortete nicht.

»Hannah! Bitte ... Bitte ...«

Sie musste Hilfe holen! Sie musste hier raus. Mit allerletzter Kraft drehte sie sich wieder um. Greller Schmerz durchzuckte sie. Ihr Brustkorb schien auseinanderzubrechen. Ihr wurde schlecht. Sie angelte stöhnend nach dem Türgriff und betete inständig, dass sich die Wagentür noch öffnen ließ. Sie zog am Griff und krümmte sich erneut vor Schmerzen. Das Letzte, was sie bewusst wahrnahm, waren blank polierte Schuhe, die vor ihr im Matsch standen.

»Bitte ... Helfen sie ...!«, brachte sie noch mühsam hervor.

Dann sackte sie in sich zusammen und entfernte sich von ihrem eigenen Körper. Immer weiter. Noch weiter. Dann war es um sie herum schwarz.

Herbert fand Annemarie im Haus. Sie räumte Teller in den Geschirrspüler.

»Weißt du, wo die Mädchen hin sind? Ich kann sie nirgendwo mehr finden«, fragte er.

Sie schloss die Maschine und sah ihn besorgt an.

»Sie sind eben völlig übereilt abgereist. Sie wollten mir den Grund nicht sagen, aber sie wirkten verstört.«

Herbert überlegte einen Moment. Dann sagte er:

»Ich werde Mick fragen. Vielleicht haben sie ihm etwas gesagt.«

Als er in den Garten kam, hatte sich die Party fast aufgelöst. Es standen nur noch ein paar Nachbarn zusammen und tranken ein letztes Bier. Als Micky ihm entgegenkam, bemerkte Herbert sofort den schwankenden Gang. Auf dem Kopf trug er einen weißen Cowboyhut, der am Rand mit Glitzersteinen besetzt war. In der Hand hielt er eine Bierflasche, die er nun breit grinsend zum Gruß hob.

»Hey, Herbie alter Sack! Komm, trink noch einen mit mir.«

»Wo sind die Mädchen?«, fragte Herbert.

»Dass ... mein lieber Freund, frage ich mich allerdings auch!«, lallte Micky, »Eine hat mir sogar diesen hübschen Hut geschenkt. Und jetzt sind sie alle weg. Alle haben sie mich verlassen.«

Er setzte die Bierflasche an und trank einen großen Schluck.

»Mick! Ich meine Sarah und Hannah? Wo sind sie? Weißt du das?«

»Die kleine Räubertochter?«, er kicherte. »Die ist schon länger weg! Ich glaube, sie war böse auf mich.«

»Böse?«

»Ja, ganz wütend ist sie davon gestapft und hat mich zum Teufel gewünscht. Aber komm schon Hörb, wir trinken jetzt noch einen! Auf all die verschwundenen Frauen!«

Kichernd legte er seinen Arm um Herbert.

»Warum war sie böse auf dich? Was hast du getan?«

»Ach ...« Micky seufzte schwer und lachte dann wieder. »Sie war eingeschnappt. Ich hab nur gesagt, dass es nett von dir war, sie einzuladen, obwohl ihr Vater ein Drecksack ist. Richtig böse ist sie geworden. Und blöder Bulle hat sie mich genannt! Dann ist sie abgehauen. Runter zum See.«

Herbert befreite sich aus seiner Umarmung.

»Du bist ein Volltrottel! Geh rein und schlaf Deinen Rausch aus! Bevor ich mich vergesse ...«

»Hey! Und was ist mit dem Bier? Ich dachte, wir trinken noch einen?«

»Du hast schon mehr als genug Micky«, sagte Herbert und wand sich von ihm ab.

Er rief Rüdiger heran und lief mit ihm hinunter zum See. Was hatte Sarah dazu bewogen, Hals über Kopf abzuhauen? War es wirklich der Zorn auf Micky gewesen? Die Frauen reagierten schon mal etwas merkwürdig auf ihn, aber er konnte sich das bei Sarah nicht vorstellen. Sie hätte sich zumindest bei ihm verabschiedet. Rüdiger rannte hinunter zum Waldweg, doch Herbert pfiff ihn zurück.

»Nein mein Junge. Wir machen jetzt keinen Spaziergang. Komm, wir gehen wieder ins Haus!«

Doch Rüdiger gehorchte nicht. Er blieb am Waldrand stehen und kläffte. Dieser Dackel raubte ihm noch mal den letzten Nerv. Es war kein Wunder, dass er für die Jagd nicht getaugt hatte.

»Komm jetzt! Kerl! Hier her! Fuß!«, rief er den Hund, bemüht streng zu wirken.

Rüdiger hob nur seine Öhrchen, blieb aber hartnäckig dort stehen. Wieder bellte er.

»Man, man, man ...«, murrte Herbert und lief in Rüdigers Richtung. »Wenn ich dich erwische!«

Aufgeregt rannte der kleine Hund weiter in den Wald und kläffte. Als Herbert nun den Waldweg erreichte, betrachte er stirnrunzelnd den Boden. Er war noch vom Regen der vergangenen Tage aufgeweicht. Und es waren tiefe Reifenspuren zu erkennen. Offensichtlich hatte hier ein sehr großes Fahrzeug gedreht. Das war merkwürdig, denn hier unten fuhren nie Fahrzeuge. Der Waldweg war nicht für den Verkehr freigegeben. Selbst der Förster verirrte sich nie hier her. War es das, was Sarah zur Flucht gedrängt hatte? Plötzlich zuckte er zusammen. Er hörte in der Ferne die Sirenen von Rettungswagen. Er konnte so lange in Pension sein, wie er wollte. Der Klang eines Martinshorns versetzte ihn immer sofort in Alarmbereitschaft.

Kapitel 12

Blinzelnd öffnete sie die Augen. Es war der Durst, der Sarah weckte, doch der scharfe Geruch nach Desinfektionsmitteln erinnerte sie daran, wo sie war. Das Atmen fiel ihr schwer. Jeder Atemzug bedeutete Schmerzen. Ihr Kopf dröhnte und hämmerte, aber das Schlimmste war der Durst. Und dieser widerliche Geschmack im Mund. Sie versuchte, nach jemandem zu rufen, aber mehr als ein Krächzen brachte sie nicht zustande. Irgendwo musste doch ein Klingelknopf sein. Sie tastete mit der Hand über das glatte Leinen. Die Kanülennadel zerrte schmerzhaft an ihrem Handrücken. Das Letzte, woran sie sich erinnerte, war *die Landstraße.* Der Geländewagen. Und dann ... Hannah ... blutüberströmt ... leblos. Eine Panikattacke kündigte sich an. Sie schloss die Augen und atmete flach. Als sie die Augen wieder öffnete, blickte sie in ein bekanntes Gesicht.

»Mama?«

»Trink einen Schluck«, sagte ihre Mutter und half ihr auf, um ihr einen Becher mit Wasser an die Lippen zu führen. »Wie kommst du ...?«, brachte sie hervor, nachdem sie gierig getrunken hatte.

»Wir waren auf dem Weg zum Flughafen, als sie mich anriefen.«, ihre Mutter streichelte ihr die Wange. »Du hast uns einen ganz schönen Schrecken eingejagt!«

»Wie lange hab ich geschlafen?«

»Sie haben euch letzte Nacht hier hergebracht. Jetzt ist es sieben Uhr. Abends. Du warst zwischendurch mal ...«

»Wo ist Hannah?«

Ihre Mutter strich ihr beruhigend das Haar aus dem Gesicht. »Die Ärzte tun für sie, was sie können.«

»Also lebt sie?«,

»Ja, sie lebt ... Sie wurde diese Nacht operiert.«

»Gott sei Dank! ... Operiert? Warum? Was ist mit ihr?« Sarah versuchte, sich aufzusetzen, aber die Schmerzen hielten sie zurück.

»Beruhige dich. Du kannst jetzt sowieso nichts für sie tun.«

»Ich muss aber wissen ...«

»Gleich kommt der Arzt zur Visite. Dann kannst du ihn fragen.«

»Haben sie dir gesagt, was passiert ist?«

»Ja. Du hast getrunken und bist Auto gefahren. Dann hast du in einer Kurve die Kontrolle über das Auto verloren. Ihr habt euch überschlagen.«

»Haben sie den Geländewagen gefunden?«

»Was für ein Geländewagen?«

»Na, der uns verfolgt hat.«

»Sarah bitte ...«

»Nein! Hat denn dieser Mann nichts erzählt?«

»Welcher Mann?«

»Uns hat doch ein Mann gefunden. Ich erinnre mich doch genau ...«

»Hör zu. Wir werden dir einen Anwalt suchen. Aber bis dahin sagst du besser nichts mehr von dem Unfall, hast du gehört? Sag, du erinnerst dich an nichts.«

»Aber ... Ich erinnere mich ganz genau!«

»Mag sein. Behalte es für dich. Mach es nicht noch schlimmer.«

»Heißt das, niemand sucht nach dem Geländewagen?«

»Nein«

»Aber ...!«

»Kein aber! Du bist betrunken gefahren. Schlimm genug. Fang jetzt nicht auch noch an, Märchen zu erzählen.«

Sarah sprang auf. Die Schmerzen ignorierte sie.

»Märchen? Du glaubst, ich erzähle Märchen? Wer erzählt hier seit Jahren Märchen? Ich oder du?«

»Sarah bitte. Werde erst mal wieder gesund. Dann unterhalten wir uns in Ruhe.«

»Ich weiß alles. Über ihn. Ich weiß es.«

Ihre Mutter stöhnte auf.

Bevor sie etwas erwidern konnte, betrat ein Arzt das Zimmer.

»Ah, ich sehe, sie sitzen schon wieder aufrecht!«, begrüßte er sie. »Wie geht es uns denn heute Abend?«

»Besser.«

Er nickte.

»Sie müssen aber noch ein paar Tage bei uns bleiben. Sie haben zwei angebrochene Rippen.«

»Wie geht es meiner Freundin? Kann ich zu ihr?«

»Wenn sie Frau Bartels-Choi meinen, die hatte leider nicht so viel Glück wie sie. Sie hatte außer den gebrochenen Rippen, eine Milzruptur und einen Pneumothorax. Das bedeutet ihre Milz und ihre Lunge wurden stark verletzt. Sie musste noch in der Nacht notoperiert werden. Zurzeit liegt sie auf der Intensivstation.«

Sarah brach in Tränen aus.

»Ihr Zustand stabilisiert sich allmählich«, fügte der Arzt hinzu. »Bald wissen wir mehr.«

»Weiß ihre Mutter Bescheid?«, fragte Sarah mit zitternder Stimme. Heiße Tränen liefen ihr über das Gesicht.

»Wir konnten sie bisher nicht erreichen.«

»Das habe ich alles nicht gewollt. Das tut mir so leid,«, flüsterte sie mehr zu sich selbst.

»Kann ich zu ihr?«

»Nein. Vorerst nicht.«

»Wird sie wieder gesund?«

»Davon gehe ich aus«, sagte der Arzt und nickte. »Das sollte ihnen eine Lehre sein. Es ist schade, dass immer erst so etwas passieren muss, bis ihr Jungen Leute es begreift.«

»Wir wurden verfolgt. Deshalb bin ich aus der Kurve geflogen.«

»Sarah bitte ...«, mahnte ihre Mutter sie.

»Wissen sie«, sagte der Arzt stirnrunzelnd, »schlimmer als Scheiße bauen, ist, wenn man nicht dazu steht.«

»Warum glaubt mir denn keiner?«, schrie Sarah und schlug mit der Faust auf die Bettdecke. Dabei riss sie sich die Kanüle aus dem Handrücken. Hellrotes Blut spritzte und verteilte sich überall auf dem weißen Bettzeug.

»Ja ich hatte was getrunken! Aber das war nicht der Grund für den Unfall! Warum glaubt ihr mir nicht?«

Eine Schwester eilte herbei, um die Blutung zu stillen.

»Beruhigen sie sich doch bitte!«, mahnte sie Sarah.

»Sie verstehen das nicht!«, schrie sie und weinte.

»Doch, doch ich verstehe sehr gut.«

Jetzt erst merkte sie, dass der Arzt ihren rechten Arm hielt.

»Sie schlafen erst mal noch ein Ründchen und morgen sieht die Welt schon anders aus«, sagte er und im selben

Moment spürte sie die Nadel. Noch bevor sie protestieren konnte, hatte er ihr das Mittel bereits injiziert.

Sie schloss die Augen. Sie war so unsagbar müde. So müde. Und dann übermannte sie der Schlaf.

Nach zwei weiteren Tagen im Krankenhaus packte sie ihre Tasche. So wie es aussah, würde man sie morgen entlassen. Die Vorstellung, in die WG zurückzukehren, machte ihr Angst. Vermutlich war es das Beste, mit ihrer Mutter nach Mallorca zu gehen, aber sie wollte Hannah auf keinen Fall allein lassen. Mehrmals täglich schlich sie sich aus dem Zimmer hinauf zur Intensivstation. Doch man ließ sie nie zu ihr. Der Einzige, der dort mit ihr sprach, war Sebastian. Seit er von dem Unfall wusste, saß er fast rund um die Uhr in der Besucherzone und hoffte zu Hannah gelassen zu werden. Im Gegensatz zu ihrer Mutter glaubte er die Geschichte mit dem Geländewagen. Und das war auch der Grund, warum er nur selten nach Hause fuhr.

Morgen sollte Hannah von der Intensivstation auf die normale Station verlegt werden. An ihre Entlassung war noch lange nicht zu denken, aber sie würde endlich Besuch empfangen dürfen. Und da ihre Mutter nicht kommen konnte, wollte wenigstens Sarah für sie da sein. Das war sie ihr mehr als schuldig.

Als sie fertig gepackt hatte, kroch sie zurück in ihr Bett und nahm eine Schmerztablette. Die Rippen schmerzten bei jeder Bewegung. Sie schloss die Augen und hoffte auf ein wenig Schlaf. Doch daraus wurde nichts, denn es klopfte an der Tür. Noch bevor sie etwas sagen konnte, betrat er ihr Zimmer. Sie erkannte ihn sofort an der fusseligen Halbglatze und an dem knittrigen Jackett.

»Verdammt lassen die denn jeden hier einfach reinspazieren?«, fluchte sie und suchte nach dem Knopf, mit dem sie die Schwester rufen konnte.

Monecelli schob seine Brille zu Recht und hielt ihr einen Blumenstrauß entgegen, der fast so groß war, wie er selbst. Und genauso hässlich. Er trug heute einen hellblauen Anzug aus glänzendem Satin.

»Signorina Bella! Ich bin erschrocken«, begrüßte er sie, »Madonna, was um Himmels willen, ist geschehen?«

Seufzend ließ Sie den Alarm-Knopf sinken.

»Was wollen sie hier, Leo?«

»Ich habe mir Sorgen gemacht.«

»Woher wissen sie überhaupt, dass ich hier bin?«

»Ich konnte sie nicht mehr erreichen. Da habe ich bei ihnen zu Hause geklingelt. Eine Nachbarin sagte, sie seien im Krankenhaus! Signorina was ist passiert um Gottes willen?«

»Sie sind überhaupt kein Anwalt.«

»Aber selbstverständlich bin ich das, Signorina.«

»Nein, Leo. Ich weiß, dass man ihnen bereits vor Jahren die Lizenz entzogen hat.«

»Das kann ja so sein, aber trotzdem bin ich ein Rechtsanwalt. Mein Studium und mein Wissen konnten sie mir nicht nehmen.«

»Warum haben sie mich angelogen?«

»Signorina, ich habe mich nie als Anwalt bei ihnen vorgestellt.«

»In wessen Auftrag sind sie hier?«

»Auftrag? Ich bin hier, weil ich mich sorge!«

»Hören sie doch auf so ein dummes Zeug zu reden! Das glaubt ihnen doch kein Mensch mehr. Haben sie mir bisher auch nur einmal die Wahrheit gesagt? Sind sie wirklich mein Freund? Sagen sie es mir!«

»Signorina Bella, ich verstehe, dass sie sehr durcheinander sind, aber ich versichere, dass ich ihnen nur Gutes will!«

Sarah nickte und schloss die Augen.

»Sie können mir nichts mehr vormachen Leo. Ich weiß, was ihr für Leute seid.«

»Signorina ich verstehe nicht ...«

»Wissen sie was? Es wäre mir sogar völlig egal. Wenn nicht zwei Stockwerke über uns meine beste Freundin um ihr Leben kämpfen würde. Irgendjemand verfolgt mich. Er hat versucht, uns umzubringen. Und ich werde den

Verdacht nicht los, dass das alles angefangen hat, seit sie aufgetaucht sind.«

»Ich versichere ihnen, dass ich nichts ...«

»Wer verfolgt mich? Was wollen diese Menschen von mir? Sagen sie es mir!«

»Ich weiß es nicht Signorina. Was sagt denn die Polizei?«

»Dass ich besoffen aus der Kurve geflogen bin.«

»Hat denn außer ihnen noch jemand diesen Geländewagen gesehen? Haben sie Zeugen?«

»Ach wollen sie mir jetzt auch unterstellen, dass ich mir das alles nur eingebildet habe?«

»Ich möchte nur helfen ...«

»Raus aus meinem Zimmer! Verschwinden sie. Ich will sie nicht mehr sehen!«

»Signorina ...«

»Und nehmen sie gefälligst dieses grausame Gestrüpp wieder mit!«

Er hob die Hände und gab sich geschlagen. Dann nahm er den Blumenstrauß und verließ das Krankenzimmer.

»Na endlich!«, schnaubte Sarah.

An Schlafen war jetzt natürlich nicht mehr zu denken. Stattdessen würde sie hoch zur Intensivstation gehen. Aber vorher brauchte sie einen Kaffee. Nicht diese furchtbare Plörre, die sie hier oben auf der Station ausschenkten, sondern einen Richtigen. Sie zog sich eine Jacke über den Schlafanzug und schlüpfte in ein paar Turnschuhe. Dann schnappte sie sich ihr Telefon und das Portemonnaie. Wenig später saß sie in der Cafeteria mit einem Milchkaffee und einem Stück Kuchen. Der Kuchen schmeckte nach Seife und so schob sie ihn ohne einen weiteren Bissen von sich. Bevor sie die Cafeteria wieder verließ, bestellte sie noch einen Kaffee zum Mitnehmen.

Der Aufzug brachte sie zurück auf die Station. In den Gängen roch es aufdringlich nach Mittagessen. Es gab tatsächlich Menschen, die bereits um diese Uhrzeit schon mittagessen konnten. Der ältere Herr aus dem Nachbarzimmer schlurfte im Bademantel über den Gang. Mit der Rechten schob er einen Infusionsständer.

»Sie haben Besuch!«, krächzte er, deutete zu ihrer Zimmertür und schlurfte weiter.

Vor ihrem Zimmer standen zwei Männer und sahen sich suchend um. Der Größere von beiden war auch gleichzeitig der Kräftigere. Er erinnerte Sarah an Bluto den Gegner von Popeye dem Seemann. Sein Kopf wirkte viel zu klein für den sonst so massigen Körper. Daran änderte auch der ungepflegte Vollbart nichts. Der andere besaß keine Taille, weshalb er weniger athletisch wirkte, sondern eher wie ein Sack Mehl. Winzige Augen saßen dicht beieinander in seinem feisten bleichen Gesicht. Sie hatte die beiden noch nie gesehen, und sie legte auch keinen

Wert darauf, ihre Bekanntschaft zu machen. Die letzten Tage hatten sie vorsichtig werden lassen, deshalb sprang sie in eine der Besucherecken und beobachtete die Männer von dort aus. Drehte sie jetzt völlig durch? Vielleicht waren sie gar nicht wegen ihr hier? Aber irgendwas sagte ihr, dass die beiden nach ihr suchten. Der Große telefonierte. Mit großem Gerappel schob eine der Stationsschwestern einen Wagen mit frischer Bettwäsche durch den Gang. Verärgert sah der Große in Richtung der Lärmbelästigung. Sarah duckte sich weg.

»Frau Avigliano! Sie laufen ja schon wieder im Haus herum!«, ermahnte die Schwester sie lautstark. »Sie sollten auf den Doktor hören und sich ausruhen!«

Bei dem Klang ihres Namens horchten die beiden Männer auf.

»Sie wollen doch morgen entlassen werden. Da müssen ...«

Sarah hörte ihr nicht zu.

Jetzt blickten die Männer in ihre Richtung und setzten sich in Bewegung. Vor Schreck glitt ihr der Kaffeebecher aus den Händen.

»Nu passen sie doch auf!«, schimpfte die Schwester.

Die Männer kamen zielstrebig auf Sarah zu. Sie gab dem Bettwäschewagen einen kräftigen Stoß und rannte los. Mit einem Haken wich sie einer Frau mit Rollator aus und sah über die Schulter hinter sich. Die Typen folgten ihr. Sie hastete den Quergang hinunter. Dieser Gang war wie ausgestorben. Sie hörte die schweren Stiefel ihrer Verfolger auf dem Linoleum. Sie holten auf. Sie waren nur noch wenige Schritte von ihr entfernt. Dann packte der Große sie am Arm und riss sie herum. Sie schrie. Schlug um sich. Doch er ließ sie nicht los. Völlig emotionslos zerrte er sie den Gang entlang. Eine Zimmertür öffnete sich. Nur einen Spalt. Neugierige Augenpaare lugten heraus. »Hilfe!«, rief Sarah verzweifelt. Aber niemand kam, um ihr zu helfen. Der Mann packte sie jetzt noch fester.

»Calmati!«, herrschte er sie an.

»Was wollt ihr von mir?«, schrie sie, »Was?«

Dabei zappelte sie in seinem Griff wie ein Fisch am Haken. Er antwortete nicht. Er schob sie vor sich her. »Dai!«

Der Mehlsack ging ihnen voraus. Sie liefen zielstrebig durch die leeren Gänge in Richtung Aufzüge. Am Ende des nächsten Querganges stand ein Arzt und blätterte in einer Patientenakte.

»Hallo! Helfen sie mir bi ...«

Weiter kam sie nicht. Der Kidnapper drückte seine fleischige Hand auf ihren Mund und stieß sie in einer Nische gegen die Wand. Der Arzt hatte sie nicht gehört. Er schloss die Akte, klemmte sie unter den Arm und betrat eines der Krankenzimmer. Sie spürte, wie der Mann seinen

Griff lockerte. Er nahm die Hand von ihrem Mund. Sie schnappte keuchend nach Luft. Wütend zischte er ihr etwas zu, aber sie verstand kein einziges Wort. Er packte sie am Oberarm und zog sie herum. Ihr stockte der Atem. Mit aufgerissenen Augen starrte sie in den Pistolenlauf, den der Mehlsack ihr warnend vors Gesicht hielt.

Als er merkte, dass sie verstanden hatte, nickte er und steckte die Waffe wieder weg. Der Große schleppte sie grob weiter den Gang entlang in Richtung Aufzüge. Würden die es wirklich wagen, hier im Krankenhaus zu schießen? Sie konnte sich das nicht vorstellen, aber sie wollte es lieber nicht darauf ankommen lassen. Solange sie nicht wusste, worum es ging, konnte sie nicht abschätzen, wozu diese Leute fähig waren.

Einer der Aufzüge stand im Erdgeschoss. Der andere kroch gerade zu ihnen hinauf. Die Anzeige über den Türen wechselte von der 3. zur 4. Etage. Verzweifelt suchte Sarah nach einer Fluchtmöglichkeit. Links ging es in ein Treppenhaus. ›Nur für Personal‹ stand auf der Glastür. Aber der Typ hatte sie fest im Griff. Der Aufzug erreichte ihre Etage. Als er aufsprang, verspürte sie ein wenig Hoffnung, denn er war rappelvoll. Unter anderem stand ein Krankenhausbett samt Patient darin. Begleitet von Pflegepersonal. Zudem noch unzählige Besucher, von denen der Großteil offensichtlich zusammengehörte. Vielleicht gelang es ihr, einen dieser Menschen ganz subtil mit Blicken auf ihre missliche Lage aufmerksam zu machen. Vielleicht rief jemand die Polizei. Die Leute purzelten fröhlich aus dem Aufzug. Sie scherzten und lachten miteinander. Niemand von ihnen registrierte Sarahs flehende Blicke. Sie waren zu sehr miteinander beschäftigt. Die beiden Krankenpfleger hatten Schwierigkeiten, den Fahrstuhl zu verlassen. Das große Bett verkantete in der Tür. Fluchend rüttelten sie das Bett hin und her. Der Patient wimmerte bei jedem Ruck, der durch das Bettgestell ging. Sarah spürte die Ungeduld ihrer Entführer. Dem Mehlsack wurde es zu viel. Er machte sich daran, den Krankenpflegern zu helfen. Seinen Kumpan hielt Sarah nach wie vor fest in seinem Griff. Ein kleiner Junge hüpfte plötzlich herbei, blieb vor ihnen stehen und starrte sie neugierig an. Sarah schätzte ihn auf maximal 4 Jahre. Sein Gesicht war übersät mit Sommersprossen und in seinen Händen hielt er eine leuchtend grüne Wasserpistole.

»Achtung Polizei!«, rief er und zielte mit seiner Waffe auf den Kidnapper. Er sah einfach zu drollig aus. Sogar in Anbetracht ihrer Lage, oder vielleicht gerade deshalb fiel es Sarah schwer, bei dem Anblick nicht zu schmunzeln. Doch der Große ignorierte das Kind völlig. Der Mehlsack kehrte zu ihnen zurück und machte eine scheuchende Geste.

»Verschwinde!«, zischte er das Kind an.

Das schien dem Jungen zu missfallen.

»Hände hoch!«, schrie der kleine Mann noch mal mit ernstem Stimmchen.

Seine Eltern riefen nach ihm, doch statt ihnen zu gehorchen, hob er erneut die Wasserpistole und drohte den Kidnappern. Im Aufzug hatte man das Bett nun gelöst und der Weg war nun frei. Der Mehlsack ging voraus. Als sich sein Mitstreiter auch in Bewegung setzen wollte, schoss der Kleine ihm eine volle Ladung Wasser mitten ins Gesicht und lachte laut glucksend auf. Der Mann griff sich instinktiv mit beiden Händen ins Gesicht und lies Sarah dafür einen Moment los. Fluchend wischte er sich das Wasser aus dem Gesicht. Als er Sarah wieder in seinen Griff nehmen wollte, war sie bereits verschwunden.

Sie floh durch die Glastür in das Treppenhaus und rannte hinunter. Sie nahm je zwei Stufen auf einmal. Auch wenn jeder Schritt höllisch schmerzte. Wenn sie diesen Typen entkommen wollte, durfte sie jetzt nicht schlappmachen. Sie mochte sich gar nicht ausmalen, was ihr blühte, wenn sie sich erwischen ließ. Mit zusammengebissenen Zähnen ließ sie eine weitere Etage hinter sich. Zweimal wäre sie fast gestürzt. Die Männer waren noch immer dicht hinter ihr. Sie konnten nicht mehr als eine Etage von ihr entfernt sein. Hier im Flur konnte sie die beiden unmöglich abhängen. Es war besser wieder in eine Station hinein zu laufen. Auf dem nächsten Treppenabsatz lief sie erneut durch die Glastür und kam auf der Wöchnerinnenstation aus. Sie rannte den Gang hinunter, ohne sich umzusehen. Die frischgebackenen Mütter und die Krankenschwestern sahen ihr verwundert nach. Dann bog sie ab. Wieder stand sie vor Aufzügen. Wieder war links daneben ein Treppenaufgang. War das jetzt derselbe wie eben? War sie im Kreis gelaufen? Sie wusste es nicht. Auf die Gefahr hin, den Männern in die Arme zu laufen, entschied sie sich trotzdem für das Treppenhaus. Sie rannte die Stufen hinunter, bis sie das Erdgeschoss erreichte. Fast wäre sie zu weit und in den Keller gerannt. Voller Erleichterung erblickte sie die schmale Glastür, die auf einen Hinterhof führte. Es musste sich um eine Art Nebeneingang für Personal handeln. Wenn sie es nur nach draußen schaffte, hätte sie eine Chance, den Männern zu entkommen.

Zu ihrem Schrecken besaß die Tür keine Klinke. Es gab nur einen Knauf. Sie versuchte, ihn zu drehen. Zwecklos. Es war eine dieser Türen, die aus Sicherheitszwecken nur mit einem Schlüssel geöffnet werden konnte. Sie rüttelte an dem Knauf in der Hoffnung, dass sie sich aufdrücken ließ.

»Verdammt! Habt ihr schon mal was von Fluchttüren gehört?«, fluchte sie und rappelte noch mal an der Tür. Jetzt mehr aus Wut und Verzweiflung. Vergeblich.

Durch das Glas sah sie hinaus auf ihren Fluchtweg. Das wäre die Rettung gewesen. Wenn nur diese verdammte Tür aufginge. Es half alles nichts. Sie musste umkehren. Allerdings war jetzt die Gefahr den Männern in die Arme zu laufen noch größer. Sie betrachtete die Tür noch mal genauer. Es war eine Tür mit Metallrahmen. Älteren Semesters. Eintreten konnte sie vergessen. Sie sah sich das Schloss an. Einfaches Schnappschloss und gerade Türzarge. Es war einen Versuch wert. Wenn sie Glück hatte, war sie nur zugezogen. Mit zittrigen Fingern holte sie ihr Portemonnaie aus der Jacke. Die einzige Karte, die sie darin fand, war ihre EC-Karte. Aber das war jetzt egal. Dann musste die eben daran glauben. Sie schob die Karte mit leichtem Druck zwischen Zarge und Schließblech. Dann hörte sie über sich wieder die Stiefel. Mit schweißnassen Fingern bewegte sie die Karte in dem schmalen Zwischenraum auf und ab.

Bitte lass sie nicht abgeschlossen sein, dachte sie.

Bitte, Bitte.

Immer wieder rutschte sie mit den Fingern ab. Die Männer kamen jetzt näher. Sie wischte sich die Hände an ihrer Schlafanzughose ab und versuchte es erneut. Als das Schloss endlich nachgab, wäre sie fast samt der Tür nach draußen gefallen. Frischer Wind erfasste sie. Erschöpft ließ sie die verbogene Karte fallen. Dann gab sie der Tür einen Kick mit dem Fuß, sodass sie wieder zuschnappte. Das würde ihre Verfolger eine Weile beschäftigen.

Sie ließ das Krankenhaus hinter sich und rannte in die Richtung Stadtzentrum. Schon bald erreichte sie eine der größeren Einkaufsstraßen. Fürs Erste schien sie die Typen abgehängt zu haben, aber sie konnte nicht sicher sein. Besser war es, in einem der Kaufhäuser unterzutauchen. Vor allem aber brauchte sie dringend eine Verschnaufpause. Mittlerweile wurde es ihr schwindelig vor Schmerzen.

Sie betrat das nächstbeste Kaufhaus und fuhr mit der Rolltreppe in die oberen Etagen. Verzweiflung und Angst versuchte, sie zu übermannen. Sie kämpfte dagegen an, aber sie hatte wenig Erfolg damit. Sie war in einer Sportabteilung gelandet. Von Schwimmflossen bis zum Skianzug konnte man hier alles kaufen. Zwei mit Einkaufstüten behängte Frauen kamen ihr entgegen. Sie blieben einen Moment stehen und musterten sie irritiert. Dann kicherten sie völlig verblödet. Was glotzten die denn so doof? Sie sah an sich herunter. Klar guckten die komisch. Sie trug den Schlafanzug, auf dem kleine Eulen mit Schlafmützen gedruckt waren. Hannah hatte ihn ihr letztes Jahr zu Weihnachten geschenkt. Der Gedanke an

Hannah versetzte ihr einen Schreck. Hannah! Was war, wenn diese Typen nun Hannah etwas antaten? Die Angst um ihre Freundin schnürte ihr die Kehle zu. Aber Hannah lag noch auf der Intensivstation. Niemand wurde zu ihr gelassen. Dort war sie erst mal sicher. Trotzdem. Sie musste telefonieren. Sie sah sich um. Dann fand sie, was sie suchte. Sie setzte sich in einer der Umkleidekabinen auf die Bank. Dort schloss sie die Augen und atmete tief durch. Doch das machte ihr die Schmerzen nur wieder bewusster. Zudem war sie schweißgebadet. Eine Dusche wäre prima. Auf jeden Fall musste sie hier weg. Sie zückte ihr Telefon. Wen rief sie am besten an? Ihre Mutter? Nein. Sebastian? Sie wählte Sebastians Nummer. Niemand nahm ab. Bestimmt saß er vor dem Eingang der Intensivstation. Dort hatte man keinen Empfang. Sie könnte die Polizei anrufen.

Personenschutz würde man ihr nicht geben. Stattdessen würden sie eine Anzeige aufnehmen und sie mit einem warmen Händedruck und guten Ratschlägen nach Hause schicken. *»Wenn die Männer noch mal kommen, rufen sie wieder an!«* *Na schönen Dank auch.*

Ihr fiel nur einer ein, der noch helfen könnte. Auf ihrem Mobiltelefon blinkte der Akkubalken. Na war ja klar. Wenn man die Dinger mal wirklich brauchte. Sie musste es trotzdem versuchen. Sie wählte und nahm das Telefon an ihr Ohr.

»Kaltwasser« erklang die raue Stimme des Ex-Kommissars.

Unvermittelt stiegen Sarah Tränen in die Augen. Sie war kaum in der Lage zu sprechen.

»Herbie, du musst mir helfen«, flüsterte sie tränenerstickt,

»Sie sind hinter mir her. Ich konnte fliehen, aber jetzt weiß ich nicht weiter.«

»Was ist denn passiert?«

»Sag ich dir später! Ich habe kaum noch Akku. Ich brauche Hilfe!«

»Wo bist du?«

»In der Stadt ... in einem Kaufhaus. Warte, ich gucke, wie es heißt ...«

»Nein! Hör zu! Geh zum Tauben-Brunnen! Ich werde ...«

Und dann erlosch das Display auf ihrem Telefon.

Oh nein, oh nein, oh nein! Taubenbrunnen? Wo stand das Ding?

In dieser Stadt stand an jeder zweiten Ecke ein Brunnen. Mutlos steckte Sie das Telefon ein. Dann verließ Sie die Umkleidekabine. Hinter ihrem Rücken hörte sie die Kassiererinnen kichern. Sie überlegte einen Moment, ob sie nach einem Skianzug mit Eulenprint fragen sollte. Aber dafür war keine Zeit. Sie musste den Brunnen finden.

Sie streifte ziellos durch die Stadt und fragte ein paar Passanten nach dem Tauben-Brunnen, aber entweder sah sie in ratlose Gesichter oder, und das noch viel öfter, ignorierten oder verscheuchten sie die Leute einfach. Ein Blick auf ihr Spiegelbild in einem der Schaufenster brachte die Erklärung. Sie trug einen Schlafanzug mit Lederjacke und Turnschuhen. Ihr Zopf hatte sich gelöst, die Haare standen nach allen Seiten ab und unter ihren Augen lagen dunkle Ringe. Sie sah aus wie ein irrer Freak.

Sie beschloss, das Touristeninformationscenter aufzusuchen. Dort mussten sie doch wissen, wo dieser Brunnen steht. Aber sie fand nicht einmal das Center. Wenn sie nur ihr Handy nutzen könnte ... Wenn sie ihn nicht bald fand, war Herbert gleich weg. Sie verließ die Einkaufsstraße und bog in eine der Seitenstraßen. Hier war wieder Fahrzeugverkehr zugelassen. Ohne die geringste Ahnung wohin lief sie die Straße hinunter. Hoffnungslosigkeit überkam sie. Sie blieb stehen und schaute in ihr Portemonnaie. Sie besaß noch 50 Cent und Ihre EC-Karte lag unbrauchbar vor dem Krankenhaus.

»So eine verdammte Scheiße!«, brüllte sie und trat gegen einen Mülleimer.

»Hübsche Hose!«, hörte sie jemanden hinter sich lachen.

Das hatte ihr noch gefehlt. Wütend fuhr sie herum, und fauchte: »Kümmre dich um Deinen eigenen ...«

»Ruhig Blut, Räubertochter! Ich bin es! Dein Retter in der Not!«

Sie hatte geglaubt, es könne nicht mehr schlimmer kommen. Aber da hatte sie sich geirrt. Neben ihr stand lässig an sein Auto gelehnt niemand anderes als Mick Brandel und lachte sie aus.

»Was machst du denn hier?«

»Ich hätte ehrlich gesagt mehr Freude von dir erwartet.«

Sie schlang die Arme um ihre Brust und sah ihn finster an.

Er zog die Augenbrauen hoch. »Ich sagte doch bereits, ich bin dein Retter in der Not.« Er öffnete die Beifahrertür und machte eine einladende Geste. »Steig ein. Ich bring dich zu Onkel Herbie. Da kannst du dich über mich beschweren.«

Als sie kurz darauf neben ihm auf dem Beifahrersitz saß, musterte er sie nochmals mit amüsiertem Blick. Dann fuhr er grinsend los.

Kapitel 13

Sarah biss die Zähne zusammen. Bis eben hatte das Adrenalin in ihrem Blut die Schmerzen überdeckt. Doch nun kehrten sie umso heftiger zurück. Sie rutschte auf dem Sitz hin und her. Wenn sie nicht bald ein Schmerzmittel bekam, würde sie es nicht mehr aushalten können. Micky schaltete das Lokalradio ein und summte mit. Sie hatten während der Fahrt nicht mehr miteinander gesprochen. Ausgerechnet ihn musste Herbert ihr schicken. Aber vielleicht wusste er auch nichts von dem Streit. Sie schielte zu ihm rüber. Er sah umwerfend gut aus. Sie erinnerte sich an ihren gemeinsamen Tanz auf der Party. Vor dem Streit. Sie spürte wieder dieses Prickeln. Jetzt sah sie, dass er grinste. Er merkte, dass sie ihn ansah. Rasch wand sie sich ab.

Blödmann.

Sie stöhnte wieder vor Schmerzen.

»Ich will ja nicht neugierig sein, aber erklärst du mir mal langsam, was mit dir los ist?«, fragte er.

Sie schüttelte den Kopf.

»Nicht jetzt. Ich will nicht alles zweimal erzählen.«

»Alles will ich auch nicht hören. Nur warum du dich so windest und stöhnst. Ist dir schlecht? Kotzt du mir gleich ins Auto?«

»Sehr witzig. Nein, geht schon. Sind nur meine Rippen. Zwei davon sind angebrochen.«

Mick pfiff durch die Zähne.

Sie atmete, so flach es ging. Die Schmerzen wurden ständig stärker.

Micky fuhr rechts ran.

»Wo willst du hin?«, fragte sie, als er den Zündschlüssel abzog.

Ohne zu antworten, verließ er den Wagen. Wenig später kehrte er zurück und warf ihr eine Packung Schmerzmittel zu. »Hier! Das kann man ja nicht mit ansehen.«

»Danke«, flüsterte sie und nahm gleich zwei Tabletten auf einmal. Kurze Zeit später schlief sie ein. Sie kam erst wieder zu sich, als Micky den Wagen parkte. Verwundert stellte sie fest, dass er sie mit seiner Jacke zugedeckt hatte.

Annemarie bestand darauf, dass sie sich ausruhte und etwas aß. Sie machte ihr einen Platz auf der Couch zurecht und brachte Tee und Brote. Als Sarah von der Begegnung auf dem Waldweg und dem späteren Unfall berichtete, schüttelte Micky verständnislos den Kopf.

»Warum bist du denn nicht zu uns gekommen? Wir hätten dir doch geholfen?«

Sarah dachte daran, wie er eng umschlungen mit Glitzer-Barbie geknutscht hatte. Sie spürte einen kleinen Stich. Dann sagte sie schnippischer als beabsichtigt:

»Ich hatte den Eindruck, du warst zu beschäftigt mit ... anderen Dingen.«

Herbert sah ihn fragend an.

Um das Ganze bloß nicht wie eine Szene aussehen zu lassen, fuhr sie mit ihrem Bericht fort.

»Für die Polizei war das natürlich eine klare Sache. Ich bin betrunken gefahren und aus der Kurve geflogen. Die hielten alles, was ich erzählt habe, für eine Ausrede.«

Dann berichtete sie von Monecellis Besuch.

»Woher wusste dieser Vogel, wo ihr seid?«, fragte Herbert.

»Er sagte, er hätte sich Sorgen gemacht, weil ich nicht ans Telefon gegangen bin. Angeblich hat ein Nachbar ihm erzählt, wo wir sind.«

»Wer`s glaubt ...«, brummte Herbert und griff nach seinen Zigarren.

»Du wirst doch jetzt nicht Zigarre rauchen wollen!«, empörte sich Annemarie. Sie stand im Türrahmen und stemmte die Hände in die Hüften. »Das Kind kriegt auch so kaum vernünftig Luft!«

»Oh bitte keine Umstände wegen mir!«, sagte Sarah, »es macht mir nichts aus! Wirklich nicht.«

Herbert grummelte etwas Unverständliches. Dann steckte er die Zigarre zurück in das Etui. Zufrieden ging Annemarie wieder in die Küche.

»Na auf jeden Fall tauchten kurz danach diese beiden Preisboxer bei mir auf«, erzählte Sarah. »Ich habe die Typen noch nie gesehen. Als sie mich entdeckt haben, sind sie mir gefolgt. Und haben mich auch erwischt.«

Die Wirkung der Schmerzmittel setzte langsam ein. Sie atmete auf.

»Und dann? Was wollten die von dir?«, fragte Micky.

»Die wollten mich irgendwo hinschleppen. Zum Glück konnte ich fliehen.«

»Haben die was gesagt? Wohin. Oder warum überhaupt?«, fragte er.

»Nein. Der eine sprach, glaube ich, gar kein Deutsch. Der andere, der aussah wie ein Mehlsack, schon, aber er hat nicht mit mir gesprochen.«

Herbert sah sie ernst an.

»Es ist an der Zeit, dass du zur Polizei gehst. Es ist zu gefährlich geworden.«

»Auf keinen Fall!«, blockte Sarah.

Herbert seufzte.

»Es ist besser so. Glaub mir. Mick könnte die Sache vielleicht sogar übernehmen.«

Sarah sagte mit fester Stimme:

»Das kommt überhaupt nicht infrage. Wenn die spitzkriegen, dass ich denen die Polizei auf den Hals hetze, werden die bestimmt erst richtig sauer. Und was weiß ich denn schon? Mich hat ein schwarzer Geländewagen verfolgt. Mehr nicht. Ich hab doch noch nicht mal ein Kennzeichen.«

Herbert runzelte die Stirn.

»Sie hat recht«, sagte Mick.

»Ja und was schlagt ihr jetzt vor? Wie glaubst du, wie kann ich dir helfen?«, fragte Herbert.

»Ich muss wissen, wer mir Drohungen schickt, wer meine Wohnung durchsucht, wer mir bewaffnete Schläger auf den Hals hetzt und ...«, sie schluckte, »wer meinen Vater ermordet hat. Und vor allem warum.«

»Ach so. Ist ja ganz einfach«, kommentierte Micky belustigt.

Sarah warf ihm einen genervten Blick zu.

»Du kannst gerne gehen, wenn es dich nervt«, herrschte sie ihn an.

»Pass mal auf Schätzelein, stell dein beleidigtes Gehabe mal für eine Weile zurück. Es tut mir leid, was ich an dem Abend gesagt habe. Aber es ist nun mal was Wahres daran. Dein Vater war weder ein einfacher Kellner, noch war er Plätzchenbäcker. Er war ein Krimineller übelster Sorte.«

»Das ist mir inzwischen auch klar, aber es muss doch jemanden geben, der meinem Vater zuletzt nahe stand. Jemanden den ich fragen könnte, worum es diesen Typen überhaupt geht. Irgendeinen Kumpel oder so etwas. Ich hatte gehofft, ihr könnt so etwas für mich rausfinden.«

»Du begreifst es nicht oder? Der ganze Haufen um deinen Vater herum war keinen deut besser als er. Wenn nicht sogar noch schlimmer. Das sind keine geeigneten Spielkameraden für kleine Studentinnen.«

»Du meinst also, ich sollte das lieber den großen Leuten bei der Kripo überlassen?«

Warum regte sie sich bloß immer so furchtbar über ihn auf?

Er rollte mit den Augen und machte eine wegwerfende Geste.

»Ich glaube, Micky wollte dir nur noch mal auf seine unbeholfene Art klar machen, dass du die Situation nicht unterschätzen solltest«, sagte Herbert.

»Ich habe heute in den Lauf einer Waffe geguckt! Ich unterschätze hier rein gar nichts!«, rief sie aufgebracht.

Herbert seufzte.

»Also gut, was hast du denn genau vor? Wie können wir dir helfen?«

Sarah setzte sich entschlossen auf und sagte:

»Ich brauche sämtliche Informationen, die ihr über die Machenschaften meines Vaters herausfinden könnt. Und alle seine Kontakte. Je aktueller, desto besser. Sobald ich herausgefunden habe, wer hinter mir her ist, bitte ich euch mir zu helfen sie aufzuhalten. Und ...«, sie zögerte, »ich möchte den Umgang mit einer Waffe lernen.«

Mick lachte auf.

»Jetzt ist sie völlig durchgeknallt! Sollen wir dir vielleicht auch noch eine Waffe besorgen?«

Sarah behielt für sich, dass sie längst eine besaß.

»Du möchtest schießen lernen?«, fragte Herbert sie erstaunt. »Wozu soll das gut sein?«

»Sie will die Typen beim nächsten Mal über den Haufen schießen«, Micky schüttelte verständnislos den Kopf. »Völlig absurd.«

»Ich will mich schützen können. Ihr sagt doch selbst, dass diese Leute gefährlich sind. Helft ihr mir? Ja oder nein?«

»Das ist nicht so einfach, wie du dir das vorstellst«, seufzte Herbert. »Ganz abgesehen vom Schießen. Das schlage dir mal schnell aus dem Kopf.«

Er lächelte.

»Das Problem ist, dass jemand wie dein Vater, immer damit rechnen musste, irgendwann umgebracht zu werden. Die durchschnittliche Lebenserwartung eines Mafioso ist nicht hoch. Kaum einer wird alt. Wir bräuchten einen Punkt an dem wir ansetzen. Sonst ist die Zahl der Verdächtigen zu groß. Dafür müssten wir wissen, was er zuletzt getrieben hat. Oft dauern solche Ermittlungen viele Monate.«

»Es gibt vielleicht jemanden, der mehr weiß als die Polizei«, sagte sie, »er könnte mir helfen zu verstehen, was im Moment vorgeht.«

Mick lachte jetzt nicht mehr.

»Du meinst Mondo?«, fragte er.

Sarah nickte.

»Vergiss es Schätzchen«, sagte er, »Niemand weiß, wer er ist und wo er zu finden ist.«

Herbert nickte zustimmend.

»Was wir aber sehr wohl wissen ist, dass er einer der gefährlichsten seiner Liga ist. Du unterschätzt die Sache. Da gebe ich Micky Recht. Solche Typen töten, ohne mit der Wimper zu zucken. Nur weil sie gerade schlechte Laune haben.«

»Er und mein Vater waren die besten Freunde. Das habt ihr selbst erzählt. Warum sollte er der Tochter seines besten Freundes etwas antun?«

Mick schüttelte den Kopf.

»So einen Mann trifft man nicht zum Kaffee, Sarah. Wir wissen nicht mal, wie er heißt.«

»Ich kenne jemanden, der mir den Kontakt vielleicht vermitteln könnte«, fuhr sie fort. »Ich könnte es schaffen, aber ich brauche Eure Hilfe!«

»Sie kapiert es einfach nicht«, stöhnte Micky.

Wütend funkelte sie ihn an. Seine Überheblichkeit ging ihr mächtig auf die Nerven.

»Wir haben für so etwas verdeckte Ermittler«, erklärte Herbert. »Das sind Profis. Überdurchschnittlich gute Polizisten, die Monate lang auf so einen Einsatz vorbereitet werden. Und nicht selten scheitern sie.«

»Das ist mir absolut klar. Genau deshalb bitte ich euch ja um Hilfe.«

Einen Moment lang herrschte Schweigen.

»Bitte«, flehte sie leise. »Ich weiß sonst nicht mehr, was ich tun soll.«

Herbert räusperte sich.

»Und wenn du ihr hilfst, Mick? Du könntest ihr ...«

»Fängst du jetzt auch noch an? Gerade du?«

»Wir könnten ...«

»Nein! Da mache ich nicht mit. Das ist viel zu gefährlich für sie!«

»Ich bin doch bereits in Gefahr! Es geht doch gar nicht schlimmer!«, schrie sie Micky an.

»Doch. Das geht schlimmer«, versprach er ihr.

Sebastian zog sich am Automaten einen Kaffee. Er hatte bestimmt schon Hunderte davon getrunken. Man ließ ihn nicht zu ihr, aber immerhin erfuhr er sofort, wenn sich etwas Neues ergab. Die Krankenschwestern kannten ihn inzwischen und sie überbrachte Hannah immer wieder kleine Nachrichten von ihm. Als der Becher mit dampfendem Kaffee gefüllt war, setzte er sich in die Wartezone. Die dort ausliegenden Zeitschriften hatte er bereits ausnahmslos alle gelesen. Sogar die Klatschmagazine über die Königshäuser der Welt. Trotzdem nahm er sich eines der Magazine und blätterte gedankenverloren darin herum. Immer wieder dachte er daran, was Sarah ihm über den Unfall erzählt hatte. Was wenn diese Typen hier auftauchten? Schon deshalb wollte er Hannah am Liebsten keinen Moment aus den Augen lassen. Er verfluchte sich inzwischen, dass er die Mädels nicht begleitet hatte. Er hatte diesen Geländewagen doch bereits auf der Rückfahrt aus der Schweiz bemerkt. Für ihn bestand kein Zweifel, dass es sich um denselben Wagen gehandelt haben musste, der die Mädchen jetzt von der Straße gedrängt hat.

Die Tür zur Intensivstation öffnete sich, Schwester Anja verließ den gesicherten Bereich und setzte sich Sebastian gegenüber. Ihr Ausdruck gefiel ihm nicht.

»Was ist los?«, fragte er.

»Ich darf ihnen eigentlich keine Auskünfte geben. - Das wissen sie. - Aber da wir ihre Mutter immer noch nicht erreicht haben, denke ich, wenigstens einer sollte erfahren, dass sie leider noch mal operiert werden muss.«

»Was? Warum das denn?«

»Ihre Lunge hat sich nicht so stabilisiert, wie wir es gehofft haben. Es ist kompliziert. Auf jeden Fall ist diese Operation ... riskant.«

Er schluckte.

»Wie riskant?«

»Der linke Lungenflügel ist zusammengefallen. Wenn bei der Operation dasselbe mit dem anderen passiert, haben wir ein Problem.«

»Wann?«

»Gleich morgen früh.«

Er spürte, wie die Angst um Hannah langsam aber sicher in Panik umschlug.

»Bitte«, bat er die Schwester, »lassen sie mich wenigstens einen Moment zu ihr! Nur ein paar Minuten! Ich möchte sie vor der Operation noch mal sehen.«

»Das habe ich mir gedacht und mit dem Doktor gesprochen. Er erlaubt in diesem Fall ausnahmsweise einen kurzen Besuch. Aber nicht länger als 5 Minuten. Und sie dürfen sie nicht aufregen. Die Lunge ist sehr instabil. Es ist gefährlich. Vermutlich wird sie schlafen. Sie bekommt zurzeit Beruhigungsmittel.«

»Ist gut«, sagte er.

Sie reichte ihm Schutzkleidung und einen Mundschutz. Dann folgte er ihr in den Intensiv-Bereich. Er betrat Hannahs Zimmer und die Schwester zog sich zurück. Bemüht, so leise wie nur möglich zu sein, näherte er sich dem Bett, in dem sie lag. Sie wirkte in dem Krankenhausbett so verletzlich. Fast schon winzig. Sie war auch vorher ein blasser Typ gewesen, aber nun war sie so bleich wie ihr Bettzeug. Er zog sich einen Hocker heran und setzte sich zu ihr. Ihre Augen waren geschlossen und ihr Atem ging lautlos und flach, aber regelmäßig. Die Bettdecke hob und senkte sich kaum wahrnehmbar. Sie schien zu schlafen. Eine Infusion tropfte in ihren Unterarm. Er betrachtete ihr Gesicht. Es sah aus, als wäre es aus Porzellan. Ihr Haar glänzte blauschwarz, was die Blässe zusätzlich betonte. Er stand auf und strich ihr sanft eine Haarsträhne aus der Stirn. Kaum zu glauben, dass diese sonst so freche und lautstarke Person so verletzlich da lag. Er kannte sie erst kurze Zeit, aber sie war ihm so vertraut und wichtig geworden. Auch wenn sie für ihn nicht dasselbe empfand, er konnte den Gedanken nicht ertragen, sie möglicherweise jetzt schon wieder zu verlieren. Noch bevor er sie wirklich kennenlernen konnte. Behutsam nahm er ihre Hand.

»Du wirst noch mal operiert«, flüsterte er ihr zu.

In dem er es aussprach, erschien ihm diese Tatsache umso bedrohlicher. Er unterdrückte die Tränen.

»Du wirst das jetzt auch noch schaffen, hörst du? Das musst du mir versprechen!«

Ohne ihre Hand loszulassen, schloss er einen Moment die Augen. Plötzlich war ihm, als drücke sie ihm kaum spürbar die Hand. Er sah sie wieder an. Ihre Augen waren nach wie vor geschlossen, aber sie schien ein wenig zu lächeln. Oder bildete er sich das nur ein?

Schwester Anja steckte den Kopf zur Tür herein.

»Sie müssen gehen«, flüsterte sie.

Er seufzte. »In Ordnung.«

Er sah sie noch einmal an. Und jetzt war er sich sicher, dass dort ein kleines Lächeln über ihr Gesicht huschte. Dann nickte er und ging aus dem Zimmer.

»Passen sie bitte gut auf sie auf«, bat er die Schwester beim Verlassen der Intensivstation.

»Das werde ich«, versprach sie ihm.

Er beschloss, nach Hause zu fahren und ein wenig zu schlafen, um am nächsten Morgen so früh es ging, wieder im Krankenhaus sein zu können. Aber vorher wollte er Sarah von der geplanten OP berichten. Ihr Zimmer war jedoch leer. Sicher holte sie sich einen Kaffee oder etwas zu lesen. Er würde warten, bis sie zurückkommt. Aber vor ihr betrat eine der Schwestern den Raum. Sie sah sich um und runzelte die Stirn.

»Ist Frau Avigliano immer noch nicht zurück?«

»Nein. Ich warte hier auf sie, wenn das in Ordnung ist?«

»Sie hat schon die Visite heute verpasst. So geht das nun wirklich nicht.«

»Seit wann ist sie denn weg?«

Die Schwester überlegte einen Moment.

»Zum Frühstück war sie noch da. - Danach hatte sie noch Besuch. Diese Männer. Aber seitdem ist sie nicht mehr hier gewesen.«

»Männer? Welche Männer?«

»Na erst war da so ein Kleiner, moppeliger mit Halbglatze. Der war aber schnell wieder weg. Später kamen die beiden kräftigen« sie räusperte sich kurz, »Die sahen etwas ... na ja. Zwielichtig aus. Aber gut, das muss ja nichts heißen. Können ja trotzdem nette Menschen sein.«

»Merkwürdig«, sagte Sebastian, »Ich werde versuchen sie anzurufen.«

»Sagen sie ihr, es wäre besser, wenn sie zur Abendvisite wieder da ist. Zumindest, wenn sie morgen entlassen werden möchte.«

Sarah stand am Fenster des Gästezimmers und starrte hinaus in den Regen. Der Sommer war vorbei. Die Bäume warfen ihre ersten Blätter ab und die Tage wurden kürzer.

Sie konnte nicht schlafen, denn sie dachte an Hannah. Wenn sie von der Intensivstation auf eine normale Station verlegt würde, könnte sie ihre Freundin noch nicht mal besuchen gehen. Ob jemand sie im Krankenhaus bereits suchte? Es musste doch auffallen, dass sie nicht mehr da war. Sie setzte sich auf die Bettkante, und weinte. Sie hatte gehofft, Herbert würde ihr helfen. Doch sie war allein und hatte keine Ahnung, wohin sie jetzt noch gehen sollte. Diese Leute hatten sie innerhalb von ein paar Tagen komplett von ihrem Leben abgeschnitten. Sie hatte nicht einmal mehr ein Auto. Sie wollte sich gar nicht vorstellen, wie ihr Golf aussah. Man hatte sie aus dem Auto herausschneiden müssen. Plötzlich zerriss das Klingeln ihres Mobiltelefons die Stille. Es war Sebastian. Stumm hörte sie ihm zu, was er zu berichten hatte. Unter Tränen bat sie ihn: »Bitte bleib bei ihr. Lass sie nicht allein. Versprich mir das, Sebastian!«

»Was ist denn nur los Sarah? Wo bist du?«

»Das brauchst du nicht zu wissen. Ich bringe alles in Ordnung. Ich werde rausfinden, wer dafür verantwortlich ist.«

»Was meinst du damit?«

»Kümmre dich um sie!«

»Sarah mach bitte keinen ...«

Sie drückte ihn weg.

Die Verzweiflung wich der Wut. Einer maßlosen Wut, auf ihre Verfolger. Sie ballte die Fäuste. Es war an der Zeit, dass sie die Sache in die Hand nahm. Sie hatte es satt sich wie einen Hasen durch die Stadt jagen zu lassen. Damit war jetzt endgültig Schluss. Vielleicht war Mondo wirklich der gefährlichste Mann der Stadt. Aber sie hatte nichts mehr zu verlieren und er war der beste Freund ihres Vaters gewesen. Ihn musste es doch auch interessieren, wer ihn umgebracht hat.

Dieser Mann war ihre letzte Chance.

Kapitel 14

Etwa drei Stunden später wartete Leonard Monecelli mit einer Limousine vor der Tür. Nach einem Blick auf ihre Hose runzelte er die Stirn.

»Signorina, wo ist ihr Gepäck?«

Sarah seufzte.

»Ich bin aus dem Krankenhaus vor zwei bewaffneten Männern geflüchtet. Da hab ich kein Gepäck mitgenommen.«

»Ja richtig. Natürlich«, er kratzte sich am Kopf. »Aber sie können unmöglich mit dieser Kinderhose zu ihm gehen!«

Er schüttelte den Kopf. »No Signorina das geht nicht.«

»Ich würde mich auch lieber umziehen, aber ich befürchte, meine Verfolger sitzen bei uns in der Wohnung und warten nur darauf, dass ich nach Hause komme.«

»Verstehe. Natürlich«, sagte Leo.

Sarah stieg ein und er schloss hinter ihr die Autotür.

Im Wagen drehte er sich zu ihr um und fragte: »Wohin können wir fahren, um bessere Kleidung zu kaufen?«

»Sie wollen mit mir shoppen gehen?«, fragte sie amüsiert.

»Si, Signorina. Sie müssen etwas anderes anziehen. So geht das nicht.«

Wieder warf er einen abfälligen Blick auf ihre Schlafanzughose.

»Ist das denn wirklich so dramatisch?«, fragte Sarah. »Ich möchte doch nur kurz mit ihm sprechen. Das kann ich zur Not doch auch so.«

»Sie machen jetzt nicht mehr die Regeln«, antwortete er.

»Und was heißt das? Wo fahren wir denn hin? Wo treffe ich ihn denn überhaupt?«

Statt zu antworten, schüttelte Leo den Kopf. Dann sprach er mit dem Fahrer auf Italienisch. Kurz darauf fuhr dieser los.

»Enzo fährt uns da hin, wo Signorina Elisa ihre Kleidung kauft«, sagte Leo.

»Wer ist Signorina Elisa?«

»Sie ist die Frau vom Boss. Eine wunderschöne Frau mit sehr gutem Geschmack.«

»Ihnen ist schon klar, dass ich kein Geld habe?«

»Si Signorina.«

Sie lehnte sich im Sitz zurück. Leo war alles andere als begeistert gewesen, als sie ihm ihren Wunsch mitgeteilt hatte. Erst hatte er sich sogar dumm gestellt und behauptet keinen Mann namens Mondo zu kennen. Doch das war natürlich Blödsinn. Wenn er wirklich, wie er vorgab, ein Freund ihres Vaters war, dann musste er Mondo auch kennen. Und richtig. Nach langem Hin und Her und vielen Erklärungen hatte sich Mondo scheinbar doch dazu herabgelassen, sich mit ihr zu treffen. Dann jedoch musste es plötzlich sofort und möglichst schnell gehen. Schon eine knappe Stunde später stand Leo vor der Tür der Kaltwassers, um sie abzuholen. Sie hatte ein schlechtes Gewissen, denn sie war ohne Bescheid zu sagen abgehauen. Aber sie konnte sich nicht verabschieden, denn Herbert hätte versucht, sie aufzuhalten. Doch sie war fest entschlossen, Mondo zu treffen. Denn, wenn sie dem Wahnsinn ein Ende bereiten wollte, musste sie wissen, worum es ihren Verfolgern ging.

Mondo schien der Einzige zu sein, der darauf vielleicht eine Antwort wusste. Sie bemühte sich, zu verdrängen, was dieser Mann Fürchterliches getan hatte, denn sie brauchte allen Mut, um nicht gleich wieder davonzulaufen. Leo telefonierte während der gesamten Fahrt ohne eine Pause. Da er aber italienisch sprach, verstand Sarah kein Wort. Sie betrachte ihn im Seitenprofil. War er wirklich ihr Freund? Konnte sie ihm trauen? Mit Sicherheit war er bewaffnet. Der Wagen blieb auf einmal in einer einsamen, dunklen Nebenstraße stehen. Sie spürte, wie ihr die Angst den Nacken hinaufkroch. Warum hielten sie hier? Sie wollten ihr doch etwas zum Anziehen besorgen! Hier gab es nichts außer ein paar dreckigen Müllcontainern. Sicher holte der Fahrer jetzt die Plastikplane aus dem Kofferraum, auf der sie dann erschossen wurde. Deshalb waren sie hier hergekommen. Sie wollten sie töten. Wenn sie richtig darüber nachdachte, brauchten sie hier nicht einmal eine Plastikplane.

»Signorina, wir sind da«, sagte Leo und öffnete ihr die Tür. Mit zitternden Knien stieg sie aus der Limousine.

Doch Leo zog keine Waffe, sondern bot ihr seinen Arm. Sie hakte sich zögernd bei ihm ein und er führte sie auf ein Haus zu. Der Fahrer blieb im Wagen sitzen. Leo klingelte an einer verwitterten Holztür. Zu Sarahs Überraschung wurden sie von einer wunderschönen Frau empfangen. Sie hatte den Vollstrecker erwartet und stattdessen öffnete ihnen ein Engel. Sie folgte Leo an der eleganten Frau vorbei, einen schmalen Flur entlang. Noch bevor sie fragen konnte, wohin er sie brachte, führte er sie eilig durch eine weitere Tür direkt in eine der elegantesten Boutiquen, die sie je von innen gesehen hatte.

Sarah atmete auf. Falls man wirklich vorhatte, sie umzubringen, so würde man sie vorher wenigstens noch angemessen kleiden.

In diesem Geschäft lag cremefarbener Teppichboden und es gab Kleidungsstücke, die wie Juwelen in beleuchteten Glasvitrinen präsentiert wurden. An den Schaufenstern waren die Sicherheitsgitter und Rollos bereits heruntergelassen. Hier war eigentlich schon Feierabend. Jedoch ließ sich ihre strahlende Gastgeberin davon nicht das Geringste anmerken.

Ihr Name war Carolina und sie war die Geschäftsführerin dieser exklusiven Boutique. Auch jetzt im Licht war sie makellos schön. Sie begrüßte die beiden überschwänglich und herzlich. Dabei übersah Sie mit absolut professioneller Höflichkeit Sarahs Aufzug.

Sie bat sie, in einer eleganten Ledersitzgruppe Platz zu nehmen. Sarah setzte sich und atmete tief durch. Die Tabletten, die Micky ihr besorgt hatte, halfen glücklicherweise sehr gut, sodass sie kaum noch Schmerzen hatte. Ein Mädchen brachte unaufgefordert Getränke und kleines Gebäck. Sarah nahm dankbar eine Tasse Kaffee. Leo lehnte alles ab. Stattdessen redete er in rasendem Tempo auf Carolina ein. Natürlich auf Italienisch. Carolina sagte nichts, sondern nickte nur und lächelte. Zwischendurch sah sie zu Sarah hinüber, die sich verschämt schon das zweite Stück Gebäck vom Teller nahm. Gott, diese Dinger waren einfach köstlich. Was erzählte Leo ihr da bloß? Langsam ging Sarah dieses ewige Italienisch auf den Wecker. Immerhin ging es doch hier um sie. Sie räusperte sich und unterbrach ihn damit in seinem Redeschwall.

»Entschuldigung«, begann sie, »durch unglückliche Umstände habe ich nur diese Sachen hier zum Anziehen.« Sie sah an sich hinunter und zupfte an der Eulenhose.

»Aber ich muss gleich zu einem Treffen. Hätten sie vielleicht eine Jeans oder so etwas Ähnliches für mich? Und ein Sweatshirt ...«, sie sah sich zweifelnd um, »... oder auch eine Bluse? Das wäre sehr nett.«

Einen Moment lang sah Carolina sie schweigend an. Als sie merkte, dass Sarah zu Ende gesprochen hatte, legte sie den Kopf schief und lächelte.

»Leo hat mir von ihrer misslichen Lage erzählt«, antwortete sie. Ihre Stimme klang genauso vornehm, wie sie aussah.

»Sie gehen heute Abend zu einem Dinner in der bezaubernden Stadt Wien«, sagte sie ganz entzückt.

Sarah sah sich erstaunt nach Leo um. Doch der telefonierte schon wieder.

»... also brauchen sie auch etwas für morgen. Und für die Nacht« endete Carolina.

Sarah hatte nur die Hälfte mitbekommen. Sie stand jetzt etwas verloren im Raum und sah sich ratlos um.

»Schauen sie sich ruhig um!«, ermunterte Carolina sie.

So schlenderte Sarah zu einer Kleiderstange und griff nach einer cremefarbenen Hose. Als sie auf dem Etikett den Designernamen las, hing sie die Hose erschrocken zurück. Die musste ein Vermögen kosten!

»Ich ...«, begann sie, doch Carolina klatschte in die Hände und rief ihre junge Aushilfe hinzu. Sie sagte irgendwas mit ›Avanti‹ am Ende und dann trugen die beiden Frauen mit Feuereifer jede Menge Kleidungsstücke herbei.

»Leo, ich möchte noch mal betonen, dass ich kein Geld habe!«, rief Sarah ihm zu. »Auch wenn ich zur Bank gehe, kann ich mir hier nicht mal ein paar Socken leisten!«

Leo sah nur kurz auf und machte eine Handbewegung, die so viel bedeutete wie: »Geht schon alles in Ordnung.«

Carolina legte ihr eine Hand auf die Schulter und schob sie vor einen Spiegel.

»In meinem Geschäft sollte keine Frau über so etwas wie Geld nachdenken müssen.«, sie zwinkerte ihr im Spiegel zu. »Schon gar nicht, wenn sie in einer solchen textilen Notlage sind!«

Sarah war sicher, dass sie über ihre tägliche Garderobe dasselbe Urteil fällen würde. Doch jetzt scheuchte Carolina sie freundlich in eine Umkleidekabine und reichte ihr diverse Kleidungsstücke hinein. Kurz darauf steckte Sarah den Kopf aus der Umkleide und fragte:

»Ein Kleid? Muss das sein?«

»Unbedingt!«, sagte Carolina lächelnd.

Sie gab sich geschlagen und schlüpfte in ein sündhaft teures weißes Designerkleid. Zu ihrer Überraschung passte es wie angegossen. Jemand schob ihr passende Schuhe unter der Tür durch. Sie zog sie an und war gleich ein paar Zentimeter größer.

»Lassen sie sich ansehen!«, rief Carolina.

Verunsichert trat Sarah aus der Kabine. Carolina zupfte ein wenig die Ärmel des Kleides zurecht und schien zufrieden.

»Tragen sie es mit mehr Selbstverständlichkeit und achten sie auf eine gerade Haltung. - ja, so ist es besser.«

Während Sarah sich ungläubig der eleganten Frau in ihrem Spiegelbild näherte, trug Carolina einen extravaganten schwarz-weißen Strickmantel heran. Sie legte ihn Sarah um die Schultern und seufzte zufrieden.

»So ist es perfekt.«

Sarah musste zugeben, dass diese Kombination wirklich umwerfend gut aussah. Sie würde sich eben vorsehen, dass sie es nicht beschmutzte. Mit viel Glück konnte sie es später zurückgeben. Sie rief nach Leo, und als er aufschaute, weiteten sich seine Augen überrascht. Er lächelte, hob den Daumen und machte eine Geste, die sagte: »Gekauft!«

Gleich darauf tippte er sich jedoch mahnend auf die Uhr. Carolina nickte. Während die Aushilfe Sarahs widerspenstiges, langes Haar zu einer romantischen Abendfrisur steckte, packte Carolina weitere Kleidungstücke in eine riesige Papiertüte.

»Carolina! Danke, aber was ich anhabe, reicht völlig!«, rief Sarah ihr nach.

»Bitte bleiben sie einen Moment ruhig sitzen«, bat die Aushilfe. »Leonard sagt, sie brauchen Kleidung für ein paar Tage«, antwortete Carolina.

Sarah wollte etwas erwidern, aber die Aushilfe räusperte sich streng, während sie irgendwas in Sarahs Gesicht zeichnete. Deshalb sah sie Carolina aus dem

Augenwinkel weiter zu, wie sie immer mehr Kleidung in die Tüte packte.

Zuletzt tat sie mit einem Augenzwinkern eine mit Gebäck gefüllte Schachtel hinein.

»Sie sind fertig«, sagte die Aushilfe zu Sarah und sprühte ihr ein wenig Parfum auf. »Sie sehen großartig aus!«

Sarah stand auf und blickte noch mal in den Spiegel. Carolina trat an ihre Seite.

»Ich hoffe, sie sind zufrieden?«, fragte sie.

Lächelnd drehte sich Sarah zu ihr um.

»Es ist wundervoll. Dankeschön!«

»Signorina, wir müssen jetzt sofort weiter. Wir haben schon zu viel Zeit verschwendet!«, drängte Leo zum Aufbruch.

»Ciao Bella. Viel Freude damit«, sagte Carolina.

Sie zog Sarah zu sich und küsste sie auf die Wange.

Kurze Zeit später saß Sarah zwischen Unmengen Tüten und Kartons im Auto auf dem Weg zum Flughafen. Bis Wien flogen sie anderthalb Stunden.

Micky warf die leere Fast Food-Tüte in den Fußraum und wischte sich mit dem Ärmel über den Mund. Hier würde sich heute nichts mehr tun. Seit über drei Stunden observierte er die Wohnung der Mädchen und es tat sich nichts. Er wusste selbst nicht, auf was er mehr gehofft hatte. Dass Sarah heimkehrte oder dass ihre Verfolger auftauchten. Sie war bei Herbert einfach abgehauen. Sie war wirklich die eigensinnigste und sturste Frau, die er je erlebt hatte. Wo zum Teufel konnte sie in diesem Aufzug hin sein? Vielleicht hatte sie einen Freund. Was wusste er schon über sie?

Plötzlich sah er gespannt auf. Schräg gegenüber parkte ein schwarzer BMW. Der Fahrer stieg aus und ging zielstrebig auf das Haus der Mädchen zu. Der Typ taugte zu nichts Gutem. Das sah Micky schon vom Weiten. Aber es war niemand, den er kannte, denn diese feiste Visage hätte er bestimmt nicht vergessen. Der Typ besaß praktisch keinen Hals. Von hinten verschwand sein Kopf im Kragen seiner Jogginganzugjacke.

Offenbar öffnete ihm niemand, denn er kehrte bereits zum Wagen zurück. Bevor er einstieg, zog er geräuschvoll die Nase hoch und spuckte auf den Boden. Micky notierte das Kennzeichen und telefonierte mit der Einsatzleitstelle. Der BMW war auf eine ältere Frau zugelassen. Weder das Auto noch dessen Halterin waren jemals polizeilich in Erscheinung getreten. Trotzdem gefiel ihm der Typ nicht. Er sah dem davonfahrenden Wagen nach, bis die Rücklichter um die Ecke verschwanden.

Warum machte er sich eigentlich diese Mühe? Sie hatte es nicht mal für nötig befunden, sich zu verabschieden. Ständig haute sie einfach ab. Hatte sie denn wirklich geglaubt, wir geben ihr eine Schusswaffe und gehen dann zusammen auf Verbrecherjagd? Sie konnte doch unmöglich so naiv sein. Er seufzte. Sie war ganz besessen davon, Mondo zu suchen. Gut möglich, dass sie es nun auf eigene Faust versuchte. Dabei hatte sie keine Ahnung, was für ein brutales und skrupelloses Arschloch dieser Mann war. Wenn sie das wirklich gewagt hatte, war sie jetzt vielleicht schon in Gefahr.

Er drehte der Zündschlüssel und haute den Rückwärtsgang rein. Sein Wagen ächzte empört. Wenn er ihr helfen wollte, brauchte er mehr Informationen.

Im Polizeipräsidium war nur noch das Erdgeschoss beleuchtet, denn dort waren die Polizeihauptwache und die Kriminalwache untergebracht. Alle anderen machten für gewöhnlich spätestens um sechs Uhr Schluss. Trotzdem war der Pförtner kaum überrascht, als Micky durch die Schleuse kam.

»Nabend Mick! Du machst auch nie Feierabend, oder? Sondereinsatz?«

»So ähnlich«, brummte Micky und lief an ihm vorbei.

Der Pförtner zuckte mit den Achseln. Dann griff er in die Chipstüte und wand sich wieder dem Fernsehprogramm zu.

Auf der zweiten Etage war das Kommissariat für Raubdelikte untergebracht. Hier machte Micky an einer Tür halt und schlüpfte in den Aufenthaltsraum. Zielsicher öffnete er den Küchenschrank, fischte einen Schlüssel aus einem Kochtopf und steckte ihn ein. Nur ein kleiner verschworener Kreis wusste von seiner Existenz. Die Herausgabe von Kriminalakten war offiziell nur zu Bürozeiten möglich. Deshalb hatten sich die Kollegen vom Raub einen Zweitschlüssel ergaunert. Auf diese Weise hatten sie auch nach Büroschluss noch Zugriff auf die Akten.

Und so verließ Micky wenig später die Kriminalaktenhaltung mit zwei dicken Mappen unter dem Arm. Er holte sich bei den Jungs von der Fahndung noch zwei Bier aus dem Gruppenkühlschrank und schloss sich dann in seinem Büro ein.

Antonio Avigliaños Akte war leider nicht so ergiebig, wie er erhofft hatte. Sie war zwar gut gefüllt, aber völlig veraltet. Die ersten Seiten der Akte vergilbten bereits. Er fand Einträge wegen Schmuggeldelikten und Auffindungen von Hehlerware aus den frühen 80ern, 1986 kippte er mal mit Koks auf und dann war da natürlich drei Jahre später das Ding mit den Dollarblüten. Doch seitdem war der Akte kein Blatt mehr hinzugefügt worden. Als habe der Mann seit diesem Tag der Kriminalität abgeschworen. Micky war enttäuscht. Mit dem alten Kram konnte er nichts anfangen. Er hatte gehofft, in der Akte Hinweise auf Mondo zu finden. Auch wenn Herbert ihm versichert hatte, dass es dem Mann immer gelungen war, unsichtbar zu bleiben, wollte er sichergehen, dass sie nichts übersahen. Immerhin war Herb ne Weile raus.

Vielleicht würde er ja bei Leonard Monecelli fündig. Herbert hatte sich zwar an den Namen erinnert, hatte ihm aber nicht sagen können in welchem Zusammenhang. Mit seiner Akte hätte man problemlos jemanden erschlagen können. Straftaten wie in Antonios Akte suchte man bei ihm vergebens. Er war offenbar eher ein ausgemachter Betrüger.

Mensch Mädchen, was für Leute scharst du da um dich? Warum besucht dich so einer im Krankenhaus?

Er entnahm der Akte, dass Monecelli viele Jahre der ständige Rechtsbeistand eines gewissen Herrn Salvatore Riga war. Salvatore Riga? Riga? Der Name sagte ihm was. Aber er wusste ihn nicht zuzuordnen. Er würde Herbert fragen. Der kannte die Typen alle. Micky fand Einträge zu

Erpressungsvorwürfen, Veruntreuungen und klassischen Betrugsdelikten. 1991 erhielt Monecelli eine Freiheitsstrafe von 2 Jahren auf Bewährung. Micky konnte nicht genau erkennen, wofür man ihn letztendlich verurteilt hatte, aber das dazugehörige Verfahren beschäftigte sich mit durch Strohmänner geführte Scheinunternehmen in der Baubranche. Als logische Konsequenz verlor er 1992 seine Zulassung. Seit dem gab es von ihm keine Eintragungen mehr. Micky hoffte inständig, dass Sarah sich nicht an ihn gewandt hatte. Er würde es wohl kaum ehrlich mit ihr meinen. Er klappte die Akte zu. So kam er nicht weiter.

Er nahm sich noch einmal Antonios Akte und blätterte zum Dollardeal. Vielleicht hatte er etwas übersehen. Die meisten dieser Seiten hatte Herbert geschrieben. In gewohnter Gründlichkeit hatte er sämtliche Namen und Details hinzugefügt, die für spätere Verfahren von Bedeutung sein könnten. Micky wusste, was Antonio Avigliano für ihn bedeutet hatte. Für viele Ermittler gab es irgendwann mal eine Personalie, die zu einer Art Lebensaufgabe wurde. Herbert hatte bis heute nicht verwunden, dass er es nie geschafft hatte, Antonio hinter Gitter zu bringen. Jetzt war Antonio tot.

Plötzlich blieb Micky an einem Namen hängen. Herbert hatte die Notiz zu ihm handschriftlich nachgetragen. ›Informant: Gentile‹ hatte er an den Rand gekritzelt. Wahrscheinlich war es ein Spitzname. Ein Blick ins System verriet ihm die wirklichen Personalien und den derzeitigen Wohnort. Gaudino Mafaldi, Gastwirt aus Köln. In seinem Datenbestand fand er neben zahlreichen aktuellen Einträgen auch Hinweise, dass ihm das Szene-Lokal ›La ViVa‹ in der Innenstadt gehörte. Mick packte zusammen. Das Bier war leer. Es war Zeit, in die Stadt zu fahren und Gentile zu besuchen.

Im ›La ViVa‹ tummelten sich Abend für Abend B-Promis, sogenannte It-Girls und alles, was zwar Geld aber keinen Stil besaß. Denn was die Stars und Sternchen der Stadt ausgerechnet in diesen Schuppen trieb, vermochte Micky nicht zu sagen, außer vielleicht, dass es dort eine zuverlässige Kokainquelle gab. Die Kneipe war heruntergekommen und immer überfüllt. Man wartete Stunden auf ein Getränk und das Bier schmeckte schal. Es war nicht mehr als eine Bretterbude mit Ausschank, doch die Leute liebten es.

»Ich bin gekommen, um mit ihnen zu sprechen.«

Gentile zog überrascht die Augenbrauen hoch. Die Brille war viel zu groß für das Gesicht des kleinen Ladenbesitzers. Sie vergrößerte seine Augen auf das doppelte, sodass er permanent ein bisschen panisch aussah.

»Wir kennen uns nicht. Was also sollen wir besprechen? Ich will kein Ärger ...«

»Ich will mit ihnen über Antonio Avigliano sprechen.«

Gentile zuckte zusammen.

»Und über Mondo«

Jetzt riss er entsetzt die Augen auf. Micky befürchtete fast, sie fallen ihm jeden Moment aus dem Kopf. Hastig schob Gentile ihn in einen Nebenraum.

»Ich habe diese Namen nie gehört!«

»Das stimmt nicht. Ich weiß, dass sie die beiden kennen.«

»Wer schickt sie her? Für wen arbeiten sie?«, fragte er mit zusammengezogenen Brauen.

Er schwitzte.

»Ich bin Polizist.«

Jetzt schlug er die Hände über dem Kopf zusammen.

»Porca Miseria! Verlassen sie mein Geschäft!«

»Ich möchte sie nur ein paar Sachen fragen.«

»Hören sie, ich mache so was nicht mehr. Ich bin damit fertig. Ich habe Familie. Ich möchte keinen Ärger.«

»Ich verspreche ihnen absolute Verschwiegenheit. Niemand muss wissen, dass wir gesprochen haben.«

Gentile kaute auf seinen Lippen herum. Er schien zu überlegen. Dann schüttelte er energisch den Kopf.

»Ich weiß nichts. Ich halte mich aus allem raus. Ich zahle pünktlich und dann lassen sie mich in Ruhe.«

»An wen zahlst du?«

Er antwortete nicht.

»Zahlst du an Antonio?«

Er schüttelte wild den Kopf.

»Nein. Der kommt nicht mehr hier seit ...«

»Seit was?«

»Früher kam Antonio. Aber irgendwann kamen andere Männer. Man erzählt sich, Antonio geht schon länger andere Wege.«

»Also arbeitet er nicht mehr für Mondo?«

Erschrocken sah sich Gentile um, als wolle er sich vergewissern nicht belauscht zu werden. Wieder schüttelte er den Kopf.

»Sie sind ... wie sagt man auf Deutsch? Divorziati - getrennte Freunde!«

»Warum? Gab es Streit?«

»Ich habe keine Ahnung.«

»Wer kommt jetzt kassieren?«

»Immer andere«, antwortete er und betrachtete dabei seine Schuhe. Er trat von einem Fuß auf den anderen.

»Komm schon, du wirst doch ein paar Namen kennen.«

Er schwieg.

»Gentile, wer ist Mondo? Wie heißt er richtig?«

Jetzt sah er Micky mit großen Augen an.

»Das weiß niemand!«, antworte er ehrfürchtig.

»Aber wie die Leute heißen, die abkassieren weißt du?«

Gentile schüttelte den Kopf.

»Ich habe schon mal was gesagt.« Er hob seine Hand. Mick sah mit Bestürzung, dass daran ein Finger fehlte.

Gentile nickte kurz und ließ seine Hand wieder in der Hosentasche verschwinden.

»Er hat gesagt ... das nächste Mal macht er es bei meinem Jungen ... und lässt mich zusehen.«

»Ich verstehe«, sagte Micky leise.

Der Mann tat ihm leid, aber er war sein einziger Ermittlungsansatz. Er konnte sich damit nicht zufriedengeben.

»Kannst du mir vielleicht wenigstens etwas zu Antonio sagen?«, fragte er ruhig.

»Antonio ist tot.«

»Weißt du, was passiert ist?«

»Es gibt viele Gerüchte.«

»Was für Gerüchte?«

»Ich habe ihn hier einmal gesehen mit ein paar Kolumbianer. Fremde. Nicht von hier. Gefährlich. Vielleicht haben die ihn umgebracht. Möglich wär das.«

»Kennst du einen Namen?«

»Die Leute sagen, sein Name ist „el carnicero". Und jetzt müssen sie gehen. Bitte. Es ist nicht gut, wenn sie hier sind. Ich weiß gar nichts. Ich bin nur ein kleiner Gastwirt. Va bene.«

Micky klopfte ihm auf die Schultern.

»Danke«, sagte er und verließ das La ViVa.

Antonio und Mondo waren seit Jahren keine Freunde mehr gewesen. Das bedeutete, dass Sarah sich in noch größere Gefahr brachte, als sie sowieso schon dachten.

Kapitel 15

Als die Limousine anhielt, starrte Sarah verblüfft hinaus. Sie konnte nicht glauben, was sie sah.

»Ich treffe ihn auf einer Kirmes?«

»Der Prater ist nicht einfach eine Kirmes Signorina.«

Leo nahm seine Brille ab und polierte sorgfältig die Gläser. Dann fuhr er lächelnd fort: »Er hat eine Schwäche für die Zauberei, und besucht hier heute, in einem der Kasinos, die Show eines Magiers. Anschließend wird er sie zum Essen treffen.«

»Er steht also auf Typen, die Kaninchen aus dem Hut ziehen ...?«, witzelte Sarah.

Doch Leo antwortete nicht. Er stieg aus und öffnete ihr die Tür. Kaum dass sie den Wagen verlassen hatte, strömte ihr der Duft von frischem Popcorn und gebrannten Mandeln in die Nase. So hatte sie sich das Treffen mit einem internationalen Gangsterboss nicht vorgestellt. Zwischen Clowns, Luftballons und Zuckerwatte.

Als Sie nach ihren Einkäufen greifen wollte, schüttelte Leo den Kopf. So ließ sie die Tüten im Wagen zurück und folgte ihm hinaus in Richtung Prater. Sie war froh über die Strickjacke, die Carolina für sie herausgesucht hatte, denn sobald die Sonne verschwand, wurde es kühl. ›Prater - Hereinspaziert‹ stand über dem Torbogen am Eingang. Ein Geräuschpotpourri aus Gelächter, Musik, ratternden Achterbahnwaggons und fröhlich kreischenden Menschen umgab sie. Beschwingt lief Sarah an Leos Seite hindurch und sah sich beeindruckt um. Die Attraktionen funkelten in allen erdenklichen Farben um die Gunst der Besucher. Doch eine stahl ihnen allen die Show. Majestätisch ragte es scheinbar bis in die Wolken hinauf und drehte sich mit aristokratisch vornehmer Langsamkeit. Sarah wusste, es war uralt. Aus der Jahrhundertwende. Ohne den Blick davon nehmen zu können, lief sie Leo hinterher und direkt darauf zu. Offenbar hatte Leo es eilig. Vor dem Eingang zum Riesenrad blieben sie stehen. Sarah legte den Kopf in den Nacken und schaute daran hinauf. Leo telefonierte. Es war wunderschön. Wie mochte die Welt nur von dort oben aussehen?

»Ich muss sie bitten, mir ihr Handy zu geben Signorina«, sagte Leo auf einmal. »Ich verspreche ihnen, sie bekommen es zurück.«

»Muss das sein?« Ihr war das nicht wirklich recht. Er zuckte mit den Schultern.

»Ich fürchte, sie haben keine Wahl.«

Widerwillig reichte sie ihm das Handy. Er steckte es ein und nickte ihr zu,

»Er lässt ausrichten, dass er bereits unterwegs ist. Die Vorstellung war nicht nach seinem Geschmack. Sie sollen also schon Platz nehmen und einen Aperitif wählen. Er wird sie nicht lange warten lassen. Ich wünsche ihnen einen bezaubernden Abend.«

»Platz nehmen?«, sie sah sich fragend um. »Wo ist denn das Restaurant? Bringen sie mich nicht dort hin?«

»Sie sind bereits da Signorina. Sie treffen ihn dort drin.«

Er deutete zum Eingang des Wiener Riesenrades.

Sarah starrte ihn verwirrt an.

»Jetzt will er auch noch Riesenrad fahren? Was für ein komischer Typ ist ihr Chef eigentlich?«

»Wie kann das denn sein?«, fragte Micky, als Herbert zwei Flaschen alkoholfreies Bier auf den Tisch stellte. »Ich habe über die Vögel so gut wie nichts Aktuelles finden können. Die sind doch nicht alle über Nacht zu Heiligen geworden.«

»Natürlich nicht«, brummte Herbert.

Rüdiger kringelte sich neben ihn auf die Küchenbank und seufzte zufrieden,

»Gentile meinte, Antonio habe zuletzt mit einem Kolumbianer verhandelt. Sagt dir der Name ›El Carnicero‹ etwas?«, fragte Micky. »Nein«, antwortete Herbert, »aber ich frage mich ernsthaft, wie Antonio solche Geschäfte im Alleingang finanziert haben soll.«

»Vielleicht hatte er Rücklagen«, überlegte Micky.

Herbert schüttelte den Kopf.

»Überleg doch mal Mick. Wenn er Geschäfte mit Kolumbianern machen wollte, dann ging es mit Sicherheit um Kokain. Dann brauchst du zahlungskräftige Geldgeber. Solche Summen besitzt du alleine nicht.«

»Vielleicht hat ihm genau das den Kopf gekostet«, gab Micky zu bedenken, »vielleicht hat er sich bei den Kolumbianern zu weit aus dem Fenster gelehnt und konnte dann nicht zahlen. Vielleicht haben die ihn getötet.«

»Natürlich könnte das sein.« Herbert seufzte. »Aber mein Gefühl sagt mir, dass da was anderes hinter steckt.«

»Wie kann es sein, dass wir so dermaßen den Anschluss verloren haben?« Mick runzelte verärgert die Stirn. »Wir wissen doch im Grunde überhaupt nichts mehr über diese Leute. Du hast damals sogar gewusst, was jeder Einzelne von ihnen zu Mittag gegessen hat.«

Herbert zuckte mit den Schultern.

»Man hat vor diesen Gruppierungen schon immer lieber die Augen verschlossen, statt genau hinzusehen.

Über die Gründe dafür möchte ich gar nicht mutmaßen. Erst als die Ndrangetha 2007 in Duisburg ziemlich öffentlichkeitswirksam eine halbe Sippe umgelegt hat, kam mal etwas Schwung in die Sache. Plötzlich gelang internationale Zusammenarbeit und deutsche Ermittler durften sogar in Italien arbeiten. Aber es war nur ein kurzes Aufflackern. Ein Zufriedenstellen der Öffentlichkeit. Kurz darauf breitete man wieder das Tuch des Schweigens darüber. Oder ihr ward in den letzten Jahren zu sehr mit anderen Gruppen beschäftigt. Was weiß ich. Andere haben einfach für mehr Aufsehen gesorgt.«

»Nein, du hättest damals einfach nicht gehen sollen. Ohne dich tappen wir völlig blind durch die Gegend.«

»Das ist Blödsinn Mick und das weißt du. Jeder ist ersetzbar. Und du kennst die Gründe für meinen Ausstieg.«

»Es ist eben nicht jeder ersetzbar. Seit Wolf die Dienstelle übernommen hat ...«

»Wenn du nicht so ein halsstarriger Idiot wärst, würdest du heute das Kommissariat leiten!«, unterbrach Herbert ihn unwirsch.

»Fang nicht wieder davon an, alter Mann!«

»Du kannst die Wahrheit nicht ertragen«, brummte Herbert. Micky schwieg. Er hasste dieses Thema. Immer wieder lag Herbert ihm damit in den Ohren.

»Aber irgendwas stimmt auch an der Geschichte mit Antonio und Mondo nicht«, sagte Herbert nach einer Weile, die sie geschwiegen hatten. »Man steigt in solchen Kreisen nicht einfach aus und macht sich selbstständig. Das lassen die nicht zu.«

»Aber genau das hat Gentile gesagt.«

»Du musst bei Gentile vorsichtig sein«, warnte Herbert. »Er ist ein Schwätzer. Nur wenig von dem, was er sagt, entspricht der Wahrheit. Er verkauft auch Scheißhausparolen für bare Münze.«

»Ich glaube, er hat mir einfach nur die Hälfte erzählt. Da ist bestimmt irgendwas vorgefallen«, mutmaßte Micky.

»Mit Sicherheit. Aber vielleicht kennt er die Hintergründe selbst nicht«, überlegte Herbert.

»Haben wir noch V-Leute, die das abchecken könnten?«

Herbert schüttelte den Kopf.

»Nix Zuverlässiges. Das traut sich keiner mehr.«

Micky dachte an die Hand mit dem fehlenden Finger.

»Hat Mondo Gentile wirklich den Finger abgeschnitten?«

Herbert lachte.

»Hat er das etwa behauptet? Dieser kleine Drecksack. Zu genau diesem Finger gibt es bestimmt 50 verschiedene Geschichten. Er erzählt immer etwas anderes. Vermutlich fehlt ihm der Finger schon von Geburt an.«

»Gibt es doch gar nicht!«, rief Micky entrüstet, »ich habe es ihm wirklich abgenommen!«

Herbert lachte noch lauter.

»Hör auf zu lachen!«, schimpfte Micky. Er kam sich nun reichlich blöd vor, musste aber selber grinsen. Und jetzt lachte auch er.

»Trotzdem darfst du Mondo nicht unterschätzen«, warnte Herbert nun wieder ernst. »Glaub mir, er hat viel grausamere Dinge als das getan.«

»Ich frage mich«, überlegte Micky laut, »wer Sarah angeblich den Kontakt zu ihm besorgen wollte.«

Herbert zuckte mit den Schultern.

»Sie wird Monecelli angerufen haben.«

»Monecelli? Wie kommst du darauf? Er ist keiner von Mondos Leuten. Ich habe in seiner Akte gelesen, dass er der Anwalt eines gewissen Salvatore Riga war.«

»Ja genau«, nickte Herbert. »Ich wusste letztens nicht, wo ich ihn einordnen soll, aber dann ist es mir wieder eingefallen. Monecelli gibt sich bei Sarah als guter Freund Antonios aus. Also ist doch klar, dass sie denkt, er könnte ihr helfen.«

Sind Riga und Mondo nicht seit ewigen Zeiten Erzrivalen? Wie passt das zusammen?«

Herbert holte tief Luft. Dann erklärte er: »Das begreife ich auch noch nicht. Theoretisch gehören sie zur selben ... wie soll ich sagen? Familie? Gesellschaft? Aber sie haben sich immer schon gehasst. Den Grund dafür kenne ich nicht.« »Glaubst du, Monecelli versucht, Sarah in eine Falle zu locken? «

»Als Leonard damals bei Riga aufgehört hat, habe ich ihn aus den Augen verloren. Aber er war schon immer ein linker Vogel. Wer weiß, was wirklich dahinter steckt.«

»Könnte denn Salvatore Riga hinter Sarah her sein?«

Herbert nickte.

»Das wäre durchaus möglich. Nur kann ich mir beim besten Willen nicht erklären, was er von Sarah will.«

»Wer sagt uns, dass wir alles über Sarah wissen? Vielleicht hat sie uns auch was verschwiegen?«

Doch Herbert schüttelte den Kopf. »Nein«, sagte er. »So ist sie nicht.«

Bis auf das Klappern des Suppenlöffels war es still in der kleinen Küche. Salvatore Riga tauchte verdrossen seinen Löffel in die dünne Suppe und rührte angewidert darin herum. Er war umgeben von Arschlöchern und Idioten. Immer wieder fragte er sich, warum der Herr ihm das Tag für Tag antat.

»Maria!«, brüllte er, »Die Suppe schmeckt nach ausgekochtem Sperrmüll! Was ist so schwer daran ein vernünftiges Essen zuzubereiten? Hat dir deine Mutter das nicht beigebracht?«

Ihre bloße Existenz provozierte ihn ständig aufs Neue. Wie sie so da stand, so unterwürfig und stumpf. Jede Zimmerpflanze hatte mehr Präsenz. Immerzu drückte sie sich in irgendeine Ecke und glotzte ihn blöde an.

»Porca Madonna!«, fluchte er, »dauernd frage ich mich, warum ich ausgerechnet dich geheiratet habe! Es gab schöne Mädchen in meinem Dorf. Und selbst die Ziege vom Pfarrer war intelligenter als du!«

Sie erwiderte nichts, sondern senkte bloß den Blick. Ohne aufzusehen, starrte sie auf den abgewetzten PVC-Boden. Ihr Name war Josefa, aber das war ihm egal. Er hatte sich eine Frau gewünscht, die Maria hieß. Und deshalb nannte er sie so. Manchmal nannte er auch seine Geliebte Maria. Am Ende waren sie alle Marias. Was machte das schon für einen Unterschied.

Er hob den Löffel zum Mund und schlürfte. Dabei kleckerte er auf seinen grauen Kittel.

»Putana!«, stieß er erbost hervor und knallte den Löffel so heftig zurück in den Teller, dass die Suppe überschwappte und nun auch noch die blütenreine weiße Tischdecke besudelte. Maria eilte mit einem Tuch herbei, doch er scheuchte sie mit einer Handbewegung davon wie einen lästigen Vogel. In diesem Moment betrat sein Sohn Dario und einer seiner Kumpane die Küche. Dario war seiner Mutter wie aus dem Gesicht geschnitten. Er hatte ihr aschblondes Haar, die grauen Augen und ihre unsägliche Arroganz geerbt. Der andere war einer seiner Freunde. Salvatore mochte ihn nicht. Warum brachte Dario ihn mit in sein Haus? Salvatore wies sie an, sich zu setzen.

»Padrino, was verärgert dich so?«, fragte Dario und tätschelte ihm die fleckige Hand. Wie immer lächelte er dabei verschlagen und er wusste nicht, ob er ihm damit schmeichelte, oder ob er ihn verhöhnen wollte. Misstrauisch beäugte er seinen Bastard-Sohn aus den Augenwinkeln. Dario lehnte sich neben ihm grinsend im Stuhl zurück und streckte die verschlammten Stiefel von sich. Dicke Dreckklumpen bröckelten auf den frisch gewienerten Boden.

»Ärgere dich nicht dauernd. Das ist schlecht für deine Gesundheit«, fuhr Dario offensichtlich belustigt fort. Maria brachte ihnen etwas zu trinken.

»Um meine Gesundheit brauchst du dich nicht sorgen!«, fauchte Salvatore ihn an.

Er war zwar inzwischen 76 Jahre alt, aber die Ärzte bescheinigten ihm beste Gesundheit. Er war drahtig und beweglich wie eh und je und sein Geist war noch messerscharf. Trotz seines Alters war er ihnen allen noch weit überlegen. Angriffslustig blinzelte er Dario an.

»Sag mir lieber, ob Hugo«, und damit deutete er auf Darios Begleitung »sie gefunden hat! Habt Ihr das Mädchen? Das würde meine Stimmung wieder heben.« Er sprach italienisch, obwohl er wusste, dass ›Hugo‹ sie nicht verstand.

»Noch nicht«, antwortete Dario knapp und goss sich ein Glas Wein ein.

Salvatore spürte, wie der Zorn in ihm hinaufkroch.

»Ihr seid zu dumm um Löcher in den Schnee zu pissen«, platzte er heraus und spukte dabei Suppe. Er schlug mit der Faust auf den Tisch. »Ihr verdammten Hurensöhne. Lasst euch von einem kleinen Mädchen vorführen wie Clowns!«

Hugo sagte kein Wort. Er spielte mit seinem Telefon. Dieser Typ war so respektlos, wie er hässlich war.

»Es war ein Fehler, es dir zu übertragen«, sagte Salvatore zu seinem Sohn. »Sieh nur, wen du da losschickst! Einen fetten Trottel. Was ist das, was er da anhat? Turnhosen? Er kommt in Turnhosen in mein Haus? Er hat nicht mal den Anstand seine Mütze auszuziehen!« Er brüllte schon wieder.

»Es war nicht seine Schuld«, sagte Dario und zuckte mit den Achseln.

»Nicht seine Schuld? Natürlich war es Hugos schuld!«

»Sein Name ist Alexander, nicht Hugo. Das Mädchen ist Claudio entwischt. Nicht ihm.«

Salvatore knirschte mit den Zähnen. Sein eigener Vater hätte ihn damals verprügelt, wenn er es gewagt hätte, so mit ihm zu sprechen. Und auch Luciano würde sich das niemals wagen. Er war unter seiner strengen Hand aufgewachsen. Aber Dario wurde von seiner Mutter aufgezogen. Und seine Mutter war eine Hure.

Warum strafte ihn Gott so? Er hatte zwei Söhne und keiner von Ihnen würde in seine Fußstapfen treten können. Luciano war sein ehelicher Sohn. Er war groß und kräftig geraten, aber er war dumm wie ein Sack Polenta. Das hatte er von seiner dusseligen Mutter geerbt. Nach ihm war sie nicht mehr schwanger geworden. Sie war als Ehefrau eine einzige Enttäuschung. Wenn er es noch nicht mal schaffte, einen vernünftigen Erben zu zeugen, war es kein Wunder, dass man nicht ihm die Führung erteilt hatte, sondern Mondo, diesem irischen Bastard.

»Wir überwachen ihre Wohnung«, hörte er Dario sagen. »Irgendwann wird sie zurückkommen. Sie kann sich nicht ewig verstecken.«

Hugo begann, ohne Rücksicht auf alle Anwesenden, lautstark zu telefonieren. Salvatore starrte ihn wütend an. Und während er überlegte, dass er diesen unverschämten Trottel aus seiner Küche werfen würde, brachte Maria ihm gekochte Schweinsfüße und Salat. Hugo beendete das Gespräch und Salvatore kostete von dem Fleisch. Doch sofort spuckte er es zurück auf den Teller. Es war vollkommen versalzen.

»Ich bringe dir das Mädchen«, versprach Dario. »Tod, lebendig, filetiert, am Stück ... ganz, wie du es möchtest.« Er lachte, als bereite ihm die Vorstellung Freude.

Salvatore stand auf. Dann nahm er den Teller und warf ihn, samt der Speisen, mit solcher Wucht direkt neben Marias Kopf an die Wand, dass das Porzellan in viele Teile zersprang. Die Speisen verteilten sich über die Raufasertapete und die alte Eckbank. Maria zuckte zusammen, schlug die Hände vor ihr Gesicht und schluchzte erschrocken auf. Hugo begann zu lachen.

Sie versuchte, rückwärts aus Salvatores Reichweite zu fliehen, doch da war er schon bei ihr. Er packte ihr in die Haare und zerrte sie daran zu dem Scherbenhaufen.

»Maria!«, brüllte er, »Was ist das? Willst du mich vergiften?«, schrie er sie an und riss ihr den Kopf am Haar zurück, sodass sie ihn ansehen musste. Mit aufgerissenen Augen starrte sie ihn an. Sie zitterte am ganzen Körper. »Bitte, bitte ...«, stotterte sie.

Ihre Dummheit machte ihn rasend. Und so schlug er zu. Er schlug ihr ins Gesicht. So lange, bis Blut von ihrer Oberlippe floss und ihr die Beine versagten. Dann gab er ihr einen heftigen Stoß. Ungebremst krachte sie gegen Hugo, der sie sofort angewidert von sich stieß, sodass sie zu Boden stürzte. Dort blieb sie wimmernd liegen. Hugo rückte mit dem Stuhl von ihr ab und fluchte über einen Blutfleck von ihr auf seiner Jogginghose.

Dario erhob sich, kickte einen der Schweinefüße in Marias Richtung und grinste: »Ich schlage vor, wir essen außerhalb.«

Salvatore nickte stumm und tauschte im Flur den Kittel gegen einen teuren maßgefertigten Mantel. Als er nach dem Hut griff, lächelte er und legte Dario eine Hand auf die Schulter: »Komm mein Sohn. Wir gehen ins ›Vapianos'. Ich lade sogar Deinen Hugo ein.«

Kurz darauf schloss er fröhlich pfeifend die Haustür hinter sich und ließ Maria zurück.

Sarah sah Monecelli noch einen Moment hinterher, als er eiligen Schrittes im Gewühl der Praterbesucher untertauchte. Doch dann wand sie sich ab und betrat den Eingangsbereich des Riesenrades. Ihr Herz klopfte vor Aufregung, denn einerseits war da die kribbelnde Vorfreude auf die bevorstehende Riesenradfahrt und andererseits hatte sie das Gefühl, völlig unvorbereitet in die Höhle des Löwen zu stapfen. Doch noch bevor sie richtig darüber nachdenken konnte, begrüßte sie ein junger Mann und forderte sie auf, ihm zu folgen. Er gehörte offensichtlich zum Personal des Riesenrades, denn er trug einen Frack mit goldenen Knöpfen und weiße Handschuhe. Mit zittrigen Knien stieg sie hinter ihm her, die Stufen hinauf zu den Riesenradgondeln. Dabei klammerte sie sich an ihre neue Handtasche, die im Übrigen völlig leer war - aber Carolina hatte darauf bestanden, dass sie eine mitführte- und betrat dann den Waggon mit der Nummer 24.

Sie hatte erwartet, dass er bei Betreten leicht schaukelte, aber dem war nicht so. Der Kellner bot an, ihr die Jacke abzunehmen, aber sie lehnte dankend ab, denn es fröstelte sie noch immer. Staunend betrachte sie den kleinen Raum. Zu ihrer Überraschung stand in dem Waggon ein prunkvoll gedeckter Tisch mit zwei Stühlen. Zwei akkurat arrangierte Gedecke versprachen ein Menü mit mehreren Gängen. Dezenter Blumenschmuck umrahmte glänzende Kerzenleuchter, die Gläser funkelten mit dem Besteck um die Wette und von irgendwo her ertönte leise klassische Musik.

Wow!

»Was darf ich ihnen als Aperitif bringen?«

Sarah sah den Kellner fragend an. Sie hatte nicht zugehört.

Er lächelte höflich.

»Ich empfehle ihnen einen Kir Royal.«

»Ja ... danke ... Sehr gern.« Sie hatte keine Ahnung, ob sie dieses Getränk mochte, aber das war im Moment auch völlig egal. Sie legte ihre Handtasche auf den Tisch und setzte sich. Ehrfürchtig betrachtete sie das vornehme

Porzellan und strich mit den Fingern über den glatten Stoff der Servietten.

»Wenn sie erlauben ...«, der Kellner trat an ihre Seite und brachte den Aperitif.

Noch bevor sie ihn etwas fragen konnte, war er verschwunden und sie wieder allein. Als sie das Schließen der Gondeltür vernahm, wurde es ihr bewusst, dass sie wie eine Maus, angelockt vom duftenden Käse, in der Falle saß. Was machte sie hier eigentlich? Weshalb saß sie im Designerkleidchen im Wiener Riesenrad und nicht zu Hause in Jogginghose über den Büchern? Ah richtig! Gleich würde sie hier mit einem Schwerverbrecher zu Abend essen. Ein Blind Date der besonderen Art. Was hatte sie sich bloß dabei gedacht? Herbert und Micky hatten sie ausdrücklich vor ihm gewarnt und immer wieder betont, wie ungemein gefährlich und brutal er sei. Der Gedanke an Micky versetzte ihr einen Stich. Vermutlich würde sie ihn nie wiedersehen.

Ein leichtes Ruckeln riss sie aus den Gedanken. Das Riesenrad begann, sich zu regen. Der alte Holzwaggon wurde langsam in die Höhe geschoben und knarzte gequält. Sie sah zum Fenster hinaus und betrachtete die immer kleiner werdenden Lichter des Jahrmarktes. Direkt unter ihren Füßen ging es in die Tiefe und nur ein bisschen Holz hielt sie davon ab, herabzustürzen. Instinktiv sah sie sich nach etwas um, was ihr zur Not Halt geben könnte.

Der Waggon wurde nun immer höher gehoben und ihr eröffnete sich ein atemberaubender Blick über die funkelnde Stadt. Plötzlich fühlte sie sich unendlich einsam. Sie überlegte, Sebastian anzurufen, aber dann fiel ihr ein, dass Leo ihr Handy mitgenommen hatte. Man hatte sie von allem isoliert und in einen Käfig gesteckt. Sie war in einer fremden Stadt, ganz allein, ohne Telefon, ohne Geld. Niemand wusste, wo sie gerade war. Niemand würde ihr im Ernstfall zur Hilfe kommen können.

Der Waggon hatte jetzt die höchste Stelle des Riesenrades erreicht und begann wieder mit der Fahrt hinunter. Jetzt war es gleich so weit. Unten angekommen würde er mit Sicherheit dazu steigen. Hastig kippte sie den Inhalt des schmalen Glases hinunter. Sie schloss die Augen und versuchte, zu entspannen. Ein Ruck, der durch den Waggon ging, ließ sie aufschrecken.

Waren sie etwa schon unten? Es musste so sein, denn das Rad schien still zu stehen. Und dann hörte sie draußen Stimmen. Sie versuchte, durch das Fenster einen Blick zu erhaschen, aber sie konnte in der Dunkelheit nichts erkennen. Alles was sie noch hörte, waren die Schritte, die sich dem Waggon näherten und das Klopfen ihres Herzens.

Kapitel 16

Herbert streckt sich und gähnte. »Ich muss langsam ins Bett mein Lieber. Wir können heute sowieso nichts mehr tun. Sieh mal auf die Uhr, es ist schon spät.«

»Erzähl mir bitte noch, was du über Salvatore Riga weißt«, bat Micky.

Seufzend lehnte Herbert sich im Stuhl zurück und schaute an die Decke, als ob er dort alles ablesen könnte. »Also gut. Aber nur kurz. Salvatore dürfte inzwischen weit über 70 sein. Sie nennen ihn den Hausmeister, weil er ständig graue Kittel über seinen Anzügen trägt. Er war damals schon ein kauziger alter Mann. Ein absoluter Unsympath.«

»Und für was ist er gut?«, fragte Micky.

»Er macht fast alles«, antwortete Herbert, »Schutzgelder, Waffen, Prostituierte. Nur komischerweise nie etwas mit Drogen. Es ist ruhig um ihn geworden. Was aber nicht heißt, dass er sich zurückgezogen hat. Er agiert wahrscheinlich nur gerissener aus dem Hinterhalt.«

Micky grinste. »Das Letzte was ich zu ihm gefunden habe, war eine Beleidigung. Er hat in einem Restaurant das Essen als „Schweinefraß“ bezeichnet und der erzürnte Gastwirt hat ihn angezeigt.«

»Das kann ich mir gut vorstellen«, lachte Herbert. »Bestimmt ist das Restaurant kurz danach in Flammen aufgegangen.«

»Du glaubst also, er ist noch aktiv?«

»Mit Sicherheit. Zuletzt verdiente er an der illegalen Entsorgung von Giftmüll. Arsen, Asbest ... all so ein Scheiß.«

»Der Hausmeister bringt den Müll raus? Ein Scherz, oder?«

»Ja so in etwa«, grinste Herbert, »Und obwohl er jedes Jahr Millionen verdiente, wohnt er mit seiner Familie in einem schäbigen Reihenhaus im Ostviertel. Vor dem Haus steht ein alter Ford und seine Frau trägt billigen Modeschmuck.«

»Was macht er denn mit der ganzen Kohle?«

»Angeblich soll er in Italien große Anwesen besitzen. Und angeblich hat er immer blutjunge Freundinnen. Denen soll er schicke Appartements und anderen Luxus finanziert haben.«

»Ich habe gelesen, er hat einen Sohn. Was ist mit dem?«

»Luciano ist ein Kerl wie ein Kleiderschrank. Aber er wohnt mit fast dreißig noch zu Hause und man sagt ihm nach, er sei dumm. Er ist nicht mehr als Papas

Kofferträger. Die beiden waren übrigens auf Antonios Beerdigung.«

»Ist das nicht merkwürdig?«

»Nicht unbedingt.«

»Ach, das ist doch alles Scheiße!«, entfuhr es Micky ärgerlich.

Es würde Monate brauchen, bis er die Strukturen auch nur im Ansatz durchschauen könnte. Aber Zeit war etwas, was er nicht hatte. Sarah brauchte sofort Hilfe.

»Fahr nach Hause. Leg dich was aufs Ohr«, riet ihm Herbert. »Wir können heute nichts mehr für sie tun. Glaub mir.«

»Ich mache mir Sorgen«, sagte Micky.

Herbert seufzte.

»Ich mir auch. Aber was sollen wir denn machen? Wir wüssten doch noch nicht mal wo wir anfangen sollen zu suchen?«

Micky schwieg. Er wusste, dass Herbert Recht hatte.

»Sie könnte jetzt überall sein«, sagte Herbert bekümmert. »Wir können nur hoffen, dass sie nicht schon tot ist.«

Sarah hielt die Luft an, als er den Waggon betrat. Er gab so ein völlig anderes Bild ab, als sie erwartet hatte und doch wusste sie sofort, dass er es war. Dieser Mann bewegte sich mit einer solchen Souveränität und besaß eine unvergleichliche ruhige und unerschütterliche Ausstrahlung, die sie so noch nie bei jemandem erlebt hatte. Er war jemand, der einfach alles im Griff zu haben schien. Er sprach mit dem Kellner und dann wand er sich ihr zu. Sie hatte befürchtet, dass sein Erscheinen sie einschüchtern und verängstigen würde. Stattdessen verspürte sie, ohne es sich erklären zu können, ein Gefühl von Sicherheit und Zuversicht. Nie im Leben würde der Waggon es jetzt noch wagen in die Tiefe zu stürzen, wenn dieser Mann an Bord wäre.

Einen Augenblick stand er da und sah sie an, ohne ein Wort zu sagen. Er runzelte die Stirn. Ohne sie aus den Augen zu lassen, näherte er sich dem Tisch und zog den Stuhl zu sich heran.

»Einfach unglaublich diese Ähnlichkeit!«, sagte er und setzte sich ihr gegenüber.

Es verunsicherte sie ein bisschen, dass er sie so eingehend betrachte.

»Meine Mutter sagt auch immer, dass ich sehr nach meinem Vater komme«, antwortete sie leise.

Er nickte und schob ihr die Hand entgegen.

»Buona Sera«, begrüßte er sie. Als sie seine Hand nahm, umspielten unzählige Lachfältchen seine freundlichen Augen. Sein Händedruck war warm, fest und voller Zuversicht. Er zog seine cremefarbene Jacke aus und legte sie lässig über die Stuhllehne.

»Ich weiß, es gibt in dieser Stadt bessere Restaurants, aber ich wollte sichergehen, dass wir uns heute Abend völlig ungestört unterhalten können. Ich hoffe, du verzeihst mir.« »Da gibt es doch nichts zu entschuldigen! Ich finde es eine sehr schöne Idee, hier im Riesenrad zu essen. Diese Gelegenheit bekommt man nicht alle Tage.«

Er lächelte und reichte ihr eine der Speisekarten herüber.

»Vielen Dank für die Einladung«, sagte Sarah. »Ich bin so froh, dass sie sich die Zeit genommen haben. Und danke auch für den Flug und ...«, sie blickte an sich herunter, »die Kleidung. Sobald ich kann, werde ich es alles zurückzahlen, aber ich hatte ja nichts ... nur die alberne Eulenhose und ...«

Er winkte ab.

»Es gibt nichts, wofür du mir zu Dank verpflichtet wärest. Dein Kleid sieht übrigens ganz bezaubernd aus«, er zwinkerte ihr zu.

Sarah errötete ein bisschen. »Und ich bitte dich, dass wir du zueinander sagen«, fuhr er fort. »Meine Freunde sagen Mondo zu mir.«

Der Kellner eilte herbei, brachte Getränke an den Tisch und deutete eine kurze Verbeugung an.

»Lass uns auf dieses Treffen anstoßen und schauen, wozu der Koch hier fähig ist«, sagte er und hob sein Glas.

Sarah tat es ihm gleich.

Die Gläser klangen hell und der Champagner prickelte und betörte ihre Sinne.

»Hast du gewählt?«, fragte er nach einer Weile.

»Ich kann mich nicht wirklich entscheiden. Es klingt alles so toll ...«

Und vor allem konnte sie sich nicht im Geringsten auf die Speisekarte konzentrieren.

»Wenn du erlaubst, wähle ich etwas für dich.«

Sarah ließ die Karte sinken.

»Natürlich. Danke.« Sie lächelte und lehnte sich zurück.

Zu ihrer Überraschung gab Mondo die Bestellung auf Italienisch auf. Alle Welt schien plötzlich italienisch zu sprechen. Jetzt auch dieser Kellner. Er brachte ihnen Brot und eine kleine Auswahl an Vorspeisen. Dann setzte sich das Riesenrad wieder in Bewegung. Schweigend begannen sie, zu essen. Das Meiste davon hatte sie in dieser Form noch nie gegessen, aber es schmeckte einfach himmlisch.

»Das stand so gar nicht in der Karte«, sagte sie.

»Nein«, lachte er. »Das Beste steht nie auf der Karte.«

Dann war es wieder still. Ihn schien es nicht zu stören. Aber Sarah brannte darauf, sich mit ihm zu unterhalten. Neugierig betrachtete sie ihn aus den Augenwinkeln. Das war er also, der mysteriöse Mondo. Sie hatte sich ihn so völlig anders vorgestellt. Das hier war doch kein Mann, der andere Menschen tötete oder mit Drogen handelte. Er war der Typ Mensch, dem man ohne Zögern all sein Hab und Gut anvertraute.

»Sie ... äh ... du hast dir heute also einen Zauberer angesehen?«, versuchte sie, das Gespräch in Gang bringen. Sie hatte so viele Fragen und wollte sie endlich loswerden.

Als sich jedoch seine Miene verdunkelte, bereute sie ihre Frage. Sein Gesichtsausdruck wurde hart. Sarah rutschte unbehaglich auf ihrem Stuhl herum.

»Es war eine große Zeitverschwendung.« Er sprach mit kaltem Zorn in der Stimme »Dieser Mensch war kein Magier, er war ein Stümper. Jedes Kleinkind hätte seine Taschenspielertricks durchschaut!«

Es folgten noch ein paar für sie unverständliche italienische Flüche. Sie fragte sich ernsthaft, ob dieser arme Houdini noch lebte. Das hatte sie prima hinbekommen. Hoffentlich hatte sie ihm jetzt nicht die Laune verdorben.

»Das tut mir leid!«, stammelte sie.

Doch sein Blick war schon wieder weich.

»Entschuldige meinen Ärger! Du kannst natürlich nichts dafür.«

Sie wagte nicht, zu antworten, aus Angst wieder etwas Falsches zu sagen.

»Du fragst dich jetzt sicher, was mit mir nicht stimmt«, sagte er und lachte.

»Nein, nein!«

»Ich führe ein anstrengendes Leben. Von so einer Vorführung erwarte ich ein wenig Zerstreuung und ich möchte unterhalten werden. Dieser Trottel gibt vor etwas zu sein, was er nicht ist. Er hat mir meine Zeit gestohlen!«

Er zog eine Flasche Weißwein aus dem Kühler und goss ihnen beiden ein.

»Ein guter Illusionist versteht es, dich ganz in seine Welt zu entführen«, fuhr er fort. »Er vernebelt dir für eine Zeit all deine Sinne und nur noch seine Wahrheiten sind für dich gültig. Du lachst, du staunst und applaudierst. Einfach alles scheint plötzlich möglich zu sein. Am Ende seiner Vorstellung bleibst du völlig überwältigt zurück. Die Lichter sind aus, der Magier fort und die Realität ist zurück. Du hast keine Ahnung, wie dieser Mensch das alles gemacht hat, aber es spielt auch keine Rolle, denn der Ausflug in seine magische Welt war jede Sekunde ein berauschendes Erlebnis. Man denkt nicht darüber nach, wie der Tiger in die Box gekommen ist. Man denkt nur darüber nach, wann man das nächste Mal dabei sein darf.«

»Da klingt wundervoll«, seufzte Sarah.

Das Riesenrad drehte unaufhörlich seine Runden und bei jeder neuen Runde wurden ihnen weitere Köstlichkeiten und edle Weine gebracht. Mondo erwies sich als wundervoller Gesprächspartner und schon bald waren sie in Diskussionen über Gott und die Welt vertieft. Er schwärmte von fernen Ländern und verstand es sie so zu beschreiben, dass man augenblicklich das Verlangen hatte, die Koffer zu packen und sie alle zu bereisen. Sie erzählten sich gegenseitig die komischsten Anekdoten und nicht nur einmal lachten sie beide, bis ihnen die Tränen kamen. Dann wieder wurden sie ernst und beinahe philosophisch. Die Zeit floss so schnell wie der Wein und schon bald schwirrte Ihr der Kopf vom Alkohol. Er hingegen erschien völlig nüchtern. Es war weit nach Mitternacht und Sarah hatte noch nicht eine ihrer Fragen gestellt. Dafür hatte sie ihm vieles erzählt, was sie sonst vielleicht höchstens mit Hannah geteilt hatte.

»Warum willst du das Studium abbrechen?«, fragte er.

Sie zuckte mit den Schultern.

»Ich kann mich nicht mehr damit identifizieren. Ich möchte einfach kein Teil mehr davon sein.«

»Es wundert mich, dass dir das so spät auffällt. Du studierst doch schon ein paar Jahre.«

Er goss ihr Rotwein nach und sah sie gespannt an.

»Es kam schleichend«, fuhr sie nach einem kräftigen Schluck fort. »Vielleicht wollte ich es nicht wahrhaben. Ich habe mich für das Jurastudium entschieden, weil ich hoffte, mich damit für Gerechtigkeit einsetzen zu können. Oh Gott, das klingt ganz schön bescheuert oder?«

»Nein. Klingt es nicht. Sprich weiter.«

»Ich war immer schon sehr gerechtigkeitsliebend. Ich hasse es wie die Pest, wenn jemandem Unrecht getan wird und ich hasse es genauso, wenn Menschen völlig rücksichtslos auf den Rechten anderer herumtrampeln. Ich wollte die Möglichkeit haben, mich für Menschen einsetzten zu können, denen Unrecht geschehen ist. Na ja ... eben den Guten helfen und die Bösen ...« Sie brach ab. Mit einem Mal fiel es ihr wieder ein, mit wem sie gerade dieses Gespräch führte.

»Für mich klingt das nach sehr ehrenvollen Motiven, sich für einen Beruf zu entscheiden. Den meisten Menschen geht es doch heute fast nur noch um Geld und Prestige.«

Sarah seufzte.

»Sie erklären einem schon recht früh, dass es im Jurastudium nicht um Gerechtigkeit geht. Alles, was einen interessieren durfte, war, was in den Prüfungen abgefragt werden würde. Das Lernen fiel mir leicht.«

»Also was zur Hölle ist geschehen, dass du nun darüber nachdenkst aufzuhören?«, fragte Mondo.

Ein Schatten huschte über ihr Gesicht.

»Dass bei Gericht eine Menge, aufgrund von Personalmangel und Arbeitsüberlastung unter den Tisch fällt, damit hätte ich noch leben können. Aber nicht mit dem, was ich im Praktikum erleben musste.«

Sie blickte eine Weile hinaus auf das Lichtermeer des Praters, bevor sie weiter sprach. Er unterbrach sie nicht.

»In meinen Pausen nahm ich mir gerne eine oder zwei Fallakten mit, um darin zu lesen. Die Akte von Melina lag auf dem Haufen derer, die mein Ausbilder einzustellen gedachte. Melina ist 17 Jahre alt und hatte eine versuchte Vergewaltigung angezeigt. Sie hatte den Täter in der Disco kennengelernt und er hatte ihr angeboten, sie nach Hause zu fahren. Ich will jetzt nicht die ganze Geschichte erzählen, aber der Typ fiel in einem Waldweg über sie her und sie konnte sich nur mit Glück aus seinen Fängen befreien. Mein Ausbilder beabsichtigte diesen Fall, aus Mangel an Beweisen einzustellen. Ich aber fand, dass der Fall noch längst nicht ausermittelt war. Deshalb sprach ich ihn darauf an.«

Er goss ihnen noch mal Wein nach und fragte:

»Und? Was hat er dir geantwortet?«

»Er meinte, das sei Zeitverschwendung. Ich sollte mir doch mal angucken, was das für ein Mädchen ist. Sozial schwache Familie. Ihre Eltern melden sie regelmäßig als vermisst und für ihre 17 Jahre hatte sie schon viel zu oft mit der Polizei zu tun. Ein Diebstahl hier, ein Joint da. Solche Mädels würden sich so was schon mal häufiger ausdenken, um ihr eigenes Fehlverhalten zu vertuschen. Im Gegensatz dazu sei der Beschuldigte ein junger Mann aus bestem Haus. BWL-Student mit der Aussicht auf eine große Karriere. Darauf müsse man auch Rücksicht nehmen.«

»Also kannte er den Jungen?«

»Das war mir zuerst nicht ganz klar. Ich habe aber später rausgefunden, dass es ein Treffen zwischen dem Vater des Beschuldigten und meinem Vorgesetzten gab.«

»Wie das?«

»Es lies mir keine Ruhe. Deshalb hatte ich selber noch ein bisschen ermittelt.«

Mondo lachte leise. »Das wird Deinem Boss nicht gefallen haben.«

Aber sie lachte nicht mit.

»Ich habe mich mit Melina getroffen. Sie hat mir alles genau erzählt. Jede einzelne kleine Grausamkeit, die er ihr angetan hatte, bis sie sich endlich mit einem gezielten Tritt hatte befreien können. Sie litt seitdem unter Panikattacken und hatte keine Nacht mehr durchgeschlafen. Sie flehte mich an, ihr zu glauben. Und ihr zu helfen.«

Sarah spürte, wie ihr die Tränen kamen. Heiße Tränen der Wut. Als sie nicht weiter sprach, sah er sie fragend an.

»Der Typ wurde freigesprochen. Und mir hat man nahegelegt, nicht mehr eigenständig zu ermitteln. Zumindest nicht, wenn ich eine Chance auf das zweite Staatsexamen wollte.«

Mit Tränen erfüllten Augen sah sie ihn an. »Ich konnte ihr nicht helfen!«, sagte sie und kickte mit dem Fuß wütend gegen eines der Tischbeine.

»Wenn du das Studium schmeißt, lässt du sie im Stich. Sie, und alle zukünftigen Melinas«

»Das ist doch Blödsinn! So läuft das da eben. Da kann nicht jemand wie ich kommen und das Rad neu erfinden.«

»Also brichst du das Studium ab, weil du dich der späteren Aufgabe als Juristin nicht gewachsen fühlst?«

Sie spürte, wie die Wut in ihr aufflackerte. Konnte oder wollte er nicht verstehen? Ach, mit wem diskutierte sie auch über so was. Mit einem Schwerverbrecher!

Versöhnlich legte er ihr eine Hand auf den Arm.

»Danke, dass du das mit mir geteilt hast. Es steht mir nicht zu, über deine Entscheidung zu urteilen. Ich denke aber in der Tat, dass du bei Gelegenheit noch mal gründlich darüber nachdenken solltest.« Er zwinkerte ihr aufmunternd zu.

»Wie sieht es aus? Noch Platz für etwas Süßes?«

»Aber klar!«, lachte sie. »Dessert geht immer!«

Höflich wechselte er das Thema. Als das Dessert aufgetragen wurde, war ihre Wut wieder verflogen. Während sie überlegte, von welcher Seite sie das süße Kunstwerk auf ihrem Teller zerstören sollte, dachte sie darüber nach, dass sie bisher keine einzige Frage gestellt hatte, wegen der sie dieses Treffen überhaupt gewollt hatte. Doch bevor sie diesen Gedanken weiter verfolgen konnte, unterbrach er sie. »Ich weiß, dass du in Schwierigkeiten bist«, sagte er mit einem plötzlich sehr sachlichen Tonfall. »Und ich habe auch schon eine Ahnung, wer dahinter stecken könnte. Ich biete dir meinen Schutz und meine Hilfe an. Allerdings gibst du dich dann damit einverstanden, meine Bedingungen und Regeln zu akzeptieren. Tust du das, schwöre ich dir, wirst du nie wieder in den Lauf einer Schusswaffe blicken müssen. - Ich habe dir für heute Nacht ein Zimmer in einem Hotel reserviert. Mein Fahrer wird dich hinbringen. Dort kannst du es dir in Ruhe überlegen.« Er faltete seine Serviette und legte sie auf seinen Teller. »Möchtest du das nicht, kannst du den nächsten Flieger zurücknehmen und vergessen, dass es dieses Treffen je gegeben hat.«

Kapitel 17

Sebastian hatte die ganze Nacht kein Auge zugemacht. Noch vor Sonnenaufgang war er zum Krankenhaus gefahren und lief seit dem auf dem Flur der Intensivstation auf und ab. Er war rechtzeitig gekommen, als sie Hannah in den Fahrstuhl schoben, um sie zum OP zu fahren. Er hatte ihre Hand gedrückt und gehofft, ihr so ein wenig Kraft für die OP mitgeben zu können. Wahrscheinlich hatte sie es nicht mal gemerkt, aber es war im Moment alles, was er für sie tun konnte.

»Waren sie überhaupt mal zu Hause?«, fragte ihn die Schwester. »Wann haben sie das letzte Mal geschlafen?«

Er rang sich ein Lächeln ab.

»Wenn Hannah über den Berg ist, werde ich mit Freuden drei Tage durchschlafen«, versicherte er ihr.

»Sie haben jetzt angefangen«, sagte sie. »Wenn alles nach Plan läuft, hat sie es in etwa drei Stunden geschafft.«

Der Kaffeebecher in Sebastians Hand begann zu zittern. Er verfestigte seinen Griff und hätte dabei fast den Becher zerdrückt. Heißer Kaffee rann ihm über die Finger, aber er spürte es nicht.

»Sie ist in den besten Händen«, beruhigte die Schwester ihm. »Der Chefarzt persönlich operiert sie. Das ist ungewöhnlich, da sie nicht privat versichert ist, aber er hat darauf bestanden, es selbst zu tun.«

Gerade als sich die Schwester wieder auf die Station zurückgezogen hatte, hielt der Fahrstuhl im Wartebereich der Intensivstation. Zwei Männer stiegen aus dem Aufzug und sahen sich suchen um. Der ältere war untersetzt und trug einen Trenchcoat. Er studierte die Hinweistafel.

Der andere war jünger und sportlicher. Er trug Jeans, ein knittriges Hemd und sein Haar war blond und viel zu lang.

Sebastian hatte die beiden hier noch nie gesehen.

»Kann ich ihnen helfen?«, fragte er.

»Wir suchen eine junge Frau«, antwortete der Alte.

»Ihr Name ist Sarah«, ergänzte der Jüngere.

Sebastian horchte alarmiert auf.

»Was wollen sie von ihr?«, fragte er steif. Dabei blieb sein Blick argwöhnisch an dem Jüngeren hängen.

»Wir wollen mit ihr sprechen und uns vergewissern, dass es ihr gut geht«, sagte der Alte, »wir hatten gehofft, sie hier anzutreffen.«

Der Alte wirkte vertrauenswürdig. Trotzdem blieb Sebastian vorsichtig.

»Sie ist nicht mehr hier. Wer sind sie überhaupt?«

Der Jüngere setzte an, etwas zu sagen, aber der Alte kam ihm zuvor.

»Mein Name ist Herbert Kaltwasser und das ist mein Kollege Michael Brandel von der Kriminalpolizei.«

Sebastian ging ein Licht auf.

»Ach sind sie die Polizisten, bei denen die Mädels am Wochenende waren?«

»Ja genau«, antwortete der Mann namens Brandel.

»Und dann wagen sie es hier herzukommen? Wie konnten sie die beiden mitten in der Nacht alleine nach Hause fahren lassen? Ich denke mal, sie wussten doch, was in den letzten Tagen los war?«

»He Moment mal! Sie sind abgehauen. Und außerdem wusste ich nicht ...«, begann Brandel aufgebracht. Doch der Alte fuhr erneut dazwischen.

»Lass gut sein Mick.« Zu Sebastian sagte er: »Wir suchen Sarah, weil wir glauben, dass sie in Schwierigkeiten steckt.«

Grimmig blickte Sebastian sie an.

»Ich weiß nicht, wo sie steckt. Aber sie hat mich eben noch angerufen. Sie hat nach Hannah gefragt.«

»Wissen sie, wo Sarah ist?«, fragte Brandel nicht ohne drohenden Unterton und sah ihn fest an.

Trotzig starrte Sebastian zurück.

»Ich sagte doch bereits, dass ich es nicht weiß. Sie sagt, es geht ihr gut, aber sie müsse für eine Weile untertauchen. Ich kenne sie selbst erst ein paar Tage. Ich kann ihnen nicht viel über sie sagen.«

Die Männer sahen sich beunruhigt an.

»In was für Schwierigkeiten steckt sie denn?«, fragte Sebastian, »Geht es auch um Hannah? Ist sie auch in Gefahr?«

»Vermutlich nicht«, beruhigte ihn Brandel, »aber es ist gut, wenn sie hier bleiben und die Augen offen halten. Sollte Sarah sich melden, hier auftauchen oder auch jemand anderes Merkwürdiges hier erscheinen, rufen sie mich bitte sofort an!«, er gab Sebastian seine Karte und drückte die Taste um den Fahrstuhl zu rufen.

»Diese Typen ...«, fragte Sebastian. »Sind sie immer noch hinter ihr her? Sie waren sogar hier. Sie ist vor ihnen geflüchtet. Seit dem verbringe ich fast 24 Std. hier.«

»Ich bin mir ziemlich sicher, dass sie nur an Sarah interessiert waren. Warum das so ist, versuchen wir, heraus zu bekommen. Ich hoffe, dass wir sie bald finden.«

»Wie geht es Hannah denn?«, fragte Herbert vorsichtig.

Sebastian schluckte. »Sie wird gerade operiert.«

»Sind sie hier ganz allein?«, fragte Micky verwundert und sah sich um. »Wo sind denn ihre Angehörigen?«

»So viele hat sie nicht. Eigentlich nur ihre Mutter. Und die steckt mit ihrer Umweltorganisation irgendwo in der Arktis fest und hat keine Ahnung.«

Herbert runzelte die Stirn.

»So langsam sollte sie zu alt sein, für so einen Scheiß«, brummte er.

Sarah hatte geglaubt, sie würde Mondo gleich wieder in Wien treffen, aber Leo teilte ihr mit, dass er noch in der Nacht weiter gereist war. Es gab also kein weiteres Treffen. Stattdessen flog sie mit Leo zurück nach Deutschland. Der Flug ging in aller Frühe, sodass sie müde und ein bisschen verkatert im Flieger saß. Zurück in Köln checkten sie in einem der teuersten Hotels der Stadt ein.

»Wieder ein Hotel? Ist es das, was mich jetzt erwartet? Ein Leben von Hotelzimmer zu Hotelzimmer?«, fragte Sarah, als sie ihre Taschen abstellte.

»Nein. Nur für den Übergang Signorina«, antwortete Leo.

Sarahs Blick fiel auf den Schreibtisch in der Ecke des Zimmers. Er war beladen mit unzähligen Tüten und Kartons. Auf einigen von ihnen erkannte sie das Logo von Carolinas Boutique. Vor dem Tisch stand ein hübscher kleiner Trolley. Zwischen den Kartons und Tüten hatte jemand eine Etagere mit Petits Fours, eine Flasche Champagner und einen opulenten Strauß Blumen drapiert. Im Strauß steckte eine Karte. Sie nahm den Umschlag und las die handgeschriebenen Zeilen.

»*Cara Mia, ich möchte, dass es dir an nichts fehlt. Solltest du etwas benötigen, wende dich vertrauensvoll an Leonard.*«

Die Karte war nicht unterschrieben. Aber sie wusste, von wem die Nachricht war.

»Warum tut er das, Leo?«

»Signorina?«

»Warum tut er das alles für mich?« Sie öffnete die Arme und deutete auf all die Annehmlichkeiten und Kostbarkeiten um sie herum. »Was hat er davon?«

Leo zuckte mit den Schultern.

»Ich denke, er wollte ihnen eine Freude machen?«

»Einfach so?«

»Der Boss und ihr Vater waren wie Brüder Signorina. Er kennt sie, als sie noch ein süßes Bambini waren.«

»Also ist er ein guter Mensch?«

»Ich kenne keinen Besseren, Signorina. Er hat mir in meiner schwersten Stunde geholfen. Er wird auch sie beschützen.«

»Und vor wem? Wer sind diese Leute, vor denen ich mich so verstecken muss? Und was wollen die von mir?«

»Sie sollten im eigenen Interesse das Hotel nicht verlassen«, ignorierte er ihre Frage. »Innerhalb dieses

Gebäudes brauchen sie, um ihre Sicherheit nicht zu fürchten. Gehen sie ins Spa, erholen sie sich. Gehen sie etwas essen. Vor der Tür steht Paolo. Er wird für Ihre Sicherheit sorgen. Ich werde heute Nachmittag kommen und schauen, ob sie etwas brauchen.«

»Wann sehe ich ihn wieder?«

»Ich weiß es nicht. Er ist ein viel beschäftigter Mann, Signorina.«

»Ich muss aber mit ihm reden. Ich habe so viele Fragen!«

»Ich sage ihnen, Bescheid«, sagte er knapp und dann verließ er das Zimmer. Sarah seufzte. Er hatte ihr Telefon wieder mitgenommen. Verdrossen setzte sie sich aufs Bett und stopfte jetzt ein Petit Four nach dem anderen in sich hinein. Jetzt hatte man sie schon wieder eingesperrt. Aber sie wollte auch nicht ausprobieren, was passierte, wenn sie das Hotel einfach verließ. Immerhin war sie hier sicher. Sie zog ihre neue Lederjacke zu sich heran und holte die silberglänzende Waffe aus der Innentasche. Sie hatte Leo so lange angefleht, bis er nachgegeben hatte und mit ihr zur WG gefahren war. Sie hatte ihn gebeten, etwas aus der Wohnung holen zu dürfen. Natürlich hatte er wissen wollen, was es war.

»Wir können alles kaufen, Signorina.«

Doch sie sagte, dass sie ein ganz besonderes Erinnerungsstück holen wolle, ohne dass sie unmöglich weiter reisen wolle. Mürrisch hatte er letztendlich eingewilligt. Sie hatte die Waffe aus ihrem Versteck unter dem Spülenschrank geholt und unter ihrer Bluse versteckt. Sicherheitshalber schnappte sie sich noch ihr Tagebuch. Falls Leo etwas sehen wollte. Glücklicherweise hatte er nicht sehen wollen. So etwas wie eine Schusswaffe hätte er ihr anscheinend niemals zugetraut. Sie dachte an die Warnungen von Herbert und Micky. »Der Mann ist gefährlich!« Mondo war ihr allerdings überhaupt nicht gefährlich vorgekommen. Im Gegenteil. In seiner Nähe fühlte sie sich so sicher, wie schon lange nicht mehr. Trotzdem hatte sie das Gefühl, das es besser war, sich für alle Fälle zu rüsten. Heute wurde Hannah operiert. Wenn sie darüber nachdachte, wurde sie fast verrückt vor Angst. Wie gerne würde sie Hannah besuchen, aber in der jetzigen Situation war das keine gute Idee. Sie würde sie nicht noch mal in Gefahr bringen. Sie war froh, Sebastian an ihrer Seite zu wissen. Schon allein wegen Hannah musste sie herausfinden, wer für all das verantwortlich war. Wenn sie je wieder mit ihr in Frieden in der WG leben wollte, musste sie herausfinden, wer ihre Verfolger waren und die Sache klären.

Ihre Hand umschloss den kühlen Griff der Pistole. Sie hob sie an und fixierte ein imaginäres Ziel. Ihre Hand begann zu zittern. Erschrocken ließ sie die Waffe wieder sinken und steckte sie in ihre Tasche zwischen ihre Unterwäsche. Sie hoffte, sie niemals zu brauchen.

Je Länger sie darüber nachdachte, umso sicherer war sie, dass ihr niemand, außer Mondo helfen konnte. Aber sie würde sich beim nächsten Treffen nicht wieder so einlullen lassen. Sie würde ab jetzt ihr Ziel im Auge behalten.

Sie warf einen Blick in die Tüten und Pakete, die gefüllt waren mit eleganter Kleidung, Kosmetik und Schuhen. Als sie auch einen Bikini darin fand, entschied sie, schwimmen zu gehen. Das war allemal besser, als im Hotelzimmer zu hocken und mit Waffen zu spielen.

In Anbetracht seines Frauenbildes wirkte die Tatsache, dass Salvatores engste Beraterin und größte Vertrauensperson in allen geschäftlichen Belangen eine Frau war, mehr als paradox. Er erklärte es sich selbst damit, dass Susanne keine gewöhnliche Frau war. Sie war hochintelligent und redegewand. Sie analysierte alles mit der Sachlichkeit eines Computers und war auch genauso unnahbar und leidenschaftslos. Das machte sie zur perfekten rechten Hand. Hauptberuflich fertigte sie, als Sachverständige, Bau- und Wertgutachten. Dreimal die Woche besuchte er sie in ihrem Sachverständigenbüro.

»Was ist das für ein Aufzug?«, fragte sie ihn mit hochgezogenen Augenbrauen, als er ihr Büro betrat.

Sie meinte den Kittel. Für gewöhnlich trug er ihn in ihrer Anwesenheit nicht, aber heute war er so aufgebracht gewesen, dass er vergessen hatte, ihn abzulegen.

»Sie war da«, sagte er, als wäre das eine Erklärung.

»Salvatore! Komm rein und setz dich! Und dann berichte in Ruhe: Wer war wo?«

Er tat, wie sie sagte, und blickte sie ernst an.

»Das Mädchen. Antonios Tochter. Sie war heute Morgen in ihrer Wohnung. Dario hat mich angerufen.«

»Das ist gut.« Susanne lächelte. »Wann bringt er sie her?«

»Er hat sie nicht.«

Susanne sagte nichts, sondern hob nur fragend die Augenbrauen.

»Sie war nicht allein. Leo war bei ihr.«

»Monecelli?«

»Si«, bestätigte er und nahm fahrig seine Brille ab. Sie war völlig beschlagen.

»Was hat sie dort gemacht?«

»Darios Leute sagten, sie sei nur wenige Minuten in der Wohnung gewesen.«

Susanne nickte wissend.

»Dann hat sie etwas geholt. Und wir beide wissen auch was. Verdammt, Salvatore, was ist mit Deinen Leuten? Sie sollten die Wohnung doch durchsuchen.«

Die Wut lähmte ihn.

»Dario hat mir versichert, dass sie alles abgesucht haben, und doch haben sie es übersehen! Warum nur straft man mich so, dass ich mit solchen Dummköpfen arbeiten muss?«

»Ich hätte Dario auch mehr zugetraut«, sagte Susanne. »Bist du sicher, dass er auf Deiner Seite ist, Salvatore?«

Er ignorierte diese Frage.

»Nicht nur, dass El Carnicero mir wegen des geplatzten Deals im Nacken hängt. Ich brauche auch noch dringend Kokain für die Albaner. Sonst haben wir bald zusätzliche Probleme«, sagte er stattdessen.

»Dann geben wir ihnen besser welches.«

»Und wie soll ich das Deiner Meinung nach anstellen?«, fragte er wütend?

»Wir könnten versuchen eine Teillieferung von Mondo abzufangen. Das sollte sie zufriedenstellen.«

»Ich kann meine Männer nicht beauftragen, Mondo zu bestehlen. Das würde mich den Kopf kosten.«

»Natürlich nicht Salvatore.« Sie lächelte »Unsere albanischen Freunde sollen sich ja auch selbst bedienen. Wir sagen ihnen nur, wo sie danach suchen müssen.«

Er nickte zustimmend. »Das könnte funktionieren. Wir brauchen nur noch herausfinden wann und wo ...«

»Samstag nimmt Cocorito eine Lieferung entgegen. Es wird etwa 24 Std. in seiner privaten Wohnung liegen, bis er es weiter gibt. Genter Straße 48.«

»Woher ...?«, fragte er staunend.

»Salvatore ... Während du mit deiner Freundin Verstecken spielst, arbeite ich. Vertrau mir. Ich habe es aus einer zuverlässigen Quelle.«

Ein breites Lächeln erschien auf seinem Gesicht und entblößte zwei Goldzähne.

»Du gerissenes Luder überraschst mich immer wieder!« Er rieb sich die Hände. »Das hast du davon, du irischer Bastard!«, kicherte er.

Susanne schloss sich seinem Frohsinn nicht an. Stattdessen sagte sie: »Wenn wahr ist, was Dario sagt, dann solltest du mit Mondo sprechen, Salvatore. Du musst ihm sagen, dass es dein Geld ist.«

»Es wird ihm nicht gefallen, das zu hören.«

»Was kümmert es dich. Antonio ist tot. Und Mondo weiß ganz genau, dass Toni niemals so viel Geld hatte. Du musst ihn treffen.«

»Er wird es mir nicht freiwillig geben.«

»Dann musst du ihm einen guten Grund dafür geben. - Antonios Tochter. Es wäre also gut, wenn Dario sie bis dahin aufspürt.«

Er verstand sofort. Ein Lächeln huschte über sein Gesicht.

Natürlich. Sie hatte Recht.

»Du hast das Mädchen gesehen«, sagte er und grinste. »Aber natürlich! Er wird alles tun, um zu vermeiden, sie in Gefahr zu bringen. Darauf verwette ich meinen alten, faltigen Arsch!«

Die Briefe, die Mondo in den Händen hielt, waren an Philipp Gehrmann adressiert. Seinen eigentlichen Namen hatte er beinahe vergessen, denn er benutzte ihn schon seit Jahren nicht mehr. Dafür besaß er unzählige andere Namen. Gehrmann war nur einer von ihnen. Geheiratet hatte er als Hans Gonnermann. Die meisten Leute nannten ihn einfach Mondo.

Sie hielten ihn für einen Italiener, weil er überwiegend italienisch sprach. Doch seine Eltern stammten aus Moyross, einem Stadtteil von Limerick. Er hatte seine Heimat vor langer Zeit mit seinem Namen hinter sich gelassen, doch irgendwann würde er zurückkehren.

Er schloss die Tür zum angrenzenden Antiquitätengeschäft und setzte sich an seinen Schreibtisch. Als er sich einen Scotch eingoss, knackten die Eiswürfel laut in dem Glas. Er liebte dieses Geräusch. Doch es wurde durch Klopfen an der Tür unterbrochen. Er seufzte. Er erkannte ihn am Klopfen.

»Komm rein Leo!«

Hastig schob Leonard sich zur Tür hinein.

»Buona Sera!«, grüßte er und nestelte an dem Gestell seiner Brille.

Mondo schob ihm einen Stuhl entgegen.

»Was macht unser Vögelchen?«

»Sitzt im goldenen Käfig und vergnügt sich.«

»Was also führt dich her?«

Leos Blick wurde ernst.

»Ich habe einen Anruf von Susanne bekommen«, sagte er und sah ihn besorgt an. »Sie möchte ein Treffen zwischen dir und Salvatore vereinbaren.«

Augenblicklich versteifte er sich.

»Hast du ihr nicht gesagt, dass der einzige Tag, an dem ich Salvatore noch einmal treffe, der Tag ist, an dem ich ihn töte?«, fragte er kalt.

Leo räusperte sich.

»Sie sagt, es ist eine Angelegenheit, die dringender Klärung bedarf. Wenn wir nicht zu Gespräch bereit sind, werde er sich an Palermo wenden«, er machte eine Pause. Dann sagte er: »Es wird besser sein, wir sprechen mit ihm. Dann können wir unsere Entscheidungen selber treffen.«

»Hat sie gesagt, was er will?«

Leo nickte.

»Es geht um das Mädchen.«

Mondo fuhr herum.

»Um Sarah? Was will er von ihr?«

»Das hat sie nicht gesagt.«

Er ballte die Fäuste.

»Niemals in meinem Leben wollte ich mit diesem Mann noch mal an einem Tisch sitzen.«

»Ich weiß, Boss«, sagte Leo leise.

Mondo straffte die Schultern.

»Mach was im Palais aus. Direkt am Fenster. Wollen wir sehen, was Salvatore zu der Aussicht sagt. Ich nehme Sarah morgen mit zur Rennbahn. Sorge dafür, dass sie um

15:00 Uhr fertig ist. Ich hoffe, dass ich bis dahin mehr weiß.«

»In Ordnung Boss. Ach, bevor ich es vergesse. Gentile hat mir berichtet, dass da ein Bulle rumläuft und nach dir und Antonio fragt.«

Er konnte ihn nicht näher dazu befragen, denn es klopfte erneut.

»Kann ich hier nicht einmal meine Ruhe haben?«, rief Mondo entnervt und hob die Hände zum Himmel. »Wer ist da? Komm rein!«

»Mi scusi! Mi scusi!«, sagte der Mann, der unterwürfig geduckt den Raum betrat. Es war der Trainer seiner Rennpferde.

»Setz dich, Carmelo. Was ist los? Was willst du hier?«

Leo verabschiedete sich mit einer stummen Geste und ließ sie allein. Carmelo hockte auf der Stuhlkante und wirkte nervös.

»Mi dispiace Mondo, ich komme, um Deinen Rat zu holen.«

Während er sprach, drehte er unablässig seine Kappe in den Händen.

»Es ist wegen Klassik Symphonie.«

»Was ist mit ihr?«

Carmelo schien für die nächsten Worte all seinen Mut zusammenzunehmen.

»Sie sollten sie verkaufen«, sagte er leise, fast flehend.

Mondo runzelte verärgert die Stirn.

»Sie ist eines meiner besten Pferde? Warum rätst du mir dazu?«

»In diesem Tier wohnt der Teufel!«, stieß Carmelo hervor. »Die Stute tritt die Pfleger und Jockeys, wann immer sie kann. Sie beißt und steigt.«

Mondos Mundwinkel umspielte jetzt ein kleines Lächeln.

»Sie hat eben Temperament.«

Carmelo schüttelte den Kopf.

»Sie verstehen nicht ...«

»Was verstehe ich nicht Carmelo? Möchtest du mir sagen, dass du mit Deinem Job als Trainer überfordert bist? Ist es das? Soll ich mich nach jemand anderem umschauen?«

»No! No, natürlich nicht. So war das nicht gemeint.«

»Wie sind ihre Zeiten?«

Carmelo wischte sich den Schweiß von der Stirn.

»Das Problem ist ... sie lässt sich nicht reiten. Sie hat den Jockey abgeworfen und ihm einen Tritt verpasst. Piet hat sie beim Satteln in den Arsch gebissen.«

Mondo brach in schallendes Gelächter aus.

»Recht hat sie. Piet ist ein Arschloch! Ich möchte sie morgen im Sparkassen-Preis laufen sehen.«

»Aber ich sage doch, sie lässt sich nicht reiten.«

An Mondos Wangen traten die Kieferknochen hervor.

»Sie wird laufen. Und wenn du sie selber reitest. Bis dahin bekommt sie die beste Versorgung, die so ein Gaul auch nur bekommen kann. Hast du mich verstanden Carmelo?«

Carmelo starrte auf seine Füße.

»Sie wird laufen. Boss.«

Mondo nickte zufrieden.

»Ich erwarte übernächste Woche eine Lieferung aus Bolivien«, wechselte er das Thema. Wenn er den Mann einmal hier sitzen hatte, konnte er das auch direkt mit ihm besprechen. »Wir werden es wie gewohnt zwischenlagern. Giuseppe wird es nach und nach abholen. Immer so viel er braucht.«

»Warum Pino?«, fragte Carmelo erstaunt. »Was ist mit Coco?«

»Cocorito steht gerade zu sehr im Visier. Er übernimmt noch die Lieferung nächsten Samstag und danach ist er raus. Langfristig brauchen wir eine andere Lösung als Pino, ich weiß. Aber wir müssen improvisieren.«

»Wie du wünschst«, sagte Carmelo. »Ich werde gleich morgen eine Ladung Futter ordern, damit ich es im Hafer deponieren kann.«

»Wir lassen dich noch genau wissen, wann die Lieferung kommt. Geh jetzt. Und wenn du noch mal unangemeldet hier aufschlägst und mir meine Zeit stiehlst, schläfst du bei den Fischen. Hast du verstanden?«

Carmelo verlor keine Zeit, den Raum zu verlassen. Mondo zog sein sandfarbenes Jackett über und überprüfte mit einem flüchtigen Blick in den Spiegel den Sitz. Er musste noch jemandem einen Besuch abstatten. Durch die offene Tür zum Geschäft sah er Elisa in ihrem Sessel sitzen. Sie blätterte offensichtlich gelangweilt in einem Magazin.

»Ich muss noch mal weg!«, rief er ihr zu.

Sie seufzte und schlug die langen Beine übereinander. Ihr glattes Haar schimmerte im diffusen Licht blauschwarz.

»Was hast du mit Carmelo gemacht?«, fragte sie, »Er sah unglücklich aus.«

Er zuckte mit den Schultern.

»Er wollte unser bestes Pferd abgeben. Das konnte ich ihm nicht erlauben«, antwortete er.

Sie hob überrascht die Augenbrauen.

»Er will den Hengst verkaufen? Er gewinnt ein Rennen nach dem anderen!«

Er schüttelte den Kopf.

»Nein, es ging um Symphonie.«

»Ach so«, sie verlor sogleich das Interesse.

Er nahm seine Armbanduhr vom Tisch und legte sie sich ums Handgelenk. Dann verglich er sie mit der Uhr an der Wand. Er musste sich beeilen.

»Wo fährst du hin?«, fragte sie und stand plötzlich hinter ihm.

»Nur ein kurzes Treffen. «

Elisa strich sich das Haar hinter die Ohren. Dabei traten die Sehnen an ihrem Hals deutlich hervor.

»Sag doch gleich, dass es mich mal wieder nichts angeht.«

»Sei nicht verärgert.«

Sie warf ihr Haar zurück.

»Ich weiß nie, wo du bist oder was du tust.«

Er nahm ihre Hand und küsste sie auf die Stirn.

»Sag mir lieber, wie deine Reise war? Hast du etwas Schönes gefunden?«

»Ich bin nicht in Plauderstimmung«, machte sie klar.

»Ich habe gehört, du verreist morgen schon wieder?«, fragte sie stattdessen gereizt.

Er nickte.

»Ich muss mit Silvano ein paar Tage nach Wien.«

»Wo ist er eigentlich? Ich habe ihn schon länger nicht gesehen.«

»Er hat etwas für mich erledigt. Es reicht, wenn er wieder da ist, wenn ich ihn brauche.«

Sie lächelte kühl.

»Mein Vater hat immer gesagt, ein guter Schäfer weiß zu jeder Zeit, wo seine Schafe laufen.«

»Ich vertraue Silvano.«

»Wie kann man jemandem trauen, der seinen Lebensunterhalt damit verdient, andere Menschen zu töten?«

»Das tust du doch auch.«

Als er sah, wie gekränkt sie ihn ansah, sagte er:

»Ich werde vor dem Abend zurück sein. Lass uns etwas essen gehen.«

Sie schlang ihre Arme um seinen Hals und blickte ihn an.

»Komm nicht wieder zu spät. Ich hasse es, wenn du mich warten lässt.«

Sie hauchte ihm einen Kuss auf die Wange und verließ dann das Büro. Ihr Parfum umhüllte ihn noch eine Weile, bis er sich wieder besann und in der Schreibtischschublade nach seiner Waffe griff.

Sebastian wachte auf einem dieser harten Plastikstühle auf. Er war unrasiert, sein Hemd war knittrig und auf seinem rechten Hosenbein war ein großer feuchter Fleck zu sehen. Vor seinen Füßen lag ein leerer Kaffeebecher.

»Morgen wird ihnen alles wehtun!«, prophezeite ihm eine Stimme. Erschrocken fuhr er auf. Er war mit dem Kaffee in der Hand eingenickt.

»Wie lange hab ich geschlafen? Wie spät ist es?«

Schwester Anja lächelte ihn an.

»Es ist elf Uhr durch.«

»Und Hannah? Wie geht's ihr?«

»Es gab ein paar Schwierigkeiten, aber ihre Freundin ist eine Kämpferin.«, sie zwinkerte ihm zu. »Sie hat es überstanden. Ich denke, in etwa einer Stunde wird sie wieder hier her verlegt.«

Sebastian sprang in die Luft, klatschte in die Hände, umarmte die Schwester und wirbelte sie herum.

»Sie hat es geschafft! Sie hat es geschafft«, jubelte er.

»Bitte nicht so laut!«, ermahnte sie ihn. »Wir sind hier immer noch auf der Intensivstation!«, aber er schien sie gar nicht zu hören. Er ergriff sie bei den Schultern.

»Ist sie schon wach? Wann kann ich zu ihr?«

Sie rollte gespielt mit den Augen.

»Sie sollten nach Hause fahren, duschen und sich rasieren. Frische Klamotten wären auch nicht schlecht.«

Sebastian sah sie fest an. »Ich werde nicht nach Hause fahren, bevor ich nicht bei ihr gewesen bin.«

Kapitel 18

Zielstrebig lief Leo quer über das Rennbahngelände auf eines der Stallgebäude zu. Sarah hatte Mühe, mit ihm Schritt zu halten, denn die Wege waren mit hellem Kies aufgeschüttet. Das sah zwar herrlich aus, war aber für Frauen mit Absatzschuhen eine ziemliche Herausforderung. Sie waren früh dran, deshalb hatte Leo vorgeschlagen, sich vorher ein bisschen die Pferde anzuschauen. Sie atmete tief durch. Die Luft war kühl und roch nach gemähtem Gras und Stall. Der Kies knirschte unter ihren Füßen und es ging ein frischer Wind, der immer wieder Herbstlaub durch die Luft wirbelte. Akkurat gestutzte Bäume standen ihnen Spalier und das Licht fing sich auf entzückende Weise in ihren Blättern. In der Ferne hörte sie die Pferde wiehern.

Sie war glücklich. Alles, schien sich jetzt zum Besseren zu wenden. Hannah hatte die OP überstanden, und seit sie diese Nachricht erhalten hatte, schäumte sie beinahe über vor Glück. Und sie würde endlich Mondo wiedersehen. Zwei seiner Pferde liefen heute ein Rennen und er hatte sie dazu eingeladen. Heute würde sie ihn fragen, was ihr seit Tagen auf dem Herzen lag. Sie war noch nie auf einer Rennbahn gewesen, deshalb betrachte sie alles mit Neugier.

»Wie viele Rennpferde besitzt er denn?«, fragte sie Leo.

»Mondo und Signora Elisa besitzen sieben Pferde«.

»Oh wow«, entfuhr es ihr. Die Unterbringung musste sicher ein Vermögen kosten.

»Sind es denn gute Pferde? Also gewinnen sie auch schon mal?«, fragte sie weiter.

»Si, Signorina. Sehr gute Pferde mit allerbester Abstammung. Das beste Pferd ist der Hengst von Signora Elisa. Ein elfenbeinfarbener Hengst. Sie werden ihn gleich sehen.«

Das Stallgelände bestand aus mehreren einzelnen Gebäuden. Dazwischen gab es Reitplätze, Führmaschinen und Waschplätze. Auf dem Rennbahngelände war es noch menschenleer, aber hier an den Stallungen herrschte bereits rege Betriebsamkeit.

Leo führte sie in eines der vielen Stallgebäude. Auf der Stallgasse wurde gerade eine hübsche braune Stute gestriegelt.

»Leonard mein Freund!«, rief plötzlich jemand laut.

Ein kleiner drahtiger Mann mit hellgrauem Haar und sympathischem Lachen kam auf sie zu und begrüßte sie mit offenen Armen.

»Du bringst Sonnenschein in unseren Stall!«, rief er freudig und betrachte Sarah wohlwollend.

Die Männer klopften sich auf die Schulter und dann reichte der Mann ihr galant die Hand. Er hatte große Hände, die schwere Arbeit gewohnt zu sein schienen.

»Sarah, das ist Carmelo de Pelegrin. Der Trainer der Pferde. Er macht aus ihnen Champions. Man erzählt sich, er könne mit den Gäulen sprechen«, lachte Leo.

»Guten Tag« grüßte sie. »Leo sagte, ich dürfte mir ihre Pferde ansehen?«

»Mit Vergnügen werde ich ihnen alles zeigen«, sagte de Pelegrin und zwinkerte ihr fröhlich zu.

Leos Telefon klingelte und er hob kurz die Hand, um zu signalisieren, dass er hinausgehen würde. Sarah blieb bei dem Pferdetrainer, der sie gleich zu einer der Boxen führte. Auf der Boxentür war ein goldenes Namenschild angebracht. „Alchemist". Neugierig trat sie an die Box heran. Als dann aber plötzlich über der Tür der große Pferdekopf auftauchte, wich sie erschrocken zurück.

»Das ist unser König«, lachte de Pelegrin, »Sie müssen sich nicht vor ihm fürchten. Er ist schnell wie ein Pfeil, aber so sensibel wie ein Veilchen.«

Er öffnete die Tür und forderte Sarah auf näherzukommen. Also betrat sie vorsichtig die Box und bewunderte das außergewöhnlich schöne Tier. Langsam näherte sich der Hengst und reckte ihnen den Hals entgegen. Sein Fell schimmerte in den verschiedensten Cremetönen und es sah aus, als habe man es mit Goldstaub bestreut.

»Er wurde in Irland gezüchtet«, erklärte de Pelegrin. »Er wird nicht nur für die Rennpferdezucht ein begehrter Vererber sein. Die ungewöhnliche Farbe macht ihn auch für die Reitpferdezucht interessant. Die Signora hat ihn Anfang letzten Jahres entdeckt und er ist ein wahres Juwel. Er gewinnt ein Rennen nach dem anderen und bezaubert alle mit seinem freundlichen und sanften Wesen.«

Liebevoll tätschelte er dem Hengst den Hals.

»Ist das auf dem Schild an der Tür seine Ahnentafel?«, fragte Sarah.

»Ja genau. Er geht in beide Richtungen auf weltberühmte Rennpferdelinien zurück. Ein wahrer Blaublüter. Seine Mutter stammte vom Wunderhengst Shergar ab. Ihr Vater war eins der wenigen Fohlen Shergars. Kurz nach Beginn seiner Deckkarriere wurde er entführt. Er ist nie mehr aufgetaucht. Alchemists Großvater väterlicherseits gewann den Grand Prix de Saint Cloud. Von ihm soll er auch das sanfte Wesen und die Vorliebe für Weingummi geerbt haben.«

Sarah sah in verdutzt an.

»Das ist jetzt nicht ihr Ernst, oder?«

Carmelo lachte.

»Alchemist ist verrückt danach, und es heißt, sein Großvater habe auch nach jedem Sieg eine Tüte feinstes englisches Weingummi bekommen.«

»Gibt es doch gar nicht«, lachte Sarah. »Wie ich! Ich liebe vor allem Gummibärchen.«

»Wenn sie welche wollen, kann ich ihnen etwas von seinen abgeben!«

»Oh nein, ich werde dem König doch nicht sein Weingummi wegfuttern!«

Alchemist berührte ihre Hand vorsichtig mit den Nüstern. Sie spürte die weiche Nase und den warmen Hauch seines Atems.

»Verrückt, was man alles über die Verwandten eines Pferdes weiß ...«, dachte Sarah laut. »Ich weiß nicht mal halb so viel über meinen eigenen Vater.«

»Es ist nicht wichtig, wo wir herkommen«, sagte de Pelegrin. »Die Menschen zahlen zwar Unsummen für gute

Abstammungen, aber es gibt unter den Nachkommen der Champions jede Menge Rennbahnversager. Und es gibt immer wieder Außenseiter, die plötzlich alle überraschen. Das macht Pferderennen ja gerade so spannend.«

Sie antwortete nicht. Pelegrin trat an ihre Seite.

»Wichtig ist, wer wir selber sind«, sagte er.

»Im Moment weiß ich noch nicht mal das«, seufzte Sarah. »Darf ich ihn mal streicheln?«, fragte sie und streckte dem Tier ihre Hand entgegen.

»Aber ja, nur zu«, ermutigte Carmelo sie.

Vorsichtig trat sie näher und streichelte den kräftigen Hals des Tieres.

»Er ist einfach wundervoll«, flüsterte sie und strahlte ihn an. Er lächelte und nickte.

»Darf ich fragen, was das hier werden soll? Ist das ein Stall für Rennpferde oder ein Streichelzoo?«, zerstörte eine eisige Stimme den Moment.

Sie hatte einen südamerikanischen Akzent und gehörte zu einer schlanken und eleganten Frau mit langem dunklem Haar und harten Gesichtszügen. Erschrocken fuhr Carmelo herum.

»Signora ... ich ... äh, Leo ...«

Die Frau betrat die Box und musterte Sarah von oben bis unten. »Das ist Signora Elisa Fernández Jiménez«, stellte er sie rasch vor. »Lebensgefährtin vom Boss und Besitzerin von Alchemist.«

»Guten Tag«, grüßte Sarah eingeschüchtert. »Mein Name ist Sarah Avigliano. Ich wollte ihn mir nur einmal ansehen. Er ist so wunderschön.«

Elisa betrachtete ihr Pferd, als wolle sie sichergehen, dass ihm auch ja kein Haar fehle. Dann sagte sie:

»Er ist Leistungssportler und kein Kuscheltier. Heute Nachmittag hat er ein anstrengendes Rennen und deshalb braucht er seine Ruhe.«

Flink schlüpfte Sarah aus der Box zurück auf die Stallgasse. Als auch Elisa die Box verließ, folgte Carmelo ihr und verschloss sorgsam die Box des Hengstes.

»Wie ist er in Form?«, fragte Elisa.

»In Bestform Signora. Er wird ein gutes Rennen machen. Da bin ich sicher«, antwortete Carmelo.

Sie nickte zufrieden und verließ die Stallgasse ohne ein weiteres Wort.

»Und ihr gehört dieses unglaublich sanfte Pferd?«, fragte Sarah mehr sich selbst als Carmelo. Der zuckte mit den Schultern.

»Gegensätze ziehen sich eben manchmal an.«

»Dieses da würde besser zu ihr passen «, sagte Sarah und deutete hinaus. Draußen versuchten drei Männer gleichzeitig, ein kupferrotes Pferd zu bändigen. Es stand auf den Hinterbeinen und schlug mit den Vorderbeinen gezielt nach vorne aus. Es rollte mit den Augen und zerrte an dem Strick, mit dem die Männer es zu halten versuchten. Carmelo seufzte. »Klassik Symphonie. Das Lieblingspferd vom Boss.«

Sarah sah ihn überrascht an.

»Wirklich? Dieses Pferd ist doch ...!«

»... bösartig«, beendete Carmelo ihren Satz.

»Sie ist nicht bösartig. Sie hat einen starken Willen. Das macht sie zu einem exzellenten Rennpferd«, erklang es plötzlich neben ihnen.

Mondo zupfte am Kragen seiner sandfarbenen Jacke und betrachtete das wilde Tier liebevoll.

»Sieh nur hin Sarah, wie schön sie ist. Sie hat Persönlichkeit und ist eine Kämpferin.«

Zweifelnd betrachtete Sarah das unbändige Tier. Endlich kehrte die Stute auf den Boden zurück. Jetzt stand sie da mit hoch erhobenem Kopf den Blick in die Ferne gerichtet. Sie blähte die Nüstern und schnaubte empört. In der Tat war auch sie wunderschön, aber sie wirkte in jeder Form unberechenbar.

Mondo legte ihr die Hand auf die Schulter.

»Wir sehen uns im Führring«, sagte er zu de Pelegrin, bevor sie den Stall verließen.

»Ich habe eben Elisa kennengelernt«, sagte sie, während sie von den Ställen, zum Rennbahnkasino schlenderten.

»Oh, ihr habt euch also schon bekannt gemacht?«, fragte er.

»Na ja, wir haben nur kurz gesprochen. Ich glaube, sie war nicht so erfreut, dass wir in der Box ihres Pferdes waren.«

Mondo lachte amüsiert. »Elisa und ihr heiß geliebter Hengst. Am liebsten würde sie ihn mit nach Hause nehmen. Nimm es nicht persönlich.«

Das sagte er so leicht. Er hatte ja auch nicht mitbekommen, wie Elisa sie und Carmelo zusammengestaucht hatte.

»Wird sie mit uns essen?«, erkundigte sie sich.

»Nein. Sie ist hier mit einer Freundin verabredet. Sie ist gestern erst von einer Reise zurückgekehrt und scheinbar haben die Frauen viel zu besprechen. Sie wird nachher beim Rennen zu uns stoßen.«

Sarah war erleichtert. Besonders sympathisch war ihr Elisa nicht vorgekommen. In ihrer Anwesenheit würde sie bestimmt keinen Bissen herunter bekommen.

»Wird die rote Stute denn heute auch starten?«, fragte sie. Sie konnte sich nicht vorstellen, dass sich irgendjemand traute, dieses Pferd zu reiten. Geschweige denn in einem Rennen.

»Wenn es dem Jockey gelingt, in den Sattel zu steigen, ja«, schmunzelte er. »Dann allerdings wird sie auch siegen. Warts nur ab.«

»Ihre Schwester ist hier«, sagte Schwester Anja.

»Oh danke!«, antwortete Sebastian fröhlich und begab sich sofort federnden Ganges in Richtung Aufzüge.

Er wusste nicht, wann er zuletzt so glücklich gewesen war. Er hatte Larissa gebeten, ihm Wechselkleidung und seine Zahnbürste zu bringen. Sie stand im Wartebereich und hatte eine kleine Reisetasche für ihn dabei. Er umarmte sie.

»Danke, dass du das für mich tust!«

»Du solltest dringend duschen!«, antwortete sie und rümpfte die Nase.

Er strahlte sie glücklich an.

»Da könntest du Recht haben!«

»Ich muss schon sagen, seit ein paar Wochen verhältst du dich mehr als merkwürdig.«, bemerkte sie und musterte ihn argwöhnisch. »Ich hoffe doch für uns alle, dass das kein Dauerzustand wird?«

Er hörte ihren Vater durch sie sprechen. Sicher waren das seine Worte gewesen. Er schüttelte den Kopf.

»Nein, jetzt wird alles gut.«

»Was machst du hier eigentlich? Bei wem wachst du denn hier?«, fragte sie. Dabei runzelte sie die Stirn und sah an ihm vorbei zur Tür der Intensivstation.

»Ich werde sie dir vorstellen, sobald sie wieder gesund ist«, versprach er.

»Sie?«, rief Larissa überrascht. Weiter kam sie nicht.

»Herr Rosbach?«, rief hinter ihnen Schwester Anja.

Sein Herz setzte einen Moment aus.

»Sie kommt zu sich«, sagte sie.

»Na welche Freude!«, bemerkte Larissa spöttisch. Sie war beleidigt, weil sie glaubte, er habe ihr etwas vorenthalten.

Sie würde sich wieder einkriegen. Jetzt war viel wichtiger, dass er so schnell es ging, zu Hannah zurückkehrte. Larissa warf den Kopf in den Nacken und sagte: »Wenn du nicht möchtest, dass sie gleich wieder umfällt, dann mach dich lieber vorher frisch!«

Aber Sebastian hörte nicht mehr zu.

Von ihrem Tisch aus konnte Sarah durch das Fenster das komplette Rennbahngelände überblicken. Allmählich füllte es sich mit Besuchern, die sich später die Rennen anschauen würden.

»Ich bin froh, dass du dir heute Zeit genommen hast«, sagte sie zu Mondo, der ihr gegenübersaß. »Ich wollte unbedingt mit dir sprechen.«

»Was liegt dir denn auf dem Herzen?«

»Ich habe so viele Fragen!«, sagte sie und seufzte.

»Ich werde versuchen sie dir zu beantworten«.

Eine Kellnerin brachte ihnen das Essen. Mondo bedankte sich mit einem stummen Nicken.

»In Wien hast du gesagt, du kannst dir schon denken, wer hinter mir her ist. Wer ist es und was will er von mir?«

»Ich habe dir doch gesagt, dass du dir darüber keine Sorgen mehr machen musst. Du bist in Sicherheit.«

»Ich will mich nicht ewig verstecken müssen! Ich will wissen, wer es ist. Ich will wieder mit meiner Freundin in der WG leben und mich nicht in Hotelzimmern verkriechen. «

»Du musst nicht mehr ins Hotel. Du kannst, bis alles geklärt ist, in meinem Haus wohnen.«

Sie holte tief Luft.

»Das ist nett, aber ich möchte mein Leben zurück.«

»Ich verstehe nicht, was du von mir erwartest, Sarah.«

»Ich hatte gehofft, du könntest mir das alles erklären. Immerhin warst du doch mit meinem Vater befreundet und Geschäftspartner ward ihr auch. Ich dachte eben, du wüsstest, wer ihn getötet hat. Denn ich glaube, dass seine Mörder jetzt hinter mir her sind.«

»Wie kommst du darauf, dass er ermordet wurde?«

»Na ja ...«

»Du willst Antworten von mir, ohne selber preiszugeben, was du weißt?«

»Es tut mir leid. Irgendwie hatte ich gedacht, dass du es wüsstest.«

»Was hast du mir noch alles verschwiegen?«, fragte er verärgert. »Was für ein Spiel spielst du eigentlich?«

»Ich spiele kein Spiel!«, rief sie entrüstet.

»Wie kommst du darauf, dass er getötet wurde?«

»Herbert Kaltwasser hat es mir erzählt.«

»Herbert Kaltwasser? Der Polizist?«

»Ja. Also eigentlich war es Micky. «

»Wer ist Micky?«

Bei dem Gedanken an ihn versetzte es Sarah wieder einen Stich. Aber gleichzeitig machte sie das wütend.

»Mick Brandel. Also richtig heißt er Michael Brandel. Er ist auch Polizist.«

»Ich kenne ihn. Was haben die beiden dir erzählt? Und ich bitte dich diesmal nichts - rein gar nichts auszulassen. Wenn ich dir helfen soll, dann muss ich alles wissen, hörst du?« Sarah rutschte unbehaglich auf ihrem Stuhl hin und her.

Aber dann entschloss sie sich, ihn mit allem zu konfrontieren. »Sie haben mich vor dir gewarnt. Sie haben gesagt, du bist gefährlich.«

»Haben sie auch erklärt, warum?«

»Herbert sagt ihr - also du und mein Vater - habt Einbrüche begangen, Schutzgelder erpresst, mit Drogen gehandelt und ...«, sie schluckte »und Menschen getötet.«

»Hat er dir auch erklärt, was mich seiner Meinung nach vom Rest der Menschheit unterscheidet?«

Sarah verstand nicht.

»Hat er dir gesagt, warum du dich vor mir mehr in Acht nehmen sollst, als vor ihm?«

»Na, weil du ... furchtbare Dinge getan hast.«

»Herbert Kaltwasser hat jahrelang versucht, Deinem Vater zu schaden. Er hat ihn verfolgt und ständig versuchte er, ihm irgendetwas anzuhängen. Er war regelrecht besessen, davon Toni einzusperren. Er hat einem Mann das Nasenbein zertrümmert, er hat Mördern Kaffee angeboten und nicht zuletzt hat auch er schon getötet.«

Sarah sah ihn erschrocken an.

»Aber, das hat er sicher alles aus gutem Grund getan ...«, stotterte sie.

»Du meinst, er hat aus besseren Gründen getötet, als ich?«, fragte er.

Sarah wollte antworten. Schloss aber gleich wieder ihren Mund.

»Michael Brandel, genannt „Micky" hat einen Mann krankenhausreif geprügelt und wurde deshalb suspendiert. Herbert Kaltwasser war derjenige, der sich für ihn einsetzte und ihn zu sich in die Abteilung holte. Weil er der Ansicht war, dass Brandel so ein hervorragender Mann ist.«

Sarah zuckte zusammen.

»Ach Sarah. Lass dir nicht von anderen Menschen sagen, ob dein Vater ein guter oder ein schlechter Mensch war. Entscheide das bitte selber. Anhand Deiner eigenen Kriterien! Eines steht nämlich fest. Herbert Kaltwasser war viele Jahre von der fixen Idee besessen, Deinen Vater für immer wegzusperren. Das ist ihm nie gelungen. Ich glaube, das hat er nicht verkraftet. «

»Aber sie versuchen doch nur, unsere Gesetze zu schützen«, versuchte Sarah es noch mal.

»Wessen Gesetze? Meine Gesetze vertreten sie nicht.«

»Es kann ja auch nicht jeder seine eigenen Gesetze machen.«

»Aber genauso funktioniert die Welt, mein Mädchen. Im Prinzip macht jeder seine eigenen Gesetze. Manche trauen sich mehr, manche weniger. Du hast mir die Geschichte von dem Fall in Deinem Studium erzählt. Sag mir, nach welchen Gesetzen die Ermittlungen nach dem Vergewaltiger eingestellt wurden? Waren das deine Gesetze? Meine? Wessen Gesetze waren das? Ich kann dir sagen, was mit diesem Vergewaltiger nach meinen Gesetzen geschehen wäre.«

Sarah stützte ihren Kopf in die Hände.

»Frag doch mal den Vater des Mädchens, welche Gesetze er hier bevorzugen würde.«

»Na, es muss Gesetze geben, die für alle gleich gelten. Um uns vor Willkür zu schützen«, versuchte Sarah es noch mal halbherzig. »Sag mir Sarah, diese Gesetzeshüter? Haben sie dir in Deiner Not geholfen? Konnte Herbert Kaltwasser dich und deine Freundin vor Deinen Verfolgern schützen? Konnte Brandel es?«

Sarah dachte an Hannah und den Unfall. Sie war den Tränen nahe. »Nein.«

»Aber ich werde dir helfen, hörst du? Und niemand wird dir etwas zuleide tun, solange du unter meiner Obhut stehst. Mit meinen Gesetzen.«

Sarah wischte sich die Tränen aus den Augen und nickte.

»Danke.«

»Sei ehrlich. Hast du bei Deinem Vater irgendetwas gefunden, dass deine Verfolger suchen könnten?«

Sie dachte an das Schließfach in der Schweiz, doch bis sie nicht ganz sicher wusste, wem sie trauen konnte und ob es überhaupt eine Rolle spielte, würde sie es für sich behalten. Sie hob den Kopf, sah ihn an und sagte:

»Nein. Ich habe nichts gefunden.«

Er runzelte die Stirn und rief unwirsch nach der Kellnerin. Sie waren mit dem Essen fertig und er legte ein paar Geldscheine in die Mappe mit der Rechnung. Dann stand er auf, reichte ihr den Mantel und lächelte.

»Lass uns sehen, wie sich Symphonie im Rennen schlägt.«

»Es gibt Leute, die ihren Favoriten nur aufgrund von Informationen aus der Wettzeitung wählen«, sagte Mondo, »aber wenn du mich fragst, ist es immer besser, die Dinge mit eigenen Augen zu betrachten und sich seine eigene Meinung zu bilden.«

Und deshalb betraten sie nun den sogenannten Führring. Hier wurden die Pferde des nächsten Rennens allen Offiziellen, den Zuschauern sowie den Wettbegeisterten präsentiert. Die jeweiligen Jockeys hockten bereits in ihren bunten Trikots im Sattel und ließen sich wie beim Ponyreiten im Kreis führen. Zum Inneren des Ringes hatten nur Offizielle und Pferdebesitzer Zutritt. Carmelo kam ihnen in Begleitung von Leo winkend entgegen.

»Wie ich sehe, hat alles funktioniert«, sagte Mondo zufrieden und blickte auf seine feuerrote Stute.

Sie war jetzt gesattelt und trug einen Jockey auf ihrem Rücken. Carmelo nickte.

»Alles in Ordnung.«

Doch er wirkte auf Sarah nervös und der Jockey war ungewöhnlich blass. Sie konnte sich denken, wie er sich auf dem Rücken dieses Tieres fühlte. Sie ließ ihren Blick weg von Symphonie über die anderen Pferde schweifen, und blieb an einer Fuchsstute mit großer Blesse und vier weißen Füßen hängen. Das Tier machte einen kräftigen und gelassenen Eindruck. Mondo trat an sie heran.

»Aber Hallo«.

»Aber Hallo, was?«, fragte Sarah.

»Das Pferd. Die Stute heißt „Aber Hallo".«, antwortete er amüsiert.

Sie lachte. »Was für alberne Namen die manchmal haben.«

»Gefällt sie dir?«

Sie zuckte mit den Schultern.

»Es gibt hübschere Pferde hier. Aber sie sieht aus, als wisse sie bereits, dass sie heute gewinnen wird.«

»Dann solltest du auf sie setzen«, sagte Mondo.

»Ich kann doch nicht gegen dein Pferd wetten!«, lachte sie, »Und außerdem habe ich gar kein Geld.«

»Doch kannst du. Nenn mir das Pferd, von dem du glaubst, es wird dieses Rennen gewinnen. Ich dulde keinen Widerspruch! Ich nehme dich doch nicht mit zur Rennbahn und lass dich dann nicht wetten.«

Sarah gab sich geschlagen und schaute sich die Pferde nun genauer an. Eines nach dem anderen wurde an ihr vorbei geführt. Sie hatte keine Ahnung von Pferden. Zudem flößten sie ihr einen Heidenrespekt ein. Doch dann erweckte eine kleine graue Stute ihre Aufmerksamkeit. Sie wirkte wie die restlichen Pferde, gut trainiert, aber diese hier hatte einen besonders lebhaften und interessierten

Ausdruck. Ihre mausgrauen Ohren drehten sich abwechselnd nach vorn und zurück. Plötzlich wurde sie unruhig und begann zu tänzeln. Hinter ihr gab es Tumult. Mondos Stute sorgte für Ärger. Klassik Symphonie bäumte sich auf und riss den Mann, der sie führte fast zu Boden. Immer wieder hob sie die Vorderbeine in die Luft und wieherte schrill. Beinahe warf sie den Jockey ab. Carmelo rannte zur Hilfe. Nur um ein Haar verfehlte die Stute mit den Hufen seinen Kopf. Sarah konnte kaum hinsehen. Dieses Pferd war wirklich gefährlich.

»Ist sie überhaupt schon mal ein Rennen gelaufen?«, fragte sie Mondo zweifelnd.

»Aber ja!«, lachte er. Ihn schien das Verhalten seines Pferdes nicht im Geringsten zu beunruhigen. »Hast du dir deine Siegerin herausgesucht?«, fragte er stattdessen.

Sarah wand den Blick von dem kämpfenden Pferd ab und nickte. »Bist du mir nicht böse, wenn ich nicht an deine Stute glaube?«

»Niemand außer ihm glaubt an dieses Höllenpferd!«, warf Leo scherzend ein.

»Ich denke, die Graue da gewinnt!«, sagte Sarah und deutete auf die kleine lebhafte Stute.

Leo lachte auf.

»Was ist?«, fragte Sarah irritiert.

»Gar nichts«, antworte Mondo und legte ihr eine Hand auf die Schulter. »Warum glaubst du, wird sie gewinnen?«

»Ich habe es einfach im Gefühl«, antwortete Sarah und zuckte mit den Achseln. »Ich verstehe ja nichts von Pferden, aber sie macht auf mich einen guten Eindruck.«

»Was ist mit „aber Hallo“?«, fragte er.

Sarah schaute zu dem bunten Fuchs hinüber.

»Nein«, entschied sie dann. »heute ist nicht ihr Tag.«

Jetzt lachten beide.

»Leo, geh und setze für Sarah 500 Euro auf „Alpenveilchen" - auf Sieg«, sagte er fröhlich.

Sie zuckte zusammen.

»Was? Nein! ...«

»Komm«, lachte Mondo. »Wir müssen zur Tribüne. Das Rennen fängt gleich an.«

Leo schüttelte den Kopf und grinste. Dann machte er sich auf den Weg zum Wettbüro. Zu Sarahs Überraschung verfolgten sie das Rennen nicht etwa von einem gesonderten VIP-Bereich, sondern sie mischten sich auf einer der Tribünen unters Volk. Schon bald hatten sich auch Elisa und ihre Freundin zu ihnen gesellt. Sie trugen riesige Hüte und hielte Sektgläser in den Händen. Sarah spürte ihre abfälligen Blicke, versuchte aber, sich davon nicht die Laune verderben zu lassen. Leo war zurückgekehrt und reichte ihr ein kleines Fernglas.

»Danke«, sagte sie. »Hast du jetzt wirklich so viel Geld auf das Pferd gesetzt?«

»Hoffen wir, dass sie gewinnt«, antwortete er. »Als Außenseiterin hat sie immerhin eine Quote von 25 zu 1.«

»Außenseiterin ...?«

Elisa begrüßte Mondo und übersah Sarah. Es war ihr egal. Sie legte nicht viel Wert auf Elisas Beachtung.

»Wo ward ihr so lange?«, fragte Elisa vorwurfsvoll.

»Wir haben noch ein bisschen gewettet«, schmunzelte Mondo.

»Sag bloß, du hast wieder ein ganzes Vermögen auf deine hysterische Stute gesetzt?«, fragte sie und verzog das Gesicht.

»Nein Liebes. Kein Ganzes. Bloß ein Halbes.« Er lächelte. »Und Sarah hat auf Alpenveilchen gesetzt.« Er zwinkerte ihr zu.

Elisa zog ungläubig die Augenbrauen hoch, sagte aber nichts. Sarah schaute durch ihr Fernglas auf die Rennbahn hinunter. Die Pferde wurden in die Startboxen gebracht.

»Oh ich glaube, es geht gleich los«, rief sie.

Plötzlich war sie ganz aufgeregt. Das Wissen um die Wette gab ihr ein angenehm kribbelndes Gefühl im Magen. Sarah sah gespannt durch ihr Fernglas auf die Startboxen hinunter. Jetzt waren alle Pferde drin. Alle - bis auf Klassik Symphonie. Die Stute wehrte sich, auf ihre übliche gefährliche Art. Sarah hielt die Luft an. Sie konnte mit dem Fernglas erkennen, wie sich Carmelo mit ihr abmühte.

»Wenn sie nicht gleich in die Box geht, wird sie disqualifiziert«, stellte Elisa trocken fest.

Dasselbe verkündete man auch über die Lautsprecher. Sarah biss sich auf die Unterlippe. *Los! Geh rein du störrisches Pferd!* Sie blickte zu Mondo herüber. Er wirkte völlig gelassen. Mondos Stute war nun nicht mehr zu sehen. Also hatten sie es geschafft. Sie atmete auf. Allerdings wollte sie sich nicht vorstellen, was das Tier mit dem Jockey machte, wenn gleich die Boxen vorne wieder aufgingen. Der arme Kerl hatte eben schon so blass ausgesehen.

Und dann war es so weit.

Die Startboxen sprangen auf, die Pferde schossen wie Pfeile heraus und der Mann im Lautsprecher überschlug sich mit seinen Kommentaren. Für Sarah war das alles etwas zu schnell gegangen. Sie erkannte kein einzelnes Pferd mehr. Sie sah nur noch ein buntes Knäuel über den Rasen rollen. Die Hufe der Pferde donnerten über den Boden. Die Leute um sie herum schrien, jubelten und fluchten. Die Lautsprecherkommentare verstand sie kaum. Irgendwann fand sie heraus, dass er fast nur Pferdenamen rief. Sie glaubte, den Namen „Aber Hallo" gehört zu haben. Aber er sprach so furchtbar schnell, dass sie nicht sicher sein konnte. Angestrengt blinzelte sie durch das Fernglas. Allmählich zog sich das Feld auseinander und da! Jetzt erkannte sie im mittleren Feld Klassik Symphonie. Ihr Reiter trug goldgelbe Kleidung und die Nummer 4. Soweit hatte es also funktioniert, dachte sie erleichtert. Jetzt suchte sie nach der grauen Stute. Alpenveilchens Jockey trug ein rotes Trikot mit der Startnummer 9. Zu ihrer Freude fand Sarah sie ziemlich weit vorne. Sie lief neben „Aber Hallo" an dritter Stelle. Ein dunkelbraunes Pferd mit grünem Jockey führte das Feld an. Jetzt erreichten sie die zweite Kurve. „Aber Hallo" und „Alpenveilchen" liefen weiter nebeneinander. Sarah kaute noch immer auf ihrer Unterlippe. Sie umklammerten das Fernglas so fest, dass das Weiß in den Knöcheln hervortrat.

Jetzt holte Klassik Symphonie auf. Sie zog innen vorbei und lies scheinbar mühelos ein Pferd nach dem anderen hinter sich zurück.

Sarah starrte fasziniert auf sie herunter. Sie blickte wieder zur Feldspitze. Die braune Stute war zurückgefallen.

Entzückt verfolgte sie, wie erst „Aber Hallo“ und gleich danach Alpenveilchen an ihr vorbei zogen.

»Ja los! Alpenveilchen!«, rief sie »Du schaffst es! Na los! Schneller!«

Die unbekannte braune Stute fiel immer weiter zurück.

Vorne stritten „Aber Hallo“ und Alpenveilchen weiterhin um die erste Position.

»Unglaublich!«, rief Sarah. Ihre Wangen waren gerötet und ihre Augen glänzten.

»Aber Hallo wieder an der Spitze! Gefolgt von Alpenveilchen. Alpenveilchen! Jetzt Alpenveilchen vorn. Dann „Aber Hallo“ gefolgt von Old Dynastie und Mrs. Snuggels. Immer noch Alpenveilchen, jetzt gefolgt von Old Dynastie ...«, klang es aus den Lautsprechern.

Auf einmal fiel „Aber Hallo“ scheinbar unbegründet weiter zurück. Sarah schaute ihr besorgt nach. Als sie die Stute im hinteren Drittel aus den Augen verlor, sah sie wieder zu ihrer Favoritin. Tapfer führte sie weiterhin das Feld. Nun jedoch hatte sie eine Fuchsstute mit goldenem Reiter im Windschatten. Völlig überrascht sah Sarah sich zu Mondo um. Er lächelte.

»Schau nur hin«, sagte er, »Sonst verpasst du das Finale!«

Das Feld bog um die letzte Kurve. Angeführt von Alpenveilchen. Dicht gefolgt von Klassik Symphonie und Old Dynastie. Es ging auf die Zielgerade. Jetzt schien Mondos Stute ungeahnte weitere Kräfte freizumachen. Scheinbar mühelos zog sie an Alpenveilchen vorbei und ließ sie und Old Dynastie um ganze zwei Pferdelängen zurück. Sie galoppierte als Erste und somit als Siegerin durch das Ziel.

»Bravissimo«, rief Leo und warf die Arme in die Luft.

Sarah war baff. Sie drehte sich zu Mondo um.

»Das war ja Wahnsinn! Ich dachte, ich dreh durch. Ich dachte, ich halte das nicht aus! Dein Pferd hat gewonnen!«

So aufgekratzt war sie seit Tagen nicht gewesen. Mondo schlug Leo auf die Schulter und küsste Elisa überschwänglich auf den Mund. Sogar sie lächelte jetzt und erschien Sarah sofort so viel hübscher und sympathischer. Mondo straffte stolz die Schultern, schloss sein beigefarbenes Jackett. »Gehen wir runter. Lasst uns feiern.«

Als sie unten ankamen, hatte sich bereits eine große Traube Menschen auf dem Rasen gebildet. Fotografen hüllten die Akteure in Blitzlichtgewitter. Sarah reckte den Hals, konnte Mondos wilde Stute allerdings nirgendwo erblicken. Dafür sah sie jetzt Carmelo, der gar nicht wie ein Gewinner aussah. Sein Gesicht war aschfahl. Dann verschwand er hinter Reportern und Gratulanten. Sarah ließ sich aus der Menschentraube zurückfallen. Sie fühlte sich in dem Gedränge nicht wohl. Es war ihr lieber, die Siegerehrung mit etwas Abstand zu betrachten. Doch plötzlich schien die Situation dort angespannt. Sie konnte sehen, wie Mondos Gesicht versteinerte. All die Freude war daraus verschwunden. Ein bestürztes Raunen ging nun durch die Zuschauer. Sie blickte zur Anzeigentafel. Man hatte Symphonie disqualifiziert.

Sie suchte verwirrt nach Mondos Blick. Doch der schob sich stumm aus der Menschenmenge und schüttelte die Rennbahnvertreter und Journalisten ab wie lästige Fliegen. Zielstrebig lief er Richtung Ausgang. Sarah und Leo folgten ihm. Sie hatte Mühe, Schritt zu halten und Leo ging es ebenso.

»Was ist passiert?«, fragte sie ihn.

Aber Leo schüttelte nur bekümmert den Kopf. Der Fahrer wartete bereits an der Limousine und öffnete ihnen die Tür. Elisa war ihnen nicht gefolgt, stellte Sie erleichtert fest. Kaum hatten sie die Türen geschlossen, brauste der Wagen los. Nach einer Weile wand sich Mondo ihr zu.

»Du hast gerade 12500 Euro gewonnen«, sagte er. »Herzlichen Glückwunsch.«

Dann drehte er sich wieder nach vorne. Bis zur Ankunft in seiner Villa sprach niemand mehr ein Wort.

Kapitel 19

Herbert schob die Kalenderanzeige von Donnerstag auf Montag. Micky lächelte über diese kleine Pedanterie. So war er schon immer gewesen. Hundert Prozent genau. Hundert Prozent Herbert. Belustigt sah er ihm dabei zu, wie er begann, einen Stapel Akten in eines der Regale zu sortieren. »Herrgott Micky! Dein Büro ist eine Müllhalde!«

Er fand, dass Herbert übertrieb. Gut, er hatte länger nicht aufgeräumt und müsste dringend mal den ganzen alten Scheiß ausmisten, aber sonst ... Sein Blick schweifte über die Aktenstapel. Alles halb so wild. Herberts Büro war immer das Einzige gewesen, vor dem sogar eine Fußmatte lag. So viel dazu.

»Was zur Hölle ist das?«, fragte er ihn und zerrte eine Plastiktüte aus dem Schrank.

»Das hab ich mal irgendwo sichergestellt«, murrte Micky.

»Hast du noch nie was von der Asservatenkammer gehört?«, fragte Herbert kopfschüttelnd.

»Lass gut sein, Herb! Ich hab dich nicht zum Aufräumen hergerufen.«

Er kratzte die letzten Reste aus der Tupperdose mit Essen, das Annemarie für ihn mitgegeben hatte.

»Ich war in der Wohnung von Antonio Avigliano«, sagte er.

Herbert sah überrascht auf.

»Ohne Sarahs Einverständnis?«

»Mit richterlicher Erlaubnis brauche ich sie nicht zu fragen«, grinste Micky.

Herbert schüttelte den Kopf.

»Ich will es gar nicht wissen!«, rief er und hob die Hand.

»Ich soll dich ganz lieb von ihr grüßen«, zwinkerte Micky ihm zu. Cecilia Bern, eine aufstrebende junge Richterin hatte Herbert die letzten paar Jahre oft zur Weißglut getrieben. Micky jedoch hatte es immer gut mit ihr gekonnt.

»Du fehlst ihr«, witzelte Mick. »Vor allem fehlt es ihr deine Anträge abzulehnen.«

Herbert rollte mit den Augen.

»Sag mir lieber, was du in Antonios Bude gesucht hast.«

»Ich wollte mich dort ein bisschen nach Spuren umsehen«, erklärte er und stellte die Dose zur Seite.

»Sag Annemarie, das war einfach köstlich!«

Dass er das ganze Wochenende keine Ruhe gefunden hatte und bis tief in die Nacht gegrübelt hatte, wie er Sarah finden konnte, verschwieg er. Als er die Wohnung durchsuchte, hatte er wenigstens das Gefühl etwas zu tun. Er wusste nicht, warum ihn dieses Thema nicht losließ. Vielleicht fühlte er sich einfach ein bisschen schuldig. Vielleicht hätte er ihr mehr helfen sollen. Aber tief im Inneren wusste er, dass das nur die halbe Wahrheit war.

»Wir fanden im Flur ein paar Fußabdruckspuren«, sagte Micky. »Sie waren nicht auswertbar. Die meisten waren verwischt. Sie fielen uns auch nur auf, weil sie ungewöhnlich groß waren. Etwa Schuhgröße 46.«

Herbert runzelte die Stirn.

»Antonio Avigliano hatte für einen Mann aber eher kleine Füße«, sagte Micky.

»Er trug Größe 40«, sagte Herbert.

»Das weißt du noch?«, staunte Micky.

Herbert zuckte mit den Achseln.

Micky blätterte weiter in dem Spurengutachten. Plötzlich pfiff er durch die Zähne.

»Was ist?«, fragte Herbert.

»Im Schlafzimmer gab es eine offene Schrankklappe«, erklärte Micky. »Sie war so weit oben, dass vermutlich weder Antonio noch Sarah sie geöffnet hatten. Ich fand auch keinen Stuhl oder Hocker in der Nähe.«

»Was war denn drin?«

»Bettwäsche. Ich hab trotzdem nach Spuren geguckt. An der Schranktür fanden wir frische Fingerabdrücke.«

»Und es waren nicht Antonios Abdrücke, richtig?«

»Richtig. Und Sarahs auch nicht.«, Micky sah ihn jetzt direkt an. »Jetzt kommt`s! Diese Abdrücke gehören zu einem Mann der Luciano Riga heißt. Klingelt da was bei dir?«

»Ja klar!«, sagte Herbert. »Das ist Salvatores Sohn! Salvatore Rigas Sohn. Was macht er in Antonios Wohnung?«

»Ich kann mir beim besten Willen nicht vorstellen, dass er bei Antonio die Betten gemacht hat«, antwortete Micky.

»Schuhgröße 46 könnte gut passen«, überlegte Herbert. »Luciano ist ein Typ so groß wie ein Kleiderschrank!«

»Könnte er also Antonio getötet haben? Gäbe es ein Motiv?«

Herbert dachte sichtlich angestrengt nach.

»Der Alte Riga und auch Mondo sind geschäftlich an einen der Clans in der Nähe von Sizilien gebunden. Wir sind allerdings nie ganz dahinter gestiegen, für wen sie da genau arbeiten. Trotz enger Zusammenarbeit mit den italienischen Behörden. Das Interessante ist, dass Riga trotzdem seit Jahren im Krieg mit Mondo und seinen Leuten stand. Das wissen wir seit den 80ern. Da gab es im Südviertel ein übles Massaker. Ich war damals noch frisch bei der Organisierten. Aber ich erinnre mich gut daran, weil ich seit diesem Tag wusste, mit was für Tätern ich es von nun an zu tun hatte.

Das war in der Wohnung von ... Ach wie hieß der noch?«, er kratzte sich am Kopf. »Ich komm nicht drauf. Egal. Einer von Mondos Leuten. Dort kreuzten plötzlich mehrere Männer auf. Bis an die Zähne bewaffnet. Wir konnten es am Ende nicht abschließend beweisen, aber wir denken, es war Riga mit ein paar seiner Männer. Zu dieser Zeit agierte er noch sehr offensiv. Einen von ihnen konnten wir später festnehmen, aber als Belastungszeuge war er natürlich unbrauchbar.«

»Omerta«, flüsterte Micky und Herbert nickte.

»Ich weiß nicht, worum es ging«, fuhr Herbert fort, »Alles, was wir herausfanden, war, dass es irgendeine Blutfehde war. Wie dem auch sei. Rigas Leute veranstalteten in dieser Wohnung ein Blutbad, das ich in einer solchen Form nie wieder gesehen habe. Sie töteten einfach alles, was ihnen in die Quere kam. Sogar die Frauen verschonten sie nicht. Es war grauenvoll.«

Sie schwiegen einen Moment. Dann fiel Herbert der Name wieder ein.

»Giuseppe Mali. So hieß der Wohnungsbesitzer.«

»Aber könnte das denn ein Motiv für den Mord an Antonio sein?«, überlegte Micky. »Das ist doch ewig her!«

»Keine Ahnung. Aber die Erfahrung zeigt, dass sich solche Fehden oft über Jahrzehnte und über Generationen hinweg ziehen. Und wir wissen doch nicht, was inzwischen alles noch passiert ist. Fakt ist aber, dass Riga und Mondo bis heute ein Problem miteinander haben.«

»Und Fakt ist, dass Rigas Sohn bei Antonio in der Wohnung war«, sagte Micky und tippte auf das Gutachten. »Das passt schon alles. Und dann hat er irgendwas bei ihm gesucht.« Er überlegte weiter. »Und klar! Weil er es nicht gefunden hat, glauben sie jetzt, Sarah hat es. Was auch immer ...«

Er blätterte durch Luciano Rigas Kriminalakte. Die Körperverletzungsdelikte reihten sich darin aneinander wie auf einer Perlenkette. Aber einen Mord gab es bisher nicht.

Herbert wirkte unzufrieden. Micky kannte dieses Gesicht. Dieses »Wir haben es nicht zu Ende gedacht« - Gesicht. Und richtig. Da war es das anschließende Kopfschütteln.

»Nein«, sagte Herbert, »Wir haben das nicht zu Ende gedacht.« Er seufzte. »Warum lässt Riga Antonio genau dann umlegen, wenn er sich doch von Mondos Clan abgespalten hat?«

»Ja. - Und was hat er gesucht? Warum sollte er etwas besitzen, was Riga haben möchte? Wenn sie, wie du sagst, für dieselbe ›Firma‹ arbeiten, werden sie sich kaum gegenseitig beklauen.«

»Hast du die Wohnung richtig auf links gedreht?«, fragte Herbert, »du weißt, Antonio hat besser versteckt als der Osterhase.«

»Wir haben sogar Fußleisten abgeschraubt«, seufzte Micky. »Und ja wir haben die unmöglichsten Dinge an den unmöglichsten Orten gefunden. Aber leider nichts Brauchbares. So wie es da aussieht, wurde diese Wohnung mittlerweile schon von so vielen Leuten gekramt, dass es an ein Wunder grenzen würde, wenn da noch etwas wäre.«

»Unterschätze Antonios Kreativität für Verstecke nicht!«, mahnte Herbert. »Bei dem war alles möglich.«

»Ich könnte Luciano ja mal fragen, warum er Antonio neuerdings die Betten macht ...«, überlegte Micky und blätterte in seinen Unterlagen. »Er hat eine Meldeadresse und ist dort, laut Einsatztrupp auch regelmäßig aufhältig.«

Herbert schüttelte den Kopf.

»Das kannst du vergessen. Bist du den hier sitzen hast vergehen Wochen. Und dann wird er da hocken, große Augen machen und nur mit den Schultern zucken. Das bringt dich nicht weiter.«

Micky reichte Herbert eine Handvoll Fotos.

»Diese Typen lungern quasi rund um die Uhr vor Sarahs Wohnung herum. Seit Tagen schon.«

Herbert betrachtete die Männer auf den Bildern.

»Sind sie bekannt?«

»Bisher haben wir noch keine Ahnung, wer das ist.«

Verärgert trat Micky gegen den Schreibtisch.

»Wenn wir wenigstens wüssten, wo sie ist. Sie kann doch nicht einfach so

verschwinden ...«

»Vielleicht wird sie sich nicht unbedingt bei uns melden, selbst wenn sie wieder aufgetaucht ist. Wir stehen auf ihrer Beliebtheitsskala vermutlich nicht sehr weit oben.«

»Da könntest du Recht haben.«

Herbert erhob sich und griff nach seinem Mantel.

»Und deshalb fahren wir jetzt ins Krankenhaus, die Person besuchen, bei der Sarah sich immer melden würde. Und wenn es das Letzte wäre, was sie tut.«

Gleich nach dem Rennbahnbesuch war Sarah in Mondos Villa eingezogen. In welchem Teil der Stadt sie sich befand, wusste Sie nicht. Die letzte halbe Stunde der Fahrt hatten sie ihr die Augen verbunden. Meterhohe, dichte Hecken umgaben das Anwesen und hielten neugierige Blicke von außen fern. Eine videoüberwachte, elektrische Toreinfahrt sorgte dafür, dass nur Berechtigte auf das Grundstück gelangen konnten. Um festzustellen, wo sie war, hätte sie es verlassen müssen. Und das war ihr im Moment nicht erlaubt.

Ihre neue Unterkunft unterschied sich kaum vom Hotel. Es gab sogar eine Haushälterin und einen Gärtner. Die Einrichtung war wie erwartet edel und modern, aber kein bisschen gemütlich oder wohnlich. Nichts schien einen persönlichen Bezug zu den Bewohnern zu haben.

Fotos oder Erinnerungsstücke suchte man vergeblich. Sehnsuchtsvoll dachte sie an ihre Wohngemeinschaft. Sie war vollgestopft mit Erinnerungen. Dort hatte jedes einzelne Möbelstück und auch alles andere darin eine eigene Geschichte. Angefangen bei jeder einzelnen Action-Figur aus Hannahs Sammlung. Der Gedanke an Hannah ließ sie lächeln. Nach wie vor vermisste sie ihre beste Freundin sehr. Aber sie konnte nicht zu ihr ins Krankenhaus fahren, denn sie würde sie damit in Gefahr bringen. So oft es ging, rief sie Sebastian an und erkundigte sich nach ihr. Zu diesem Zweck brachte Leo ihr jedes Mal ein anderes Mobiltelefon, welches er gleich nach dem Telefonat wieder mitnahm.

Ihre Mutter hatte Sie auch angerufen. Und obwohl sie sehr besorgt geklungen hatte und sie mehrfach bat ihr zu sagen, wo sie jetzt sei, hatte sie ihr nur geantwortet, dass es ihr gut gehe. Sie sei für eine Weile bei Freunden untergetaucht und werde sich melden. Damit gab sie sich dann letztendlich auch zufrieden.

Mondo hatte ihr ein Zimmer in der oberen Etage gegeben. Daraus hatte sie Blick auf die parkähnliche Gartenanlage. Es war zwar nicht gemütlicher, als im Hotel, aber die Villa bot ihr mehr Freiheiten. Bis auf den privaten Wohntrakt von Mondo und Elisa und Mondos Büroräume im Keller durfte sie sich überall frei bewegen. Es gab sogar eine Bibliothek, einen Fitnessraum und ein Schwimmbad.

Mondo war nur selten in der Villa und wenn, kam er entweder spät in der Nacht, oder er blieb nur wenige Stunden. Sie war schon den vierten Tag hier und immer noch keinen Deut schlauer. Wenn sie ihn fragte, ob er Neuigkeiten für sie hatte, wich er ihr aus.

Heute war sie vor lauter Frust und Langeweile in den Fitnessraum gegangen, obwohl sie solche Orte für gewöhnlich mied. Immerhin roch es hier nicht nach Käsefüßen. Als sie das Laufband entdeckte, wollte Sie es nur mal ausprobieren. Doch dann war sie immer weiter gelaufen, denn der monotone Bewegungsablauf entspannte sie. Zu Hause ging sie ab und zu joggen. Meist Anfang Januar als guter Vorsatz oder aber wenn sie und Hannah sich den Abend vorher mit Fast Food den Bauch vollgeschlagen hatten, und am nächsten Morgen einer dieser »Ab heute wird alles anders« - Tage war. Also etwa 5-6 Mal im Jahr. Dafür war sie erstaunlich in Form, stellte sie jetzt fest. Nachdem sie fast 45 Minuten auf der Stelle gerannt war, stieg sie schweißgebadet und mit glühendem Gesicht vom Laufband. Einzelne Haarsträhnen klebten an ihrer Wange.

»Ich sollte dringen duschen«, dachte sie und ging die Treppen hinauf. Da hörte sie Stimmen. Eine davon gehörte Mondo. Sie freute sich, dass er schon heimgekommen war, dann würde sie am Abend nicht wieder so einsam sein.

»Da ist sie ja!«, begrüßte er sie, als sie das Wohnzimmer betrat. Doch als er sie aus der Nähe sah, fragte er erschrocken: » Was ist passiert? Meine Güte?«

Sie blickte sich verwirrt um. War irgendwas nicht in Ordnung? Fragend sah sie Mondo an. Neben ihm stand noch jemand. Sie erkannte das Gesicht sofort. Das war der Lackaffe von der Beerdigung. Dieser schön Geföhnte, über den sie sich mit Hannah lustig gemacht hatte.

»Du bist völlig verschwitzt!«, sagte Mondo.

»Oh, ach so! Nein! Ich war unten. Ich hab Sport gemacht. Ich war auf dem Laufband«, antwortete sie. Was guckte der Gelackte denn jetzt so blöd? Noch nie jemanden gesehen, der geschwitzt hat?

»Warum trägst du Jeans zum Laufen?«, fragte Mondo misstrauisch, »war mit der Sportkleidung, die wir dir besorgt haben etwas nicht in Ordnung?«

Sie sah an sich hinunter. Und kicherte.

»Hab ich gar nicht mehr dran gedacht! Ich hatte nicht vor Sport zu machen«, erklärte sie, »Ich wollte mir nur alles ansehen und das Laufband mal ausprobieren. Aber dann bin ich gelaufen und gelaufen ... und hab es vollkommen vergessen.«

»Darf ich dir Roberto vorstellen?«, wechselte er das Thema, »Er ist der Sohn eines Freundes. Er studiert BWL an einer privaten Uni und wird dieses Jahr seinen Abschluss machen. In den Semesterferien jobbt er bei mir.«

Sarah nickte ihm höflich zu. Und der Blödmann sah, ohne den Gruß zu erwidern, einfach durch sie durch.

Er trug, wie beim letzten Mal, einen eleganten Anzug und blank polierte Lederschuhe. Auf der Beerdigung war das angemessen. Aber für den Alltag fand sie das reichlich overdressed.

»Musst du weg?«, fragte sie Mondo, bemüht ihr Desinteresse an Roberto genauso zur Schau zu stellen, wie er das seine an ihr.

»Nein. Ich habe mir heute Abend freigenommen, somit könnten wir beide etwas unternehmen. «

Ihr Herz machte einen Sprung. Sie kam für ein paar Stunden mal raus hier! Das war großartig.

Kapitel 20

Mondo hätte allen Grund gehabt, müde zu sein. Er war gestern Abend mit Sarah nach Aachen ins Spielkasino gefahren und sie hatten sich dort bis in die frühen Morgenstunden amüsiert. Erst sah es aus, als würde sie rasch die Lust verlieren, denn Roulette war nicht ihr Ding gewesen, aber dann hatte sie die Freude am Black Jack für sich entdeckt. Zunächst hatte sie nur mitgesetzt, aber schon bald verinnerlichte sie die Regeln und saß selbst am Spielertisch. Bis zum Morgengrauen zählte sie, mit glühenden Wangen, Karten. Und sie war gut! Wie beim Pferderennen hielt sie das Glück fest in ihren Händen und gewann eine beträchtliche Summe Geld. Sie war ganz aufgekratzt gewesen, berauscht vom Spielglück und vom Champagner. Mit ihrer fröhlichen, natürlichen Art zog sie nicht nur ihn in ihren Bann. Schon bald hatte sich ein lustiges Trüppchen um sie herum gebildet. Sie feierten, tranken und verhöhnten die Nacht. Er konnte sich nicht erinnern, wann er das letzte Mal so viel gelacht hatte. Somit war es völlig gleichgültig, dass er nur 3 Stunden geschlafen hatte. Außerdem war er trotzdem hellwach. Es war das Adrenalin, das ihn wach hielt. Er saß mit Leo im Restaurant »Palais« und wartete auf Riga. Er spürte, wie sich sein Magen krampfhaft zusammenzog. Und daran war nicht der viele Bourbon schuld. Nein, er krampfte vor Wut. Alte abgestandene Wut schimmelte darin und würde ihn irgendwann von innen zerfressen.

»Ich weiß nicht, ob das eine gute Idee war«, sagte er leise.

Leo machte ein gequältes Gesicht. Mit Sicherheit suchte er nach Worten ihn zu besänftigen. Der gute Leo.

Er war es gewohnt Feinde zu haben. Und er war es gewohnt, professionell damit umzugehen. Aber das hier war etwas anderes. Es ging nicht ums Geschäft. Es war etwas Persönliches.

Leo legte ihm eine Hand auf den Arm.

»Du musst ruhig bleiben, mein Freund.«

»Ruhig bleiben«, wiederholte Mondo tonlos.

»Ja, das ist wichtig«, mahnte ihn Leo. »Weißt du, ob er allein kommt?«, fragte er dann.

Doch Mondo antwortete nicht. Er fixierte die Eingangstür. Vor seinen Augen spielten sich immer wieder dieselben Szenen ab. Es war inzwischen so lange her, doch der Schmerz brannte noch immer in seiner Brust wie an jenem Tag. Seit diesem Tag war er nie mehr der Alte gewesen. Es gab nicht mehr viel, was ihm noch Freude machte im Leben.

»Ich stelle mir jeden Tag vor, wie es sein wird ihn zu töten«, sagte er. »Jeden Tag.«

»Dein Moment wird kommen, mein Freund«, sagte Leo bestimmt. »Aber jetzt ist es noch nicht so weit. Wir müssen erst mal wissen, was er von uns will.«

Mondo nickte und betrachte lächelnd die bodentiefen Fenster zu seiner Linken.

Das „Palais“ befand sich im obersten Stockwerk eines Hochhauses, sodass man beim Essen eine atemberaubende Sicht über die Stadt hatte. Das war der Grund, warum er dieses Restaurant gewählt hatte. Nicht etwa wegen der Küche. Nein. Er hatte es wegen der Fenster ausgesucht. Ungehinderte Sicht auf gut 20 Meter Abgrund. Für einen Menschen mit Höhenangst ein wahrer Albtraum.

Und so beobachtete er jetzt mit Genugtuung, wie Salvatore Riga sich ihrem Tisch näherte und dann stockte. Offensichtlich hatte der Alte die Fenster bemerkt. Seine winzigen Augen flitzten nervös hinter der dicken Brille hin und her. Am liebsten hätte Mondo laut gelacht. Die Schritte des Alten wurden immer kürzer.

Leo hielt es für unnötige Provokation. Aber wenn er es schon ertragen musste, diesen Aasgeier zu treffen, dann wollte er sich wenigstens ein bisschen amüsieren. Er verzichtete auf die Höflichkeit, zur Begrüßung aufzustehen. Er lehnte sich zurück und hob die Hand. »Salvatore! Komm ruhig näher!« Er wies auf den Stuhl ihm gegenüber, direkt am Fenster. »Setz dich! Genieß die Aussicht!«

Rigas Gang war steif, beinahe zittrig. Es war herrlich, ihn so zu sehen. Doch noch lieber würde er ihm den Hals umdrehen.

»Mein Sohn kann hier sitzen«, sagte Salvatore gepresst und schob Luciano den angebotenen Stuhl zu.

»No no no! Aber nicht doch!«, lachte Mondo, »Ich möchte dir im Gespräch gerne gegenübersitzen. Muss ja nicht jeder mitkriegen, was wir zu besprechen haben.«

Riga zögerte.

»Oder ist das etwa ein Problem für dich?«, fragte Mondo und lächelte herausfordernd.

Mit verkniffenen Lippen nahm Salvatore auf dem ihm angebotenen Stuhl Platz und rückte sofort, wie zufällig ein Stück vom Fenster weg. Mondo grinste. Er war sicher, dass der alte Hosenscheißer jetzt auf der Außenkante des Stuhls hockte. Sie gaben ihre Bestellung auf. Er und Leonard wählten ein Fünf-Gänge-Menü nach der Empfehlung des Küchenchefs. Salvatore schaute in die Karte, klappte sie aber gleich wieder zu.

»Was haben sie für Fisch?«, fragte er die Bedienung.

Der Kellner strahlte:

»Ich kann ihnen den „Adlerfisch mit Terriyaki, grüner Zitrone, Miso und Passionsfrucht", empfehlen! Asiatisch angehaucht mit Molekular-Akzenten.«

Riga verdrehte die Augen.

»Ich möchte den Fisch gedünstet«, sagte er. »Dazu etwas Gemüse. Auch gedünstet. Den restlichen Schnickschnack lassen sie weg. Als Vorspeise eine Minestrone.« Er sprach so leise, dass man ihn kaum verstand.

»Minestrone haben wir nicht auf der Karte«, entgegnete der Kellner beleidigt.

Riga schaute ihn an, als verstehe er das Problem nicht.

»Dann setzen sie sie drauf!«

Pikiert wand der Kellner sich von ihm ab und bat Luciano um seine Bestellung. Der öffnete den Mund, wurde aber unterbrochen.

»Er nimmt dasselbe«, antwortete sein Vater für ihn.

Mondo betrachte den Jungen. Es schien, als würde er mit jedem Lebensjahr größer und breiter. Der Stuhl verschwand unter ihm, als säße er auf einem Fingerhut.

»Du bist alt geworden Salvatore. Du solltest dein Zepter langsam mal an Deinen Sohn weiterreichen«, sagte Mondo und blickte zu Luciano hinüber. Unbeholfen blickte dieser auf das Tischgedeck. Er ergriff eine der Gabeln und betrachtete sie grübelnd. Er hat keine Ahnung, was er mit dem ganzen Besteck anfangen soll, dachte Mondo. Neben seinem riesigen Sohn sah Salvatore aus, wie ein böser Zwergenkönig.

»Kommen wir zur Sache!«, fauchte er ungeduldig und fuchtelte mit den Händen.

»Wenn es dir nichts ausmacht, würde ich gerne vorher etwas essen«, erwiderte Mondo.

Salvatore schüttelte unwillig den Kopf.

»Ich habe nicht viel Zeit.«

Du erträgst es nicht, neben dem Fenster zu sitzen, dachte Mondo amüsiert. Er war sicher, dass er inzwischen noch ein Stück davon weggerutscht war.

»Ich bin überrascht. Du hast um das Treffen gebeten, und jetzt hast du dir nicht mal eine Stunde Zeit dafür genommen?«, fragte er und lächelte.

»Was ich zu besprechen habe, dauert keine Stunde«, antworte der Alte knapp.

Mondo seufzte.

»Ehrlich gesagt glaube ich nicht, dass wir noch irgendetwas zu besprechen hätten. Ich bin also sehr gespannt.«

Riga funkelte ihn an.

»Es geht um das Mädchen«, stieß er hervor.

»Um das Mädchen?«

»Antonios Tochter. Sarah.«

Mondo merkte, wie er sich versteifte.

»Was willst du von ihr?«, fragte er.

Um Salvatore seine Angespanntheit nicht spüren zu lassen, witzelte er: »Gedenkst du für Luciano auf Brautschau zu gehen? Oder hast du gar selber Interesse?«

Riga zuckte zusammen.

»Wie ich hörte, hast du eine Vorliebe für junge Mädchen«.

»Hüte deine Zunge!«, zischte der Alte.

Mondo lächelte böse.

»Sonst was?«

Na los, dachte er. Komm her, droh mir, schlag zu, gib mir einen Anlass. Einen Anlass, dir jetzt und hier das Rückgrat zu brechen.

Man brachte ihnen die Vorspeisen.

»Sie hat etwas, was mir gehört«, sagte Salvatore.

»Tut mir leid, aber ich glaube, du irrst dich. Als sie zu mir kam, hatte Sie noch nicht mal vernünftige Kleidung am Leib.«

Geräuschvoll schlürfte Salvatore seine Suppe.

»Ich will sie nur befragen.« Er kleckerte auf seine graue Krawatte, aber es schien ihn nicht zu kümmern. Oder er war schon so senil, dass er es nicht mehr merkte?

»Du erzählst wirres Zeug, alter Mann. Woher sollte das Mädchen etwas haben, was dir gehört?«

»Ich habe es ihrem Vater gegeben«, sagte Riga.

Mondo schluckte. Er hatte es lange Zeit nicht wahrhaben wollen. Aber hier war erneut ein Beweis dafür, dass die Gerüchte stimmten. Antonio und Riga betrieben gemeinsame Geschäfte.

»Was hast du ihm gegeben?«

»Ich habe ihm Geld gegeben und jetzt hat sie es. Ich will es zurück. Das ist alles.«

»Oh Dio, es geht um ein paar Kröten?«, stöhnte Mondo genervt, »Hast du ihr etwa diese Schläger hinterhergeschickt? Für ein bisschen Geld?«, er zückte seine Brieftasche. »Sag schon, wie viel willst du?«

»Eine halbe Millionen Euro«, antworte Salvatore.

Mondo ließ die Brieftasche sinken und sog nach Luft. Salvatore griff nach dem Brot und begutachtet es argwöhnisch, bevor er sich ein Stück davon abbrach. Mondo fehlten für einen Moment die Worte. Es ging um eine halbe Millionen? Was zur Hölle ...? Kein Wunder, dass der Alte so ausflippte!

»Warum sollte ausgerechnet Sarah es haben?«, fragte er.

»Ich bin alt aber nicht senil«, sagte Salvatore mit erhobenem Zeigefinger. »Für wie blöd, haltet ihr mich? Plötzlich fährt die kleine Studentin 911er-Porsche und lungert mit euch herum. Ich sage dir jetzt was. Sie hat das Geld. Oder DU hast das Geld.«

Als der Kellner die leeren Teller abräumte, verstummte er.

»Warum gibst du Toni 500.000 Euro?«, fragt Mondo, als er fort war. »Was hattet ihr vor?«

»Das geht dich nichts an!«

Natürlich nicht dachte Mondo und zerdrückte die Serviette zwischen den Fingern. Es stimmte. Sie hatten alle Recht gehabt. Eigentlich wusste er es ja schon lange, aber es jetzt, von ihm da, unter die Nase gehalten zu bekommen, trieb ihm die Wahrheit wie einen Dolch zwischen die Rippen.

»Ich habe dein Geld nicht, Salvatore«, sagte Mondo betont ruhig. »Und Sarah hat es auch nicht. Sollte ich etwas anderes erfahren, gebe ich dir Bescheid.«

Salvatores Augen funkelten böse durch die dicken Brillengläser.

»Ich bin nicht hier, um dich, um einen Gefallen zu bitten.«

Der Kellner servierte die Hauptspeise.

»Ich hoffe, es ist zu ihrer Zufriedenheit«, sagte er zu dem Alten.

Salvatore drehte und wendete den Fisch prüfend auf dem Teller, dann nickte er und der Kellner ging. Als er weg war, sagte er:

»Bring mir das Mädchen oder gib mir mein Geld zurück, sonst ...«

Er hob die Gabel und fuchtelte damit in Mondos Richtung.

»Sonst was?«, fragte dieser und sah ihn scharf an.

Salvatore schnitt den Fisch in der Mitte durch. Das Messer kratzte dabei über das Porzellan. Er nahm einen Bissen und dann wischte er sich mit der Serviette den Mund.

Ich hätte ihn damals umlegen sollen, dachte Mondo zornig.

»Ist dir eigentlich die Ähnlichkeit aufgefallen?«, fragte Salvatore. Er verzog den Mund zu einem grausamen Lächeln.

»Natürlich ist es dir aufgefallen« Er legte die Serviette zur Seite. »Deshalb schützt du sie, richtig?« Ein dreckiges Kichern drang aus seiner Kehle. Er wischte sich mit der Serviette den Mund. »Aber ich sag dir was Mondo: Du kannst sie nicht ewig verstecken. Ich werde sie finden. Und dann werde ich sie mir holen.«

Mondo sprang auf und rammte sein Steakmesser direkt neben Salvatores Hand in die Tischplatte. Der Griff vibrierte von der Wucht, mit der er es in das Holz getrieben hatte.

Leo und Luciano sprangen gleichzeitig auf. Von den Nachbartischen starrten neugierig Restaurantgäste zu ihnen hinüber. Leo hob die Hände.

»Signore! Signore! Es gibt keinen Grund ausfallend zu werden. Wir sind alle Gentlemen und werden eine Lösung finden!«

Riga ignorierte das Messer.

»Du bedienst dich immer noch meines abgelegten Anwaltes, wie ich sehe«, höhnte er mit abschätzigem Blick auf Leo. »Ach ja richtig.«, er lachte, »er ist ja gar keiner mehr. Kannst du dir etwa einen mit Zulassung nicht mehr leisten, Mondo?«

Mondo beugte sich zu Riga hinunter und flüsterte:

»Große Töne für einen Mann, der bei der Müllabfuhr arbeitet.«

Rigas Blick verdunkelte sich. Doch dann warf er den Kopf in den Nacken und lachte laut.

»Ja jetzt lachst du noch!«, zischte Mondo, »Der Tag wird kommen, an dem ich dir alles heimzahle. Nicht heute, vielleicht auch nicht morgen. Aber er kommt! Verlass dich drauf!«

»Mach dich nicht lächerlich, Mondo«, sagte Salvatore. Sein Flüstern war ins Keifen umgeschlagen. »Jeder weiß, dass deine Tage als großer Zampano gezählt sind. Hinter vorgehaltener Hand reden sie über dich. Sie nennen dich den ›Weichgespülten‹. Nimmt dich außer dem da«, er zeigte auf Leo wie auf eine Tüte Müll, »überhaupt noch einer für voll?«

Dann warf er die Serviette auf den Teller, schob sich vom Tisch und nahm seinen Hut. Er lächelte.

»Zwei Wochen!«, sagte er und deutete eine Verbeugung zum Abschied an.

Mondo nahm wieder Platz.

»Hat es dir etwa nicht geschmeckt?«, fragte er laut und sah auf Rigas vollen Teller.

»So etwas essen bei uns zu Hause noch nicht mal die Schweine«, antworte Salvatore.

Mondo lehnte sich im Stuhl zurück und hob sein Glas.

»Mach's gut! Ich hoffe, dass du wenigstens die Aussicht genossen hast!«

Ohne eine Antwort drehte sich der Alte um und ging.

Eine Weile aßen Mondo und Leo schweigend weiter, bis Leo schmatzend die Stille durchbrach. Er drehte die Hände nach außen und machte ein fragendes Gesicht.

»Ich weiß nicht, was er hat? Das Essen ist ausgezeichnet.«

»Das gefällt mir alles nicht Leo.«

Leo nickte.

»Glaubst du, Sarah hat das Geld wirklich?«, fragte er.

Mondo dachte daran, wie sie sich gestern weigerte, von ihm Geld für das Kasino anzunehmen. Erst nachdem er ihr versicherte, dass er ihr nur den Gewinn der Pferdewette gab, hatte sie eingewilligt.

»Nein«, sagte er dann bestimmt. »Ich bin mir sicher, dass sie mehr weiß als sie uns sagt, aber das Geld hat sie nicht.«

Dann kam ihm ein furchtbarer Gedanke. Plötzlich hatte er eine Ahnung, wer Salvatores Geld gestohlen haben könnte.

»Was ist, wenn Silvano das Geld hat?«, fragte er.

Leo riss die Augen auf. Mondo nickte.

»Er hat sich bis jetzt nicht gemeldet.«

»Auch nicht bei Roberto?«

»Nein, der Junge hat gestern noch nach seinem Vater gefragt. Er geht nicht ans Telefon und ich habe keine Ahnung, wo er steckt.«

Leo kaute auf seiner Unterlippe.

»Und er hat sich auch nicht gemeldet, nachdem er bei Antonio war?«, fragte er.

Mondo schüttelte den Kopf.

Leo fuhr sich durch seine wenigen, übrig geblieben Haare und stöhnte.

»Dio Mio. Madonna ...«

»Toni ist tot, Mastroianni verschwunden und ganz zufällig Rigas Geld auch. Das stinkt doch«, sagte Mondo.

»Würde er Roberto einfach zurücklassen?«, überlegte Leo.

»Wir reden hier über Silvano«, gab Mondo zu bedenken. »Er hat noch nie eine Entscheidung von Gefühlen abhängig gemacht. Außerdem war er in letzter Zeit immer unzufriedener. Ständig beklagte er sich, er käme zu kurz.«

»Scheiße«

»Ja, genau.«

Mondo blickte eine Weile zum Fenster hinaus auf den Teppich aus Lichtern, der sich vor ihnen ausbreitete.

»Wir brauchen dieses Geld«, sagte er.

»Gib ihm doch einfach das Mädchen«, schlug Leo vor. »Dann hast du Ruhe. Ich weiß, du magst die Kleine, aber ...«

»Denk nicht mal daran!«, fuhr Mondo ihn an.

Leo zuckte zusammen.

»Ich werde das Geld auftreiben.«

»Frag IHN«, sagte Leo. »ER kann dir das Geld geben.«

»Und ihm damit sagen, dass ich meine Männer nicht im Griff habe? Dass sie mich hintergehen, betrügen und bestehlen? Erst Antonio und jetzt noch Mastroianni? Dann kann ich mir gleich selber ne Kugel in den Kopf jagen.«

Leo schob sein Dessert zur Seite. Offensichtlich war ihm der Appetit vergangen.

»Ich muss mit dir sprechen«, hatte er gesagt und war dann mit ihr hier hergefahren. Wenn seine Aussage nicht so Unheil verkündend geklungen hätte, wäre das ein Grund zur Freude gewesen, denn Sarah liebte Spaziergänge am Rhein. Die Rheinpromenade besaß selbst bei diesem trüben und windigen Wetter ihren Charme. Mit flatternden Fahnen zog ein Schiff durch den Fluss an ihnen vorbei. Es war eines der letzten Ausflugsschiffe. Die Außenbestuhlung der Cafés und Kneipen war bereits winterfest verstaut und auch den Straßenmusikanten wurde es langsam zu kalt, denn heute war keiner von ihnen zu sehen.

»Ich weiß, wer hinter dir her ist«, sagte Mondo, »Ich habe ihn gestern getroffen.«

»Ach was! Wer ist es? Und was will er von mir?«

»Je weniger du weißt, desto besser ist es für dich.«

Sie rollte mit den Augen.

»Du kennst ihn sicher eh nicht. Sein Name würde dir also nichts nützen.«

»Aber was will er von mir? Das kannst du mir doch sagen?«

»Er behauptet, du hast ihn bestohlen.«

»Bitte was?«

»Er sagt, du hast ihm Geld gestohlen. Er hat es Deinem Vater kurz vor seinem Tod gegeben. Für ein Geschäft. Und jetzt glaubt er, dass du es dir eingesteckt hast.«

»Aber die Wohnung war leer, als ich das erste Mal hinkam. Da war nix mehr!«

Mondo nickte.

»Das hast du erzählt.«

»Und so war es auch! Ich glaube, dass vor mir jemand dort war und alles mitgenommen hat! Und damit meine ich nicht die Polizei.«

»Er ist der festen Überzeugung, dass du es hast.«

Er griff sie an den Schultern und sah sie an.

»Es ist ungeheuer wichtig, dass du die Wahrheit sagst, Sarah. Hast du in der Wohnung Deines Vaters Geld gefunden?«

»Wie oft soll ich es dir noch sagen? Nein! Warum glaubst du mir nicht?«

»Ich wollte nur sichergehen.«

»Jetzt weißt du es.«

Er nickte.

»Und was wird jetzt?«, fragte sie.

»Ich werde nicht zulassen, dass er dir etwas antut. Ich habe ihm gesagt, dass ich nicht glaube, dass du es hast.«

»Wird er sich damit abfinden?«

»Nein, das wird er nicht.«

»Ja, aber was ...«

»Überlass das mir. Ich werde eine Lösung finden.«

Schweigend liefen sie nebeneinander her. Ein Radfahrer zischte an ihnen vorüber, und in der Ferne bellte ein Hund. Auf der Höhe einer Anlegestelle blieb er stehen und lehnte sich an das Geländer. Von dort sahen sie auf den Rhein hinunter. Der Motor eines vorbeifahrenden Kohlefrachters dröhnte in ihren Ohren.

Was war nur mit ihrem Leben passiert? Sie spazierte mit dem Boss der Kölner Unterwelt am Rhein entlang.

»Würdest du sagen, dass mein Vater ein guter Mensch war?«, fragte sie unvermittelt.

»Er war der beste Freund, den ich je hatte«

»Seit wann kanntest du ihn?«

»Er war Kellner im ›Da Brunos‹. Ich ging regelmäßig dort essen und in einem holten wir unser Schutzgeld ab.«

Sarah zog die Augenbrauen hoch, sagte aber nichts.

Mondo lächelte.

»Eines Abends stand er plötzlich vor mir und sagte:

›Gib mir einen Job!‹

Ich sagte ›Du hast doch einen! Du bringst mir meine Pasta!‹

›Gib mir einen Besseren.‹ , sagte er.

›Was kannst du denn?‹, hab ich gefragt.

Er antwortete: ›Ich kann alles.‹

›Ich brauche einen guten Zauberer‹, sagte ich dann.

Da holte er ein Streichholzheftchen hervor und führte den miesesten Zaubertick auf, den ich je gesehen habe. Der Trick war so schlecht, dass ich nicht anders konnte, als zu lachen. Und da war mir klar: Dein Vater war jemand, der bereit war alles für mich zu tun und jemand, der mich hin und wieder zum Lachen brachte. Ich gab ihm einen Job. Seit dem trage ich dieses Streichholzheft immer bei mir.«

Er grinste und holte zum Beweis das Streichholzheft aus seinem Portemonnaie.

»Zeig mir den Trick!«

Ungläubig sah er sie an.

»Na los!«

»Also gut.« Schmunzelnd führte er ihr den Trick vor. Als er damit fertig war, bekam Sarah kaum Luft vor Lachen. Tränen rannen Ihr die Wangen hinunter.

»Das ist wirklich erbärmlich!«

Auch Mondo konnte nicht aufhören zu lachen.

»Ja oder? Völlig idiotisch! Ich hätte ihn erschießen sollen für diese Frechheit!«

Sarah schnappte nach Luft, aber dann brach sie wieder in Gelächter aus.

»Dein Vater war ein verrückter Typ. Ein Chaot. Nicht nur einmal kam er von irgendwelchen Partys zurück und hatte keinen Schimmer, was die letzten Stunden geschehen war. Ich habe immer geschimpft und gesagt, dass so was nicht gut gehen könne. Dann hat er eine Waffe und 3000 DM aus der Tasche gezogen und gesagt: ›Ich bin ohne etwas in der Tasche losgezogen. Kann also kein übler Abend gewesen sein!‹.«

Fasziniert hörte sie ihm zu. Solche Geschichten über ihren Vater zu hören, war befremdlich.

»Dann lernte er deine Mutter kennen. Und ich dachte: Jetzt wird er ruhiger. Aber sie war genauso verrückt!«, er lachte.

»Meine Mutter?«

Das konnte sie sich nicht vorstellen.

»Es war die Hippie-Zeit.«, sagte er, als erkläre das alles.

»Es war eine schöne Zeit ...«

»Sie hat nie etwas darüber erzählt«, sagte Sarah. Es war ihr nie aufgefallen, aber die Erzählungen ihrer Mutter endeten etwa bei ihrem 18. Lebensjahr und begannen erst wieder, als sie sich bereits von ihrem Vater getrennt hatte.

»Als sie mit dir schwanger wurde, veränderte sie sich. Sie ging nicht mehr auf Partys und wurde häuslicher.«

»Und mein Vater?«

»Der blieb wie er wahr. Ich habe ihm oft ins Gewissen geredet, aber er wollte sich nicht ändern. Heute glaube ich, er konnte es gar nicht.«

»Warum warst du nicht auf seiner Beerdigung?«, fragte sie nach einer Weile.

»Ich gehe auf keine Beerdigungen.«

Sie sah ihn fragend an.

»Ich konnte nicht auf die Beerdigung meiner Frau gehen. Deshalb gehe ich auch auf keine andere mehr.«

Sarah spürte, dass er das Thema nicht weiter verfolgen wollte. Sie seufzte.

»Werde ich wieder ein normales Leben führen können?«

Er nickte.

»Theoretisch ja.«

»Theoretisch?«

»Du hast dich verändert. Und du veränderst dich noch. Die Frage wird nicht sein, ob du in dein altes Leben zurückkannst, sondern, ob du es dann noch möchtest.«

Kapitel 21

Seit Tagen versorgte Sebastian Hannah mit allem, was sie - seiner Meinung nach - benötigte, um gesund zu werden. Ihr Augenrollen ignorierte er einfach, wenn er vollbepackt ihr Zimmer betrat. Das war eben ihre Art, sich zu freuen. Auch heute trug er außer dem täglichen Blumenstrauß noch eine Tüte mit Einkäufen den Flur entlang. Nur ein paar Kleinigkeiten. Obst, Säfte, Schokolade, ein besonders niedliches Plüschschaf mit einer roten Schleife um den Hals, 3 Hörbücher, Knabberartikel, diverse Magazine, ein paar Rätselhefte und - dazu hatte ihm Larissa dringend geraten - frisch gewaschene duftende Handtücher und ein Lippenstift in der Trendfarbe ›Wild Berry‹.

Er war so bepackt, dass er die beiden Männer nicht sah, die ihm jetzt entgegenkamen. Ungebremst stieß er mit ihnen zusammen. Durch den Aufprall verlor er das Gleichgewicht. Während er mit den Armen rudernd, versuchte, es zurückzuerlangen, riss die Papiertüte. Ein paar Raviolidosen polterten zu Boden und rollten mit den Mandarinen um die Wette den Flur entlang. Die Milchflasche zerschellte, eine der Safttüten zerplatzte und das fette Plüschschaf lag nun mit der Nase nach unten mitten in der Sauerei und sog sich voll mit Milch und

Traubensaft. Während er mit dem Blumenstrauß in der einen Hand und dem Luftballon an der anderen den Mandarinen nachjagte, hörte er jemanden rufen: »Entschuldigung! Das tut uns leid!«

Fast wäre er bei dem Versuch eine der Mandarinen zu ergreifen mit einer Krankenschwester zusammengeprallt. Glücklicherweise wich sie ihm geschickt aus. Als sie die Bescherung auf dem Flur sah, runzelte sie verärgert die Stirn.

»Herr Rosbach! Erinnern sie sich an unsere Abmachung? Frische Blumen nur noch alle zwei Tage! Keine Konserven, keine Obstkörbe mehr. Frau Bartels-Choi versorgt inzwischen die ganze Station mit Dosenravioli.«

Sebastian stopfte sich die Mandarine verlegen in die Jackentasche. Er wollte etwas zu seiner Entschuldigung hervorbringen, aber die Schwester seufzte.

»Sehen sie einfach zu, dass der Flur wieder in Ordnung kommt. Hier sieht es aus, als wäre ein Supermarkt in die Luft geflogen.«

»Wir helfen ihm!«, versprach einer der Männer, mit denen er zusammengekracht war. Erst jetzt nahm er sie richtig wahr. Es waren die Polizisten, die schon mal da waren.

»Hallo Sebastian«, grüßte Herbert Kaltwasser und schüttelte ihm die Hand. Der Luftballon hüpfte dabei auf und ab.

»Hallo«, sagte Sebastian noch immer benommen von dem Zusammenstoß.

Micky, der Jüngere von beiden, nickte zum Gruß und, hob grinsend das tropfende Schaf in die Höhe.

»Das kannst du ihr nicht mehr schenken!«, stellte er schlau fest.

»Wollen sie mich auslachen, oder mir helfen?«, fragte Sebastian gereizt.

Die beiden Polizisten halfen ihm.

»Wollen sie zu Hannah?«, fragte er.

»Ja, wir wollen auch nicht lange stören, wir haben nur ein paar Fragen«, antworte der Ältere.

Sebastian zögerte.

»Ihr geht es besser, aber die Ärzte sagen, sie soll noch nicht sprechen und sie soll sich nicht aufregen. Vor allem Letzteres ist bei ihr nicht leicht«, sagte er zweifelnd. »Ich glaube nicht, dass das eine so gute Idee ist«, fuhr er fort, als sich im gleichen Moment die Tür zum Krankenzimmer öffnete. Hannah stand im Türrahmen. Hinter der schwarz eingefassten Brille funkelten ihre Augen ihn wütend an. Sie trug einen Superhelden-Schlafanzug und pinke Plüschhausschuhe. Ihr schwarzes, sonst so glattes Haar, stand, zerzaust vom Kopfkissen, wirr nach allen Seiten ab. Mit Nachdruck öffnete sie die Zimmertür und forderte die beiden Polizisten wortlos auf, einzutreten.

Herbert folgte der Aufforderung und Micky tat es ihm schmunzelnd gleich. Sebastian stellte die verunglückte Einkaufstüte und den Blumenstrauß in eine Ecke des Zimmers und schloss die Tür. Hannah kletterte zurück ins Bett. Sie sah aus wie eine wütende Elfjährige, die sich die Brille ihres Vaters auf die Nase gesetzt hatte. Sie war blass und trug tiefe Ringe unter den Augen, aber der energische Blick verriet, dass sie mit einbezogen werden wollte. Auffordernd sah sie in die Runde. Auf dem Schoß hatte sie einen Block und einen Kugelschreiber.

Herbert Kaltwasser lächelte ihr zu.

»Hallo Hannah. Schön, dass es dir wieder besser geht«, grüßte er.

Sie nickte und ein Lächeln huschte auch über ihr Gesicht.

Micky hob wie immer nur grüßend die Hand. Herbert setzte sich auf einen der Stühle im Raum und räusperte sich.

»Wir machen uns Sorgen um Sarah«, begann er.

Sie hob fragend die Augenbrauen.

»Vor ein paar Tagen bat sie uns um Hilfe«, erklärte Herbert, »Sie war völlig aufgelöst und hat erzählt, dass zwei Männer hier im Krankenhaus waren und versucht haben sie zu entführen.«

Hannah riss die Augen auf.

»Sie konnte fliehen«, sagte Herbert. »Bei uns war sie in Sicherheit, aber sie war von der fixen Idee besessen, herauszufinden, wer hinter ihr her ist.«

»Dazu wollte sie Mondo aufsuchen«, fuhr Micky fort. »Wir haben in der Eifel über ihn gesprochen. Erinnerst du dich? Dieser Mann ist extrem gefährlich.«

»Konnten sie ihr den Wahnsinn denn nicht ausreden?«, stöhnte Sebastian. Er setzte sich bei Hannah ans Fußende.

»Als wir es versucht haben, ist sie abgehauen. Wir wissen nicht mehr, wo sie ist. Deshalb machen wir uns Sorgen.«

Herbert sah Hannah an.

»Unsere Hoffnung ist, dass sie sich vielleicht bei dir meldet.«

Sie nickte.

»Wenn sie das tut, solltet ihr ...«

»Sie ruft in unregelmäßigen Abständen an und erkundigt sich nach Hannah«, unterbrach Sebastian ihn.

»Sie wollten uns doch Bescheid sagen!«, fuhr Micky ihn an. »Dafür waren wir doch vor ein paar Tagen hier!« Seine Stimme wurde lauter. »Wo ist sie jetzt? Geht es ihr gut? Verdammt, sie haben versprochen ...«

Herbert warf Micky einen scharfen Blick zu und unterbrach damit seine Vorwürfe.

»Sie sagt mir nicht, wo sie ist«, antwortete Sebastian ärgerlich, »Und ich weiß nie, wann sie das nächste Mal anruft. Sonst hätte ich mich schon gemeldet.«

»Haben sie die Rufnummer?«, fragte Herbert.

»Ja, aber das können sie vergessen. Das Handy ist immer aus.«

»Wir haben noch andere Möglichkeiten, als nur zurückzurufen«, sagte Micky.

Die überhebliche Art des Polizisten ging Sebastian gehörig gegen den Strich.

»Das ist mir klar«, patzte er deshalb, »sie ruft aber jedes Mal mit einer anderen Nummer an. Da muss ich nicht Polizei sein, um zu raffen, was das bedeutet. Sie brauchen auch gar nicht so vorwurfsvoll tun. Immerhin waren sie es doch, der Sarah nun schon zum zweiten Mal hängen gelassen hat!«

Weiter kam er nicht. Denn Hannah warf ihm eines der vielen Stofftiere an den Kopf. Wütend drehte er sich zu ihr um.

»Ist doch wahr! Haben die in der ganzen Zeit überhaupt irgendwas herausgefunden?«

Hannah strich mit flacher Hand durch die Luft, als wolle sie sagen: »Es reicht!« Deshalb verstummte er.

»Was sagt sie denn, wenn sie anruft?«, fragte Micky.

Sebastians Gefühlsausbruch ließ er unkommentiert. »Geht es ihr gut?«

»Sie sagt, es geht ihr gut«, antwortete Sebastian.

»Hat sie etwas erwähnt, woraus wir schließen könnten, wo sie sich zurzeit aufhält? Einen Ort oder Namen?«, fragte er.

»Nein«, antwortete Sebastian.

»Sie ruft an und fragt: »Wie geht`s Hannah?«

Ich sage: »Besser«, und sie legt auf. So laufen die Telefonate. Sie will nicht gefunden werden.«

»Sie weiß nicht, in welcher Gefahr sie schwebt«, sagte Herbert.

»Fragen sie doch mal diesen verrückten Anwalt, wo sie ist! Der Ärger hat doch erst angefangen, seit der aufgetaucht ist! Hannah hat herausgefunden, dass er gar keine Zulassung mehr hat. Mit dem stimmt auf alle Fälle was nicht.«

»Wir fühlen ihm bald auf den Zahn«, versprach Herbert.

»Sobald wir wissen, wo er sich zurzeit aufhält«, fügte Micky hinzu. »Er ist nämlich aktuell nirgendwo gemeldet.«

»Was haben sie denn vor, wenn sie Sarah finden?«, fragte Sebastian, »Wollen sie bei diesem Mondo einfliegen und sie wie ein ungezogenes Kind nach Hause bringen?«

Micky seufzte.

»Wir brauchen eine Gelegenheit, bei der wir mit Sarah sprechen können«, sagte er, »Damit wir ihr unsere neusten

Informationen geben und sie konkret warnen können. Wenn sie wirklich zu Mondo gegangen ist, ist sie dort in großer Gefahr. Nur ist sie sich dessen nicht bewusst. Sie glaubt, dass er und ihr Vater die besten Freunde waren. Aber nach dem was wir wissen, hat sich ihr Vater vor einiger Zeit mit Mondo überworfen.«

»Ich kann ihnen mein Handy geben«, schlug Sebastian vor, »wenn sie wieder anruft, erzählen sie ihr alles!«

Micky schüttelte den Kopf.

»Was ist, wenn sie sofort auflegt?«, gab er zu bedenken.

»Dann ruft sie womöglich nie wieder an. Dann haben wir den letzten Kontakt zu ihr auch noch verloren.«

»Stimmt wohl«, sagte Sebastian grübelnd.

Doch dann kam ihm eine Idee.

»Und wenn ich sie zur Geburtstagsparty meiner Schwester einlade? Sie feiert am Wochenende in unserem Haus.«

»Glaubst du denn, sie kommt dahin?«, fragte Micky skeptisch.

»Nein, vermutlich nicht«, antwortete Sebastian. »Sie kennt meine Schwester ja gar nicht.«

Hannah griff nach ihrem Block und kritzelte. Dann schob Sie Sebastian den Block zu. Er überflog ihre Worte und schüttelte dann vehement den Kopf.

»Nein! Die Feier ist schon am Wochenende. Das werden die Ärzte gar nicht erlauben.«

Verärgert rupfte Hannah ihm den Block aus der Hand und schrieb erneut. Eigensinnige Fältchen bildeten sich dabei auf ihrer Stirn. Mit entschlossenem

Gesichtsausdruck schob sie ihm den Block wieder zu. Er las und seufzte.

»Was schreibt sie?«, fragte Herbert.

»Sie glaubt, Sarah werde kommen, wenn sie auch zur Party kommt.«

»Könnte das denn funktionieren?«, fragte Mick.

»Hannah ist vor ein paar Tagen erst dem Tod von der Schippe gesprungen. Sie muss sich erholen!«, sagte Sebastian aufgebracht. »Das kann doch nicht euer Ernst sein!«

»Er hat recht«, sagte Herbert. »Wir werden einen anderen Weg finden.«

Doch Hannah klatschte in die Hände, bis sie die Aufmerksamkeit der Männer hatte.

»ICH GEHE HIN!«, stand in Großbuchstaben auf dem Block, den sie jetzt hochhielt wie eine Demonstrantin ein Plakat.

Ihr Blick verriet, dass es völlig unmöglich war, sie davon abzubringen. Sebastian verdrehte die Augen.

»Okay ...«, gab er sich geschlagen. »Aber nur für eine Stunde und du wirst dich in eine Ecke setzen und nicht von der Stelle rühren!«

Hannah nickte und sah zufrieden aus.

»Also gut«, sagte er zu Herbert. »Sobald Sarah anruft, lade ich sie ein.«

»Darf ich auch zur Party kommen?«, fragte Micky. »Für gewöhnlich lade ich mich nicht gern selbst ein, aber so könnte ich direkt mit ihr sprechen.«

»Das geht schon«, sagte Sebastian, auch wenn er gerne Nein gesagt hätte. »Meine Schwester besteht allerdings auf Abendgarderobe.«

»Ich werde nachsehen, ob mein Kommunionsanzug noch passt«, sagte Micky.

Hannah grinste.

Sarah hatte sich in ihrem Zimmer verkrochen und in eines der Bücher aus Mondos Bibliothek vertieft. Elisa war zu Hause und sie wollte ihr nicht über den Weg laufen. Auch wenn Mondo immer wieder versicherte, dass Elisa auch liebenswerte Seiten hatte, so konnte sie das nicht nachempfinden. Für sie war Elisa ein Drachen. Doch so langsam ermüdete Sarah das Lesen und in ihrem Magen zwickte der Hunger. Sie brauchte dringend einen Snack. Sie beschloss, sich in der Küche nach etwas Essbarem umzusehen. Elisa hatte vorhin auf ihre unverkennbare Art verkündet, dass sie sich hinlegt, und unter keinen Umständen gestört werden wolle. Diese Tatsache konnte sie nutzen, um ihre Neugier zu stillen. Sie könnte sich im Haus umsehen. Möglicherweise fand sie etwas, dass ihr mehr über Mondos Identität verriet. Doch auf dem Weg hinunter hörte sie jemanden. War Elisa doch schon aufgestanden? Das würde ihre Pläne natürlich durchkreuzen, aber sie würde sich zumindest etwas zu essen holen. Als sie unten ankam, traf sie zu ihrer Überraschung nicht auf Elisa, sondern auf Roberto. Er war, seit sie in der Vila wohnte, ein paar Mal mit Mondo oder Leo hier gewesen, aber sie hatte nie viel mit ihm zu tun gehabt. Sie konnte ihn nicht ausstehen. Und das beruhte auf Gegenseitigkeit.

»Was machst du denn hier?«, fragte sie ihn jetzt statt einer Begrüßung.

Sie sah, wie er regelrecht zusammenzuckte. Er hatte sie nicht bemerkt.

»Außer mir und Elisa ist niemand hier«, erklärte sie ihm. »Und Elisa würde ich an Deiner Stelle aus dem Weg gehen. Ihre Laune ist heute zum Fürchten.«

Er verzog überheblich das Gesicht.

»Ich musste was abholen. Für den Boss«, sagte er gedehnt.

Komm schon, dachte Sarah. Das hast du dir doch gerade im Moment ausgedacht! Prüfend sah sie ihn an. Er verhielt sich merkwürdig. Und vor allem hielt er nichts in den Händen. Es musste etwas Winziges sein, was er da abgeholt hat.

»Was hast du denn geholt?«

»Geht dich nichts an«, antwortete er und ging wieder Richtung Haustür.

So einfach würde sie ihn nicht davon kommen lassen.

»He! Warte mal.«

Er ließ die Türklinke los und sah sie genervt an.

»Was?«

Unter seinem Jackett blitzte eine Schusswaffe hervor.

»Ich hab`s eilig!«

»Wo hast du gelernt, damit umzugehen?«, fragte sie ihn und deutete auf die Waffe.

Einen Moment sah er sie an, als wäre sie nicht ganz dicht.

»Wer hat dir beigebracht, wie man schießt?«

»Mein Vater hat es mir gezeigt«, antwortete er knapp.

»Und hast du sie ... also ...«

»Du meinst, ob ich schon jemanden erschossen habe?«, fragte Roberto und kam ein Stück auf sie zu.

Das wäre nicht ihre Frage gewesen, aber sie nickte.

Er lächelte. Doch das Lächeln erreichte seine Augen nicht. Sarah wich zurück.

»Es könnte aber jeden Tag so weit sein«, sagte er wie ein Versprechen. Seine eisblauen Augen flackerten bedrohlich.

»Wo ist dein Vater eigentlich?«, fragte sie, um das Thema von der Waffe abzulenken. Sie bemühte sich, unbeeindruckt zu wirken, und hoffte, dass er das Zittern in ihrer Stimme nicht bemerkte. »Ich kenne ihn noch gar nicht.«

Er nahm seinen Blick von ihr und wand sich ab.

»Er ist nicht da«, antwortete er und runzelte die Stirn.

»Wo ist er?«

»Keine Ahnung.« Er zuckte mit den Schultern.

»Machst du dir Sorgen?«

Er lachte verächtlich. »Um ihn macht man sich keine Sorgen. Er hatte einen Job. Das ist alles.«

Er machte sich Sorgen. Da war Sarah sich sicher.

»Was für ein Job?«, fragte sie. Soviel sie wusste, arbeitete er für Mondo.

»Er ist Schreiner«, antworte Roberto grinsend.

Sarah verzog das Gesicht. Arschloch! Er hielt sich wohl für oberwitzig. »Roberto Bello« nannten sie ihn alle. Schön war er ja wirklich. Wie immer war er auch heute akkurat gekleidet. Schwarzer Anzug und funkelnde Lederschuhe. Nur seine Haare trug er nicht so aalglatt wie sonst. Jetzt wo sie genau hinsah, wirkte er beinahe ungekämmt. Das stand ihm wesentlich besser, als dieser Italo-Schmalz-Look und trotzdem fand sie ihn abstoßend und gruselig. Ob das nur ihr so ging, oder flogen die

Mädchen auf ihn? Ob er eine Freundin hatte?»Hast du eigentlich eine Freundin?«, fragte sie, ohne nachzudenken. Als es ihr auffiel, wie dämlich die Frage klang, war es schon zu spät.

Er hob die Augenbrauen und lachte herablassend. »Willst du mich jetzt angraben?«

»Ach herrje«, stöhnte sie. »An Selbstbewusstsein mangelt es dir wohl nicht. Ich wollte nur höflich sein, und das Gespräch in Gang halten.«

»Mach dir keine Mühe«, sagte er, »wie ich eben schon erklärt habe, habe ich es eilig«, jetzt kam wieder das überhebliche Lächeln, »außerdem bist du nicht mein Typ.«

Damit verließ er das Haus. Am liebsten hätte sie ihm etwas hinterhergeworfen. Etwas Schweres. Oder zumindest gerufen. Irgendwas Cooles, Schlagfertiges.

Stattdessen stand sie nur da und starrte auf die Tür.

»Madonna!« Leo schlug die Hände vors Gesicht. Einen Moment dachte Mondo, er würde ohnmächtig. Was solche Dinge anging, war Leo nicht sonderlich belastbar. Dann aber schien er sich zu fangen und so wand er sich dem aufgelösten Jungen zu, der sie gerufen hatte. Er war in seinen Antiquitätenhandel gekommen und hatte sie hier hergeführt.

»Ich wusste nicht, was ich sonst machen sollte«, weinte der Junge. Er zitterte.

Mondo kniete zu dem kleinen Kerl hinunter. Er war etwa 11 Jahre alt. Er strich ihm durch den dunklen Haarschopf.

»Du hast alles richtig gemacht«, sagte er und hielt ihn an der Schulter. Dann schob er ihn sanft zurück in den Hausflur von der Wohnung weg. Er senkte die Stimme.

»Dein Onkel ist nun an einem besseren Ort. Er ist jetzt bei unserem Herrn.«, er selber war nicht gläubig, aber fast alle Mitglieder der Familie waren es. Der Junge lebte in einem erzkatholischen Haushalt, somit würde ihn dieser Gedanke trösten. »Ich möchte, dass du jetzt nach Hause läufst. Sprich zu niemandem ein Wort, hörst du?!«

»Niemand?«

»Niemand.«

Er steckte ihm 20 Euro in die Hosentasche. Ein Lächeln huschte über das tränennasse Gesicht des Jungen.

»Danke Don«

»So solltest du mich nicht nennen!«, tadelte Mondo ihn lächelnd. »Los! Kauf dir ein Eis oder was auch immer du gerne hättest. Wir kümmern uns jetzt um alles.«

Der Kleine nickte, drehte auf dem Absatz um und rannte davon. Er war ein vernünftiger Junge. Er würde keinen Ärger machen.

Mondo hatte schon viel gesehen, aber der Anblick, der sich ihm in dem Wohnzimmer bot, war selbst für ihn erschreckend.

»Verfluchte Sauerei!«, stöhnte er.

Den Mann, der dort in seinem eigenen Blut auf dem Boden lag, erkannte er nur noch an der Tätowierung auf dem rechten Arm, denn seine Gesichtszüge konnte man nicht mehr erkennen. Man hatte ihm den Kopf mit einer Brechstange eingeschlagen. Das war offensichtlich, denn das rostige Ding lag blutverschmiert zwischen ihm und seiner jungen Frau auf dem Teppich. Auch sie war tot.

Und auch sie hatte man so zugerichtet. Mondo sah sich im Raum um.

Der umgekippte Sessel, die zerbrochene Weinflasche und die eingeschlagene Scheibe der Vitrine zeugten von einem Kampf. Ein Gemälde an der Wand hing schief und eine der Gardinen lag abgerissen auf dem Boden.

»Was ist mit dem Stoff?«, fragte er Leo, obwohl er die Antwort schon kannte.

»Er ist weg«, antwortete Leo, wie zur Bestätigung. »Sie haben ihn gefunden.«

Mondo nickte.

»Weil sie danach gesucht haben. Sie haben davon gewusst.«

Mondo zückte sein Telefon.

»Ich rufe Roberto an. Wir müssen sie wegschaffen und die Wohnung in Ordnung bringen.«

Leo verzog unglücklich das Gesicht.

»Können wir sie nicht ...?«

»Nein« Mondo schüttelte entschlossen den Kopf. »Hier wimmelt es sonst bald vor Polizei. Polizei, die Fragen stellt. Nein, Roberto soll mit dem Transporter kommen. Wir schaffen sie zu Rolfi.«

Rolf Angermann war ein befreundeter Bestatter, der seine Haushaltskasse aufbesserte, indem er sich gelegentlich um eine Leiche von ihnen kümmerte. Meist verbrannte er sie gemeinsam mit den offiziellen Einäscherungen. Das war eine saubere Angelegenheit und niemand fand Monate später eine Leiche und stellte Fragen. Polizisten ermittelten bei Toten wesentlich ausdauernder als bei Vermissten.

Roberto ging nicht ans Telefon. Er wählte die Nummer noch mal.

»Warum kann Rolfi sie nicht hier abholen?«, fragte Leo kläglich.

»Weil Rolfis Auto ein verdammter Leichenwagen ist! Porca Madonna Leo! Schalt dein Gehirn ein!«, fuhr er ihn an. Seufzend zog Leo sein Jackett aus.

»Roberto soll Silenzio mitbringen. Wir brauchen jemanden, der schwer heben kann. Und Plastiktüten. Und Handschuhe!«, sagte er und stapfte in die hinteren Räume.

Mondos Blick ruhte auf den Toten, während das Freizeichen beständig an seinem Geduldsfaden zerrte.

Cocorito war ein zuverlässiger Mann gewesen. Regelmäßig deponierte er Kokainlieferungen und verteilte sie weiter an die Unterhändler. Das ging schon seit Jahren so und niemals gab es Unstimmigkeiten oder Ärger mit ihm. Vor ein paar Wochen hatte Cocorito erzählt, dass er vorhatte zu heiraten. Mondo erinnerte sich an den verklärten Ausdruck auf seinem Gesicht. Das Gesicht eines verliebten Mannes.

»Fahr mit ihr nach Hause!«, hatte er zu ihm gesagt. »Stell sie Deinen Eltern vor und plane die schönste Hochzeit, die dein dreckiges Heimatdorf je gesehen hat!«

Coco hatte versprochen, ihn einzuladen.

Das hier sollte für eine Weile seine letzte Lieferung gewesen sein. Jetzt war es die Letzte für immer.

Fluchend wählte er erneut Robertos Nummer.

»Wo zum Teufel treibt er sich rum?«

Zornig steckte er sein Telefon weg. Dann zog er sein Jackett aus und krempelte die Ärmel hoch.

»Leo!«, brüllte er.

Es gab viel zu tun und ihnen blieb nicht viel Zeit.

Leo kam mit betroffener Mine aus dem Nebenzimmer. Er konnte in seinem Gesicht sehen, dass es noch ein Problem gab. Und dann hörte er es selbst. Im Nebenzimmer schrie ein Baby.

Kapitel 22

Sarah betrachtete sich vor dem Spiegel. Sie trug ein lavendelfarbenes Kleid aus Chiffon und Seide. Ihre Haare hatte sie zu Locken aufgedreht und im Nacken hochgesteckt. Verspielt drehte sie sich um ihre eigene Achse und lies das Kleid um ihre Beine schwingen. Mondo würde mit ihr und Elisa heute zu Abend essen. Die Aussicht auf einen Abend mit Elisa erfüllte sie zwar nicht mit Freude, aber sie könnte Mondo wegen der Party fragen. Sebastian hatte sie zur Geburtstagsfeier seiner Schwester eingeladen. Erst wollte sie ablehnen, aber dann erfuhr sie, dass Hannah auch dort sein würde. Die Chance sie nach dem Unfall endlich wiederzusehen, konnte sie sich unmöglich entgehen lassen. Dort könnte sie Hannah treffen, ohne sie damit zu gefährden.

Sie legte eine Halskette mit weißen Perlen um. Ein Geschenk von Mondo. Passend dazu ein Armband. Sie war sicher, dass er sie nicht zu der Party gehen lassen würde. Bestimmt fand er einen solchen Ausflug zu riskant. Aber sie musste es versuchen.

Auf der Treppe strömte ihr der Duft des Abendessens entgegen. Als Sarah ins Esszimmer kam, war noch niemand da. Unschlüssig stand sie am Tisch. Sie warf einen Blick auf ihre Armbanduhr. Auch ein Geschenk von

Mondo. Der Rand des Uhrenglases war mit winzigen Diamanten besetzt, die jetzt im Kerzenschein funkelten. Es war Punkt sieben Uhr. Sie war pünktlich. Sie setzte sich und hoffte, dass die anderen auch bald kommen würden. Sie hätte nicht weniger überrascht sein können, als plötzlich Roberto das Esszimmer betrat. Er starrte nervös in den Raum.

»Wo ist der Boss?«, fragte er ohne eine Begrüßung.

Sarah öffnete den Mund, um zu antworten, aber da erklang schon die unterkühlte Stimme von Elisa.

»Er ist mit Leonard unterwegs und noch nicht zurück.«

Roberto starrte ins Nichts.

»Er hat versucht, mich zu erreichen.«

Er strich sich mit den Händen durchs Gesicht.

»Er wird jeden Moment kommen. Also setz dich«, sagte Elisa.

Roberto setzte sich. Elisa legte ihm eine Hand auf die Schulter.

»Wir wollen zusammen essen«, sagte sie, »Du kannst uns Gesellschaft leisten.«

Dann setzte sie sich ihm Gegenüber und schlug ihre langen Beine übereinander. Sarah fand, dass Roberto blass aussah. Er wirkte auch nicht mehr überheblich. Er sah eher aus, wie jemand, der sich vor Angst fast in die Hosen machte.

Elisa rief nach Aurelia und ließ Brot und Wein auftragen. Unangenehme Stille machte sich am Tisch breit. Während Roberto wie ein paralysiertes Kaninchen vor sich hin brütete, betrachte Elisa betont gelangweilt ihre

Fingernägel. Keiner von beiden sah Sarah auch nur an. Sarah fühlte sich deplatziert. Wie ein ungebetener Gast.

Immer wieder sah sie auf die Uhr. Mondo war bereits zwanzig Minuten zu spät. Seufzend griff sie nach einem Stück Brot. Damit hatte sie wenigstens etwas zu tun, und wenn sie den Mund voll hatte, würde niemand erwarten, dass sie sprach. Aber bemerkten die beiden sie überhaupt? Elisa anscheinend nicht, denn sie goss jetzt nur Roberto und sich selbst Wein ein.

Selbst Aurelia war heute Abend steif und frostig. Von ihrem hitzigen Temperament war nichts mehr zu spüren. Wortkarg schlich sie um den Tisch und erfüllte die Wünsche der Hausherrin. Wenigstens behandelte sie Sarah nicht wie Luft, sondern holte die Weinflasche und schenkte jetzt auch ihr ein. Dankbar nahm Sarah das Glas und trank. Doch mit einem Mal horchte sie auf.

Die Eingangstür wurde aufgeschlossen. Sie glaubte zu sehen, wie Roberto noch mehr in sich zusammensackte.

Poltern und Krachen drangen zu ihnen herüber. Dann hörte sie ihn fluchen. Sie überlegte, ob sie aufstehen und nachsehen sollte, doch da erschien Mondo schon im Türrahmen. Tiefe Falten durchzogen sein Gesicht und seine Augen funkelten böse. Er wirkte abgekämpft. Aber vor allem wirkte er sauer. Dunkelrote Flecken tränkten seine hellbeige Jacke. Jetzt wo sie genauer hinsah, erkannte sie, ... das konnte nur ... Blut! Die Jacke war voller Blut!

Mondos Blick fiel auf Roberto. Ihn dort sitzen zu sehen, schien ihn noch wütender zu machen.

»Wo warst du?«, schrie er Roberto an.

Sarah zuckte erschrocken zusammen. Sie hatte ihn noch nie brüllen gehört. Mondo umrundete den Tisch und baute sich vor Roberto auf.

»Wo warst du den verdammten ganzen Tag! Wir haben dich gebraucht!«

»Ich ... ich ...«, stotterte Roberto, doch Mondo ließ ihn nicht ausreden.

»Ich versuche dich, seit heute Vormittag zu erreichen! Und jetzt wo alles getan ist, sitzt du hier an meinem Tisch und frisst dich voll?«

Roberto war jetzt kreidebleich. In seinen Augen stand blanke Furcht. Leo tauchte hinter Mondo auf. Auch er sah abgekämpft aus. Er hatte sein Jackett ausgezogen und die Ärmel seines Hemdes hochgekrempelt. Schweißflecken malten sich darauf ab. Er sah Roberto an und schüttelte verständnislos den Kopf.

»Verdammt Junge, wo warst du?«, fragte er.

Roberto starrte ihn nur an.

»Ich hab dich was gefragt!«, brüllte Mondo. Sarah konnte ihren Blick nicht von den Flecken auf seiner Jacke lösen.

»Ich ... ich war in Belgien. Da hatte ich kein Netz«, stotterte Roberto.

»Was machst du in Belgien?«, brüllte er wieder.

Das war nicht der Mann, den Sarah in den letzten Tagen kennengelernt hatte. Das war der Mann vor dem Herbert und Micky sie gewarnt hatten.

»Ich habe dir gesagt, ich will, dass du erreichbar bist. Immer. Egal wo. Morgens. Mittags. Nachts. Beim Vögeln und im Scheißhaus! Immer. Was davon hast du nicht verstanden? Oder bist du einfach nur zu blöd? Warum tust du nicht, was man dir sagt?«

»Es tut mir leid Boss.«

»Es tut mir leid! Es tut mir leid! Ist das alles? Du weißt, was mit Männern geschieht, auf die man sich nicht verlassen kann.«

»Ich war bei einem Freund. Ich habe das mit dem Netz nicht bedacht«, flüsterte Roberto.

Sarah sah ihn an. Warum log er? Hatte er heute Vormittag nicht gesagt, er habe etwas für Mondo abgeholt? Das ergab keinen Sinn. Aber sie beschloss, sich da raus zu halten.

Elisa nahm das alles ziemlich unbeeindruckt und gelassen hin.

Mondo richtete den Zeigefinger auf Roberto.

»Du rührst dich nicht von der Stelle!«

Roberto presste sich in den Stuhl und nickte.

»Aurelia!«, brüllte Mondo nach der Köchin. »Bring meinen Gästen die Vorspeise!« Er wand sich von ihnen ab. »Ich gehe mich umziehen«, murmelte er und verließ das Esszimmer. Leonard folgte ihm. Wieder beherrschte Stille den Tisch. Elisa bestrich seelenruhig ein Stück Brot mit gesalzener Butter und schenkte sich und Roberto Wein nach. Sarah war der Appetit vergangen.

Seine Jacke war voller Blut gewesen! Wessen Blut war das? Sie würde keinen Bissen herunter bekommen. Sie trank einen großen Schluck Rotwein. Und gleich darauf noch einen. Nüchtern würde sie diesen Abend nicht überstehen.

Als Mondo an den Tisch zurückkehrte, setzte er sich neben sie. Er roch frisch geduscht. Auch Leo trug frische Kleidung.

»Ich bitte die Damen um Verzeihung«, sagte Mondo wieder in gewohnt ruhigem Ton.

»Es ist nicht recht euch warten zu lassen. Ihr seht heute beide ganz bezaubernd aus.« Er hob sein Glas und lächelte. Er war wieder wie ausgewechselt.

Aurelia eilte herbei, und goss den Männern Wein ein.

»Vergessen wir den Ärger. Auf ein gutes Abendessen«, sagte er. Und jetzt trug Aurelia emsig Speisen auf. Sie kam Sarah vor wie eine etwas zu rund geratene Ameise. Unermüdlich lief sie zwischen Küche und Esszimmer hin und her und versorgte sie mit allem, was das Herz begehrte.

Der Wein half Sarah, zu entspannen. Wider Erwartens lief ihr jetzt doch das Wasser im Mund zusammen. Aurelias Köstlichkeiten dufteten einfach zu gut. Egal was aus diesem Abend noch wurde. Oder auch aus den nächsten Tagen. Jetzt würde sie einfach dieses unglaublich gute Essen genießen.

Kaum hörbar fragte Roberto:

»Ist es dir lieber, wenn ich jetzt gehe, Boss?«

Mondo sagte eine Zeit lang nichts, sondern genoss leicht in sich gekehrt seine Vorspeise. Dann sagte er:

»Willst du jetzt auch noch meine Köchin beleidigen? Greif gefälligst zu. Ich werde dir schon sagen, wann ich Deinen Anblick nicht mehr ertragen kann.«

»Danke«, flüsterte Roberto und griff nach dem Brot.

»Hat sich dein Vater bei dir gemeldet?«, fragte Mondo. »Nein«, antwortete Roberto. Er sah unglücklich aus. Wenn er sonst nicht so ein unmöglicher Kotzbrocken wäre, könnte er Sarah jetzt beinahe leidtun. Aber er war ein Arschloch. Und ein Lügner.

Mondo wand sich, ohne darauf einzugehen, von ihm ab.

»Gab es Ärger?«, fragte Elisa mit einem Mal.

Mondo nickte kurz und schaute sie warnend an. Sarah bemerkte, wie er mit den Augen kurz in ihre Richtung deutete.

»Soll Sie ruhig mitbekommen, welche Art Ersatzpapi sie sich da an Land gezogen hat«, spottete Elisa.

»Erzähl es uns ruhig! Wen habt ihr heute beseitigt? Habt ihr ihn erschossen oder abgestochen?«

Sarah hielt den Atem an. Elisa bemerkte es. Ein zufriedenes Lächeln umspielte ihr hübsches Gesicht.

»So wie ihr eben ausgesehen habt, denke ich eher Letzteres«, fuhr sie fort. »Muss ein ziemliches Gemetzel gewesen sein?«

Sarah ließ ihre Gabel fallen. Laut klirrend landete sie auf dem Porzellanteller. Es war die aufgestaute Wut und die Angst, die jetzt raus mussten. »Danke liebe Elisa«, platzte sie heraus. »Mir ist durchaus bewusst, in wessen Haus ich hier bin. Ich brauche auch keinen Ersatzpapi. Ich werde in absehbarer Zeit wieder ausziehen, da kannst du ganz beruhigt sein. Und bis dahin fände ich es mehr als nur höflich, wenn du nicht über mich sprechen würdest, als wenn ich nicht anwesend wäre.«

»Ich will doch schwer hoffen, dass du bald wieder verschwindest«, sagte Elisa und erhob die Stimme. »Wenn es nach mir ginge, wärst du gar nicht hier.«

»Es reicht!«, flüsterte Mondo drohend. Dabei sah er sie eindringlich an.

Sie wollte etwas erwidern, aber er schnitt ihr das Wort ab. Er sprach jetzt mit ihr auf einer Sprache, die für Sarah wie spanisch klang. Einen Moment diskutierten sie in dieser Sprache ein wenig Hin und Her, bis sein letzter Satz sie plötzlich verstummen ließ.

»Belleze! Vertragt euch!«, rief Leo und klatschte in die Hände, als wolle er Streit auf einem Kindergeburtstag schlichten. »Wir haben ein so schönes Essen. Greift zu, und hört auf mit diese ... mit diese Dingsda! Ich habe gehört, sie lernen jetzt, zu kämpfen Signorina?«, wechselte er das Thema.

Sarah fing das Angebot zum Themenwechsel dankbar auf.

»Ja, Mondo hat mir einen exzellenten Trainer besorgt. Noch ein paar Trainings und ich will mir selbst nicht mehr im Dunkeln begegnen.«

»Bravo! Signorina«, rief Leo, »Es ist gut, wenn sich eine Frau zu wehren weiß.«

»Du musst hören, wie gut sie schon italienisch spricht!«, sagte Mondo jetzt lächelnd.

»Großartig.« Leo klatschte wieder in die Hände.

»So ist es richtig Signorina! Bravo. Los sagen sie etwas auf Italienisch!«

»Ich kann noch nicht viel«, antworte sie, »aber: „Ti ingrazio per i belissimi fiori.«

»Bravo«, lobte nun auch Mondo. »Du lernst schnell!«

»In zwei Wochen spricht sie besser als du!«, lachte Leo.

Sarah errötete.

»Ihr seid gut zu mir. Ich danke euch.«

Mondo nickte.

»Gern, wenn du etwas brauchst, sag es mir.«

Elisa verzog das Gesicht. Sagte aber nichts. Roberto sagte schon lange nichts mehr. Er schien sichtlich bemüht, heute nicht mehr aufzufallen.

»Da wäre wirklich etwas«, sagte Sarah und räusperte sich. Mondo sah interessiert von seinem Teller auf.

»Und das wäre? Hast du überhaupt noch Zeit bei all Deinen Aktivitäten?«, er lachte.

»Ein Freund hat mich auf eine Feier eingeladen. Ich würde gerne hingehen.«

»Nein.« Mondo schüttelte den Kopf. »Kommt nicht in Frage.«

Sie hatte mit dieser Antwort gerechnet. Und trotzdem traf die Enttäuschung sie mit ungeahnter Wucht.

»Hannah wird da sein«, versuchte sie, den Wunsch zu erklären. »Ich habe sie seit dem Unfall nicht gesehen. Dort könnte ich sie ohne Gefahr treffen.«

»Ich kann dich natürlich nicht aufhalten. Aber es ist zu gefährlich.«

Niedergeschlagen stocherte Sarah in ihrem Essen herum.

»Wo findet diese Party denn statt?«, fragte er nach einer Weile.

»Bei einem Freund in Marienburg.«

»Du kannst hinfahren.«

Sarahs Herz machte einen Sprung.

»Aber du wirst natürlich nicht allein gehen.«

»Nicht allein?«

»Man geht doch immer in Begleitung zu einer Party. Das ist doch nicht ungewöhnlich. Du brauchst jemanden, der dich schützt. Roberto wird dich begleiten«, sagte Mondo und aß ein Stück vom Lammbraten.

»Ich?« Roberto schreckte auf.

»Roberto soll sie begleiten?«, fragte Elisa jetzt auch.

»Sie sind in etwa ein Alter und geben zumindest optisch ein gutes Paar ab. Niemand wird es verdächtig finden. Er ist der perfekte Begleiter.«

»Ich finde es nicht richtig, dass unsere Leute benutzt werden, damit das kleine Fräulein ihr Partyleben pflegen kann«, sagte Elisa und sah pikiert zu Sarah hinüber.

Sarah schnaubte vor Wut. Was hatte diese Frau eigentlich gegen sie?

»Es geht mir nicht um die Party. Ich möchte meine beste Freundin wiedersehen, die vor ein paar Wochen fast gestorben ist. Ich habe sie seit dem Unfall nicht mehr gesehen.«

»Das ist natürlich was ganz anderes«, spottete Elisa.

»Was habe ich ihnen eigentlich getan?«, fuhr Sarah sie lauter als beabsichtigt an.

»Da siehst du es. Sie hat keinen Anstand«, beschwerte Elisa sich bei Mondo. »Und so etwas schleppst du hier ins Haus!«

Mondo schlug mit solcher Wucht auf den Esstisch, dass ein Weinglas umkippte. Sarah zuckte zusammen.

Rotwein ergoss sich über die weiße Tischdecke.

Es sieht aus wie Blut, dachte sie. Wie das Blut vorhin auf seiner Jacke.

Mondos Gesicht war gerötet vor Zorn.

»Es ist mein Haus und ich will jetzt in Ruhe zu Abend essen! Hast du das verstanden meine Liebe Elisa?«

Er bedachte sie mit einem Blick, der keiner Worte mehr bedarf. Sie legte ihr Besteck auf den Teller und erhob sich. »Ich werde mich zurückziehen«, sagte sie. »Ich bin verabredet. Roberto wird mich fahren«

Roberto nickte und sprang auf. Und auch Leo empfahl sich kurz darauf. Jetzt waren sie allein.

Aurelia brachte eine Auswahl Desserts. Mondo winkte ab, aber Sarah konnte bei Desserts nie Nein sagen.

»Ich kann mich nicht entscheiden«, seufzte sie.

Aurelia lächelte stolz.

»Nimm sie alle.«

»Alle?«, sie lachte. »Willst du mich mästen?«

»Probiere sie alle und entscheide dann.«

Ungläubig sah sie ihn an.

»Na los! Nur so kannst du ein Urteil fällen.«

Belustigt sah er ihr eine Weile zu, wie sie sich durch sämtliche Dessertvariationen probierte.

Er rührte gedankenverloren in seinem Espresso.

»So etwas wie mit der Party muss bis auf weiteres eine Ausnahme bleiben, hörst du?«

Sie nickte.

»Was hat Elisa gegen mich?«

»Sie duldet keine anderen Götter neben sich«.

»Du glaubst, sie ist eifersüchtig?«

»Sie fühlt sich immer zu kurz gekommen. Ich glaube, die Wurzel liegt darin, dass ich sie nicht heirate.«

»Warum nicht? Liebst du sie denn nicht?«

»Ich bin verheiratet. Auch wenn sie tot ist. Keine andere Frau wird jemals ihren Platz einnehmen.«

Er starrte er in den Kamin und schien in eine Erinnerung abzudriften. Sarah wagte es nicht, irgendetwas dazu zu sagen. Dann sagte er:

»Lass uns bitte über etwas anderes sprechen. Ich hatte einen harten Tag und diese Erinnerungen machen mich schwermütig.«

Sie hätte ihn gerne gefragt, was es mit dem Blut auf sich gehabt hatte. Die Frage brannte ihr auf der Zunge, aber sie schwieg. Er reckte sich und gähnte.

»Wir sollten langsam schlafen gehen.«

»Würdest du mir beibringen, wie man schießt?«, fragte sie unvermittelt und überrascht über sich selbst.

»Wie kommst du denn auf so eine Idee?«

Sarah zuckte mit den Achseln.

»In meiner Situation wäre es nicht schlecht, zu wissen, wie so ein Ding funktioniert.«

»Und auf wen willst du denn schießen?«, fragte er belustigt.

»Ich hoffe auf niemanden, aber ich würde es gerne lernen. Roberto hat gesagt, sein Vater hat es ihm beigebracht. Ich dachte, vielleicht würdest du ...«

Er griff sich mit beiden Händen an den Kopf. Dann lachte er. »Ihr seid euch wirklich sehr ähnlich.«

Kapitel 23

Immerhin sieht er gut aus, dachte Sarah, als Roberto sie vier Tage später in der Villa abholte.

»Beeil dich«, fuhr er sie an, statt sie zu begrüßen. »Wir nehmen meinen Wagen«, sagte er.

Sie würde gleich Hannah treffen. Dafür könnte sie auch fünf von seiner Sorte ertragen. Dieser überhebliche Vollidiot war heute nur ihr Chauffeur und Bodyguard.

Doch als sie ein Auto sah, überkam sie eine Gänsehaut. Der Wagen kam ihr bekannt vor. Es war ein schwarzer SUV. Wie der SUV, der ihnen in der Eifel gefolgt war ...

»Steigst du jetzt endlich ein?«, rief Roberto ihr ungeduldig zu. Diese Autos gibt es wie Sand am Meer, beruhigte sie sich. Sie stieg ein und zog die Maske über die Augen. Er überprüfte argwöhnisch ihren Sitz.

»Fahr jetzt los«, herrschte sie ihn entnervt an. »Ich guck schon nicht!«

Es hätte schlimmer kommen können, dachte sie, als sie etwas später mit ihm vor der dem Haus der Rosbachs wartete, dass man ihnen öffnete. Mondo hätte ihr auch Silenzio oder den Lächler an die Seite geben können.

Sie blickte zu Roberto hinüber. Kein Stäubchen, Fältchen oder Fussel auf dem grauen Mantel. Er trug

Lederhandschuhe und hielt einen kleinen Blumenstrauß für die Mutter der Gastgeberin in den Händen. Unter dem Jackett trug er eine Waffe. Sie hatten lange darüber diskutiert, aber auch Mondo war der Ansicht, dass es notwendig sei.

Eine attraktive blonde Frau, Sarah schätzte sie um die 50 Jahre alt, öffnete ihnen die Tür.

»Herzlich willkommen!«, sagte sie lächelnd, »ich bin Larissas Mutter. Kommt nur herein!«

Sarah wollte den Mund öffnen, um sich vorzustellen, da schritt Roberto auf Frau Rosbach zu und ergriff ihre Hand.

»Mein Name ist Roberto Mastroianni. Das ist Sarah Avigliano. Eine Freundin ihres Sohnes. Wir danken herzlich für die Einladung! Diese Blumen sind für sie.«

»Was für ein herrlicher Strauß!«, rief Frau Rosbach erfreut, » das wäre doch nicht nötig gewesen! Vielen Dank! Ihre Garderobe können sie unserem Hausmädchen geben.«

Sarah hatte gewusst, dass die Familie wohlhabend war, aber das Haus übertraf ihre Erwartung um ein Weites. Sie war froh, angemessen gekleidet zu sein.

»Das Kleid ist wundervoll!«, rief Frau Rosbach entzückt.

Sarah lächelte.

»Ganz reizend! Es steht ihnen großartig.«

»Dankeschön. Ich wurde beim Kauf gut beraten.«

Die Feier fand im Wohnbereich des Hauses statt. Man hatte die Terrassentüren geöffnet und somit hatten die Gäste die Wahl, ob sie sich innen oder im Garten aufhalten wollten. Die Party war bereits gut besucht und es herrschte eine lockere sommerliche Atmosphäre. Sarah erblickte im Gewühl der Menschen Sebastian. Sie winkte ihm wild zu und er kam strahlend zu ihr rüber. Es tat so gut, ein vertrautes Gesicht zu sehen.

»Schön, dich wohlbehalten wiederzusehen«, sagte er. »Hannah wird ausflippen vor Freude.« Dann schob er sie ein Stück von sich und betrachte sie mit etwas Abstand. Er pfiff anerkennend durch die Zähne.

»Wow, du siehst toll aus.« Dann sah er schuldbewusst zu Roberto.

»Entschuldigung! Ich bin Sebastian«, sagte er und hielt ihm seine Hand entgegen.

»Darf ich dir Roberto vorstellen?«, sagte Sarah, »er war heute so lieb, mich zu begleiten.«

Robertos ergriff Sebastians Hand. Sein Blick hatte den für ihn typischen leicht überheblichen Ausdruck.

»Möchtet ihr etwas trinken? Sarah? Einen Champagner?«

»Gern.«

»Für mich Wasser«, sagte Roberto.

»Hole ich euch! Und dann bring ich dich zu Hannah!«

Als Sebastian verschwand, sagte sie: »Danke Roberto.«

»Du musst mir nicht danken. Es ist ein Job.«

»Na dann ...« Sie verzog das Gesicht. Was war nur so schwer daran, ein bisschen freundlich zu sein.

Sebastian brachte ihnen die Getränke.

»Halooo!«

Eine bildhübsche, vielleicht etwas zu stark geschminkte Blondine schlang einen Arm um Sebastians Schultern.

»Magst du uns nicht vorstellen Brüderchen? «

Dann sah sie zu Sarah und Roberto hinüber. Ihr Blick blieb jedoch sofort auf Roberto haften. Sebastian räusperte sich.

»Das Geburtstagskind und meine bezaubernde Schwester Larissa. Prinzessin von und zu Rosbach. Hüterin der Klatschzeitschriften und Lippenstifte mit Glitzereffekt«

Sie stieß ihm in die Rippen.

»So ein Schleimer!«

Sebastian grinste.

»Und das ist Sarah. Ich habe dir von ihr erzählt. Und ihr ...?«

»Roberto Mastroianni«, vervollständigte Roberto den Satz. »Wir sind Freunde«, fügte Sarah hinzu. »Er war so nett, mich heute zu begleiten.«

Larissa hob entzückt eine Augenbraue. Dann breitete sich ein fröhliches Lachen über ihr gesamtes Gesicht aus.

Roberto verzog keine Miene. Er ging auf sie zu und ergriff ihre Hand.

»Ich bin angenehm überrascht, wie schön die Gastgeberin ist.«

Sarah unterdrückte ein Stöhnen.

Sebastian sah sie an, als wollte er fragen: Wo hast du den denn ausgegraben? Aber Larissa war ganz angetan. Sie ließ seine Hand gar nicht mehr los.

»Wir haben dir eine Kleinigkeit mitgebracht«, unterbrach Sarah diese peinliche Situation und reichte Larissa den Umschlag mit dem Geburtstagsgeschenk. Kleinigkeit war gut. Die Konzertkarten darin waren ein

Vermögen wert. So etwas verschenkte sie für gewöhnlich nicht zum Geburtstag. Aber zurzeit war alles anders.

»Oh mein Gott, oh mein Gott, oh mein Gott!!!«, kreischte Larissa, als sie die Karten aus dem Umschlag zog.

»Woher wisst ihr, dass ich auf U2 stehe?«

Sarah lächelte und blickte in Richtung Sebastian.

»Hach ich habe einen tollen Bruder!«, seufzte sie. »Und ich bin froh, dass er auch noch so nette Freunde wie euch hat. Ich hatte schon befürchtet, er hängt jetzt nur noch mit so Leuten rum, wie der, die jetzt im Wintergarten sitzt.« Sie rollte mit den Augen. »Stellt euch vor, sie trägt Jeans!« Sie sprach Jeans aus, als wäre es eine ansteckende Krankheit. Sie schien es immer noch nicht fassen zu können.

»Ich habe dir doch erklärt, dass sie direkt aus dem Krankenhaus kommt«, entgegnete Sebastian genervt.

Sarah kicherte.

»Wo ist sie?«

Sebastian strahlte sie an. Er sah auf einmal sehr glücklich aus.

»Sie sitzt im Wintergarten. Wir haben ihr eine Sonnenliege aufgestellt. Sie hat sich zwar erst geweigert, aber ich habe gedroht, dass ich sie sofort zurück ins Krankenhaus fahre. Dann hat sie sich ergeben.«

»Ich möchte zu ihr!«, sagte Sarah. »Bringst du mich hin?« Larissa hakte sich bei Roberto unter. Offenbar wollte sie ihn unter keinen Umständen von der Angel lassen.

»Ich hoffe, du kannst ihn eine Weile entbehren?«, fragte sie, »ich würde ihm gern ein paar meiner Freundinnen vorstellen« Sie legte ihren Kopf schief und klimperte mit ihren falschen Wimpern. Sie wollte mit ihrem neusten Fang angeben. Sarah grinste. Sie sah Roberto an. Sein Blick war wieder zu Eis erstarrt. Dann sagte sie zu Larissa: »Aber klar doch. Nimm ihn nur mit.«

Und bevor Roberto etwas einwenden konnte, drehte sie sich um und lief mit Sebastian in Richtung Wintergarten. Erstmal war sie den Kotzbrocken los.

»Das ist also dein Bodyguard?«, lachte Sebastian. »Bin gespannt, was Lissy von ihm übrig lässt.«

Jetzt lachten sie beide. Sarah hörte Hannah schon von weitem.

»Ich bin ja wohl alt genug zu entscheiden, was ich trinken möchte!«, warf sie einem der Caterer an den Kopf.

Sarah zersprang fast vor Glück. Hannahs Meckern war Musik in ihren Ohren. Augenblicklich schossen ihr Freudentränen in die Augen. Hannchen!

»Sie soll noch gar nicht so viel sprechen!«, stöhnte Sebastian.

Aber niemand hörte mehr auf ihn. Vor Freude quietschend fielen sich Sarah und Hannah um den Hals. Sarah brach in Tränen aus.

»Hannchen, es tut mir alles so leid. Es ist alles meine Schuld!«

»Hör bloß auf zu heulen. Sonst heule ich gleich mit!«, schallt Hannah sie und schob sie ein Stück von sich. »Ist doch alles gut. Mir geht's prima.«

Sie breitete die Arme aus.

»Guck! Noch alles dran!«

Sarah lachte und wischte sich die Tränen aus dem Gesicht. Hannah war noch schmaler geworden und sie sah erschöpft aus. Aber sie lebte!

»Wirklich. Es geht mir gut«, sagte Hannah, dann drehte sie sich zu Sebastian um. »Außer, dass man mir hier nur Limo zu trinken gibt! Bin ich auf einem Kindergeburtstag?«

Sebastian seufzte.

»Also gut. Aber nur ein Radler! Mehr nicht.«

»Ich habe dich fast nicht erkannt!«, sagte Hannah, als er weg war und betrachte Sarah staunend, »In so einem Fummel hab ich dich ja noch nie gesehen.«

Plötzlich fühlte Sarah sich verkleidet.

Sie stupste Hannah vorsichtig in die Seite.

»Erzähl mir lieber mal, was da zwischen dir und Sebastian läuft?«

Hannah zuckte mit den Achseln.

»Er ist wie ein verlassener Hundewelpe. Ich kann mich ihm nicht entziehen, ohne mich herzlos zu fühlen. Seit dem Unfall weicht er mir nicht mehr von der Seite. Er ist ein fürchterlicher Snob und er geht mir manchmal tierisch auf die Nerven mit seiner Fürsorge, aber ich bin froh, dass er da war. Und immer noch ist. Er versorgt mich mit Schonkost, Plüschtieren und Luftballons. Ach, und er bringt mir Rätselhefte mit.«

Sarah sah, dass in ihren Augen kleine Tränen glitzerten.

»Ich hätte für dich da sein müssen«, sagte sie. »Es war meine Schuld, und ich habe dich allein gelassen.«

»Du hast es dir nicht ausgesucht, dass dir plötzlich die halbe Kölner Unterwelt auf den Fersen ist.«

Sarah kämpfte mit den Tränen.

»Es tut mir leid.«

»Jetzt hör mal auf mit dem Gejammer! Sag mir lieber, wo du dich jetzt rumtreibst? Wohnst du jetzt etwa bei diesem Gangstertyp?«

Sarah nickte.

»Findest du das nicht ein bisschen schräg? Ich meine, Hallo! Du, die personifizierte Justitia unter einem Dach mit Don Corleone?«

Sarah presste die Lippen aufeinander.

»So ist er nicht«, antworte sie. Dann sah sie Mondo wieder vor sich, wie er blutverschmiert Roberto anbrüllte.

»Aha! Wie ist er denn? Und vor allem: Wer ist er?«, fragte Hannah.

»Ich, ich weiß es nicht.«

Während sie es aussprach, merkte sie, wie blöd das klang. »Du weißt es nicht«, wiederholte Hannah trocken. »Ich mache mir Sorgen um dich! Was willst du bei diesen Leuten? Du wirkst so verändert. Sieh dich nur an. Was hast du da an? Ein Elfenkostüm?«

»Ich kann es dir noch nicht erklären, Hannchen. Aber es geht mir gut. Er ist gut zu mir und er will mir helfen. Er spürt diese Typen auf, die dir das angetan haben und die mich verfolgen. Und er wird dafür sorgen, dass sie aufhören.«

»Und warum tut er das?«

»Er war der beste Freund meines Vaters. Deshalb hilft er mir.«

»Das muss doch noch andere Gründe haben. So einer macht doch nichts einfach nur aus Nächstenliebe.«

»Hannah du kennst ihn doch gar nicht!«

»Aber ich weiß, dass er mehrere Menschenleben auf dem Gewissen hat. Mehr muss ich nicht wissen. Und das muss ich gerade dir erzählen?«

»Urteile nicht über jemanden, den du nicht kennst«, antwortete Sarah steif.

»Vielleicht weiß ich ja mehr über ihn als du! Wusstest du, dass er und dein Vater schon länger gar nicht mehr befreundet waren?«

»Das ist Blödsinn. Woher hast du denn das? «

»Das hat sie von mir«, hörte Sarah jemanden in ihrem Rücken.

»Was machst du hier?«, fragte sie.

Sie spürte, wie ihre Stimme zitterte. Innerlich machte ihr Herz einen Sprung.

»Ich habe gehört, hier gibt es heute etwas zu feiern«, antwortete Micky, »Die Gastgeberin ist eine Augenweide, es gibt Bier und das Essen ist vorzüglich. Genug Gründe, um mich selbst einzuladen.«

Jetzt würde sie ihm furchtbar gerne wieder vor sein Schienbein treten.

Anerkennend schaute er an ihr hinunter.

»Steht dir gut, der neue Look. Ein bisschen altbacken vielleicht. Hat ER das bezahlt?«

»Das geht dich nichts an«, zischte sie.

»Natürlich nicht.« Er hob beide Hände. »Aber du solltest dich mal fragen, woher das Geld dafür stammt.«

Hannah setzte sich in ihren Liegestuhl.

»Ich sehe schon, ihr seid wie immer ein Herz und eine Seele.« Einen Moment lang sahen Sarah und Mick sich in die Augen. Da waren sie wieder, diese frechen Fältchen, die seine blauen Augen umspielten.

»Sarah, sei vernünftig«, bat Micky sie. »Wir finden eine Lösung. Aber diese Leute, mit denen du dich jetzt umgibst, sind gefährlich.«

»Du wiederholst dich.«

»Ja verdammt aber du bist einfach zu borniert es zu verstehen.«

»Im Gegensatz zu dir hilft er mir! Vergiss nicht, dass ich euch um Hilfe gebeten habe! Ihr habt das abgelehnt!«

»Ja, ja ... ich habe versagt. Aber glaubst du wirklich, ER hilft dir?«

Sarah dachte an die letzten Tage. An die Zeit, die sie mit Mondo verbracht hatte. An ihre Gespräche und Ausflüge. Zuletzt war er mit ihr sogar in den Wald gefahren. Er hatte ihr gezeigt, wie man mit einer Waffe umgeht. Sie dachte an sein Versprechen: »Ich werde nicht zulassen, dass er dir etwas antut.«

»Ja«, sagte sie jetzt fest. »Das glaube ich.«

Micky schloss die Augen und seufzte.

»Hör zu. Dein Vater und er sind seit über 5 Jahren geschiedene Leute. Warum sollte es ihn kümmern, wer dir auf der Pelle hängt? Nenn mir einen vernünftigen Grund!«

Sie schwieg.

»Danke!«, sagte er. »Es gibt nämlich keinen. Und das weißt du selbst!«

»Hier kommen die Getränke!«, rief Sebastian und trug ein Tablett mit Gläsern heran. Er reichte Hannah ein Bierglas und hielt dann Sarah und Micky das Tablett hin.

»Ich sehe, ihr habt euch auch schon gefunden.«

»Warum hast du mir nicht gesagt, dass er auch hier sein wird?«, fragte Sarah ihn verärgert.

Er sah sie betreten an.

»Ich werde jetzt besser Roberto suchen«, sagte sie.

»Dein Roberto hat jetzt ganz andere Sorgen. Er mutiert geradezu Larissas neuem Kuscheltier.«

»Wer ist Roberto?«, fragte Micky.

»Sarahs Bodyguard«, erklärte Sebastian. »Da hinten dieser „Mister Italien“ im Anzug.«

Sebastian wies in Robertos Richtung. Wie gebannt hing Larissa an seinen Lippen und lachte laut los. Roberto konnte witzig sein? Das konnte Sarah sich nicht vorstellen.

»Hey!«, beschwerte sich Hannah, »Sag mal ist da auch nur ein Tropfen Bier drin? Das ist doch wieder nur Limo. Limo mit Schaum!«

Micky legte Sarah vertraulich eine Hand auf die Schulter. »Hör bitte zu. Ich muss dir ein paar Sachen sagen.« Er zog sie etwas näher. Sarah wagte kaum, zu atmen. Seine Nähe brachte sie durcheinander. Und damit er das bloß nicht merkte, löste sie sich von ihm und ging wieder auf Abstand. Jetzt griff er nach ihrem Handgelenk.

»Ich war in der Wohnung von Deinem Vater.«

»Du kannst mich loslassen«, sagte sie patzig, »Ich laufe schon nicht weg.«

»Du willst mir gar nicht zuhören, oder?«

»Ich habe dich nicht gebeten, herzukommen. Du wolltest mir damals nicht helfen, also lass mich jetzt in Ruhe!«

»Verstehst du denn nicht, dass du in großer Gefahr bist?«

»Ihr braucht mir nicht zu helfen. Mir wird schon geholfen.«

»Wenn du damit Mondo meinst, solltest du dir nicht so sicher sein.«

»Tu nicht so, als würdest du ihn kennen! Gar nichts weißt du von ihm! Ich lebe in seinem Haus. Ich glaube, ich kann ihn besser einschätzen als du!«

»Mag ja sein, dass er im Moment noch nett zu dir ist! Aber irgendwas muss zwischen ihm und Deinem Vater vorgefallen sein. Die Freundschaft zerbrach vor 5 Jahren. Sie waren schon lange keine Freunde mehr, als er starb.«

Sarah drehte sich von ihm weg.

»Diesen Blödsinn höre ich mir nicht mehr länger an.«

Micky hielt sie am Arm fest und drehte sie zu sich.

»Lass mich los!«, zischte sie.

»Bitte sieh mich an.«

Sie sah ihn an, und verlor sich im Blau seiner Augen.

»Sei vorsichtig«, flüsterte er, »und wenn du doch irgendwann meine Hilfe brauchst ... dann melde dich.« Er öffnete ihre Hand und legte einen gefalteten Zettel hinein.

»Was soll das hier, Sarah?« Roberto stand jetzt neben ihr.

»Alles gut. Roberto. Wir können jetzt fahren.«

»Warum weinst du?« Robertos eisiger Blick heftete sich auf Micky.

»Beruhig dich, Roberto Bello!«, lächelte Micky. »So nennt man dich doch, oder? Niemandem ist was passiert.«

Roberto sah Micky an, als versuche er, sich zu erinnern, woher er ihn kannte.

Sarah umarmte Hannah.

»Mach dir bitte keine Sorgen, hörst du? Ich komme zurecht und bin bald zurück. Und dann bestellen wir Pizza!«

Hannah nickte.

»Mit Ananas. Und viel Käse.«

Sarah spürte, wie Hannah sie an sich drückte. »Er meint es nur gut, Sarah. Er mag dich sehr, glaube ich.«

Sarah küsste sie auf die Wange und riss sich von ihr los. Bis zum Auto sprachen sie und Roberto kein Wort. Angespannt lief er um sein Auto herum. Dann zog er Mantel und Jackett aus und tastete das Innere aller vier Radkästen ab. Im Auto sah er sich konzentriert und mit prüfendem Blick um. Dann betätigte er die Zündung und fuhr in Richtung Autobahn.

»Wo fährst du hin? Ich dachte, wir fahren nach Hause?«

»Erst wenn ich mir sicher bin, dass uns niemand folgt«, antwortete er. »Was hast du dir dabei gedacht? Warum triffst du dich mit diesem Bullen? Was glaubst du, was passiert, wenn der Boss davon erfährt?«

»Ich wusste nicht, dass er da sein würde!«, verteidigte sie sich.

»Was wollte er von dir? Was hast du ihm erzählt?«

»Ich hab ihm gar nichts erzählt!«

»Es war ein Fehler, dir das Ganze überhaupt zu erlauben.«

»Nun tu mal nicht so. Immerhin hast du auch deine Geheimnisse vor ihm. Oder warum sonst hast du ihn letztens belogen? Wie war das? Kumpel in Belgien? Sei froh, dass dich Elisa an dem Tag nicht gesehen hat, sonst wärst du aber fies aufgekippt!«

»du verstehst gar nichts. Hältst dich für schlau. Glaubst, er sei der liebe Onkel für dich. Dabei bist du nicht mehr als eine Geisel.«, er lachte hämisch.

»Geisel? Was redest du da für einen Mist? Mein Vater und er waren die besten Freunde! Deshalb sorgt er für mich.«

Roberto hielt den Wagen an und drehte sich zu ihr um. »Das glaubst du tatsächlich oder?«

Sein Lächeln ließ sie frösteln.

Kapitel 24

Sarah schlich die Treppe hinunter ins Kellergeschoss.

Außer Aurelia, die in der Küche werkelte, war niemand in der Villa. Elisa war zu einer Kunstauktion gefahren und Mondo hatte kurz nach ihr das Haus verlassen. Wohin er gegangen war, wusste sie nicht, aber meistens kam er erst in den späten Abendstunden zurück. Sie begriff nicht, warum er ihr nicht gesagt hatte, wer hinter ihr her war. Sie war es leid, im goldenen Käfig zu sitzen, und zu hoffen, dass sich alles zum Guten wenden würde. Sie wollte die Dinge selbst in die Hand nehmen.

Robertos Worte gingen ihr nicht mehr aus dem Sinn. Wenn er die Wahrheit gesagt hatte, dann hatten auch ihre Freunde recht gehabt. Dann war sie hier in Gefahr. Aber was muss vorgefallen sein, dass brüderliche Freundschaft in Hass umschlug? Und warum umsorgte Mondo sie dann wie eine Tochter? Sie hatte vor, die Wahrheit herauszufinden.

Im Keller war sie bisher nie gewesen, denn das war ihr verboten worden, aber sie wusste, dass Mondo hier unten sein Büro hatte.

Sie schaute den Gang hinunter und lauschte ins Haus. Sie hörte Aurelia mit den Töpfen klappern. Sonst nichts.

Sie öffnete die nächst liegende Tür. Kalter Rauch schlug ihr entgegen. Das Erste, dass ihr ins Auge sprang, war die Bar. In dem Regal hinter dem Tresen drängten sich Alkoholflaschen dicht aneinander. Auf dem Tresen flankierten zwei Whiskygläser einen überfüllten Aschenbecher. Auf der anderen Seite stand ein Billardtisch und noch ein weiterer, mit grünem Filz bezogener Spieltisch. Über beiden baumelten tiefgezogene Lampen. Hier würde sie nichts finden, was ihr weiter half. Also verließ sie den Raum. Die Türen gegenüber waren aus Stahl gefertigt. Vermutlich führte eine von ihnen zum Heizungskeller. Es war besser, sich zunächst an die Holztüren zu halten. Doch die Nächste ließ sich nicht öffnen. Ratlos stand sie im Flur. Doch so einfach wollte sie nicht aufgeben. Oft waren Schlüssel für solche Türen in unmittelbarer Nähe versteckt. Deshalb tastete Sie den gesamten Türrahmen ab. Ohne Erfolg. Unter der Fußmatte fand sie ihn auch nicht. Ihr kam eine andere Idee. Zwischen den Zimmertüren hingen Ölgemälde von der Sorte, die sie öfter auf Flohmärkten sah und bei denen sie sich immer fragte, wer sich so düsteres Zeug aufhängte. Sie hob das Gemälde neben der verschlossenen Tür von der Wand und sah dahinter. Wahrhaftig steckte dort ein Schlüssel in der Rahmenleiste. Sie zog ihn aus seinem Versteck und versuchte ihr Glück. Er klemmte ein bisschen, aber er passte. Vorsichtig schob Sie die Tür auf.

Sie hatte ein Büro erwartet, dass in dem gleichen Stil wie das restliche Haus eingerichtet war. Mit dicken Teppichen und schweren Möbeln aus Tropenholz. Doch zu ihrer Überraschung bot es einen absoluten Kontrast. Es war spärlich und funktionell ausgestattet. Alles schlicht, aber elegant. Der Arbeitsplatz war bis auf eine Lampe und einen Briefbeschwerer leer. Es gab weder eine bekritzelte Unterlage noch Schmierzettel oder Papierstapel. In einem Wandregal standen Aktenordner. Sortiert. Wie Soldaten.

Nicht zum ersten Mal fragte sie sich, wer Mondo wirklich war. Sie hatte nicht ein einziges Mal gehört, dass er sich mit einem Namen vorstellte. Stirnrunzelnd sah sie sich um. Wo sollte sie anfangen zu suchen? Und nach was genau suchte sie eigentlich? Erst jetzt wurde ihr bewusst, wie wenig Gedanken sie sich diesbezüglich gemacht hatte. Womöglich gab es in den Ordnern Dokumente oder Briefe, aus denen sie mehr über seine Identität erfahren konnte. Wahllos griff sie nach einem der Ordner und zog ihn heraus. Und genauso wahllos blätterte sie darin herum. Desto länger sie hier unten war, desto bescheuerter empfand sie ihre Aktion. Sie brachte sich in Schwierigkeiten. Mehr nicht. In dem Ordner fand sie sorgfältig abgeheftete Firmenunterlagen. Hier und da fand sie auch einen Namen, aber woher würde sie wissen, dass es nicht nur einer der vielen Aliaspersonalien war? Sarah seufzte. Sollte man in dem Büro eines Schwerverbrechers nicht andere Dinge finden, als Gehaltsabrechnungen oder Inventarlisten? Ein bisschen Falschgeld, ein paar Drogen oder wenigstens eine Schutzgeldliste? Vermutlich sah sie zu viel fern. Oder sie hatte sich einfach nur verrückt machen lassen von Mickys Geschwätz. Vielleicht war Mondo nur halb so gefährlich, wie er es ihr hatte weiß machen wollen.

Sie wand sich dem Schreibtisch zu. Halbherzig zog Sie die unterste Schublade auf. Darin lagen ein Buch und ein Briekuvert. Sie griff nach dem Buch. Sie hatte ihm diesen

Titel empfohlen. Ja geradezu von ihm geschwärmt und jetzt las er es. Lächelnd nahm sie das Kuvert aus der Schublade. Darin fand sie eine Rechnung und ein paar Fotos. Als sie die Aufnahmen sah, holte sie Luft und versuchte die Tränen aufzuhalten. Es schnürte ihr die Kehle ab. Das Auto auf den Bildern war ihr Golf. Nach dem Unfall. Sie hatten ihn erst am nächsten Morgen bergen können, weil er so viel tiefer als die Fahrbahn im Graben lag und sie einen besonderen Kran brauchten. Es war ein Wunder, dass sie dort lebend herausgekommen waren.

Bei der Rechnung handelte es sich um ihre Werkstattrechnung. Die andere Rechnung hatte das Marienhospital ausgestellt. Ungläubig überflog sie die aufgelisteten Posten. Transport/ Überführung, Chefarztbehandlung ...

Sie schob das Kuvert zurück in die Schublade. Er hat also für die Überführung ins Marienhospital gesorgt! Und ihre Werkstattrechnung bezahlt! Das war er! Dann hatte er auch sicher die Totenfeier ihres Vaters bezahlt. Ein Gefühl der Scham überkam sie.

Herbert nahm einen Stapel Akten vom Stuhl und suchte einen Platz, wo er sie ablegen konnte. Micky war in eine Akte vertieft. Ohne aufzusehen, schob er ein paar Pakete und zwei abgestandene Kaffeetassen zur Seite und machte ihm damit Platz auf dem Schreibtisch.

Herbert sah sich um.

»Wie ich sehe, bist du noch nicht zum Aufräumen gekommen?«

»Hör auf zu nörgeln und setz dich!«

Herbert grinste und nahm Platz. Micky legte die Akte beiseite und biss in ein Stück kalte Pizza. Vermutlich war sie noch vom Vorabend.

»Willst du auch n Stück?«, bot er ihm kauend an. »Ich kann's dir auch warm machen.«

Er deutete auf eine Mikrowelle. Herbert verzog das Gesicht. Schlimmer als kalte Pizza war nur Pizza aus der Mikrowelle.

»Iss das mal schön selber.«

Micky zuckte mit den Achseln. Zufrieden kauend sah er Herbert an.

»Hat Sarah sich bei dir gemeldet?«, fragte Herbert.

Mickys Blick verfinsterte sich.

»Nein. Und ehrlich gesagt rechne ich auch nicht damit. Sie vertraut diesem Mondo mehr als uns. Du hättest sie hören sollen, wie sie von ihm sprach. Als wäre er ein Heiliger.«

Er legte die vor Öl triefende Pizza beiseite und zupfte aus einem Stapel Unterlagen eine Serviette hervor, mit der er sich den Mund wischte.

»Du hast getan, was du konntest.«

»Ach ich weiß nicht.«

Micky lehnte sich im Stuhl zurück und spielte gedankenverloren mit einem Kugelschreiber.

»Vielleicht hätte ich ihnen doch folgen sollen«, überlegte er, »Dann wüsste ich jetzt wenigstens, wo sie ist.«

»Wenn Roberto Bello dich bemerkt hätte, hättest du sie nur in Schwierigkeiten gebracht. Gegen ihren Willen kannst du sie da eh nicht raus holen.«

Micky sah unzufrieden aus. Herbert konnte ihm ansehen, dass er, seit Tagen kaum schlief.

»Sie lässt sich blenden«, brummte Micky, »Er kauft ihr schicke Kleidchen und teuren Schmuck ...«

Herbert furchte die Stirn.

»Ich glaube nicht, dass sie sich davon blenden lässt. Es wird etwas anderes sein, womit er sie für sich einnimmt. Sie ist keine Frau, die man mit ein bisschen Luxus einlullt. Starrköpfig, stolz und vielleicht etwas zu impulsiv. Das ist sie. Aber nicht dumm.«

»Hoffen wir, dass du recht hast«, seufzte Micky.

»Ich war bei der Staatsanwaltschaft und habe mir Lesestoff geholt.«

Herbert sah ihn fragend an.

»Irgendwas muss ich schließlich tun«, sagte er und hob die Schultern. »Mir ließ die Sache mit diesem Riga keine Ruhe. Darum wollte ich mir die Geschichte, von der du erzählt hast noch mal genauer ansehen. Das Massaker in der Südstadt meine ich. Deshalb habe ich dich auch angerufen. Ich bin da über etwas Unglaubliches gestolpert.«

Sarah ließ die Schultern hängen. Was bin ich nur für eine undankbare Kuh, dachte sie unglücklich. Mondo umsorgte sie, er vertraute ihr und kümmert sich. Er beschützte sie. Und sie hatte nichts Besseres zu tun, als sein Vertrauen zu missbrauchen und in seinen privaten Sachen herumzuschnüffeln. Dafür würde sie sich noch ewig in Grund und Boden schämen. Und warum? Weil

Psycho-Roberto und Mr. Super-Cop Micky die Oberverdachtschöpfer gespielt hatten.

Es war höchste Zeit, aus diesem Büro zu verschwinden. Ihr Blick glitt über die Einrichtung. War der Stuhl an den Tisch geschoben, oder stand er weiter hinten? Sie wusste es nicht mehr. Würde es Mondo denn auffallen, wenn er verschoben war?

Sie brachte den Gedanken nicht zu Ende, denn sie hörte Schritte. Jemand kam in den Keller. Hastig warf sie das Kuvert zurück in die Schublade und hechtet zur Tür. Sie blieb stehen und horchte. Die Person stieg die Treppe zum Keller hinunter. Die Flucht durch das Schwimmbad konnte sie nicht mehr riskieren. Die Gefahr, dass sie jemandem in die Arme lief, war viel zu groß. Nein. Sie musste sich verstecken. Hier im Büro konnte sie sich nirgends verkriechen. Dafür war es zu spärlich eingerichtet. Sie musste es nach nebenan schaffen, denn dort in der Zockerbude gab es genug Möglichkeiten.

Auf Zehenspitzen schlich sie sich hinaus in den Flur, um dort sogleich wieder im Nebenraum zu verschwinden. Mit klopfendem Herzen kauerte sie sich zwischen Staubflocken und heruntergefallenen Erdnüssen hinter den Tresen. Gerade rechtzeitig, denn die Schritte kamen näher. Angestrengt lauschte Sie, und versuchte zu erkennen, wer da in den Keller gekommen war. Wenn es Aurelia war, könnte sie vielleicht so tun, als habe sie sich verlaufen. Aber es war nicht Aurelia. Und es war auch nicht Elisa. Sie hätte man an dem ›*KlackKlack*‹ ihrer Highheels erkannt. Das waren die Schritte eines Mannes.

Sie verfluchte sich, hier runter gekommen zu sein. Was für eine bescheuerte Idee war das gewesen.

Der Mann schien vor der Tür stehen geblieben zu sein. Sie hörte keine Schritte mehr, aber sie glaubte, ihn atmen zu hören. In der Hoffnung eines Kleinkindes, auf diese Weise für alle anderen unsichtbar zu werden, schloss sie die Augen. Wieder hörte sie die Schritte. Der Mann schien unschlüssig auf und ab zu gehen. Als wenn ... als wenn er nach etwas suchte ... Und dann fiel es ihr ein. DER SCHLÜSSEL!

Panik brachte ihr Herz zum Galoppieren und raubte ihr gleichzeitig die Luft zum Atmen. Natürlich. Der Schlüssel war nicht in seinem Versteck! Er steckte auf der offenen Bürotür. Es war nur eine Frage der Zeit, bis man sie finden würde.

Jetzt hörte sie noch jemanden die Treppe hinunterkommen. Das wurde ja immer besser. Ihre Knie schmerzten und sie spürte, wie ihr die Füße einschliefen. Doch sie wagte es nicht, sich zu bewegen.

»Vieni!«, rief eine ihr unbekannte Stimme. Es klang, als stünde er direkt neben ihr. Doch er war noch im Flur und sprach mit dem anderen Mann. Sie sprachen leise und italienisch. Das Gespräch der Männer ging eine Weile hin und her. Plötzlich erkannte sie Leos Stimme. Der war also auch hier unten? Wie viele Männer waren da eigentlich, dachte sie verzweifelt. Sie polterten und machten ungeheuren Lärm. Es hörte sich an, als schleppten sie etwas Schweres durch den Flur.

Gleich würden sie feststellen, dass jemand in dem Büro war und dann war sicher der Teufel los. Sie würden alles durchsuchen und sie finden. Sie wollte sich gar nicht vorstellen, was sie mit ihr machen würden.

Die Männer sprachen wieder. Sie bemühte sich, zu verstehen, worüber die Männer sich unterhielten, aber sie schnappte immer nur einzelne Worte auf. Und nur von den Wenigsten kannte sie die Bedeutung. Doch einen Begriff, der nun immer wieder fiel, verstand sie. »uccidere«. Und das bedeutete: »Umlegen. Töten.«

Sie hatten sicher das offene Büro entdeckt und würden sie gleich aus ihrem Versteck zerren. Was ihr dann blühte, hatte sie ja gerade gehört.

Jemand öffnete die Tür. Doch niemand betrat den Raum. Stattdessen hörte sie einen stumpfen Rumpler. Sie hatten etwas großes Schweres mitten in den Raum geworfen und dann die Tür gleich wieder geschlossen. Ein Hoffnungsschimmer flammte in ihr auf. Sie hörte, wie sie sich, in Richtung Treppe entfernten. Die hatten gar nicht nach ihr gesucht, sondern nur etwas in den Keller gebracht. Sollte sie wirklich so viel Glück gehabt haben? Jetzt erst bemerkte sie, dass sie am ganzen Körper zitterte. Es war jetzt still auf dem Flur. Wie lange schon? Lange genug? Sie hatte das Zeitgefühl verloren. Sie musste es einfach wagen, sich aus ihrem Versteck zu bewegen. Auf allen vieren krabbelte sie in Richtung Tür. Als sie die Tür erreichte, schob sie diese mit der Hand einen Spalt weit auf. Der Flur war leer. Sie lauschte und hielt dabei den Atem an. Da war ein schleifendes Geräusch. Doch es kam nicht aus dem Flur, sondern aus dem Raum hinter ihr. Ein gequältes Stöhnen lies sie, herumwirbeln. Entsetzt starrte sie in ein aufgerissenes Augenpaar. Es gehörte zu einem Mann, der wie ein Postpaket verschnürt, vor ihren Füßen lag. Sein Mund war mit mehreren Lagen Klebeband verschlossen und sein rechtes Auge war blutig geschwollen. Er wand sich in den Fesseln und starrte sie flehend an. Und jetzt, wo der schmale Lichtstreifen seine Gesichtszüge erfasste, erkannte sie ihn. Sie schlug die Hände vor ihr Gesicht und unterdrückte einen Schrei. Es war Carmelo de Pelegrin. Warum taten Mondos Männer ihm das an? War er es, den sie „umlegen" wollten? Etwa wegen der Sache mit Mondos Stute? Weil er ein Pferd gedopt hatte?

Das konnte sie nicht zulassen. Sie musste ihm helfen. Sie musste die Fesseln lösen. Sie streckte zitternd ihre Hand nach ihm aus. Carmelo riss die Augen auf und versuchte gegen das Klebeband anzuschreien. Aber Sarah legte einen Finger an ihre Lippen, und ermahnte ihn ruhig zu sein.

Die Kabelbinder schnitten sich bereits in Carmelos Handgelenke und taten sicher höllisch weh. Nur womit konnte sie diese Scheißdinger öffnen? Vielleicht gab es in der Bar ein Messer. Sie hob noch mal den Finger an den Mund. Doch er schien nicht zu begreifen, denn er brüllte weiter gegen das Klebeband an. Die Panik hatte ihm sicher alle Vernunft geraubt. Doch dann spürte sie einen festen Griff, der sich um ihr rechtes Handgelenk schloss wie eine Schraubzwinge. Ehe sie verstand, drehte man ihr den Arm schmerzhaft auf den Rücken und eine zweite Hand legte sich über ihren Mund.

Sie sah Carmelos resignierenden Blick, als man sie hinaus schleifte.

Kapitel 25

»Dann erzähl mal, worüber du gestolpert bist«, sagte Herbert und lehnte sich im Stuhl zurück.

»Ich hab die halbe Nacht in der Akte gelesen. Erst habe ich darin nichts gefunden, was du mir nicht schon erzählt hättest. Die wirklichen Hintergründe für das Massaker hat man nie aufgedeckt. Aber als ich die Fotos der Opfer durchging, habe ich etwas Erstaunliches gefunden. Hier sieh mal.«

»Oh bitte, muss ich mir jetzt wirklich tote Menschen ansehen? Kannst du mir nicht einfach erzählen, was du herausgefunden hast?«

Doch Micky schüttelte den Kopf.

»Nein tut mir Leid. Da musst du durch. Ich meine das Foto rechts unten. Die erschossene Frau.«

Er reichte ihm die vergilbte Ermittlungsakte. Herbert verdrehte die Augen, nahm die Akte aber entgegen.

»Die Frau war schwanger«, fügte Micky tonlos hinzu. »Das Kind hat es auch nicht überlebt.«

Herberts Magen krampfte. Er war zu alt für diese Scheiße.

»Zeig her«, seufzte er. Er setzte seine Brille auf und blickte auf die Fotografie.

»Der das dieser Frau angetan hat, hat sich nicht damit begnügt, einmal auf sie zu schießen.«

Herbert betrachte die ebenmäßigen Gesichtszüge der jungen Toten und schluckte. Dann ließ er die Akte sinken und sah Micky an. »Das ist ja …«

»Ich habe auch mehrfach hinsehen müssen«, sagte Micky, »und eine Weile gebraucht, bis ich realisiert habe, dass sie das gar nicht sein kann.«

»Natürlich nicht«, sagte Herbert, als realisiere er diesen Umstand erst jetzt. »Was steht in den Akten, wer sie war?«

Micky hob die Hände.

»Nichts. Ihre Identität blieb ungeklärt.«

»Niemand hat eine schwangere Frau vermisst?«, fragte Herbert ungläubig.

»Zumindest nicht offiziell. Sie und ihr Kind wurden anonym beerdigt« Micky warf die Akte zurück auf den Stapel.

»Herbie, ich weiß nicht weiter! Desto mehr ich versuche, herauszufinden, desto verworrener wird das Ganze.«

»Manchmal ist auch besser, die Toten ruhen zu lassen.«

»Aber es geht darum, Sarah zu helfen.«

»Du kannst nichts für sie tun, solange sie sich freiwillig mit diesen Leuten herumtreibt. Wenn sie deine Hilfe braucht, wird sie sich melden.«

»Wahrscheinlich hast du Recht. Ich muss mich mal um meine Vorgänge kümmern. Die bearbeiten sich nicht von allein.«

Leo war außer sich.

»Sind sie von allen Geistern verlassen, Signorina? Was haben sie sich dabei gedacht? Herumzuschnuffeln wie ein Hund?«

Sarah sah ihn trotzig an.

»Was haben sie da gesucht? Man hat ihnen verboten, dort hinunterzugehen!«

»Warum liegt Carmelo im Keller? Verschnürt wie ein Postpaket!«

»Das brauchen sie nicht zu wissen.«

»WAS habt ihr mit ihm vor?«

»Sie sollten lieber fragen, was jetzt mit ihnen geschehen wird? Was glauben sie, was wird der Boss sagen, wenn ich ihm erzähle, wo ich sie gefunden habe?«

»Werdet ihr ihn umbringen?«

Leos antwortete nicht. »Sie bleiben hier in diese Zimmer, bis ich mit dem Boss gesprochen habe.«

»Leo bitte!«

»Tut mir leid Signorina« Er verließ das Zimmer und schloss hinter sich ab.

»Ich bin froh, dass ich da raus bin«, rief Hannah und hob die Hände zum Himmel. »Ich kann dir gar nicht sagen, wie sehr mich dieses Krankenhaus angekotzt hat.«

»Die Krankenschwestern waren doch nett.« Sebastian lächelte.

Hannah schnaubte.

»Was denn? Schwester Anja war sogar so bemüht, dass sie extra für dich chinesisches Essen besorgt hat.«

»Die hatte ja von allen echt den Oberknall! Ich habe ihr tausendmal gesagt, dass ich keine Chinesin bin, sondern Kölnerin mit koreanischem Vater. Und trotzdem schleppt sie am nächsten Tag eine Winkkatze in mein Zimmer! Chinesisch oder koreanisch, wär doch fast das Gleiche, meinte sie.«

Sebastian prustete los.

»Hast du sie eingepackt?«

Hannah sah ihn fragend an.

»Na die Winkkatze?«

Hannah strich trotzig ihr blauschwarzes Haar aus dem Gesicht und schob ihre Brille zurecht.

»Mach mich nicht wütend!«, drohte sie ihm. Dann wechselte sie das Thema.

»Ich möchte gerne in die WG fahren.«

Sebastian holte Luft, um einen Einwand zu bringen, doch sie hob die Hand und gebot ihm zu schweigen.

»Ich will da hin! So nett es von Deiner Schwester ist, mir mit Kleidung auszuhelfen ... wenn ich noch einmal ein pastellfarbenes Seidenhemdchen tragen muss, dreh ich durch.«

Er lachte und zog ihr das Basecap ins Gesicht.

»Hey!«, beschwerte sie sich.

»Magst du heute Abend mit mir etwas essen gehen?«, fragte er.

Hannah kicherte.

»Ein Date?«

Er schmunzelte.

»Würde dir das gefallen?«

»Mit Kerzenschein? Und am Ende küsst du mich vor der Haustür?«, feixte sie.

»Candle-Light-Dinner mit dir? Nein. - Dich küssen? - Schon eher.«

Leichte Röte kroch in Hannahs sonst so blasses Gesicht.

Er wollte sie gerade damit aufziehen, als sein Vater im Türrahmen stand.

»Ich möchte dich unter vier Augen sprechen, Sebastian.«

Sebastian seufzte.

»Ich bin gleich wieder da. Dann besprechen wir den Teil mit dem Küssen noch mal.«

Er zwinkerte ihr zu und folgte seinem Vater ins Büro.

»Schließ die Tür«, sagte Dr. Rosbach, als Sebastian eintrat. »Ich habe heute Morgen Cecilia getroffen«, kam er direkt zur Sache.

Sebastian spannte sich an. Das klang nach Ärger.

»Sie sagt, Melvin hat dich, seit einem halben Jahr nicht mehr an der Uni gesehen.«

Sebastian konnte den Zorn in der Stimme seines Vaters deutlich hören. Er schluckte. Irgendwann musste es ja so kommen.

»Monat für Monat überweise ich dir Geld für dein Studium!«, donnerte sein Vater. »Im Glauben daran, dass du im nächsten Frühjahr Deinen Abschluss machst und in der Firma einsteigst. Wann hast du gedacht, mir mitzuteilen, dass du nicht mehr studierst?«

Sebastian sah zu Boden und schwieg.

»Ich frage mich, was du mit meinem Geld machst? Außer mit Frauen in Schweizer Nobelhotels zu fahren.«

»Ich studiere doch noch!«, wand Sebastian vorsichtig ein. »Lüg mich nicht an!«, brüllte sein Vater und drohte ihm mit dem ausgestreckten Zeigefinger. »Melvin sagt, du besuchst keinen einzigen Kurs mehr! Ich frage mich, was in letzter Zeit in Deinem Kopf herumspukt. Ist es dieses Mädchen? Die da draußen? Hat sie dir diese Flausen in den Kopf gesetzt?«

»Lass Hannah da raus! Du kennst Sie doch überhaupt nicht!«

»Das hat sie aber nicht davon abgehalten, in meinem Haus zu nächtigen und von meinem Tisch zu essen.«

»Geht es jetzt um Hannah oder um mein Studium?«, fragte Sebastian trotzig. Es konnte es nicht ertragen, wenn sein Vater so über sie sprach.

»Ich studiere Deutsch und Geschichte auf Lehramt«.

Jetzt war es raus.

»Auf was?«

»Du hast mich schon verstanden. Ich möchte Lehrer werden.«

Dr. Rosbach griff sich an den Kopf.

»Lehrer will er werden! Mein Sohn der Herr Lehrer und seine Hip-Hop Freundin. Sag, bist du von allen guten Geistern verlassen?«

»Grundschullehrer, um genau zu sein. Ich lasse mich auch nicht davon abbringen. Die Arbeit mit den Kindern erfüllt mich.«

Doch sein Vater hörte nicht zu.

»Kurz vor der Gala! Ich hatte vor, dich unseren wichtigsten Partnern vorzustellen.«

»Was für eine Gala?«

»Wenn du dich auch nur ein bisschen für die Firma interessieren würdest, müsstest du nicht so dämliche Fragen stellen.«

»Tut mir leid, aber ich hatte noch nie den Wunsch die Firma zu übernehmen. Aber nach meiner Meinung hast du mich ja nie gefragt.«

»Am Samstag ist eine Benefiz-Gala im Maritim-Hotel. Sieh zu, dass du bis dahin wieder zu Vernunft gekommen bist. Schlag dir diesen Blödsinn aus dem Kopf. Und denke ja nicht, dass du die da draußen mitbringen kannst!«

»Ihr Name ist Hannah!«

»Du wirst mit Linda Feldmann hingehen. Liz hat sie vorgeschlagen. Im Gegensatz zu dir hat sie gute Menschenkenntnis.«

Jetzt platzte ihm der Kragen.

»Liz hat gute Menschenkenntnis? Hast du dir mal angesehen, mit wem dein Engel Larissa zurzeit ausgeht?«

»Roberto hat sein Studium mit Auszeichnung abgeschlossen. Ihm steht eine große Zukunft bevor.«

»Na, da bist du ja bestens informiert. Hat er dir auch von seinem Boss erzählt, der einer der meistgesuchten Verbrecher dieser Stadt ist? Roberto ist ein Mafioso, Papa! Seine Zukunft ist der Knast!«

»Ich bin nicht gewillt, mir das länger anzuhören.«

»Natürlich nicht. Dich hat ja noch nie interessiert, was ich zu sagen hatte. Es ging immer nur darum, was du willst!«

»Verschwinde aus meinen Augen«, sagte Dr. Rosbach leise.

»Das kannst du haben!«, flüsterte Sebastian.

»Aber den Geldhahn werde ich dir abdrehen!«

»Ach Scheiß doch auf dein Geld!«

Sebastian knallte die Tür hinter sich zu.

Hannah eilte ihm entgegen.

»Ich hab nur das Gebrüll gehört ...«
»Ach, lass uns hier abhauen.«

Sarah hämmerte mit den Fäusten gegen die abgeschlossene Tür. Aber Leo würde nicht zurückkommen. Sie dachte wieder an Carmelo. An die Panik in seinen Augen. Sie konnte nicht hier rum sitzen und ihn seinem Schicksal überlassen. Sie öffnete das Fenster und sah hinaus. Aus dem Obergeschoss zu klettern, war der sicherste Weg sich den Hals zu brechen. Nirgendwo gab es etwas, an dem sie hätte Halt finden können. Ohne Superhelden-Umhang? Keine Chance! Unter ihr war zudem noch die Fensterfront des Wohnzimmers. Selbst Supermann würde hier nur den Gangstern vor die Füße springen. Als sie unten Stimmen hörte, zog sie sich hastig zurück ins Zimmer. Stets darauf bedacht sich jederzeit wegducken zu können, sah sie hinunter in den Garten. Zwei Männer schleppten Carmelo über den Rasen. Ihr Ziel war das alte Gärtnerhaus. Sarah hatte vermutlich nicht mehr viel Zeit. Sie musste so schnell wie möglich aus diesem Zimmer kommen. Sie schlüpfte aus dem seidigen Hosenanzug in eine Bluejeans und ein Hemd. Dazu zog sie ihre Laufschuhe an und griff nach ihrer alten Jacke. All die feinen Stoffe in Bonbon-Farben rümpften bei ihrem Anblick bestimmt die Nase. Sie nahm sie vom Bügel und ein vertrautes Klimpern ließ ihr ein Stein vom Herzen fallen. Ihr Schlüsselbund! Damit könnte sie es schaffen. Sie zog die Jacke über, straffte die Schultern und warf einen prüfenden Blick in den Spiegel. Sie war zufrieden mit dem, was sie sah. Dann löste sie die untere Blende des Kleiderschrankes. Dahinter angelte sie, mit einem Ohr immer bei der Tür, nach dem silbernen Kästchen. Rasch stopfte sie sich den Inhalt in ihre Jackentasche. Zuletzt nahm sie die Schusswaffe. Sie füllte das Magazin und lud sie durch. Genauso, wie Mondo es ihr gezeigt hatte. Dann steckte sie die Waffe in den Hosenbund. Die restlichen Patronen verstaute sie in den Hosentaschen.

Dann begann sie, mit dem Dietrich an ihrem Schlüsselbund, die Tür zu öffnen. Das Ding war ein Geschenk von Hannah und taugte nur bei älteren Schlössern was.

Das hier war alt. Immer wieder hielt sie inne und horchte, ob jemand kam. Wenn man sie erwischte, wäre alles verloren.

»Setz dich«, sagte Mondo und wies Roberto einen Platz auf der Couch.

Der Junge war misstrauisch. Doch er tat, wie man ihm gesagt hatte.

Mondo schob ihm einen Whisky zu. Dankbar ergriff Roberto das Glas und klammerte sich daran fest. Seine Hände zitterten.

»Wie lange arbeitest du jetzt für mich?«

»Ein Jahr und zwei Monate, Boss.«

Er nickte.

»Du machst gute Arbeit, aber du musst lernen die Nerven zu behalten. Ständig rastest du aus und handelst unüberlegt. Von wem hast du das? Dein Vater ist bekannt für seine Nervenstärke.«

»Hast du etwas von meinem Vater gehört?«, fragte Roberto.

»Nein. Aber ich lasse nach ihm suchen. Und wenn wir ihn finden, werden wir ihn töten.«

Roberto ließ sein Glas fallen. Der karamellfarbene Bourbon ergoss sich über seine Hose und das Sofa.

»Willst du wissen warum? Weil er mich hintergangen und bestohlen hat.«

Mondo hob sein Glas und nahm einen Schluck.

»Er hat über eine halbe Millionen Euro gestohlen. Dieses Geld gehörte Salvatore Riga. Und wenn er es bis nächsten Samstag nicht zurückbekommt, wird es Krieg geben. Einen Krieg, der viele Opfer verlangen wird.«

Roberto starrte ihn an. In den eisblauen Augen flackerte Furcht.

»es gibt eine Erklärung, sicher kommt er bald nach Hause.«

»Ich habe lange genug gewartet. Wenn du weißt, wo er ist, dann bringe ihn zur Vernunft. Sag ihm, er soll das Geld ranschaffen und ich werde ihm verzeihen. Wenn ich ihn aber erst suchen muss - bringe ich ihn um.«

»Ich weiß nicht, wo er ist!«

»Bist du ehrlich zu mir Roberto? Sagst du die Wahrheit?«

»Ja Boss. Ich schwöre bei allem, was mir heilig ist.«

Mondo traute ihm nicht. Er sah Roberto in die Augen. Er sagte ihm nicht die Wahrheit. Er hatte etwas zu verbergen.

Leo kam die Treppe hinunter.

»Alles in Ordnung?«

Mondo deutete mit einem Blick in die obere Etage.

Leo nickte und lächelte. »Damit können wir uns später in Ruhe beschäftigen.«

»Ich treibe das Geld schon irgendwo auf!«, krächzte Roberto. »Geben sie mir wenigstens eine Chance!«, flehte er.

»Wie willst du das machen? Willst du eine Bank ausrauben?«, spottete Mondo.

Roberto schüttelte den Kopf. »Ich kenn da ein Mädchen. Ihre Familie ist sehr reich. Ich habe sie auf diesem Geburtstag kennengelernt, auf den ich Sarah begleitet habe.«

»Willst du ihr Schmuckkästchen plündern?«, fragte Mondo amüsiert.

Roberto biss die Zähne aufeinander. Seine Kieferknochen traten hervor. »Ihrem Vater gehört ein großes Bauunternehmen. Die Rosbach AG. Zurzeit steckt er in Schwierigkeiten. Eine größere Auftragsflaute.«

Mondo wurde hellhörig.

Kapitel 26

Sarah öffnete die Tür und versicherte sich, dass niemand im Obergeschoss war. Glücklicherweise hatte Leo auf die abgeschlossene Tür vertraut und keinen der Schläger davor abgestellt. Sie schlich zum Treppenabgang. Stimmengemurmel drang zu ihr hinauf. Die Männer saßen im Wohnzimmer und besprachen sich. Sie könnte versuchen unbemerkt an ihnen vorbei, durch die Haustür nach draußen zu entwischen. Es war nicht weit. Nur diese Stufen und höchstens 10 Schritte trennten sie von der Tür. Auf der Straße würde sie jemanden suchen, der für sie die Polizei verständigte. Sie hörte die Männer lachen. Wenn sie es wirklich wagen wollte zu fliehen, dann war jetzt genau die richtige Gelegenheit. Doch Mondos Worte, die nun zu ihr hoch drangen, ließen sie erstarren.

Sie verstand nicht, was er sagte, aber sie hörte klar und deutlich, über wen er sprach! Über Dr. Rosbach. Sebastians Vater. Sie hielt die Luft an. Das Wort Tochter fiel. Verdammt, wieso nur konnte sie kein italienisch. Jetzt hatte er Larissa gesagt! Es ging tatsächlich um Sebastians Schwester. Wieder lachten sie alle.

»Ich werde dich nicht noch mal enttäuschen, Boss«, versprach Roberto nun auf Deutsch. »Ich kümmre mich um die Tochter, falls Dr. Rosbach Probleme macht.«

Sarah schlug die Hände vor ihr Gesicht. Sie musste Sebastian warnen. Sie hatte diese Verbrecher in das Haus seiner Eltern geschleppt. Es war ihre Schuld, wenn den Rosbachs etwas zustieß.

»Wir müssen Carmelo loswerden«, sagte Mondo in glasklarem Deutsch. »Stellt ihn kalt«

Sarah hielt den Atem an. Sie konnte nicht fassen, was sie da hörte. Sprach da der Mann, mit dem sie noch vor wenigen Stunden so herzlich gelacht hatte? Vorhin noch hatte sie sich zu Tode geschämt, dass sie ihm hinterherspionierte, und jetzt musste sie mit anhören, wie er einen Menschen töten wollte. Und das nur, weil er sein geistesgestörtes Pferd gedopt hatte. Sie ertrug es kaum noch, seine Stimme zu hören.

»Wir haben keine andere Wahl«, sagte Mondo. »Tot lässt er sich besser transportieren.« Dann sagte er: »Roberto, es wird Zeit, erwachsen zu werden. - Du wirst es tun.«

Sarah hob die Hände vor ihr Gesicht. Sie wollten es jetzt direkt tun. Sie hatte keine Zeit mehr die Polizei zu holen. Bis dahin wäre Carmelo längst tot.

Ihr Blick fiel wieder auf die Tür. Nur ein paar Meter. Zudem waren die Männer bereits auf dem Weg in den Garten. Sie hatte freie Bahn. Ihrer Flucht stand nichts im Weg.

Sie huschte die Treppe hinunter, und blieb unentschlossen im Eingangsbereich stehen.

Wenn sie jetzt durch die Tür verschwand, hatte sie gute Chancen, wenigstens sich selbst in Sicherheit zu bringen. Außerdem könnte sie Sebastian warnen.

Aber was war dann mit Carmelo? Sie würden ihn töten! Aber was vermochte sie gegen vier oder fünf bewaffnete Schwerverbrecher auszurichten? Jeder vernünftige Mensch würde ihr raten abzuhauen.

Sie dachte an den Ausdruck in Carmelos Augen, als man sie aus dem Keller von ihm wegschleppte. Konnte sie ihn einfach so im Stich zu lassen? Würde sie damit leben können? Sie musste doch wenigstens versuchen, ihm zu helfen. Verdammt!

Sie durfte keine Zeit mehr verlieren. Entschlossen glitt sie durch die Terrassentür nach draußen in den Garten. Während sie von Gebüsch zu Gebüsch rannte, immer wieder Deckung suchend, zerrte der Wind an ihrer Jacke. Sie würde es nicht schaffen, die Männer zu bekämpfen, aber vielleicht könnte sie die Tat durch ein Ablenkungsmanöver verhindern. Sie könnte zum Beispiel in die Luft schießen. Sie griff an ihren Hosenbund, versicherte sich, dass die Waffe noch da war. Aber wo käme die Kugel dann runter? War es gefährlich, von ihr getroffen zu werden, wenn sie vom Himmel fiel? Oder war das, als würde man von einer Kastanie getroffen, die vom Baum fiel? Das hatte Mondo ihr nicht gesagt. Sie beschloss, lieber in den Boden zu schießen. Oder es, ohne die Pistole zu versuchen. Das war vermutlich besser. Im Gartenhaus brannte Licht. Sie war jetzt so nah dran, dass sie die Stimmen der Gangster wieder hörte.

Sie schlich an eines der schmutzigen Fenster und spähte hindurch. Die einfallende Dunkelheit schützte sie.

Carmelo lag auf dem Boden. Gefesselt. Aber er lebte! Dunkle Schatten bildeten einen Halbkreis um ihn. Einer der Schatten trat hervor. Sarah erkannte Robertos ebenmäßige Gesichtszüge. Mit einem schmalen Lächeln näherte er sich dem Pferdetrainer und trat ihm mit voller Wucht in die Seite. Carmelo stöhnte auf vor Schmerz.

Hektisch ging Sarah im Geiste sämtliche Möglichkeiten durch, wie sie die Gangster von dem Trainer weglocken könnte. Desto mehr sie darüber nachdachte, desto hoffnungsloser wurde sie. Sie schaffte es niemals, so viel Zeit herauszuschlagen, damit sie Carmelo befreien und auch noch fliehen konnte.

Aber sie wollte auch nicht zusehen, wie Roberto den Mann quälte! Der Verzweiflung nahe, sah sie sich nach etwas um, was sie werfen konnte. Und nach einem Versteck.

»Ich möchte einen Namen hören Carmelo«, drohte Mondo. »Wem hast du erzählt, wo der Stoff liegt?«

Erschrocken sah sie wieder in das Innere der Hütte.

Genau in dem Moment, als Roberto erneut zutrat. Carmelo krümmte sich, und erbrach gelben Schleim.

»Luam« keuchte er. Blut quoll aus einer Platzwunde über seinem Auge. »Luam und Defrim.«

»Weiter!«, schrie Roberto ihn an. »Wie heißen sie weiter?«

»Weiß ich nicht«, brachte Carmelo mühsam hervor.

»Bullshit!«, brüllte Roberto und trat wieder zu. Sarah schloss die Augen. Sie glaubte, Rippen brechen zu hören.

»Was müssen wir tun, damit du dich erinnerst?«, fragte Mondo.

»Bitte!«, wimmerte Carmelo, »Ich weiß es nicht! Bitte!«

Sarah war überzeugt, dass der Mann die Wahrheit sagte. Wer bitteschön würde denn in so einer Situation noch lügen?

Davor also hatte Herbert sie gewarnt. Mondo war kein ehrenwerter Gentleman-Gangster, er war ein brutaler Mörder.

Sie tastete nach ihrer Pistole. Doch als sie das kalte Metall berührte, brachte sie es nicht fertig, sie aus dem Hosenbund zu ziehen. Die Angst lähmte sie.

Mondo trat aus der Ecke auf Carmelo zu. Seine Mine war voller Abscheu.

»Sieh mich gefälligst an«, zischte er.

Roberto packte den Trainer am Genick und riss ihm den Kopf hoch, sodass er Mondo ins Gesicht sah. Carmelos Augen waren zu einer undefinierbaren Masse zugeschwollen. Aus einer Platzwunde auf der Stirn sickerte Blut über sein Gesicht und vermischten sich mit Rotz und Speichel zu einem Rinnsal des Grauens.

»Sie haben sie nicht nur getötet«, sagte Mondo mit bebender Stimme. »Sie haben sie abgeschlachtet. Während ihr 5 Wochen altes Kind im Nebenzimmer schlief.« Er beugte sich hinunter zu dem blutenden Mann. »Wie viel hast du damit verdient? Haben sie dir so viel mehr bezahlt, als ich?«

Der Pferdetrainer schluchzte.

Sarah war irritiert. Bis gerade hatte sie geglaubt, sie hätten Carmelo verschleppt, weil er Mondos Pferd gedopt hatte. Aber ihr blieb keine Zeit darüber nachzudenken.

Mondo legte den Kopf schief und verschränkte abwartend die Arme.

»Wo ist deine Frau? Sollen wir Giulia besuchen? Weiß sie die Antworten?«

Carmelo riss die Augen auf. So weit, wie es die Schwellung eben zuließ.

»Nein! Bitte!« War alles, was er herausbrachte.

»Hör zu Carmelo«, begann Mondo. »Du kannst nicht mehr viel gut machen. Deine Zeit ist um. Aber wenn du verhindern willst, dass wir Giulia besuchen, dann möchte ich jetzt etwas von dir hören.«

»Bujupi!«, stieß Carmelo hervor und spukte dabei Blut. »Luam und Defrim Bujupi.«

»Wo finde ich sie?«

»Im Glamour«, antwortete Carmelo, »der Club gehört ihrem Vetter.« Das Sprechen fiel ihm sichtlich schwer. Er hatte ihnen gesagt, was sie hören wollten. Verwundert stellte Sarah fest, dass er anscheinend doch mehr wusste, als sie geglaubt hatte.

»Du arbeitest für die Albaner? Warum?«

Carmelo schüttelte den Kopf.

»Ich arbeite nicht für sie«, stöhnte er.

»Dann erkläre mir, wie sie an die Informationen gekommen sind?«

»Vom Hausmeister«, flüsterte Carmelo kaum hörbar.

»Scheiße! Was glaubst du, hat jemand wie du verdient Carmelo?«, brüllte Mondo jetzt.

Sarah verstand nur noch Bahnhof. Hausmeister?

»Was sollte für dich dabei raus springen?«, fragte Mondo.

Carmelo senkte den Blick.

»20 Prozent.«

Angewidert wand Mondo sich von ihm ab. Roberto spuckte Carmelo ins Gesicht. Was er dabei fluchte, verstand Sarah nicht.

»Schaff ihn mir aus den Augen!«, befahl Mondo.

Sarah atmete auf. Sie würden ihn nicht töten.

»Bring ihn zu Rolfi«, sagte Mondo.

Carmelo bäumte sich auf, und schrie.

Erschrocken zuckte Sarah zusammen.

Carmelo warf sich herum, und schrie immer weiter, doch Robert stieß ihn zurück und griff unter sein Jackett. Das Metall der silbernen Pistole schimmerte im Halbdunkel. Spätestens jetzt wäre der Moment gekommen, zu fliehen. Aber ihre Beine gehorchten ihr nicht. Sie hatte keine Idee, wie sie Carmelo helfen könnte, aber sie brachte es nicht fertig, sich umzudrehen und ihn seinem Schicksal zu überlassen. Heiße Tränen rannen ihr über das Gesicht.

Roberto schloss die Augen, bekreuzigte sich und flüsterte etwas. Dann sah er sein Opfer fest an, und hob entschlossen die Waffe.

Sie hatte erwartet, dass es knallt. Laut knallt.

Aber es gab lediglich ein kurzes schneidendes Geräusch, und Carmelo sackte tot zusammen.

Ihr Schrei gellte unerwartet laut durch den Garten. Entsetzt fuhr sie zusammen. Was hatte sie getan? Die Schatten in der Hütte drehten die Köpfe und, blickten ihr jetzt direkt ins Gesicht. Sie hatte sich verraten. Sie wirbelte herum, und rannte von Panik getrieben in die Dunkelheit.

Sie sah nicht, wo sie hintrat, aber das war auch egal. Sie lief um ihr Leben.

Büsche und Sträucher flogen an ihr vorbei. Die Silhouette der Villa zeichnete sich immer deutlicher ab, und kam näher. Direkt neben ihr schlug etwas mit gewaltiger Kraft in den Boden. Gras und Erdreich stoben in die Luft, und es riss eine tiefe Wunde in den Rasen. Verdammte Scheiße die schossen auf sie!

Sie machte einen Satz zur Seite, der sie fast aus dem Gleichgewicht brachte. Obwohl Sie nicht wagte, nach hinten zu sehen, wusste sie, dass die Männer näherkamen.

Als sie die Terrassentür der Villa erreichte, brüllte jemanden nach ihr. Sie rannte einfach weiter. Im Wohnzimmer rutschte sie auf einem der Teppiche aus, geriet ins Taumeln und drohte zu stürzen. In letzter Sekunde fing sie sich an einem der Sessel ab, und stolperte Richtung Hausflur. Jetzt bloß nicht stehen bleiben. Bloß nicht zurückschauen. Rennen! Sie musste um ihr Leben laufen. Sie packte die Klinke der Hauseingangstür und riss sie auf. Doch jemand erwischte sie an der Schulter und riss sie herum. Sie verlor das Gleichgewicht, strauchelte und drohte den Boden unter den Füßen zu verlieren. Um nicht zu stürzen, hielt sie sich an seinem Jackett fest und zog sich wieder auf die Beine. Mit dem Rücken zur geöffneten Tür blickte sie in Robertos eiskalte Augen. Er packte sie am Oberarm und, drückte unerbittlich zu. Sarah schrie. Sie hatte das Gefühl, ihr Arm würde jeden Moment brechen. Dabei spürte sie, wie der Schmerz sich in unbändige Wut verwandelte. Gerade als er ansetzte etwas Verächtliches zu sagen - man sah es an seiner überheblichen Mine - holte sie aus und schlug ihm mit der Faust direkt ins Gesicht.

Überrumpelt und vom Schmerz überwältigt, ließ er von ihr ab und taumelte fluchend zurück. Sarah ergriff die Gelegenheit, und rannte, ohne sich umzusehen, die lange Auffahrt hinunter. Sie rechnete jeden Moment damit, von einer Kugel getroffen zu werden. Unter Aufwendung all ihrer Kräfte beschleunigte sie noch mal. Wenn sie es in das Wohngebiet schaffte, stünden die Chancen besser, zu entkommen. Als sie das Ende der Auffahrt erreichte, stellte sie erleichtert fest, dass das Tor nicht bewacht war. Den Sicherheitscode kannte sie. Sie hatte Leo bei einem ihrer gemeinsamen Ausflüge über die Schulter geschaut. Mit fliegenden Fingern tippte sie den Code ein. Das schmiedeeiserne Tor gab ihr krächzend den Weg frei. Sarah schlüpfte hindurch, und rannte zunächst ziellos die Straße entlang. Sie befand sich in einem Villenviertel. Meter hohe Hecken und Mauern mit Überwachungskameras schotteten die Menschen dahinter von allem ab, und schlossen Sarah aus. Weit und breit gab es für sie weder Hilfe noch eine Versteckmöglichkeit. Sie wusste nicht, ob sie noch verfolgt wurde, aber sie wollte auch keine wertvolle Zeit verschwenden. Aus diesem Grund rannte sie weiter. Langsam aber sicher geriet sie ans Ende ihrer Kräfte. Sie bekam kaum noch Luft, und ihre Beine wurden immer schwerer. Völlig verzweifelt suchte sie rechts und links nach Haus - oder Hofeingängen. Dann spürte sie einen Ruck, als schlüge ihr jemand mit eiserner Faust auf die Schulter. Die Wucht stieß sie nach vorn und, brachte sie beinahe zu Fall. Heißer Schmerz flammte auf. Keuchend rang sie nach Luft. Etwas hatte sie getroffen. Es brannte wie Feuer. Weinend stolperte sie nun mehr, als das sie lief. Sie ballte die Fäuste und biss die Zähne zusammen. Reiner Überlebenswille hatte die Kontrolle über ihren Körper übernommen. Die Beine trugen sie auf einmal doppelt so schnell wie vorher. Wie in Trance rannte sie die Straße hinunter.

Beinahe hätte sie das Taxi, das um die Ecke kam, übersehen. Aus Angst, es könnte einfach an ihr vorbeirauschen, sprang sie mit allerletzter Kraft auf die Fahrbahn vor den gelben Mercedes. Lieber angefahren, als erschossen. Mit kreischenden Bremsen schlitterte das Auto auf sie zu, erwischte sie mit dem Kotflügel am Oberschenkel und riss sie zu Boden. Nasser Straßensplitt grub sich in ihre Handgelenke.

Sarah hob den Kopf und, sah hinauf. Die Taxifahrerin hatte das Fenster heruntergelassen und lehnte sich zu ihr hinaus.

»Sag mal, hast du sie noch alle, du dusselige Kuh?«, brüllte sie.

Sie hatte einen riesigen Kopf und Arme wie ein Preisboxer.

»Bitte helfen sie mir!«, krächzte Sarah und rappelte sich mühsam auf. Motorengeräusch ließ sie aufschrecken. Sie fuhr herum, und sah Robertos Geländewagen auf sie zukommen. Diese Situation fühlte sich seltsam vertraut an. Und mit einem Mal wusste sie auch warum.

»Oh Scheiße!«, jammerte sie, riss die Beifahrertür auf, sprang ins Taxi und brüllte: »Los! Fahren sie los!«

»Ich hoffe, du hast einen guten Grund Schätzchen«, antworte Taxifahrerin und legte einen Gang ein. »Und vor allem hoffe ich, du kannst am Ende bezahlen.«

Dann schlug sie mit ihren kräftigen Armen das Lenkrad ein, und gab Gas. Die Reifen quietschten empört und hinterließen eine qualmende schwarze Spur auf dem Asphalt.

Sarah stemmte die blutenden Hände in den Sitz und rang nach Luft. Wie hatte sie nur so blöd sein können? Warum hatte sie Robertos Wagen nicht damals schon erkannt? Niemand anders als er hatte sie und Hannah in den Graben gedrängt.

In der Windschutzscheibe lag ein Schild. ›Anabels Droschke‹ stand darauf.

»Schnall dich an!«, befahl Anabel.

Sarah sah zu ihr hinüber und gehorchte. Mit dieser Frau wollte sie jetzt nicht auch noch Ärger. Sie hatte einen Nacken wie ein Stier und Hände wie Bratpfannen.

»Wohin?«, fragte sie und sah in den Rückspiegel.

»Ich, ich ...«, stammelte Sarah und griff sich an ihre Schulter. Sie brannte immer noch wie verrückt. Das müsste sich bald mal jemand ansehen.

Die Taxifahrerin deutete mit dem Daumen in den Rückspiegel.

»Sind die hinter dir her?«

Sarah nickte.

»Wer bist du? Ne Terroristin? Oder bist du ne Nutte, die die feinen Herren beklaut hat?«

Sie lachte und das ganze Taxi schien zu beben.

Sarah drehte sich um. Der Monecellis Bentley schloss nun auf.

»Fahren sie schneller bitte!«, flehte sie.

»Ich wüsste gern, warum ich mein altes Schätzchen über die Straße treten soll, bevor ich noch mehr Gas gebe. Ich sage dir gleich, wenn du bloß eine kleine Diebin bist ...«

Plötzlich zersprang das Glas im Seitenspiegel. Anabel verriss das Steuer, und das Taxi geriet ins Schleudern. Kurz vor der nun nahenden Kreuzung bekam sie den Wagen gerade noch unter Kontrolle.

»Deshalb«, sagte Sarah und zog den Kopf ein.

Anabel gab Vollgas.

»Den Spiegel zahlst du mir!«, knurrte sie und starrte grimmig nach vorn auf die Fahrbahn.

Mit einem Ruck riss sie am Lenkrad und bog in eine Seitenstraße. Dann trat sie wieder aufs Gaspedal. Sarah schleuderte gegen die Autoscheibe.

An der nächsten Kreuzung tauchte der Bentley plötzlich vor ihnen auf.

»Ihr verdammten Wichser!«, brüllte Anabel und riss erneut am Lenkrad. Das Taxi vollführte eine 180-Grad-Drehung, bevor es in die andere Richtung davonschoss.

»Sach ma hast du goldene Löffel geklaut?«, fuhr sie Sarah an.

In diesem Moment klirrte es auf dem Taxidach.

»Die haben mein Schild zerschossen!« Sie schielte zum Dach, als könne sie es nicht glauben. Abrupt bremste sie den Mercedes und, donnerte in eine Einbahnstraße. Sarah riss es fast aus dem Sitz. Und statt bis zur nächsten Querstraße durchzufahren, holperten sie jetzt über das Kopfsteinpflaster eines Kirchenvorplatzes, bis sie wieder die Straße erreichten. Dort drehten sie und rasten in gegengesetzte Richtung davon. Sie überfuhren zwei rote Ampeln und entkamen etwa drei Beinahe-Unfällen. Nachdem sie den Großmarkt passiert hatten, gelangten Sie in ein etwas belebteres Gebiet. Es schien, als wäre es

Anabel gelungen, die Verfolger abzuhängen. Doch als der Bentley etwa fünf Autos hinter ihnen wieder im Rückspiegel erschien, lenkte sie in eine kleine Seitenstraße und brachte ihren Wagen zum Stehen.

»Verschwinde!«, schrie sie Sarah an. »Die zerschießen mir mein ganzes Taxi!«

Als Sarah begriff, riss sie die Autotür auf und stürzte hinaus in die Dunkelheit. Kopflos rannte Sie durch die Straßen.

Ihre Kräfte ließen nach. Sie musste sich ausruhen. An einer Hinterhofeinfahrt schaute sie über die Schulter. Niemand zu sehen. Also lief sie in den Eingang zum Hinterhof und drückte sich dort flach in eine Ecke. Sie atmete rasselnd. Wieder griff sie sich an den Arm. Sie spürte warme Flüssigkeit. Sie blutete aus der Schusswunde. Auf der Straße tauchten Scheinwerfer auf. Sie presste sich an die Hauswand und, hielt den Atem an. Der Bentley von Leo fuhr im Schritttempo an ihr vorbei. Erst als die Rückleuchten des Wagens verschwanden, wagte sie sich aus dem Versteck. Jedes Mal wenn sich ein Fahrzeug oder Menschen näherten, versteckte sie sich in Hauseingängen, hinter Müllcontainer oder geparkten Autos. Sie suchte nach Straßenschildern, um herauszufinden, wo sie sich befand, und erreichte eine Gegend, die sehr viel belebter war, als die vorhin. Hier konnte sie sich nicht mehr verstecken, ohne damit aufzufallen. Aber sie erkannte, wo sie war. Die verrückte Taxifahrerin hatte sie in die Südstadt gebracht. Am Ende dieser Straße gab es eine U-Bahn-Station. Und richtig, an der nächsten Kreuzung erblickte sie den U-Bahn-Abgang. Ein kurzer Blick, rechts und links, und dann rannte sie die

Treppen hinunter zu den Bahnsteigen Richtung Zentrum. Ein paar Leute standen im grellen Neonlicht. Ohne einander zu beachten, starrten sie vor sich hin. Jeder in seiner eigenen Welt. Sarah war das nur recht. So bemerkte niemand ihre zerrissene Kleidung und die blutige Jacke. Sie wusste nicht, wohin sie nun gehen sollte und fühlte sich plötzlich fürchterlich einsam. Ihre Handgelenke brannten und im Arm pochte unnachgiebig der Schmerz.

Die Bahnlinie 15 fuhr auf den Bahnsteig.

»Und wenn du doch irgendwann meine Hilfe brauchst ... dann melde dich«, hatte er gesagt. Sie vergrub ihre Hände tief in die Hosentaschen, bis sie den kleinen Zettel spürte. Er hatte eine Telefonnummer und eine Adresse in der Stadt darauf gekritzelt.

Zischend und fauchend öffneten sich die Einstiege der Untergrundbahn. Sarah suchte sich einen Platz weit hinten, wo sie allein sein konnte. Als die Türen sich schlossen und die Bahn sich mit einem Ruck in Bewegung setzte, ließen ihre Tränen die Umgebung vor ihren Augen verschwimmen.

Kapitel 27

Nach über drei Stunden fragte Sarah sich, ob er heute überhaupt noch nach Hause käme, aber ihr fehlte die Kraft, weiterzulaufen. Durchgefroren saß sie auf der Treppe und, hoffte, dass er jeden Moment um die Ecke kommen würde. Die Müdigkeit drohte sie zu übermannen, aber die Schusswunde in ihrer Schulter wusste dies zu verhindern. Ein paar Mal blieben Passanten stehen und fragten, ob sie Hilfe bräuchte. Aber sie schüttelte nur stumm den Kopf. Sie glaubte, Erleichterung in ihren Gesichtern zu sehen, wenn sie daraufhin weiterliefen. Und seit etwa einer halben Stunde kam niemand mehr. Feiner Nieselregen zog durch die Straßen und trieb die Menschen in ihre Wohnungen.

Allmählich beschlich sie das Gefühl, dass er heute nicht mehr kommen würde. Aber sie wusste nicht, wohin sie stattdessen gehen sollte, deshalb blieb sie einfach sitzen und starrte in den Regen. Sie zog ihre Jacke fester um ihre Schultern und bereute es sofort, denn der Schmerz durchfuhr sie wie ein glühendes Messer.

Scheinwerferlicht glitt durch die Pfützen und, verschwand sogleich wieder. Sie schloss die Augen.

»Ich habe versagt!«, dachte sie bitter.

Sie hatte einfach nur zugesehen. Sie hatte ihm nicht geholfen! Ja, es noch nicht einmal versucht! Dabei war sie bewaffnet gewesen! Aber sie hatte einfach nur zugesehen, wie sie ihn erschossen haben! Sie hatte nicht geholfen ...

Sie wischte sich mit dem Ärmel über das tränennasse Gesicht. Dabei fiel Ihr Blick auf die Uhr an ihrem Handgelenk. Die kleinen Diamanten funkelten im Zwielicht. Zornig riss sie an dem Verschluss und warf das wertvolle Stück auf den Asphalt. Was war nur mit ihr los gewesen, dass sie diesem Menschen so vertraut hatte? Sie hatte ihn sogar gern gehabt! Wo war ihre Menschenkenntnis geblieben? Das Studium abzubrechen war die beste Idee, die ihr je gekommen war. Was für eine erbärmliche Juristin würde sie abgeben. Eine, die mit den Mafiosi zu Abend isst.

»Sarah?«

Micky stand vor ihr. Er sah müde aus. Die Uhr lag in seiner Hand und er sah sie fragend an. Unbändiges Schluchzen erschütterte sie und erstickte jeden Versuch zu antworten. Er kniete zu ihr hinunter und hob sie vorsichtig von den Steinstufen. Ohne ein weiteres Wort zu sagen. Sarah schloss die Augen. Er war gekommen. Er war jetzt bei ihr. Ausruhen. Nur ein bisschen. Nur kurz ...

Der Schmerz in der Schulter riss sie aus ihrem Erschöpfungsschlaf. Blinzelnd öffnete sie die Augen und realisierte, wo sie sich befand. In Mickys Wohnung. Auf dem Tisch vor ihr dampften zwei Tassen Kaffee. Daneben lag eine Schusswaffe. Ihre Schusswaffe. Mit einem Ruck fuhr sie hoch, sodass die Decke, mit der er sie zugedeckt hatte, zu Boden glitt.

»Wie lange habe ich geschlafen?«

Hektisch sah sie sich um.

»Nicht ganz eine Stunde«, antwortete er und setzte sich zu ihr auf die Couch. Sein Haar war nass, und er roch frisch nach Duschgel.

»Ich weiß ja nicht was du da schon wieder angestellt hast, aber das sollte sich mal ein Arzt ansehen!« Er deutete auf ihre Schulter.

Sie schüttelte erschrocken den Kopf.

»Nein!«, schluchzte sie. »Auf keinen Fall.«

Er reichte ihr eine der Tassen und legte den Kopf schief. »Dann lass wenigstens mich mal danach gucken.«

»In Ordnung«, sagte sie und ließ zu, dass er ihr das T-Shirt mit einer Schere vom Körper schnitt.

»Du hast verdammtes Glück gehabt!«, sagte er und begutachtet die Verletzung. »Der Schuss hat dich nur gestriffen.«

Vorsichtig reinigte er die Wunde und legte ihr mit geübten Handgriffen einen Verband an.

»Du hast wirklich mehr Glück als Verstand gehabt, Räubertochter«, sagte er und reichte ihr ein Schmerzmittel, »So kann es erst mal bleiben. Es wäre trotzdem besser, wenn ein Arzt drauf schaut. Er kann dir ein Antibiotikum geben.«

»Ich habe jetzt keine Zeit zu einem Arzt zu gehen!«, antwortete sie und nahm gleich zwei von den Schmerztabletten.

»Keine Zeit?«

»Ich muss Sebastian warnen! Seine Familie ist in Gefahr!«

»Er kommt morgen früh her. Herbie holt ihn ab und bringt ihn mit.«

»Dann ist es vielleicht zu spät!«

»Heute Nacht werden wir nichts mehr ausrichten können. Du solltest dich ausruhen. Ich habe etwas zu Essen bestellt und dann legen wir uns hin. Wir brauchen Schlaf.«

Sarah runzelte die Stirn. Sie konnte doch jetzt unmöglich essen und schlafen!

»Hör auf mit dem Stirnrunzeln!«, drohte er mit erhobenem Zeigefinger, »Du wirst jetzt, einmal das tun, was ich dir sage! Iss dein Essen und dann wirst du schlafen! Morgen früh können wir dann von mir aus die Welt retten!«

Sie gab sich geschlagen. Außerdem kroch ihr der Duft von gedämpftem Reis und gebratenem Gemüse in die Nase. Ihr Magen knurrte. Und nach dem Essen ging es ihr wesentlich besser. Erschlagen ließ sie sich neben Micky auf der Couch zurückfallen. Er sah sie lange an. Sein Blick war unergründlich. Vermutlich überlegte er, wie man nur so dämlich, wie sie sein konnte. Und dass er sie jetzt an der Backe hat. Aber er sagte es wenigstens nicht. Stattdessen nahm er sie in den Arm.

»Sie haben ihn erschossen«, flüsterte sie, »Vor meinen Augen. Ich habe einfach nur zu gesehen. Ich habe ihm nicht geholfen! Er hat sie angefleht ...« Sie weinte. »Du hattest Recht, du hattest so Recht ... Er ist ein Monster.«

»Sch ...«, er legte ihr einen Finger auf die Lippen. »Du kannst nichts dafür! Gar nichts! Hörst du? Und jetzt versuche eine Weile, nicht mehr daran zu denken!«

Sie widersprach nicht, sondern schloss die Augen und lehnte sich an ihn. Kurz darauf übermannte sie beide der Schlaf.

Im Gegensatz zu Elisa hatte Mondo nicht viel Gepäck. Sein Leben hatte schon immer in einen kleinen Koffer gepasst. Und den stellte er jetzt in den Flur der Altstadtwohnung. Daneben lehnte er das einzige Gemälde, das er mitgenommen hatte.

»Das hängst du hier nicht auf!«, fauchte Elisa und deutete darauf. Sie warf ihr langes Haar in den Nacken und blickte ihn trotzig an.

»Ich will mich nicht streiten«, antwortete er müde.

Sie waren gleich, nachdem Sarah entkommen war, abgereist und hier her gefahren. Elisa hatte getobt, aber dann routinemäßig ihre Sachen in Koffern verstaut. Es war nicht das erste Mal. Sie waren geübt darin, bei Nacht und Nebel zu verschwinden. Aurelia wusste, was zu tun war und Silenzio kümmerte sich um Carmelos Leiche.

»Alles nur wegen dieser kleinen Schlampe!«, hörte er Elisa in der Küche zetern. »Ich habe doch gleich gesagt, du sollst sie nicht mit in unser Haus bringen!«

Es war Zeit, dass sie sich zusammenriss. Was sie sich vor seinen Leuten herausnahm, war nicht mehr hinnehmbar. Er seufzte. Alle verloren sie immer mehr den Respekt. Im Wohnzimmer lungerte Roberto auf seiner

Couch herum, glotzte auf sein Smartphone und sah nicht einmal auf, wenn er den Raum betrat. Leo war einer der wenigen, der nicht vergessen hatte, was er ihm verdankte. Er wollte offensichtlich etwas loswerden, denn er lief rastlos im Wohnzimmer auf und ab.

»Erzähl schon Leo«, forderte er ihn auf.

Leo rückte die Brille zurecht und sah ihn beunruhigt an.

»Die Sache mit Dottore Rosbach. Sie läuft nicht gut.«

»Wie meinst du das?«

»Der Dottore zögert. Dabei habe ich ihm alles bis ins Detail erklärt. Am Ende sagte er, er muss darüber denken.«

»Glaubst du, Sarah hat ihn gewarnt?«

»Nein, das glaube ich nicht. Er ist unsicher. Ich habe ihm gesagt, in seiner Situation, ist es das Beste, was er tun kann.«

Aus der Küche ertönte ohrenbetäubender Lärm. Elisa ließ ihre Wut an der Kücheneinrichtung aus. Jeder hier im Haus sollte ihren Unmut mitbekommen. Langsam riss Mondo der Geduldsfaden. Er wand sich wieder Leo zu.

»So viel Zeit haben wir nicht. Dann müssen wir ihm seine Entscheidung leichter machen.«

»Was schlägst du vor?«

»Roberto?«, sprach Mondo den Jungen an.

Keine Reaktion.

»ROBERTO!«

Hastig steckte Roberto sein Telefon weg und sprang auf. »Ja Boss?«

»Hast du gehört, was Leo erzählt hat?«

»Nein Boss«

Mondo holte tief Luft und mahnte sich zur Beherrschung.

»Rosbach zögert«, erklärte er dem Jungen, »Und wir können nicht ewig warten. Wann triffst du seine Tochter wieder?«

»Gleich«, antwortete Roberto. »Ich hole sie um vier zu Hause ab.«

»Sehr gut. Ich möchte, dass du mit ihr verreist. Nach Paris. Ihr könnt dort bei Giorgio im Hotel wohnen. Er schuldet mir einen Gefallen.«

In der Küche schepperte es wieder.

»Wann sollen wir abreisen?«

»Hast du was auf den Ohren? Heute noch!«

»Wie soll ich denn so spontan mit ihr verreisen?«

»Das ist mir völlig egal! Benutze deine Fantasie! Willst du den Hals Deines Vaters aus der Schlinge ziehen oder nicht? Wenn die Antwort ja ist, wirst du eine Lösung finden. Und sieh zu, dass du das Mädchen abschirmst. Ich möchte weder, dass sie telefoniert noch, dass sie bei Facebook postet, dass sie gerade den Eiffelturm sieht.«

»Das wird nicht einfach«, sagte er, doch als er Mondos Blick auffing, fügte er eilig hinzu: »Aber ich gebe mir Mühe.«

»Hoffe, dass es reicht! Sie soll glauben, alles sei in bester Ordnung, hörst du? Falls etwas schief geht, wird sie eine Entführung abstreiten.«

Roberto sah ihn ratlos an.

Mondo verdrehte die Augen.

»Ich muss dir ja wohl hoffentlich nicht erklären, wie man eine Frau in einem Luxushotel eine Weile von allem abschirmt.«

Das Poltern und Klirren in der Küche wurde immer lauter. Begleite vom Gekeife seiner Freundin. Mondo hob die Hände.

»Roberto gehe hin und hilf ihr. Bevor ich sie erschlage!«, fluchte er.

Roberto sprang auf und eilte in die Küche.

Zu Leo sagte er jetzt:

»Sobald Roberto sich aus Paris meldet, sprichst du noch mal mit Rosbach.«

»Und was ist mit Sarah?«

»Ich kann sie nicht mehr vor ihm schützen, wenn sie nicht bei mir ist.«

»Das meine ich nicht, mein Freund. Und du weißt das. Sie weiß zu viel. Und sie hat die Sache im Gartenhaus gesehen. Wir müssen uns um sie kümmern.«

Mondo schwieg. Sein Blick fiel auf das Gemälde.

»Sie ist nicht wie sie. Sie ist wie Antonio.«

Er schüttelte den Kopf.

»Nein, das ist sie nicht. Du kennst sie nicht Leo.«

»Sie hat sich gegen dich gewand. Sie wird dich verraten!«, prophezeite Leo.

Mondo öffnete den Barschrank und goss ihnen Scotch ein.

»Der alte Hausmeister hatte schon Recht. Ich bin zu weich geworden. Deshalb hat niemand mehr Respekt. Alle wenden sich gegen mich. Antonio, Silvano, Carmelo und nun auch sie.«

»Ein Mann muss zu neunundneunzig Prozent aus Eis und zu einem Prozent aus Mut bestehen«, sagte Leo.

»Du sprichst wahre Worte, mein Freund. Es war gut mich daran zu erinnern.«

Roberto steckte den Kopf zur Tür herein.

»Elisa möchte ins Geschäft. Ich werde sie fahren. Danach kümmre ich mich um Larissa.«

Mondo nickte.

»Melde dich, sobald ihr in Paris seid.«

Dann wand er sich Leo zu.

»Kümmerst du dich um den Rest?«

Annemarie reinigte die Wunde an Sarahs Oberarm und legte ihr einen Verband an. Es entging Sarah nicht, dass sie dabei die Stirn runzelte.

»Ich danke dir Annemarie. Es tut mir leid, dass ich euch schon wieder zur Last falle«, sagte sie.

»Ach Kind, du fällst uns nicht zur Last! «, sagte sie, »Wir sind froh, dass es dir gut geht. Ich hatte nur gehofft, dass wir das alles hinter uns haben. Ich war froh, als Herbie es gesund und wohlbehalten bis in die Pension geschafft hatte. Und jetzt steckt er wieder mittendrin.«

»Es tut mir leid. Es ist meine Schuld.«

»Du kannst nichts dafür. Herbert ist mit Leib und Seele Polizist. Ich hätte das wissen müssen. Und weißt du was? Er war schwermütig geworden. Seit du aufgetaucht bist, ist wieder Leben in ihm.«

Sie fixierte den Verband mit einem geschickten Knoten.

»Du hast Glück gehabt. Es ist nur ein Streifschuss. Nimm das Antibiotikum mindestens 5 Tage lang.«

Sarah zog sich das Hemd wieder über. Mickys Hemd.

»Danke Annemarie! Für alles.«

Es klopfte laut an der Tür. Es war Herbert.

»Seid ihr da drinnen fertig?«, fragte er ungeduldig. »Beeilt euch! Micky ist da!«

Sie und Annemarie sahen sich belustigt an. Dann sprang sie auf. Micky war zurück. Trotz all der Katastrophen in den letzten Tagen flatterten die Schmetterlinge in ihrem Bauch, sobald auch nur sein Name fiel.

Wenig später saßen sie zusammen in der Küche der Kaltwassers. Micky warf Sarah einen aufmunternden Blick zu, bevor er die beiden Personen vorstellte, die er mitgebracht hatte.

»Das sind meine Kollegen Brigitte und Jürgen. Sie haben sich einverstanden erklärt, uns zu helfen.«

Herbert nickte ihnen zu. Man kannte sich. Sarah konnte nicht glauben, dass das die besten Polizisten waren, die Micky auftreiben konnte. In durchgelatschten, schiefen Turnschuhen humpelte Brigitte auf sie zu und schob ihr die Hand entgegen. Sie war nicht nur deutlich übergewichtig, sondern auch noch gehbehindert. Ihre Brille hatte Flaschenböden statt Gläser, und vergrößerten ihre wässrigen Augen auf unnatürliche Weise. Ihr graues Haar hing platt herab, und reichte ihr bis zur Schulter. Sie erinnerte Sarah an eine alte, zerzupfte Eule. Irritiert schüttelte sie ihr die Hand und bemühte sich nicht vor Schmerz aufzuschreien, denn sie drückte so fest zu, dass ihre Finger gequetscht wurden.

»Tach.«, war alles, was die Eule sagte.

Micky lachte. »Brigitte ist keine Frau großer Worte.« Sarah nickte, lächelte schief und wand sich Jürgen zu. Er war das Gegenteil von Brigitte. Lang, und dürr. Sarah befürchtete, dass er jeden Moment aus seiner Jeans fallen würde. Ein laufender Kleiderbügel. Aus Draht wohlbemerkt. In seinem Gesicht saß ein dicker schwarzer Schnauzbart. Er reichte ihr die Hand, und murmelte »Kannst mich auch Krauti nennen. Wie alle.«

Annemarie brachte Kaffee.

»Was gibt's Neues Mick?«, fragte Herbert nun.

»Brigitte hat die Taxifahrerin ausfindig gemacht«, begann Micky.

Na die beiden haben sich bestimmt gut verstanden, dachte Sarah amüsiert.

»Erst wusste sie angeblich von allem nichts. Sie hatte

Angst, dass wir sie zur Rechenschaft ziehen, weil sie dich einfach rausgeworfen hatte.«

Sarah nickte.

»Aber als ich ihr sagte, dass du wohl auf bist, erinnerte sie sich plötzlich wieder an alles«, fuhr Micky fort. »Sie hat uns das Taxi gezeigt, und gefragt, wer den Schaden bezahlt.« Sarah verdrehte die Augen.

»Immerhin fanden wir mit ihrer Hilfe die Villa. Ich habe mir über die Staatsanwaltschaft einen Eilbeschluss geholt und wir haben sie durchsucht.«

»Was habt ihr gefunden?«, fragte Sarah aufgeregt.

Micky zuckte mit den Schultern.

»Nichts.«

»Wie nichts?«, rief sie verärgert.

»Eine ältere Italienerin hat uns geöffnet. Eine, warte ...«, er las von einem seiner Zettel ab. »Eine Aurelia Botecelli. Sie und ihr Mann sind die Eigentümer der Villa.«

»Blödsinn!«, begehrte Sarah auf. »Das ist die Köchin. Und ihr Mann macht ab und zu den Garten!«

»Ich kann dir ja nur sagen, was wir festgestellt haben. Sie haben sich ausgewiesen und sind dort offiziell gemeldet. Sonst ist dort niemand gemeldet.«

»Ward ihr im Gartenhaus? Ward ihr im Keller? Ward ihr in seinem Büro?«

»Ja. Im Gartenhaus gab es außer ein paar Gartengeräten, nichts zu sehen. Ich hab die Spurensicherung natürlich trotzdem durchgeschickt. Aber das dauert, bis wir da Ergebnisse haben. Und auch im Keller konnten wir nichts Ungewöhnliches feststellen. So genau durften wir auch nicht hinsehen, denn mein Beschluss war nur zur Auffindung von Personen. Da kann ich nicht stundenlang in Akten wühlen.«

»Da war aber auch nix«, grunzte die Eule.

Sarah ließ den Kopf hängen.

»Also war die Aktion ein Reinfall.«

Micky nickte.

»Erst mal ja. Aber wir geben nicht auf.«

»Hast du Sebastian erreicht?«

Sie spürte, wie das schlechte Gewissen ihre Stimme brach.

»Sie sind auf dem Weg«, sagte Herbert im Hintergrund. Micky räusperte sich und legte einen Umschlag auf den Tisch. »Ich möchte, dass du dir diese Bilder ansiehst ...«

»Muss das sein Mick?«, fuhr Herbert dazwischen.

»Es kann kein Zufall sein Herbie. Ich muss sie dazu befragen!«

Dann sah er Sarah an.

»Es sind Bilder einer toten Frau. Womöglich werden sie dich erschrecken. Aber vielleicht helfen sie, uns Licht in die Sache zu bringen, denn es gibt da einen merkwürdigen Zufall.«

Sarah griff nach dem Umschlag und wappnete sich. Bisher hatte sie noch nie eine Leiche gesehen. Jetzt war es in so kurzer Zeit schon die Zweite. Auch wenn es nur ein Foto war - das Wissen darum, dass die Frau, zum Zeitpunkt der Aufnahme, bereits tot war, ließ sie erschaudern. Ungläubig betrachtete sie das Bild. Dann ließ sie es voller entsetzten fallen. Micky legte ihr eine Hand auf die Schulter.

»Es tut mir leid, wenn es dich erschreckt hat.«

»Warum sieht die so aus wie ich?«, fragte Sarah, »Was ist mit ihr geschehen? Wer ist das?«

»Ich hatte gehofft, du könntest es mir sagen. Sie wurde Ende der 80er Jahre im Rahmen einer großen Schießerei getötet. Ihre Identität ist bis heute ungeklärt.«

Sarah dachte an das Gemälde im Keller.

»In der Villa hängt ein Bild von ihr.«

Überrascht blickte Mick auf.

»Im Keller war kein solches Bild.«

»Dann hat er es mitgenommen«, sagte Sarah.

»Nach unseren Erkenntnissen war ein gewisser Salvatore Riga für ihren Tod verantwortlich.«

»Wer auch immer sie war, sie war Mondo so wichtig, dass er sich ein Bild von ihr aufgehängt hat«, fasste Herbert zusammen.

»Aber warum sieht sie so aus wie ich? Ich kenne sie nicht.«

Einen Moment herrschte Schweigen.

Bis auf die Eule schienen alle darüber nachzudenken. Die Eule hingegen packte dicke, in Alufolie gewickelte Butterbrote aus. Die Klingel zerriss die Stille.

»Das müssen Hannah und Sebastian sein«, sagte Micky.

Sarah kämpfte mit den Tränen, als Hannah ihr in die Arme fiel. »Jetzt ist aber mal gut, mit dem Scheiß«, schimpfte sie ihr. »Versprich mir, dass du nicht wieder einfach abhaust!«

»Versprochen«, schluchzte Sarah. Es tat gut, ihre Freundin zu sehen.

»Ihr habt gesagt, ihr habt wichtige Neuigkeiten?«, fragte Sebastian. Er sah beunruhigt aus.

»Setz dich erst mal«, sagte Herbert.

Sebastian ließ sich neben der schmatzenden Eule nieder. Nur widerwillig schob sie ihre Brote ein Stück zur Seite.

»Ich denke, am besten ist, wenn du erzählst, was du gehört hast«, sagte Mick mit einem Blick zu Sarah. Sie erzählte in Kurzfassung, was sie in der Villa beobachtet hatte und was ihr dort widerfahren war. »Als ich aus dem Zimmer entwischt bin, habe ich gehört, wie Roberto, Leo und Mondo sich unterhielten. Ich habe immer nur Bruchstücke verstanden.« Sie sah jetzt Sebastian an. »Aber sie sprachen über deine Schwester und über Deinen Vater. Sie planen irgendetwas.«

Sebastian starrte sie entsetzt an.

»Was? Was meinst du damit? Was haben sie vor?«

»Ich weiß es nicht. Ich habe doch nichts verstanden. Sie haben italienisch gesprochen.«

Sebastians Gesichtsausdruck wurde hart. Hannah trat an seine Seite. Sie legte ihm eine Hand auf die Schulter.

»Es tut mir so leid ...«, flüsterte Sarah. »Ich habe ihn in euer Haus gebracht.«

»Wir müssen sie warnen!«, stieß Sebastian hervor. »Sofort! Sie brauchen Polizeischutz. Ihr müsst diesen Roberto verhaften! Larissa geht fast täglich mit ihm aus!«

»Das ist nicht so einfach«, sagte Mick. »Wir haben nichts in der Hand, um Roberto zu verhaften.«

Sebastian sprang auf, und deutete auf Sarah.

»Sie hat doch gerade gesagt, dass er diesen Pferdetypen erschossen hat! Mord müsste doch reichen oder?«

»Außer Sarahs Aussage haben wir aber keine Beweise«, sagte Micky.

»Wir haben noch nicht mal eine Leiche«, ergänzte Herbert.

»Also wollt ihr warten, bis ihr die nächste Leiche dann vielleicht findet? Da mache ich nicht mit! Hier geht's um meine Familie!«, rief Sebastian aufgebracht.

»Und wir werden alles tun, ihnen zu helfen!«, erhob auch Micky die Stimme. »Aber es ist niemanden geholfen, wenn du die Nerven verlierst!«

Die Eule biss herzhaft in ihr Brot und kaute. Wütend funkelte Sebastian Micky an:

»Das wäre alles nicht passiert, wenn du den Mädels damals geholfen hättest, als sie dich darum baten! Aber du hast dich ja lieber volllaufen lassen!«

Er funkelte zu Sarah hinüber, »Und du ... du musstest ja unbedingt weiter forschen, obwohl wir dich alle gewarnt haben!«

»Es reicht jetzt!«, brüllte Herbert dazwischen.

Sarah stützte den Kopf in die Hände und weinte.

»Was wir brauchen, ist einen Plan«, sagte Micky. »Als Allererstes sollte Sebastian seinen Vater vor diesen Leuten warnen. Und ihr müsst mit deiner Schwester sprechen. Sie darf Roberto Mastroianni nicht mehr treffen.«

Sebastian ließ den Kopf hängen. »Ich glaube nicht, dass sie auf mich hören werden. Mein Vater ist gerade nicht gut auf mich zu sprechen.«

»Du musst es versuchen«, sagte Mick bestimmt. »Wir wissen nicht, was diese Typen vorhaben.«

Zu Brigitte und Krauti sagte er: »Ihr checkt bitte die Rennbahn und das Antiquariat. Versucht, etwas über Carmelo de Pelegrin herauszufinden. Ich will wissen, ob ihn jemand vermisst. Er muss eine Freundin haben. Eine Giulia. Nachnamen haben wir nicht. Ich fahre in der Zeit ins Büro. Wir haben in der Villa ein paar Spuren gesichert. Ich hoffe, ich bekomme gleich die Ergebnisse. Morgen früh treffen wir uns alle wieder hier. Und ich hoffe, wir sind bis dahin ein Stück weiter.«

Hannah reichte Sarah ein Taschentuch.

»Kommst du mit uns mit?«, fragte sie.

Sarah schüttelte den Kopf.

»Aber wohin willst du denn sonst?«

»Sarah bleibt, bis auf weiteres, bei mir«, sagte Micky bestimmt.

Kapitel 28

Als sie das Polizeigebäude betraten, dachte Sarah an den Tag zurück, als sie das letzte Mal hier war. Bis dahin war ihre Welt zwar nicht heil gewesen, aber zumindest hatte da noch niemand auf sie geschossen. Micky spürte, ihre Beklemmung und hakte sich bei ihr ein.

»Komm, ich zeig dir mein Büro, Räubertochter.«

Matt lächelnd lies sie sich, in einen der vielen Räume ziehen. Micky schloss die Tür und sie sah sich um. Überall lagen Aktenstapel und lose Blattsammlungen. Dazwischen standen halb geleerte Kaffeetassen und Schokoriegelverpackungen. Micky schob ihr einen in die Jahre gekommenen Bürostuhl entgegen, als plötzlich die Tür aufflog. Ein hochgewachsener schlanker Mann stürmte herein. Sarah schätzte ihn auf Anfang fünfzig. Gut in Form, aber sein Gesicht und sein graues Haar verrieten sein wahres Alter.

»Tauchst du auch noch mal hier auf?«, schnauzte er Micky an. »Weißt du eigentlich, was hier heute Morgen los war?«

»Nein, denn wie du ja schon bemerkt hast, bin ich gerade erst gekommen«, antwortete Micky. Seine blauen Augen blitzten angriffslustig.

»Wir haben vier Kranke, und gestern mussten wir zwei Mann zur Mordkommission abstellen. Du weißt doch, dass ich gleich zu dem Treffen mit den Belgiern muss. Und danach ist Projekttreffen.«

»Ah, das überaus wichtige Projekt«, witzelte Micky. »Was denkt ihr euch denn heute aus? Neue Abteilungsnamen?«

»Deinen Spott kannst du dir sparen, mein Lieber. In dieser Position kannst du nicht einfach kommen und gehen, wie du willst. Kümmre dich gleich um die EK ›Schlüssel‹. Roland bittet seit gestern um Rücksprache. Und dann haben die Jungs von der Mordkommission angerufen. Die meinten, die Sache könnte auch was für uns sein.«

Er klatschte Micky eine Akte auf den Schreibtisch und wandte sich zum Gehen. Erst jetzt fiel sein Blick auf Sarah. »Wer ist das? Ne Vernehmung?«

»Praktikantin von der Staatsanwaltschaft«, antwortete Micky, während er bereits in einer der Akten blätterte.

»Ach herrje, bei den ganzen Praktikanten, verlier ich völlig den Überblick«, sagte sein Chef. Statt sie wenigstens jetzt zu begrüßen, wandte er sich zum Gehen.

»Sie haben die Bujuppi-Brüder umgebracht?«, fragte Micky erstaunt.

»Nicht nur das«, sagte der unsympathische Graue, »man hat ihnen die Hände abgehackt und mitten ins Gesicht geschossen. Schröder meint, es könnte sich um eine Symbolhandlung handeln.«

»Ich gucke es mir an«, sagte Micky.

Kaum hatte der Grauhaarige den Raum verlassen, klappte Micky die Akte zu und warf sie zurück auf den Stapel.

»Die beiden sind schon tot. Die können warten.«

»Halt!«, sagte Sarah und hob die Hand.

Er sah sie fragend an.

»Als sie Carmelo umbrachten, haben sie ihn vorher befragt. Ich hab nicht verstanden, worum es ging. Aber sie warfen ihm Verrat vor und ich weiß noch, dass er zugab, für zwei Brüder gearbeitet zu haben. Und die hießen »Bejuppi« oder so. Auf jeden Fall was mit Juppi«

»Bist du sicher?«

»Ja. Der Name klingt ja irgendwie lustig. Deshalb habe ich ihn mir gemerkt.«

»Dann könnte Mondo hinter diesem Doppelmord stecken?«

Sarah zuckte mit den Schultern.

Mick seufzte und nahm die Akte erneut zur Hand.

»Dann wollen wir mal schauen, ob wir hier drin etwas finden. Die Brüder Luam und Defrim Bujuppi, sind Albaner und fett im Drogenhandel. Laut Ermittlungen der Mordkommission haben sie kurz vor ihrer Ermordung noch ordentlich Stoff auf den Markt geworfen.«

Mickys Mobiltelefon leuchtete auf, und der Vibrationsalarm ließ es auf dem Tisch umherwandern. Er legte die Akte beiseite und nahm den Anruf entgegen.

»Brandel?«, meldete er sich knapp.

Dann hörte er schweigend zu. Sarah sah ihn an. Er sah immer noch müde aus. Sein Bart war längst kein Dreitagebart mehr - eher ein Dreiwochenbart. Was ihm sein Gesprächspartner gerade mitteilte, schien ihm nicht zu gefallen. Seine Stirn schlug Falten.

»Scheiße«, fluchte er. »Pass auf, wir sind in etwa 20 Minuten bei euch. Versucht so lange ruhig zu bleiben. Okay?«

Roberto zog die Tür hinter sich zu, bemüht keinen Krach zu machen. Larissa duschte. So konnte er in Ruhe ein paar Telefonate führen, bevor sie gleich aufbrachen, um das Pariser Nachtleben zu erkunden. Sie war hin und weg gewesen von seiner Überraschungsreise. Gestern Abend hatte er sie erst zum Essen ausgeführt, dann immer weiter mit Champagner versorgt und zuletzt die halbe Nacht gevögelt, sodass sie den Verlust ihres Mobiltelefons schnell verschmerzte. Er fand, er hatte schon üblere Jobs gehabt.

»Pronto!«, meldete er sich und trat dabei hinaus auf den Balkon. Im Licht der untergehenden Sonne schien der Eiffelturm in Flammen zu stehen. Doch Roberto hatte für dieses Schauspiel keinen Blick. Während Leo ihn über den Stand der Dinge informierte, starrte er auf die Bodenfliesen. Auch wenn Larissa kein italienisch verstand, sprach er leise.

»Hier läuft alles. Alles ist gut. - ja, wir werden pünktlich da sein. - Nein. Sie denkt, es wär geklaut oder verloren - ja, sag ich doch. - ja bis dann.«

Er drückte Leo weg. Dann gab er die nächste Nummer ein.

»Hallo, ich bin` s. ja. - Ja. Natürlich. Geht's dir gut? - ja. Ich hab alles im Griff. Mach dir keine Sorgen. Nein, niemand ahnt was. - Das Mädchen? Madonna. Sie geht mir auf die Nerven. Eine richtig dumme Kuh. Hässlich noch dazu. - natürlich nicht. - ich weiß. Jaha! - genau - bald sind wir unabhängig. Halt durch.«

»Robbie?«, das war Larissa.

Er hob die Hand und deutete ihr damit zu warten.

»Hör zu, ich muss auflegen. Mach dir keine Sorgen. Wir sehen uns bald wieder. Und dann … ja genau.« Er legte auf und drehte sich lächelnd Larissa zu.

»Lissy! Du bist noch nicht fertig?«

Sie trat zu ihm hinaus auf den Balkon und schlang ihre Arme um seinen Hals. Bekleidet mit einem Hauch von nichts.

»Ich habe dich da drinnen vermisst«, säuselte sie ihm ins Ohr. »Sag bloß, du arbeitest schon wieder? Magst du nicht zurück ins Zimmer kommen?«

Sie schmiegte sich an ihn wie eine Katze.

»Cara mia ...«, hauchte er. Sie wollte etwas antworten, aber er verschloss ihren Mund mit einem Kuss und drückte sie gegen die Wand. Ihre Finger krallten sich in seinen Nacken. Er hatte schon schlechtere Jobs gehabt.

Frau Rosbach erwartete sie im Türrahmen. An der verschmierten Mascara konnte Sarah erkennen, dass sie geweint hatte. Hinter ihr stand Sebastian. Er sah blass aus und aus seinen Augen sprach große Sorge.

»Danke, dass ihr so schnell gekommen seid«.

Mick klopfte ihm auf die Schulter und reichte Frau Rosbach die Hand.

»Guten Tag Frau Rosbach. Ich bin Hauptkommissar Brandel. Ich werde alles in meiner Macht tun, ihnen zu helfen.«

Zitternd schüttelte sie ihm die Hand.

»Ist das wahr, dass diese Person da zu ihren Leuten gehört?«, polterte Dr. Rosbach und schob sich an seiner Frau vorbei. Er deute auf Brigitte, die auf seinem Sofa hockte und einen Schokoriegel verdrückte. Micky bot auch ihm die Hand.

»Kommissar Brandel. Guten Tag. Sarah kennen sie ja bereits und die Dame da hinten ist Kriminalhauptkommissarin Brigitte Kanert.«

Dr. Rosbach runzelte ungläubig die Stirn, erwiderte jedoch nichts. Sarah konnte ihm sein Misstrauen nicht verübeln. Ihr ging es genauso. Und die Eule als Dame zu bezeichnen - also ehrlich.

»Sie hat sich bereit erklärt, uns in dieser Angelegenheit zu unterstützen«, fuhr Micky fort, »Ebenso der Kollege Krauthausen, der gleich noch kommt. Beide sind erfahrene und gut ausgebildete Polizeibeamte.«

»Ich habe doch gesagt, ich will hier kein großes Polizeiaufgebot!«, sagte Dr. Rosbach verärgert.

»Im Prinzip sind wir auch alle als Privatmenschen hier«, antwortete Micky.

»Und sie!«, Dr. Rosbach drohte Sarah mit ausgestrecktem Zeigefinger. »Sie haben Roberto doch erst in mein Haus gebracht! Was wollen sie hier?«

Es schellte.

»Ich will nur helfen«, flüsterte Sarah kaum hörbar.

Mit Gepolter trafen Herbert und Krauti ein.

»Das sag ich euch, mit dem fahr ich keinen Meter mehr!«, schimpfte Herbert und deutete auf Krauti, »Der ist ja völlig geistesgestört!«

Dr. Rosbach hob die Augenbrauen. Micky räusperte sich verlegen. Doch Krauti zuckte mit den Achseln.

»Sie haben gesagt. „Beeil dich." - Hab ich gemacht.«

Sarah sah ein kleines Grinsen über Mickys Gesicht huschen. Herbert besann sich, legte Hut und Trenchcoat ab und begrüßte alle Anwesenden.

»Herbert Kaltwasser«, stellte Micky Herbert vor. »Er leitete lange Zeit unsere Abteilung für organisierte Kriminalität, bis er vor zwei Jahren in den Ruhestand ging. Ich schätze seine Erfahrung und seinen Rat nach wie vor. Und das ist der Kollege Krauthausen, von dem ich eben bereits sprach. Er war bis letzten Sommer beim Sondereinsatzkommando.«

Dr. Rosbach nickte den beiden nervös zu.

»Ich schlage vor, wir setzen uns zusammen, und sie erzählen uns, was vorgefallen ist«, schlug Herbert vor.

»Sie haben Lissy!«, platzte Frau Rosbach heraus. Hektische Flecken hatten sich in ihrem Gesicht und am Hals ausgebreitet. Sebastian drückte sie an sich. »Bringen sie mir mein Baby zurück! Bitte!«

Dr. Rosbach straffte die Schultern.

»Larissa geht schon seit ein paar Tagen mit diesem Jungen aus«, begann er, »Er erschien mir völlig in Ordnung. Er war höflich, zuvorkommend und gebildet. Ende letzter Woche sprachen wir ein wenig übers Geschäft. Er deutete an, dass er mir Kontakte, bzw. Aufträge vermitteln könne. Nun ja ...«, er räusperte sich,

»meine Auftragslage ist zurzeit nicht die Beste. Daher bat ich ihn, diese Kontakte herzustellen. Gleich am nächsten Tag erhielt ich Besuch von einem seiner Bekannten.«

»Von wem?«, fragte Micky.

»Er hieß Francesco Bali. So ´n kleiner untersetzter Typ. Wirkte etwas fahrig und nervös.«

»Trug er Jackett in merkwürdigen Farben?«, fragte Sarah.

»Da habe ich nicht so drauf geachtet, ehrlich gesagt. Er machte zumindest keinen so seriösen Eindruck wie Roberto. Und sein Geschäftsvorschlag war es auch nicht.« Er senkte den Blick. »Zugegeben es wäre lukrativ für beide Seiten geworden. Ich hätte einige Probleme meiner Firma damit lösen können. Deshalb hörte ich zu. Er sagte, ich solle drüber nachdenken. Aber ich dachte daran, wovor Sebastian mich warnte. Dass Roberto kriminell sei. Und da entschied ich, lieber vorsichtig zu sein.«

»Wie sollte das Geschäft denn aussehen?«, fragte Micky.

Dr. Rosbach dachte nach.

»Für ein größeres Bauprojekt - ein Altenheim am Stadtrand - sollte ich für den Tiefbau nicht meine üblichen Handwerksfirmen beauftragen, sondern Firmen, die sie mir nennen. Diese sollte ich dann bezahlen und ihnen Rechnungen ausstellen«, er holte tief Luft. »Einen Teil der Gelder würde ich in bar zurückerhalten. Den Rest wollten sie als eine Art Provision einbehalten. Sollten die Geschäfte reibungslos funktionieren, stellte man mir Aufträge für größere Projekte in Aussicht, da er Leute kenne, die regelmäßig in Immobilien investieren.«

»Allerdings würde keine dieser Firmen auch nur einen Tag arbeiten. Richtig?«, fragte Herbert.

»Richtig. Meine Zahlungen gingen an sogenannte Scheinfirmen. Ich hätte genug Bargeld, um Schwarzarbeiter zu bezahlen. Die Rechnungen könnte ich beim Auftraggeber einreichen und würde am Ende mit einem großen Plus sauberem Geld aus der Sache raus gehen.«

»Und Robertos Freunde hätten ebenfalls Geld verdient«, ergänzte Micky.

»Dieser Bali war sehr ungehalten, als ich ihm sagte, dass ich den Handel lieber nicht eingehen würde. Zuletzt appellierte er, dass ich doch an das Wohl meiner Familie denken solle. Da wurde mir unwohl. Deshalb habe ich gestern Abend mit Engelszungen auf Lissy eingeredet und versucht ihr zu erklären, dass der Umgang mit Roberto zu gefährlich sei. Sie ist völlig ausgeflippt und hat mir väterliche Eifersucht vorgeworfen. Ich würde mich ständig in alles einmischen.« Dr. Rosbach ließ die Schultern hängen. »Sie ließ sich nicht überzeugen.«

»Zum Abendessen war sie nicht mehr da«, schluchzte Frau Rosbach. »Und jetzt ist sie bei diesen schrecklichen Leuten!«

»Erst dachte ich, sie sei nur mit Roberto ausgegangen«, fuhr Dr. Rosbach fort. »Aber dann kam sie nachts nicht heim und das sieht unserer Lissy nicht ähnlich. Heute Morgen rief dieser Bali an. Er sagte, Lissy gehe es gut, und wenn ich zur Vernunft käme, würde das auch so bleiben. Ich sagte ihm, ich würde alles tun, was sie verlangten. Er solle mir diese verfluchten Rechnungen schicken. Aber da lachte er nur und meinte, diese Art,

Geschäfte stünden nicht mehr zur Debatte.« Er war nicht in der Lage fortzufahren. Seine Frau begann zu weinen.

»Was meinte er damit?«, fragte Micky.

Dr. Rosbach seufzte.

»Sie wollen jetzt 500.000 Euro. Sonst werden sie Lissy ...«, er brach ab, drehte sich weg. Sebastians Mutter heulte auf.

»Oh mein Gott!«, stöhnte Sarah. Es ist alles meine Schuld. Ich habe Roberto hier hergeschleppt.

»Glauben sie, die Männer meinen das ernst?«, fragte Dr. Rosbach mit erstickter Stimme, »würden sie Lissy wirklich etwas antun?«

Sarah wurde übel.

Dr. Rosbach schüttelte bekümmert den Kopf.

»Ich kann mir einfach nicht vorstellen, dass Roberto ...«

»Oh doch. Ich schon«, dachte Sarah. Sie dachte daran, wie Roberto lächelnd auf Carmelo eingetreten hatte.

»Wir müssen sie da rausholen!«, dachte sie laut und erschrak, als alle sie plötzlich ansahen.

»Wir haben es jetzt mit einer Entführung zu tun«, stellte Herbert mit ruhiger Stimme fest. »Wir müssen es offiziell melden.«

»Nein!«, entgegnete Sebastian und schüttelte energisch den Kopf. »Wenn wir die Polizei einschalten, sehen wir Liz nie wieder. Das haben sie uns deutlich gesagt. Ich habe euch nur gerufen, weil wir uns kennen.«

»Werden sie uns Lissy wieder bringen, wenn ich zahle?«, fragte Dr. Rosbach.

»Du musst zahlen!«, schrie seine Frau, »was denn sonst?«

»Ich habe doch nicht gesagt, dass ich es nicht tue!«, schrie er zurück.

»Das Wichtigste ist, dass alle die Nerven behalten«, mahnte Micky, »So schwer es auch ist. Haben sie schon Anweisungen, für die Geldübergabe bekommen?«

Dr. Rosbach nickte.

»Sie wollen es auf der Benefiz-Gala holen.«

Micky hob erstaunt die Augenbrauen.

»Auf der Gala?«

Dr. Rosbach zuckte mit den Achseln.

»Bali sagte, wir sehen uns alle wieder auf der Gala morgen Abend.«

»Morgen!«, Herbert pfiff durch die Zähne, »Das ist nicht viel Zeit.«

»Ich soll das Geld per Blitzüberweisung zahlen.«

»Und wo und wann lassen sie Larissa frei?«, fragte Micky. »Haben sie dazu auch etwas gesagt?«

»Er meinte, Larissa würde wie geplant an der Gala teilnehmen. Wenn ich zahle, wird sie danach wieder mit uns nach Hause gehen.«

»Das kann nur bedeuten, dass es ihr momentan gut geht«, sagte Micky. »Sehr wahrscheinlich ahnt sie noch nicht mal, dass sie eine Geisel ist. Ich muss zugeben, dass das sehr geschickt ist. Und sollte aus der Sicht unserer Gegner doch etwas schief gehen, hat es nachweisbar nie eine Entführung gegeben. Wie darf ich mir den Ablauf einer solchen Gala vorstellen?«

»Sie findet in einem Teil des Maritim-Hotels statt. Es werden ca. 800 Gäste erwartet. Es gibt Buffets, Tanz und ein Rahmenprogramm.«

»Gibt es eine Gästeliste?«

»Nein. Eine Art Festkomitee verkauft Karten. Der Erlös geht an die Stiftung für krebskranke Kinder. Der Eintritt kostet 250 Euro.«

»Hier.« Sebastian hob eine Einladung vom Tisch. Sarah nahm sie entgegen und überflog die Auflistung des Rahmenprogramms.

»Warum locken wir Lissy nicht einfach von denen weg und bringen sie in Sicherheit?«, fragte Sebastian.

Herbert schüttelte den Kopf. »Nein mein Junge. Das klappt nicht. Ich kenn diese Jungs nur zu gut. Sie werden überall ihre Leute haben.«

»Dann macht strenge Einlasskontrollen«, schlug Hannah vor, die sich bis jetzt im Hintergrund gehalten hatte.

Sarah bemerkte zufällig den verächtlichen Blick, den Hannah dafür von Dr. Rosbach erhielt.

»Wenn die nur den leisesten Verdacht haben, dass wir nicht machen, was sie wollen, werden sie alles abbrechen.«, bestätigte Dr. Rosbach Herberts Annahme.

»Ich empfehle trotzdem, eine offizielle Bedrohungslage bzw. Geiselnahme aufzuziehen. Wir bekommen dann ein Sondereinsatzkommando. In null Komma nix riegeln die das ganze Hotel ab.«

»Nein«, lehnte Dr. Rosbach erneut ab. »Ich will denen keinen Grund geben, Larissa etwas anzutun. Das müssen sie verstehen.«

»Aber irgendwas müssen wir doch tun können«, sagte Sebastian. Er schaute verzweifelt in die Runde. »Wir haben doch vier erfahrene Polizisten! Sarah kann uns mit Insiderwissen versorgen. Und mich weist ihr ein.«

»He, und was ist mit mir?«, empörte sich Hannah.

»Du bist noch zu schwach!«, entgegnete er. »Du musst dich noch ausruhen. Aber wir, wir könnten es doch schaffen!«

Hannah rollte mit den Augen. »Denkt bloß nicht, dass ich mich einfach so raushalten werde!«, knurrte sie.

»Und ich bin auch noch da«, sagte Sarah. »Vielleicht ist die Idee gar nicht so abwegig. Wenn wir einen guten Plan hätten ...«

Micky seufzte.

»Gestern haben diese Leute noch auf dich geschossen. Du bist fast drauf gegangen! Hast du denn nichts gelernt?«

»Ich weiß zumindest, dass es keine Lösung ist, vor ihnen wegzulaufen. Irgendwann sind sie wieder da! Außerdem habe ich Sebastians Familie erst in diese Situation gebracht. Ich bin es ihnen schuldig zu helfen. Ich kann nicht so tun, als ginge es mich nichts an.«

Micky musste doch verstehen, dass sie sich hier nicht einfach raushalten konnte. Sie sah rüber zu Herbert. Der schüttelte unentwegt den Kopf und brummte vor sich hin. Er schien nicht überzeugt. Aber wenn Sie es wirklich versuchen wollten, brauchten sie jeden Einzelnen von ihnen.

»Herbert?«

Er sah zu ihr auf.

»Du könntest beenden, was du damals nicht geschafft hast«, sagte sie, »Du könntest es zum Abschluss bringen.«

»Ich bin zu alt für so eine Aktion.«

»Aber du weißt doch noch, wie man eine Waffe hält, oder?«

»Ich habe meine Waffe vor zwei Jahren abgegeben.«

»Aber du weißt doch trotzdem noch, wie man eine hält!

Ich bin mir sicher, wir können eine für dich auftreiben. Und genauso für mich und Sebastian.«

»Ho, ho, ho! Immer langsam!«, fuhr Micky dazwischen. »Du glaubst doch nicht wirklich, ich starte einen Großeinsatz gegen die organisierte Kriminalität und die Hälfte meines Teams sind bewaffnete Zivilisten?« Er raufte sich die Haare. »Ich bin vielleicht für eigenwillige Methoden bekannt, aber das könnte mich echt den Job kosten!«

Dr. Rosbach hörte ihnen schweigend zu. Er sah bleich und abgekämpft aus.

»Was sagen sie denn dazu?«, fragte Sarah ihn vorsichtig.

»Ich möchte einfach nur mein Kind zurück«, antwortete er leise. »Ich finde, wir sollten tun, was sie wollen. Wir sollten zahlen und hoffen, dass sie ihr Versprechen halten.«

»Wenn sie das tun, werden sie wieder kommen«, versprach Herbert. »Was ist wenn sie das nächste Mal eine Millionen verlangen? Können sie das auch zahlen?«

»Es muss doch eine Möglichkeit geben Liz aus ihren Fängen zu befreien, ohne dass sie merken, dass wir es tun.«, überlegte Sebastian.

»Wir können sie ja nicht weghexen«, sagte Micky.

»Nein«, grinste Sarah, »Nicht hexen.«

Sie winkte mit dem Programmheft.

»Aber Zaubern!«

Kapitel 29

Als Sarah ihre Idee geschildert hatte, sahen alle sie an, als wäre sie nicht ganz dicht.

»Er soll sie vor den Augen der Mafiosi wegzaubern?«

Hannah lachte, aber Sarah nickte.

»Der Magier wird Larissa bitten, ihm zu assistieren. Dann wird er sie auffordern, sich in seine Zauberkiste zu setzen. Wird sie das machen, Sebastian?«

»Wenn meine Schwester ins Rampenlicht kann, macht sie so ziemlich jeden Blödsinn mit.«

»Sehr gut. Mondos Männer werden es nicht verhindern können, ohne sofort die Blicke aller Gäste auf sich zu ziehen. Wir überrumpeln sie damit. - Ein bisschen Hokuspokus Simsalabim, Qualm und ein paar Blitze und dann ist die Kiste leer!«

Herbert fasste sich an den Kopf. Er konnte offenbar nicht glauben, was er da hörte.

»Und wo zaubert dieser Zauberer dann unsere Tochter hin? Also ... wie funktionieren solche Tricks denn?«, fragte Frau Rosbach.

»Für gewöhnlich bleiben die Personen in den Kisten sitzen«, erklärte Sarah, »oder sie klettern durch eine Öffnung ungesehen heraus, um an anderer Stelle wieder aufzutauchen.«

»Woher weißt du das so genau?«, fragte Micky. Sie spürte, dass er den Plan für ausgemachten Schwachsinn hielt. Mondo hatte ihr so viel über die Zauberei beigebracht. Aber das würde sie heute besser für sich behalten.

»Nimm es mir nicht übel Sarah, aber die Idee ist vollkommen verrückt!«, sagte Herbert.

»Du weißt doch noch nicht mal, ob der Magier diesen Kistentrick überhaupt drauf hat«, sagte Micky, »Und ...«

»Soweit ich weiß, ist er einer der besten Nachwuchsmagier der Welt!«, sagte Sebastian. Hoffnung flammte in seinen Augen auf. »Klar klingt Sarahs Plan ein bisschen ... ungewöhnlich. Aber ich habe bisher keinen Besseren gehört!«

Micky verschränkte die Arme.

»Und wie willst du Lissy dann dort hinaus bekommen?«

»Sie wird nicht auf der Bühne, sondern in Krautis Auto wieder auftauchen«, erklärte Sarah, »Der sie dann auf direktem Weg in Sicherheit bringen wird. Bis Roberto und Mondos Leute begreifen, was passiert ist, sind Krauti und Larissa schon aus der Stadt.«

Krauti nickte eifrig.

»Sobald sie in meinem gepanzerten Auto sitzt, kommt niemand mehr an sie heran.«

»Gepanzertes Auto?«, fragte Micky. »Krauti, wir reden hier von einer geheimen, ungenehmigten Aktion. Du kannst kein Auto vom SEK nehmen.«

Krauti zuckte mit den Schultern.

»Brauch ich auch nich. Ich hab selbst so eins.«

»Vergesst bitte Larissa bei der Sache nicht«, gab Dr. Rosbach zu bedenken. »Ich meine, sie ist keine Puppe. Sie lässt sich vielleicht noch in eine Kiste stecken, aber glaubt mal, dass sie verlangen wird, zu Roberto zurückkehren zu dürfen. Sie ist völlig verrückt nach dem Kerl!«

»Oh ja«, seufzte Hannah, »Liz lässt sich nicht einfach wegzaubern.«

»Deshalb wirst du da sein und sie aufklären.«, sagte Sarah. Hannah starrte sie entgeistert an.

»Als Assistentin des Zauberers getarnt«, erklärte Sarah, »sobald Larissa in der Kiste steckt, sorgst du dafür, dass sie bei Krauti im Auto verschwindet.«

»Das kannst du vergessen!«, lachte Hannah, »Larissa hasst mich!«

»Aber du bist die Einzige, die infrage kommt. Mich erkennen sie sofort. Und dann bleiben hier nicht mehr viele übrig, die man in ein Glitzerkleidchen stecken könnte.«

Hannah sah in die Runde. Einen Moment blieb ihr Blick an Brigitte hängen. Dann hob sie kapitulierend die Hände.

»Also gut! Aber über das Kleidchen reden wir noch mal!«

Sarah sah, wie Micky überlegte.

»Es ist der bescheuertste Plan, den ich je gehört habe, aber er könnte klappen«, sagte er.

»Spinnst du jetzt auch?«, schimpfte Herbert. »Die Idee ist völlig absurd! Das ist kein Kindergeburtstag. Wir haben es mit skrupellosen Killern zu tun.«

Frau Rosbach schluchzte auf.

»Vielleicht funktioniert es, gerade weil es so absurd ist«, überlegte Micky, »Das werden sie doch niemals erwarten.«

»Sagen wir, du hast Recht. Meinst du, sie gucken sich das kommentarlos an?«, fragte Herbert.

»Sobald Larissa bei Krauti im Auto sitzt, muss jemand die Geldübergabe stoppen«, antwortete Micky, »Ich könnte eventuell noch ein kleines Festnahmeteam für den Abend auf die Beine stellen. Mehr als drei werden es nicht werden, aber wenn wir uns gut aufstellen, könnte es reichen, um die Wichtigsten von ihnen festzusetzen.«

Herbert schüttelte unzufrieden den Kopf.

»Außerdem können wir, sobald Lissy safe ist, auch offiziell um Unterstützung bitten«, fuhr Micky fort.

Er machte eine Pause, bis er sagte:

»Gut möglich, dass es uns gelingt, IHN festzunehmen.«

Herbert hob den Kopf und zog die Augenbrauen zusammen.

»Du Narr! Glaubst du wirklich, er selbst wird dort erscheinen?«

»Das wird er!«, sagte Sarah.

»Wie kommst darauf?«, fragte Herbert. »Ihr Jungspunde habt einfach keine Ahnung, mit wem ihr euch da anlegt! Ich habe Jahrzehnte versucht, Mondo das Handwerk zu legen. Niemand kennt ihn besser als ich. Wenn ihr denkt, ihn überlistet zu haben, erschlägt er euch mit Euren eigenen Mitteln. Und ich sage: Er wird dort nicht erscheinen.«

Sarah ließ den Kopf hängen. Sie konnten auf Herbert nicht verzichten. Seine Ansprache hatte außerdem den Enthusiasmus der anderen gedämpft. Das spürte sie.

»Also gut«, sagte Micky, »Wir sollten keine Zeit vergeuden. Es gibt noch Einiges vorzubereiten. Herr Dr. Rosbach? Können sie uns Kontakt zu diesem Magier herstellen?«

Sebastians Vater nickte und drückte entschlossen die Hand seiner Frau. Sarahs Herz machte einen Sprung.

»Hannah muss sich so schnell wie möglich mit ihm treffen und den Auftritt proben«, sagte Micky.

»Brigitte, du besorgst bis morgen früh Pläne des Hotelgebäudes«, fuhr Micky fort. Er meinte es tatsächlich ernst. »Außerdem brauchen wir unsichtbare Kommunikationsmittel, Waffen und Schutzkleidung.«

Die Eule grunzte, was wohl so etwas wie Zustimmung bedeuten sollte.

»Herbert?«, rief Micky seinen ehemaligen Vorgesetzten an. »Bist du dabei? Wir würden uns wohler fühlen, wenn du uns zur Seite stehst.«

Alle Augen ruhten auf dem alten Kommissar. Doch der schüttelte gequält den Kopf.

»Annemarie wird ...«

»Wenn du uns nicht helfen willst, sag es!«, Micky hob ärgerlich die Stimme »Ich weiß nur zu gut, was in dir vorgeht, mein Freund! Es sind die alten Geister, die dich heimrufen. Wenn du ihnen lieber den Rücken kehren möchtest, verstehe ich das. Aber schieb es verdammt noch mal nicht Annemarie in die Schuhe!.«

Unangenehme Stille breitete sich aus.

»Wenn dieser Plan gelingt, alter Freund, dann könntest du Deinen Ruhestand vielleicht ein wenig zufriedener genießen«, sagte Micky leise. »Wir könnten das Arschloch endlich hinter Gitter kriegen.«

Herbert räusperte sich. Strich sich mit den Händen durchs Gesicht.

»Es ist der pure Wahnsinn, was ihr vorhabt«, rief er.

»Das war nicht Frage. Bist du dabei oder nicht?«

Nach einer gefühlten Ewigkeit sagte Herbert:

»Einer muss ja wohl die Verantwortung tragen. Ich kann euch Kinder doch nicht ins Verderben rennen lassen oder?«

Sarah wäre ihm am liebsten um den Hals gefallen. Glücklich sah sie in die Runde. Sie waren ein wahrlich verrückter Haufen, mit einem riskanten Plan, aber sie konnten es schaffen.

Mit einem Handtuchzipfel wischte Sarah ein Stück, beschlagenen Spiegel frei. Leider sah sie nicht so frisch aus, wie sie sich fühlte. Ihre Augen waren gerötet und dunkle Schatten hingen darunter. Der Preis der Anstrengungen in den letzten Tagen. Der Spiegel beschlug wieder, und sie war dankbar dafür. Sie streifte das Sweatshirt über, das er ihr gegeben hatte. Es roch nach ihm.

Auf der Ablage über dem Waschbecken lagen zwei Zahnbürsten. Eine Dunkelblaue und eine Pinkfarbene. Eine pinke Zahnbürste, in einem Männerbadezimmer ist nie nur eine Zahnbürste. Sie ist eine Message, die jede andere Frau auf Anhieb versteht. Eigentlich konnte ihr das egal sein. Das hier war schließlich kein Date. Und trotzdem ... Diese Zahnbürste schien sie boshaft anzugrinsen. Einen Moment überlegte sie, die Zahnbürste ins Klo zu tauchen. Nur ganz kurz ... Doch dann besann sie sich. Wenn morgen alles planmäßig verlief, dann würden sich ihre und Mickys Wege wieder trennen. Die Betonung lag auf »Wenn«! Ihr Plan war zwar auf den ersten Blick nicht übel. Auf den zweiten Blick aber - wenn man genauer hinsah - war er voller Unvorhersehbarkeiten. Ohne eine mächtige Portion Glück endete morgen bestimmt alles in einer Katastrophe.

Der Duft von gerösteten Zwiebeln und Speck lockte sie aus dem Badezimmer. Micky stand in der offenen Küche am Herd. Er strich sich eine Haarsträhne hinters Ohr und schien etwas zu suchen. Als er sie sah, lächelte er.

»Räubertochter! So ohne Staub in der Frisur und mit vernünftiger Kleidung am Leib bist du ja richtig hübsch!«

Sarah errötete. Und ärgerte sich darüber. Es wäre manches einfacher, wenn er nicht so verdammt gut aussehen würde.

»Ich mache Rührei«, sagte er fröhlich.

»Möchtest du für die Nerven ein Glas Wein?«

Sie nickte.

»Wein wäre toll.«

Er reichte ihr das Besteck. »Du kannst den Tisch decken.«

Kurz darauf trug er eine Schüssel mit dampfendem Rührei und frisches Brot an den Couchtisch. Sarah griff nach der Weinflasche und betrachtete das Etikett. »Den habe ich mal geschenkt bekommen«, sagte Micky kauend.

»Guter Wein.«

»Kannst du mal sehen. Nichts ist mir zu teuer ...« »Siehst du hier«, sagte sie und fuhr mit dem Finger über das Etikett. »Er stammt von einem Weingut aus der Maremma. Er wurde handverlesen und durfte in Eichenfässern reifen.«

»Wie kommt es, dass du dich so mit Wein auskennst?«

»Ach, kenn ich mich ja gar nicht. Die Sache mit den Eichenfässern hat mir …, na hat ER mir erklärt.«

»Mondo?«

Sie nickte.

»Er ist ein echter Weinkenner. Zu jedem Wein konnte er eine kleine Geschichte erzählen.«

»Habt ihr viel Zeit zusammen verbracht?«

Sie sah verloren in ihr Weinglas. Das Herz wurde ihr schwer.

»Er hatte nicht oft Zeit. Aber wenn, haben wir uns ganze Nächte über Gott und die Welt unterhalten. Er ist jemand, der wirklich eine Menge zu erzählen hatte. Ich wurde nicht müde zuzuhören. Aber umgekehrt war er auch ein guter Zuhörer.«

Sie sah Micky an.

»Ich weiß, was er alles getan hat. Ich weiß, dass er ein gewissenloser Killer ist. Aber ... aber ich mag ihn trotzdem.«

»Niemand hat nur eine Seite. Du hast eben sehr viel von seiner Guten kennengelernt.«

»Das hätte mir aber nicht passieren dürfen. Es war dumm, zu ihm zu gehen.«

»Du wolltest herausfinden, wer Deinen Vater getötet hat.«

»Ja, und genau das weiß ich immer noch nicht.«

»Vermutlich wird es ein Geheimnis bleiben.«

»Ich weiß gar nicht, ob mir das überhaupt noch wichtig ist.«, sagte sie und trank von dem Wein. Sie spürte, wie er sich in warmen beruhigenden Wogen in ihr ausbreitete. »Viel mehr, als seinen Mörder zu finden, hatte ich gehofft mehr über den Mann herauszufinden, der er war. Aber je mehr ich in den letzten Wochen erfuhr, umso Fremder wurde mein Vater mir.«

»Manchmal ist es nicht verkehrt, wenn man nicht so viel weiß«, sagte Micky, »Ich weiß von meinem alten Herrn mehr, als ich möchte.« Er lächelte traurig, als er weiter sprach.

»Seit ihm meine Mutter abgehauen ist, ruft er täglich mindestens dreimal an. Er erträgt das allein sein nicht.«

»Ach herrje. Sitzt er jetzt verlassen zu Hause herum?«

Micky winkte ab.

»Ach was! Im Gegenteil. Er ist nur noch auf Achse. Er besucht einen Esoterik-Kurs nach dem anderen. Selbstfindung, Feng-Shui, Karma, Klangschalen ... das ganze Programm. Danach ruft er mich an und teilt seine neu errungenen Einsichten und Weisheiten mit mir. Letzte Woche war er auf einem Wasser-Seminar.«

Sarah kicherte.

»Siehst du da drüben?«, er wies auf den Küchentresen. »Die Flasche da - ohne Etikett - die hat er mir mitgebracht.«

»Besonderes Wasser vom Seminar?«

Micky nickte.

»Es ist besprochen, sagt er. Mit positiven Botschaften.«

Sarah schmunzelte.

»Ja lach du nur«, schimpfte er scherzhaft. »Er sagt, Wasser habe ein Gedächtnis. Das von diesem da hat er gelöscht und neue Informationen drauf gesprochen. Und jetzt sei es eine Art Heilwasser.«

Sarah kicherte.

»Siehst du! Was ist dir lieber? Ein Vater mit einer Knarre im Schließfach, oder einer, der dich nachts anruft und dir erzählt, dass er jetzt endlich seinen Schutzengel getroffen hat?«

Sarah konnte nicht aufhören zu lachen. Lachtränen liefen ihr über das Gesicht. Er reichte ihr ein Taschentuch.

»Wir sollten schlafen gehen Räubertochter! Morgen müssen wir topfit sein«, sagte er und stellte das Geschirr in die Spülmaschine.

»Ich habe große Angst«, gestand sie.

»Wir haben alle Angst«, tröstete er sie und kehrte zur Couch zurück.

»Aber ich habe schon mal versagt. Ich habe nur da gestanden und zugesehen, wie sie Carmelo umgebracht haben. Ich war nicht mal in der Lage auch nur den Arm zu heben. Dabei war ich doch bewaffnet und alles ...«

»Und alles was?« Er rückte näher.

»Was ist, wenn ich es diesmal auch nicht kann? Was wenn ich, wenn es darauf ankommt, wieder nur doof da stehe?«

»Hey Pssst ... sieh mich an!«

Er strich ihr das Haar aus der Stirn und hob ihr Kinn, damit sie ihm in die Augen sah.

»Wir haben einen Plan. Und du bist nicht allein, hörst du? Wir sind alle bei dir. Ich bin bei dir. Und wir schaffen das!«

»Warum bist du da so sicher?«

»Weil ich weiß, dass du das Zeug dazu hast, wenn es darauf ankommt. Ich habe noch nie einen so bezaubernden Sturschädel kennengelernt wie dich.«, zärtlich tippte er ihr auf die Nasenspitze. Ein Schauer lief ihr über den Rücken. Es lag jedoch viel mehr daran, wie er sie ansah. Als versuche er in ihren Augen Antworten auf unausgesprochene Fragen zu erhalten. Er strich ihr über das Haar.

»Wenn du es nur wirklich willst, Räubertochter, gibt es nichts auf dieser Welt, was dir nicht gelingen könnte. Und ich werde alles in meiner Macht tun, um dir dabei zu helfen.«

»Danke«, flüsterte sie.

Vorsichtig zog er sie zu sich heran. Sie spürte seinen Atem auf ihrer Wange. Sie ließ es geschehen und schloss die Augen. Sie konnte den Kuss schon spüren, ihn förmlich schmecken ... Und dann - zerriss die Türklingel diesen Moment. DINGDONGDINGDONG

Sie wichen voneinander.

»Man, man, man«, schnaubte er, »wer ist denn das jetzt?«, er sah sie bedauernd an. »Ich geh nur kurz gucken, wer da ist, Okay? Nicht weglaufen! Ich bin gleich wieder bei dir.«

Sie nickte und bemühte sich um ein Lächeln. Aber es gelang ihr nicht. Stattdessen griff sie zum Weinglas. Sie hörte, wie er die Haustür öffnete. Der unangemeldete Gast war eine sie. Sie verstand nicht, was sie sprachen, denn Micky hatte die Tür zum Flur geschlossen, aber es klang nach einer Diskussion. Die Frau hörte sich sehr aufgebracht an. Offensichtlich war die Besitzerin der pinken Zahnbürste aufgetaucht.

Frustriert goss sie sich den Rest des Rotweins nach und trank noch einen Schluck. Sie spürte, wie Tränen sich den Weg nach oben erkämpften, und atmete bewusst dagegen. Das war jetzt das zweite Mal, dass Micky es fertigbrachte, dass sie sich wie eine völlig vertrottelte, naive Kuh fühlte. Sie könnte den Rotwein über den Teppich kippen und abhauen. Aber das hatten sie alles schon hinter sich. Und so kurz vor diesem wichtigen Tag konnte Sie nicht wegen so was ein Fass aufmachen. Es wurde Zeit, dass sie sich auf das Wesentliche besann. Sie musste sich zusammenreißen und morgen Larissa retten. Scheiß auf Micky und seine Zahnbürstenfreundin. Das Schicksal hatte es gut mit ihr gemeint und sie gerettet, bevor sie auch noch ihre letzte Gehirnzelle in Urlaub schicken konnte. Türknallen verriet ihr, dass die Zahnbürsten-Frau gegangen war. Micky kehrte zurück.

»Es tut mir leid Sarah«, sagte er sichtlich voller Unbehagen.

Dieses Rumgeeiere machte sie erst recht wütend. Sie stellte ihr Glas auf den Tisch, zwang sich zu einem Lächeln, doch es wurde nur ein verkniffenes Grinsen.

»Es gibt nichts, was dir leidtun müsste.«, ihre Stimme krächzte kläglich. Sie räusperte sich verärgert. »Wir haben morgen einen anstrengenden Tag und ich bin müde. Wenn es dir nichts ausmacht, gehe ich jetzt schlafen.«

Einen Moment schien er zu überlegen, ob er etwas erwidern soll, aber dann nickte er bloß.

»Schlaf gut«, sagte er.

Schlaf gut?

Wie gerne hätte sie die Tür hinter sich zugeknallt. Aber auch diesen Moment hatte ihr die andere bereits vorweggenommen.

Ihre Schritte hallten, als sie den leeren Veranstaltungssaal durchquerte. Hoch über ihrem Kopf prangte ein Kronleuchter. Das Licht fing sich in seinen Kristallen, sodass er glitzerte und funkelte.

Micky lief stumm an ihrer Seite. Sie hatten den ganzen Morgen kaum miteinander gesprochen. Aber das war Sarah heute auch lieber so. Ihre Nerven waren angespannt genug, auch ohne dass sie sich mit ihm stritt. Sie ließ den Blick durch den Saal schweifen. Ein Kellner überprüfte bereits mit weißen Handschuhen den Glanz der Weingläser, auf den festlich gedeckten Tischen. Ein lautes Fluchen aus Richtung Bühne klang herrlich vertraut.

Die Bühne besaß eine Art Laufsteg, die in den Raum hinein ragte. Rechts und links davon waren Techniker und Musiker mit Vorbereitungen beschäftigt. Eine Band baute Musikinstrumente auf. Es würde also Livemusik geben. Vor der Bühne stapelten sich Kisten und Gerätschaften. Und dazwischen stand Hannah. Sarah hätte sie fast nicht erkannt, denn sie trug einen hautengen schwarzen Catsuit aus Leder und dazu glitzernde Ballerina. Auf dem Kopf thronte ein ebenso glitzerndes Stirnband.

»Wag es nicht, zu lachen!«, drohte sie ihr bereits von weitem. Ihre Augen funkelten drohend, doch ihren Mund umspielte ein Lachen. Sarah bemühte sich, einen ernsten Gesichtsausdruck beizubehalten.

»Ich mach das hier nur für dich! Klar? Na ja und für ihn auch«, sagte Hanna mit kurzem Blick zu Sebastian, der bei den Leuten der Bühnentechnik stand.

Sarah lächelte.

»Ich würde mich nie Wagen, über dich zu lachen. Ich hätte viel zu viel Angst, dass du mir den Hintern versohlst ... Leder-Lilli!« Kurz darauf prustete sie los.

Hannah kickte ihr mit den Glitzer-Ballerinas vors Schienbein. Es tat wie immer gut, sie zu sehen. Sie zog sie an sich und drückte sie.

»Danke!«, flüsterte sie. Wieder kämpfte sie mit den Tränen. »Reiß dich bloß zusammen ja?«, erkannte Hannah sofort. »Wir rocken heute Abend das Ding. Wir werden diesen Mafiosi richtig einheizen!«

Dann legte sie den Arm um Sarahs Schulter. Sie zog sie von Mickey weg und flüsterte ihr zu: »Was ist los mit dir? Warum bist du so nah am Wasser gebaut? Hat sich der Superbulle gestern nicht benommen? Ich schwöre, ich trete ihm in die ...!«

»Schon gut«, lachte Sarah. »Ich habe nur Angst, dass heute etwas schief geht. Wie geht es Sebastian und seiner Familie?«

»Den Umständen entsprechend. Die Mutter haben sie mit Beruhigungsmitteln vollgepumpt.«

»Haben Sie bis jetzt nichts mehr von Larissa gehört?«

»Keinen Piep.«

»Dann muss nachher einfach alles klappen.«

»Also bis gestern dachte ich noch, du spinnst«, sagte Hannah, »Und ich war sicher, dass dein Plan niemals funktionieren würde. Ich wollte dich bloß nicht hängen lassen.«

»Na danke auch!«

Hannah führte Sie einmal um die Bühne herum. Hier standen noch mehr Leute. Darunter auch Herbert und Sebastian.

»Im ernst«, fuhr Hannah fort. »Aber jetzt. Jetzt bin ich sicher, dass wir das rocken. Ich hab Jan kennengelernt. Er ist in Las Vegas eine ganz große Nummer. Ich weiß nicht, wie sie geschafft haben ihn für diese Gala zu bekommen. Du wirst sehen, der wird Liz einfach Hokuspokus von der Bühne zaubern und keine Sau merkt wie.«

»Jan?«, fragte Sarah belustigt. »Einfach nur Jan?«

»Ja, so heißt er«, antwortete Sebastian und drückte sie zur Begrüßung. »Der große Zampano und Las Vegas Star!« Er äffte den Magier nach, indem er wild mit den Händen durch die Luft gestikulierte und einen übertrieben mysteriösen Gesichtsausdruck machte. »Abrakadabra! Alle Frauen benehmen sich in seiner Anwesenheit völlig verhaltensgestört.« Er zog eine Grimasse. »Das zumindest gelingt ihm schon mal.«

»Du bist bloß neidisch!«, schimpfte Hannah.

»Nur Jan?«, fragte Sarah noch mal.

»Ja was hast du denn gedacht?« Sie rollte mit den Augen. »Dachtest du, er heißt Houdini oder Dumbledore?«

Sarah kicherte.

»Wenn ihr mich sucht, ich bin drüben bei Herbert«, sagte Sebastian. Sarah warf einen Blick hinüber und sah Micky bei ihm stehen. Die beiden unterhielten sich mit ernsten Mienen. Immer wieder schüttelte einer von ihnen unwillig den Kopf. Hannah stieß ihr in die Seite.

»Komm, ich stell dir Jan vor.«

»Hat er auch weiße Kaninchen?«

»Wann hast du eigentlich das letzte Mal einen Magier gesehen, Sarah?«

»Hm. Ich glaube auf Sandra Evas 6. Geburtstag.«

»Darf ich dir Jan vorstellen?« Hannah machte eine Verbeugung und präsentierte ihr den großen Magier.

»Hallo«, sagte dieser freundlich und streckte ihr die Hand entgegen. Doch sie war zu perplex, um zu reagieren. Jan war wirklich kein Zauberer wie im Märchenbuch. Er hatte wildes dunkles Haar, ausdrucksvolle, dunkel geschminkte Augen und ein geheimnisvolles Lächeln. Er wirkte, wie ein Held aus einer anderen Welt. Hannah gab ihr einen Schubs und erklärte: »Sarah hat einen älteren Herrn mit Rauschebart und spitzem Hut erwartet.«

Jan grinste. Sarah konnte nicht aufhören, ihn anzustarren.

»Und Kaninchen«, sagte sie, »ich finde, jeder Zauberer braucht ein Kaninchen. Besser wären aber mehrere.«

Jan warf den Kopf in den Nacken und lachte.

»Bei passender Gelegenheit kann ich dir auch Kaninchen zaubern«, sagte er, »Aber hier ist wirklich kein geeigneter Platz für so ein Tierchen. Aber ...«

Er hob beide Hände in die Luft und fixierte Sarah mit den Augen, die jetzt dämonisch aufblitzten. Er wischte und wedelte mit der rechten Hand in ihrem Blickfeld umher. »Aber vielleicht ... macht dir bis dahin ... die hier eine kleine Freude.«

Er hielt ihr eine weiße Rose entgegen. Sarah nahm sie und bedankte sich lächelnd.

»Entschuldige Hannah!«, rief er und wieder fuchtelte er ein wenig in der Luft herum und zack! Schob er auch ihr eine Rose entgegen.

»Ich könnte einen heißen Kaffee vertragen«, sagte Sarah. »Kannst du so was vielleicht auch herfuchteln?«

Jan schlug die Augen nieder. Für einen Mann hatte er unglaublich lange Wimpern, dachte sie.

»Bedaure sehr. Nein«, antwortete er, »Aber dort drüben auf dem Tisch steht für alle Kaffee.«

Hannah hakte sich bei Sarah unter.

»Wir gehen uns stärken«, rief sie über die Schulter und winkte Jan mit der Rose in der Hand.

»Bis später!« ,rief ihnen Jan noch hinterher.

Kaum waren sie ein paar Meter weg, prustete Sarah los.

»Das ist doch kein Zauberer! So einen bucht man für Junggesellinnenabschiede. Bist du sicher, dass der sich während der Show nicht plötzlich auszieht?«

»Och schlimm wär das nicht, oder?«, feixte Hannah.

Jetzt lachten sie beide.

»Oh, gibt es einen Grund zur Heiterkeit, den ich verpasst habe?«, blaffte Micky ihnen entgegen. An seiner Seite stand Sebastian. Auch er schien nicht zum Spaßen aufgelegt. Hannah seufzte genervt.

»Euch würde es auch guttun, zwischendurch mal zu entspannen.«

»Tut mir leid, das kann ich nicht«, patzte Sebastian. »Meine Schwester ist in Lebensgefahr. Da ist mir nicht nach Entspannung oder Hokuspokus.«

»Vor allem nicht nach Hokuspokus. Nicht wahr?«, entgegnete Hannah spöttisch.

Sarah sah unbehaglich auf ihre Schuhe. Die Rose in ihrer Hand ließ sie sinken. Micky warf einen Blick auf die Rose dann hinüber zu Jan.

»Kann der auch etwas, außer Rosen verteilen? Oder ist das nur ein Pausenclown?«

»Wir haben den Auftritt mehrfach geübt«, antwortete Hannah, »Ich habe ein paar Mal Larissas Part übernommen. Er hat mich von A nach B verfrachtet und ich weiß absolut nicht, wie er das gemacht hat. Er ist ein echter Profi. Außerdem hat er jede Menge Feuerwerk. Da wird erst mal keiner begreifen, wohin Larissa verschwunden ist.«

Mickey nickte.

»Immerhin.«

Zu Sarah sagte er:

»Herbert und Brigitte warten mit der Technik.«

Sie folgte ihm und stand wenig später mit erhobenen Armen vor Herbert. Er hielt eine Schussweste prüfend an ihr hoch, kniff ein Auge zusammen und sagte: »Nicht perfekt, aber könnte passen. Zieh die an!« Er warf ihr die Weste entgegen. Sarah fing sie auf.

»Herbert! Die kann ich nicht anziehen.«

»Es ist meine. Sie wird dir vielleicht das Leben retten«, sagte er knapp, ohne zu ihr aufzusehen.

»Ich werde ein Abendkleid tragen. Wie soll ich die Weste darunter kriegen? Ich muss ja schon meine Waffe in die Handtasche stecken, weil ich am Kleid keine Taschen habe.«

»Du bekommst keine Waffe«, sagte Micky, der jetzt wieder dazu kam.

»Natürlich krieg ich eine Waffe!«, begehrte sie auf.
»Nein. Schlag dir das aus dem Kopf.«

Wut stieg in ihr auf. Er sah sie noch nicht mal an. Stattdessen fummelte er da an seiner blöden Weste herum. Hilfe suchend sah sie Herbert an.

»Er hat Recht Sarah. Keine Waffen für Zivilisten. Du bist nicht dafür ausgebildet. Und es besteht keine Notwendigkeit.«

»Keine Notwendigkeit? Das letzte Mal, als ich mit Mondos Leuten zu tun hatte, haben sie auf mich geschossen! Ich will in jedem Fall eine Waffe! Ich kann damit umgehen!«

Mick wirbelte herum.

»Es geht jetzt aber nicht darum, was du möchtest! Ich trage in diesem Einsatz die Verantwortung. Und ich werde keiner Zivilistin eine Waffe in die Hand drücken, nur weil sie mit ihrem Mafia-Onkel auf ein paar Blechbüchsen geschossen hat!«

»Du trägst die Verantwortung? Hörst du dir eigentlich selbst auch mal zu? Ich habe selten einen überheblicheren, selbstgefälligeren ...«

»Hör auf Sarah!«, brüllte er, »Darum geht es hier doch gar nicht oder? Es tut mir leid, dass sie gestern Abend reingeplatzt ist. Aber ich kann es nicht ändern. Wenn du das nicht für heute ausblenden kannst, bleibst du besser zu Hause.«

Sie! Er nannte seine Freundin noch nicht mal beim Namen!

Sie verspürte das dringende Bedürfnis, ihm gegen das Schienbein zu treten, ihm in den Magen zu boxen, und einen Eimer Wasser über ihm auszukippen. Sie wusste gar nicht wohin mit ihrer ganzen Wut. Alle Umstehenden sahen sie an. Das hatte er fein hinbekommen. Sie stand jetzt da wie eine Idiotin. Einen Moment lang funkelten sie sich an, aber Brigitte verhinderte einen erneuten Ausbruch, indem sie in ihr Blickfeld watschelte.

»Hier ist deine Funkausstattung«, grunzte sie und warf ihr ein Knäul Kabel entgegen. »Der Empfänger und die Kopfhörer gehören dazu. Herbie hat Recht. Das geht nich mit Schickimicki Kleidchen. Da sieht man alles sofort.«

Mit wurstigen Fingern nestelte Sie an Sarahs Haaren herum. In ihrem Mundwinkel hingen Brotkrümel. Reste der letzten Mahlzeit.

»Hören sie auf, an mir rumzufummeln! Ich weiß schon, wie ich Kopfhörer benutze!«, fuhr sie die Eule an.

Die ließ von ihr ab und trat einen Schritt zurück. Sie blinzelte Sarah durch ihre verschmierten Brillengläser an.

»Sie sind eine richtige Ziege!«, sagte sie.

Sarah glaubte, sich verhört zu haben. Brigitte schüttelte den Kopf. Das graue Pottschnitthaar pendelte mit.

»Das geht nicht gut heute Abend. Bei so was darf man sich selbst nicht so wichtig nehmen. Sonst gehen alle dabei drauf.«

»Haben sie gerade Ziege gesagt?«, fragte Sarah zornig.

»Ja«, antwortete die Eule.

Sie knüllte ein paar übrig gebliebene Kabel zusammen und stopfte sie sich in die Hosentasche. Dann watschelte sie davon.

»Das brauch ich mir von ihnen nicht sagen lassen!«, rief Sarah ihr hinterher. »Ich weiß gar nicht, was sie hier zu suchen haben! Ich wüsste nicht, wie sie mir helfen sollten!«

Die Eule drehte sich um und glotzte sie an. »Ich rette ihren knorrigen Arsch nur, weil Micky mein Freund ist.«, sagte sie und dann ging sie.

Sarah sah ihr nach. Was war nur in sie gefahren? Sie würde sich später bei ihr entschuldigen.

Kapitel 30

Sarah zog die Tür des Hotelzimmers hinter sich zu und atmete durch. Es war so weit. Es ging los. Herbert wartete bereits. Verlegen zupfte sie an ihrer Kleidung.

»Die in der Boutique wollten das Kleid erst nicht umtauschen, aber Hannah hatte ihnen mit dem Verbraucherschutz gedroht. Und dann durfte ich diesen Anzug mitnehmen«, erklärte sie ihren grauen Hosenanzug.

»Du siehst fantastisch aus«, sagte er.

Sie zwang sich zu einem Lächeln.

»Danke Herbie. Ich kann das Kompliment zurückgeben. Die Hotel-Uniform steht dir großartig!«

Herbert zuckte mit den Achseln.

»Dass ich noch mal Uniform trage, hätte ich auch nicht gedacht«, er zwinkerte ihr zu. »Die Hosen sind etwas kurz und kneifen im Bund. Ich hab den obersten Knopf aufgelassen. Aber da es heute Abend für mich sowieso kein Buffet-Essen gibt, dürfte das so passen.«

Sarah lachte.

»Danke Herbie. Danke für alles!«

»Ach hör nur auf. Ich wäre zu Hause doch verrückt geworden!« Ungeachtet des Rauchverbotes steckte er sich eine Zigarre an und zog kräftig daran.

Sarah hoffte, dass er keine Rauchmelder auslösen würde.

»Wie geht es dir?«, fragte er.

»Ich habe Angst.«

»Du musst das nicht machen. Jeder hätte Verständnis. Immerhin trittst du gleich den Leuten gegenüber, die erst vor ein paar Stunden auf dich geschossen haben.«

»Ich kann doch nicht all diese Menschen hängen lassen. Sie sind nur wegen mir in die Sache hinein geraten. Und ... außerdem muss ich es für mich selbst tun. Ich habe das Gefühl, das mir noch Antworten fehlen. Es ist noch nicht zu Ende.«

Herbert zog an der Zigarre und nickte.

»Das Gefühl kenne ich. Deshalb stehe ich heute auch hier. «

»Also packen wir es an« ,lachte Sarah und sah auf ihre Armbanduhr. Wo blieb Micky nur? Eben macht er noch die Welle, dass ja alle pünktlich sein sollen und jetzt kam er selber zu spät. Jetzt sah auch Herbert auf seine Uhr.

»Ich muss runter und in Position gehen. Den Funkkanal kennst du?

»Polizei 3 - Sonderkanal 4«

»Gut.«

Herbert deutete einen Gruß an und wandte sich zum Gehen. Da schoss Micky um die Ecke.

»Du bist noch hier!«, stieß er erleichtert hervor. Er griff Herbert am Ärmel und zog ihn mit sich. »Du musst mir helfen«, zischte er.

Wie freundlich. Dachte Sarah. Ein Hallo war scheinbar schon zu viel verlangt. Sie schnaubte verächtlich und sah in die Richtung der beiden Männer. Micky trug einen anthrazitfarbenen Anzug und sein Haar war ausnahmsweise frisiert. Er sah wirklich gut aus, musste sie zugeben. Während er Herbert etwas mitteilte, gestikulierte er wild mit den Händen. Was gab es zu flüstern? Sie mussten längst unten sein!

Jetzt hörte sie Herbert lachen. Neugierig, was so witzig war, schlich sie so nah an die beiden heran, bis sie sehen konnte, wie Herbert Mickey die Krawatte band. Dabei murmelte er: »Unglaublich, dass ein Mann in Deinem Alter ...«

Von unten ertönte Musik. Die Party hatte begonnen. Fahrig strich Sarah noch mal ihren Hosenanzug ab und überlegte, ob sie nichts Wichtiges vergessen hatte. Micky war jetzt an ihrer Seite. Verlegen zupfte er an seiner Krawatte.

»Es kann losgehen«, sagte er.

Sarahs Magen rebellierte, als der Aufzug mit ihnen nach unten raste. Wenig später sprangen die Türen auf und katapultierten sie direkt in die Galaparty.

»Ich hätte nicht gedacht, dass schon so viel los ist«, sagte sie.

»Glaubst du wirklich, dass Mondo selber auch kommen wird?«, fragte Micky, »Ich kann mir nicht vorstellen, dass er dieses Risiko eingeht.«

»Er wird sich die Chance Jans Show zu sehen, nicht entgehen lassen. Zauberei und Magie ist seine große Leidenschaft«, erklärte sie, »Er wird kommen.«

»Wenn du es sagst.«

»Du wirst es sehen. Und was machen wir?«, fragte Sarah.

»Wir mischen uns erst mal unters Volk und betreiben ein wenig Smalltalk. Mal sehen, wer hier heute alles zu Gast ist.«

Sarah nippte an ihrem Champagnerglas. »Wenn man sich so umschaut, kann man das kaum glauben«, sagte sie gedankenverloren. »Ich mein guck dir die Leute hier doch an. Einer eleganter und vornehmer als der andere. Kaum zu glauben, dass es hier heute Abend nur so von Schwerverbrechern wimmeln soll.«

»Aber genauso ist es«, sagte Micky, »Jeder von ihnen könnte unter seinem feinen Zwirn eine tödliche Waffe tragen. Und dort ist einer von ihnen.«

Inmitten der vielen anthrazitfarbenen Anzüge erstrahlte Monecellis dreifarbig kariertes Jackett. Er kämpfte sich durch das Gewühl der Galagäste. Dabei zog er eine dürre Frau hinter sich her, die ein Kleid trug, dass aus dem Kostümfundus eines Varietés stammen konnte. Kurz darauf sahen sie Sebastians Familie. Dr. Rosbach und seine Frau wirkten bleich und abgespannt. Sebastian stand neben seinem Vater.

Sie und Micky tauchten in der Menge unter, um Mondos Leuten nicht schon gleich zu Anfang über die Füße zu laufen. Doch daraus wurde nichts.

»Sag, bist du nicht Sarah?«, zwitscherte es hinter ihr. »Die Bekannte von meinem Bruder?«

Sarah drehte sich um.

»Hallo Larissa«, lächelte sie »Schön dich zu sehen.«

Sarah war in der Tat froh sie zu sehen. Larissa strahlte, und schien nicht das Geringste zu ahnen. Sie sah nicht aus wie eine Geisel. Eher wie eine Frau, die frisch aus den

Flitterwochen kam. Demonstrativ kuschelte sie sich in Robertos Arme.

»Robbie kennst du ja ... Ich kann dir gar nicht genug danken, dass du ihn damals mit zu meiner Party gebracht hast!«, schwärmte sie.

Sarah schluckte.

»Natürlich kenn ich Robbie«, sagte sie und sah Roberto an. Falls er sich wunderte, sie hier zu sehen, so ließ er es sich nicht anmerken. Seine eisblauen Augen blickten einfach durch sie hindurch.

»Und ich sehe, du hast auch eine schicke Begleitung!«, Larissa zwinkerte ihr mit einem Blick auf Micky zu. Er war doch auch auf meiner Party, stimmt`s? Ich weiß leider seinen Namen nicht mehr.

Bevor Micky antworten konnte, sagte Roberto:

»Das ist Sarahs Bullenfreund. Komm wir müssen weiter.«

Für Sarahs Geschmack etwas zu ruppig zog er Larissa mit sich. Doch sie beklagte sich nicht. Bevor er Larissa endgültig von ihnen wegzog, sah er Sarah an. »An Deiner Stelle würde ich jetzt von hier verschwinden. Und den da nimmst du am besten direkt mit.«

Sarah hob die Augenbrauen.

»Aber warum denn Roberto Bello? Wir unterstützen Bedürftige mit unserem Eintrittsgeld. So wie ihr auch. Oder bist du etwa aus anderen Gründen hier?«

Am liebsten hätte sie gleich hier auf ihn eingeschlagen. Immer wieder. Dafür was er Carmelo angetan hatte und dafür, dass sie keine Nacht mehr schlief, ohne schweißgebadet hochzuschrecken. Er war gut einen

Kopf größer als sie. Trotz ihrer Absatzschuhe. Verächtlich sah er auf sie herab und lächelte kühl.

»Wenn er dich hier sieht ...«

»Was dann?«, fragte sie zornig. Sie trat einen Schritt an ihn heran und hob ihr Kinn.

»Sag schon, Robbiiiie. Was ist, wenn ER mich sieht?«

Sie spürte, dass Micky sie am Ärmel zog.

»Was ist denn los mit euch beiden?«, fragte Larissa, »Habt ihr irgendwie Krach?«

Roberto starrte Sarah noch einen Moment an.

»Sarah ist nur manchmal ein wenig aufbrausend ...«, erklärte er Larissa. »Und ... unüberlegt. Komm, lass uns was zu trinken holen.«

Larissa hob noch kurz die Hand zum Gruß und ließ sich sodann von ihm mitziehen.

»Na super«, knurrte Micky, »Ich hatte gehofft, wir könnten etwas länger unentdeckt bleiben. Aber du zettelst bei erster Gelegenheit fast eine Schlägerei an.«

»Was spielt das schon für eine Rolle?«, fauchte Sarah »Glaubst du, sie checken nicht, dass wir etwas vorhaben?«

»Sie werden zumindest nicht glauben, dass wir Larissas Leben aufs Spiel setzen würden. Sie sollen denken, dass wir Sebastian und seine Familie unterstützen wollen. Lass uns weiter gehen. Wir müssen wissen, wer sonst noch hier ist.«

Der Saal hatte sich immer mehr gefüllt und es war somit sehr unübersichtlich geworden. Auf der Bühne hielt eine Frau in einem glitzernden giftgrünen Meerjungfrauenkleid eine Begrüßungsansprache. Sie bedankte sich für das zahlreiche Erscheinen und verlas die bereits eingegangenen Spenden unter Nennung der

Mäzene. Immer wieder schwoll Applaus an und verebbte sogleich wieder, um der Dame erneut das Wort zu geben.

Sarah und Mick hatten Nahe der Bühne eine Position gefunden, von der sie den größten Teil des Saals einsehen konnten. Mick stieß sie an.

»Siehst du den Typ da drüben mit der Halbglatze?«, flüsterte er. »Was ist mit dem?«

»Ich glaube, das ist auch einer von ihnen.«

»Wie kommst du darauf?«

»Gerade hat er Roberto angerempelt.«

»Und?«

»Roberto ist ohne Reaktion weitergegangen.«

»O. k. Das ist ungewöhnlich.«

Jetzt heftete auch sie ihren Blick auf den Mann. Er schien, ohne Begleitung zu sein. Er bediente sich an einem der Tabletts, die herumgereicht wurden. In dem Moment, indem er nach einem der Lachshäppchen griff, sah Sarah für einen kurzen Augenblick das silberne Metall unter seinem Jackett aufblitzen.

»Scheiße. Du hast Recht.«

»Und da hinten ist, glaub ich, noch einer.«

Er brauchte den Mann gar nicht beschreiben. Sarah erkannte ihn sofort.

»Das ist Silenzio«, flüsterte sie. »Offenbar sind sie hier überall. Wir müssen sehr vorsichtig sein.«

Wieder brauste Applaus auf. Diesmal wehrte er etwas länger. Die gespendete Summe war scheinbar groß. Die Band setzte wieder ein. Rechts und links flogen die Türen der Seiteneingänge auf und unzählige Kellner strömten wie Ameisen in den Saal. Sie trugen riesige Tabletts hinein.

Auf einigen sprühten Wunderkerzen. Die Gäste applaudierten und es duftete großartig.

»Komm, wir holen uns auch was«, sagte Mick.

»Spinnst du? Ich krieg jetzt keinen Bissen hinunter.«

»Wenn dir irgendjemand glauben soll, dass du hier Partygast bist, solltest du dir wenigstens ein bisschen Salat holen. Bisher ist noch alles ruhig. Noch keine Nachricht von Herbie.«

Sarah sah zu Herbert hinüber. Er stand ihnen schräg gegenüber am Rande des Geschehens. Er sah großartig aus. Niemand würde denken, dass er nicht der Restaurantchef ist.

Mit gefüllten Tellern suchten sie nach einem freien Tisch, als Mickey plötzlich innehielt. Er stellte seinen Teller auf einem der Tische ab und zog bemüht unauffällig sein Handy aus der Tasche.

»Es gibt ein Problem in der Tiefgarage«, zischte er. »Ich muss runter zu Krauti. Kann ich dich einen Moment allein lassen?«

»Macht sein Batmobil Schwierigkeiten?«, fragte sie schmunzelnd. »Na klar. Mach mal. Ich suche uns ein lauschiges Plätzchen.« Micky stob davon.

Also schlenderte sie mit ihrem Teller durch den Saal auf der Suche nach einem geeigneten Platz. Sie beschloss, sich möglichst an den Rand zu setzten, um von dort einen besseren Überblick zu haben. Gerade hatte sie einen Tisch im Visier, als sie jemand neben ihr ansprach. Sie blieb abrupt stehen. Ein Stück Brot kullerte von ihrem Teller und fiel zu Boden, doch sie hob es nicht auf.

»Hier ist genug Platz für uns beide«, sagte er, »Mach mir die Freude und setze dich zu mir. Ich könnte ein bisschen Unterhaltung gebrauchen.«

Sie versteifte sich.

»Ich wüsste nicht, was wir zu besprechen hätten.«

»Ich möchte mich mit dir nicht besprechen. Ich möchte mich unterhalten.«

»Wo ist denn die reizende Elisa? Warum leistet sie dir keine Gesellschaft?«

»Seit wann würde es dich freuen Elisa zu sehen?«

»Ich weiß, warum du hier bist!«

»Ach wirklich? Siehst du, schon bin ich amüsiert. Da hätten wir doch schon ein Thema für unsere Unterhaltung.«

»Warum glaubst du, würde ich mich zu dir setzen und mit dir sprechen? Nach all dem, was passiert ist? Nach allem, was ich weiß. Was ich gesehen habe.«

»Weil du noch Fragen hast.«

Sarah starrte vor sich auf den Boden. Er hatte Recht. Es gab offene Fragen.

»Setz dich. Es sieht albern aus, wie du da stehst und krampfhaft ins Leere starrst. Außerdem wird das Essen kalt.«

Seine Arroganz schürte ihren Zorn. Heftiger als beabsichtigt knallte sie ihren Teller auf den Tisch und nahm auf einem Stuhl ihm gegenüber Platz.

»Also gut. Aber diesmal stell ich hier die Fragen.«

Er hob überrascht die Augenbrauen. Dann aber lehnte er sich zurück und betrachte sie amüsiert.

»In einem Kleid gefällst du mir besser. Es unterstreicht deine Schönheit mehr. Aber da hätte dann das ganz Zeug nicht drunter gepasst oder?«

»Ich weiß nicht, wovon du sprichst.«

»Ich habe gehört, es gibt heute Abend ein interessantes Rahmenprogramm. Wenn du also Fragen hast, die ich dir beantworten soll, sollten wir keine Zeit verschwenden.«

»Rahmenprogramm nennst du das also.«

»Vielleicht war es eine dumme Idee, dich an meinen Tisch zu bitten. Du bist nicht halb so unterhaltsam, wie ich mir erhofft habe. Dabei haben wir uns mal so wunderbar verstanden.«

»Ja, bis ich zusehen durfte, wie du einen Mann umgebracht hast.«

»Ich habe niemanden umgebracht.«

»Nein stimmt. Roberto hat es für dich getan.«

»Sind das die Themen, die dich am meisten interessieren? Vielleicht werden wir nie wieder Gelegenheit haben.«

»Vielleicht erklärst du mir ja lieber, warum Roberto uns damals in den Straßengraben gedrängt hat? Beinahe hätte ich meine beste Freundin verloren.«

»Das war nie beabsichtigt. Es war ein Unfall.«

»Keine Absicht? Roberto hat uns gejagt!«

»Roberto hat die Nerven verloren. Ich habe dafür gesorgt, dass der Chefarzt persönlich deine Freundin operiert. Wie ich hörte, ist sie vollkommen gesundet.«

»Du denkst, weil du dein Portemonnaie aufgemacht hast und den Arzt bestochen hast, ist alles wieder vergeben? So läuft das nicht!«

»Wenn ich Euren Tod gewollte hätte, meine Liebe, würdest du jetzt nicht mehr hier sitzen und mich ankeifen wie ein altes Waschweib.«

»Ach nein? Und was ist mit meinem Vater? Hast du ihn etwa auch umgebracht? Genau das glaube ich nämlich inzwischen! Von wegen ihr ward Freunde!«

»Für alles, was geschehen ist, war dein Vater selber verantwortlich. Er wusste genau, was er tat und worauf er sich einließ. Er kannte die Regeln. Dein Vater hat mich betrogen, belogen und verraten. Ich hatte weiß Gott mehr als einen Grund ihn zu töten.«

»Er ist selber schuld? Hörst du dich reden?«

»Ich war nicht der Einzige, den er hintergangen hat. Und er wusste, dass er eines Tages dafür würde bezahlen müssen. Doch er war größenwahnsinnig geworden. Zudem hat er jegliche Moral mit Füßen getreten. Nichts war ihm mehr heilig.«

»Was weiß einer wie du schon von Moral? Sprich nicht so über meinen Vater!!«

»Aber es ist die Wahrheit mein Mädchen! Es tut mir leid, das zu sagen. Und auch mich hat es geschmerzt, es begreifen zu müssen. Dein Vater war ein ausgemachtes Arschloch!«

»Warst du es nicht, der mir mal gesagt hat, ich soll mir nicht von anderen sagen lassen, was für ein Mensch er war?«

»Wie ist denn dein Bild? War er ein guter Mensch? Ist es das, was du glaubst?«

»Wenn du ihn so hasst, warum hast du mich dann bei dir aufgenommen? Warum das ganze Theater? Was war es, wonach du gesucht hast?«

»Familie.«

»Ich bin nicht deine Familie! Wir sind nicht verwandt!«

»Doch, das sind wir.«

Was sagte er da?

»Meine Frau war deine Tante.«

Sebastian zerrte unbehaglich an seiner Krawatte. Die Band spielte »Strangers in the Night«. Ständig überprüfte er, ob er sein Handy noch hatte. Damit sollte er Herbert benachrichtigen, sobald es losging. Nur zu gerne hätte er etwas von dem Beruhigungsmittel genommen, was sie seiner Mutter gegeben hatten. Es hatte ihr zwar nicht zur Gelassenheit verholfen, aber sie war jetzt zumindest in der Lage aufrecht und ohne Weinkrampf neben ihrem Mann zu stehen. Sein Vater schien in den letzten Tagen um 10 Jahre gealtert. Sie hatten den Streit unausgesprochen auf Eis gelegt. Die Familie musste jetzt zusammenhalten.

Linda Feldmann rauschte heran. Genervt rollte er mit den Augen. Er hatte ihr für diese Gala abgesagt, weil er vorgehabt hatte, Hannah mitzunehmen. Egal was sein Vater dazu sagen würde. Und nun kam sie sicher, um ihm eine Szene zu machen. Sie gehörte zu dem Bündel Hühner, die ständig um Larissa herum schwirrten. Sie war von langweiliger Schönheit und von grenzenloser Blödheit.

»Guten Abend Sebastian.«

In der Begrüßung schwang unverhohlener Vorwurf mit.

»Guten Abend Linda. Wie geht es dir?«

»Spar dir das Geplänkel. Wo ist die geheimnisvolle Frau, wegen der du mich nicht zur Gala begleiten konntest. Obwohl du es versprochen hattest.«

»Ich habe nichts versprochen.«

»Das habe ich anders in Erinnerung. Es war sehr unhöflich mich so kurz vor der Gala sitzen zu lassen.«

»Jetzt bist du ja hier. Ich denke also, du hast eine andere Begleitung gefunden.«

»Das stimmt. Trotzdem würde ich SIE gerne kennenlernen.«

Sebastian sah, dass sein Vater den Kopf schüttelte.

»Es ist jetzt kein guter Moment Linda. Lass es heute bitte gut sein.«

»Ist sie etwa nicht vorzeigbar?«, sie kicherte, »ich hörte, sie wäre etwas unkonventionell.«

»Mädchen, hast du es auf den Ohren oder bist du einfach nur schwer von Begriff?«, fuhr Dr. Rosbach sie an. »Es ist nicht der passende Moment! Also verschwinde!«

Linda schnappte entrüstet nach Luft. Dann Warf Sie ihr Haar in den Nacken, hob das Kinn und drehte auf dem Absatz um. Sebastian sah seinen Vater an. Dessen Blick war wieder starr zur Bühne gerichtet. Wenn das hier alles überstanden war, würde er noch mal mit ihm reden. Es war ein Fehler gewesen, ihm das mit dem Studium so lange zu verheimlichen. Aber er war zu feige gewesen. Sein Vater hob alarmiert die Augenbrauen und versteifte sich. Sebastian drehte sich in die Richtung, in die er sah. Forschen Schrittes und mit offenen Armen kam Leonard Monecelli direkt auf sie zu und lächelte. Ihm folgte ein hochgewachsener Mann mit kantigen Gesichtszügen und einer Narbe im rechten Mundwinkel.

»Buona Sera Dottore Rosbach!«, rief Monecelli, als wären er und sein Vater alte Freunde. Er griff nach seinen Händen und drückte und schüttelte sie, während er sprach.

»Was für eine wundervolle Feier!«

Dr. Rosbach sah ihn an und sagte leise aber bestimmt:

»Kommen wir direkt zur Sache Herr Monecelli.«

»Aber natürlich! Sie haben ja so Recht! Wir sollten den lästigen geschäftlichen Teil schnell hinter uns bringen, damit wir anschließend alle das Fest genießen können!«

Der Typ war schier unerträglich.

»Ich will nur meine Tochter«, sagte Dr. Rosbach.

»Ihre wunderschöne Tochter! Sieht sie heute nicht zauberhaft aus? Wir wünschen ihr alle, dass es noch lange so bleibt!«

Sebastian wurde es übel.

»Wo gehen wir hin?«, fragte sein Vater gepresst. Er sah aus wie ein getretener Hund.

»Andiamo Amici! Folgen sie mir einfach, Dottore. Folgen sie Leo!«

Sebastian ließ sich hinter seinen Vater zurückfallen und klingelte Herberts Handy an. Das Zeichen dafür, dass es losging.

Micky trat neben Herbert und starrte hinüber zu dem Tisch, an dem Sarah saß.

»Was macht sie da? Wer ist dieser Typ?«

»Das ist Mondo«, antwortete Herbert schlicht.

»Mondo? Der Mondo?«, fragte Micky aufgebracht.

»Brüll doch noch lauter«, wies Herbert ihn zurecht. »Ich glaube, er hat dich noch nicht gehört.«

Micky senkte die Stimme.

»Aber warum sitzt sie da mit ihm, wie in der Kantine beim Mittagessen? Man kann diese Frau keine Sekunde aus den Augen lassen, ohne dass sie Mist baut!«

»Behalt die Nerven. Vielleicht besorgt sie uns Informationen.«

»Sie hat sich schon mal von ihm einwickeln lassen. Hast du das vergessen? Was ist, wenn sie sich verplappert?«

»Ich vertraue ihr. Und das solltest du auch. Was war los bei Krauti?«

»Die Hotel-Security haben ein bisschen gezickt. Sie wollten ihm die Ausfahrt nicht offenlassen. Sind die anderen startklar?«

Herbert nickte.

»Bisher läuft alles nach Plan. Sebastian gibt mir Bescheid, sobald es losgeht.«

Micky betrachte Sarah und Mondo.

»Findest du nicht, dass die beiden merkwürdig vertraut miteinander sprechen?«, fragte er, »was hat sie denn noch mit ihm zu bereden?«

Herbert zog sein Handy aus der Tasche »Sebastian ...«, flüsterte er. Dann sah er sich suchend um. »Es geht los. Der Anwalt hat sie geholt.«

Er wählte und nahm das Telefon wieder ans Ohr.

»Geht in Position«, war alles, was er sagte und legte auf.

Zu Micky sagte er:

»Hau jetzt hier ab, bevor noch jemand Verdacht schöpft.«

Micky nickte.

»In Ordnung! Sobald das Mädchen safe ist, krallen wir uns diesen Bastard«

»Sei vorsichtig! Er hat überall seine Leute stehen. - Was ist mit Sarah?«

Micky blickte zu ihr hinüber. Sie war immer noch in das Gespräch vertieft. »Ich kann jetzt nicht auf sie warten!«

Kapitel 31

Sarah dachte an das Bild in der Villa. Die Frau, die ihr so zum Verwechseln ähnlich war, war also die Schwester ihres Vaters gewesen.

»Ich wusste zwar, dass ich noch Familie in Italien habe, aber ich kenne keinen von ihnen.«

»Du hast einen Onkel«, sagte er. »Der war damals aber schon ausgezogen. Und du hast zwei Tanten. - Du hattest zwei«, verbesserte er sich.

»Ich habe ihr Bild in Deinem Büro gesehen. Sie war mir sehr ähnlich.«

»Oh ja.«, er lächelte »Und nicht nur optisch.«

»Hast du sie sehr geliebt? «

»Nie in meinem Leben habe ich jemanden mehr geliebt, als Chiranella.«

»Wie hast du sie kennengelernt? Lebte sie nicht in Italien?«

»Dein Vater wollte unbedingt in unsere Gesellschaft aufgenommen werden. Er wollte ein offizielles Mitglied werden. Das geht aber nur, wenn man verwandt ist. Deshalb hatte er die fixe Idee mich mit einer seiner Schwestern zu verheiraten. Ich dachte, er spinnt. Aber da wir damals sowieso eine Zeit lang untertauchen mussten, planten wir Urlaub bei ihm im Heimatdorf.«

Er lächelte.

»Als wir dort ankamen, waren sie gerade beim Essen. Deine Oma war wütend, weil dein Vater sich so lange nicht mehr blicken lassen hat. Zur Begrüßung warf sie einen Teller Spaghetti nach uns! Wir beschlossen also, für die erste Nacht lieber eine Pension zu nehmen«, fuhr Mondo fort. »Am nächsten Tag hatten sich die Gemüter beruhigt und die Neugier überwog den Zorn. Du musst verstehen, wir trugen teure Anzüge, waren mit einer Limousine angereist und brachten kubanischen Rum und irischen Whisky mit. Das sorgte im Dorf, wo die meisten Menschen in sehr einfachen Verhältnissen lebten, für Aufruhr.«

Sarah stellte sich vor, wie die Dorfbewohner den edlen Schlitten bewunderten und hinter vorgehaltener Hand tuschelten.

»Wie ich schon sagte, hatte Chiranella eine Schwester. Cinzia. Sie nannte mich immer den »Maledetti Cruchi!« Sie hielt mich wohl für einen Deutschen. In ihren Augen gab es feste Regeln, wer wen zu heiraten hatte. Dass dein Vater eine Deutsche geheiratet hatte, und nicht ihre Schulfreundin Olivetta, verzieh sie ihm nie.«

»Klingt wie ein richtiger Drachen. Und Chiranella?«

»Sie war nicht weniger temperamentvoll, aber voller Lebensfreude. Sie war die Einzige, die sich wie verrückt über unser Kommen freute. Sie liebte ihren Bruder abgöttisch. Es hatte ihr das Herz gebrochen, als er die Familie verließ. Aber sie war ihm nie lange böse und verzieh ihm. Sie wollte alles über Deutschland wissen. Wir verbrachten viel Zeit miteinander. Ich erzählte ihr von Köln. Von den Tanzlokalen, Kinos und Theater. Für sie klang es, als erzählte ich von Hollywood oder New York City.«

»Da waren bestimmt nicht alle begeistert oder? Außer meinem Vater natürlich.«

»Er bekam die erste Zeit kaum etwas davon mit. Er war ständig unterwegs und spätesten Mittags war er Sternhagel voll. Wenn er durchs Dorf ging, wurde er an allen Ecken von Neugierigen ins Haus gezogen und bei Wein und Grappa über sein Leben in Deutschland ausgefragt. So war das. Das Dorf ist zwar nicht größer als 4 oder 5 Straßenzüge, aber mittags war er fix und fertig. Er legte sich auf die Wiese und schlief seinen Rausch aus. Deine Oma regte sich fürchterlich darüber auf. Einmal goss sie eine Wanne kaltes Bachwasser über ihm aus.«

Während Mondo sprach, veränderte sich sein Ausdruck. Seine Silhouette wurde wieder weicher. Um seine Augen tanzten Lachfältchen. Es musste eine gute Zeit gewesen sein. »Es dauerte nicht lange bis Chiranella und ich über beide Ohren verliebt waren«, fuhr er lächelnd fort. »Unser Aufenthalt wurde immer länger. Ich hatte keine Lust nach Hause zurückzukehren. «

»Dann hast du sie ja am Ende sicher gern geheiratet.«

»So einfach war das nicht. Ich hätte sie natürlich gern geheiratet, aber schon damals war mein Leben so gefährlich wie heute. Immer umgeben von Gewalt. Ständig auf der Hut. Ich konnte und wollte mir Chiranella in dieser Welt einfach nicht vorstellen. Dieses fröhliche, engelsgleiche Wesen!«

»Hättest du nicht bei ihr bleiben können?«

»Ich hatte in Deutschland Geschäfte und Verpflichtungen, die auf mich warteten. Ich konnte nicht einfach kündigen. Das hätte meinen Tod bedeutet. Es kam der Tag, als dein Vater mich daran erinnerte, dass wir zurückkehren mussten.«

»Hat er deine Entscheidung akzeptiert?«

»Er hat es nicht nachvollziehen können. Aber er hat es hingenommen. Er sagte sich, dass ihn die Gesellschaft irgendwann schon offiziell aufnehmen würde. Auch ohne Hochzeit.«

»Was war denn daran so wichtig?«

»Das hätte ihn befähigt, selbstständig Geschäfte zu betreiben. So blieb er immer mehr oder weniger mein Angestellter. Auch wenn ich ihn nie so behandelt habe. Er war mein bester Freund.«

»Und wie ging es weiter?«

»Am Tag unserer Abreise saß Chiranella mit gepacktem Koffer in meinem Auto. Sie war wild entschlossen, mich nach Deutschland zu begleiten. Ich habe ihr erklärt, dass es dort nichts Gutes für sie gäbe. Dass ich nichts Gutes für sie bin. Aber sie ließ sich nicht umstimmen. Sie sagte, sie bliebe an meiner Seite, komme, was wolle. Das Dorf enge sie ein, mache sie verrückt. Sie wollte die Welt sehen. Und zwar an meiner Seite. Wir diskutierten, bis die Sonne unterging. Ihre Mutter verfluchte mich. Ich glaube, deiner Oma hat es das Herz gebrochen.«

»Chiranella ist dann also mit dir nach Deutschland gereist und du hast sie geheiratet?«

In seine Augen trat längst vergessener Schmerz.

»Was passierte dann?«

»Kurz nach der Hochzeit wurde Chiranella schwanger. Sie war voller Glück. Es sollte ein Mädchen werden.«

Er schluckte.

»Das Kind hat das Licht der Welt nie erblickt. Es ist gemeinsam mit seiner Mutter gestorben. Chiranella wurde kaltblütig erschossen«, sagte er mit bebender Stimme. »Sie starb bei einem Überfall. Salvatore Riga wollte einen Verräter umbringen. Deine Tante hatte eine Freundin besucht. Sie hatte mit all dem nichts zu tun. Sie war zur falschen Zeit am falschen Ort. Sie haben sie und unser Kind einfach niedergeschossen. Riga sagte, es wäre ein Unfall gewesen. Aber er hat dabei gelächelt. Er hat mich immer schon gehasst, denn ich war der Grund, warum er in Köln nie die Macht und den Einfluss erlangt hat, wie er gerne gehabt hätte. Ich wurde ihm von der Gesellschaft vor die Nase gesetzt und bevorzugt.«

Eine Weile sah Sarah wortlos vor sich auf den Tisch. Sie war zutiefst berührt. Vor allem weil sie das Ende dieser Geschichte kannte. Sie dachte an das Foto mit der erschossenen Chiranella. Erschossen mit dem gemeinsamen Kind unterm Herzen.

»Ich konnte noch nicht mal zur Beerdigung gehen, weil ich sonst ins Licht der Ermittler geraten wäre. Ich konnte meine eigene Frau und mein eigenes Kind nicht zu Grabe tragen.«

Die Entführung, der Mord an Carmelo ihr eigener Unfall ... all das erschien Sarah plötzlich so unwirklich. War das der Mann, der die Arme bis zu den Ellbogen voll Blut hatte? Der Mann, der seelenruhig zugesehen hatte, wie Roberto Carmelo erst zusammenschlug und dann kaltblütig erschoss? Der Mann, der vermutlich verantwortlich für den Tod ihres Vaters war? War er das denn?

»Sag mir, was ist zwischen dir und meinem Vater vorgefallen? Was hat Eure Freundschaft zerstört?«

Mondos Kiefer malten aufeinander.

»Ich habe ihm alles verziehen. Ich habe ihm verziehen, dass er eigene Wege ging. Ich habe geduldet, dass er einen eigenen Kokainmarkt betrieb, obwohl er kein Mitglied der Gemeinschaft war. Seit Jahren lagen mir alle in den Ohren, dass ich ihn endlich aus dem Weg schaffen solle. Er sei zu frech geworden, er nähme sich zu viel raus. Ich habe immer wieder eine Schonfrist herausschlagen können. Aber als er begann gemeinsame Sache mit dem Mann zu machen, der mein Kind, meine Frau und seine Schwester getötet hat. Das hat uns zu geschiedenen Leuten gemacht.«

»Warum hat mein Vater sich denn ausgerechnet mit diesem Riga zusammengetan?«

»Er wollte im größeren Stil mit Kokain handeln. Aber dafür fehlte es ihm an Kapital. Riga hatte das Kapital, aber nie die Erlaubnis von unserer Gesellschaft, weil der Drogenhandel mir vorbehalten war. Mit Toni hatte er die Möglichkeit über einen Strohmann einzusteigen. Und so konnte er mir eine doppelte Klinge in den Rücken jagen.«

Sarah wusste nichts darauf zu sagen. Das musste sie erst mal sacken lassen.

»Ich gebe dir einen letzten Rat«, beschwörte Mondo sie. »Fahr nach Hause! Misch dich heute Abend nicht ein.«

»Das kann ich nicht.«

»Natürlich kannst du das! Wenn du dich nicht raus hältst, kann ich nicht garantieren, dass dir nichts geschieht!«

»Was ist, wenn du nicht bekommst, was du möchtest? Was macht ihr dann mit Larissa?«

»Sarah ...«

»Sag es mir! Werdet ihr sie umbringen? Warum tust du das? Ist dir Geld so wichtig? Schau, was dir das alles gebracht hat! Lass sie gehen!«

Der Raum wurde abgedunkelt. Die Dame in Glitzergrün betrat die Bühne und kündigte den nächsten Programmpunkt an.

»Meine Damen und Herren! Man munkelt, er sei der Beste seiner Art. Somit lassen wir uns in seinen Bann ziehen und begrüßen Sie nun mit mir den fantastischen, unglaublichen, mysteriösen und großartigen Jan Van Heelen!!!«

Applaus brach los. Die Show begann.

Sarah erhob sich.

»Ich werde nicht zulassen, dass du die Rosbachs ins Unglück stürzt.«

»Warum ist dir das so wichtig?«, fragte er. »Musst du dir etwas beweisen? Verbietet es dir dein Stolz einzusehen, was besser für dich wäre? Oder dein naiver Gerechtigkeitssinn?«

»Es hat einen anderen Grund.«

»Was kann das schon sein? Was kann es Wert sein, sein Leben aufs Spiel zu setzten?«

»Freunde«, sagte Sarah und ließ ihn allein.

Roberto war angespannt. Er und Larissa schoben sich Hand in Hand durch die Menge. Die Band spielte einen alten Sinatra-Song. Der Boss hatte an allen strategisch wichtigen Stellen Männer positioniert. Ausgänge, Aufzüge - überall bekannte Gesichter. Doch was machten Sarah und dieser Bulle hier? Sie hätte niemals entkommen dürfen. Er überlegte, ob er den Boss informieren sollte, dass sie hier waren. Aber er hatte es unter allen Umständen verboten, Kontakt zu ihm aufzunehmen. Die Kommunikation steuerte Leo. Natürlich. Mal wieder der Trottel. Aber das hatte bald ein Ende. Das war das letzte Mal, dass er sich von Leo etwas sagen ließ.

»War da mal was zwischen dir und Sarah?«, fragte Larissa argwöhnisch und riss ihn aus seinen Gedanken.

»Wie kommst du denn darauf?«

»Mir kam es so vor, als hättet ihr Streit oder so was. Und ihr beide ward zusammen auf meinem Geburtstag.«

»Da habe ich ihr nur einen Gefallen getan. Sie brauchte eine Begleitung.«

»Du hast mir nie erzählt, woher ihr euch kennt.«

»Das ist auch nicht wichtig. Sarah ist nicht wichtig.«

»Sie ist eine Freundin meines Bruders und ich werde ihr vielleicht öfter begegnen.«

»Es gibt nichts, was du über sie wissen müsstest! Okay?«, fuhr er sie an. Ein bisschen zu schroff vielleicht.

Larissa zog ein beleidigtes Gesicht und wand sich von ihm ab. Sie ging ihm auf die Nerven. Er wollte sie endlich loswerden. Er zog sie zu sich heran.

»Nicht schmollen Belissima. Ich bin heute etwas angespannt. Aber das hat mit dir nichts zu tun. Du verzauberst mich mit Deiner Schönheit.«

»Und du bist ein schnulziger Italo-Lover«, sagte sie. Dann stellte sie sich auf die Zehenspitzen und drückte ihm einen Kuss auf den Mund.

Er lächelte sie an.

Sobald Leo ihm das Zeichen gab, sollte er das Auto holen und ihn am Hinterausgang abholen. Heute Abend, so hoffte er, wäre er ein gemachter Mann. Ein wahrhaft Ehrenwerter.

Sie zupfte ihn am Ärmel.

»Da drüben sind Studienkollegen von mir! Komm, ich stell dich ihnen vor!« Sie winkte irgendwelchen Leuten.

»Muss das sein? Ich wäre viel lieber mit dir allein« sagte er und zog sie erneut zu sich heran.

»Ach Robbie. Komm schon. Das ist eine Party! Ich will ein bisschen feiern. Lass uns unter die Leute gehen. Und meine Familie hab ich auch noch nicht begrüßt. Ich habe sie eben gesehen, aber sie sind nicht zu uns gekommen. Ich hoffe, sie sind mir nicht böse wegen Paris.«

»Vielleicht sind sie ein bisschen eingeschnappt. Aber das wird sich wieder geben.«

»Ich sollte mit ihnen reden.«

Er griff nach ihrem Handgelenk. Überrascht sah sie auf.

»Au! Was soll das?«

Er ließ los.

»Ich finde, du solltest das nicht heute Abend klären. Für Deinen Vater ist es eine wichtige Veranstaltung. So was gehört nicht auf eine Party. Mach das Zuhause.«

»Vielleicht hast du recht«, sagte sie und rieb sich nachdenklich das Handgelenk. »Ich möchte was trinken. Lass uns an die Bar gehen.«

An der Bar bestellte Roberto ihr einen Cocktail und drehte sich sofort wieder zu ihr um. Er durfte sie unter keinen Umständen aus den Augen verlieren. Sonst wäre alles verloren. Doch Larissa stand schon nicht mehr hinter ihm. Verdammt! Er hatte sie doch nur zwei Sekunden ... Er durchkämmte mit den Augen die Umgebung.

»Hallo. Ich bin Miriam«, sprach ihn ein Mädchen von der Seite an. »normal ist das nicht meine Art, aber ich muss dich einfach ansprechen.«

Er fuhr herum und sah sie an. Das Mädchen sackte schlagartig in sich zusammen.

»Ich ... ich ... du hast so tolle Augen!«, krächzte sie.

Er trat einen Schritt auf sie zu. Sie zog den Kopf ein.

»Verschwinde!«, scheuchte er sie weg. Das fehlte ihm jetzt noch. Wo verdammt war jetzt Larissa?

Ein Stein fiel ihm vom Herz, als er sie wieder sah. »Wo warst du?«, fuhr er sie an.

»Ich hab jemanden aus meinem Verein getroffen. Wo sind unsere Getränke?«

»Ich habe sie bestellt, aber der Kellner ist eine Schlaftablette.«

Gerade wollte er sich umdrehen, als jemand sich von hinten an Larissa heranschlich und ihr die Augen zu hielt.

»Hier versteckst du dich also! Lissy, die schönste Frau des Abends!«

Roberto verdrehte die Augen. War es zu glauben?

»Hallo! Sie? Ihre Getränke sind fertig!«, rief hinter ihm der Barkeeper.

Larissa befreite sich und drehte sich zu dem vermeidlichen Spaßvogel um.

»Martin! Wir haben uns ja ewig nicht gesehen!«

Sie ergriff Martins Hände.

»Hallo Sie?«, rief der Barkeeper erneut.

Roberto wirbelte herum.

»Gleich!«, zischte er wütend.

»Verdirb nicht wieder alles mit Deinem Jähzorn«, dachte er. Er musste unter allen Umständen die Nerven behalten! Er durfte es nicht verderben. Er hörte die mahnende Stimme in seinem Kopf. »Versprich es mir!« Er würde sie nicht enttäuschen.

»Lizzy Cara. Unsere Getränke sind fertig«, säuselte er Larissa ins Ohr. Dabei sah er diesem Martin-Fatzke provokativ ins Gesicht. Wie er solche Typen hasste. Vom reichen Daddy in Designerklamotten gesteckt, aber zu blöd, um seinen Namen zu schreiben. Außerdem war er besoffen.

»Komm doch rüber zu uns Lissy! Machen wir ein bisschen was los heute Abend!«, lallte der Idiot.

»Sie hat keine Zeit. Und jetzt verschwinde« ,herrschte Roberto ihn genervt an. Dabei machte er eine Handbewegung, als wolle er eine lästige Fliege verscheuchen. Larissa verzog schon wieder das Gesicht.

»Wer bist denn du, dass du dich hier so aufspielst?«, pöbelte Martin ihn an und kam näher.

Der Typ war wirklich zu blöd. Roberto hatte Lust, ihm in die Fresse zu treten. Einen Moment erwog er, diesem Bedürfnis einfach nachzugeben. Doch dann besann er sich. Er griff nach Larissas Arm und zog sie an sich.

»Hallo? Also wenn sie die Getränke jetzt nicht holen, ...«, rief der Barkeeper hinter ihm.

Roberto presste die Zähne aufeinander. Wie in Zeitlupe drehte er sich zu dem Barmann um, ohne jedoch

Larissa loszulassen, und sah den Mann stumm an. Dann lächelte er, zog einen Geldschein aus der Tasche und schob ihn über den Tresen.

»Stimmt so«, sagte er.

Larissa schnappte sich ihren Cocktail.

»Du hast heute eine Laune«, stöhnte sie. »Lass uns zur Bühne gehen. Sie haben gerade diesen Zauberer angekündigt. Den will ich nicht verpassen.«

Kapitel 32

Sebastian horchte auf. Auf der Bühne kündigte die Moderatorin den Magier an. Das erklärte, warum von überall Menschen in den Hauptraum drängten. Monecelli hatte offensichtlich Mühe, sich in die entgegengesetzte Richtung zu kämpfen. Nicht mehr lange und Larissa würde in Sicherheit gebracht. Micky hatte für heute Abend noch drei weitere Polizisten auftreiben können, die sie unterstützten. Sobald Sebastian Herbert informiert hatte, sollten ihnen zwei als Kellner getarnt folgen, um herauszufinden, wo die Übergabe stattfindet. Er sah sich um. Überall liefen Kellner umher. Er hatte sich die Gesichter der Beamten nicht gemerkt. In den Kellneruniformen sahen sich alle ähnlich.

Die Flügeltüren zum Hauptraum wurden geschlossen und sie kamen jetzt etwas besser voran. Herbert hatte ihm aufgetragen, sein Telefon sofort nach dem Startschuss fortzuwerfen, damit es Mondos Leute nicht fanden und sie nicht aufflogen. Sie näherten sich den Ausgängen. Er hatte also nicht mehr viel Zeit das Ding loszuwerden. Vorsichtig zog er es aus seinem Jackett. Er könnte versuchen es, in einem unbeobachteten Moment, auf einem der Tische unter eine Serviette zu schieben. Doch mit einem Mal wurde es stockdunkel. Nur noch die Notbeleuchtung, über den Notausgängen, schimmerte im schwachen Grün. Ein Raunen ging durch die Menschen. Gab es einen Stromausfall?

Irgendein Witzbold rief »Licht an!«

Das ist jetzt meine Chance, dachte Sebastian. Doch dann ertönte ein mächtiges Geräusch, das ihn innehalten ließ. Es schwoll immer mehr an, bis es ohrenbetäubend laut durch den Saal dröhnte. Ein Hubschrauber? Instinktiv schaute er zu Decke. In diesem Moment packte Leos Bodyguard ihm auf die Schulter. Erschrocken ließ er das Handy fallen.

»Avanti!«, knurrte der Hüne und schob ihn voran. Er hatte das Telefon nicht bemerkt. Noch im Augenwinkel sah Sebastian auf dem Boden den Lichtschein seines Smartphones. Er hoffte, dass es niemandem auffiel. Dann war plötzlich alles in feuerrotes Licht getaucht, gefolgt von zwei aufeinanderfolgenden Schüssen. Die Menschen schrien. Sebastian sah sich um, und versuchte zu sehen, woher die Schüsse kamen. War da etwas schief gelaufen? Doch der Hüne schob ihn stoisch weiter voran. Durch die Tür aus dem Hauptraum hinaus.

Als Roberto und Larissa die Bühne erreichten, wurde es dunkel. Larissa rückte an ihn heran. Die Menschen um sie herum verfielen in aufgeregtes Gemurmel.

»Was ist denn jetzt los?«, rief eine Frau neben ihnen.

»Ob das zur Show gehört?«, flüsterte Larissa.

Roberto sah sich um.

»Licht an!«, brüllte irgendwo ein Mann.

Bevor er Larissa antworten konnte, erklang das ohrenbetäubende Geräusch eines Helikopters. Ein Hubschrauber? Was zur Hölle ...?

Die Schüsse zerrissen das Flüstern der Menschen. Roberto wurde stocksteif und griff nach Larissas Arm.

Wer schoss da? Er verfestigte den Griff um Larissas Arm, bis sie empört aufschrie. Er musste sie hier fortbringen. Sofort. Doch plötzlich schien die Bühne in Flammen zu stehen. Feuerfontänen sprühten bis zur Decke und die Umgebung versank in hell orangefarbenem Licht.

Sarah suchte Micky, aber sie konnte ihn nirgends finden. Na das fing ja großartig an. Es konnte jeden Moment losgehen. Wie konnte sie nur die Zeit so vergessen? Sie steuerte die Bar an. Irgendwo musste sie anfangen, nach ihm zu suchen und von dort hatte sie den besten Überblick. Dann erlosch im Saal die Beleuchtung. Irritiert und orientierungslos drehte sie sich im Kreis. War der Strom ausgefallen?

Doch dann erklang ein unbestimmtes Dröhnen. Es schien von oben und doch von überallher zu kommen. Was war das? Es schwoll immer mehr an, bis sie das Geräusch erkannte. Aber das war unmöglich. Ein Hubschrauber? Hier im Saal? Bevor sie den Gedanken zu Ende bringen konnte, schossen hinter ihr auf der Bühne Feuerfontänen fast bis zur Decke. Sie wirbelte herum und starrte fasziniert hinauf. Die Fontänen tauchten alles in ein flackerndes orange-rotes Licht. Und da! Dort stand ein echter Helikopter. Die Flammen spiegelten sich in der Frontscheibe. Der Klang der Rotor-Blätter zog ihr durch Mark und Bein.

Zwei aufeinanderfolgende Schüsse durchpeitschten den Raum. Menschen schrien, duckten sich und zogen die Köpfe ein. Die Windschutzscheibe des Helikopters zersprang. Dann war es wieder dunkel. Und still. Das Publikum hielt hörbar den Atem an. Kaum dass Sarah realisierte, dass es sich um ein Teil der Bühnenshow handeln musste, durchzuckten Laser in allen Farben den Raum. Musik setzte ein und unter tosendem Applaus erschien Jan - flankiert von 4 Damen, in Ledercatsuits. Sie sahen einfach großartig aus. Eine der Damen an seiner Seite musste Hannah sein. Jan hob die Hände und animierte die Menschen zu immer weiteren Begeisterungsstürmen. Er hatte sie in seinen Bann gezogen. Und mit einem Mal verstand sie, was Mondo so faszinierte.

»Er vernebelt dir für eine Zeit all deine Sinne. Du lachst, du staunst und applaudierst. Einfach alles scheint plötzlich möglich zu sein.«

Hatte Jan die Bühne eben noch in ein flammendes Inferno verwandelt, so schien er sich nun durch einen alten geheimnisvollen Tempel zu bewegen. Auf beiden Seiten flankierten ihn die Frauen mit lodernden Fackeln in den Händen. Auf stufenförmigen, mit schwarzem Samt bezogenen Podesten standen Gegenstände, die wie alte Artefakte anmuteten. Die Fackelträgerinnen blieben auf der Hauptbühne zurück, aber Jan trat mit wehendem Mantel auf den Laufsteg hinaus. Die Bühne verschwand nach und nach im Dunkel, bis nur noch er allein in der

Mitte des Laufsteges beleuchtet war. Wie zu einer Beschwörung hob er die Hände zur Decke.

»Viele von uns geraten irgendwann in ihrem Leben in eine schwierige oder sogar gefährliche Situation, die uns zu einer schnellen Entscheidung zwingt«, sagte er mit klarer Stimme. »Ist es Schicksal, oder können wir mithilfe unserer inneren Stimme die jeweils richtigen Entscheidungen treffen?«

Er ging in die Hocke und bat mit einer kurzen Geste eine Zuschauerin, auf die Bühne zu kommen. Während sie mit glühenden Wangen die Stufen hinauf stieg, rief Jan:

»Heute stelle ich die innere Stimme auf die Feuerprobe!«

Die Zuschauer jubelten.

Sarah spürte eine Hand auf ihrer Schulter. Erschrocken fuhr sie zusammen.

»Verdammt Mädchen wo läufst du rum?«, knurrte Herbert.

»Ich suche Micky!«, stammelte sie.

»Das sehe ich!«, schnaubte er. »Mick ist neben der Bühne in Position. Es geht bald los.«

»Läuft alles planmäßig?«

»Bisher ja. Wir wissen, wo sie die Übergabe machen. Sie sind auf der 2. Etage in einer Suite. Roberto und Larissa haben sich zum Glück von allein zur Bühne bewegt. Somit müssen wir das nicht extra forcieren.«

»Sehr gut.«

»Hör zu Sarah. Jetzt wäre noch ein guter Moment, das Hotel zu verlassen. Geh runter zu Jürgen. Er wird dich und das Mädchen der Rosbachs in Sicherheit bringen.«

»Kommt überhaupt nicht in Frage.«

»Sobald sie mitkriegen, was hier läuft, wird es gefährlich. Mondos Männer werden uns vielleicht in den Rücken fallen.«

Sie küsste Herbert auf die Wange. »Ich hab dich lieb Herbie. Ich wüsste nicht, was ich ohne dich und deine Ratschläge tun würde. Aber jetzt muss ich meinen Freunden helfen. Denn das ist es, was Freunde tun, nicht wahr?«

»Ich kann sagen, was ich will. Du lässt dich nicht umstimmen?« Sarah lächelte.

Larissa wand sich aus Robertos Umarmung und hüpfte vor Begeisterung in die Luft.

»Oh man, was für eine Show«, schrie sie und klatschte in die Hände. Wie gebannt schaute sie auf die Bühne.

Allmählich entspannte sich Roberto wieder. Er musste die Nerven behalten. Heute durfte er keine Fehler machen. Alles hing an ihrem Erfolg heute. Alles. Seine ganze Zukunft. Er warf einen Blick auf sein Smartphone. Kein Anruf. Zum jetzigen Zeitpunkt war das ein gutes Zeichen. Alles lief nach Plan. Er musste nur Larissa unter Kontrolle behalten. Das war allerdings schwieriger, als er es sich vorgestellt hatte. Dieser unerträgliche Martin war ihnen gefolgt und quatschte sie schon wieder von der Seite an.

Auf der Bühne stand der Magier jetzt vor einem Tisch mit drei Benzinkanistern. Hinter ihm standen zwei Strohpuppen.

»Ich spiele bewusst mit der Gefahr!«, rief er. Neben ihm stand eine Frau aus dem Publikum.

»In zwei Kanistern befindet sich leicht entzündliches Benzin«, erklärte der Magier, »In einem lediglich Wasser.«

»Ist dieser Typ nicht der Hammer?«, hörte Roberto Martins nerviges Gequatsche. »Ich hab gehört, der macht in Vegas die unglaublichsten Sachen!«

»Und ein echter Hingucker ist er auch!«, lachte Larissa.

»Läufst du uns jetzt den ganzen Abend hinterher?«, fragte Roberto.

Martin hob die Hände. »Bleib mal locker Alter! Ich gucke die Show genau wie ihr!«

Roberto verspürte Lust, dem Typ alle Knochen zu brechen.

Auf der Bühne übergoss die Frau die Hosen des Magiers mit dem Inhalt eines Kanisters.

»Dein neuer Macker plustert sich ganz schön auf!«, bemerkte Martin so laut, dass es Roberto auf jeden Fall hören musste.

Blitzartig packte Roberto ihn am Arm und durchbohrte ihn mit eisigem Blick.

Larissa legte Roberto eine Hand auf die Schulter. »Robbie lass ihn los. Ich will die Show sehen! Ich hab keinen Bock auf Ärger«, sagte sie. Für einen Moment packte Roberto noch fester zu.

Sie rollte mit den Augen. »Lass ihn los!«, zischte sie.

Roberto ließ ihn los. Sofort zog Martin seine Hand zurück und griff sich an den Oberarm.

»Der hat sie doch nicht alle!«, murmelte er. Roberto wand den Blick von ihm ab. Er zog Larissa an sich heran und sah sich mit ihr die Show an. Der Magier stand mit ausgebreiteten Armen zwischen den Strohpuppen auf einem Podest. Die Frau mit den hektischen Flecken im Gesicht trug zitternd zwei brennende Fackeln. Eine der beiden hielt sie jetzt an eine Strohpuppe. Sie ging innerhalb von Sekunden in hellen Flammen auf.

»Und jetzt liebe Irene - jetzt halte bitte gleichzeitig je eine Fackel an mich - und eine an die zweite Puppe. Und wir werden sehen, ob deine Intuition richtig lag. Oder, ob sie dich getäuscht hat und ich wie die erste Puppe verbrennen werde!«

Die Vorstellung, dass die Frau den Magier in Brand setzen könnte, versetzte Roberto sogleich in bessere Stimmung. Hölzern schritt Irene auf den Magier zu und kicherte nervös.

Roberto lächelte. Nur zu Irene! Heiz ihm ein!

Van Heelen nickte Irene zu.

Zitternd hielt Sie die Fackel an seine Hosenbeine.

Monecelli steuerte die Aufzüge an und zückte sein Telefon.

»Es läuft wie geplant. Wir sind auf dem Weg«, teilte er irgendjemandem auf Italienisch mit. Vielleicht seinem Boss, diesem Mondo.

Er war der Annahme, dass Sebastian ihn nicht verstehen würde. Und er ließ ihn in dem Glauben. Bereits auf der zweiten Etage hielt der Fahrstuhl und sie folgten Monecelli hinaus. Sie liefen auf einen der Flure zu, die sich dem Bereich der Aufzüge anschlossen, und blieben mit einem Mal abrupt stehen. Monecelli fluchte. Zwei uniformierte Polizisten kamen ihnen entgegen. Sebastian hielt den Atem an.

»Was soll das?« Monecelli fuhr herum und funkelte seinen Vater an. »Ich dachte, wir hätten uns klar ausgedrückt? Keine Bullen!«

Dr. Rosbach hob die Hände.

»Das, das ... «, war alles, was er herausbrachte.

Die Polizisten blieben stehen und schienen sich über etwas zu beraten. Eine beleibte Hotelangestellte schob watschelnd einen Wagen mit Schmutzwäsche an ihnen vorbei, und grunzte zum Gruß. Ein paar Handtücher lösten sich vom Stapel und rutschten zu Boden. Instinktiv bückte sich Sebastian danach und reichte der Frau die Wäsche. Sie nahm sie entgegen und murmelte etwas wie »Danke« in ihren Damenbart. Als sein Blick auf die schief getretenen Sneakers fiel, hatte er sie erkannt.

»Ich schwöre ihnen Herr Monecelli«, sagte sein Vater, »wir haben damit nichts zu tun. Das müssen sie uns glauben.«

Die Uniformierten hatten sich wieder in Bewegung gesetzt und kamen jetzt näher.

»Guten Abend die Herren!«, grüßte der ältere der beiden Polizisten.

»Guten Abend«, antwortete Sebastian als einziger. Seine Stimme zitterte. Auf dem Uniformhemd des älteren Polizisten prangte ein Fettfleck.

»Entschuldigung, wir sind auf der Suche nach ... ähm ... Moment ...«, er griff sich an die Brusttasche und zog ein zerfleddertes Notizbuch hervor.

»Wir sind in Eile«, antwortete Monecelli knapp.

»Oh, ich will sie nicht lange aufhalten. Wir ermitteln nach einem Verkehrsunfall.« Der Beamte blätterte in seinem Heftchen. »Wir müssen zu Zimmer ... 284!«, er sah sich um.

»Wir sind auch nur Gäste. Wir können ihnen nicht helfen«, antwortete Monecelli schroff.

»Verstehe«, sagte der jüngere Polizist. »Trotzdem danke«, die Beamten schickten sich an weiterzugehen, doch dann blieb der Blick des Älteren an Dr. Rosbach hängen.

»Sagen sie, ist ihnen nicht gut?«, fragte er besorgt.

Sebastians Vater starrte ihn aus seinen von Augenringen gezeichneten Augen an.

»Danke alles gut. Alles gut!«, antwortete er hastig.

Zu Monecellis Schläger gewandt, sagte der Polizist:

»Er sollte sich hinsetzen und etwas trinken.

Ich denke sein Kreislauf spielt verrückt.«

»Wir kümmern uns um ihn! Danke!«, rief Sebastian und zog seinen Vater mit sich und Monecelli hinterher. Am Ende des Ganges öffnete Monecelli eine Tür und wies sie an einzutreten. Zwei weitere Männer von Mondo warteten bereits in der Suite auf sie. Mit Sicherheit waren sie bis an die Zähne bewaffnet. »Wir werden sie jetzt durchsuchen«, kündigte Monecelli an.

»Ich hoffe nicht, dass wir noch mehr Überraschungen erleben müssen.«

»Nein, ganz sicher nicht«, versprach Dr. Rosbach. »Wir tun alles, was sie sagen.«

Sebastian war froh, dass er das Mobiltelefon noch rechtzeitig losgeworden war. Der Mann, der ihn durchsuchte, hatte eine auffällige Narbe im Gesicht. Sie begann in seinem rechten Mundwinkel und zog sich hoch fast bis zum Ohr. Sie verlieh ihm ein groteskes Dauerlächeln. Sebastian überlegte beinahe panisch, ob er vielleicht irgendwas in den Taschen hatte, was diesen Mann wütend machen könnte, und hoffte inständig, dass Mickys Kollegen bald den Raum stürmten. So war es geplant. Man hatte ihnen deshalb geraten, sich von den Türen fernzuhalten. Wenn er das hier überlebte ...

»Treten sie näher«, riss Monecelli ihn aus seinen Gedanken. Die Männer hatten einen Tisch in die Mitte des Raumes geschoben. Auf dem Tisch standen ein Laptop und ein Telefon.

»Dottore Rosbach!«, sagte Monecelli, »schön, dass wir jetzt endlich zum geschäftlichen Teil übergehen können. Schnaufend nahm er Platz und öffnete sein buntes Jackett.

»Ich werde ihnen jetzt den Ablauf erklären.«, sagte er.

Roberto hatte sich nicht geirrt. Dieser Zauberer - angeblich auf der Suche nach einer neuen Assistentin für den nächsten Hokuspokus - fixierte Larissa. Er sah sich um. Hier wurde doch irgendwas gespielt. Das hatten bestimmt Sarah und dieser Bulle eingefädelt! Er durfte auf keinen Fall zulassen, dass Larissa auf die Bühne ging. So kurz vor seinem Ziel würde er sich nicht alles kaputt machen lassen. Der Magier kam näher. Larissa fest im Blick. Jeder Idiot konnte sehen, worauf das hinauslief. Larissa kicherte albern.

»Ich möchte, dass du bei mir bleibst«, sagte er zu ihr.

»Ach komm schon Robbie.«, sie stieß ihn an, »Das wird bestimmt lustig.«

»Lustig? Du bist doch nicht der Clown für die Leute!«, seine Stimme wurde schrill - er räusperte sich, »ich möchte das nicht.«

»Bist du ihr Vater, dass du dich so aufspielst?«, fuhr ihm jetzt dieser gottverdammte Martin wieder dazwischen, »Wenn sie da hoch will, dann lass sie gehen!«

»Halt dich da raus!«, fauchte Roberte und packte Larissas Arm.

Der Magier stand jetzt direkt vor ihnen am Bühnenrand.

»Verdammt Roberto, lass mich los. Dauernd tust du mir weh.«, beschwerte sie sich und versuchte sich aus seinem Griff zu befreien.

»Hörst du nicht?«, rief Martin. »Du tust ihr weh!«

Der Magier kniete nieder und sah zu ihnen herab.

»Ich habe sie gefunden!«, rief er, »Die perfekte Assistentin! Darf ich dich zu mir auf die Bühne bitten?«

Tosender Applaus.

Roberto konnte nicht glauben, so viel Pech zu haben.

Die Leute sahen zu ihnen hinüber und warteten darauf, dass Larissa die Bühne betrat. Das wiederum schien Martin mutiger zu machen, denn er kam jetzt näher.

Robertos Griff um Larissas Arm wurde fester. Er konnte sie nicht dort hoch lassen. Sie schrie. In diesem Moment packte Martin ihn am Jackett und riss ihn zurück. Überrumpelt lies Roberto Larissa los und taumelte nach hinten. Dann fing er sich aber und stürzte sich auf Martin. Als er zum ersten Schlag ausholte brach im Publikum erneut Applaus aus.

Larissa hatte die Gelegenheit genutzt und war mithilfe des Magiers auf die Bühne geklettert. Verzweifelt sah er ihr nach. Er musste sie aufhalten! Das Ganze war doch nur ein billiger Trick!

Martins Schlag traf ihn ebenso unvorbereitet wie heftig. Er krachte ungebremst zu Boden und griff sich an den Mund. Hellrotes Blut lief ihm über seine Hände. Mit wutverzerrter Mine rappelte er sich auf und packte Martin am Kragen. Er riss ihn zu sich hinunter und schlug ihm mehrfach mit geballter Faust ins Gesicht. Blut spritzte. Knochen knirschten. Die Leute um sie herum stoben auseinander. Ein paar Frauen kreischten entsetzt. Dann kam ein Mann mit Halbglatze Martin zur Hilfe. Er trat Roberto in die Kniekehlen, sodass er das Gleichgewicht verlor und nach vorn kippte. Martin sprang ihm ins Genick. Wie Ringer ineinander verkeilt, hing Martin über ihm und setzte zu einem weiteren Schlag an. Sein Blut tropfte Roberto ins Gesicht. Angewidert bäumte dieser sich auf, doch Martin ließ nicht von ihm ab. Roberto war nicht in der Lage dem nächsten Schlag auszuweichen. Der Schmerz folgte auf dem Fuß und legte sich wie ein schweres schwarzes Tuch über sein Bewusstsein. Es war das schrille Geschrei einer Frau, das ihn wieder aufschrecken ließ. Sie kreischte nach der Polizei. Er spukte Blut und rang nach Luft. Er wollte nur noch fort, doch so sehr er sich auch wehrte - es gelang ihm nicht, sich zu befreien. Nur mit äußerster Anstrengung gelangte er mit seiner Hand unter sein Jackett. Wenn er jetzt nicht von hier verschwand, würden sie ihn festnehmen. Noch bevor Martin zum nächsten Schlag ausholen konnte, riss Roberto die Waffe aus seinem Jackett und schoss ihm in den Kopf.

Kapitel 33

Angespannt starrte Sebastian auf die Uhr an der Wand. Nach Auskunft der Bank dauerte die Überweisung bis zu 45 Minuten. Sobald das Geld dem von Leo angegebenen Konto gutgeschrieben war, würde die Bank zurückrufen und die Transaktion bestätigen. 20 Minuten waren bereits vergangen. Ihm kam es vor wie 20 Stunden. Nur das laute Ticken der Uhr durchdrang die Stille im Raum. Sein Hals sehnte sich, nach etwas zu trinken. Er krächzte beim Sprechen.

»Wie geht es gleich weiter?«, fragte er leise. Einfach nur, weil er diese Unheil verkündende Stille nicht mehr ertrug. Zuerst dachte er, dass ihm niemand antworten würde, doch dann sagte Monecelli:

»Sobald die Bank zurückgerufen hat und wir sicher sind, dass die Geldübergabe sauber war, zieht sich Roberto von ihrer Schwester zurück.«

Er schwitzte und zerrte an seiner Krawatte.

»Aber sie haben doch gehört, dass mein Vater der Bank den Auftrag gegeben hat«, entgegnete Sebastian. »Sie haben doch was sie wollen! Warum lassen sie uns nicht gehen?«

Monecelli schüttelte den Kopf.

»Woher sollen wir wissen, dass sie uns wirklich das Geld überwiesen haben und dass wir es auch abheben können? Erst wenn wir Bares in den Händen halten, bekommen sie ihre Schwester zurück!«

Dr. Rosbach öffnete den Mund, doch dann hielt er inne. Aus dem unteren Bereich des Hotels erklangen Schüsse. Und Schreie. Er sprang auf. »Was ist das?«, rief er aufgebracht. Der Lächler stieß ihn unsanft zurück auf den Stuhl.

»Das ist bestimmt nur die Show«, versuchte Sebastian, seinen Vater zu beruhigen. Sirenengeheul strafte ihn Lügen.

Monecelli trat ans Fenster und sah hinaus auf den Hotelvorplatz.

»Hier stimmt etwas nicht.« Seine Augen verwandelten sich zu Schlitzen und er zog seine Waffe.

»WAS wird hier gespielt?«

Sarah schlug das Herz bis zum Hals, während sie sich, Micky hinterher, durch die Menge kämpfte. Wenn sie Roberto festnehmen wollten, dann mussten sie sich jetzt beeilen. Ihr ach so grandioser Plan war gescheitert, bevor es überhaupt losgegangen war. Warum auch immer, prügelte Roberto sich vor der Bühne mit einem Typen, den sie nicht kannten. Sie schob sich, durch die Menge und hoffte, dass sie es rechtzeitig bis zur Bühne schafften. Auch wenn es nicht wie geplant lief, so spielte die unerwartete Auseinandersetzung ihnen in die Karten. Denn sie verschaffte ihnen Zeit.

»Schafft sie hier weg!«, schrie Micky zur Bühne hinauf. Dort zerrten Jan und Hannah an einer offensichtlich unwilligen Larissa. Doch Mickys rufen ging im Geschrei der Menschen unter. »Eine Waffe!«, schrien sie, »Er hat eine Waffe!«

Kurz darauf peitschte ein Schuss durch den Saal und das Chaos war komplett. Die Menschen kreischten und flohen vor Roberto. Sarah wurde in die andere Richtung abgedrängt. Das durfte sie nicht zulassen! Sie durfte Micky jetzt nicht allein lassen. Sie stellte die Ellbogen aus und kämpfte sich ihnen entgegen. Dabei reckte sie den Hals, um Micky in dem Gewühl zu finden. Und sah Roberto - blutverschmiert und mit gezogener Waffe rannte er durch den Saal. Ängstlich bereiteten die Menschen ihm eine Gasse. Einem Mann, der nicht schnell genug zur Seite sprang, schlug Roberto mit voller Wucht ins Gesicht. Von Wut getrieben rannte Sarah ihm hinterher. Beinahe wäre sie über den Leichnam gefallen, der vor der Bühne in einer Blutlache lag. Dort wo normalerweise sein rechtes Auge sein müsste, klaffte ein schwarzes dampfendes Loch. Roberto stolperte derweil über eine zurückgelassene Handtasche und stürzte auf die Knie. Sarah rannte. Als Roberto sich aufrappelte, war sie nur noch wenige Meter von ihm entfernt. Sie begriff jetzt, wohin er wollte. Der Notausgang führte über ein schmales Treppenhaus zum Hinterausgang. Wenn es ihm gelang, ihn zu erreichen, würden sie ihn nicht mehr aufhalten können.

Verdammt, wo war Micky? Hektisch nestelte sie an ihrem Blazer. Sie hatte die Waffe ihres Vaters, um sie vor Micky und Herbert zu verstecken, so gut verstaut, dass sie jetzt auf die Schnelle gar nicht herankam.

Roberto war wieder auf den Beinen und rannte auf sein Ziel zu und - Micky entgegen. Irgendwie hatte er es geschafft, vor Roberto die Notausgangstür zu erreichen und ihm den Weg abzuschneiden. Roberto saß in der Falle.

»Bleib stehen!«, schrie Micky ihn an. »Bleib stehen oder ich schwöre dir, ich schieße!«

Roberto stolperte zurück. Dann bemerkte er Sarah im Augenwinkel und wirbelte mit der Pistole in der Hand zu ihr herum. Entsetzt starrte sie ihm ins Gesicht. Ihre Waffe klemmte gut verpackt unter ihrem Blazer im Hosenbund. Wenn sie es wagte, danach zu greifen, würde er sie sofort erschießen. Er lachte verächtlich, als er sie erkannte.

»Du willst dich mir in den Weg stellen?«, fragte er höhnisch. »Willst du mich umspucken, oder was?«

Sarah wich zurück.

»Lass die Waffe fallen!«, brüllte Micky. »Lass sie fallen, oder ich knall dich ab!«

Ein grausames Lächeln umspielte Robertos blutverschmiertes Gesicht. Dann griff er blitzschnell nach Sarahs Arm und riss sie an sich. Sarah spürte den Pistolenlauf in ihrer Seite. Wie konnte sie nur so dämlich sein! Damit hätte sie doch rechnen müssen!

Mit der freien Hand wischte sich Roberto blutgetränkten Speichel von den Lippen. Micky ließ die Waffe sinken.

»Wirf sie weg!«, forderte er Micky auf.

Micky gehorchte.

Roberto kickte die Pistole mit einem gezielten Tritt aus Mickys Reichweite. Dann drängte er Sarah vor sich her in Richtung Notausgang. Dort angelangt, zog er die Tür einen Spalt auf und schob sich hindurch.

»Ich kann keinen Ballast gebrauchen«, sagte er und hob die Waffe an Sarahs Kopf. Sie schloss die Augen. Und dachte an nichts. Sie hörte den Schuss, aber sie spürte keinen Schmerz. Stattdessen jaulte Roberto wütend auf und stieß sie brutal von sich gegen den Türrahmen. Sie riss die Augen auf. Roberto stand taumelnd, aber die Pistole noch immer in der anderen Hand, vor dem geöffneten Notausgang und griff sich ans Ohr. Helles Blut sickerte daran herab.

»Junge mach keinen Scheiß! Leg die Waffe weg!« Das war Herberts Stimme. »Es ist vorbei! Tu was ich dir sage, sonst stehst du nach meinem nächsten Schuss nicht mehr!«, drohte er. Roberto riss die Waffe wieder hoch. Sie standen sich jetzt mit den Pistolen im Anschlag gegenüber.

»Geh mir aus dem Weg!«, schrie Roberto schrill, beinahe weinerlich.

Micky hatte sich inzwischen seine Waffe zurückgeholt und richtete sie jetzt ebenfalls auf Roberto.

»Gib auf Roberto Bello. Du hast verloren!«, sagte er. »Du bist verhaftet!«

Hektisch schwenkte Roberto seine Waffe zwischen Herbert und Micky hin und her. Dann drückte er ab, ein Schuss löste sich und Herbert sackte zusammen. Micky schrie, dann schoss auch er, doch er verfehlte Roberto. Stattdessen bohrte sich die Kugel in den Beton neben dem Notausgang. Roberto sprang über Herbert hinweg zur Tür hinaus. Mickys markerschütternder Schrei rüttelte Sarah aus ihrer Schreckstarre. Wie in Trance stolperte sie ihm hinterher auf den reglosen Herbert zu.

»Einen Arzt! Wir brauchen einen Krankenwagen!«

Micky fasste Herbert an den Schultern und sah ihm ins bleiche Gesicht. »Du bleibst schön bei uns!«, schrie er, »Hörst du? Wir brauchen dich hier.«

Herbert antwortete nicht. Sein Atem ging flach und rasselnd. Hektisch knöpfte Micky Herberts Uniformjacke auf.

»Das wird nichts Schlimmes sein. Seine Weste ...«

»Er trägt keine Weste ...«, flüsterte Sarah bestürzt.

»Natürlich trägt er eine!«, schrie Micky sie an. »Er trägt immer eine. Immer!«

»Nein! - Ich trage sie«, weinte Sarah. Das Gewicht der Weste erdrückte sie.

»Nein! Das glaube ich nicht! Herbert! Sag mir verdammt noch mal, dass du deine Weste trägst!«

Herbert stöhnte. Mit fliegenden Fingern wählte Micky die Nummer des Rettungsdienstes.

»Die Rosbachs«, röchelte Herbert kaum hörbar, »Ihr müsst sie warnen.«

»Ich lass dich jetzt nicht allein«, antwortete Micky mit dem Handy am Ohr.

Herbert hustete und spuckte Blut.

»Er hat Recht. Einer muss den Rosbachs helfen«, sagte Sarah leise. »Wenn die da oben erfahren, dass wir sie betrogen haben, sind Sebastian und sein Vater in echten Schwierigkeiten.«

Micky schüttelte den Kopf.

»Ich kann ihn jetzt nicht allein lassen!«

Sie nickte. »Ich verstehe das, aber ich werde gehen«, sagte sie fest. »Es macht keinen Sinn, wenn wir beide hierbleiben.«

In Wahrheit ertrug sie Herberts Anblick und die damit verbundene Last der Schuld auf ihren Schultern nicht länger. Vielleicht konnte sie wenigsten Sebastian und seinen Vater vor dem Schlimmsten bewahren.

»Sarah!«, rief Micky, »Warte!«

Sie würde sich nicht abhalten lassen.

»Ich werde gehen, Micky.«

»Ja. - Ich weiß. Aber das hier wird dir helfen.«, sagte er und warf ihr seine Waffe zu.

Sirenengeheul drang zu ihnen herauf. Monecelli zerrte an seiner Krawatte und lief im Raum auf und ab. Schweißperlen glänzten auf der Stirn des Anwaltes. Immer wieder sah er aus dem Fenster. Sebastian stand zu weit entfernt, um Erkennen zu können, was sich draußen abspielte.

»Was ist da los?«, fragte jetzt sein Vater aufgebracht. »Ich werde hier nichts mehr machen, wenn sie es mir nicht sagen!« Dann sprang er auf. »Ich will auf der Stelle wissen, ob es meiner Tochter gut geht. Sonst kriegen sie von mir keinen Cent!«

Der Lächler versetzte ihm einen Hieb mit seiner Pistole, sodass er in die Knie ging. Sebastian wollte ihm zur Hilfe springen, aber Monecelli stellte sich ihm mit gezogener Waffe in den Weg.

»So. Und nun machen wir schön da weiter, wo wir aufgehört haben!«, sagte er und wedelte mit der Pistole in Richtung Telefon.

Dr. Rosbach richtete sich auf und schlich mit blutender Unterlippe zurück auf seinen Platz.

»So ist es gut. Dottore. So bleiben wir alle Freunde.«

Ein Gefühl der Hoffnungslosigkeit breitete sich in Sebastian aus. Irgendwas war schief gelaufen. Micky und seine Leute müssten längst hier sein. Das Telefon schrillte. Er zuckte zusammen. Sein Vater griff nach dem Gerät, um das Gespräch entgegenzunehmen.

»Ich höre«, sagte er, und notierte sich endlose Zahlen-Nummernkombinationen. Dann legte er auf.

»Sie schicken mir einen Link. Dort soll ich diese Codes eingeben. Dann schalten sie das Geld frei.«

»Was soll diese Scheiße mit Codes?«

»Ich mache doch nur, was die mir sagen!«

»Das war so nicht abgesprochen!«

»Sie sagen, erst wenn alle Codes eingegeben wurden, ist das Geld frei.«

Monecelli legte den Kopf schief. Offenbar überlegte er, ob man ihn reinlegen wollte. Dann deutete er mit der Waffe auf den Laptop.

»Dann beeilen sie sich!«

Dr. Rosbach zog den Laptop heran, öffnete den Link und begann den ersten Code einzutragen. Sebastian fragte sich, was mit ihnen geschehen würde, wenn er damit fertig war.

Sarah beschloss, eines der kleineren Treppenhäuser zu nehmen, statt sich durch das Chaos im Foyer zu kämpfen. Sie schob die Pistole unter ihr Jackett und rannte die Treppe hinauf. Die Suite, in der die Rosbachs mit Monecelli die Geldübergabe durchführten, war auf der zweiten Etage. Die Zeit drängte, und doch musste sie langsam gehen, denn ihre einzige Möglichkeit herauszufinden, in welchem der Zimmer die Rosbachs sich befanden, war es zu lauschen. Eilig, aber so leise wie möglich näherte sie sich der Abzweigung. »Großer Gott«, flüsterte sie entsetzt, denn dort auf dem Boden, lag jemand. Sie erkannte die schief getretenen Turnschuhe und das graue Haar der Eule. Mit einem Satz war sie bei ihr. »Brigitte!«, Sie rüttelte an ihren Schultern. Doch Brigitte reagierte nicht. Ihr Körper war so träge, wie es nur Körper sind, die für immer jegliche Spannung verloren haben. Sie zog sie an der Schulter auf den Rücken und blickte ihr ins Gesicht. Die Eule war tot. Das groteske Loch in ihrer Stirn ließen keinen Platz für Zweifel. Ihr Blut sickerte in den grauen Industrieteppich. Sarah blinzelte gegen die Tränen, die ihr in die Augen schossen. Sie war so gemein zu der Eule gewesen. Und jetzt war es für eine Entschuldigung zu spät.

Dumpfe Schritte näherten sich - direkt hinter ihr. Sie wirbelte herum und schloss ihre Hand fest um Mickys Waffe. Entschlossen blickte sie ins Halbdunkel des Hotelflurs. Ruhigen Schrittes schlenderte er auf sie zu. Seine Bewegungen waren fließend, seine Mimik entspannt. Er zupfte er sich einen Fussel von seinem cremefarbenen Jackett.

Sarah hob die Waffe in seine Richtung.

»Komm keinen Schritt näher ...«

Ihre Stimme klang dünn und klein. Die Pistole zitterte.

»Sonst was?«, fragte er lächelnd. »Erschießt du mich sonst?«

»Bleib stehen! Ich meine es ernst!«, schrie sie ihn an.

Er hob die Hände. »Hier sieh!« Er drehte die offenen Handflächen. »Ich bin unbewaffnet.«

Sarah sah zu Brigittes leblosem Körper hinüber. Mondo folgte ihrem Blick.

»Oh.«, sagte er mit bedauerndem Ton. »Das war ich nicht.« Lächelnd trat er auf sie zu.

Sarah spannte die Pistole vor.

»Ich glaube dir kein Wort.«

»Du hältst die Waffe wie ein Profi. Du hattest gute Lehrer«, sagte er, »Aber jetzt nimm sie runter und komm zur Vernunft. Hörst du mich Sarah? Nimm die Waffe runter und wir werden uns eine Lösung überlegen. Ich habe dir gesagt, du sollst dich hier raushalten und nach Hause fahren! Ich war immer auf Deiner Seite. Und bin es noch.«

»Ich will mit dir nichts mehr zu tun haben!«, schrie Sarah.

Er seufzte. »Du verstehst das alles nicht! Ich bin hier, um dich vor einem Fehler zu bewahren. Lass die Waffe sinken und wir werden reden.«

Ruhig und freundlich ruhte sein Blick auf ihr. Sie schluckte und schloss einen Moment die Augen. Als sie sie wieder öffnete, spürte sie das kalte Metall an ihrer Schläfe.

»Ich glaube«, sagte sie und ließ die Waffe fallen, »ich verstehe sehr wohl.«

Unter Monecellis Armen hatten sich Schweißringe gebildet.

»Warum dauert das so lange?«, schrie er.

»Ich tippe, so schnell ich kann«, beteuerte Dr. Rosbach. Noch nie hatte Sebastian seinen Vater so gesehen.

»Beten sie zur Heiligen Jungfrau, und für das Leben ihrer Tochter, dass es nicht zu lange dauert!«, drohte Monecelli.

Die Finger seines Vaters flogen über die Tastatur. Er würde bald fertig sein und dann ... er brachte den Gedanken nicht zu Ende. Mit der Wucht einer Explosion flog die Tür zum Flur auf. Sebastian erstarrte. War das endlich die ersehnte Hilfe? Doch er wurde enttäuscht. Der Mann, der zu ihnen in die Suite sprang, war keiner von Mickys Leuten. Nur ein weiterer, dreckiger Mafioso. Er schrie etwas auf Italienisch und schien unglaublich wütend zu sein. Monecelli fluchte. Der Narbengesichtige packte seinen Vater am Oberarm und riss ihn vom Stuhl.

»Wie weit sind sie Dottore?«, fragte Monecelli böse.

»Fertig«

»Wenn sie mich angelogen haben, töte ich sie. Wir verschwinden jetzt von hier!«

Dann zerrte der Mann mit der Narbe seinen Vater hinaus in den Flur. Die anderen Männer folgten ihnen. Sebastian spürte, wie ihn jemand in den Rücken stieß und zum Gehen aufforderte.

»Sie haben doch was sie wollen!«, rief er. »Warum dürfen wir nicht hierbleiben? Wo bringen sie uns hin?«

Monecellis Stirn kräuselte sich verärgert. »Wenn du noch eine Frage stellst, auf direktem Weg zu Gott!«, antwortete er.

Sie stießen Sebastian hinaus in den Flur und trieben ihn hinter seinem Vater her. Das Licht im Gang war schummrig, so erkannte er erst spät, dass wenige Meter vor ihnen eine Leiche auf dem Boden lag. Wenn die Frau, die dort in ihrem eigenen Blut lag und grotesk zur Decke starrte, die Beamtin aus Mickys Team war, dann waren sie verloren. Niemand würde mehr kommen, um ihnen zu helfen. Es war vorbei. Sobald diese Typen sicher waren, dass sie ihr Geld haben, würden er und sein Vater genauso enden wie diese Frau. Mutlos schleppte er sich Monecelli und seinem Vater hinterher.

Am Ende des Ganges begegneten sie einer anderen Gruppe Männer. Sie riefen sich etwas zu. Italienisch. Sebastian seufzte. Also noch mehr Mafiosi. Darunter erkannte er jedoch ein vertrautes Gesicht. Sarah. In ihrem Blick spiegelte sich seine eigene Verzweiflung.

Die Männer stritten über etwas. Sebastian hörte heraus, dass der Trupp mit Sarah im Schlepptau den Fahrstuhl nehmen wollte und Monecelli dagegen war. Sarah ließ sich wie eine Puppe in den Fahrstuhl schieben. Sie hatte Sebastian nicht einmal angesehen. Monecelli stellte den Fuß in die Tür. Ein Mann mit hellem Jackett und Ellbogenpatches sprach zu ihm. »Hirschcenter« war das Einzige, was Sebastian verstand.

Erst jetzt registrierte er, dass ihn in diesem Moment niemand beachtete. Wenn ihm die Flucht gelang, könnte er vielleicht auch Sarah und seinen Vater retten. Er drehte auf dem Absatz um und rannte. Ob sie ihn jetzt erschossen oder später, machte keinen Unterschied. Er stürmte die Wendeltreppe zum Foyer hinunter und sah sich nicht ein einziges Mal um.

Verzweifelt sah Micky sich um. Wie lange saß er jetzt hier? 10 Minuten? 20? Es kam ihm vor, als drücke er schon seit Stunden Tischtücher auf Herberts Schusswunde. Wo blieb denn bloß der beschissene Rettungswagen? Draußen hörte er schon eine Weile Sirenen, aber niemand war bei ihnen angekommen. Herbert fielen immer öfter die Augen zu und seine Hände wurden kälter. Micky hatte ihn mit seiner Jacke und Tischdecken zugedeckt, aber sein Körper war im Schockzustand und er verlor eine Menge Blut. Er versuchte, zu sprechen, aber Micky verbot ihm jedes Wort.

»Nicht sprechen! Nur schön ein und ausatmen o. k.? Mehr nicht.« Herbert stöhnte leise und schloss die Augen. Er brauchte jetzt dringend Hilfe.

»Micky?«

Jemand rief seinen Namen. Es war Hannah.

»Was ist los?«, rief sie und kniete sich neben ihn und Herbert. Beim Anblick des ganzen Blutes sog sie erschrocken die Luft ein. »Verdammt! Warum blutet er so?«

»Er hat eine Schusswunde am Bauch. Roberto hat auf ihn geschossen«, antwortete er, »Ich kann die Blutung nicht stoppen. Wir brauchen dringend und sofort Hilfe!«

»Hast du ein Telefon?«

»Ja, ich hab auch schon einen Krankenwagen bestellt, aber die kommen nicht, verdammte Scheiße. Ich weiß nicht, was da draußen los ist!«

»Ich hole euch einen Arzt«, sagte Hannah und rannte davon.

Micky bemühte sich, ruhig zu bleiben.

»He alter Freund, Hannah holt jetzt Hilfe«, versprach er Herbert, »Die werden dich wieder zusammenflicken und dann bist du schon bald wieder ganz der Alte! Gut, vielleicht nicht mehr wie neu, aber sind wir mal ehrlich, der Lack war vorher schon ab.«

Herberts Augen waren immer noch geschlossen. Der Alte war der beste Freund, den er je hatte. Er war der einzige Freund, den er je hatte. Und er konnte nicht zählen, wie oft Herbert ihm schon den Arsch gerettet hatte. Und jetzt saß er hier und sah ihm beim Verbluten zu. Herberts Brustkorb hob und senkte sich nur noch sehr unregelmäßig.

»Herbert? Herbert hörst du mich?«

Keine Reaktion.

»Verdammte Scheiße«, weinte Micky, »wo bleibt nur der Krankenwagen! Wir brauchen jetzt sofort einen Arzt!«

In der Ferne fielen Schüsse. Mit zitternden Fingern strich Micky über Herberts graue Gesichtszüge.

»Bitte!«, flüsterte er, »Bitte - helft uns.«

Kapitel 34

Sarah stolperte Mondo hinterher ins Dunkel der Tiefgarage. Ihre Schritte hallten und es roch nach Abgasen und Urin. Silenzio drückte ihr die Pistole in den Rücken und trieb sie stumm vor sich her. Zwei schwarz glänzende Limousinen rauschten beinahe lautlos heran und eine von ihnen hielt direkt vor Sarahs Füßen.

Mondo schritt zur Beifahrertür und verschwand im Inneren der Limousine. Hasserfüllt sah sie ihm hinterher. Dann öffnete Silenzio die Fahrzeugtür vor ihr und stieß sie grob in den Wagen. Sie landete auf glatten, fabrikneuen Lederpolstern. Als Silenzio einstieg, rückte sie von ihm ab. Draußen kreischten Reifen über den Tiefgaragenboden an ihnen vorbei. Noch während sie den Gurt anlegte, dachte sie, wie absurd diese Handlung war. Sie würde sowieso drauf gehen. Die Frage war nur wann und wie. Mit einem Ruck setzte sich der Wagen in Bewegung. Tränen rollten ihr über die Wangen. Sie hatte wieder versagt. Aber diesmal richtig. Sie dachte an Hannah - und an Micky. Ob wenigstens sie in Sicherheit waren? Schon bald würde auch sie sterben. Da war sie inzwischen sicher. Mutlos starrte sie aus dem Fenster in die Dunkelheit. Das Griffstück der Waffe ihres Vaters drückte ihr unter der Anzugjacke unangenehm in die Rippen.

Als er unten den Eingangsbereich des Hotels erreichte, hörte Sebastian die Menschen schreien. Keuchend stand er auf der Treppe und sah auf das Chaos hinab. Die Polizei versuchte, das Gebäude kontrolliert zu evakuieren, aber es gelang ihnen nicht. Sie waren zu wenig Beamte und die Menschen stürmten von Angst getrieben, unaufhaltsam in Richtung Ausgänge. Eine Frau stolperte, wurde zu Boden gerissen und die Nächsten rannten einfach über sie hinweg. Kopflos, wie eine Herde wild gewordener Rinder.

»He sie da! Kommen sie da runter!«, brüllte einer der Polizisten zu ihm rauf. Sebastian rannte ihm entgegen.

»Auf der 2. Etage liegt eine tote Frau. Und die Täter flüchten jetzt gerade über das Nottreppenhaus«, schrie er dem Polizisten zu. Die Augen des Uniformierten weiteten sich. »Scheiße«, stieß er hervor und riss sein Funkgerät aus der Jacke.

Sebastian ließ ihn stehen. Er musste wissen, ob es Larissa und Hannah gut ging.

»He sie! Hier bleiben!«, rief der Polizist ihm nach. »Sie können jetzt nicht gehen. Sie sind Zeuge!«

Aber Sebastian hörte nicht zu, denn er hatte jemanden erblickt. Wie ein eleganter Schatten bewegte sie sich durch die aufgebrachten Menschen. Mit ihrem lackschwarzen langen Haar und dem Catsuit stach sie aus der Menge heraus, wie eine Superheldin. Als er ihren Namen schrie, drehte Hannah sich zu ihm um. Mit wenigen Sätzen war er bei ihr und sie fiel ihm um den Hals.

»Ich bin so froh, dich zu sehen.«, flüsterte er und drückte sie an sich. »Ist Lissy in Sicherheit?«

»Ja. Sie ist mit Krauti und diesem Zauberer auf dem Weg ins Polizeipräsidium.«

Ein Stein fiel ihm vom Herzen.

»Wer ist sonst noch hier von uns?«

»Außer Micky und Herbert niemand mehr. Aber Herbert hat es schlimm erwischt. Roberto hat auf ihn geschossen. Er hat eine üble Bauchwunde. Es sieht nicht gut aus. Und Sarah ...«

»Ich habe Sarah getroffen.«

»Wo ist sie?«

»Sie und mein Vater sind in Schwierigkeiten. Bring mich bitte jetzt sofort zu Micky!«

Hannah nickte, schlüpfte unter dem Absperrband durch und wies ihn an, ihr zu folgen. Als sie den Saal erreichten, kam ihnen Micky bereits entgegen. Er schien um 100 Jahre gealtert. Sebastians Blick fiel auf seine blutverschmierte Kleidung.

»Wie geht es Herbert?«, fragte er.

»Sie fliegen ihn jetzt ins Uniklinikum. Seine Chancen stehen schlecht. Er hat zu viel Blut verloren«, antwortete Micky leise.

Sebastian legte ihm eine Hand auf die Schulter.

»Er wird es schaffen!«, versprach er ihm und fühlte sich dabei irgendwie verlogen. »Er ist ein harter Knochen«, fügte er hinzu und versuchte damit auch sich selbst ein wenig Mut zuzusprechen.

Micky lächelte matt. »Wo ist dein Vater?«, fragte er. »Hat Sarah euch etwa befreien können?«

Sebastian seufzte. »Leider nein. Sie sind entkommen und haben meinen Vater und Sarah als Geisel mitgenommen. Tut mir leid.«

»Wo sind sie hin? Haben sie irgendwas dazu was gesagt? Ich muss sie suchen. Sie werden sie sonst umbringen«, sagte Micky sichtlich bestürzt. »Ich hätte sie nicht allein gehen lassen dürfen.«

»Ich bin nicht sicher. Sie haben die meiste Zeit italienisch gesprochen. Ich habe kaum was verstanden.«

»Dann denk gefälligst nach!«, fuhr Hannah ihn an.

»Denk nach!«, Micky wurde jetzt lauter, »was hast du verstanden?«

»Sie haben vom »Hirschcenter« gesprochen, aber ob sie da auch hingefahren sind, weiß ich nicht.«

»Das ist das verlassene Einkaufcenter am Stadtrand«, sagte Micky, »ich brauche ein Auto!«

»Und was ist, wenn sie ganz woanders sind? Ich bin mir nicht sicher!«, gab Sebastian zu bedenken.

»Was habe ich für eine Alternative? Hier rumsitzen und abwarten? Sebastian! Ich weiß ja nicht, ob du den Ernst der Lage erfasst, aber sie werden Sarah und Deinen Vater töten, wenn ich ihnen nicht zuvorkomme! Und dafür brauche ich ein Auto.«

Sebastian klopfte sich auf seine leeren Hosentaschen.

»Ich habe nichts bei mir.«

Hannah rannte, ohne etwas zu sagen, hinter die Bühne.

»Ich werde dich begleiten«, sagte Sebastian fest.

Micky lud Herberts Pistole durch und steckte sie weg. »In Ordnung. Hier.« Er warf ihm sein Pfefferspray zu. »Pass nur auf, dass du nicht selbst was abbekommst.«

»Danke«, sagte Sebastian und steckte es ein. »Dann brauchen wir nur noch ein Auto.«

»Können wir jetzt los?«, fragte Hannah ungeduldig.

»Du bleibst hier!«, sagte Micky. »Es reicht, wenn ich auf den da aufpassen muss.«

Hannah schnaubte. »Ich denke, du brauchst ein Auto?« Sie winkte mit Autoschlüsseln.

»Was ist das für ein Wagen?«, fragte Sebastian überrascht.

»Deiner! Ich hab die Schlüssel für dich aufbewahrt.«, sie zwinkerte ihm zu. »Und wenn ihr damit fahren wollt, müsst ihr mich wohl oder übel mitnehmen.«

»Und was ist in dem Rucksack? Reiseproviant?«, höhnte Micky.

»Bulle willst du labern oder Sarah und Dr. Rosbach retten? Ich jedenfalls will diesen Mafiosi jetzt Feuer unterm Arsch machen.« Sie drehte auf dem Absatz um und schmiss das Haar in den Nacken.

»Ich habe das Gefühl, sie wird sich nicht ausreden lassen uns zu begleiten?«, fragte Micky.

Ein Grinsen huschte über Sebastians Gesicht. »Niemals.«

»Ich hab`s mir gedacht«, seufzte Micky, »Hast du ihr rechtes Auge gesehen? Was ist damit passiert?«

Sebastian zuckte mit den Achseln. »Keine Ahnung. Ordentliches Veilchen würde ich sagen.«, er grinste »Sie geht eben keiner Gefahr aus dem Weg.«

»Unglaublich«, sagte Micky kopfschüttelnd, »Komm, mit etwas Glück schaffen wir es noch hier raus. Gleich werden die hier alles abriegeln.«

Sie folgten Hannah im Laufschritt Richtung Hinterausgang.

»Sie sieht aus wie Catwoman auf Wandertag«, brummte Micky. Sebastian lächelte.

Roberto wischte sich mit dem Ärmel die tropfende Nase. Sie blutete immer noch. Außerdem war da dieses schrille Pfeifen in seinem Ohr. Aber er hatte keine Zeit, sich darum zu kümmern. Sie würden ihn schon überall suchen. So viel war sicher. Sein Jackett lag zerknüllt auf dem Beifahrersitz. Darin befand sich auch sein Handy, das unentwegt vibrierte und summte. Er musste sich beeilen. Der schwarze Geländewagen flog über die Kreuzungen hinweg. Es war ihm gleichgültig, ob die Ampeln grünes oder rotes Licht zeigten. Mit ein bisschen Glück konnte noch alles gut werden. Es war noch nicht vorbei. Er konnte es immer noch schaffen. Und dann würden sie neu anfangen. Weit weg von hier. Man würde ihn achten und wertschätzen. Niemand mehr würde es wagen, ihm Befehle zu erteilen.

Ein Lkw kreuzte hupend seinen Weg und zwang ihn zur Vollbremsung. Das Smartphone rutschte aus der Jackettasche. Das Display leuchtete mahnend auf. Roberto gab wieder Gas. Dabei fuhr er sein Fenster herunter. Dann griff er nach dem Handy. Der Fahrtwind riss es ihm aus den Händen und schleuderte es in den Grünstreifen der Bundesstraße. Das Display hatte einen Sprung, aber Monecellis Nummer leuchtete immer noch darauf auf.

Roberto raste in die Dämmerung. Grellrotes Blut tropfte aus seinem Ohr.

»Es ist nicht mehr weit«, dachte er.

Die Limousine glitt durch die dunklen Straßen der Stadt.

»Ich hätte dich für klüger gehalten«, sagte Mondo. »Ich dachte, in der Zeit bei mir hättest du etwas gelernt.«

Sarah antwortete nicht. Sie starrte stumm hinaus.

»Alles wäre gut verlaufen, wenn ihr euch rausgehalten hättet«, fuhr Mondo fort, »Doch so mussten heute Menschen sterben.«

Sarah ballte die Fäuste. Wie gerne würde sie auf ihn eingeschlagen. Aber Silenzio ließ sie nicht eine Sekunde aus den Augen. Und sie wollte nicht riskieren, dass man sie fesselte.

»Wohin fahren wir?«, fragte sie tonlos.

»Wir fahren zur Geldübergabe und ich kann nur für dich hoffen, dass ihr bei dem Geld nicht auch noch versucht habt zu tricksen. Sollten wir dort gleich mit leeren Händen stehen, gibt es wirklich nichts mehr, was ich für dich tun kann.«

Sie diente also nur noch als Druckmittel, bis er endlich sein Geld hatte. Resignierend schloss sie die Augen.

»Und warum habt ihr Dr. Rosbach mitgenommen? Reicht es nicht, wenn ihr mich habt?«

»Da uns seine Tochter verloren ging, tritt er an ihre Stelle. Das wird hoffentlich verhindern, dass seine Familie die Polizei informiert.«

Sie hatten ihr Ziel erreicht. Ein verlassenes Einkaufszentrum. Sie hatte vor kurzem einen Artikel darüber gelesen. Es war asbestverseucht und stand deshalb seit Jahren leer. Der Fahrer steuerte die Limousine in die ebenso verlassene Tiefgarage.

»Wir sind da«, sagte Mondo und öffnete die Autotür. Der Geruch von Moder und Urin drang zu Sarah ins Fahrzeuginnere.

Er strich sein Jackett glatt. »Und wie ich sehe, werden wir bereits erwartet. Die Ratte lauert in der Kanalisation.«

Das verlassene Einkaufscenter glotzte sie aus Hunderten schwarzen Augen an. Die Fassade war heruntergekommen und übersäht mit miesem Graffiti. Die meisten Fenster waren entglast oder zumindest waren die Scheiben eingeworfen. Im Erdgeschoss hatte man Holzbretter davor genagelt. Das ebenso baufällige Parkhaus schmiegte sich an das Gebäude wie eine besoffene Geliebte. Gemeinsam wirkten sie wie ein ungewaschenes, zahnloses Ehepaar. Mit Schutt gefüllte Container tummelten sich zu ihren Füßen. Die Kinder des Verfalls.

»Bist du sicher, dass wir hier richtig sind?«, fragte Hannah. Sie kickte gegen eine verrostete Getränkedose.

»Ob wir hier richtig sind, wird sich zeigen«, antworte Micky »aber, wenn du nicht willst, dass sie uns gleich über den Haufen schießen, machst du besser nicht so einen Krach.« Sebastian legte den Kopf in den Nacken und sah an dem Gebäude hinauf. »Oh man, das Ding ist ja riesig! Wo sollen wir denn da anfangen zu suchen?«

»Was wollen die hier bloß?«, überlegte Hannah. »Warum bringen sie die beiden hier her?«

Micky lag eine Antwort auf der Zunge. Er behielt sie jedoch für sich.

Knirschend gruben sich hinter ihnen Autoreifen in den Schotter.

»Los schnell hier rüber!«, rief Mick und sprang hinter einen der Container. Die anderen folgten ihm gerade rechtzeitig. Dicht aneinandergedrängt drückten sie sich zwischen stinkenden Mülltüten an die Rückseite des Containers. Ein dunkelgrauer Bentley fuhr an ihnen vorbei auf das Parkhaus zu.

»Sobald er weg ist, schleichen wir dort drüben hin!«, sagte Micky und zeigte auf die linke Seite des Gebäudes. »Von dort kann man über den Fußgängereingang hinein.«

Als der Bentley im Rachen des Parkhauses verschwand, rannten sie los. Um die Tür zum Fußgängerzugang zu erreichen, musste man eine Treppe hinauf auf die erste Etage laufen. Sie hatten Glück, die Tür war nicht verschlossen. Micky sicherte sie mit einem Stück Holz gegen ungewolltes Zufallen. Drinnen war es dunkel und seine Augen mussten sich erst daran gewöhnen. Sie befanden sich auf der obersten Etage des Parkhauses.

Hannah hockte auf dem galerieartigen Zugang. »Da unten!«, flüsterte sie und wies hinunter.

Etwa anderthalb Geschosse unter ihnen standen bereits 2 schwarze Limousinen. Der graue Bentley gesellte sich dazu.

»Wir müssen die Polizei rufen!«, entgegnete Sebastian.

»Und was willst du denen sagen?«, fragte Hannah. »Hallo! Hier ist ein Auto in einer Tiefgarage?« Sie schüttelte den Kopf. »Die haben im Hotel Maritim ein paar Leichen zu bergen. Da musst du schon mit mehr kommen, um sie herzulocken.«

»Sie hat recht«, sagte Micky knapp. Er sah hinunter. Ein paar Männer standen dort beieinander. Wahrscheinlich saß Sarah in einem dieser Fahrzeuge. Er dachte an die Nacht, in der sie so verzweifelt in seinem Arm eingeschlafen war. Er konnte nicht zulassen, dass ihr jemand etwas antat.

»Ich schleiche mich in ihren Rücken.«, sagte er,»Ich muss rauskriegen, was hier gespielt wird. Bis meine Leute da sind, machen wir rein gar nichts. Verstanden?«

»Und wir sollen hier oben bleiben und Däumchen drehen?«, fragte Sebastian, »Kommt gar nicht infrage! Vielleicht können wir auch gar nicht auf deine Verstärkung warten. Ich werde nämlich nicht tatenlos zusehen, wie sie meinen Vater erschießen!«

»Willst du sie etwa hier alleine lassen?«, fragte Micky mit einem Blick auf Hannah.

Hannah rollte mit den Augen. »Ne ist klar. Die Herren der Schöpfung gehen die Welt retten und klein Hannah soll sich verstecken. Haut bloß ab! Ich komme hier auch ohne euch klar.«

»Versprich mir, dass du dich hier nicht wegrührst«, sagte Sebastian, »Und wenn irgendwas passiert, versteckst du dich so lange, bis alles vorbei ist! Hast du dein Telefon? Hast du genug Akku?«

»Jaha, und jetzt geh!«, sagte sie und schob ihn von sich.

Vor dem Gebäude fragte Micky: »Glaubst du, sie hört auf dich?«

Ihm war nicht wohl dabei Hannah allein zurückzulassen. Sebastian schien es ähnlich zu gehen. »Nein«, seufzte er, »Ich denke nicht.«

Roberto lenkte den Geländewagen vor das Bankgebäude. Er kam zum richtigen Zeitpunkt, denn sie verließ gerade im Moment die Bank. Den Koffer hielt sie in der Hand. Der alte Rosbach hatte also brav bezahlt. Er lächelte zufrieden. Elisa hatte ihn noch nicht gesehen. Er fuhr ihr langsam hinterher. Diese unglaubliche Eleganz, ihre Art, sich zu bewegen, wie sie ihr Haar nach hinten warf und auf die ganze Welt herab zu sehen schien. Sie war eine Göttin.

Er wischte sich den Schweiß vom blutverschmierten Gesicht. Er überholte sie, um dann anzuhalten und auszusteigen. Er schwankte.

»Wir haben es geschafft!«, rief er und torkelte ihr entgegen.

»Heilige Maria! Hast du mal in den Spiegel geguckt?«, angewidert wich sie vor ihm zurück.

Er schwankte weiter auf sie zu. Das Fiepen im Ohr übertönte inzwischen sogar den Straßenlärm.

»Steig ein!«, befahl sie ihm barsch und stieg in den Geländewagen. »Kannst du überhaupt noch fahren?«, sie sah ihn argwöhnisch an.

Er lächelte. »Jetzt wird alles gut, Tesoro«, sagte er, »wir lassen alles hinter uns!«

»Fahr mich zum Flughafen«, befahl sie.

Sie war eine Kratzbürste und offensichtlich schlecht gelaunt. Aber das konnte sein Hochgefühl nicht trüben.

Kapitel 35

Sarah beschlich ein ungutes Gefühl. Warum waren sie in diese Ruine gefahren? Sie hatte erwartet, dass sie zu einer Bank oder Sparkasse fuhren. Immerhin wollten sie doch Geld abholen. Das hier ergab einfach keinen Sinn. Durch den Spalt der offenen Beifahrertür konnte sie Monecelli erkennen. Er trat an ihren Wagen und sprach leise mit Mondo.

»Wie ich sehe, ist er schon da?«, fragte Mondo.

Monecelli nickte.

Sie reckte den Hals, konnte aber niemanden sehen.

»Wir sollten es so schnell wie möglich hinter uns bringen«, sagte Mondo angespannt. »Was ist mit Roberto? Sind sie unterwegs?«

Monecelli schob nervös seine Brille zurecht.

»Er geht nicht ans Telefon.«

Mondos Blick verfinsterte sich.

»Buona Sera, Buona Sera«, krächzte jemand hinter ihm. Sarah horchte auf. Die Stimme kam ihr verdammt bekannt vor. War das nicht der alte Signore Riga? Was machte der hier? Hatte Mondo ihr vorhin nicht noch erzählt, dass dieser Mann seine Frau auf dem Gewissen hatte? Und jetzt traf er ihn?

»Wir werden sehen, wie schön der Abend wird«, antwortete Mondo kühl. Gerade wollte er die Autotür hinter sich schließen, als der Alte wie die Hexe bei Hänsel und Gretel, an ihm vorbei ins Fahrzeuginnere linste.

»Welch Glanz in meinen trüben Augen! Signorina Avigliano.«

Sie hatte ihn damals auf der Beerdigung schon nicht sonderlich gemocht, doch heute sträubten sich bei seinem Anblick ihre Nackenhaare. Sie rückte so weit von ihm ab, wie es der Wagen zuließ. Er wirkte heute noch älter und noch runzliger.

»Ich hätte nicht gedacht, dass du sie mit hier herbringst«, kicherte er.

Was kicherte der so blöd? Und warum sprach er, als wäre sie nicht anwesend? Oh, wie sie das hasste! Sie verspürte große Lust, dem alten Sack wenigstens eine Grimasse zu schneiden. Aber Sie wollte den Zeitpunkt ihres Todes nicht unnötig nach vorn verlegen.

»Um sie geht es erst mal nicht«, sagte Mondo knapp und drängte ihn vom Fahrzeug weg.

Riga erhob sogleich die Stimme. »Oh ich finde, sie sollte aussteigen! Bis ich das Geld habe, sollte sie in meiner Obhut stehen!« Er lächelte böse. »Es sei denn, du möchtest sie unbedingt bei dir halten?«, fragte der Alte mit listigem Unterton.

Mondo versteifte sich. Doch ehe er etwas erwidern konnte, sprang Monecelli dazwischen, öffnete die hintere Beifahrertür und rief: »Cazzata! Natürlich kann sie aussteigen.«

Mit einer energischen Kopfbewegung wies er Sarah an, den Wagen zu verlassen. Sie stieg mit weichen Knien aus der Limousine. Eine Menge Leute hatten sich hier unten versammelt. Doch Doktor Rosbach konnte Sie nirgends sehen. Und sie begriff noch immer nicht, was das Ganze sollte. Warum zum Beispiel erwartete Riga jetzt Geld? Was hatte der überhaupt hier zu suchen? Ach zur Hölle, was hatte sie selbst in dieser stinkenden Tiefgarage verloren?

Leonard forderte sie auf, sich zu Rigas Leuten zu begeben. Mondo schien nicht einverstanden, doch Monecelli blieb unbeirrt.

»Bleib hier!«, sagte Mondo jetzt zu ihr. Sie zögerte.

»Nun kommen Sie schon, kleine Signorina!«, lockte Riga. »Gibt es einen Grund, ihm mehr zu vertrauen als mir? Immerhin bedrohen seine Leute sie mit Waffen!«

Sarahs Blick fiel auf Silenzio, der seine Waffe noch immer auf sie richtete. Damit hatte er Recht. Aber ihm traute sie noch viel weniger.

Monecelli nahm ihr die Entscheidung ab und gab ihr einen Schubs.

»Ich verstehe das nicht«, flüsterte Micky. Dort unten waren doppelt so viele Leute, als er erwartet hatte. »Dieser Alte im Kittel da unten. Das ist Salvatore Riga. Was hat der hier zu suchen?«

Sebastian zuckte mit den Schultern. »Vielleicht arbeiten sie zusammen?«

Micky schüttelte den Kopf. »Da läuft irgendwas anderes.«

Micky sah wieder hinunter. Sarah stolperte auf Salvatore Riga zu. Was wurde da unten gespielt?

»Wir müssen näher dran.«, überlegte er laut. Mit einem weiteren Blick hinunter sagte er zu Sebastian: »Vielleicht bleibst du besser hier oben.«

»Kommt nicht infrage!«

»Verdammt, du bist unbewaffnet!« Sebastian überschätzte sich. Das dort unten waren schwere Jungs.

»Ohne meinen Vater gehe ich nirgendwo hin. Und Sarah lass ich auch nicht im Stich. Was für ein Mann wäre ich, wenn ich jetzt umdrehe?«

»Ein Kluger!«, seufzte Micky, merkte aber, dass es keinen Zweck hatte. »Hast du das Pfefferspray noch?«

Sebastian nickte. »Wie ist denn unser Plan?«, fragte er.

»So lange Überleben, bis Verstärkung kommt!«, antwortete Micky.

Sarah stellte sich mit gebührendem Abstand an Rigas Seite. Er lächelte und rieb sich zufrieden die Hände. Hinter ihnen trat eine Gestalt aus dem Dunkeln und baute sich neben ihr auf. Ihr neuer Bodyguard. Es war der Mehlsack aus dem Krankenhaus. Anscheinend traf sie hier heute nur auf gute alte Bekannte.

»Wo bleibt mein Geld?«, schrie der Alte ungehalten.

»Wir rechnen jeden Moment damit, dass es eintrifft«, antwortete Mondo ruhig.

Riga zog eine Waffe aus seinem Mantel und ging auf Sarah zu. Sie zuckte zusammen. Er fuchtelte mit seiner Waffe vor ihrer Nase herum.

»Wenn das stimmt, kannst du sie wieder mitnehmen ... aber wenn du lügst ...«

Sie wich instinktiv zurück, doch der Mehlsack stieß sie grob wieder nach vorn. Warum auch immer, war sie plötzlich die Geisel, die gegen Geld eingetauscht werden sollte. Wenn es um die 500.000 Euro von Doktor Rosbach ging ... Na, da würde Freude aufkommen. Denn das Geld war mit einer Farbbombe präpariert. Rigas Pistole bohrte sich an in ihren Hals. Mittlerweile war ihr das Gefühl fast vertraut. In letzter Zeit meinte dauernd jemand, er müsse ihr eine Waffe an den Kopf halten. Und trotzdem wurde die Angst nicht weniger. Sie hatte jetzt ein paar Mal gesehen, was diese Dinger anrichteten.

»Signore Riga, gestatten sie mir eine Frage?« Sie wunderte sich, wie cool sie klang. »Warum bedrohen sie mich mit einer Waffe? Mit was habe ich ihnen Anlass dazu gegeben? Unser letztes und einziges Zusammentreffen auf der Beerdigung meines Vaters verlief doch sehr - entspannt?«

Er näherte sich, bis er ganz dicht vor ihr stand. Das von Falten durchzogene Gesicht zog sich über seiner Stirn zusammen und die kleinen listigen Augen blickten sie wütend durch das dicke Brillenglas an.

»Sie sollten sich nicht lustig über mich machen, Signorina Avigliano. Sie sind nicht in der Position dafür!«

»Ich habe wirklich keinen Schimmer!«, beteuerte sie.

Aber das machte ihn nur noch wütender. »Sie haben mich bestohlen!«, keifte er.

»Ich habe sie nicht bestohlen«, beteuerte sie.

»Es war mein Geld!«, grollte der Alte. Hörte er ihr überhaupt zu? Er schlug sich auf die Brust. »Ich habe es

Tonio gegeben! Ich habe es ihm gegeben, um ein Geschäft für mich zu machen! Doch jemand hat ihn umgebracht! Und ihr habt mein Geld genommen!«

»Wie kommen sie darauf, dass ich etwas damit zu tun habe?«, fragte sie verzweifelt.

Er rammte ihr den Pistolenlauf in die Rippen. Sie schrie nicht. Dazu hatte sie gar nicht die Luft.

»Eine Studentin fährt kurz nach dem Tod ihres Vaters einen 911er-Porsche und gibt für ihn ein rauschendes Fest?«, er zeigte hinüber zu Mondo. »Kurz danach sehe ich sie zusammen mit ihm!«,

Sarah suchte Mondos Blick. Aber er unternahm auch keinen Versuch, sie in Schutz zu nehmen. Mit unbewegter Miene strich er sein Jackett glatt. Einen Moment glaubte sie, hinter ihm einen Schatten vorbei huschen zu sehen. Irritiert blinzelte sie mit den Augen. Selbst wenn dort etwas gewesen war, so war es jetzt weg. Rigas Worte gingen ihr wieder durch den Kopf. Wütend funkelte sie Mondo an.

»War das der Grund?«, fragte sie laut, »Hast du genau wie er geglaubt, dass ich das Geld habe?«

Er schüttelte den Kopf.

»All das Geschwafel von Familie. Verlogene Scheiße! Du wolltest nur die Kohle, stimmt`s? Deshalb hast du mir Monecelli geschickt! Deshalb hat Roberto uns verfolgt! Jetzt wird mir alles klar! Aber natürlich! Sag mir nur eines! Hast du meinen Vater umgebracht? Aber ja klar! Du wolltest an das Geld. Deshalb musste er sterben! Aber du hast es nicht gefunden, stimmt`s?«

»Silvano, Robertos Vater, sollte ihn zur Vernunft bringen. Aber Rigas Geld hat ihn vermutlich gierig gemacht. Ich denke, er hat deinen Vater getötet und das Geld gestohlen.«

»Das ist eine Lüge«, schrie Riga. »Er selbst hat sich das Geld genommen! Er war es! Deshalb hat er Tonio umgebracht! Um an mein Geld zu kommen!«

Sarah wusste nicht mehr wem oder was sie glauben sollte. Aber da war wieder der Schatten. Sie bemühte sich, nicht zu offensichtlich in seine Richtung zu sehen. Bestand etwa noch Hoffnung?

Mit zitternden Knien schlich Sebastian Micky hinterher. Was er hier tat, war Selbstmord. Aber er könnte niemals mehr in den Spiegel sehen, wenn er jetzt zurückging. Sein Vater brauchte Hilfe.

Sie hatten jetzt das Erdgeschoss erreicht, standen den Mafiosi im Rücken und die Dunkelheit gab ihnen Schutz. Sie schlichen vom Treppenabgang hinter einen mit Abbruch gefüllten Container. Micky wies ihn an, dort stehen zu bleiben. Er selbst schlich weiter zu einem etwas näher liegenden Container.

Mit klopfendem Herzen sah Sebastian am Container vorbei auf die Situation, die sich vor ihm abspielte. Er suchte nach seinem Vater, doch der stand nirgendwo. Er zwang sich, ruhig zu bleiben. Wahrscheinlich saß sein Vater in einem der Autos. Direkt vor ihm stand Monecellis Limousine. Er glaubte, durch die abgedunkelten Scheiben die Umrisse einer Person erkennen zu können. Er musste es genau wissen. Doch dazu musste er näher ran. Aber der Killer mit der Lächel-Narbe stand bei dem Wagen.

Sebastian blinzelte hoch zur Galerie. Er versuchte, nach Hannah Ausschau zu halten. Aber sie war von hier unten nicht zu sehen. Das war auch gut so. Er hoffte inständig, dass sie keinen Blödsinn machte.

Er richtete seine Aufmerksamkeit wieder auf die Mafiosi. Der Alte im Kittel keifte wieder. Sie sprachen von Geld. Von viel Geld. Vermutlich über das Geld seines Vaters. Aber warum glaubte der Alte, dass Sarah das Geld hatte? Hatte sie am Ende vielleicht mehr damit zu tun gehabt, als sie zugegeben hatte? Er fand sie von der ersten Minute an, immer schon sehr undurchsichtig. Die Situation spitzte sich zu. Die Stimmen wurden lauter, hektischer und der Alte immer schriller.

Der Killer mit der Narbe trat vom Fahrzeug weg. Etwas vor ihm hatte seine Aufmerksamkeit erregt. Das war seine Chance. Und er glaubte nicht, dass sie noch lange warten konnten. Die Situation vor ihnen kochte immer mehr hoch und würde jeden Moment eskalieren. Was war, wenn die Verstärkung nicht rechtzeitig kam? Er musste es also versuchen. Der Killer entfernte sich von dem Auto.

Jetzt oder nie dachte Sebastian.

»Sarah hat das Geld genauso wenig, wie ich Salvatore«, sagte Mondo so, als ob Sarah überhaupt nicht mit ihm gesprochen hätte. »Wir wissen beide, warum du sie willst.«

»Könnt ihr vielleicht aufhören so zu reden, als wäre ich nicht da?«, rief sie ärgerlich dazwischen. »Um wie viel geht es denn überhaupt? Wie viel haben Sie meinem Vater gegeben?«

»500.000«, antwortete Riga.

Sarah schnappte nach Luft. Das war genau die Summe, die Mondo von Dr. Rosbach erpresst hatte.

»In Krügerrandgold«, fügte der Alte hinzu.

»Krügerrand?«, fragte Sarah erschrocken.

Er nickte. »Afrikanische Goldmünzen. Eigentlich sind sie noch mehr Wert.«

Er brauchte ihr das nicht zu erklären. Das wusste sie bereits. Aber das war doch nicht möglich!

»Wann haben sie ihm die Münzen denn gegeben?«, fragte sie mit bebender Stimme.

»Genug jetzt!«, schrie Riga. »Wo ist mein Geld? Es müsste längst hier sein!«

Er hob die Waffe an Sarahs Schläfe und spannte sie vor.

Mondo zückte sein Mobiltelefon. »Wir hatten ein paar Schwierigkeiten, aber es wird jeden Moment hier eintreffen!«, beschwichtigte er den Alten.

»Du hast gesagt, ich kriege mein Geld!«, schrie Riga. »Du hast gesagt, du kümmerst dich darum!«

Sarah fragte sich, warum Mondo Riga zu seinem Geld verhelfen wollte.

»Ich werde sie töten!«, fauchte Riga böse, »Das habe ich dir irischer Bastard, du Sohn einer Ziege versprochen!«

Für mich! Er macht es für mich, kam ihr die Erkenntnis.

Micky wurde klar, dass sie nicht bis zum Eintreffen der Verstärkung warten konnten. Die Lage vor ihnen eskalierte immer mehr. Riga schien fest davon überzeugt, dass Sarah ihm 500.000 Euro gestohlen hatte und mit Mondo unter einer Decke steckte. Jeden Moment konnte er Sarah erschießen. Dieser Gedanke machte es ihm schwer, einen klaren Gedanken zu fassen. Wenn er wenigstens Herbert hier hätte. Stattdessen hatte er nur den unbewaffneten Sebastian. Er sah hinüber zu dem Container, an dem er ihn zurückgelassen hatte. Doch da war niemand mehr. Wo zum Teufel ...

»Herr wirf Hirn vom Himmel!« Jetzt verfluchte er sich, dass er ihn überhaupt mitgenommen hatte.

Sebastian schlich vor seinen Augen auf die Fahrzeuge der Mafiosi zu. Was machte er da bloß? Das war purer Selbstmord!

Riga keifte wieder lauter. Er schien außer sich vor Zorn. Die Hand des Alten zitterte. Jeden Moment konnte sich ein Schuss lösen.

Micky hob seine Waffe und nahm den Alten ins Visier.

Rigas Pistole zitterte bedrohlich, und Sarah betete, dass sich kein Schuss aus Versehen löste. Dann spürte sie die andere Waffe. Die unter ihrem Hemd. Sie hatte sie völlig vergessen. Doch jetzt drückte sie ihr mahnend in die Seite.

»Was ist jetzt?«, keifte der Alte und seine Stimme kippte dabei.

Sarah sah zu Mondo. Er stand da, mit dem Telefon am Ohr und starrte ins Nichts. Sein Blick verriet, dass heute niemand mehr mit Geld kommen würde. Er ließ das Handy sinken und schüttelte den Kopf. Sie spürte, wie das Unheil sich über ihr zusammenbraute.

»Es wird niemand kommen«, sagte Mondo mit belegter Stimme.

»Was soll das heißen, es wird niemand kommen?«, kreischte Riga.

Nach und nach zogen alle Anwesenden außer Sarah ihre Waffen. Sie kniff die Augen zu. Das war`s. Gleich ...

»Halt! Bitte!«, flüsterte sie. »Ich gebe ihnen das Geld! Ich ... ich weiß, wo es ist.«

»Oh, ich falle darauf nicht mehr herein«, kreischte Riga. Dann schrie er Mondo an »sieh gut hin, irischer Bastard, dreckiger ... Sieh zu, wie ich ihr das hübsche kleine Köpfchen wegpuste!«

Sarah riss die Augen auf und starrte nach vorn. Vor ihren Füßen flitzte ein kleines, Funken sprühendes Objekt völlig unberechenbar auf dem Boden hin und her. Das Ding wirbelte in Rigas Richtung, sodass er unvermittelt zur Seite und von Sarah wegsprang.

Dann vernahm sie ein Heulen, ein Zischen.

Es knallte. Einen Moment dachte sie, Riga habe geschossen. Doch jetzt sah sie das Einschussloch neben Rigas Kopf in der Betonwand. Qualm und Putz rieselten daraus hervor. Gleich darauf ertönte ein ohrenbetäubender Knall.

Er ließ alle Beteiligten zusammenfahren und zur Decke schauen. Sarah griff sich an die Ohren. Ein entsetzlich hohes und schrilles Pfeifen drohte ihr das

Trommelfell in Stücke zu reißen. Mannshohe Fontänen sprühten zwischen ihnen in allen erdenklichen Farben. Eine Rakete zischte quer durch die Halle und setzte einen Haufen alter Pappkartons in Brand.

Dann mit einem Mal versank die Umgebung in Qualm und Nebel. Mit hämmerndem Herzen suchte sie in dem Meer von Farben, Funken und Qualm nach Riga. Sie sah ihn nicht mehr, aber sie hörte sein wütendes Kreischen. Der Geruch von verbranntem Kunststoff biss ihr in der Nase und raubte ihr die Luft zum Atmen. Sie hatte die Orientierung verloren. Ängstlich nestelte sie unter dem Jackett nach der Pistole ihres Vaters.

Kapitel 36

Sebastian ging hinter dem Bentley in Deckung. Wo er auch hinsah, sprühte buntes Feuerwerk. Die Halle versank im Qualm. Es knallte, heulte, jaulte und inmitten der Mafiosi zischte Bodenfeuerwerk. Beinahe hätte er laut gelacht. Das hatte Hannah also in ihren Rucksack gepackt! Was hatte sie noch gleich gesagt? »Ich will jetzt den Mafiosi Feuer unterm Arsch machen.« Bei Gott, das hatte sie getan!

Dann besann er sich und stürzte zu dem Auto, in dem er seinen Vater vermutete, riss die Beifahrertür auf und wäre ihm fast vor Freude um den Hals gefallen. Er war nicht zu spät gekommen. Sein Vater sah ihn paralysiert an.

»Sebastian? Was ...?«

»Keine Zeit für Erklärungen!«, sagte er atemlos, »Wir müssen hier weg!«

Sein Vater starrte ihn mit aufgerissenen Augen an und schüttelte den Kopf. So hilflos und ängstlich hatte er ihn noch nie erlebt. Er zog Mickys Pfefferspray aus der Tasche.

»Wir müssen hier weg Papa. Sonst werden sie uns töten!«, sagte er mit Nachdruck.

Doch er schien nicht mitkommen zu wollen. Er blickte an ihm vorbei. Alarmiert fuhr Sebastian herum, und sah direkt in das Gesicht des Lächlers. Panisch taumelte er zurück und stieß gegen die Limousine. Der Killer war keine drei Schritte mehr entfernt. Er richtete die Waffe auf Sebastian und zielte. Sebastian sollte sich jetzt ducken, wegspringen, versuchen wegzurennen, oder etwas ähnlich Pfiffiges. Aber er stand da, wie festgefroren. Er war eben kein gewitzter Held und Kämpfer, wie Micky. Und so hoffte er, wie ein kleiner Junge, auf ein Wunder. Zu seiner Verwunderung sah er nun, wie sein Vater dem Mafioso ins Kreuz sprang. Der Killer verlor, überrascht von dem Angriff, das Gleichgewicht. Er ruderte mit den Armen, doch Dr. Rosbach ließ nicht von ihm ab, und so krachten sie gemeinsam zu Boden. Die Pistole des Lächlers schlitterte über den Beton von ihm weg. Er schrie vor Wut, bäumte sich auf und schlug um sich.

Sebastian sprang seinem Vater zur Hilfe. Unbeholfen zog und zerrte er an dem Arm des Killers, um ihn von seinem Vater zu lösen. Doch der Killer holte aus und stieß ihm brutal vor die Brust. Sämtliche Luft schien augenblicklich aus seinen Lungen zu entweichen. Um Atem ringend sah er, wie der Mafioso sich nun wieder auf seinen Vater stürzte. Der Killer stieß Dr. Rosbach in einen Stapel modriger Kartons. Einen Moment sah es so aus, als suche er nach seiner Waffe, dann aber entschloss er sich offensichtlich das Ganze, ohne sie zu beenden, und holte zu einem finalen Schlag aus. Sebastian sprang zwischen den Killer und seinen Vater. Er ballte die Fäuste und schlug zu. So fest er konnte. Dem Killer gelang es, dem ersten Schlag auszuweichen, doch der Zweite traf ihn umso härter. Mit Genugtuung sah Sebastian, wie die Oberlippe des Killers aufplatzte. Nur, um im nächsten Moment, durch einen gezielten Haken des Lächlers, zu

Boden zu gehen. Etwas Schweres krachte auf ihn hernieder. Das Gewicht erdrückte ihn beinahe.

Er sah das Gesicht des Killers über sich. Er umschloss Sebastians Hals und drückte zu. Panisch strampelte Sebastian mit Armen und Beinen. Doch der Killer war zu schwer und zu stark. Seine Reserven waren aufgebraucht. Er schloss die Augen und das Pfefferspray fiel aus seiner Hand. Es rollte über den Boden davon.

Das Erste, was Sarah in dem Nebel wieder erkennen konnte, war der Lauf einer Pistole. Erschrocken sprang sie zurück. Die Waffe in der Hand, den Finger am Abzug. In dem Qualm zeichnete sich Ihr Gegner als dunkle Silhouette ab. Doch, umso näher er kam, desto schärfer wurden seine Konturen. Jetzt erkannte sie ihn. Es war Luciano. Rigas Sohn. Jetzt wo er so direkt vor ihr stand, wirkte er riesig. Er verdunkelte ihr Blickfeld. Wenn sie das überleben wollte, musste sie auf ihn schießen. Die Waffe lag schwer in ihrer Hand.

Ein helles Pfeifen gellte durch die Halle. Etwas zischte dicht über ihren Köpfen durch die Luft. Sarah duckte sich. Luciano sah über sich zur Decke. Jetzt oder nie. Sie spürte, wie sich ihr Zeigefinger zitternd um den Abzug legte, und bereit war, die Kugel endlich freizugeben. Sie richtete den Lauf auf eines seiner Beine und schoss. Luciano sackte brüllend zusammen. Entsetzt starrte sie auf den Mann hinunter, der sich unter Schmerzen schreiend auf dem Boden wand. Über ihnen ergoss sich ein Lichterregen in Gold und Silber. Sie hatte auf jemanden geschossen. Doch ihr blieb keine Zeit, darüber zu sinnieren, denn der nächste Angreifer löste sich bereits aus dem Nebel.

Sebastian hatte den Widerstand aufgegeben. Er spürte, dass er jeden Moment das Bewusstsein verlieren würde, als der Lächler mit einem Mal von ihm abließ. Sofort rang er gierig nach Luft. Doch seine Lungen protestierten mit einem Hustenanfall.

Er setzte sich auf und versuchte in dem Nebel, seinen Vater zu erkennen. Doch er konnte kaum etwas sehen. Seine Augen, ach was, sein ganzes Gesicht brannte wie Feuer. Er versuchte sich, an einem der Autos hochzuziehen. Als ihm jemand eine Hand auf die Schulter legte, sah er sich erschrocken um.

»Wir müssen raus hier!«, keuchte sein Vater. Blut rann von seiner Stirn. »Ich habe ihm Pfefferspray verpasst, aber ich weiß nicht, wie lange ihn das ausschaltet.«

Sebastian nickte und zog sich stöhnend auf die Beine. Der Killer kauerte zusammengekrümmt auf dem Boden.

»Nichts wie weg hier!«, sagte Sebastian.

Seite an Seite liefen sie zu einem der Treppenaufgänge. »Weißt du etwas von Deiner Schwester?
«

»Liz geht's gut. Sie ist in Sicherheit.«

Dr. Rosbach nickte erleichtert.

Am Treppenabsatz blieb Sebastian stehen. Hinter ihnen erklangen Schüsse.

»Auf was wartest du noch?«, fuhr ihn sein Vater an. Doch er schüttelte den Kopf. »Ich bin da drinnen noch nicht fertig.«

Es war völliger Wahnsinn dort noch mal reinzugehen. Aber die anderen waren noch da drin. Dr. Rosbach konnte ihn nicht mehr aufhalten. Sebastian wankte bereits zurück ins Inferno.

Der Mehlsack stolperte auf Sarah zu. Sie riss die Waffe hoch und schoss. Diesmal fiel es ihr schon leichter. Aber die Kugel verfehlte den Mann und zerschlug stattdessen hinter ihm die Windschutzscheibe eines Autos. Der Killer kniff die Augen zusammen und hatte jetzt ebenfalls seine Waffe auf sie gerichtet.

Sie schoss noch mal. Diesmal bemüht, die Waffe gerade zu halten. Doch er lief einfach weiter. Stattdessen spürte sie einen brennenden Schmerz am Oberschenkel. Sie nahm ihn zwar wahr, aber ihr Körper reagierte nicht darauf. Stattdessen schoss sie weiter. Sie ging rückwärts und schoss. Wieder und wieder. Keiner ihrer Schüsse traf. Und dann stieß sie mit dem Rücken gegen eine Wand. Der Killer rückte näher und schoss erneut auf sie. Mit einem Satz sprang sie zur Seite und duckte sich. Hinter ihr sprengte die Patronenkugel Betonsplitter aus der Wand. Bereit zu schießen wirbelte sie ihrem Angreifer entgegen und sah mit Entsetzen den nach hinten arretierten Schlitten. Als wolle sie es nicht glauben zog sie immer wieder den Abzug. Der Mehlsack wischte sich die Hand an seinem Jogginganzug aus Ballonseide ab und zog die Nase hoch. Doch dann griff er sich plötzlich an die Kehle und taumelte zurück. Hellrotes Blut schoss aus seinem Hals. Er gab ein kehliges Gurgeln und Glucksen von sich, als er mit nach hinten gedrehtem Blick zu Boden krachte. Neben ihr stand nun Micky, der gerade seine Waffe neu durchlud. Gott war sie froh, ihn zu sehen. Er reichte ihr die Hand und half ihr, über den toten Mehlsack hinweg zu steigen.

»Wir müssen hier raus!«, rief er ihr zu.

Sie nickte und gab ihm zu verstehen, dass sie ihm folgen würde. Doch nach nur wenigen Schritten blieb Micky stehen. Unweit von ihnen robbte Luciano mit den Ellbogen auf seine Waffe zu. Doch ehe er sie erreichte, trat Micky ihm mit seinen Stiefeln auf den Handrücken. Luciano kreischte. Micky kickte Sarah die Waffe entgegen. Sie schnappte sie sich und richtete sie auf Luciano. Doch das schien nicht nötig, denn der übergab sich gerade in einem blutigen Schwall.

Der Qualm wurde immer dichter. Zurückgelassene, morsche Einrichtungsgegenstände brannten lichterloh, während Teppichreste rußend vor sich hin glimmten.

Mit dem Ärmel vor dem Gesicht sah sie sich um. Die Halle schien leer zu sein. Und dann sahen sie Sebastian. Er rollte sich im erbitterten Kampf mit einem von Rigas Männern über den Boden. Sarah rannte auf die Kämpfenden zu und hob die Pistole.

»Schieß!«, brüllte Micky, »ich hab nichts mehr!«

Der Killer holte aus zum Schlag und Sarah schoss. Zwei oder drei Mal. Sie hätte es nicht mehr genau sagen können. Sebastians Schrei hielt sie davon ab, weiter zu schießen ... Oh Gott, sie hatte ihn getroffen! Der Killer ließ von ihm ab, fasste sich an den Arm und stürzte auf sie zu.

»Hau ab!«, schrie Micky und warf seine leere Waffe fort. Im selben Moment war der Killer auch schon bei ihnen und schlug auf Micky ein. Doch dieser duckte sich geschickt unter dem Schlag weg und sprang zur Seite.

»Hau ab!«, brüllte er erneut.

Aber Sarah starrte auf Sebastian, der regungslos auf dem Boden lag. Sie hatte ihn erschossen. Weinend taumelte sie auf den leblosen Körper zu. Aber sie sollte ihn nicht erreichen. Salvatore Riga trat ihr in den Weg.

»Kein Schritt weiter!«, sagte er.

Wieder einmal sah sie in den Lauf einer Waffe. Riga sah aus, wie ein wild gewordener Hausmeister. Sein Kittel war zerrissen und blutverschmiert.

»Los da rüber!«, herrschte er sie an und wies mit der Waffe weg von Sebastian.

»Er braucht Hilfe!«, weinte sie.

»Oh, ich finde, er sieht aus, als käme jede Hilfe zu spät«, er entblößte eine Reihe Goldkronen. »Du würdest nur deine Zeit verschwenden.«

Aus der Ferne erklangen Sirenen.

»Das ist nicht wahr!«, schrie sie tränenerstickt. Hilfe suchend sah sie sich nach Micky um, aber er war nirgends mehr zu sehen.

»Voran jetzt!«, keifte Riga sie an, »zum Auto dahinten! Und zwar schnell! Wenn du dich noch einmal umdrehst, jage ich dir eine Kugel in den Kopf!«

Sarah tat wie ihr geheißen und Riga folgte ihr.

»Wir werden jetzt mein Geld holen«, knurrte er.

»Wir werden hier nicht mehr wegkommen«, sagte Sarah. »Die Polizei wird gleich hier sein.«

»Sie sollten hoffen, dass sie sich irren, Signorina.«

Sie hatten das Auto erreicht.

»Bleiben sie stehen! Ja genau, und jetzt schieben sie mir schön langsam ihre Waffe herüber.«

Wie in Zeitlupe ging Sarah in die Knie und legte die Waffe auf dem Boden ab.

»Padrino, hilf mir!«, stöhnte plötzlich Luciano neben ihnen. Es war ihm immer noch nicht gelungen aufzustehen. Sie musste sein Bein übel zugerichtet haben. Er zog sich mit den Händen auf sie zu.

Die Situation schien den der Alten zu irritieren.

»Sie sollten ihrem Sohn helfen, Salvatore«, sagte sie leise, aber eindringlich.

»Halten sie den Mund!«, fauchte er.

»Ist er denn nicht wichtiger als alles Geld der Welt?«

Luciano robbte näher und rief nach seinem Vater. Sarah verstand nicht, was er sagte, aber sie hörte das Flehen in seiner Stimme. Dann spuckte er wieder Blut. Offensichtlich hatte er nicht nur die Verletzung am Bein. Nein. Er lag im Sterben.

»Er wird sterben, wenn sie ihm nicht helfen«, sagte Sarah.

Wie, um es zu bekräftigen, stöhnte Luciano vor Schmerzen. Rigas Blicke flogen zwischen ihm und ihr hin und her. Dann schien er eine Entscheidung getroffen zu haben.

»Sie haben recht«, sagte er, »Sie haben recht, ich sollte ihm helfen.«

Sarah atmete auf und fasste die Pistole wieder fester. Vorsichtig richtete sie sich auf, während Riga sich von ihr abwandt und auf seinen Sohn zuging. Doch er machte nur einen Ausfallschritt, hob die Waffe und schoss Luciano zwischen die Augen.

Dann wand er sich wieder ihr zu. »Ich sagte: Legen sie die Waffe auf den Boden!«

Doch Sarah gehorchte nicht. Stattdessen hob sie selbst die Waffe auf Riga an und lächelte.

»Mädchen bist du so dumm?«, schrie Riga.

»Sie haben einen Fehler gemacht Signore Riga!«

»Nein! Sie sind es, die den Fehler begeht, meine Liebe«.

Sarah schüttelte den Kopf.

»Man sollte sich gut überlegen, für wen man seine letzte Kugel verwendet«, sagte sie und winkte ihm lächelnd mit ihrer Waffe. »Ich habe meine für sie aufbewahrt. Und sie?«

Ungläubig betrachtete Riga seine leer geschossene Waffe.

Micky griff sich an die Nase. Wie erwartet waren seine Hände augenblicklich voller Blut. Dieser Scheißkerl hatte ihm die Nase gebrochen. Fluchend taumelte Micky von ihm weg. Sein linker Fuß schmerzte, sobald er damit auftrat. Irgendwas war darin mächtig kaputt. Mit zusammengebissenen Zähnen humpelte er weiter. Er war so froh gewesen, Sarah wohlbehalten gefunden zu haben, und nun hatte dieser Kittelträger sie entführt. Und er hatte keine Ahnung, wo sie hin waren. Sein Blick fiel auf Sebastians leblosen Körper. Es war nichts so gelaufen, wie es sollte. Unbeholfen hüpfte er auf dem gesunden Fuß zu Sebastian hinüber. Als er ihn erreichte, kniete er nieder und drehte ihn zu sich um. Routiniert legte er ein Ohr an seinen Mund und lauschte angestrengt. Er war sich nicht sicher, aber er glaubte, ganz flachen Atem zu spüren. Sebastians Kleidung war blutgetränkt, aber Micky konnte nicht ausmachen, wo genau er verletzt wurde. Hektisch suchte er ihn ab, wurde aber nicht fündig. Dann stöhnte Sebastian leise. Erleichtert atmete Micky auf. Sebastian lebte. Plötzlich horchte er auf. Er war sich sicher, Sarahs

Stimme gehört zu haben. Er fuhr herum. Jetzt hörte er sie ganz deutlich. Und was sie sagte, klang gar nicht so übel.

»Keine Bewegung, sonst erschieße ich sie!«, brüllte Sarah.

Riga ging langsam rückwärts und schien nach einem Ausweg zu suchen. Vielleicht überlegte er auch, ob sie wirklich in der Lage war auf ihn zu schießen.

»Ich sagte: Keine Bewegung!«, schrie Sarah wieder. Sie hatte keine Ahnung, was sie als Nächstes tun sollte. Was machte man denn auch in so einer Situation?

Riga hob die Hände neben seinen Kopf. »Lassen sie uns reden!«, schlug er vor. »Wir werden uns einig! Wir teilen das Geld!« Seine Augen flitzten hinter den Brillengläsern hin und her. »Es war ein Missverständnis! Wir klären das!«

Mit diesem Widerling würde sie mit Sicherheit gar nichts mehr klären. So viel stand schon mal fest.

»Los! Rauf da!«, wies sie ihn an, die Treppe ins Obergeschoss hinaufzugehen. Mit etwas Glück erschienen dort oben gleich Rettungskräfte oder Polizisten.

Jemand musste nach Sebastian sehen, das Feuer löschen, Riga übernehmen ... verdammt das schaffte sie doch alles nicht alleine!

»Ich hab gesagt rauf da!«, schrie sie den Alten an, der sich daraufhin in Bewegung setzte. Oben angelangt forderte sie ihn auf, stehen zu bleiben. Sie wollte von oben noch mal nach Micky Ausschau halten. Doch der Qualm wurde in der gesamten Tiefgarage immer dichter.

Sie wand sich deshalb wieder Riga zu. Doch, was war mit ihm? Mit aufgerissenen Augen lief er rückwärts auf der Galerie entlang. »Halten sie ihn auf!«, kreischte er.

Sarah fuhr herum, um zu sehen, was dem Alten plötzlich solche Angst machte. Da trat jemand aus dem Nebel auf sie zu. Sie wusste nicht, ob sie sich freuen oder fürchten sollte. Unschlüssig sah sie Mondo entgegen, behielt die Waffe, aber fest in den Händen und weiterhin auf Riga gerichtet. Ruhigen Schrittes lief Mondo an ihr vorbei, direkt auf Riga zu. Er packte den Alten am Genick und einen Moment zappelte dieser wie ein Fisch an der Angel mit den Füßen über dem Boden. Er kreischte.

Mondo drückte ihm eine Pistole an die Schläfe.

»Die ganzen letzten Jahre habe ich auf diese Gelegenheit gewartet!«, sagte er. »Ich habe es dir versprochen, Salvatore. Erinnerst du dich? Ich habe dir immer gesagt, eines Tages wirst du für das bezahlen, was du mir genommen hast. Heute ist Zahltag.«

»Sarah! So tun sie doch etwas!«, schrie Riga. »Dieser Mann hat ihren Vater getötet!«, keifte er. »wenn sie ihn nicht aufhalten, wird er mich auch töten.«

Sarah spürte, wie die Waffe in ihren Händen zitterte. Mondo hatte wahrscheinlich wirklich ihren Vater getötet. Aber er hatte auch versucht, ihr Leben zu retten. Die Entführung hatte er inszeniert, um das Geld für Riga zu besorgen. Um ihn davon abzuhalten, ihr etwas anzutun. Sie sah den Schmerz in seinen Augen. Die Trauer um seine verlorene Familie. Und sie sah den unendlichen Hass auf Riga.

»Halten sie ihn auf«, jammerte der alte Mafioso, »ich bin wehrlos! Sie dürfen doch nicht zulassen, dass er einen armen alten und wehrlosen Mann erschießt!«

»Arm und wehrlos? Ist das ihr ernst?«, sie ging ein Stück auf ihn zu. »Sie haben gerade vor meinen Augen ihren eigenen Sohn ermordet! Sie sind ein Monster!«

Riga spuckte ihr vor die Füße.

Mondo schlug ihm ins Gesicht. Die Brille splitterte und hing nun schief in dem böse zerfurchten Gesicht. Aus einer Platzwunde sickerte Blut. Mondo holte aus zum nächsten Schlag.

»Hör auf!«, schrie Sarah.

Er hielt inne.

Ihr Blick flog zwischen den beiden hin und her. Und ihre Pistole folgte dem Blick. Der Alte hatte recht, wenn sie jetzt nicht etwas tat, würde er ihn töten, doch ihr Herz schrie: »Knall den Scheißkerl endlich ab!«

Riga kicherte heiser.

»Sie weiß, dass es unrecht ist«, sagte er, »Sie weiß es!«

Sarahs Hände zitterten und sie atmete schwer. Konnte sie zusehen, wie Mondo ihn tötete? Hatte Riga Recht, mit dem, was er sagte?

»Du darfst mich nicht töten! Das ist gegen die Regeln!«, keifte Salvatore »Das wird der Capo nicht dulden!«

»Der Mord an Cocorito reicht, mein Handeln zu erklären.«

»Ich weiß nicht, wovon du redest!«, behauptete Riga.

»Lüg mich nicht an!«, zischte Mondo, »Carmelo hat gesungen. Das überrascht dich jetzt, was? Er hat uns alles erzählt. Diese verdammten Hurensöhne haben Cocorito und seine Freundin abgeschlachtet und du hast sie zu ihnen geschickt!«

»Das kannst du nicht beweisen!«, fauchte Riga.

»Das brauche ich auch nicht. Ich werde nämlich behaupten, dass es ein Unfall war.«

»Ein Unfall!«, höhnte Riga, »ein schöner Unfall, wenn ich eine Kugel im Kopf habe!!«

»Wer sagt denn, dass ich dich erschießen werde?«

Riga schien irritiert. Mondo drängte ihn weiter rückwärts und lachte.

»Du wirst springen, alter Freund. Ich meine natürlich fallen. In all dem Durcheinander heute. Keiner kann mehr sagen, wie das passieren konnte. Sieh nur hinunter.« Er wies auf den Abgrund hinter Riga. Der schien erst jetzt zu registrieren, dass er am Rande der Galerie stand.

»Auf dem Weg nach unten kannst du nachdenken«, sagte Mondo und drängte ihn noch weiter zurück. »Ich möchte, dass du daran denkst, dass du für sie stirbst.«

Riga griff ängstlich nach dem Geländer, doch es war so baufällig und morsch wie das gesamte Gebäude. Bedrohlich wackelte es in der Verankerung.

Sarah hielt die Luft an.

»Aber sie weiß es!«, schrie Riga panisch, »Sie wird dich verraten! Sie wird dich verraten! So wie alle dich verraten haben!« Er lachte diabolisch. »Sie wird dir genauso in den Rücken fallen wie ihr Vater! Das wirst du schon sehen. Sie wird dich verraten!«

»Das wird sie nicht«, sagte Mondo mit Gewissheit in der Stimme. Er drehte Sarah den Rücken zu und schritt weiter auf den Alten zu.

Knirschend gab das Geländer nach.

Sarah sackte auf die Knie. Sie zitterte am ganzen Körper. Fassungslos starrte sie hinab auf den toten Salvatore Riga. Er lag mit ausgestreckten Armen auf dem

Rücken, im Licht der Scheinwerfer einer zurückgelassenen Limousine. Böse starrte er an die Decke. Selbst im Tod schien er hasserfüllt zu sein. Er hatte nicht geschrien, als er gestürzt war. Er war ganz still gefallen. Doch das Geräusch, als er unten aufschlug, würde sie nie vergessen. Ihr wurde bewusst, dass damit alles ein Ende hatte. Dort unten lag der Mann, der sie gejagt hatte. Und er war tot. Es war vorbei. Stille Tränen bahnten sich ihren weg. Sie ließ sie laufen. Sie spürte, dass er hinter ihr stand, aber sie brachte es nicht fertig, sich zu ihm umzudrehen. Das Sirenengeheul in der Ferne wurde lauter.

»Es ist Zeit für mich, zu gehen«, sagte er.

Sie nickte und flüsterte: »Danke.«

»Ich habe zu danken«, sagte er.

Dann war er fort.

Kapitel 37

Es war einer der letzten Tage im goldenen Oktober, als Sarah das Polizeipräsidium verließ. Sie hob die Hand gegen die Sonne. Schon bald würde der November sie wieder mit Regenschleiern verhängen. Doch davon war heute noch nichts zu spüren. Als gäbe es kein Morgen mehr, überschüttete sie die Erde mit Licht und Wärme.

Der blaue Lack ihres nagelneuen VW-Golfs glitzerte im Sonnenlicht. Angenehmer Neuwagengeruch strömte ihr entgegen, als sie die Fahrertür öffnete. Ein Abschiedsgeschenk von Mondo. Sie hatte ihn seit jener Nacht nicht mehr gesehen. Er war genauso wie Elisa vom Erdboden verschluckt. Es gab nicht mal einen Hinweis darauf, dass er überhaupt existiert hatte.

Aber das Auto stand am Morgen ihres Geburtstages einfach vor ihrer Haustür. Mit einer roten Schleife darum. Den Schlüssel und die Papiere - auf sie zugelassen - fand sie mit einer Glückwunschkarte im Briefkasten. „Tanti Auguri!“, stand in der Karte. Mehr nicht.

Roberto, Monecelli und Silenzio saßen noch in Untersuchungshaft. Sie wurden alle drei durch hochkarätige Anwälte betreut. Monecelli bestand darauf, Opfer einer Verschwörung zu sein. Und Silenzio? Na er hieß nicht umsonst Silenzio. So wie es aussah, würden die beiden aufgrund mangelnder Beweise glimpflich davonkommen. Für Roberto sah es nicht so gut aus. Immerhin hatte er nachweislich einen Mann getötet und Herbert angeschossen. Sie hatten ihn am Düsseldorfer Flughafen verhaftet. Im Bericht stand, dass er von oben bis unten voller roter Farbe war. Jedoch schwieg auch er und der Koffer war verschwunden. Carmelos Leiche hatte man bis heute nicht gefunden. Sie warf ihre Handtasche auf den Beifahrersitz zu ihren Studienunterlagen. - Zulassung zur Abschlussprüfung - Sarah Avigliano - stand auf dem obersten Blatt der Mappe. Und ihre Matrikelnummer.

Sie lehnte sich im Sitz zurück und blickte auf den mit rot-goldenen Blättern überdeckten Parkplatz. Heute hatte sie die letzte Vernehmung bei der Polizei hinter sich gebracht. Die Beamten waren freundlich gewesen und hatten ihr sogar Kaffee angeboten. Manchmal fragte sie sich, warum sie nie erzählt hatte, wie es wirklich gewesen war. Aber am Ende würde es keinen Unterschied machen. Sie hatte Rigas tot genauso gewollt wie Mondo. Die Version mit dem Unfall war für alle das Beste. Sie warf einen Blick auf ihre goldene Uhr. Die winzigen Diamanten funkelten. Sie musste sich beeilen. Sie war mit Sebastian und Hannah verabredet, um Herbert zu besuchen. Er war gestern aus der Reha gekommen und ging Annemarie mit seiner Langeweile mächtig auf die Nerven. Und danach wollte sie nur noch nach Hause. Badewanne. Etwas zu essen und dann ins Bett. Sie drehte den Zündschlüssel, stellte das Radio an, und fuhr, ohne sich anzuschnallen, in Richtung Innenstadt.

Ende

Epilog

Sarah betrat mit einem leeren Koffer das Gebäude der Schweizer Bank. Sie erkannte den Bankangestellten gleich wieder. Er jedoch wusste zunächst nicht, wie er sie einordnen sollte.

»Mein Name ist Sarah Avigliano«, begrüßte sie ihn. »Ich möchte bitte an das Schließfach meines Vaters. Antonio Avigliano. 31.12.1945 in Forno di Zoldo«

Sie legte ihren Personalausweis auf den Tresen. Die Finger des Bankiers flogen über die Tastatur seines Computers. Er blinzelte auf den Bildschirm.

»Wie ich in meinem System sehe, waren sie bereits einmal hier.« Er sah sie noch mal an. »Ach ja sicher! Sie waren in Begleitung dieses blonden Mannes und dieser witzigen Asiatin!«

»Ja richtig«, lächelte sie, »aber heute bin ich allein.«

Sarah folgte ihm in zu den Schließfächern.

Unten angelangt schob der Bankiers ihr die kleine Tastatur zu. Sie strich die Dollarnote glatt und gab die Ziffern der Registriernummer ein. Dann erhielt sie ihren Zugangscode und der Bankiers ließ sie wieder allein.

Schnell fand sie das richtige Fach. Sie wollte das Krügerrandgold nicht behalten. Es war Rigas Drogengeld und es war an der Zeit, dass es für einen besseren Zweck eingesetzt wurde. Sie hatte beschlossen, den Erlös einer gemeinnützigen Organisation zu spenden. Sie hätte es natürlich streng genommen bei der Polizei abgeben müssen, aber sie wollte nicht, dass es mit den Steuergeldern in dunklen Kanälen versickerte.

Sie öffnete das Schließfach und zog die Kassette heraus. Es fiel ihr gleich auf, dass sie kaum noch etwas wog. Verwundert stellte sie die Kiste auf einem der Tische ab und öffnete die Verschlüsse an der Seite. Das Fach war bis auf eine einzige Krügerrandmünze und einen Umschlag leer.

Den Umschlag verstaute sie in ihrem Koffer. Die Münze stopfte sie in die Hosentasche ihrer Jeans.

Nachdem sie geklingelt hatte, holte der Bankangestellte sie wieder ab.

»Kann ich noch etwas für sie tun?«, fragte er höflich.

»Ich hätte eine Frage.«

»Fragen sie«, sagte er freundlich.

»Sie dokumentieren doch jeden Besuch am Schließfach, richtig?«

»So ist es. Sie müssen mir gleich noch unterschreiben, dass sie heute hier waren.«

»Können sie bitte nachsehen, wer zuletzt am Schließfach meines Vaters war?«

Er nickte. »Selbstverständlich.«

Er ging hinüber zum Computer und gab ein paar Daten ein.

»Hier habe ich die Liste«, sagte er und lächelte. »Es war ihr Vater selbst! Hier steht es: letzter Zugriff - letzte Woche. Antonio Avigliano. Jetzt erinnre ich mich auch. Er sagte, dass er länger verreisen würde.«

Nachwort und Danksagung

Liebe Leserin, lieber Leser,

Danke, dass du dich für dieses Buch entschieden hast, und ich hoffe, du hast ein paar unterhaltsame Stunden damit verbracht. Vielleicht hast du ja die Räubertochter und ihre Freunde inzwischen genauso ins Herz geschlossen wie ich? Das würde mich sehr freuen. Umso mehr würde mich freuen, wenn du mir dies auch mitteilst. Zum Beispiel per E-Mail oder über meine Facebook-Seite.

Mit einer positiven Rezension bei Amazon könntest du der Räubertochter zu mehr Sichtbarkeit verhelfen, damit auch andere sie finden und kennenlernen können.

Bis dahin, alles Liebe

Daiana Corazza

Abschließend möchte ich mich noch bei allen bedanken, die mich auf meiner Reise zu diesem Buch hin begleitet und unterstützt haben. Allen voran meiner wundervollen Familie. Ich liebe Euch! Aber auch meinen geduldigen und kritischen Testleserinnen möchte ich danken, ohne die ich so manchen Fehler sicher nicht entdeckt hätte. Wir trinken bald nochmal Kaffee!
Und Katharina Netolitzky möchte ich hier nochmal für das tolle Cover danken. Ich liebe es!

Die Autorin

Daiana Corazza wurde 1975 in Köln geboren und ist dort auch aufgewachsen. Heute lebt sie mit ihrer Familie in einem kleinen Ort in der Eifel bei Aachen.
In der Kindheit begeisterten sie vor allem Abenteuer- und Detektivgeschichten.
Nach dem Abitur studierte sie zunächst Germanistik und Theater-Film-und Fernsehwissenschaft an der Universität zu Köln. Doch im Jahr 2000 beendete sie das Studium, um bei der Polizei eine Ausbildung zu beginnen.
Die Begeisterung für Bücher und spannende Geschichten ist jedoch geblieben.
Als Kriminalkommissarin und Krimiautorin kann sie nun beide Leidenschaften miteinander vereinen.

Wer mehr wissen möchte, kann ihre Autorenhomepage besuchen oder ihr bei Facebook und Instagram folgen:

www.daianacorazza.de
www.facebook.com/daianacorazza
www.instagram.com/daiana.dc

Printed in Germany
by Amazon Distribution
GmbH, Leipzig

18194567R00322